Elizabeth Moon

Die Geschwindigkeit des Dunkels

Roman

Deutsch von
Theda Krohm-Linke

Deutscher Taschenbuch Verlag

Deutsche Erstausgabe
April 2007
Deutscher Taschenbuch Verlag GmbH & Co. KG,
München
www.dtv.de
© 2002 Elizabeth Moon
Titel der englischen Originalausgabe:
The Speed of Dark
(Orbit UK, London, 2002)
© 2007 der deutschsprachigen Ausgabe:
Deutscher Taschenbuch Verlag GmbH & Co. KG,
München
Umschlagkonzept: Balk & Brumshagen
Satz: Fotosatz Amann, Aichstetten
Gesetzt aus der Aldus 10,75/13˙
Druck und Bindung: Kösel, Krugzell
Gedruckt auf säurefreiem, chlorfrei gebleichtem Papier
Printed in Germany · ISBN 978-3-423-24598-2

Für Michael, dessen Mut und Lebensfreude eine ständige Quelle der Freude sind, und für Richard, ohne dessen Liebe und Unterstützung diese Aufgabe um 200 Prozent schwerer gewesen wäre. Und für andere Eltern autistischer Kinder, in der Hoffnung, dass auch sie sich am Anderssein freuen können.

[1]

Fragen, immer nur Fragen. Und sie warteten nie auf die Antworten. Sie machten immer nur weiter, türmten Fragen auf Fragen, bestürmten mich ständig mit Fragen und ließen keine andere Wahrnehmung zu als ihre stachligen Fragen.
    Und Befehle. »Lou, was ist das?« »Sag mir, was das ist.« Eine Schüssel. Immer wieder dieselbe Schüssel. Eine hässliche Schüssel, eine langweilige Schüssel, eine absolut nichtssagende, uninteressante langweilige Schüssel. Ich bin an dieser uninteressanten Schüssel nicht interessiert.
    Warum soll ich reden, wenn sie mir sowieso nicht zuhören?
    Allerdings bin ich schlau genug, das nicht laut zu sagen. Alles, was ich schätze an meinem Leben, habe ich nur dadurch erreicht, dass ich nicht gesagt habe, was ich wirklich denke, sondern das, was sie von mir erwarten.
    Die Psychotherapeutin in diesem Büro, wo ich vier Mal im Jahr evaluiert und »beraten« werde, ist sich des Unterschieds zwischen uns genauso sicher wie alle anderen. Ihre Gewissheit schmerzt mich, deshalb versuche ich sie nicht häufiger anzuschauen, als es sein muss. Das birgt jedoch ebenfalls eine Gefahr in sich; denn genau wie die anderen findet auch sie, ich sollte mehr Augenkontakt herstellen. Jetzt schaue ich sie gerade an.
    Dr. Fornum, kühl und professionell, zieht eine Augenbraue hoch und schüttelt nicht ganz unmerklich den Kopf. Autisten verstehen solche Signale nicht, heißt es im Buch. Ich habe das Buch gelesen, daher weiß ich, was ich nicht verstehe.

Allerdings weiß ich noch immer nicht, was für Dinge *sie* nicht verstehen. Die Normalen. Die Realen. Diejenigen mit akademischen Graden, die auf bequemen Stühlen hinter den Schreibtischen sitzen.

Ein bisschen von dem, was sie nicht weiß, weiß ich. Sie weiß nicht, dass ich lesen kann. Sie glaubt, ich sei hyperlexisch und würde wie ein Papagei Worte nachplappern. Der Unterschied zwischen dem, was sie Papageiensprache nennt, und dem, was sie tut, wenn sie vorliest, leuchtet mir nicht ein. Sie weiß nicht, dass ich einen großen Wortschatz habe. Jedes Mal, wenn sie mich nach meinem Job fragt, und ich antworte, dass ich immer noch für das pharmazeutische Unternehmen arbeite, fragt sie mich, ob ich wisse, was *pharmazeutisch* bedeutet. Sie glaubt, ich plappere es nur nach wie ein Papagei. Der Zusammenhang zwischen dem, was sie Papageiensprache nennt, und der Tatsache, dass ich mehrsilbige Wörter benutze, leuchtet mir nicht ein. Sie verwendet lange Wörter, wenn sie mit den anderen Ärzten, Krankenschwestern und Technikern redet, sie plappert immer weiter und sagt Sachen, die viel einfacher ausgedrückt werden könnten. Sie weiß, dass ich an einem Computer arbeite, sie weiß, dass ich zur Schule gegangen bin, aber sie hat nicht kapiert, dass das mit ihrer Annahme, ich könne kaum lesen oder mich ausdrücken, nicht übereinstimmen kann.

Sie redet mit mir, als sei ich ein ziemlich dummes Kind. Sie mag es nicht, wenn ich (wie sie es nennt) »große« Wörter benutze, und verlangt von mir, einfach zu sagen, was ich meine.

Was ich meine, ist, dass die Geschwindigkeit des Dunkels genauso interessant ist wie die Geschwindigkeit des Lichts. Vielleicht ist sie sogar schneller, wer weiß?

Was ich meine, zum Beispiel die Schwerkraft: Wenn wir in einer Welt lebten, in der sie doppelt so stark ist, wäre in dieser Welt der Windhauch von einem Ventilator dann auch stärker, weil die Luft dicker ist? Würde er mein Glas vom Tisch wehen oder nur meine Serviette? Oder würde die größere Schwerkraft mein Glas fester auf den Tisch drücken, so dass der stärkere Wind es nicht bewegen könnte?

Was ich meine, ist, dass die Welt groß, beängstigend, laut und verrückt ist, aber auch schön und still im Auge des Sturms.

Was ich meine, ist, dass es doch egal ist, wenn ich mir Farben als Leute vorstelle oder Leute als Kreidestifte, steif und weiß, es sei denn, es handelt sich um braune oder schwarze Kreide.

Was ich meine, ist, dass ich weiß, was ich mag und will. Und sie weiß es nicht. Und ich will nicht mögen sollen, was sie will.

Sie will gar nicht wissen, was ich meine. Sie will, dass ich sage, was andere Leute sagen. »Guten Morgen, Dr. Fornum.« »Ja, es geht mir gut, danke.« »Ja, ich kann warten. Es macht mir nichts aus.«

Es macht mir nichts aus. Wenn sie ans Telefon geht, kann ich mich in ihrem Büro umschauen und die glitzernden Sachen finden, von denen sie gar nicht weiß, dass sie da sind. Ich kann meinen Kopf so vor und zurück bewegen, dass der Buchumschlag da im Bücherschrank glänzt. Wenn sie merkt, dass ich meinen Kopf vor und zurück bewege, schreibt sie eine Notiz in meine Akte. Unter Umständen unterbricht sie sogar ihr Telefongespräch, um mir zu sagen, ich soll damit aufhören. Es heißt Stereotypie, wenn ich es tue, aber den Nacken entspannen, wenn sie es tut. Ich nenne es Vergnügen, wenn ich beobachte, wie der Lichtstrahl aufblitzt und wieder verschwindet.

In Dr. Fornums Büro herrscht eine seltsame Geruchsmischung, nicht nur Papier, Tinte und Bücher, Teppichkleber und Plastikmöbel, sondern auch noch etwas anderes, bei dem mir unwillkürlich Schokolade einfällt. Bewahrt sie vielleicht Süßigkeiten in ihrer Schreibtischschublade auf? Ich würde es gern herausfinden. Ich weiß, wenn ich sie danach fragen würde, würde sie es in meiner Akte vermerken. Gerüche zu bemerken ist nicht angemessen. Notizen darüber bedeuten schlechte Noten, aber nicht wie schlechte Noten in der Musik, die falsch sind.

Ich finde nicht, dass alle Leute in jeder Hinsicht gleich sind. Sie sagt mir immer: *Das weiß doch jeder* oder *Das tut doch jeder*, aber ich bin nicht blind, nur autistisch, und ich weiß, dass die Leute unterschiedliche Dinge wissen und tun. Die Autos auf dem Parkplatz haben unterschiedliche Farben und Formen. Heute morgen sind siebenunddreißig Prozent blau. Neun Prozent sind übergroß: Trucks oder Vans. Es gibt achtzehn Motorräder in drei Reihen, was jeweils sechs pro Reihe bedeuten könnte, aber zehn davon stehen in der letzten Reihe. Unterschiedliche Kanäle senden unterschiedliche Programme; das wäre nicht der Fall, wenn jeder gleich wäre.

Als sie den Hörer auflegt und mich anschaut, hat ihr Gesicht so einen Ausdruck. Ich weiß nicht, wie die meisten Leute ihn nennen würden, aber ich nenne ihn den Ich-bin-real-Ausdruck. Er bedeutet, dass sie real ist und Antworten weiß, und ich bin jemand Geringerer, nicht völlig real, obwohl ich das knotige Gewebe des Bürostuhls direkt durch meine Hose spüren kann. Ich habe mir immer eine Zeitschrift untergeschoben, aber sie sagt, das brauche ich nicht. Sie ist real, denkt sie, deshalb weiß sie, was ich brauche und was ich nicht brauche.

»Ja, Dr. Fornum, ich höre zu.« Ihre Worte ergießen sich über mich, leicht prickelnd, wie ein Fass Essig. »Achten Sie auf Gesprächshinweise«, sagt sie zu mir und wartet. »Ja«, sage ich. Sie nickt, markiert etwas in der Akte und sagt: »Sehr gut.« Dabei sieht sie mich nicht an. Irgendwo im Flur beginnt jemand, in unsere Richtung zu gehen. Zwei Jemands, die miteinander sprechen. Bald schon vermischt sich das Gespräch mit Dr. Fornums Worten. *Ich höre von Debby am Freitag...*

nächstes Mal ... gehen wir zu dem Haben sie? Und ich habe es ihr gesagt. Aber niemals Vogel auf einem Hocker ... kann nicht sein, und Dr. Fornum wartet darauf, dass ich etwas antworte. Sie würde niemals irgendetwas mit einem Vogel auf einem Hocker sagen. »Entschuldigung«, sage ich. Sie sagt, ich solle besser aufpassen, macht eine weitere Notiz in meine Akte und fragt mich nach meinem sozialen Leben.

Was ich ihr erzähle, gefällt ihr nicht, nämlich dass ich Spiele im Internet spiele, mit meinem Freund Alex in Deutschland und meinem Freund Ky in Indonesien. »Im wirklichen Leben«, sagt sie mit fester Stimme. »Die Leute auf der Arbeit«, sage ich, und wieder nickt sie und fragt mich dann nach Bowling und Minigolf, nach Filmen und der lokalen Niederlassung der Autismus-Gesellschaft.

Beim Bowlen tut mir der Rücken weh, und das Geräusch ist hässlich in meinem Kopf. Minigolf ist eher etwas für Kinder als für Erwachsene, aber ich habe es schon als Kind nicht gemocht. Mir gefiel *Laser Tag* besser, aber als ich ihr das in der ersten Sitzung sagte, schrieb sie »gewalttätige Neigungen« auf. Es dauerte lange, bis die Fragen nach Gewalttätigkeit wieder aufhörten, und ich bin sicher, dass sie die Bemerkung nie entfernt hat. Ich erinnere sie daran, dass ich Bowling oder Minigolf nicht ausstehen kann, und sie sagt mir, ich solle mir Mühe geben. Ich erzähle ihr, dass ich in drei Filmen war, und sie fragt mich danach. Ich lese die Besprechungen, deshalb kann ich ihr die Inhalte erzählen. Ich mag Filme auch nicht besonders, vor allem nicht in Kinos, aber irgendetwas muss ich ihr erzählen ... und bis jetzt hat sie noch nicht gemerkt, dass meine dürre Nacherzählung des Inhalts direkt aus einer Besprechung stammt.

Dann wappne ich mich für die nächste Frage, die mich immer ärgerlich macht. Mein Sexleben geht sie nichts an. Sie ist die letzte Person, der ich etwas über eine Freundin oder einen Freund erzählen würde. Aber sie erwartet gar nicht, dass ich eine Freundin habe; sie will nur dokumentieren, dass ich keine habe, und das ist noch viel schlimmer.

Schließlich ist es vorbei. Sie will mich auch nächstes Mal sehen, sagt sie, und ich sage: »Danke, Dr. Fornum«, und sie sagt: »Sehr gut«, als sei ich ein dressierter Hund.

Draußen ist es heiß und trocken, und ich muss blinzeln, weil alle geparkten Autos so glitzern. Die Leute, die den Bürgersteig entlanggehen, sind dunkle Flecken im Sonnenlicht, und bis sich meine Augen daran gewöhnt haben, kann ich sie in dem gleißenden Licht kaum erkennen.

Ich gehe zu schnell. Ich weiß das nicht nur, weil meine Schuhe so fest auf dem Pflaster auftreten, sondern auch weil die Leute, die mir entgegenkommen, einen Ausdruck im Gesicht haben, von dem ich glaube, dass er bedeutet, sie sind besorgt. Warum? Ich versuche doch nicht, sie zu schlagen. Also werde ich langsamer gehen und an Musik denken.

Dr. Fornum sagt, ich solle lernen, Freude an der Musik zu haben, die anderen Leuten gefällt. Ich weiß, dass andere Leute Bach und Schubert mögen, und nicht alle sind autistisch. Es gibt nicht genug Autisten für all diese Orchester und Opern. Aber bei ihr bedeutet *andere Leute* »die meisten Leute«. Ich denke an das *Forellenquintett*, und als die Musik durch meinen Kopf fließt, spüre ich, wie mein Atem gleichmäßig wird, und meine Schritte sich dem Rhythmus der Musik anpassen.

Der Schlüssel gleitet leicht ins Türschloss meines Autos, zumal ich jetzt die richtige Musik habe. Der Sitz ist warm, behaglich warm, und das weiche Schaffell tut mir gut. Ich habe zuerst immer Krankenhaus-Vlies verwendet, aber von einem meiner ersten Gehaltsschecks habe ich mir ein echtes Schaffell gekauft. Ich hüpfe ein bisschen zu der inneren Musik, ehe ich den Motor anlasse. Manchmal fällt es mir schwer, die Musik weiter zu hören, wenn der Motor angeht; ich warte gern, bis er im Takt läuft.

Auf dem Weg zurück zur Arbeit lasse ich mich von der

Musik über Kreuzungen, Ampeln, durch Staus und dann durch die Tore des sogenannten Campus tragen. Unser Gebäude ist hinten rechts; ich zeige dem Parkwächter meinen Ausweis und finde meinen Lieblingsplatz. Ich habe gehört, wie sich Leute aus anderen Gebäuden beschweren, dass sie nicht ihren Lieblingsplatz bekommen, aber hier bei uns gelingt es immer. Niemand würde mir meinen Parkplatz wegnehmen, und ich würde nie den eines anderen nehmen. Rechts von mir steht Dale, links Linda und gegenüber Cameron.

Ich gehe zum Gebäude, mit den letzten Takten meines Lieblingsteils der Musik und lasse sie verklingen, als ich durch die Tür trete. Dale steht an der Kaffeemaschine. Er sagt nichts und ich auch nicht. Dr. Fornum würde bestimmt wollen, dass ich etwas sage, aber es gibt keinen Grund dazu. Ich kann erkennen, dass Dale heftig nachdenkt und nicht gestört werden möchte. Ich ärgere mich immer noch über Dr. Fornum, wie jedes Quartal, deshalb gehe ich an meinem Büro vorbei in den Fitness-Raum. Hüpfen hilft mir bestimmt. Hüpfen hilft immer. Sonst ist niemand da, also hänge ich das Schild an die Tür und stelle gute Hüpfmusik ganz laut.

Niemand stört mich, während ich hüpfe; der starke Stoß des Trampolins gefolgt von dem gewichtslosen Sprung vermittelt mir ein weites, leichtes Gefühl. Ich spüre, wie sich mein Kopf ausdehnt und entspannt, während ich perfekt im Takt mit der Musik bleibe. Als ich spüre, wie meine Konzentration wiederkehrt und Neugier mich an meine Aufgaben treibt, verlangsame ich die Sprünge bis zu kleinen Baby-Hüpfern und schwinge mich vom Trampolin.

Niemand unterbricht mich, als ich zu meinem Schreibtisch gehe. Ich glaube, Linda ist da und Bailey, aber es spielt keine Rolle. Später gehen wir vielleicht etwas essen, aber jetzt nicht. Jetzt will ich arbeiten.

Die Symbole, mit denen ich arbeite, sind für die meisten

Leute bedeutungslos und verwirrend. Es ist schwer zu erklären, was ich tue, aber ich weiß, dass es eine wertvolle Arbeit ist, weil sie mir so viel bezahlen, dass ich mir das Auto und die Wohnung leisten kann, und sie bezahlen auch den Fitness-Raum und die vierteljährlichen Besuche bei Dr. Fornum. Im Grunde suche ich nach Mustern. Manche der Muster haben komische Namen, und andere Leute finden es schwer, sie zu erkennen, aber für mich waren sie immer schon leicht zu sehen. Ich musste nur lernen, sie so zu beschreiben, dass auch andere sie erkennen können.

Ich setze Kopfhörer auf und suche eine Musik aus. Für das Projekt, an dem ich gerade arbeite, ist Schubert zu blumig. Bach ist ideal, die komplexen Muster spiegeln das Muster, das ich brauche. Ich lasse die Stelle in meinem Kopf, die Muster findet, in das Projekt einsinken, und dann ist es so, als beobachte man, wie Eiskristalle auf einer stillen Wasseroberfläche wachsen: Eine nach der anderen entstehen die Eislinien. Ein Zweig, noch ein Zweig, eine Verflechtung... Ich muss nur aufpassen und sicherstellen, dass das Muster symmetrisch oder asymmetrisch bleibt oder was jeweils erforderlich ist für das Projekt. Diesmal ist es viel rekursiver als sonst, und ich sehe es im Geist als ganze Reihen von fraktalem Wachstum vor mir, die eine stachelige Kugel bilden.

Als die Umrisse verschwimmen, schüttele ich mich und lehne mich zurück. Ich habe fünf Stunden gearbeitet und es gar nicht gemerkt. Aller Ärger über Dr. Fornum ist weg, und ich bin jetzt ganz klar. Manchmal, wenn ich von ihr komme, kann ich ein oder zwei Tage nicht arbeiten, aber dieses Mal hat mich das Hüpfen wieder ins Gleichgewicht gebracht. Über meinem Computer dreht sich ein Windrädchen langsam im Luftzug der Klima-Anlage. Ich puste es an, und nach einem Moment – nach 1,3 Sekunden, um genau zu sein – dreht es sich schneller und blinkt dunkelrot und silbern im Licht. Ich beschließe, meinen Ventilator anzustellen, damit alle Windräder und Spiralen sich zusammen drehen und mein Büro richtig glitzert.

Gerade habe ich es in die Tat umgesetzt, als Bailey über den Flur ruft: »Will jemand Pizza?« Ich habe Hunger; mein Magen gibt Geräusche von sich, und ich kann plötzlich alles im Büro riechen: das Papier, den Rechner, den Teppich, die Metall/Plastik/Staub/Reinigungslösung... mich selber. Ich schalte den Ventilator aus, werfe einen letzten Blick auf die sich drehende, glitzernde Pracht und gehe hinaus in den Flur. Ich brauche nur einen raschen Blick auf die Gesichter meiner Freunde zu werfen und weiß, wer mitkommt und wer nicht. Wir müssen nicht darüber reden; wir kennen einander.

Gegen neun kommen wir in der Pizzeria an. Linda, Bailey, Eric, Dale, Cameron und ich. Auch Chuy wollte etwas essen, aber die Tische hier sind nur für sechs Personen ausgelegt. Er weiß das. Ich würde es ebenfalls verstehen, wenn er und die anderen zuerst hätten essen gehen wollen. Ich würde auch nicht mitkommen und mich an einen anderen Tisch setzen, deshalb weiß ich, dass Chuy nicht mehr kommen wird, und wir werden nicht versuchen müssen, ihn dazwischen zu quetschen. Letztes Jahr hatten sie einen neuen Geschäftsführer, der das nicht verstanden hat. Er wollte ständig große Essen für uns arrangieren und uns gemischt setzen. »Seid doch nicht so engstirnig«, sagte er immer. Aber wenn er nicht hinschaute, setzten wir uns immer wieder genau so, wie es uns gefiel. Dale hat einen Tic am Auge, der Linda stört, deshalb sitzt sie so, dass sie ihn nicht sehen kann. Ich hingegen finde ihn komisch und beobachte ihn gern, deshalb sitze ich links von Dale, wo es so aussieht, als zwinkere er mir zu.

Die Leute, die hier arbeiten, kennen uns. Die anderen Gäste im Restaurant sehen uns manchmal zu lange an, wegen der Art, wie wir uns bewegen und reden oder nicht reden, aber sie werfen uns nie so abschätzige Blicke zu, wie ich es in anderen Lokalen erlebt habe. Linda zeigt einfach auf das, was sie will, oder manchmal schreibt sie es auch zuerst auf, und sie belästigen sie nie mit weiteren Fragen.

Heute Abend ist unser Lieblingstisch schmutzig. Ich kann es kaum ertragen, auf die fünf schmutzigen Pizza-Teller zu schauen; mir dreht sich der Magen um, wenn ich an das Geschmiere von Sauce, Käse und Teigkrümeln denke, und die ungerade Zahl macht es noch schlimmer. Rechts von uns ist ein leerer Tisch, aber den mögen wir nicht. Er steht neben dem Durchgang zu den Toiletten, und es gehen zu viele Leute hinter uns vorbei.

Wir warten und versuchen, geduldig zu sein, als Hallo-ich-bin-Sylvia – das steht auf ihrem Namensschildchen, als ob sie zum Verkauf stünde und nicht eine Person wäre – einem der anderen ein Zeichen gibt, damit er unseren Tisch abräumt. Ich mag sie und meistens denke ich daran, sie Sylvia zu nennen ohne das Hallo-ich-bin. Jedenfalls, so lange ich nicht auf ihr Namensschild schaue. Hallo-ich-bin-Sylvia lächelt uns immer an und versucht, hilfsbereit zu sein; Hallo-ich-bin-Jean ist der Grund, warum wir donnerstags, wenn sie diese Schicht arbeitet, nicht hierher gehen. Hallo-ich-bin-Jean mag uns nicht und murmelt immer leise vor sich hin, wenn sie uns sieht. Manchmal kommt auch nur einer von uns hierher, um eine Bestellung für die anderen abzuholen, und als ich das letzte Mal an der Reihe war, hörte ich, wie Hallo-ich-bin-Jean zu einem der Köche sagte: »Wenigstens schleppt er nicht all die anderen Freaks an.« Ich hatte mich gerade von der Kasse weggedreht, und ich sollte es hören. Sie ist die Einzige, die uns Ärger macht.

Aber heute Abend sind Hallo-ich-bin-Sylvia und Tyree hier, der die Teller und das schmutzige Besteck abräumt, als ob es ihm nichts ausmacht. Tyree trägt kein Namensschild; er macht nur die Tische sauber. Dass er Tyree heißt, wissen wir, weil wir gehört haben, dass die anderen ihn so nennen. Als ich ihn das erste Mal mit seinem Namen angeredet habe, hat er verblüfft und ein wenig verängstigt gewirkt, aber mittlerweile kennt er uns, obwohl er uns nicht mit Namen anredet.

»Ich bin gleich fertig«, sagt Tyree und wirft uns einen Blick von der Seite zu. »Alles in Ordnung?«

»Ja«, sagt Cameron. Er wippt ein bisschen von den Fersen auf die Zehen. Er macht das immer, aber ich merke, dass er heute ein wenig schneller wippt als sonst.

Ich sehe die Neonreklame im Fenster blinken. Sie geht in drei Segmenten an, rot, grün, dann blau in der Mitte, und danach geht alles auf einmal aus. Blink, rot, Blink, grün, Blink blau, dann Blink rot/grün/blau, alles aus, alles an, alles aus, dann wieder von vorne. Ein sehr einfaches Muster, und auch die Farben sind nicht so hübsch (das Rot ist für meinen Geschmack viel zu orange, und auch das Grün ist nicht schön, aber das Blau ist ganz nett), aber es ist trotzdem ein Muster, das man beobachten kann.

»Ihr Tisch ist fertig«, sagt Hallo-ich-bin-Sylvia, und ich versuche, nicht zu zucken, als ich den Blick von der Bier-Reklame ab- und ihr zuwende.

Wir setzen uns in der üblichen Ordnung hin. Wir essen immer dasselbe, wenn wir hierher kommen, deshalb dauert das Bestellen nicht lange. Während wir auf das Essen warten, reden wir nicht, weil wir uns jeder auf seine Art in der Situation zurechtfinden müssen. Wegen des Besuchs bei Dr. Fornum sind mir die Details dieses Vorgangs stärker bewusst als sonst: Linda trommelt mit den Fingern auf ihren Löffel in einem komplexen Muster, das einen Mathematiker ebenso entzücken würde wie sie. Ich beobachte, genau wie Dale, aus den Augenwinkeln die Neonreklame. Cameron klimpert mit den winzigen Plastikwürfeln, die er in seiner Tasche hat. Er macht es so diskret, dass Leute, die ihn nicht kennen, es nicht merken würden, aber ich sehe es am rhythmischen Flattern seines Ärmels. Bailey beobachtet ebenfalls die Neonreklame. Eric hat seinen Mehrfarbkuli herausgeholt und malt winzige geometrische Muster auf das Papierset. Zuerst rot, dann violett, dann blau, dann grün, dann gelb, dann orange, dann wieder rot. Es gefällt ihm, wenn das Essen genau in dem Moment kommt, wenn er eine Farbsequenz beendet.

Dieses Mal kommen die Getränke, als er bei Gelb ist; das Essen kommt beim nächsten Orange. Sein Gesicht entspannt sich.

Über das Projekt dürfen wir außerhalb des Campus nicht sprechen. Aber wir haben schon fast fertig gegessen, als Cameron immer noch auf seinem Platz auf und ab hopst, weil er so von dem Bedürfnis erfüllt ist, uns von einem Problem zu erzählen, das er gelöst hat. Ich blicke mich um. Niemand sitzt in unserer Nähe. »Ezzer«, sage ich. In unserer Privatsprache bedeutet *ezzer*: »Na los«. Wir dürfen keine Privatsprache haben und niemand denkt, dass wir so etwas können, aber wir können es. Viele Leute haben eine Privatsprache, ohne es zu wissen. Sie nennen es vielleicht Jargon oder Slang, aber eigentlich ist es eine private Sprache, die anzeigt, wer zur Gruppe gehört und wer nicht.

Cameron zieht ein Stück Papier aus der Tasche und breitet es aus. Wir dürfen kein Papier aus dem Büro mitnehmen, damit es nicht in fremde Hände gerät, aber wir tun es alle. Manchmal ist es schwer zu reden und es fällt uns viel leichter, Dinge aufzuschreiben oder zu zeichnen.

Ich erkenne die lockigen Wächter, die Cameron immer in die Ecke seiner Zeichnungen stellt. Er mag solche Animes. Und ich erkenne auch die Muster, die er durch eine partielle Rekursion, die wie die meisten seiner Lösungen von sparsamer Eleganz ist, verbunden hat. Wir betrachten sie alle und nicken. »Hübsch«, sagt Linda. Ihre Hände zucken ein wenig zur Seite; wenn wir auf dem Campus wären, würden sie wild flattern, aber hier versucht sie es zu unterdrücken.

»Ja«, sagt Cameron und faltet das Blatt Papier wieder zusammen.

Ich weiß, dass dieser Austausch Dr. Fornum nicht zufrieden stellen würde. Sie würde von Cameron verlangen, dass er die Zeichnung erklärt, auch wenn sie uns allen klar ist. Sie würde darauf bestehen, dass wir Fragen stellen, Kommentare abgeben, darüber reden. Aber es gibt nichts, worüber wir reden könnten; uns allen ist klar, was das Problem war und dass Cameron es in jeder Hinsicht gut gelöst hat. Alles andere wäre überflüssiges Geschwätz, und das brauchen wir unter uns nicht.

»Ich habe über die Geschwindigkeit des Dunkels nachgedacht«, sage ich und blicke zu Boden. Wenn ich spreche, werden sie mich anschauen, wenn auch nur ganz kurz, und ich will diese Blicke nicht alle spüren.

»Die Dunkelheit hat keine Geschwindigkeit«, sagt Eric. »Es ist nur der Raum, wo das Licht nicht ist.«

»Wie würde es sich anfühlen, wenn jemand auf einer Welt mit mehr als einer Schwerkraft eine Pizza äße?«, fragt Linda.

»Ich weiß nicht«, sagt Dale. Er klingt besorgt.

»Die Geschwindigkeit des Nicht-Wissens«, sagt Linda.

Ich rätsele einen Moment daran herum und stelle es mir vor. »Nicht-Wissen breitet sich schneller aus als Wissen«, sage ich. Linda grinst und senkt den Kopf. »Deshalb könnte die Geschwindigkeit des Dunkels größer sein als die Lichtgeschwindigkeit. Wenn es um das Licht herum immer Dunkelheit geben muss, dann muss sie ihm vorangehen.«

»Ich will nach Hause«, sagt Eric. Dr. Fornum würde mich jetzt bestimmt fragen wollen, ob er beunruhigt ist. Ich weiß, dass er nicht beunruhigt ist; wenn er jetzt nach Hause geht, kann er seine Lieblingssendung im Fernsehen sehen. Wir sagen Auf Wiedersehen, weil wir in der Öffentlichkeit sind, und wir wissen alle, dass man in der Öffentlichkeit *Auf Wiedersehen* sagt. Ich gehe zurück zum Campus. Ich möchte meine Windräder und Glitzerspiralen noch eine Zeit lang beobachten, bevor ich nach Hause fahre und ins Bett gehe.

Cameron und ich sind im Fitness-Raum und reden atemlos miteinander, während wir Trampolin springen. In den letzten Tagen haben wir beide gute Arbeit geleistet, und jetzt entspannen wir uns.

Joe Lee kommt herein, und ich sehe Cameron an. Joe Lee ist erst vierundzwanzig. Er wäre einer von uns, wenn er nicht die Therapie gehabt hätte, die für uns zu spät entwickelt worden ist. Er glaubt, er sei einer von uns, weil er weiß, dass er es gewesen wäre, und er weist auch einige unserer Merkmale auf. Er ist zum Beispiel sehr gut in Abstraktionen und Rekursionen. Er mag auch einige der Spiele; er mag unsere Turnhalle. Aber er ist viel besser – eigentlich normal – in seiner Fähigkeit, Gedanken und Gesichtsausdrücke zu lesen. Normale Gedanken und Gesichtsausdrücke. Und das gelingt ihm bei uns, die wir in gewisser Weise seine nächsten Verwandten sind, nicht so gut.

»Hi, Lou«, sagt er zu mir. »Hi, Cam.« Cameron erstarrt. Er mag es nicht, wenn man seinen Namen abkürzt. Er hat mir gesagt, das sei ein Gefühl, als habe ihm jemand die Beine abgeschnitten. Das hat er Joe Lee auch gesagt, aber Joe Lee vergisst es immer wieder, weil er so viel Zeit mit den Normalen verbringt. »Wie geht's?«, fragt er. Er nuschelt und vergisst uns anzuschauen, damit wir seine Lippen lesen können. Ich verstehe es, weil meine auditive Wahrnehmung besser funktioniert als bei Cameron und weil ich weiß, dass Joe Lee oft eine undeutliche Aussprache hat.

»Wie geht es?«, wiederhole ich laut und deutlich, damit auch Cameron es verstehen kann. »Gut, Joe Lee.« Cameron atmet aus.

»Habt ihr schon gehört?«, fragt Joe Lee, und ohne eine Antwort abzuwarten, fährt er fort: »Jemand arbeitet an einem Umkehrverfahren für Autismus. Es hat bei Ratten oder so funktioniert, und jetzt versuchen sie es mit Primaten. Ich wette, innerhalb kürzester Zeit seid ihr Typen genauso normal wie ich.«

Joe Lee hat immer behauptet, einer von uns zu sein, aber diese Aussage macht deutlich, dass er nie wirklich daran geglaubt hat. Wir sind »ihr Typen«, und normal ist »wie ich«. Ob er wohl nur gesagt hat, er sei *einer von uns, nur mit ein bisschen mehr Glück*, damit wir uns besser fühlen? Oder wollte er jemandem damit einen Gefallen tun?

Cameron blickt ihn finster an. Ich sehe förmlich, dass ihm ein Wortklumpen im Hals steckt, sodass er unmöglich sprechen kann. Aber ich hüte mich, für ihn zu sprechen. Ich spreche nur für mich selbst, was sowieso jeder tun sollte.

»Du gibst also zu, dass du nicht zu uns gehörst«, sage ich, und Joe Lees Gesicht nimmt einen Ausdruck an, der *verletzte Gefühle* vermittelt, wie man mir beigebracht hat.

»Wie kannst du das sagen, Lou? Du weißt doch, es liegt nur an der Behandlung...«

»Wenn du einem tauben Kind das Gehör wiedergibst, ist es nicht mehr taub«, sage ich. »Wenn das früh genug passiert, war es nie taub. Es ist alles nur So-tun-als-ob.«

»Wie *So-tun-als-ob*? Was *als ob*?« Joe Lee wirkt verwirrt und verletzt, und ich merke, dass ich eine der kleinen Pausen weggelassen habe, wo ein Komma stünde, wenn man schreibt, was man sagt. Aber seine Verwirrung erschreckt mich – es erschreckt mich, wenn ich nicht verstanden werde; das kam so oft vor, als ich ein Kind war. Ich spüre, wie sich die Wörter in meinem Kopf, in meiner Kehle ballen, und versuche, sie in der richtigen Reihenfolge, mit dem richtigen Ausdruck herauszubringen. Warum können Leute nicht einfach nur sagen, was sie meinen? Einfach nur die Wörter? Warum muss ich mich mit Tonfall, Tempo, Stimmhöhe und Betonung herumschlagen?

Ich spüre und höre, wie meine Stimme gepresst und mechanisch wird. Ich klinge auch in meinen Ohren ärgerlich, aber ich spüre Angst. »Sie haben dich schon vor deiner Geburt repariert, Joe Lee«, sage ich. »Du hast nie einen einzigen Tag gelebt wie wir.«

»Du irrst dich«, unterbricht er mich. »Innerlich bin ich genauso wie du, abgesehen von ...«

»Abgesehen von dem, was du normal nennst. Was dich von uns unterscheidet«, sage ich und unterbreche ihn ebenfalls. Es tut weh, jemanden zu unterbrechen. Miss Finley, eine meiner Therapeutinnen, hat mir immer auf die Hand geschlagen, wenn ich sie unterbrochen habe. Aber ich kann es nicht mehr ertragen, dass er Dinge sagt, die nicht stimmen. »Du konntest hören und Sprachgeräusche verarbeiten – du hast gelernt, normal zu sprechen. Du hattest keine Staune-Augen.«

»Ja, aber mein Gehirn arbeitet auf die gleiche Weise.«

Ich schüttle den Kopf. Joe Lee sollte es wirklich besser wissen; wir haben es ihm immer wieder gesagt. Unsere Probleme mit Hören, Sehen und anderen Sinnen liegen nicht in den Sinnesorganen, sondern im Hirn. Wenn jemand diese Probleme nicht hat, arbeitet sein Gehirn eben nicht auf die gleiche Weise. Wenn wir Computer wären, hätte Joe Lee einen anderen Hauptprozessor. Wenn zwei Computer mit unterschiedlichen Chips die gleiche Software verwenden, läuft sie nun mal nicht genauso.

»Aber ich tue die gleiche Arbeit ...«

Das tut er nicht. Er glaubt es nur. Manchmal frage ich mich, ob das Unternehmen, für das wir arbeiten, das auch glaubt, weil sie andere Joe Lees und keinen mehr von uns eingestellt haben, obwohl ich weiß, dass es noch mehr so wie uns gibt, die arbeitslos sind. Joe Lees Lösungen sind linear. Manchmal ist das sehr effektiv, aber manchmal ... Das möchte ich ihm gern sagen, aber ich kann es nicht, weil er so wütend und aufgeregt aussieht.

»Ach, kommt«, sagt er. »Du und Cam, esst mit mir zu Abend. Ich lade euch ein.«

Ich fühle mich kalt um die Mitte herum. Ich will nicht mit Joe Lee zu Abend essen.

»Ich kann nicht«, sagt Cameron. »Ich habe eine Verabredung.« Er hat vermutlich eine Verabredung mit seinem Schachpartner in Japan. Joe Lee blickt mich an.

»Tut mir leid«, fällt mir ein. »Ich habe einen Termin.« Der Schweiß läuft mir über den Rücken; ich hoffe, Joe Lee fragt nicht, was für einen Termin. Es ist schon schlimm genug, dass ich weiß, dass zwischen jetzt und dem Termin genug Zeit für ein Abendessen mit Joe Lee wäre, aber wenn ich auch noch lügen muss, werde ich mich tagelang elend fühlen.

Gene Crenshaw saß in einem großen Sessel an einem Ende des Tisches; Pete Aldrin saß wie die anderen auf einem gewöhnlichen Stuhl an einer Seite. Typisch, dachte Aldrin. Er beruft Sitzungen ein, weil er sich dann in dem großen Sessel aufplustern kann. Es war die dritte Sitzung innerhalb von vier Tagen, und auf Aldrins Schreibtisch stapelte sich die Arbeit, die er wegen der ständigen Sitzungen nicht erledigt bekam. Den anderen ging es genauso.

Heute ging es um den negativen Geist am Arbeitsplatz, womit anscheinend jeder gemeint war, der Crenshaw auf irgendeine Weise in Frage stellte. Stattdessen sollten sie »die Vision erfassen« – Crenshaws Vision – und sich unter Ausschluss von allem anderen darauf konzentrieren. Alles, was nicht zur Vision passte, war ... suspekt, wenn nicht sogar böse. Demokratie gehörte nicht dazu: Hier ging es ums Geschäft, nicht um eine Partei. Das sagte Crenshaw mehrmals. Dann führte er Aldrins Abteilung, Sektion A, wie sie im Haus genannt wurde, als Beispiel dafür an, was falsch war.

Aldrins Magen brannte, und ein saurer Geschmack stieg ihm in den Mund. Sektion A war bemerkenswert produktiv; er hatte deshalb zahlreiche lobende Erwähnungen in seiner Akte. Wie kam Crenshaw auf die Idee, dass in der Abteilung was falsch lief?

Bevor er etwas erwidern konnte, sagte Madge Demont: »Wissen Sie, Gene, wir haben in dieser Abteilung immer als

Team gearbeitet. Und jetzt kommen Sie und richten das Augenmerk auf unsere etablierten und erfolgreichen Arbeitsmethoden...«

»Ich bin ein geborener Führer«, sagte Crenshaw. »Mein Persönlichkeitsprofil zeigt, dass ich Kapitän sein muss, nicht Mannschaft.«

»Teamwork ist für jeden wichtig«, erwiderte Aldrin. »Auch Führungspersönlichkeiten müssen lernen, mit anderen zu arbeiten...«

»Das ist nicht meine Stärke«, sagte Crenshaw. »Meine Stärke ist es, andere zu inspirieren und sie anzuführen.«

Seine Stärke, dachte Aldrin, war, andere herumzukommandieren, ohne das Recht dazu zu haben, aber Crenshaw war von der Chefetage mit Lob überschüttet worden. Bevor er seinen Job los wurde, würde man erst alle anderen feuern.

»Diese Leute«, fuhr Crenshaw fort, »müssen lernen, dass sie nicht der Dreh- und Angelpunkt dieses Unternehmens sind. Sie müssen sich einfügen; es liegt in ihrer Verantwortung, die Arbeit zu machen, für die sie eingestellt wurden...«

»Und wenn manche von ihnen ebenfalls geborene Führungspersönlichkeiten sind?«, fragte Aldrin.

Crenshaw schnaubte. »Autisten? Führungspersönlichkeiten? Sie machen wohl Witze. Diese Leute verfügen doch gar nicht über das nötige Rüstzeug; sie haben keine Ahnung, wie die Firma funktioniert.«

»Wir haben eine vertragliche Verpflichtung...«, sagte Aldrin und wechselte das Thema, bevor er so wütend wurde, dass er die Fassung verlor. »Laut Vertrag müssen wir ihnen Arbeitsbedingungen bieten, die für sie geeignet sind.«

»Nun, das tun wir doch, oder?« Crenshaw bebte förmlich vor Empörung. »Und das kostet uns Unmengen von Geld. Ihre eigene private Turnhalle, die Tonanlage, der Sonderparkplatz, alle möglichen Spielereien.«

Auch das obere Management hatte eine private Turnhalle,

eine Tonanlage, einen Sonderparkplatz und so nützliche Spielereien wie Aktienoptionen. Aber es brachte nichts, wenn er darauf hinwies.

»Ich bin sicher, dass unsere anderen, hart arbeitenden Angestellten auch gern die Chance hätten, in diesem Sandkasten zu spielen – aber sie tun ihre Arbeit«, fuhr Crenshaw fort.

»Sektion A auch«, erwiderte Aldrin. »Die Produktivitätszahlen sind...«

»Sind adäquat, da stimme ich Ihnen zu. Aber wenn sie in der Zeit, die sie mit Spielen vergeuden, arbeiten würden, wären die Zahlen noch viel besser.«

Aldrin spürte, wie sein Nacken heiß wurde. »Ihre Produktivität ist nicht nur *adäquat*, Gene. Sie ist herausragend. Sektion A ist, Mitarbeiter für Mitarbeiter, produktiver als jede andere Abteilung. Vielleicht sollten wir besser hingehen und anderen Angestellten ähnliche Vergünstigungen gewähren wie Sektion A...«

»Und damit die Profitmarge auf Null herunterfahren? Unsere Aktionäre wären begeistert. Pete, ich bewundere Sie ja dafür, wie Sie hinter Ihren Leuten stehen, aber genau das ist der Grund, warum Sie nicht befördert werden. Sie müssen erst noch lernen, das große Ganze zu sehen, die Vision zu erfassen. Dieses Unternehmen wird sich erfolgreich entwickeln, aber dazu brauchen wir voll funktionstüchtige, produktive Arbeitskräfte – Leute, die diese ganzen kleinen Extras nicht brauchen. Wir müssen abspecken und wieder zu der schlanken, harten, produktiven Maschine...«

Schlagworte, dachte Aldrin. Dieselben Schlagworte, die er am Anfang bekämpft hatte, um Sektion A genau diese Extras zu verschaffen, die die Abteilung so produktiv machten. Als die Rentabilität von Sektion A ihm dann recht gab, hatte die Unternehmensführung gnädig nachgegeben – hatte er gedacht. Aber jetzt hatten sie Crenshaw eingestellt. Wussten sie es? Konnte es sein, dass sie es nicht wussten?

»Ich weiß, dass Ihr älterer Bruder an Autismus leidet«, sagte Crenshaw in salbungsvollem Ton. »Ich fühle Ihren Schmerz, aber Sie müssen sich klar darüber sein, dass wir uns hier in der realen Welt befinden und nicht im Kindergarten. Ihre familiären Probleme haben hier nichts zu suchen.«

Aldrin hätte Crenshaw am liebsten den Wasserkrug mitsamt Wasser und Eiswürfeln auf dem Kopf zerschmettert. Aber das ließ er natürlich bleiben. Crenshaw war durch nichts zu überzeugen, dass seine Gründe, für Sektion A zu kämpfen, weitaus komplexer waren als die Tatsache, dass er einen autistischen Bruder hatte. Wegen Jeremy hatte er sich fast geweigert, dort zu arbeiten. Er hatte seine Kindheit im Schatten von Jeremys unvermittelten Wutanfällen verbracht, und die anderen Kinder hatten ihn verspottet wegen seines »verrückten, zurückgebliebenen« Bruders. Er hatte von Jeremy die Nase voll gehabt, und als er zu Hause ausgezogen war, hatte er sich geschworen, für den Rest seines Lebens unter gesunden, normalen Menschen zu leben.

Aber zwischen Jeremy (der immer noch in einem Heim lebte, seine Tage in einer Tageseinrichtung für Erwachsene verbrachte und nur die einfachsten Tätigkeiten ausführen konnte) und den Männern und Frauen von Sektion A herrschte ein solcher Unterschied, dass Aldrin sie einfach verteidigen musste. Natürlich fiel es ihm manchmal schwer, nicht zurückzuzucken, wenn er sah, was sie mit Jeremy gemein hatten, aber mit ihnen zusammenzuarbeiten minderte seine Schuldgefühle darüber, dass er seine Eltern und Jeremy höchstens einmal im Jahr besuchte.

»Sie irren sich«, sagte er zu Crenshaw. »Wenn Sie versuchen, Sektion A die kleinen Vergünstigungen zu nehmen, kostet das die Firma mehr an Produktivität, als Sie gewinnen. Wir sind von ihren einzigartigen Fähigkeiten abhängig; die Suchalgorithmen und Musteranalysen, die sie entwickelt haben, haben die Zeit von den Rohdaten bis zur Produktion stark verkürzt – und dadurch sind wir wesentlich wettbewerbsfähiger...«

»Ich sehe das anders. Es ist Ihre Aufgabe, die Leute produktiv zu halten, Aldrin. Zeigen Sie uns, was Sie können.«

Aldrin schluckte seine Wut hinunter. Crenshaw grinste selbstzufrieden, wie ein Mann, der an der Macht war und es genoss, wenn seine Untergebenen sich wanden. Aldrin blickte sich um; die anderen sahen geflissentlich weg und hofften, dass sie nicht auch ihren Teil der Standpauke abbekamen.

»Außerdem«, fuhr Crenshaw fort, »kommt gerade aus einem Labor in Europa eine neue Studie. In ein oder zwei Tagen soll sie ins Internet gestellt werden. Noch sind sie in der experimentellen Phase, aber das Ganze soll äußerst vielversprechend sein. Vielleicht sollten wir sie uns einmal besorgen.«

»Eine neue Therapie?«

»Ja. Ich weiß nicht viel darüber, aber ich kenne jemanden, der was davon versteht. Er wusste, dass ich einen Haufen Autisten übernehme, und meinte, ich solle abwarten, bis die Behandlung an Menschen erprobt wird. Sie soll angeblich das fundamentale Defizit beheben und sie normal machen. Wenn sie normal wären, hätten sie keine Entschuldigung mehr für diesen ganzen Luxus.«

»Wenn sie normal wären«, erwiderte Aldrin, »könnten sie die Arbeit nicht machen.«

»Auf jeden Fall brauchten wir nicht mehr diesen ganzen Klimbim für sie bereitzustellen!« Crenshaws weit ausholende Geste umfasste alles von der Turnhalle bis hin zu Einzelbüros mit Türen. »Entweder könnten sie mit geringeren Kosten für uns arbeiten, oder sie wären nicht mehr bei uns angestellt, weil sie die Arbeit nicht mehr leisten könnten.«

»Was ist das für eine Therapie?«, fragte Aldrin.

»Ach, so eine Kombination aus Neuro-Verstärkern und Nanotechnik. Angeblich wachsen dadurch die richtigen Teile des Gehirns.« Crenshaw grinste unfreundlich. »Am besten recherchieren Sie die Sache, Pete, und schicken mir dann einen Bericht. Wenn es funktioniert, könnten wir uns doch um die Lizenz für Nordamerika bewerben.«

Aldrin hätte ihm am liebsten einen finsteren Blick zugeworfen, aber er wusste, dass das nichts nützte. Er war Crenshaw in die Falle gegangen; wenn es für Sektion A schlecht ausging, würden sie ihm die Schuld daran geben. »Sie wissen, dass Sie niemanden zwingen können, sich behandeln zu lassen?«, sagte er. Der Schweiß lief ihm über den Rücken. »Die Leute haben Bürgerrechte.«

»Ich kann mir nicht vorstellen, dass jemand so sein *möchte*«, sagte Crenshaw. »Und wenn doch, gehören sie zum Therapeuten. Wenn man es vorzieht, krank...«

»Sie sind nicht *krank*«, unterbrach ihn Aldrin.

»... und behindert zu sein, wenn man eine Sonderbehandlung einer Heilung vorzieht, dann liegt doch ein mentales Ungleichgewicht vor. Das sind Gründe, um ernsthaft über eine Beendigung des Arbeitsverhältnisses nachzudenken, glaube ich, zumal sie in einem hochsensiblen Bereich arbeiten, den andere Abteilungen nur zu gern mit übernähmen.«

Aldrin überfiel erneut das Verlangen, Crenshaw etwas Schweres über den Kopf zu schlagen.

»Vielleicht hilft die Behandlung sogar Ihrem Bruder«, sagte Crenshaw.

Das war zu viel. »Bitte, lassen Sie meinen Bruder aus dem Spiel«, stieß Aldrin hervor.

»Na, na, ich wollte Sie nicht aufregen.« Crenshaws Grinsen wurde noch breiter. »Ich dachte nur, dass es vielleicht helfen könnte...« Bevor Aldrin irgendeinen der vernichtenden Sätze aussprechen konnte, die ihm durch den Kopf gingen, winkte Crenshaw mit einer beiläufigen Geste ab und wandte sich an die nächste Person am Tisch. »Nun, Jennifer, zu den Zieldaten, die Ihr Team nicht erfüllt...«

Was konnte Aldrin tun? Nichts. Was konnte überhaupt jemand tun? Nichts. Männer wie Crenshaw machten Karriere, weil sie so waren – offensichtlich musste man so sein.

Wenn es eine solche Behandlung gäbe – obwohl er es eigentlich nicht glaubte –, würde sie seinem Bruder helfen? Er hasste Crenshaw dafür, dass er ihn mit diesem Köder lockte. Endlich hatte er Jeremy so akzeptiert, wie er war. Was würde es bedeuten, wenn er sich änderte?

[2]

Mr. Crenshaw ist der neue Geschäftsführer. Mr. Aldrin, unser Chef, hat ihn am ersten Tag herumgeführt. Ich mochte ihn nicht, weil er die gleiche, falsch herzliche Stimme hatte wie mein Sportlehrer an der Grundschule, der eigentlich lieber Football-Coach auf einer Highschool gewesen wäre. Coach Jerry mussten wir ihn immer nennen. Er fand uns blöd. Und wir hassten ihn alle. Mr. Crenshaw hasse ich nicht, aber ich mag ihn auch nicht.

Heute warte ich auf dem Weg zur Arbeit an einer roten Ampel, wo die Straße die Interstate kreuzt. Das Auto vor mir ist ein mitternachtsblauer Minivan mit einem Kennzeichen aus Georgia. Am Heckfenster klebt ein wuscheliger Bär mit kleinen Gummisaugnäpfen. Der Bär grinst mich mit einem albernen Gesichtsausdruck an. Ich bin froh, dass es nur ein Spielzeug ist; ich hasse es, wenn ein Hund hinten im Auto ist und mich anschaut. Für gewöhnlich bellen sie mich an.

Es wird grün und der Minivan fährt an. Bevor ich noch denken kann: *nein, nicht!*, brausen zwei Autos heran, die die rote Ampel übersehen haben: ein beigefarbener Pritschenwagen mit einem braunen Streifen und einem orangefarbenen Wasserkühler hinten, und eine braune Limousine. Der Pick-up rammt dem Pkw voll in die Seite. Das Geräusch ist entsetzlich: Kreischen, Knallen, Quietschen und Krachen gleichzeitig. Der Pkw und der Pick-up drehen sich und sprühen ganze Fontänen von splitterndem Glas... Ich würde am liebsten in mir selber verschwinden. Ich schließe die Augen.

Langsam wird es wieder still, bis auf das Hupen der Autofahrer, die nicht wissen, warum der Verkehr stockt. Ich öffne die Augen. Die Ampel ist grün. Leute sind aus ihren Autos gestiegen; die Fahrer der Unfallwagen laufen herum und reden.

Die Verkehrsregeln besagen, dass keine Person, die in einen Unfall verwickelt ist, den Unfallort verlassen darf. Die Verkehrsregeln besagen, dass man anhalten und Hilfe leisten soll. Aber ich war nicht in den Unfall verwickelt, weil abgesehen von ein paar Glassplittern mein Auto nicht berührt wurde. Und es sind zahlreiche Leute da, die Erste Hilfe leisten können. Ich habe das nicht gelernt.

Ich blicke mich um und schiebe mich langsam und vorsichtig an der Unfallstelle vorbei. Die Leute werfen mir ärgerliche Blicke zu, aber ich habe nichts falsch gemacht; ich war nicht am Unfall beteiligt. Wenn ich dableibe, komme ich zu spät zur Arbeit. Und ich würde mit Polizisten reden müssen. Ich habe Angst vor Polizisten.

Ich fühle mich ganz zitterig, als ich zur Arbeit komme, deshalb gehe ich zuerst in die Turnhalle, statt in mein Büro. Ich lege »Polka und Fuge« aus *Schwanda, der Dudelsackpfeifer* auf, weil ich große Sprünge mit großen schwingenden Bewegungen machen muss. Durch das Springen bin ich schon ein bisschen ruhiger geworden, als Mr. Crenshaw auftaucht, einen hässlichen, rötlich beigefarbenen Ton im Gesicht.

»Nun, Lou«, sagt er. Seine Stimme hört sich bewölkt an, als ob er eigentlich jovial klingen wolle, aber in Wirklichkeit wütend sei. Coach Jerry klang auch immer so. »Sie mögen also die Turnhalle sehr?«

Die lange Antwort ist immer interessanter als die kurze, aber ich weiß, dass die meisten Leute die kurze, uninteressante Antwort der langen, interessanten vorziehen, also versuche ich daran zu denken, wenn sie mir Fragen stellen, auf die ich lange Antworten geben könnte. Mr. Crenshaw will nur wissen, ob ich die Turnhalle mag. Wie sehr ich sie mag, will er eigentlich nicht wissen.

»Ja, sie ist ganz in Ordnung«, antworte ich.

»Brauchen Sie irgendetwas, das es hier nicht gibt?«

»Nein.« Ich brauche viele Dinge, die es hier nicht gibt, einschließlich Essen, Wasser und einen Platz, um zu schlafen, aber er meint nur, ob ich in diesem für seinen Zweck eingerichteten Raum etwas brauche, was es hier nicht gibt.

»Brauchen Sie diese Musik?«

Diese Musik. Laura hat mir beigebracht, dass Leute eine bestimmte Einstellung zum Inhalt eines Substantivs äußern, wenn sie »diese« davor setzen. Ich versuche gerade, mir vorzustellen, welche Einstellung Mr. Crenshaw wohl dieser Musik gegenüber hat, als er schon weiterredet, noch bevor ich antworten kann. Die meisten Leute machen das so.

»Es ist so schwierig«, sagt er, »diese ganze Musik immer bereit zu halten. Die Aufnahmen verschleißen... Es wäre einfacher, wenn wir einfach nur das Radio einschalten könnten.«

Aus dem Radio hier dringen laut hämmernde Geräusche oder wimmerndes Singen, aber keine Musik. Und alle paar Minuten gibt es Werbung, die sogar noch lauter ist. Es gibt keinen Rhythmus, keinen jedenfalls, bei dem ich mich entspannen könnte.

»Das Radio wird nicht funktionieren«, sage ich. Dass die Äußerung zu abrupt war, merke ich daran, dass sein Gesicht hart wird. Ich muss mehr sagen und nicht die kurze Antwort, sondern die lange geben. »Die Musik muss durch mich hindurchgehen«, füge ich hinzu. »Es muss die richtige Musik sein, damit sich der richtige Effekt einstellt, und es muss Musik sein, nicht Reden oder Singen. Das gilt für jeden von uns. Wir brauchen unsere eigene Musik, die Musik, die für uns funktioniert.«

»Es wäre schön«, sagt Mr. Crenshaw mit ärgerlich klingender Stimme, »wenn jeder von uns die Musik hören könnte, die ihm am besten gefällt. Aber die meisten Leute ...« Er sagt »die meisten Leute« in dem Tonfall, der »wirkliche Leute, normale Leute« bedeutet. »Die meisten Leute müssen der Musik zuhören, die gerade gespielt wird.«

»Ich verstehe«, erwidere ich, obwohl ich es eigentlich nicht verstehe. Jeder könnte doch einen Kassettenrecorder und seine eigene Musik mitbringen und bei der Arbeit Kopfhörer tragen wie wir. »Aber für uns ...« – für uns, die Autisten, die Unvollständigen – »muss es die richtige Musik sein.«

Jetzt sieht er wirklich wütend aus, er spannt die Muskeln in seinen Wangen an, und sein Gesicht wird noch röter und glänzender. Sein Hemd spannt sich über den Schultern, weil er sie so verkrampft.

»Na schön«, sagt er. Das meint er aber nicht so. Er meint, er muss uns die richtige Musik spielen lassen, würde es jedoch ändern, wenn er könnte. Ich frage mich, ob die Worte auf Papier in unserem Vertrag stark genug sind, um ihn daran zu hindern. Ich überlege, ob ich Mr. Aldrin fragen soll.

Ich brauche weitere fünfzehn Minuten, um mich so weit zu beruhigen, dass ich in mein Büro gehen kann. Ich bin schweißnass und rieche schlecht. Ich nehme meine Ersatzkleider und gehe duschen.

Als ich mich schließlich an die Arbeit mache, ist es eine Stunde und siebenundvierzig Minuten nach Arbeitsbeginn. Ich werde heute Abend länger arbeiten, um die Verspätung wettzumachen.

Ich arbeite noch, als Mr. Crenshaw gegen Büroschluss wieder vorbeikommt. Er öffnet meine Tür, ohne anzuklopfen. Ich weiß nicht, wie lange er schon da gestanden hat, bevor ich ihn bemerkt habe, aber ich bin sicher, dass er nicht geklopft hat. Ich zucke zusammen, als er sagt: »Lou!«, und drehe mich um.

»Was machen Sie da?«, fragt er.

»Arbeiten«, sage ich. Was hat er denn geglaubt? Was sonst

sollte ich denn in meinem Büro, an meinem Arbeitsplatz machen?

»Lassen Sie mich mal sehen«, sagt er und tritt hinter mich. Ich spüre, wie meine Nackenhaare sich aufrichten. Ich hasse es, wenn jemand hinter mir steht. »Was ist das?« Er zeigt auf eine Reihe von Symbolen, die von der Masse darüber und darunter durch eine Linie getrennt sind. Ich habe schon den ganzen Tag daran herumgebastelt und versucht, das Ganze dazu zu bringen, dass es sich so verhält, wie ich es will.

»Das wird die... das Bindeglied zwischen diesen« – ich zeige auf die oberen Blöcke – »und diesen.« Ich zeige auf die unteren Blöcke.

»Und was ist das?«, fragt er.

Weiß er es wirklich nicht? Oder ist das ein Unterrichtsdiskurs, wie es in den Büchern genannt wird, wenn die Lehrer Fragen stellen, deren Antwort sie wissen, nur um herauszufinden, ob die Schüler sie beantworten können? Wenn er es wirklich nicht weiß, dann hat es gar keinen Sinn, ihm etwas erklären zu wollen. Egal, was ich sage. Wenn er es jedoch weiß, wird er wütend sein, wenn er merkt, dass ich denke, er wüsste es nicht.

Es wäre einfacher, wenn die Leute sagten, was sie meinten.

»Das ist das Dreischichtsystem für Synthese«, sage ich. Das ist eine richtige Antwort, wenn auch stark verkürzt.

»Oh, ich verstehe«, sagt er. Seine Stimme grinst. Glaubt er, ich lüge? Ich sehe, wie sich sein Gesicht verschwommen und verzerrt in der glänzenden Kugel auf meinem Schreibtisch widerspiegelt. Es ist schwer zu sagen, was er für einen Gesichtsausdruck hat.

»Das Dreischichtsystem wird in die Codes der Produktion eingebettet«, sage ich, wobei ich mich sehr bemühe, ruhig zu bleiben. »Auf diese Weise kann der Endverbraucher die Parameter der Produktion definieren, kann sie aber nicht in etwas Schädliches verwandeln.«

»Und das verstehen Sie?«, fragt er.

Was für ein *Das* ist das? Ich verstehe, was ich tue. Ich verstehe nicht immer, warum es getan werden muss. Ich entscheide mich für die einfache, kurze Antwort.

»Ja«, sage ich.

»Na schön«, sagt er. Es klingt so falsch wie am Morgen. »Sie haben heute spät angefangen«, sagt er.

»Ich bleibe heute Abend länger«, erwidere ich. »Ich war eine Stunde und siebenundvierzig Minuten zu spät. Ich habe die Mittagspause durchgearbeitet; das sind dreißig Minuten. Ich bleibe eine Stunde und siebzehn Minuten länger.«

»Sie sind ehrlich«, sagt er, offensichtlich überrascht.

»Ja«, sage ich. Ich drehe mich nicht um, um ihn anzusehen. Ich will sein Gesicht nicht sehen. Nach sieben Sekunden wendet er sich zum Gehen. An der Tür sagt er letzte Worte.

»Es kann so nicht weitergehen, Lou. Veränderungen sind unvermeidlich.«

Neun Wörter. Neun Wörter, die mich erzittern lassen, als die Tür sich geschlossen hat.

Ich schalte den Ventilator ein, und mein Büro ist erfüllt von glitzernd wirbelnden Reflexen. Ich arbeite weiter, eine Stunde und siebzehn Minuten. Heute Abend bin ich nicht versucht, darüber hinaus zu arbeiten. Es ist Mittwochabend, und ich habe Dinge zu tun.

Draußen ist es mild und ein wenig feucht. Ich fahre sehr vorsichtig zu meiner Wohnung. Dort ziehe ich T-Shirt und Shorts an und esse ein Stück kalte Pizza.

Zu den Dingen, von denen ich Dr. Fornum nie etwas erzähle, gehört mein Sexleben. Sie glaubt nicht, dass ich ein Sexleben habe, denn wenn sie fragt, ob ich einen Sexpartner habe, eine Freundin oder einen Freund, sage ich einfach nein. Mehr fragt sie dann nicht. Für mich ist das in Ordnung, weil ich nicht mit ihr darüber reden möchte. Ich finde sie nicht attraktiv, und meine Eltern haben gesagt, der einzige Grund, über Sex zu reden, sei der, dass man herauszufinden versucht, wie man seinen Partner befriedigen kann oder umgekehrt. Und wenn etwas nicht stimmt, müsste man eben mit einem Arzt reden.

Bei mir hat jedoch immer alles gestimmt. Manche Dinge sind natürlich von Anfang an falsch gewesen, aber das ist etwas anderes. Ich denke an Marjory, während ich meine Pizza aufesse. Marjory ist nicht meine Sexpartnerin, aber ich wünschte, sie wäre meine Freundin. Ich habe Marjory beim Fechtunterricht kennengelernt, nicht bei einem der gesellschaftlichen Ereignisse für Behinderte, an denen ich nach Dr. Fornums Meinung teilnehmen soll. Ich erzähle Dr. Fornum nichts vom Fechten, weil sie sonst wieder über meine gewalttätigen Neigungen nachdenkt. Wenn sie sich schon so über *Laser Tag* aufgeregt hat, könnten lange, spitze Degen sie in Panik versetzen. Ich erzähle Dr. Fornum auch nichts von Marjory, weil sie Fragen stellen würde, die ich nicht beantworten will. Das macht also zwei große Geheimnisse, Degen und Marjory.

Als ich gegessen habe, fahre ich zum Fechtunterricht bei Tom und Lucia. Marjory wird auch dort sein. Am liebsten würde ich meine Augen schließen und an Marjory denken, aber es ist beim Autofahren zu gefährlich. Stattdessen denke ich an Musik, an den Choral von Bachs *Kantate Nr. 39*.

Tom und Lucia wohnen in einem weitläufigen Haus mit einem großen, eingezäunten Garten. Sie haben keine Kinder, obwohl sie älter sind als ich. Zuerst dachte ich, es läge daran, dass Lucia so gern mit ihren Patienten arbeitet, dass sie nicht bei den Kindern zu Hause bleiben will, aber dann habe ich gehört, wie sie jemandem erzählte, sie und Tom könnten gar keine Kinder bekommen. Sie haben viele Freunde, und acht oder neun davon kommen regelmäßig zum Fechttraining. Ich weiß nicht, ob Lucia jemandem im Krankenhaus erzählt hat, dass sie manchmal Patienten zum Fechtunterricht einlädt. Ich glaube, das Krankenhaus würde das nicht gutheißen. Ich bin nicht die einzige Person unter psychiatrischer Aufsicht, die zu Tom und Lucia kommt, um Degenfechten zu lernen. Einmal habe ich sie danach gefragt, und sie hat nur gelacht und gesagt: »Was sie nicht wissen, macht ihnen auch keine Angst.«

Ich fechte jetzt seit fünf Jahren. Ich habe Tom geholfen, den neuen Belag auf den Fechtboden aufzutragen, Material, das für gewöhnlich für Tennisplätze verwendet wird. Ich habe Tom auch dabei geholfen, das Gestell im Hinterzimmer zu bauen, wo wir unsere Klingen aufbewahren. Ich will meine Waffen nicht im Auto oder in meiner Wohnung haben, weil ich weiß, dass es manchen Leuten Angst einjagen würde. Also lasse ich meine gesamte Fechtausrüstung bei Tom und Lucia, und jeder weiß, dass das zweite Fach unten links meins ist, ebenso wie der linke Haken an der anderen Wand. Auch meine Maske hat ihren festen Platz im Regal.

Zuerst mache ich meine Dehnübungen. Ich achte sorgfältig darauf, dass ich alles dehne; Lucia sagt immer, ich sei ein Vorbild für die anderen. Don zum Beispiel macht selten alle seine Dehnübungen, und er verrenkt sich ständig den Rücken oder zerrt sich die Muskeln. Dann sitzt er am Rand und jammert. Ich bin nicht so gut wie er, aber ich verletze mich auch nicht, weil ich die Regeln einhalte. Ich wünschte, er würde die Regeln befolgen, weil ich traurig bin, wenn sich ein Freund verletzt.

Wenn ich meine Arme, meine Schultern, meinen Rücken, meine Beine und meine Füße gedehnt habe, gehe ich ins Hinterzimmer, ziehe meine Lederjacke mit den am Ellbogen abgeschnittenen Ärmeln und mein Stahlhalsband an. Das Gewicht des Halsbandes fühlt sich gut an um meinen Hals. Ich hole meine Maske herunter, in der meine gefalteten Handschuhe liegen, und stecke die Handschuhe erst einmal in die Tasche. Mein Degen und mein Florett sind im Gestell; ich nehme die Maske unter einen Arm und hole sie vorsichtig heraus.

Don kommt herein, in Eile und schwitzend, wie gewöhnlich mit rotem Gesicht. »*Hi*, Lou«, sagt er. Ich sage ebenfalls *hi* und trete einen Schritt zurück, damit er seinen Degen aus dem Gestell nehmen kann. Er ist normal, und wenn er wollte, könnte er seinen Degen im Auto transportieren, ohne dass die Leute Angst bekämen, aber er vergisst immer alles. Er musste sich immer die Waffe von jemand anderem leihen, und schließlich hat Tom ihm gesagt, er solle seinen Degen hierlassen.

Ich gehe nach draußen. Marjory ist noch nicht da. Cindy und Lucia stellen sich mit ihren Degen in Positur; Max setzt seinen Stahlhelm auf. Ich glaube, der Stahlhelm würde mir nicht gefallen; es wäre zu laut, wenn jemand darauf schlagen würde. Max hat gelacht, als ich ihm das gesagt habe, und hat gemeint, ich könnte doch Ohrstöpsel tragen, aber ich hasse Ohrstöpsel. Ich habe dann immer das Gefühl, ich hätte eine Erkältung. Es ist seltsam, weil ich eigentlich gern Augenmasken trage. Als ich noch jünger war, habe ich oft eine aufgesetzt und so getan, als sei ich blind. So konnte ich Stimmen ein bisschen besser verstehen. Aber wenn meine Ohren verstopft sind, kann ich nicht besser sehen.

Don kommt herausgestolpert, den Degen unter dem Arm, und knöpft sich seine schicke Lederweste zu. Manchmal wünsche ich mir, ich hätte auch so eine, aber ich glaube, einfache Sachen sind besser für mich.

»Hast du deine Dehnübungen gemacht?«, fragt Lucia ihn.

Er zuckt mit den Schultern. »Ja, ja.«

Sie zuckt ebenfalls mit den Schultern. »Na, es sind deine Schmerzen«, sagt sie. Sie und Cindy beginnen zu fechten. Ich schaue ihnen gern zu und versuche, mir vorzustellen, was sie tun werden. Es geht alles so schnell, dass ich Schwierigkeiten habe, ihren Bewegungen zu folgen, aber das ist bei normalen Leuten nicht anders.

»*Hi*, Lou«, sagt Marjory hinter mir. Ich fühle mich warm und leicht, als ob die Schwerkraft abgenommen hätte. Einen Moment lang kneife ich die Augen zusammen. Sie ist wunderschön, aber es ist schwer, sie anzusehen.

»*Hi*, Marjory«, sage ich und drehe mich um. Sie lächelt mich an. Ihr Gesicht glänzt. Es hat mich immer gestört, dass die Gesichter zu glänzen anfangen, wenn Leute glücklich sind, weil auch wütende Menschen glänzende Gesichter haben, und ich wusste nicht immer, was jeweils los war. Meine Eltern versuchten, mir den Unterschied zu zeigen, die Position der Augenbrauen und so weiter, aber schließlich stellte ich fest, dass man es am besten an den Augenwinkeln erkennen kann. Marjorys glänzendes Gesicht ist ein glückliches Gesicht. Sie ist glücklich, mich zu sehen, und ich bin glücklich, sie zu sehen.

Ich mache mir aber über viele Dinge Sorgen, wenn ich an Marjory denke. Ist Autismus ansteckend? Kann sie ihn von mir kriegen? Das würde ihr sicher nicht gefallen. Ich weiß eigentlich, dass Autismus nicht ansteckend ist, aber es heißt doch, wenn man mit einer bestimmten Gruppe von Menschen zusammen ist, beginnt man, wie sie zu denken. Und denkt sie auch wie ich, wenn sie mit mir zusammen ist? Ich will nicht, dass ihr das passiert. Wenn sie so wie ich zur Welt gekommen wäre, wäre es in Ordnung, aber jemand wie sie sollte nicht so werden wie ich. Ich glaube nicht, dass es passieren würde, aber ich würde mich schuldig fühlen, wenn es doch so wäre. Manchmal würde ich mich deshalb gern von ihr fernhalten, aber meistens will ich mehr mit ihr zusammen sein, als ich es bin.

»*Hi*, Marj«, sagt Don. Sein Gesicht glänzt jetzt noch mehr. Er findet auch, dass sie hübsch ist. Ich weiß, dass man das, was ich jetzt empfinde, Eifersucht nennt; das habe ich in einem

Buch gelesen. Es ist ein schlechtes Gefühl, und es bedeutet, dass ich kontrollsüchtig bin. Ich trete einen Schritt zurück, um nicht zu kontrollsüchtig zu sein, und Don tritt vor. Marjory sieht mich an, nicht Don.

»Möchtest du spielen?«, fragt Don und stupst mich mit dem Ellbogen. Er meint, ob ich mit ihm fechten will. Zuerst habe ich ihn nie verstanden, aber jetzt nicke ich stumm, und wir suchen uns einen Platz, wo wir uns aufstellen können.

Don macht eine kleine Bewegung mit dem Handgelenk, wie er jedes Gefecht anfängt, und ich kontere automatisch. Wir umkreisen einander, täuschen und parieren, und dann sehe ich, wie er den Arm sinken lässt. Ist das nur ein Täuschungsversuch? Aber zumindest ist es eine Blöße, und ich mache einen Ausfallschritt und treffe ihn auf der Brust.

»Du hast mich«, sagt er. »Mein Arm tut echt weh.«

»Das tut mir leid«, erwidere ich. Er massiert seine Schulter, dann springt er plötzlich vorwärts und stößt nach meinem Fuß. Das hat er schon einmal gemacht; ich weiche rasch zurück, und er erwischt mich nicht. Nachdem ich ihn noch drei Mal getroffen habe, seufzt er schwer und sagt, er sei müde. Das ist mir recht; ich würde sowieso lieber mit Marjory reden. Max und Tom nehmen unsere Plätze ein. Lucia macht eine Pause, und Cindy hat sich mit Susan aufgestellt.

Marjory sitzt jetzt neben Lucia. Lucia zeigt ihr ein paar Bilder. Eines von Lucias Hobbys ist Fotografie. Ich nehme meine Maske ab und beobachte sie. Marjorys Gesicht ist breiter als das von Lucia. Don geht zwischen mich und Marjory und fängt einfach an zu reden.

»Du unterbrichst uns«, sagt Lucia.

»Oh, Entschuldigung«, erwidert Don, aber er bleibt stehen und versperrt mir die Sicht.

»Und du stehst genau in der Mitte«, sagt Lucia. »Bitte stell dich nicht immer zwischen die Leute.« Sie wirft mir einen Blick zu. Ich mache nichts falsch, sonst würde sie es mir sagen. Mehr als jeder andere, den ich kenne und der nicht so ist wie ich, sagt sie sehr deutlich und klar, was sie will.

Don blickt sich um, schnauft und tritt einen Schritt zur Seite. »Ich habe Lou nicht gesehen«, sagt er.

»Aber ich«, sagt Lucia. Sie wendet sich wieder an Marjory. »Und hier sind wir am vierten Abend abgestiegen. Ich habe die Aufnahme von innen gemacht – das ist eine Aussicht, was?«

»Wundervoll«, sagt Marjory. Ich kann das Foto, das sie betrachtet, nicht sehen, aber ich sehe, wie glücklich sie aussieht. Ich beobachte sie, statt Lucia zuzuhören, die über die restlichen Fotos spricht. Don unterbricht sie von Zeit zu Zeit mit Kommentaren. Als sie alle Fotos angeschaut haben, packt Lucia die Schachtel unter ihren Stuhl.

»Na los, Don«, sagt sie. »Wir wollen doch mal sehen, wie du mit mir zurechtkommst.« Sie zieht ihre Handschuhe an, setzt die Maske auf und greift nach ihrem Degen. Achselzuckend folgt Don ihr zu einer freien Bahn.

»Setz dich«, sagt Marjory. Ich setze mich auf den Stuhl, aus dem Lucia gerade aufgestanden ist, und spüre ihre leise Wärme. »Wie war dein Tag?«, fragt Marjory.

»Ich wäre beinahe in einen Unfall geraten«, antworte ich. Sie stellt keine Fragen, sie lässt mich einfach reden. Es ist schwer, das alles zu erzählen; auf einmal kommt es mir weniger akzeptabel vor, dass ich einfach weggefahren bin, aber ich hatte Angst, zu spät zur Arbeit zu kommen, und wegen der Polizei.

»Das klingt ja schrecklich«, sagt sie. Ihre Stimme ist warm und beruhigend. Nicht professionell beruhigend, sondern einfach sanft in den Ohren.

Ich möchte ihr auch gern von Mr. Crenshaw erzählen, aber jetzt kommt Tom und fragt mich, ob ich mit ihm fechten möchte. Ich kämpfe gern gegen Tom. Tom ist fast so groß wie ich, und obwohl er älter ist, ist er sehr fit. Und er ist der beste Fechter in der Gruppe.

»Ich habe dich gegen Don kämpfen sehen, Lou«, sagt er. »Du gehst mit seinen Tricks sehr geschickt um. Aber er verbessert sich nicht – er hat sein Training schleifen lassen –, also achte darauf, dass du jede Woche mit einigen der besseren Fechter kämpfst. Mit mir, Lucia, Cindy oder Max. Wenigstens mit zweien von uns, okay?«

Wenigstens bedeutet »nicht weniger als«. »Okay«, sage ich. Wir haben jeder zwei lange Klingen, Degen und Rapier. Als ich das erste Mal versucht habe, mit zwei Klingen zu fechten, habe ich sie ständig aneinander geschlagen. Dann habe ich versucht, sie parallel zu halten. So überkreuzten sie sich zwar nicht, aber Tom konnte sie ganz leicht zur Seite schlagen. Mittlerweile weiß ich, wie man sie in verschiedenen Höhen und Winkeln hält.

Wir umkreisen uns, erst in einer Richtung, dann in der anderen. Ich versuche, an alles zu denken, was Tom mir beigebracht hat: die Stellung meiner Füße, wie ich die Klingen halten muss, mit welchen Bewegungen ich welche Bewegungen kontern muss. Er greift an; ich hebe den Arm, um mit der linken Klinge zu parieren; zur gleichen Zeit greife ich an und er kontert. Es ist wie ein Tanz: Schritt-Schritt-Stoß-Parade-Schritt. Tom redet darüber, dass man das Muster variieren muss, um unvorhersehbar zu werden, aber als ich ihm beim letzten Mal zugesehen habe, habe ich geglaubt, ein Muster in seinem Nicht-Muster zu erkennen. Wenn ich ihn lange genug abwehren kann, entdecke ich es vielleicht wieder.

Plötzlich höre ich die Musik von Prokofjews *Romeo und Julia*. Sie erfüllt meinen Kopf, und ich verfalle in den Rhythmus und verlangsame meine Bewegungen. Tom wird ebenfalls langsamer. Auf einmal kann ich es erkennen, das lange Muster, das er entwickelt hat, weil sich niemand völlig zufällig verhalten kann. Indem ich mich in meiner persönlichen Musik damit bewege, kann ich mit ihm Schritt halten, jeden seiner Stöße abblocken und jede Parade kontern. Und dann weiß ich, was er tun wird, und ohne nachzudenken schwingt mein Arm herum und ich stoße in einer *punta riversa* an die Seite seines Kopfes. Ich spüre den Schlag in meiner Hand, meinem Arm.

»Gut!«, sagt er. Die Musik hört auf. »*Wow!*«, sagt er und schüttelt den Kopf.

»Entschuldigung, es war zu fest«, sage ich.

»Nein, nein, das ist in Ordnung. Ein guter, sauberer Stoß direkt durch meine Abwehr. Ich bin noch nicht einmal in die Nähe einer Parade gekommen.« Er grinst durch seine Maske. »Ich habe dir gesagt, dass du immer besser wirst. Komm, wir machen noch einen Durchgang.«

Ich möchte niemanden verletzen. Als ich mit dem Fechten anfing, konnte ich mich noch nicht einmal überwinden, jemanden mit der Klinge zu berühren, jedenfalls nicht so fest, dass man es spürte. Ich mag es immer noch nicht. Was mir gefällt, ist, Muster zu lernen und zu wiederholen, so dass ich auch im Muster bin.

Licht blitzt über Toms Klingen, als er sie beide zum Gruß hebt. Einen Moment lang stehe ich staunend vor der Geschwindigkeit des Lichttanzes.

Dann bewege ich mich wieder in die Dunkelheit hinter dem Licht. Wie schnell ist dunkel? Ein Schatten kann nicht schneller sein als das, was ihn wirft, aber nicht alle Dunkelheit ist Schatten. Oder? Dieses Mal höre ich keine Musik, sondern sehe ein Muster aus Licht und Schatten, das sich verschiebt und sich dreht, Lichtbögen vor einem Hintergrund aus Dunkelheit.

Ich tanze auf der Spitze des Lichts und darüber hinaus, und plötzlich spüre ich den Druck auf meiner Hand. Dieses Mal fühle ich auch den harten Stoß von Toms Klinge auf meiner Brust. Ich sage »Gut«, so wie er, und wir treten beide zurück, in Anerkennung unserer tödlichen Stöße.

»Auuu!« Ich drehe mich um und sehe, wie Don sich vorbeugt, eine Hand auf dem Rücken. Er humpelt auf die Stühle zu, aber Lucia ist schneller und setzt sich wieder neben Marjory. Ich habe ein seltsames Gefühl: dass ich es bemerkt habe und dass es mir etwas ausmacht. Don ist stehen geblieben, immer noch vornüber gebeugt. Es gibt jetzt keine freien Stühle mehr, da noch andere Fechter gekommen sind. Schließlich lässt Don sich schnaufend und stöhnend auf den Boden nieder.

»Ich muss endlich damit aufhören«, sagt er. »Ich werde zu alt.«

»Du bist nicht alt«, sagt Lucia, »du bist faul.« Ich verstehe nicht, warum Lucia immer so gemein zu Don ist. Er ist ein Freund, und Freunde darf man nur im Scherz beschimpfen. Don macht nicht gern seine Dehnübungen und er beklagt sich auch ständig, aber das macht ihn noch lange nicht zu einem Nicht-Freund.

»Na, komm, Lou«, sagt Tom. »Du hast mich getötet; wir haben einander getötet; ich will jetzt eine Chance, dich zu besiegen.« Die Worte könnten ärgerlich sein, aber die Stimme ist freundlich, und er lächelt. Erneut hebe ich meine Klingen.

Dieses Mal tut Tom etwas, was er nie tut, und greift an. Ich habe keine Zeit, um mich zu erinnern, was er mir für den Fall eines Angriffs beigebracht hat; ich weiche zurück und drehe mich einmal, wobei ich seine Außenklinge zur Seite schiebe und versuche, mit dem Rapier seinen Kopf zu treffen. Aber er bewegt sich zu schnell; ich verfehle ihn, und sein Rapier berührt mich oben am Scheitel.

»Getroffen!«, sagt er.

»Das hast du wie gemacht?«, frage ich, ordne dann aber rasch meine Worte neu. »Wie hast du das gemacht?«

»Das ist mein geheimer Turnierstoß«, sagt Tom und schiebt seine Maske zurück. »Jemand hat das vor zwölf Jahren mit mir gemacht, und als ich nach Hause kam, habe ich geübt, bis ich es konnte. Normalerweise setze ich es nur bei Wettkämpfen ein. Aber du bist so weit, dass du es lernen kannst. Es ist nur ein einziger Trick.« Er grinst. Der Schweiß läuft ihm übers Gesicht.

»Hey!«, ruft Don quer über den Hof. »Ich habe es nicht gesehen. Kannst du es noch mal machen?«

»Was ist der Trick?«, frage ich Tom.

»Du musst dir ausdenken, wie du es für dich machen kannst. Du kannst dir meine Bewegungen gern aneignen, aber mehr Demonstration bekommst du nicht. Ich will nur noch erwähnen, dass du tot bist, wenn du es nicht genau richtig hinbekommst und einem Gegner gegenüberstehst, der nicht in Panik gerät. Du hast ja gesehen, wie leicht es war, die Waffe an der Außenhand zu parieren.«

»Tom, den Stoß hast du mir noch nicht gezeigt – mach es noch einmal«, ruft Don.

»Du bist noch nicht so weit«, erwidert Tom. »Du musst ihn dir verdienen.« Er klingt jetzt ärgerlich, genau wie Lucia eben. Was hat Don getan, um ihren Ärger zu erregen? Er hat keine Dehnübungen gemacht und wird wirklich schnell müde, aber ist das ein Grund? Ich kann jetzt nicht fragen, aber ich werde später danach fragen.

Ich nehme meine Maske ab und stelle mich neben Marjory. Von oben sehe ich das Licht auf ihren glänzenden dunklen Haaren. Wenn ich mich vor und zurück bewege, gleiten die Lichter über ihr Haar wie über Toms Klingen. Ich frage mich, wie sich ihre Haare wohl anfühlen mögen.

»Setz dich auf meinen Stuhl«, sagt Lucia und steht auf. »Ich will noch einmal kämpfen.«

Ich setze mich, wobei mir sehr bewusst ist, dass Marjory neben mir sitzt. »Willst du heute Abend fechten?«, frage ich.

»Nein, heute Abend nicht. Ich muss früh gehen. Meine Freundin Karen kommt mit dem Flieger an, und ich habe versprochen, sie am Flughafen abzuholen. Ich bin nur vorbeigekommen, um ... Leute zu sehen.«

Ich möchte ihr sagen, dass ich mich darüber freue, aber die

Worte bleiben mir im Hals stecken. »Von wo kommt Karen?«, frage ich schließlich.

»Aus Chicago. Sie hat ihre Eltern besucht.« Marjory streckt ihre Beine aus. »Sie wollte eigentlich ihr Auto am Flughafen stehen lassen, aber an dem Morgen, als sie abgeflogen ist, hatte sie einen Platten. Deshalb muss ich sie abholen.« Sie blickt mich an; ich schlage die Augen nieder, weil ich die Hitze ihres Blicks nicht ertragen kann. »Willst du heute Abend lange hierbleiben?«

»Nicht so lange«, sage ich. Wenn Marjory geht und Don bleibt, will ich lieber nach Hause.

»Willst du mit mir zum Flughafen fahren? Ich könnte dich hierhin zurückbringen, damit du dein Auto holen kannst. Aber natürlich kämst du dann spät nach Hause, weil ihr Flieger erst um zweiundzwanzig Uhr fünfzehn landet.«

Eine Fahrt mit Marjory? Ich bin so überrascht/glücklich, dass ich mich für einen langen Moment nicht rühren kann. »Ja«, sage ich. »Ja.« Ich kann spüren, wie mein Gesicht heiß wird.

Auf dem Weg zum Flughafen blicke ich aus dem Fenster. Ich fühle mich leicht, als ob ich in die Luft schweben könnte. »Wenn man glücklich ist, fühlt sich die Schwerkraft weniger als normal an«, sage ich.

Ich spüre Marjorys Blick. »Leicht wie eine Feder«, sagt sie. »Meinst du das?«

»Vielleicht nicht wie eine Feder. Eher wie ein Ballon«, sage ich.

»Ich kenne das Gefühl«, meint Marjory. Sie sagt nicht, dass sie sich jetzt auch so fühlt. Ich weiß nicht, wie sie sich fühlt. Normale Leute würden es wissen, aber ich sehe es ihr nicht an. Je länger ich sie kenne, desto mehr Dinge weiß ich nicht über sie. Ich weiß auch nicht, warum Tom und Lucia gemein zu Don waren.

»Tom und Lucia klangen beide so, als wären sie wütend auf Don«, sage ich. Marjory wirft mir einen Blick von der Seite zu. Ich denke, dass ich ihn eigentlich verstehen sollte, aber ich weiß nicht, was er bedeutet. Am liebsten würde ich weggucken; ich fühle mich innerlich komisch.

»Don kann eine echte Nervensäge sein«, sagt sie.

Don ist keine Säge; er ist eine Person. Normale Leute sagen solche Dinge; sie verändern die Bedeutung von Wörtern ohne Vorwarnung, und sie verstehen sie trotzdem. Ich weiß es, weil mir jemand vor ein paar Jahren erklärt hat, was *Nervensäge* bedeutet. Aber er konnte mir nicht sagen, warum man das Wort verwendet und nicht einfach sagt, wie jemand ist. Und es macht es noch schlimmer, wenn man »echt« hinzusetzt.

Aber ich möchte lieber wissen, warum Tom und Lucia wütend auf Don sind, anstatt Marjory zu erklären, warum es falsch ist, zu sagen, Don sei eine echte Nervensäge. »Liegt es daran, dass er nicht genug Dehnübungen macht?«

»Nein.« Auch Marjory klingt jetzt ein wenig ärgerlich, und ich spüre, wie sich mein Magen zusammenkrampft. Was habe ich getan? »Er ist einfach ... manchmal ist er einfach gemein, Lou. Er macht Witze über Leute, die nicht komisch sind.«

Ich überlege, ob die Witze oder die Leute nicht komisch sind. Ich weiß Bescheid über Witze, die die meisten Leute nicht komisch finden, weil ich selber schon welche gemacht habe. Ich verstehe immer noch nicht, warum manche Witze komisch sind und meine nicht, aber ich weiß, es ist so.

»Er hat Witze über dich gemacht«, sagt Marjory leise. »Und das hat uns nicht gefallen.«

Ich weiß nicht, was ich sagen soll. Don macht über jeden Witze, selbst über Marjory. Diese Witze haben mir auch nicht gefallen, aber ich habe nichts dagegen unternommen. Hätte ich es tun sollen? Marjory blickt mich wieder an. Dieses Mal wartet sie wohl darauf, dass ich etwas sage. Mir fällt nichts ein. Schließlich sage ich: »Meine Eltern haben gesagt, wenn man auf Leute wütend ist, werden sie auch nicht besser.«

Marjory stößt einen komischen Laut aus. Ich weiß nicht, was er bedeutet. »Lou, manchmal glaube ich, du bist ein Philosoph.«

»Nein«, erwidere ich, »ich bin gar nicht klug genug, um ein Philosoph zu sein.«

Wieder gibt Marjory das Geräusch von sich. Ich blicke aus dem Fenster; wir sind fast am Flughafen. Nachts hat der Flughafen unterschiedlich farbige Lichter entlang der Start- und Landebahnen. Gelb, blau, grün, rot. Ich wünschte, sie hätten auch violette Lichter. Marjory parkt im Kurzparkbereich der Tiefgarage, und wir gehen über den Busbahnhof zum Terminal.

Wenn ich alleine reise, beobachte ich gern, wie sich die automatischen Türen öffnen und schließen. Heute Abend gehe ich neben Marjory und tue so, als ob mir die Türen gleichgültig wären. Sie bleibt stehen, um auf die Videotafel mit Ankunft und Abflug zu blicken. Ich habe den Flug schon entdeckt: Die Maschine aus Chicago landet 22.15 Uhr, pünktlich an Gate siebzehn. Marjory braucht etwas länger dazu; bei normalen Leuten dauert es immer länger.

An der Sicherheitskontrolle für »Ankunft« zieht mein Magen sich wieder zusammen. Ich weiß, wie es geht: Meine Eltern haben es mir beigebracht. Man muss alles Metallische aus den Taschen nehmen und es in den kleinen Korb legen. Warten, bis man an der Reihe ist. Durch den Bogen gehen. Wenn niemand mir Fragen stellt, ist es leicht. Aber wenn sie fragen, kann ich sie nicht immer gut hören; um mich herum ist es zu laut und die Dinge auf den harten Oberflächen machen zu viele Geräusche. Ich spüre, wie ich mich verkrampfe.

Marjory geht als erste: Sie legt ihre Handtasche auf das Band, ihre Schlüssel in den kleinen Korb. Ich sehe sie hindurchgehen; niemand fragt sie etwas. Ich lege meine Schlüssel, meine Brieftasche, mein Kleingeld in den kleinen Korb und gehe durch. Nichts summt oder piepst. Der Mann in Uniform starrt mich an, als ich meine Schlüssel, meine Brieftasche und mein Kleingeld nehme und alles wieder in die Tasche stecke. Ich wende mich ab, zu Marjory, die ein paar Meter entfernt steht. Dann spricht er.

»Kann ich bitte Ihr Ticket sehen? Und Ihren Ausweis?«

Mir wird es eiskalt. Das hat er zu niemandem sonst gesagt – weder zu dem Mann mit dem langen Zopf, der sich an mir vorbeigedrängt hat, um seine Aktentasche vom Förderband zu nehmen, noch zu Marjory – und ich habe doch nichts falsch gemacht. Man braucht kein Ticket, um durch die Sicherheitskontrolle der Ankunft zu gehen; man muss nur die Flugnummer angeben können. Leute, die andere Leute abholen, haben kein Ticket, weil sie nicht verreisen. Bei der Sicherheitskontrolle von Abflug braucht man ein Ticket.

»Ich habe kein Ticket«, sage ich. Hinter ihm sehe ich Marjory, die von einem Fuß auf den anderen tritt, aber sie kommt nicht näher. Ich glaube nicht, dass sie hören kann, was er sagt, und ich will in der Öffentlichkeit nicht schreien.

»Personalausweis?«, sagt er. Sein Gesicht ist auf mich gerichtet und beginnt zu glänzen. Ich ziehe meine Brieftasche heraus und zeige ihm meinen Personalausweis. Er wirft einen Blick darauf, dann sieht er mich wieder an. »Wenn Sie kein Ticket haben, was tun Sie dann hier?«, fragt er.

Mein Herz rast, und der Schweiß läuft mir den Rücken herunter. »Ich ... ich ... ich bin ...«

»Spucken Sie es aus«, sagt er stirnrunzelnd. »Oder stottern Sie immer so?«

Ich nicke. Ich weiß, dass ich jetzt erst einmal ein paar Minuten lang nichts sagen kann. Ich greife in meine Hemdtasche und ziehe die kleine Karte heraus, die ich dort aufbewahre. Ich halte sie ihm hin, und er blickt darauf.

»Autistisch, was? Aber Sie haben doch geredet; vor einer Sekunde haben Sie mir doch geantwortet. Wen treffen Sie hier?«

Marjory taucht hinter ihm auf. »Stimmt was nicht, Lou?«

»Halten Sie sich heraus, Lady«, sagt der Mann. Er sieht sie nicht an.

»Er ist mein Freund«, sagt Marjory. »Wir holen eine Freundin von mir an Flug drei-acht-zwei, Gate siebzehn, ab. Ich habe den Summer gar nicht gehört...« Ihre Stimme klingt ein wenig ärgerlich.

Jetzt dreht der Mann den Kopf doch so, dass er sie ansieht. Er entspannt sich ein bisschen. »Gehört er zu Ihnen?«

»Ja. Gab es ein Problem?«

»Nein, Ma'am. Er sah nur ein bisschen seltsam aus. Das hier« – er hat immer noch meine Karte in der Hand – »erklärt das vermutlich. Solange Sie bei ihm sind...«

»Ich bin nicht seine Wärterin«, sagt Marjory in dem gleichen Tonfall, in dem sie gesagt hat, Don sei eine echte Nervensäge. »Lou ist mein Freund.«

Der Mann zieht die Augenbrauen hoch. Er reicht mir meine Karte und wendet sich ab. Ich gehe neben Marjory her, die in einen schnellen Schritt verfallen ist. Wir sprechen erst wieder, als wir im abgesicherten Wartebereich für die Gates fünfzehn bis dreißig sind. Auf der anderen Seite der Glaswand sitzen die Leute mit Tickets im Abflugbereich in Reihen. Die Sitzgestelle sind aus glänzendem Metall und die Sitzflächen dunkelblau. Im Ankunftsbereich gibt es keine Stühle, weil wir erst zehn Minuten vor der planmäßigen Ankunft des Flugzeugs hier rein dürfen.

Das war nicht immer so. Ich erinnere mich natürlich nicht mehr daran – ich bin um die Jahrhundertwende geboren –, aber meine Eltern haben mir erzählt, dass sie direkt an die Gates gehen konnten, um Leute abzuholen. Nach der Katastrophe von 2001 durften nur noch Passagiere zu den Gates.

Das war umständlich für Leute, die Hilfe brauchten, und deshalb wollten viele Leute Sonderausweise, sodass die Regierung stattdessen diese Ankunftsbereiche mit eigenen Sicherheitskontrollen einrichtete. Als ich neun war, flogen meine Eltern zum ersten Mal mit mir in einem Flugzeug, und da hatten schon alle großen Flughäfen Abflug und Ankunft getrennt.

Ich blicke aus den großen Fenstern. Überall Lichter. Die Flugzeuge haben rote und grüne Lichter an den Spitzen der Flügel. Reihen von schwach beleuchteten Quadraten an den Seiten der Flugzeuge zeigen an, wo sich die Fenster befinden. Die kleinen Fahrzeuge, die die Gepäckwagen ziehen, haben Scheinwerfer. Stetige Lichter und Blinklichter.

»Kannst du jetzt wieder reden?«, fragt Marjory, als ich noch die Lichter betrachte.

»Ja.« Ich spüre ihre Wärme; sie steht sehr dicht neben mir. Einen Moment lang schließe ich die Augen. »Ich ... ich bin manchmal durcheinander.« Ich zeige auf ein Flugzeug, das auf ein Gate zurollt. »Ist es das?«

»Ich glaube ja.« Sie dreht sich um und blickt mich an. »Alles in Ordnung?«

»Ja. Es ... passiert nur manchmal so.« Ich bin verlegen, weil es gerade heute Abend passiert ist, wo ich das erste Mal mit Marjory allein unterwegs bin. Ich weiß noch, dass ich auf der Highschool immer mit den Mädchen reden wollte, die nicht mit mir reden wollten. Ob sie jetzt wohl auch weggeht? Ich könnte mit dem Taxi zurück zu Tom und Lucia fahren, aber ich habe nicht viel Geld dabei.

»Ich bin froh, dass es dir wieder gut geht«, sagt Marjory, und dann gleitet die Tür auf, und die Leute aus dem Flugzeug strömen herein. Marjory hält Ausschau nach Karen, und ich beobachte sie dabei. Es stellt sich heraus, dass Karen eine ältere, grauhaarige Frau ist. Bald schon sind wir alle wieder draußen im Auto und auf dem Weg zu Karens Wohnung. Ich sitze still auf dem Rücksitz und höre zu, wie sich Karen und Marjory unterhalten. Ihre Stimmen plätschern dahin wie Wasser über Steine. Ich kann dem, was sie reden, nicht ganz folgen. Sie sprechen zu schnell für mich, und ich kenne die Leute oder Orte, über die sie sich unterhalten, nicht. Aber das ist schon in Ordnung, weil ich auf diese Weise Marjory beobachten kann, ohne zugleich sprechen zu müssen.

Als wir zu Tom und Lucia zurückkommen, wo mein Auto steht, ist Don schon weg, und die letzten Mitglieder der Fechtgruppe packen gerade ihre Ausrüstung ein. Mir fällt ein, dass ich meine Klingen und meine Maske noch nicht weggeräumt habe, und ich gehe nach draußen, um sie zu holen, aber Tom sagt, er habe sie schon hineingebracht. Er sei sich nicht sicher gewesen, wann wir zurückkämen, und er habe sie nicht im Dunkeln draußen liegen lassen wollen.

Ich verabschiede mich von Tom, Lucia und Marjory und fahre in der raschen Dunkelheit nach Hause.

[3]

Mein Anrufbeantworter blinkt, als ich nach Hause komme. Das ist eine Nachricht von Lars; er möchte, dass ich online gehe. Es ist schon spät, und ich möchte morgen nicht verschlafen und zu spät zur Arbeit kommen. Aber Lars weiß, dass ich mittwochabends fechte, und für gewöhnlich versucht er mich dann nicht zu erreichen. Es muss also wichtig sein.

Ich checke meine E-Mails und finde seine Nachricht. Er hat einen Artikel aus einer Zeitschrift für mich kopiert, Forschung über die Behebung autismusähnlicher Symptome bei erwachsenen Primaten. Mit klopfendem Herzen lese ich ihn durch. Es ist nichts Ungewöhnliches mehr, genetischen Autismus bei Säuglingen oder Gehirnschäden zu beheben, die sich in autismusähnlichen Syndromen bei Kleinkindern äußern, aber für mich sei es zu spät, hat man mir gesagt. Aber wenn dieser Artikel recht hat, ist es noch nicht zu spät. Im letzten Satz stellt der Autor diese Verbindung her und spekuliert darüber, dass die Behandlungsmethode auch bei Menschen angewendet werden könnte. Er regt weitere Forschungen an.

Während ich lese, tauchen andere Icons auf meinem Bildschirm auf. Das Logo unserer örtlichen Autismus-Gesellschaft. Camerons Logo und Dales. Also haben sie auch schon davon gehört. Im Moment jedoch ignoriere ich sie und lese weiter. Es geht zwar um Gehirne wie meines, aber es ist nicht mein Fachbereich, und ich verstehe nicht ganz, wie die Behandlung funktionieren soll. Die Autoren beziehen sich ständig auf andere Artikel, in denen die Prozeduren beschrieben waren. Diese Artikel sind jedoch nicht zugänglich – jedenfalls mir nicht und nicht heute Abend. Ich weiß nicht, was die Methode von Ho und Delgracia ist. Ich weiß auch nicht, was die Wörter alle bedeuten, und in meinem Wörterbuch finde ich sie auch nicht.

Als ich auf die Uhr blicke, ist es schon weit nach Mitternacht. Bett. Ich muss schlafen. Ich schalte alles aus, stelle mir den Wecker und gehe ins Bett. In meinem Kopf jagen Photonen die Dunkelheit, holen sie jedoch nie ein.

Am nächsten Morgen auf der Arbeit stehen wir alle in der Eingangshalle, ohne einander anzusehen. Jeder weiß Bescheid.

»Ich glaube, es ist getürkt«, sagt Linda. »Es kann unmöglich funktionieren.«

»Aber wenn es funktioniert«, sagt Cameron, »wenn es funktioniert, können wir normal sein.«

»Ich will nicht normal sein«, sagt Linda. »Ich bin, wer ich bin. Ich bin glücklich.« Sie sieht nicht glücklich aus. Sie sieht trotzig und entschlossen aus.

»Ich auch«, sagt Dale. »Wenn es für Affen funktioniert – was soll das heißen? Sie sind keine Menschen; sie sind wesentlich simpler als wir. Affen reden nicht.« Sein Augenlid zuckt mehr als sonst.

»Wir kommunizieren jetzt schon besser als Affen«, sagt Linda.

Wenn wir nur unter uns so zusammenstehen, können wir besser reden als sonst. Wir lachen darüber, dass normale Menschen ein Feld schaffen, um unsere Fähigkeiten einzuschränken. Wir wissen, dass es nicht stimmt, und wir wissen, dass die anderen uns für paranoid halten würden, wenn wir diesen Witz in ihrer Gegenwart erzählten. Sie würden nicht verstehen, dass es ein Witz ist. Wenn wir einen Witz nicht erkennen, sagen sie, es läge daran, dass wir alles so wörtlich nähmen, aber wir wissen, dass wir das von ihnen nicht behaupten dürfen.

»Es wäre schön, wenn ich nicht jedes Vierteljahr zu einem Psychiater müsste«, sagt Cameron.

Ich denke daran, wie es wäre, Dr. Fornum nicht mehr besuchen zu müssen. Wenn ich nicht zu Dr. Fornum müsste, wäre ich viel glücklicher. Wäre sie auch glücklich, wenn sie mich nicht zu sehen bräuchte?

»Lou, was ist mit dir?«, fragt Linda. »Du lebst ja schon teilweise in ihrer Welt.«

Das tun wir alle, indem wir hier arbeiten und ein unabhängiges Leben führen. Aber Linda ist zum Beispiel nicht gern mit Leuten zusammen, die nicht autistisch sind, und sie hat früher schon mal gesagt, ich sollte ihrer Meinung nach nicht zur Fechtgruppe oder zu den Leuten bei mir in der Kirche gehen. Wenn sie wüsste, was ich für Marjory empfinde, würde sie gemeine Sachen sagen.

»Ich komme klar ... warum sollte ich mich ändern?« Ich höre meine Stimme, sie ist härter als gewöhnlich, und ich wünschte, es wäre nicht so, wenn ich mich aufrege. Ich bin nicht ärgerlich, und ich will auch nicht so klingen.

»Siehst du?« Linda blickt Cameron an, der wegschaut.

»Ich muss arbeiten«, sage ich und eile in mein Büro. Dort schalte ich den kleinen Ventilator ein und beobachte, wie das Licht funkelt. Ich müsste eigentlich Trampolin springen, aber ich will nicht in die Turnhalle gehen, für den Fall, dass Mr. Crenshaw hereinkommt. Ich komme mir vor, als wenn mich jemand zerquetschen würde, und es fällt mir schwer, mich in das Problem zu vertiefen, an dem ich gerade arbeite.

Wie würde es wohl sein, wenn ich normal wäre? Ich habe aufgehört darüber nachzudenken, seit ich die Schule verlassen habe. Wenn der Gedanke hochkommt, schiebe ich ihn beiseite. Aber jetzt ... wie wäre es wohl, wenn ich mir keine

Sorgen darüber zu machen brauchte, dass die Leute mich für verrückt halten, wenn ich stottere oder wenn ich überhaupt nicht antworten kann und auf meinen kleinen Block schreiben muss? Wie wäre es wohl, wenn ich nicht mehr diese Karte in der Tasche mit mir herumtragen müsste? Alles überall sehen und hören zu können? Zu wissen, was die Leute denken, wenn ich ihnen nur ins Gesicht schaue?

Der Block von Symbolen, an denen ich arbeite, sieht plötzlich völlig bedeutungslos aus.

Ist es das? Können deshalb normale Leute nicht die Arbeit tun, die wir tun? Muss ich mich zwischen dieser Arbeit, die ich beherrsche und die ich gut kann, und dem Normalsein entscheiden? Ich blicke mich im Büro um. Die Spiralen regen mich plötzlich auf. Sie drehen sich doch nur, immer im selben Muster, immer und immer wieder. Ich schalte den Ventilator aus. Wenn das normal ist, gefällt es mir nicht.

Die Symbole werden wieder lebendig und bekommen eine Bedeutung, und ich tauche in sie ein, gebe all meine Gedanken hinein, damit ich nicht den Himmel sehen muss.

Als ich wieder auftauche, ist es schon Nachmittag. Ich habe Kopfschmerzen, weil ich zu lange an einer Stelle gesessen und nichts gegessen habe. Ich stehe auf, gehe in meinem Büro herum und versuche, nicht an das zu denken, was Lars mir geschickt hat. Aber ich kann nicht anders. Ich bin nicht hungrig, aber ich weiß, dass ich besser etwas essen sollte, also gehe ich in die kleine Küche und hole meine Plastikdose aus dem Kühlschrank. Keiner von uns mag den Geruch von Plastik, aber auf die Art und Weise können wir unser Essen getrennt aufbewahren, sodass ich nicht den Geruch von Lindas Thunfischbrot ertragen und sie nicht mein Dörrfleisch und mein Obst riechen muss.

Ich esse einen Apfel und ein paar Trauben und knabbere an dem Dörrfleisch. Mein Magen hebt sich; ich überlege, ob ich in die Turnhalle gehen soll, aber als ich nachschaue, sind

Linda und Chuy schon dort. Linda springt hoch, das Gesicht finster verzogen; Chuy sitzt auf dem Boden und beobachtet bunte Bänder, die der Ventilator zum Flattern bringt. Als Linda mich sieht, dreht sie sich auf dem Trampolin um. Sie will nicht sprechen. Ich will auch nicht sprechen.

Der Nachmittag will gar nicht enden. Ich verlasse mein Büro pünktlich und gehe mit langen Schritten zu meinem Auto. Die Musik ist völlig falsch; sie hämmert laut in meinem Kopf. Als ich meine Autotür öffne, schlägt mir ein Schwall superheiße Luft entgegen. Ich bleibe neben dem Auto stehen und sehne mich nach dem Herbst und kühlerem Wetter. Jetzt kommen die anderem aus dem Gebäude; sie wirken alle auf die eine oder andere Weise angespannt, und ich meide ihre Blicke. Niemand sagt etwas. Wir steigen in unsere Wagen, und ich fahre als erster, weil ich auch als erster aus dem Gebäude gekommen bin.

Es fällt mir schwer, an diesem heißen Nachmittag sicher zu fahren, zumal ich die falsche Musik im Kopf habe. Licht blitzt auf von Windschutzscheiben, Stoßstangen, Zierleisten; es gibt viel zu viel blitzendes Licht. Als ich nach Hause komme, tut mir der Kopf weh, und ich zittere am ganzen Leib. Ich nehme die Kissen von meiner Couch im Schlafzimmer, lasse sämtliche Rollläden herunter und schließe die Tür. Ich lege mich auf den Boden, häufe die Kissen auf mich und schalte das Licht aus.

Das ist noch etwas, wovon ich Dr. Fornum nie erzähle. Sie würde bestimmt einen Aktenvermerk darüber machen; ich weiß es. Während ich dort im Dunkeln liege, lässt die Spannung durch den sanften Druck langsam nach, und die falsche Musik fließt aus meinem Kopf. Ich schwebe in einer weichen, dunklen Stille ... ruhig und friedlich, ungestört von rasenden Photonen.

Schließlich bin ich wieder in der Lage etwas zu denken und zu fühlen. Ich bin traurig. Ich darf nicht traurig sein. Ich sage mir das, was Dr. Fornum sagen würde. Ich bin gesund. Ich habe einen gut bezahlten Job. Ich habe eine Wohnung und Kleider. Ich habe eine Sondergenehmigung für ein privates Automobil, so dass ich nicht mit jemandem mitfahren oder ein lautes öffentliches Verkehrsmittel benutzen muss. Mir geht es gut.

Trotzdem bin ich traurig. Ich gebe mir solche Mühe, und es funktioniert immer noch nicht. Ich trage die gleiche Kleidung wie die anderen. Ich sage die gleichen Wörter zur gleichen Zeit: Guten Morgen, *hi*, wie geht es dir, mir geht es gut, gute Nacht, bitte, danke, gern, nein, danke, jetzt nicht. Ich befolge die Verkehrsregeln; ich halte mich an die Gesetze. Ich habe ganz normale Möbel in meiner Wohnung, und meine Musik spiele ich entweder ganz leise oder ich benutze Kopfhörer. Aber es ist nicht genug. Obwohl ich mich so sehr bemühe, wollen die realen Leute trotzdem, dass ich mich ändere, um wie sie zu sein.

Sie wissen nicht, wie schwer es ist. Das ist ihnen egal. Sie wollen, dass ich mich ändere. Sie wollen Dinge in meinen Kopf setzen, um mein Gehirn zu ändern. Sie behaupten natürlich, dass sie das nicht wollen, aber sie tun es doch.

Ich dachte, wenn ich unabhängig lebe, wie jeder andere auch, sei ich in Sicherheit. Aber das stimmt nicht.

Unter den Kissen beginne ich wieder zu zittern. Ich will nicht weinen. Es könnte zu laut sein, und meine Nachbarn könnten es hören. Ich höre die Etiketten auf mich einstürmen, die sie in meine Akte geschrieben haben, als ich ein Kind war. Hauptdiagnose: Autismus Spektrum-Störung/Autismus. Sensorisches Integrationsdefizit. Auditive Verarbeitungs- und Wahrnehmungsstörungen. Visuelle Verarbeitungsstörungen. Taktile Abwehr.

Ich hasse diese Etiketten; ich komme mir so klebrig vor, weil sie mit einem professionellen Leim an mir haften, den ich nicht abbekomme.

Alle Babys werden autistisch geboren, hat einer aus unserer Gruppe einmal gesagt. Wir haben nervös gelacht. Wir stimmten ihm zu, aber es war gefährlich, so etwas zu sagen.

Ein neurologisch normales Kleinkind braucht Jahre, um die Flut von sensorischen Daten zu einem zusammenhängenden Bild der Welt zusammenzufügen. Ich brauchte zwar viel länger dafür – und ich gebe bereitwillig zu, dass meine sensorische Aufnahmefähigkeit auch jetzt noch nicht normal ist –, aber ich bin an die Aufgabe genauso herangegangen wie jedes andere Kleinkind und habe mich vor zu viel sensorischem Input durch Schlaf und Unaufmerksamkeit geschützt.

Beim Lesen der Fachliteratur könnte man auf den Gedanken kommen, dass nur neurologisch geschädigte Kinder das tun, aber tatsächlich kontrollieren alle Kleinkinder die Reizüberflutung – indem sie die Augen schließen, den Blick abwenden oder einfach einschlafen, wenn ihnen die Welt zu viel wird. Wenn sie mit der Zeit den Sinn hinter diesem Datenstrom erkennen, dann lernen sie auch, welche Muster retinaler Erregung welchen Ereignissen in der sichtbaren Welt entsprechen, und welche Muster auditiver Erregung eine menschliche Stimme bezeichnen – und am Ende spricht eine menschliche Stimme in ihrer Muttersprache zu ihnen.

Bei mir – wie bei jedem autistischen Individuum – dauerte das viel länger. Meine Eltern erklärten es mir, als ich alt genug war, um es zu verstehen: Aus irgendeinem Grund brauchten meine Säuglingsnerven einen länger anhaltenden Stimulus, um die Lücke zu überbrücken. Sie – und ich – hatten das Glück, dass es Techniken gab, um meinen Neuronen ein solches länger anhaltendes Signal zu verschaffen. Ich wurde also nicht mit dem Etikett »Aufmerksamkeitsdefizit« abgestempelt (was damals häufig der Fall war), sondern ich bekam einfach Stimuli, denen ich folgen *konnte*.

Ich kann mich noch an die Zeit erinnern, bevor ich am Computer mit diesem Sprachlernprogramm arbeitete ... die Laute, die aus den Mündern der Leute kamen, erschienen mir so zufällig – nein, zufälliger – wie das Muhen von Kühen. Ich konnte viele Konsonanten nicht hören – sie hielten nicht lange genug an. Die Therapie half mir – ein Computer dehnte die Laute so lange, bis ich sie hören konnte, und nach und nach lernte mein Gehirn, auch kürzere Signale wahrzunehmen. Allerdings nicht alle. Bis auf den heutigen Tag kann ich Leuten, die schnell sprechen, nicht folgen, ganz gleich, wie sehr ich mich konzentriere.

Früher war alles noch viel schlimmer. Vor den computergestützten Sprachlernprogrammen lernten Kinder wie ich unter Umständen nie sprechen. In der Mitte des zwanzigsten Jahrhunderts hielten Therapeuten Autismus für eine Geisteskrankheit, wie Schizophrenie. Meine Mutter hatte ein Buch von einer Frau gelesen, der man gesagt hatte, sie habe ihr Kind verrückt gemacht. Die Vorstellung, dass Autisten geisteskrank seien, hielt sich hartnäckig bis zum Ende des zwanzigsten Jahrhunderts, und vor ein paar Jahren habe ich darüber sogar einen Artikel in einer Zeitschrift gesehen. Deshalb muss ich ja auch regelmäßig zu Dr. Fornum gehen, damit sie sich vergewissern kann, dass ich keine Geisteskrankheit entwickele.

Ich frage mich, ob Mr. Crenshaw mich wohl für verrückt hält. Wird sein Gesicht deshalb so glänzend, wenn er mit mir redet? Hat er Angst? Mr. Aldrin hat keine Angst vor mir – vor keinem von uns. Er redet mit uns, als ob wir real seien. Aber Mr. Crenshaw redet mit mir, als ob ich ein eigensinniges Tier sei, das er erziehen müsse. Ich habe oft Angst, aber jetzt, nach der Ruhepause unter meinen Kissen, habe ich keine Angst mehr.

Ich wünschte, ich könnte nach draußen gehen und zu den Sternen hoch schauen. Meine Eltern haben mal mit mir gezeltet; ich weiß noch, wie ich dagelegen und all die wunderschönen Muster gesehen habe, unendliche Muster. Ich würde gern noch einmal die Sterne sehen. Sie vermittelten mir ein Gefühl der Ruhe, als ich ein Kind war; sie zeigten mir ein geordnetes Universum, ein gemustertes Universum, in dem ich ein kleiner Teil eines großen Musters sein konnte. Als meine Eltern mir erzählten, wie lange das Licht gereist war, bis es meine Augen erreichte – Hunderte, Tausende von Jahren –, fühlte ich mich getröstet, auch wenn ich nicht sagen konnte, warum.

Von hier kann ich die Sterne nicht sehen. Die Laternen auf dem Parkplatz neben unserem Wohnblock geben ein gelbes Licht ab. Die Luft um sie herum scheint zu vibrieren, und die Sterne können nicht durchdringen. Man kann nur den Mond und ein paar besonders helle Sterne und Planeten sehen.

Früher bin ich manchmal aufs Land gefahren und habe versucht, eine Stelle zu finden, von der aus ich die Sterne gut sehen konnte. Aber es ist schwierig. Ich kann nicht einfach auf der Landstraße parken und die Scheinwerfer ausstellen, denn dann könnte jemand auf mein Auto prallen, weil er mich nicht sieht. Ich habe auch versucht, am Straßenrand oder in einer unbenutzten Straße zu parken, aber auch da könnte mich jemand bemerken und die Polizei rufen. Und dann kommt die Polizei und will wissen, warum ich dort so spät in der Nacht parke. Sie haben kein Verständnis dafür, dass ich mir nur die Sterne anschauen will. Sie halten das für einen Vorwand. Deshalb tue ich es nicht mehr. Stattdessen versuche ich Geld zu sparen, damit ich dort Urlaub machen kann, wo es viele Sterne gibt.

Mit der Polizei ist es komisch. Manche von uns haben mehr Ärger als andere. Jorge, der in San Antonio aufgewachsen ist, hat mir erzählt, dass sie einen automatisch für einen Kriminellen halten, wenn man nicht reich, weiß und normal ist. Als Jugendlichen haben sie ihn oft angehalten; er hat erst mit zwölf Jahren sprechen gelernt, und selbst dann konnte er es noch nicht sehr gut. Sie dachten immer, er sei betrunken oder auf Drogen, sagte er. Selbst wenn er sein Armband trug, auf dem stand, wer er war und dass er nicht sprechen konnte, nahmen sie ihn immer erst mit auf die Wache, bevor sie es sich ansahen. Dann versuchten sie, seinen Vater oder seine Mutter zu verständigen, damit sie ihn abholen kamen, anstatt dass sie ihn selber wieder zurückbrachten. Seine Eltern arbeiteten beide, und deshalb musste er meistens stundenlang auf der Wache sitzen.

Mir ist so etwas nicht passiert, aber auch ich wurde manchmal aus Gründen angehalten, die ich nicht verstehen kann, wie zum Beispiel bei dem Sicherheitsbeamten am Flughafen. Ich bekomme große Angst, wenn jemand unfreundlich mit mir spricht, und manchmal habe ich Probleme zu antworten. Ich habe geübt zu sagen: »Mein Name ist Lou Arrendale. Ich bin Autist; es fällt mir schwer, auf Fragen zu antworten.« Ich habe mich dafür vor einen Spiegel gestellt, bis ich es aussprechen konnte, ganz gleich, wie verängstigt ich war. Meine Stimme klingt heiser und angestrengt, wenn ich es sage. Sie fragen: »Haben Sie einen Ausweis?« Ich weiß, dass ich dann antworten sollte: »In meiner Tasche.« Wenn ich versuche, selber meine Brieftasche herauszuholen, bekommen sie vielleicht solche Angst, dass sie mich umbringen. Auf der Highschool hat uns Miss Sevier gesagt, die Polizei glaubte, wir hätten Messer oder Pistolen in den Taschen, und sie hätten schon Leute erschossen, die nur ihren Ausweis herausholen wollten.

Ich halte es ja für falsch, aber ich habe gelesen, dass das Gericht den Polizisten recht gibt, wenn sie wirklich Angst haben. Aber wenn jemand Angst vor der Polizei hat, darf er deshalb trotzdem keinen Polizisten töten.

Das macht irgendwie keinen Sinn. Darin ist keine Symmetrie.

Der Polizist, der unsere Klasse auf der Highschool besuchte, sagte, die Polizei sei da, um uns zu helfen, und nur

Leute, die etwas Böses getan hätten, hätten Angst vor ihnen. Jen Brouchard sagte, was ich dachte, nämlich dass es schwer sei, keine Angst vor Leuten zu haben, die einen anschreien und bedrohen und einen mit dem Gesicht nach unten auf dem Boden liegen lassen. Dass selbst, wenn man nichts getan hatte, jeder Angst bekäme, wenn ein Mann mit einer Pistole vor einem herumfuchteln würde. Der Polizist wurde ganz rot im Gesicht und sagte, diese Einstellung würde uns nicht weiterbringen. Seine auch nicht, dachte ich, hütete mich aber, das auszusprechen.

Der Polizist jedoch, der in unserem Gebäude wohnt, war immer nett zu mir. Sein Name ist Daniel Bryce, aber er sagt, ich soll ihn Danny nennen. Er sagt Guten Morgen und Guten Abend, wenn er mich sieht, und ich sage auch Guten Morgen und Guten Abend. Er hat mir auch ein Kompliment gemacht, weil ich mein Auto so sauber halte. Wir haben beide Miss Watson beim Umzug geholfen, als sie ins betreute Wohnen gezogen ist; wir haben beide zusammen ihren Couchtisch die Treppe hinuntergetragen, und er hat angeboten, derjenige zu sein, der dabei rückwärts gehen muss. Soweit ich weiß, schreit er niemanden an. Ich weiß allerdings nicht, was er über mich denkt, außer dass er mein sauberes Auto gut findet. Ich weiß auch nicht, ob er weiß, dass ich autistisch bin. Ich versuche, keine Angst vor ihm zu haben, weil ich nichts Falsches getan habe, aber ein bisschen Angst habe ich schon.

Ich würde ihn gern fragen, ob er glaubt, dass die Leute Angst vor ihm haben, aber ich will ihn nicht wütend machen. Ich möchte nicht, dass er glaubt, ich täte etwas Falsches, weil ich immer noch ein bisschen Angst habe.

Ich habe sogar versucht, mir Polizeiserien im Fernsehen anzusehen, aber das hat mir Angst gemacht. Die Polizisten wirkten die ganze Zeit müde und wütend, und in den Sendungen wird vermittelt, dass das in Ordnung ist. Ich darf keine Wut ausdrücken, selbst wenn ich wütend bin, aber sie können es.

Aber ich will nicht unfair gegenüber Danny Bryce sein. Er lächelt mich an, und ich erwidere sein Lächeln. Er sagt Guten Morgen, und ich sage ebenfalls Guten Morgen. Ich versuche, mir einzureden, dass die Pistole, die er trägt, eine Spielzeugwaffe ist, damit ich nicht zu sehr schwitze, wenn ich in seiner Nähe bin, und er am Ende noch denkt, ich hätte etwas getan, was ich nicht getan habe.

Unter den Decken und Kissen bin ich jetzt zwar ruhig geworden, aber ich schwitze auch. Ich krabble heraus, lege die Kissen zurück und gehe duschen. Es ist wichtig, nicht schlecht zu riechen. Leute, die schlecht riechen, machen andere Leute ärgerlich. Ich mag den Geruch der Seife nicht, die ich benutze. Es ist ein künstlicher Duft, viel zu stark, aber ich weiß, dass es für andere Leute ein akzeptabler Geruch ist.

Es ist spät, schon nach neun, als ich aus der Dusche komme und mich wieder anziehe. Für gewöhnlich schaue ich mir donnerstags *Cobalt 457* an, aber dafür ist es jetzt zu spät. Ich habe Hunger; ich setze Wasser auf und schütte dann ein paar Nudeln hinein.

Das Telefon klingelt. Ich zucke zusammen; ganz gleich, welchen Klingelton ich wähle, das Telefon überrascht mich jedes Mal, und ich zucke immer zusammen, wenn ich überrascht bin.

Es ist Mr. Aldrin. Ich habe einen Kloß im Hals. Eine Weile kann ich nicht sprechen, aber er redet nicht weiter. Er wartet. Er versteht.

Ich verstehe nicht. Er gehört zum Büro; er hat mich noch nie zuvor zu Hause angerufen. Jetzt möchte er sich mit mir treffen. Ich habe das Gefühl, in der Falle zu sitzen. Er ist mein Chef. Er kann mir sagen, was ich tun soll, aber nur im Büro. Es kommt mir falsch vor, seine Stimme zu Hause zu hören.

»Ich ... ich habe Ihren Anruf nicht erwartet«, sage ich.

»Ich weiß«, sagt er. »Ich habe Sie zu Hause angerufen, weil ich mit Ihnen außerhalb des Büros sprechen muss.«

Mir krampft sich der Magen zusammen. »Aus welchem Grund?«, frage ich.

»Lou, Sie müssen Bescheid wissen, bevor Mr. Crenshaw Sie alle zu sich bestellt. Es gibt eine experimentelle Behandlung, mit der man Autismus bei Erwachsenen vielleicht heilen kann.«

»Ich weiß«, erwidere ich. »Ich habe davon gehört. Sie haben sie bei Affen ausprobiert.«

»Ja. Aber der Artikel in der Fachzeitschrift ist über ein Jahr alt; es hat... Fortschritte gegeben. Unser Unternehmen hat die Studie gekauft, und Crenshaw möchte, dass Sie alle die neue Behandlungsmethode ausprobieren. Ich bin nicht seiner Meinung. Ich halte es für zu früh, und ich glaube, es ist falsch, Sie darum zu bitten. Zumindest sollten Sie selber die Wahl haben; niemand sollte Sie unter Druck setzen. Aber er ist mein Chef, und ich kann ihn nicht davon abhalten, mit Ihnen darüber zu reden.«

Wenn er nichts daran ändern kann, warum ruft er dann an? Normale Leute verhalten sich manchmal so, wenn man ihnen Sympathie entgegenbringen soll, weil sie etwas falsch gemacht haben, das sie nicht verhindern konnten. Ich habe darüber gelesen. Ist das ein solches Manöver?

»Ich will Ihnen helfen«, sagt er. Mir fällt ein, dass meine Eltern immer gesagt haben, etwas tun zu wollen sei nicht das Gleiche, wie etwas zu tun... es zu versuchen ist nicht das Gleiche, wie es zu tun. Warum sagt er nicht einfach: »Ich werde Ihnen helfen?«

»Ich glaube, Sie brauchen einen Anwalt«, sagt er. »Jemanden, der Ihnen bei den Verhandlungen mit Crenshaw hilft. Jemanden, der dazu besser geeignet ist als ich. Ich kann diese Person für Sie ausfindig machen.«

Ich glaube, er möchte nicht unser Anwalt sein. Ich glaube, er hat Angst, dass Crenshaw ihn entlässt. Das ist nachvollziehbar. Crenshaw könnte jeden von uns feuern. Ich kämpfe mit meiner eigensinnigen Zunge, um die Worte herauszubekommen. »Sollten wir... wäre es nicht... Ich glaube... ich glaube, ich... wir... sollten selber jemanden suchen.«

»Können Sie das?«, fragt er. Ich höre den Zweifel in seiner Stimme. Früher einmal hätte ich nur gehört, dass er nicht zufrieden war, und Angst bekommen, dass er ärgerlich auf mich wäre. Ich bin froh, nicht mehr so zu sein. Ich frage mich, warum er zweifelt. Er weiß doch, welche Arbeit wir machen können, und er weiß auch, dass ich unabhängig lebe.

»Ich kann mich ans Center wenden«, sage ich.

»Vielleicht wäre das besser«, stimmt er mir zu. An seinem Ende der Leitung gibt es ein Geräusch; seine Stimme spricht, aber ich glaube, es ist nicht für mich bestimmt. »Mach das Radio leiser; ich bin am Telefon.« Ich höre eine andere Stimme, eine unglückliche Stimme, aber ich kann die Worte nicht deutlich verstehen. Dann dringt wieder Mr. Aldrins Stimme an mein Ohr: »Lou, wenn Sie Probleme haben, jemanden zu finden... wenn Sie meine Hilfe brauchen, sagen Sie mir Bescheid. Ich will nur Ihr Bestes, das wissen Sie.«

Das weiß ich nicht. Ich weiß, dass Mr. Aldrin unser Chef ist, immer freundlich und geduldig mit uns war und für die Dinge gesorgt hat, die uns die Arbeit erleichtern, aber ich weiß nicht, dass er unser Bestes will. Woher sollte er auch wissen, was für uns das Beste ist? Würde er wollen, dass ich Marjory heirate? Was weiß er denn von uns außerhalb der Arbeit?

»Danke«, sage ich, eine sichere und konventionelle Äußerung für beinahe jede Gelegenheit. Dr. Fornum wäre stolz auf mich.

»Gut, also dann«, sagt er. Ich versuche, über diese Worte nicht nachzudenken, da sie keinerlei Bedeutung in sich haben, sondern lediglich eine konventionelle Äußerung darstellen; er kommt zum Ende des Telefonats. »Rufen Sie mich an, wenn Sie Hilfe brauchen. Ich gebe Ihnen meine Privatnummer...« Er rattert eine Nummer herunter, die mein Telefonsystem speichert. Aber auch ich werde sie nicht vergessen. Zahlen sind einfach, und vor allem diese Nummer ist eine Serie von Primzahlen, was ihm allerdings wahrscheinlich nie aufgefallen ist. »Auf Wiedersehen, Lou«, sagt er. »Versuchen Sie, sich keine Sorgen zu machen.«

Versuchen ist nicht tun. Ich sage auf Wiedersehen, lege auf und kehre zu meinen Nudeln zurück, die mittlerweile ziemlich verkocht sind. Aber das ist mir egal; sie sind dann weich und beruhigend. Die meisten Leute mögen keine Erdnussbutter auf Nudeln, aber ich schon.

Ich denke darüber nach, dass Mr. Crenshaw möchte, dass wir uns behandeln lassen. Ich glaube nicht, dass er uns dazu zwingen kann. Es gibt Gesetze über uns und medizinische Forschung. Ich weiß zwar nicht genau, was in diesen Gesetzen steht, aber ich glaube nicht, dass sie es zulassen würden. Mr. Aldrin müsste eigentlich mehr darüber wissen als ich; er ist Manager. Also denkt er wohl, dass Mr. Crenshaw es tun kann oder versuchen wird, es zu tun.

Es fällt mir schwer, einzuschlafen.

Am Freitagmorgen sagt Cameron mir, dass Mr. Aldrin ihn auch angerufen hat. Er hat alle angerufen. Bis jetzt hat Mr. Crenshaw noch nichts zu uns gesagt. Ich habe dieses unbehagliche Gefühl im Magen, wie vor einer Prüfung, von der ich annehme, dass ich sie nicht bestehe. Es ist eine Erleichterung, als ich mich an den Computer setze und anfange zu arbeiten.

Der Tag verläuft ereignislos, abgesehen davon, dass ich die erste Hälfte des Projekts fertig mache und die Tests, die ich durchlaufen lasse, alle stimmen. Nach dem Mittagessen sagt Cameron mir, dass die örtliche Autismus-Gesellschaft wegen der Studie eine Sitzung anberaumt hat. Er geht hin. Er meint, wir sollten alle hingehen. Ich hatte diesen Samstag nichts anderes vor, als mein Auto zu waschen, und außerdem gehe ich sowieso jeden Samstagmorgen ins Center.

Ich gehe zu Fuß hin. Es ist ein langer Weg, aber so früh am Morgen ist es noch nicht heiß, und es gibt mir ein gutes Gefühl in den Beinen. Außerdem gibt es auf dem Weg dorthin einen Bürgersteig mit zweifarbigen Pflastersteinen – braun und rot –, die in interessanten Mustern verlegt sind. Es gefällt mir, sie anzuschauen.

Im Center treffe ich nicht nur Leute aus meiner Arbeitsgruppe, sondern auch diejenigen, die irgendwo in der Stadt verstreut leben. Manche, vor allem die älteren, werden tagsüber gepflegt oder arbeiten in geschützten Werkstätten mit viel Betreuung und wohnen in Heimen.

Stefan ist Professor an der kleineren Universität hier; er forscht auf irgendeinem Gebiet in der Biologie. Mai ist Professor an der größeren Universität; ihr Fachbereich ist eine Mischung zwischen Mathematik und Biophysik. Beide kommen eher selten zu den Treffen. Ich habe festgestellt, dass die Leute, die am stärksten behindert sind, am häufigsten kommen; die jungen Leute, die wie Joe Lee sind, tauchen fast nie auf.

Ich plaudere mit einigen der anderen, die ich kenne und mag, manche von der Arbeit und manche von anderswo, wie Murray, der für eine große Steuerkanzlei arbeitet. Murray interessiert sich für mein Fechten; er lernt Aikido und hat seinem Therapeuten auch nichts davon erzählt. Ich weiß, dass Murray von der neuen Behandlung gehört hat, sonst wäre er heute nicht hier, aber ich glaube, er möchte nicht darüber sprechen. Er arbeitet nicht bei uns; er weiß wahrscheinlich nicht, dass sie schon kurz vor Menschenversuchen stehen. Vielleicht wünscht er ja, dass es so wäre, aber ich möchte ihn heute nicht danach fragen.

Das Center ist nicht nur für Autisten; es kommen auch viele Menschen mit anderen Behinderungen, vor allem an den Wochenenden. Ich weiß nicht über alle Behinderungen Bescheid und möchte eigentlich auch nicht wissen, was alles bei einem Menschen nicht in Ordnung sein kann.

Manche sind freundlich und reden mit uns, und manche nicht. Emmy kommt heute direkt auf mich zu. Sie ist fast immer da. Sie ist kleiner als ich, mit glatten dunklen Haaren und dicken Brillengläsern. Ich weiß nicht, warum sie sich nicht die Augen operieren lässt, aber es wäre nicht höflich zu fragen. Emmy wirkt immer verärgert. Sie zieht die Augenbrauen zusammen, und ihre Mundwinkel zeigen nach unten. »Du hast eine Freundin«, sagt sie.

»Nein«, erwidere ich.

»Doch. Linda hat es mir erzählt. Sie ist keine von uns.«

»Nein«, wiederhole ich. Marjory ist nicht meine Freundin, jedenfalls noch nicht, und ich möchte nicht mit Emmy über sie reden. Linda hätte Emmy gar nichts erzählen sollen, und vor allem nicht das. Ich habe Linda nie gesagt, dass Marjory meine Freundin sei, weil sie es nicht ist. Es war nicht richtig.

»Da, wo du mit den Schwertern spielst«, sagt Emmy. »Da ist ein Mädchen...«

»Sie ist kein Mädchen«, sage ich. »Sie ist eine Frau, und sie ist nicht meine Freundin.« Und doch spüre ich, wie mir die Hitze in den Nacken kriecht, wenn ich an Marjory denke.

»Linda sagt, doch. Sie ist eine Spionin, Lou.«

Emmy redet einen selten mit Namen an; als sie meinen Namen sagt, fühlt es sich an wie ein Schlag auf den Arm. »Was meinst du mit *Spionin*?«

»Sie arbeitet an der Universität. Wo sie dieses Projekt machen, weißt du?« Sie wirft mir einen finsteren Blick zu, als würde ich das Projekt machen. Sie meint die Forschungsgruppe über Entwicklungsstörungen. Als ich ein Kind war, haben mich meine Eltern dort untersuchen lassen, und ich bin drei Jahre lang dort zum Spezialunterricht gegangen. Dann fanden meine Eltern, dass die Gruppe mehr Interesse an Forschungsaufsätzen hatte, um Fördergelder zu bekommen, als daran, Kindern zu helfen, deshalb steckten sie mich in ein anderes Programm in der örtlichen Klinik. Wenn Wissenschaftler an unseren Treffen teilnehmen wollen, müssen sie sich vorher anmelden; wir wollen sie bei unseren Treffen nicht dabeihaben.

Emmy arbeitet selbst an der Universität, in der Verwaltung, deshalb weiß sie wahrscheinlich, dass Marjory dort arbeitet.

»Viele Leute arbeiten an der Universität«, sage ich. »Nicht alle gehören zum Forschungsteam.«

»Sie ist eine Spionin, Lou«, wiederholt Emmy. »Sie ist nur an deiner Diagnose interessiert, nicht an dir als Person.«

Ich fühle, wie eine hohle Stelle sich in mir ausbreitet; ich bin sicher, dass Marjory keine Forschung betreibt, aber so sicher nun auch wieder nicht.

»Für sie bist du eine Missgeburt«, sagt Emmy. »Ein Studienobjekt.« Aus ihrem Mund klingt das obszön. Hässlich. Eine Maus in einem Labyrinth, ein Affe in einem Käfig. Ich denke an die neue Behandlung. Die Leute, die sich ihr zuerst unterziehen, werden auch Objekte sein, genau wie die Affen, an denen sie ausprobiert wurde.

»Das ist nicht wahr«, sage ich. Ich spüre, wie mir der Schweiß unter den Armen und am Nacken ausbricht, und das leichte Zittern, das ich immer bekomme, wenn ich mich bedroht fühle, stellt sich ein. »Auf jeden Fall ist sie nicht meine Freundin.«

»Es freut mich, dass du so viel gesunden Menschenverstand hast«, sagt Emmy.

Ich gehe weiter herum, denn wenn ich jetzt das Center verließe, würde Emmy mit den anderen über Marjory und mich reden. Es fällt mir schwer, dem Redner zuzuhören, der über die neuen Forschungen und ihre Implikationen spricht. Ich höre und höre nicht, was er sagt. Ich merke zwar, wenn er etwas sagt, was ich vorher noch nicht gehört habe, aber ich kann mich nicht konzentrieren. Ich kann ja die Rede später auf der Website des Centers nachlesen. Ich habe nicht an Marjory gedacht, bis Emmy das über sie gesagt hat, aber jetzt kann ich nicht aufhören, an Marjory zu denken.

Marjory mag mich, ich bin sicher, dass sie mich mag. Ich bin sicher, dass sie mich als mich selbst mag. Lucia hat gesagt, Marjory würde mich mögen. Lucia lügt nicht.

Aber es gibt Mögen und Mögen. Ich mag Schinken, als Essen. Mir ist egal, was der Schinken denkt, wenn ich hineinbeiße. Ich weiß, dass Schinken nicht denken kann, deshalb macht es mir auch nichts aus, hineinzubeißen. Manche Menschen essen kein Fleisch, weil die Tiere, von denen es kommt, einmal lebendig waren und vielleicht Gefühle und Gedanken hatten, aber auch das stört mich nicht, wenn sie erst einmal tot sind. Alles, was man isst, hat einmal gelebt, abgesehen von ein paar Mineralien, und auch ein Baum hat vielleicht Gedanken und Gefühle, auch wenn wir keinen Zugang dazu haben.

Wenn nun Marjory mich so mag, wie Emmy sagt – als Ding, als Objekt, als das Äquivalent zu meinem Biss in den Schinken? Und wenn sie mich nun mehr mag als die anderen Forschungsobjekte, weil ich ruhig und freundlich bin?

Ich fühle mich aber nicht ruhig und freundlich. Im Moment möchte ich am liebsten jemanden schlagen.

Der Redner sagt nichts, was wir nicht schon online gelesen haben. Er kann die Methode nicht erklären; er weiß nicht, wo man sich für die Behandlung bewerben kann. Er sagt nicht, dass das Unternehmen, bei dem ich arbeite, die Forschungsergebnisse gekauft hat. Vielleicht weiß er es nicht. Ich sage nichts. Ich bin mir nicht ganz sicher, ob Mr. Aldrin recht gehabt hat.

Nach dem Treffen wollen die anderen noch bleiben und über die neue Behandlung sprechen, aber ich gehe rasch. Ich will nach Hause und ohne Emmy in der Nähe über Marjory nachdenken. Ich will nicht darüber nachdenken, ob Marjory zu der Forschergruppe gehört; ich will lieber daran denken, wie sie neben mir im Auto sitzt. Ich will an ihren Geruch denken und an die Lichter in ihrem Haar, und sogar daran, wie sie mit einem Rapier ficht.

Es ist leichter, über Marjory nachzudenken, während ich mein Auto putze. Ich nehme das Schafsfell vom Sitz und schüttele es aus. Ganz gleich, wie vorsichtig ich bin, es bleiben immer Dinge daran hängen, Staub und Fäden und – heute – eine Büroklammer. Ich weiß nicht, wo sie hergekommen ist. Ich lege sie vorne ins Auto und bürste die Sitze mit einer kleinen Bürste ab, dann sauge ich den Fußraum. Das Geräusch des Staubsaugers tut mir in den Ohren weh, aber es geht schneller als Kehren und mir steigt auch weniger Staub in die Nase. Ich säubere die Innenseite der Windschutzscheibe, wobei ich sorgfältig darauf achte, bis in die Ecken zu wischen, dann putze ich die Spiegel. In den Läden gibt es spezielle Reinigungsmittel für Autos, aber sie riechen alle sehr schlecht und bereiten mir Übelkeit, deshalb benutze ich einfach nur einen feuchten Lappen.

Ich lege das Schafsfell wieder auf den Sitz und stecke es gut fest. Jetzt ist mein Auto sauber für Sonntagmorgen. Obwohl ich mit dem Bus zur Kirche fahre, gefällt mir der Gedanke, dass mein Auto am Sonntag sauber in seiner Sonntagskleidung dasteht.

Ich dusche mich rasch, wobei ich nicht an Marjory denke, und dann gehe ich ins Bett und denke an sie. Sie bewegt sich ganz still durch meine Gedanken. Ihr Gesicht drückt das Leben deutlicher aus als die meisten Gesichter. Der Ausdruck hält lange genug an, sodass ich ihn interpretieren kann. Als ich einschlafe, lächelt sie.

[4]

Tom beobachtete von der Straße aus, wie Marjory Shaw und Don Poiteau über den Hof gingen. Lucia glaubte, dass Marjory sich zu Lou Arrendale hingezogen fühlte, aber jetzt ging sie mit Don spazieren. Ja, sicher, Don hatte ihre Sporttasche genommen, aber ... wenn sie ihn nicht leiden konnte, warum nahm sie die Tasche dann nicht wieder an sich?

Seufzend fuhr sich Tom mit der Hand durch seine schütteren Haare. Er liebte das Fechten und hatte gern Menschen um sich, aber die ständige Belastung zwischenmenschlicher Intrigen strengte ihn mit den Jahren immer mehr an. Sein und Lucias Haus sollte ein Ort sein, wo Leute in ihr körperliches und soziales Potenzial hineinwuchsen, aber manchmal kam es ihm so vor, als hätte er ständig nur pubertierende Jugendliche in seiner Gruppe. Früher oder später kamen sie alle zu ihm mit ihren Klagen, ihren Kümmernissen und ihren verletzten Gefühlen.

Oder sie belasteten Lucia damit. Vor allem die Frauen taten das. Sie setzten sich neben sie, taten so, als seien sie an ihrer Handarbeit oder ihren Fotos interessiert, und schütteten ihr Herz aus. Er und Lucia redeten stundenlang darüber, was gerade los war, wer welche Art von Unterstützung brauchte, wie sie am besten helfen konnten, ohne zu viel Verantwortung zu übernehmen.

Als Don und Marjory näher kamen, sah Tom, dass sie verärgert war. Wie gewöhnlich merkte Don nichts davon. Er redete schnell auf sie ein und schwenkte vor lauter Begeisterung über seine Worte ihre Sporttasche. Ein typischer Fall, dachte Tom. Noch bevor der Abend vorbei war, würde er wissen, was Don getan hatte, um Marjory zu verärgern, und von Don würde er hören, dass Marjory nicht verständnisvoll genug war.

»Er muss seine Sachen immer ganz genau an dieselbe Stelle legen, nirgendwo anders hin«, sagte Don gerade, als sie in Hörweite kamen.

»Er ist eben ordnungsliebend«, erwiderte Marjory. Sie klang spitz, was bedeutete, dass sie mehr als nur verärgert war. »Hast du etwas gegen Ordnungsliebe?«

»Nein, aber ich habe etwas gegen Zwangsneurosen«, sagte Don. »Du zum Beispiel zeigst eine gesunde Flexibilität, indem du manchmal auf dieser Seite der Straße und manchmal auf der gegenüberliegenden parkst, und indem du dich unterschiedlich anziehst. Lou dagegen trägt jede Woche dasselbe – sauber zwar, aber dasselbe – und wie er sich anstellt, dass seine Ausrüstung immer...«

»Du hast deine Sachen an die falsche Stelle gelegt, und Tom hat dich aufgefordert, sie an die richtige Stelle zu legen, oder?«, warf Marjory ein.

»Weil Lou sich sonst aufregen würde«, erwiderte Don schmollend. »Es ist nicht fair...«

Tom merkte, dass Marjory Don am liebsten angebrüllt hätte. Er auch. Aber es nutzte nichts, wenn man Don anschrie. Don hatte acht Jahre lang eine ernste, schwer arbeitende Freundin gehabt, die versucht hatte, ihn zu erziehen, und er hatte sich trotzdem nicht geändert.

»Ich habe es eben auch gern aufgeräumt«, sagte Tom und bemühte sich, nicht zu vorwurfsvoll zu klingen. »Es ist viel einfacher für jeden, wenn er weiß, wo seine Ausrüstung liegt. Außerdem könnte man es auch als Zwangsneurose bezeichnen, wenn man seine Sachen überall herumliegen lässt.«

»Also bitte, Tom, *Schlamperei* und *Zwangsneurosen* sind

Gegensätze.« Don klang noch nicht einmal ärgerlich, nur amüsiert, als ob Tom ein ignorantes Kind sei. Tom fragte sich, ob sich Don bei der Arbeit wohl auch so verhielt. Wenn ja, dann würde das erklären, warum er sich dauernd neue Jobs suchen musste.

»Mach Lou nicht für meine Regeln verantwortlich«, sagte Tom. Achselzuckend ging Don ins Haus, um seine Ausrüstung zu holen.

Ein paar Minuten Frieden, bevor alles anfing... Tom setzte sich neben Lucia, die mit ihren Dehnübungen begonnen hatte, und griff nach seinen Zehen. Früher war ihm das immer so leicht gefallen. Marjory ließ sich ebenfalls neben Lucia nieder und beugte sich vor, wobei sie versuchte, mit der Stirn ihre Knie zu berühren.

»Lou müsste heute Abend eigentlich auch kommen«, sagte Lucia und blickte Marjory von der Seite an.

»Ich habe mich schon gefragt, ob es ihn gestört hat, dass ich ihn gebeten hatte, mit mir zum Flughafen zu kommen«, sagte Marjory.

»Das glaube ich nicht«, erwiderte Lucia. »Ich würde sagen, er hat sich sehr darüber gefreut. Ist irgendetwas passiert?«

»Nein. Wir haben meine Freundin abgeholt, und ich habe Lou wieder hier abgesetzt. Das war alles. Don sagte etwas über seine Ausrüstung...«

»Ach, Tom hat ihn die ganze Ausrüstung aufsammeln lassen, und Don wollte sie irgendwie in die Regale stopfen. Aber Tom hat darauf bestanden, dass er es richtig macht. So oft wie er es schon gesehen hat, müsste er es eigentlich können, aber Don... er lernt es einfach nicht. Seit er nicht mehr mit Helen zusammen ist, wird er wieder zu dem schlampigen kleinen Jungen, der er früher gewesen ist. Ich wünschte, er würde langsam mal erwachsen.«

Tom hörte zu, ohne sich einzumischen. Er wusste: Lucia würde jetzt jeden Moment Marjory über ihre Gefühle für

Lou und Don aushorchen, und wenn das losging, wollte er weit weg sein. Er beendete seine Dehnübungen und stand gerade auf, als Lou um die Hausecke kam.

Während er die Lampen überprüfte und einen letzten prüfenden Blick auf den Trainingsbereich warf, um sich zu vergewissern, dass sich niemand verletzen konnte, beobachtete Tom Lou beim Stretching... methodisch wie immer, gründlich wie immer. Manche Leute mochten Lou langweilig finden, aber Tom fand ihn faszinierend. Vor dreißig Jahren hätte jemand wie Lou wahrscheinlich noch nicht allein leben können, und vor fünfzig Jahren hätte man ihn in ein Heim gesperrt. Aber die Verbesserungen in früher Intervention, in Lehrmethoden und in computergesteuerten, sensorischen Integrationsübungen hatten ihn dazu befähigt, eine gute Anstellung zu finden, unabhängig zu leben und mit der realen Welt beinahe gleichberechtigt umgehen zu können.

Ein Wunder der Anpassung und für Tom auch ein bisschen traurig. Jüngere Leute als Lou, die mit dem gleichen neurologischen Defizit zur Welt gekommen waren, konnten mit Gentherapie in den ersten beiden Lebensjahren völlig geheilt werden. Und nur die, deren Eltern diese Behandlung ablehnten, mussten sich mit den anstrengenden Therapien herumschlagen, die Lou gemeistert hatte. Wenn Lou jünger gewesen wäre, hätte er nicht leiden müssen. Er wäre normal gewesen, was immer das bedeutete.

Aber jedenfalls konnte er fechten. Tom dachte an die abgehackten, ungleichmäßigen Bewegungen, die Lou im Anfang gemacht hatte – lange Zeit hatte es so ausgesehen, als ob Lous Fechtkünste sich auf eine Parodie des wirklichen Sports beschränken würden. Bei jeder Entwicklungsphase hatte er von neuem anfangen müssen und machte nur schwerfällig Fortschritte... vom Florett zum Degen, vom Degen zum Rapier, von der Einzelklinge zu Florett und Dolch, Degen und Dolch, Rapier und Dolch, und so weiter.

Er hatte jeden Schritt mit äußerster Anstrengung und nicht durch angeborenes Talent gemeistert. Aber seit er die Technik beherrschte, schienen die mentalen Fähigkeiten, für die andere Fechter Jahrzehnte brauchten, in nur wenigen Monaten zu ihm zu kommen.

Tom merkte, dass Lou ihn anblickte, und winkte ihn zu sich. »Denk daran, was ich dir gesagt habe – du musst jetzt nur noch mit der Spitzengruppe fechten.«

»Ja...« Lou nickte und grüßte formell. Seine Eröffnungsbewegungen wirkten steif, aber rasch glitt er in einen Stil hinein, der seinen eigenen Bewegungen entsprach. Tom umkreiste ihn, änderte die Richtung, täuschte und tat so, als wolle er eröffnen, aber Lou passte sich jeder seiner Bewegungen an, und testete ihn genauso, wie er getestet wurde. Gab es ein Muster in Lous Bewegungen, oder reagierte er nur auf seine eigenen Aktionen? Tom konnte es nicht sagen. Aber immer wieder überwältigte Lou ihn beinahe, indem er seine Bewegungen voraussah... also musste er selber wohl ein Muster haben, dachte Tom, das Lou erkannt hatte.

»Musteranalyse«, sagte er laut, als Lous Klinge seiner entschlüpfte und seine Brust berührte. »Ich hätte daran denken sollen.«

»Entschuldigung«, sagte Lou. Er sagte fast immer »Entschuldigung« und blickte ihn verlegen an.

»Guter Treffer«, sagte Tom. »Ich habe die ganze Zeit versucht, herauszufinden, wie du das gemacht hast, und dabei habe ich mich nicht konzentriert. Aber stimmt es? Machst du eine Musteranalyse?«

»Ja«, erwiderte Lou. Er klang leicht überrascht, und Tom fragte sich, ob er wohl dachte: Tut das nicht jeder?

»Ich kann das während des Kampfes nicht«, sagte Tom. »Es sei denn, jemand benutzt ein sehr einfaches Muster.«

»Ist es unfair?«, fragte Lou.

»Nein, es ist völlig fair, wenn du es kannst«, erwiderte Tom. »Daran erkennt man einen guten Fechter – oder auch Schachspieler zum Beispiel. Spielst du Schach?«

»Nein.«

»Nun... dann wollen wir mal sehen, ob ich mich jetzt konzentrieren kann und auch mal eine Runde an mich geht.« Tom nickte, und sie begannen von neuem, aber es fiel ihm schwer, sich zu konzentrieren. Er wollte über Lou nachdenken – darüber, wann diese abgehackten Bewegungen fließend geworden waren, wann er zum ersten Mal vielversprechend gewirkt hatte, wann Lou begonnen hatte, die Muster der langsameren Fechter zu lesen. Was sagte das über seine Art zu denken aus? Was sagte es über ihn als Person aus?

Tom sah eine Blöße und stieß nach, aber sofort spürte er den dumpfen Stoß auf seiner eigenen Brust.

»Treffer, Lou, wenn du so weitermachst, werden wir dich zu Wettkämpfen anmelden müssen«, sagte er, nur halb im Scherz. Lou erstarrte und ließ seine Schultern hängen. »Stört dich das?«

»Ich... ich glaube nicht, dass ich in einem Wettkampf fechten sollte«, sagte Lou.

»Es liegt an dir.« Tom grüßte erneut. Warum mochte Lou gerade diese Formulierung gewählt haben? Es war eine Sache, keine Lust auf Turniere zu haben, aber etwas ganz anderes zu denken, man »sollte nicht« daran teilnehmen. Wenn Lou normal gewesen wäre – Tom hasste sich dafür, dass er das Wort nur dachte, aber es war leider so –, hätte er schon seit drei Jahren an Wettkämpfen teilgenommen. Er hätte wie die meisten Leute zu früh angefangen, statt sich so lange auf seine persönliche Entwicklung zu konzentrieren. Energisch richtete Tom seine Gedanken wieder auf das Training, parierte kaum einen Stoß und versuchte, seine eigenen Attacken zufälliger zu gestalten.

Schließlich war er außer Atem und keuchte: »Ich brauche eine Pause, Lou. Komm mal her, damit wir rekapitulieren können...« Gehorsam folgte ihm Lou und setzte sich auf die niedrige Steinmauer an der Terrasse, während Tom sich einen Stuhl heranzog. Lou schwitzte, stellte er fest, atmete aber nicht besonders schwer.

Schließlich hört Tom keuchend auf und erklärt, er sei zu müde, um weiterzumachen. Er geht mit mir an die Seite, während zwei andere auf den Fechtboden treten. Er atmet sehr schwer; seine Worte kommen in großen Abständen, was es mir leichter macht, ihn zu verstehen. Ich bin froh, dass er mich so gut findet.
»Siehst du – du bist noch nicht einmal außer Atem. Geh, kämpf mit jemand anderem und gib mir eine Chance, mich zu erholen. Wir reden später.«
Ich blicke zu Marjory, die neben Lucia sitzt. Sie hat mich beobachtet, als ich mit Tom gefochten habe. Jetzt blickt sie zu Boden, und ihr Gesicht ist erhitzt und gerötet. Mein Magen krampft sich zusammen, aber ich stehe auf und trete zu ihr.
»Hallo, Marjory«, sage ich. Mein Herz klopft.
Sie blickt auf und lächelt mich an. »Hallo, Lou«, sagt sie. »Wie geht es dir?«
»Gut«, sage ich. »Willst du... möchtest du... willst du mit mir fechten?«
»Natürlich.« Sie ergreift ihre Maske und setzt sie auf. Jetzt kann ich ihr Gesicht nicht mehr so gut sehen, und wenn ich erst meine Maske aufgesetzt habe, kann sie meins auch nicht mehr sehen. Ich schiebe die Maske über den Kopf. Ich kann sehen, ohne gesehen zu werden. Mein Herz schlägt jetzt ruhiger.
Wir beginnen damit, einige Sequenzen aus Saviolos Fecht-Handbuch zu rekapitulieren. Schritt für Schritt, vorwärts und seitwärts, umkreisen und ausspüren. Es ist Ritual und Ge-

spräch, wenn ich ihren Stoß pariere und sie meinen. Weiß ich das? Weiß sie es? Ihre Bewegungen sind weicher und zögernder als Toms. Kreis, Schritt, Frage, Antwort, ein Dialog in Stahl zum Klang der Musik, die ich in meinem Kopf höre.

Ich touchiere sie, als sie sich nicht bewegt, wie ich es erwarte. Ich wollte sie nicht treffen. »Entschuldigung«, sage ich. Meine Musik stockt, mein Rhythmus wird uneben. Ich trete zurück, breche den Kontakt ab, richte die Spitze der Klinge nach unten.

»Nein – das war gut«, sagt Marjory. »Ich hätte besser aufpassen müssen...«

»Bist du verletzt?« Der Treffer ist mir hart vorgekommen.

»Nein... lass uns weitermachen.«

Ich sehe ihre Zähne hinter der Maske blitzen: ein Lächeln. Ich grüße, sie erwidert; und wieder beginnt unser Tanz. Ich versuche, vorsichtiger zu sein, und durch die Berührung von Stahl auf Stahl kann ich fühlen, dass sie fester, konzentrierter ist und sich schneller bewegt. Ich beschleunige das Tempo nicht; sie touchiert mich an der Schulter. Von diesem Punkt an versuche ich, mich ihrem Tempo anzupassen, damit das Gefecht möglichst lange dauert.

Aber zu bald schon geht ihr Atem schneller, und sie braucht eine Pause. Wir bedanken uns und umfassen unsere Arme; mir ist ganz schwindelig.

»Das hat Spaß gemacht«, sagt sie. »Aber ich muss aufhören, immer nach Entschuldigungen zu suchen, weil ich nicht genug trainiere. Wenn ich mein Hanteltraining gemacht hätte, täte mein Arm nicht so weh.«

»Ich trainiere dreimal in der Woche mit Gewichten«, sage ich, aber dann wird mir klar, dass sie vielleicht denkt, ich wolle angeben oder ihr vorschreiben, was sie tun soll. Dabei wollte ich ihr nur erzählen, warum mein Arm nicht weh tut.

»Ja, das sollte ich auch«, sagt sie. Ihre Stimme klingt zufrieden und entspannt. Ich entspanne mich auch. Sie ist nicht unglücklich, weil ich das mit den Gewichten gesagt habe. »Früher habe ich es gemacht, aber jetzt arbeite ich an einem neuen Projekt, das sehr zeitaufwändig ist.«

Ich stelle mir das Projekt wie etwas Lebendiges vor, das an einer Uhr frisst. Das ist bestimmt die Studie, die Emmy erwähnt hat.

»Ja. Was für ein Projekt ist das?« Ich kann kaum atmen, als ich auf die Antwort warte.

»Nun, mein Fachgebiet sind neuromuskuläre Signalsysteme«, sagt Marjory. »Wir arbeiten an Therapien für einige der genetischen neuromuskulären Erkrankungen, die auf Gentherapie nicht ansprechen.« Sie blickt mich an, und ich nicke.

»Wie Muskeldystrophie?«, frage ich.

»Ja, das gehört dazu«, erwidert Marjory. »Darüber bin ich eigentlich zum Fechten gekommen.«

Ich spüre, wie ich die Stirn runzele: Verwirrung. Was hat Muskeldystrophie mit Fechten zu tun? Leute mit MD fechten nicht. »Fechten ...?«

»Ja. Vor Jahren war ich auf dem Weg in ein Seminar und lief gerade über den Campus, als Tom dort eine Fechtdemonstration abhielt. Ich sah gute Muskelfunktionen nur aus ärztlicher Sicht, nicht aus der Perspektive eines Nutzers ... Ich weiß noch, dass ich stehen blieb, den Leuten beim Fechten zusah und über das biochemische Verhalten von Muskelzellen nachdachte, als Tom mich plötzlich fragte, ob ich es mal versuchen wollte. Ich glaube, er hielt den Ausdruck auf meinem Gesicht irrtümlich für Interesse am Fechten, und dabei beobachtete ich nur die Beinmuskeln.«

»Ich habe geglaubt, du hättest auf dem College schon fechten gelernt«, sage ich.

»Das war auf dem College«, erwidert Marjory. »Ich war damals noch Studentin.«

»Oh... und du hast immer schon über Muskeln gearbeitet?«

»Auf die eine oder andere Weise. Als einige Gentherapien erfolgreich bei bestimmten Muskelerkrankungen eingesetzt werden konnten, widmete ich mich mehr den neuromuskulären Erkrankungen... beziehungsweise meine Vorgesetzten. Ich bin schließlich noch nicht einmal Projektleiter.« Sie blickt mir lange ins Gesicht. Ich muss weggucken, weil das Gefühl zu intensiv ist. »Ich hoffe, es hat dir nichts ausgemacht, dass ich dich gebeten hatte, mit mir zum Flughafen zu fahren, Lou. Ich habe mich mit dir zusammen sicherer gefühlt.«

Ich spüre, wie es mir heiß wird. »Es ist nicht... ich habe nicht... ich wollte...« Ich schlucke. »Ich war nicht verärgert«, erwidere ich, als ich meine Stimme wieder unter Kontrolle habe. »Ich bin gern mit dir gefahren.«

»Das ist gut«, sagt Marjory.

Mehr sagt sie nicht; ich sitze neben ihr und spüre, wie sich mein Körper entspannt. Wenn es möglich wäre, würde ich die ganze Nacht hier sitzen bleiben. Als mein Herz wieder langsamer schlägt, schaue ich den anderen zu. Max, Tom und Susan fechten zwei gegen einen. Don hockt auf einem Stuhl am anderen Ende der Terrasse; er starrt mich an, blickt aber weg, als ich ihn ansehe.

Tom winkte Max, Susan und Marjory nach. Lou war noch da. Lucia war ins Haus gegangen, wie gewöhnlich diejenigen im Gefolge, die noch mit ihr reden wollten.

»Es gibt eine neue Studie«, sagte Lou. »Vielleicht eine neue Behandlungsmethode.«

Lous abgehackter Tonfall fiel Tom noch mehr auf als das, was er sagte. Seiner Stimme war anzumerken, dass er Angst hatte; so klang er nur, wenn er äußerst besorgt war.

»Ist sie noch im experimentellen Stadium oder steht sie schon zur Verfügung?«

»Sie ist noch experimentell. Aber im Büro wollen sie – mein Chef hat gesagt ... sie wollen ... sie wollen, dass ich sie ausprobiere.«

»Eine experimentelle Behandlung? Das ist eigenartig. Normalerweise dürfte sie doch noch gar nicht auf dem Markt sein.«

»Es ist ... sie ... die Behandlung ist im Cambridge Center entwickelt worden«, sagte Lou. Seine Stimme klang noch ruckartiger und mechanischer. »Und jetzt gehört sie ihnen. Mein Chef sagt, sein Chef sagt, wir sollen sie machen. Er ist nicht damit einverstanden, aber er kann sie nicht aufhalten.«

Tom verspürte das plötzliche Bedürfnis, irgendjemandem die Faust ins Gesicht zu schlagen. Lou hatte Angst; jemand bedrängte ihn. Er ist nicht mein Kind, rief sich Tom ins Gedächtnis. Er hatte kein Recht, in dieser Situation für ihn einzutreten, andererseits hatte er als Lous Freund auch eine Verantwortung.

»Weißt du, wie die Behandlung funktionieren soll?«, fragte er.

»Noch nicht.« Lou schüttelte den Kopf. »Die Studie steht erst seit letzter Woche im Internet; die örtliche Autismus-Gesellschaft hatte ein Treffen deswegen, aber sie wussten es auch nicht ... Sie glauben, es dauert noch Jahre, bevor man die Methode bei Menschen anwenden kann. Mr. Aldrin – mein Abteilungsleiter – sagte aber, sie könne jetzt erprobt werden, und Mr. Crenshaw will, dass wir es versuchen.«

»Sie können dich nicht dazu zwingen, dich experimentellen Behandlungsmethoden zu unterziehen, Lou. Es verstößt gegen das Gesetz ...«

»Aber es könnte mich meinen Job kosten ...«

»Drohen sie dir etwa, dich zu feuern, wenn du nicht teilnimmst? Das können sie auch nicht.« Er glaubte es jedenfalls nicht. An der Universität ging so etwas nicht, aber bei einem privaten Unternehmen war es vielleicht etwas anderes. Allerdings so viel anders?« »Du brauchst einen Anwalt«, sagte er. Er überlegte, was für Anwälte er kannte. Vielleicht war Gail die richtige dafür, dachte Tom. Gail arbeitete schon lange im Bereich der Menschenrechte, und sie verdiente sogar. Es war wirklich besser, zu überlegen, wer Lou helfen könnte, statt jemandem den Schädel einzuschlagen.

»Nein... ja... ich weiß nicht. Ich mache mir Sorgen. Mr. Aldrin sagte, wir sollten uns Hilfe suchen, einen Anwalt...«

»Ja, genau«, erwiderte Tom. Er überlegte, ob es Lou vielleicht nützte, wenn er ihn auf andere Gedanken brachte. »Hör mal, ich habe doch die Turniere erwähnt...«

»Ich bin nicht gut genug«, entgegnete Lou rasch.

»Doch, das bist du. Und ich frage mich, ob es dir vielleicht bei diesem anderen Problem helfen würde, wenn du in einem Turnier kämpfst...« Tom bemühte sich, Klarheit in seine Gedanken zu bringen. Er glaubte, dass es wirklich eine gute Idee war. »Wenn du womöglich gegen deinen Arbeitgeber vor Gericht gehen musst, dann ist das so ähnlich wie ein Fechtkampf. Das Selbstbewusstsein, das du durchs Fechten bekommst, könnte dir helfen.«

Lou blickte ihn ausdruckslos an. »Ich verstehe nicht, warum mir das helfen sollte.«

»Na ja... vielleicht würde es ja auch nicht funktionieren. Ich dachte nur, dass es dir nützen könnte, wenn du eine andere Erfahrung mit vielen Menschen hast.«

»Wann ist denn der Wettkampf?«

»Samstag in zwei Wochen ist hier in der Nähe das nächste Turnier«, sagte Tom. »Du könntest mit uns fahren; Lucia und ich wären dabei, um dich zu unterstützen und dir nette Leute vorzustellen.«

»Gibt es da auch nicht-nette Leute?«

»Na ja, schon. Es gibt überall nicht-nette Leute, und manchen gelingt es auch, in Fechtgruppen hineinzukommen. Aber die meisten sind nett. Es wird dir wahrscheinlich gefallen.« Er durfte ihn auf keinen Fall drängen, obwohl er immer stärker das Gefühl hatte, dass Lou sich mehr in der normalen Welt bewegen sollte, wenn man einen Haufen Sport-Enthusiasten als normal bezeichnen konnte. Das heißt, im Alltagsleben waren sie durchaus normal; bloß in ihrer Freizeit schlüpften sie gern in irgendwelche historischen Kostüme und taten so, als brächten sie einander mit Degen und Schwertern um.

»Ich habe kein Kostüm«, sagte Lou und blickte auf sein altes Lederjackett mit den abgeschnittenen Ärmeln.

»Wir finden bestimmt was für dich«, sagte Tom. Lou würde bestimmt in eins seiner Kostüme passen. Er hatte mehr als genug davon, mehr als jeder Mann im siebzehnten Jahrhundert besessen hatte. »Lucia hilft uns bestimmt.«

»Ich bin mir nicht sicher«, sagte Lou.

»Nun, sag mir nächste Woche Bescheid, ob du es versuchen willst. Wir müssen die Teilnahmegebühr für dich überweisen. Wenn du dieses Mal noch nicht willst, dann gibt es später bestimmt noch ein anderes Turnier.«

»Ich überlege es mir«, meinte Lou.

»Gut. Und wegen der anderen Sache – ich kenne eine Anwältin, die dir vielleicht helfen könnte. Ich frage sie mal. Und was ist mit dem Center – hast du mit denen gesprochen?«

»Nein. Mr. Aldrin hat mich angerufen, aber bis jetzt hat noch niemand etwas Offizielles gesagt, und ich glaube, ich sollte erst davon sprechen, wenn sie es tun.«

»Es kann nicht schaden, wenn du schon vorher herausfindest, welche Rechte du hast«, sagte Tom. »Ich weiß es nicht so genau, schließlich haben sich die Gesetze im Lauf der Zeit geändert, und da ich nichts mit Experimenten an Menschen zu tun habe, bin ich nicht auf dem Laufenden. Du brauchst auf jeden Fall einen Experten.«

»Das kostet bestimmt viel Geld«, sagte Lou.

»Vielleicht«, erwiderte Tom. »Das ist auch etwas, was wir

erst herausfinden müssen. Aber das können sie dir bestimmt im Center sagen.«

»Danke«, sagte Lou.

Tom blickte ihm nach, als er still und gefasst wegging. Manchmal war er beängstigend. Allein der Gedanke, dass jemand mit Lou Experimente veranstalten könnte, verursachte Tom Übelkeit. Lou war Lou, und so wie er war, war er in Ordnung.

Drinnen lag Don auf dem Boden unter dem Deckenventilator und quasselte ununterbrochen, während Lucia an ihrer Stickerei arbeitete und diesen Gesichtsausdruck hatte, der bedeutete: »Rette mich!«

Jetzt wandte Don sich am Tom. »Du glaubst also, Lou kann bei einem offenen Wettbewerb fechten?«, fragte er.

Tom nickte. »Hast du uns belauscht? Ja, der Meinung bin ich. Er gehört bei uns zu den Besten und hat seinen eigenen Stil.«

»Es ist eine Menge Druck für jemanden wie ihn«, sagte Don.

»*Jemanden wie ihn* ... meinst du damit autistisch?«

»Ja. Sie kommen mit Menschenmengen, Lärm und so etwas nicht gut klar, oder? Ich habe gelesen, dass diejenigen, die gut in Musik sind, deshalb nicht auftreten können. Lou ist okay, aber du solltest ihn nicht zu Turnieren drängen. Er wird versagen.«

»Erinnerst du dich noch an dein erstes Turnier, Don?«, fragte Tom.

»Nun ja, ja ... ich war damals noch ziemlich jung ... Es war eine Katastrophe.«

»Ja. Weißt du noch, was du nach deinem ersten Kampf zu mir gesagt hast?«

»Nein ... nicht wirklich. Ich weiß nur, dass ich verloren habe ... Ich war völlig fertig.«

»Du hast zu mir gesagt, du hättest dich wegen der vielen Leute um dich herum nicht konzentrieren können.«

»Na ja, für jemanden wie Lou wird es noch schlimmer sein.«

»Don – wie könnte er denn schlimmer verlieren als du?«

Don wurde rot. »Na ja, ich – er – es wäre einfach schlimmer für ihn. Zu verlieren, meine ich. Für mich...«

»Du hast ein Sixpack Bier getrunken und dich hinter einem Baum übergeben«, sagte Tom. »Und dann hast du geheult und gesagt, es sei der schlimmste Tag deines Lebens.«

»Ich war jung«, erwiderte Don. »Ich habe mich ausgekotzt und danach habe ich es vergessen... Er wird grübeln.«

»Es freut mich, dass du dir Sorgen um seine Gefühle machst«, sagte Lucia.

Ihre Stimme klang so sarkastisch, dass selbst Tom zusammenzuckte, obwohl er gar nicht gemeint war.

Don zuckte nur mit den Schultern und kniff die Augen zusammen. »Natürlich mache ich mir Sorgen«, erwiderte er. »Er ist nicht so wie wir...«

»Das stimmt«, sagte Lucia. »Er kann besser fechten als die meisten von uns, und er ist ein besserer Mensch als manche anderen.«

»Himmel, Luci, hast du schlechte Laune«, sagte Don in dem scherzenden Tonfall, den Tom nur zu gut kannte, weil Don dann nämlich gar nicht nach Scherzen zumute war.

»Du machst es nicht besser««, sagte Lucia. Sie stand auf und legte ihre Stickerei zusammen; noch bevor Tom etwas sagen konnte, war sie weg. Tom mochte es gar nicht, wenn sie sagte, was er zu verbergen versuchte, und er dann mit den Auswirkungen klarkommen musste. Wie nicht anders zu erwarten, warf Don ihm jetzt einen verschwörerischen Blick von Mann zu Mann zu.

»Ist sie... irgendwie... in den Wechseljahren?«, fragte er.

»Nein«, erwiderte Tom. »Sie sagt nur ihre Meinung.« Die er zufällig teilte, aber sollte er das auch sagen? Warum konnte Don nicht endlich erwachsen werden und aufhören rumzustänkern?« »Hör mal, ich bin müde, und ich habe morgen früh Unterricht.«

»Okay, okay, ich verstehe einen Wink mit dem Zaunpfahl«, sagte Don und erhob sich mit dramatischer Geste. Trotzdem dauerte es noch weitere fünfzehn Minuten, bis er endlich weg war.

Tom schloss die Haustür ab und schaltete das Licht aus, bevor Don womöglich noch etwas einfiel, was er ihm unbedingt erzählen musste, und zurückkam, wie er es oft tat. Tom fühlte sich elend. Vor Jahren war Don ein reizender, enthusiastischer Junge gewesen, und eigentlich hatte er ihm dabei helfen wollen, ein reifer, erwachsener Mann zu werden. Wozu waren denn ältere Freunde sonst da?

»Es ist nicht deine Schuld«, sagte Lucia, die in der Diele stand. »Er wäre noch schlimmer, wenn du nicht mit ihm gearbeitet hättest.«

»Ich weiß nicht«, erwiderte Tom. »Ich denke immer noch ...«

»Du bist doch ein erfahrener Lehrer, Tom, aber du glaubst trotzdem immer noch, dass du sie alle vor sich selbst retten kannst. Überleg doch mal: Marcus ist an der Columbia University, Grayson ist in Michigan und Vladianoff in Berlin – alle waren sie früher einmal deine Jungs und haben viel bei dir gelernt. Dons Verhalten ist nicht deine Schuld.«

»Heute Abend will ich es dir mal abnehmen«, sagte Tom. Im Licht, das aus ihrem Schlafzimmer fiel, wirkte Lucia fast wie eine Zauberfee.

»Das ist längst nicht alles, was ich zu bieten habe«, sagte sie lächelnd und ließ ihren Bademantel zu Boden gleiten.

Ich verstehe nicht, warum mich Tom schon wieder zur Teilnahme an einem Turnier aufgefordert hat, als ich ihm von der Behandlung für Autismus erzählt habe. Darüber denke ich auf der Heimfahrt nach. Es ist klar, dass ich im Fechten immer besser werde und dass ich gegen die besseren Fechter in der Gruppe bestehen kann. Aber was hat das mit der Behandlung oder mit gesetzlichen Rechten zu tun?

Leute, die bei Wettkämpfen fechten, nehmen den Sport ernst. Sie haben geübt. Sie haben ihre eigene Ausrüstung. Sie wollen gewinnen. Ich bin mir nicht sicher, ob ich gewinnen will, obwohl es mir gefällt, wenn ich die Muster verstehe und damit umgehen kann. Vielleicht denkt Tom, ich sollte gewinnen wollen? Vielleicht glaubt Tom, ich muss im Fechten gewinnen wollen, damit ich auch bei Gericht gewinnen will?

Aber diese beiden Dinge haben doch nichts miteinander zu tun. Was ist ähnlich? Beides sind Wettbewerbe. Jemand gewinnt und jemand verliert. Meine Eltern haben mich darauf hingewiesen, dass nicht alles im Leben ein Wettbewerb ist, dass Menschen zusammenarbeiten können und dass dann jeder gewinnen kann. Fechten macht mehr Spaß, wenn Leute nicht gegeneinander arbeiten. Ich sehe Treffer nicht so sehr als Gewinnen an. Es bedeutet nur, dass ich das Spiel gut spiele.

Beide erfordern Vorbereitung? Alles erfordert Vorbereitung. Beides erfordert – ich weiche einem Radfahrer aus, dessen Rücklicht nicht funktioniert. Beinahe hätte ich ihn nicht gesehen.

Voraussicht. Aufmerksamkeit. Verständnis. Muster. Die Gedanken blitzen in meinem Kopf auf, jeder mit einem Konzept und einer Überschrift, die nicht alles aussagen kann.

Ich würde Tom gern eine Freude machen. Als ich ihm dabei geholfen habe, den Fechtboden neu zu belegen und die Regale für die Ausrüstung zu bauen, habe ich ihm eine Freude gemacht. Es war so, als hätte ich meinen Vater wieder, an seinen guten Tagen. Ich würde Tom gern wieder eine Freude machen, weiß aber nicht, ob es reicht, wenn ich an diesem Turnier teilnehme. Wenn ich nun schlecht fechte und verliere? Ist er dann enttäuscht? Was erwartet er von mir?

Es würde Spaß machen, mit Leuten zu fechten, die ich noch

nie gesehen habe. Leute, deren Muster ich nicht kenne. Leute, die normal sind und nicht wissen, dass ich nicht normal bin. Oder sagt Tom es ihnen? Irgendwie glaube ich das nicht.

Nächsten Samstag gehe ich mit Eric und Linda zum Planetarium. Der Samstag darauf ist der dritte Samstag im Monat, und am dritten Samstag im Monat mache ich immer meine Wohnung sauber. Das Turnier ist am Samstag darauf. Da habe ich noch nichts vor.

Zu Hause trage ich »Fechtturnier« am vierten Samstag im Monat ein. Ich überlege, ob ich Tom anrufen soll, aber es ist schon spät, und außerdem hat er ja gesagt, ich solle ihm nächste Woche Bescheid sagen. Ich mache einen Klebezettel auf den Kalender: »Tom zusagen.«

[5]

Am Freitagnachmittag hat Mr. Crenshaw immer noch nichts wegen der experimentellen Behandlung zu uns gesagt. Vielleicht hat sich Mr. Aldrin ja geirrt. Oder vielleicht hat Mr. Aldrin es ihm auch ausgeredet. Online gibt es heftige Diskussionen, aber niemand scheint zu wissen, wann oder wo diese Menschenversuche geplant sind.

Online erwähne ich nichts von dem, was uns Mr. Aldrin gesagt hat. Er hat uns zwar nicht gesagt, dass wir darüber schweigen sollen, aber es kommt mir richtiger vor. Falls Mr. Crenshaw seine Meinung geändert hat, wird er bestimmt wütend, wenn alle so aufgeregt reagieren. Er sieht sowieso die meiste Zeit wütend aus, wenn er uns kontrolliert.

Bei der Ausstellung im Planetarium geht es um »Erforschung der äußeren Planeten und ihrer Satelliten«. Sie läuft schon seit dem Labor Day, deshalb ist es heute auch nicht so voll, obwohl Samstag ist. Ich gehe früh hin, zur ersten Vorführung, die selbst an vollen Tagen nicht so überfüllt ist. Nur ein Drittel der Plätze ist besetzt, deshalb können Eric, Linda und ich eine ganze Reihe in Anspruch nehmen und brauchen nicht so dicht neben anderen Leuten zu sitzen.

Im Amphitheater riecht es komisch, aber das ist immer so. Als das Licht gedämpft wird und der künstliche Himmel sich verdunkelt, steigt die alte Erregung in mir auf. Obwohl die Lichttupfen, die sich an der Kuppel zu zeigen beginnen, nicht wirklich Sterne sind, geht es doch um Sterne. Das Licht ist nicht so alt; es hat keine Abermilliarden von Meilen zurückgelegt – es kommt von einem Projektor, der weniger als eine Zehntausendstel Lichtsekunde entfernt steht –, aber ich genieße es trotzdem.

Was mir nicht gefällt, ist die lange Einführung, in der es um das geht, was wir vor hundert Jahren wussten, und vor fünfzig Jahren und so weiter. Ich möchte wissen, was wir jetzt wissen, nicht was meine Eltern vielleicht gelernt haben, als sie noch Kinder waren. Was spielt es schon für eine Rolle, wenn jemand in grauer Vorzeit geglaubt hat, auf dem Mars habe es Kanäle gegeben?

Der Plüsch meines Sitzes hat eine harte, raue Stelle. Ich kann sie mit meinen Fingern fühlen – jemand hat da Kaugummi oder ein Bonbon hingeklebt, und es ist bei der Reinigung nicht alles abgegangen. Nachdem ich die Stelle erst mal gespürt habe, kann ich sie nicht mehr ignorieren. Ich schiebe mein Programmheft zwischen mich und die raue Stelle.

Schließlich wendet sich das Programm der Gegenwart zu. Die jüngsten Satellitenaufnahmen der äußeren Planeten sind spektakulär: Das simulierte Vorbeifliegen vermittelt mir fast das Gefühl, ich könnte aus meinem Sitz in den Sog der Schwerkraft der fremden Planeten geraten. Ich wünschte, ich wäre dort. Als Kind wollte ich immer Astronaut werden, ich weiß jedoch, dass das unmöglich ist. Aber man sollte sich keine Gedanken um das machen, was nicht zu ändern ist, hat meine Mutter immer gesagt.

Ich erfahre nichts, was ich nicht schon weiß, aber ich genieße die Vorführung trotzdem. Danach habe ich Hunger. Meine übliche Essenszeit ist schon vorbei.

»Wir könnten essen gehen«, schlägt Eric vor.

»Ich gehe nach Hause«, sage ich. Ich habe gutes Dörrfleisch zu Hause und Äpfel, die nicht mehr lange knackig sind.

Eric nickt und wendet sich zum Gehen.

Am Sonntag gehe ich in die Kirche. Der Organist spielt Mozart, bevor der Gottesdienst anfängt. Die Musik passt zu dem formellen Anlass. Alles passt, so wie Hemd, Krawatte und Jackett zusammenpassen sollten; zwar nicht genau gleich, aber harmonisch. Der Chor singt einen schönen Choral von Rutter. Ich mag Rutter zwar nicht so gern wie Mozart, aber zumindest tut mir dabei der Kopf nicht weh.

Montag ist es kühler, mit einer feuchten, kühlen Brise aus Nordosten. Zwar ist es noch nicht so kalt, dass ich ein Jackett oder einen Pullover anziehen müsste, aber die Luft ist angenehmer. Ich weiß, dass der schlimmste Teil des Sommers vorbei ist.

Am Dienstag ist es wieder warm. Dienstags mache ich immer meine Wocheneinkäufe. Dienstags sind die Geschäfte nicht so voll, auch nicht, wenn der Dienstag auf den Ersten des Monats fällt.

Ich beobachte die Leute im Lebensmittelladen. Als ich ein Kind war, hieß es, bald würde es keine Lebensmittelläden mehr geben. Alle würden sich Lebensmittel nur über das Internet bestellen und nach Hause liefern lassen. Eine Zeit lang machte die Familie nebenan das so, was meine Mutter albern fand. Sie und Mrs. Taylor stritten sich immer darüber. Ihre Gesichter wurden dann ganz glänzend, und ihre Stimme klangen wie Messer, die aneinanderkratzen. Als ich klein war, glaubte ich, sie hassten sich, bis ich lernte, dass Erwachsene – Menschen – unterschiedlicher Meinung sein und sich streiten konnten, ohne einander zu hassen.

Es gibt immer noch Firmen, die einem die Lebensmittel ins Haus liefern, aber hier in der Gegend haben die Geschäfte, die es versucht haben, alle Pleite gemacht. Hier kann man seine Einkäufe an der »Schnellkasse« abholen, wo einem auf dem Förderband ein fertig gepackter Karton präsentiert wird. Ich mache das manchmal, aber nicht oft. Es kostet zehn Prozent mehr, und für mich ist es wichtig, dass ich die Erfahrung des

Einkaufens mache. Das hat jedenfalls meine Mutter gesagt. Mrs. Taylor meinte, dass ich vielleicht auch ohne das schon genug Stress hätte, aber meine Mutter sagte, Mrs. Taylor sei viel zu empfindlich. Manchmal wünschte ich mir, Mrs. Taylor wäre meine Mutter statt meiner Mutter, aber dann habe ich immer ein schlechtes Gewissen gekriegt.

Wenn Leute im Supermarkt allein einkaufen, wirken sie oft besorgt und angespannt und ignorieren andere. Meine Mutter hat mir die soziale Etikette von Lebensmittelläden beigebracht, und vieles habe ich trotz Lärm und Verwirrung schnell begriffen. Weil niemand erwartet, dass man stehen bleibt und sich mit Fremden unterhält, ist es leicht, andere versteckt zu beobachten, ohne sie zu verärgern. Es macht niemandem etwas aus, dass ich keinen Blickkontakt herstelle, obwohl es höflich ist, der Person, die das Geld oder die Kreditkarte von einem entgegennimmt, kurz in die Augen zu schauen. Es ist auch höflich, etwas über das Wetter zu sagen, sogar wenn die Person vor einem in der Schlange fast das Gleiche gesagt hat, aber man muss es nicht.

Manchmal frage ich mich, wie normal normale Menschen sind, und am häufigsten frage ich mich das im Supermarkt. In unserem Alltagsfähigkeiten-Unterricht hat man uns beigebracht, eine Einkaufsliste zu schreiben und zielstrebig von Gang zu Gang zu gehen und die Punkte auf der Liste abzuhaken. Unser Lehrer hat uns geraten, wir sollten uns die Preise vorher in der Zeitung anschauen, statt sie erst im Laden zu vergleichen. Ich glaubte – und das hat er auch behauptet –, er bringt uns bei, wie normale Menschen einkaufen.

Aber der Mann, der vor mir den Gang versperrt, hat das offenbar nicht gelernt. Er wirkt normal, aber er betrachtet jedes einzelne Glas mit Spaghettisauce, vergleicht Preise und liest die Etiketten. Hinter ihm versucht eine kleine, grauhaarige Frau mit dicken Brillengläsern an ihm vorbei ebenfalls einen Blick auf das Regal zu werfen; ich glaube, sie möchte eine der

Saucen auf meiner Seite, aber er steht ihr im Weg, und sie will ihn wohl nicht stören. Ich auch nicht. Die Muskeln in seinem Gesicht sind angespannt, und seine Haut glänzt ein bisschen. Er ist ärgerlich. Die grauhaarige Frau und ich wissen beide, dass ein gut angezogener Mann, der ärgerlich aussieht, explodieren kann, wenn er sich belästigt fühlt.

Plötzlich blickt er auf und blickt mich an. Er errötet und sein Gesicht glänzt noch ein bisschen mehr. »Sie hätten doch etwas *sagen* können«, sagt er, schiebt seinen Einkaufswagen auf die andere Seite und versperrt dadurch der grauhaarigen Frau noch mehr den Weg. Ich lächle sie an und nicke; sie fährt ihren Wagen um ihn herum, und dann gehe ich vorbei.

»Es ist so blöd«, höre ich ihn murmeln. »Warum können sie nicht alle die gleiche Größe haben?«

Ich hüte mich, ihm zu antworten, obwohl es verlockend ist. Wenn Leute reden, erwarten sie, dass jemand ihnen zuhört. Ich muss Acht geben und zuhören, wenn Leute etwas sagen, und ich habe mir angewöhnt, das auch meistens zu tun. In einem Supermarkt jedoch erwarten die Leute manchmal gar keine Antwort und werden ärgerlich, wenn man ihnen antwortet. Dieser Mann ist schon ärgerlich. Ich spüre, wie mein Herz klopft.

Vor mir sind jetzt zwei kichernde Kinder, noch sehr klein, die Päckchen mit Gewürzmischungen aus den Regalen ziehen. Eine junge Frau in Jeans blickt um das Ende der Reihe und schnauzt sie an: »Jackson! Misty! Legt das sofort zurück!« Ich zucke zusammen. Ich weiß zwar, dass sie nicht mit mir gesprochen hat, aber ihr Tonfall geht mir unter die Haut. Ein Kind, das direkt neben mir steht, kreischt, und das andere sagt: »Will nicht!« Die Frau, deren Gesicht vor Wut ganz verzerrt ist, läuft an mir vorbei. Dann höre ich eins der Kinder heulen, drehe mich aber nicht um. Am liebsten würde ich sagen: »Ruhig, ruhig, ruhig.« Aber es geht mich nichts an, und es ist nicht angebracht, anderen zu sagen, sie sollten still sein, wenn man nicht ihr Vater oder der Chef ist. Ich höre jetzt andere Stimmen, Frauenstimmen, jemand schimpft mit der Frau mit den Kindern, und ich biege rasch in den nächsten Gang ab. Mein Herz rast; es klopft schneller und stärker als sonst.

Die Leute gehen freiwillig in solche Läden, um den Lärm zu hören und andere Leute zu sehen, die aufgeregt oder ärgerlich sind. Bestellung per Internet und Lieferung nach Hause sind längst nicht so schön, weil sie lieber hierher kommen und andere Leute sehen, statt alleine zu Hause zu sitzen. Nicht überall ist das so. In manchen Städten bestellen die Leute lieber. Aber hier... Ich gehe um ein Weingestell herum und stelle fest, dass ich an dem Gang, in den ich eigentlich wollte, vorbeigegangen bin. Ich sehe mich vorsichtig um, ehe ich wieder zurückgehe.

Durch den Gewürzgang gehe ich immer, ob ich nun Gewürze brauche oder nicht. Wenn es nicht voll ist – und heute ist es nicht so voll –, bleibe ich stehen und lasse die Düfte auf mich einwirken. Ich kann die Gewürze und Kräuter sogar durch das Reinigungsmittel für den Boden und den Geruch des Kaugummis riechen, den ein Kind in der Nähe kaut. Zimt, Kreuzkümmel, Nelken, Majoran, Muskatnuss... schon die Namen sind interessant. Meine Mutter hat gern Kräuter und Gewürze beim Kochen verwendet, und sie hat mich an allen riechen lassen. Manche mochte ich nicht, aber die meisten waren sehr angenehm in der Nase. Heute brauche ich Chilipulver. Ich brauche nicht stehen zu bleiben und zu suchen; ich weiß, wo es auf dem Regal steht, ein rot-weißes Döschen.

Plötzlich bricht mir der Schweiß aus. Vor mir ist Marjory. Sie bemerkt mich nicht, weil sie in Supermarkt-Einkaufsstimmung ist. Sie hat ein Gewürzdöschen geöffnet. Nelken. Mein Lieblingsgewürz. Rasch wende ich mich ab und versuche, mich auf das Regal mit Lebensmittelfarben, kandierten Früchten und Kuchendekorationen zu konzentrieren. Ich verstehe zwar nicht, warum sie sich im gleichen Gang wie die Gewürze befinden, aber es ist so.

Ob sie mich wohl sieht? Und wenn sie mich sieht, wird sie etwas sagen? Soll ich etwas zu ihr sagen? Meine Zunge fühlt sich so groß an wie eine Zucchini. Ich spüre eine Bewegung in meiner Nähe. Ist sie das oder jemand anderer? Wenn ich wirklich einkaufen würde, würde ich nicht vom Regal mit den kandierten Früchten aufblicken.

»Hi, Lou«, sagt sie. »Willst du einen Kuchen backen?«

Ich drehe mich zu ihr um. Außer bei Tom und Lucia habe ich sie noch nie gesehen. Vor allem habe ich sie hier in diesem Laden noch nie gesehen. Das ist nicht ihre richtige Umgebung ... oder vielleicht doch, und ich wusste es nur nicht. »Ich ... ich schaue mich nur um«, sage ich. Es ist schwer zu reden. Ich hasse mich dafür, dass ich schwitze.

»Es sind hübsche Farben«, sagt sie. Zumindest lacht sie nicht laut. »Magst du Früchtekuchen?«

»N-nein«, antworte ich und schlucke den großen Kloß in meinem Hals herunter. »Ich finde ... ich finde, die Farben sind schöner als der Geschmack.« Das ist falsch – Geschmack ist nicht schön oder hässlich –, aber es ist zu spät, um an der Äußerung noch etwas zu ändern.

Sie nickt mit ernstem Gesicht. »Das finde ich auch«, sagt sie. »Ich war noch klein, als ich das erste Mal Früchtekuchen gegessen habe. Ich erwartete, dass er gut schmeckte, weil er so schön aussah. Und dann ... ich habe ihn nicht gemocht.«

»Kommst du ... kaufst du oft hier ein?«, frage ich.

»Für gewöhnlich nicht«, antwortet sie. »Ich bin auf dem Weg zu einer Freundin, und sie hat mich gebeten, ein paar Sachen für sie zu besorgen.« Sie sieht mich an, und wieder wird mir bewusst, wie schwer es ist zu reden. Auch das Atmen fällt mir schwer, und ich fühle mich schmutzig, weil mir der

Schweiß den Rücken herunterläuft. »Ist das dein üblicher Laden?«

»Ja«, sage ich.

»Dann kannst du mir vielleicht zeigen, wo ich Reis und Alufolie finde«, sagt sie.

Einen Moment lang fällt mir gar nichts ein, dann weiß ich es wieder. »Der Reis ist im dritten Gang, ungefähr in der Mitte«, erwidere ich. »Und die Alufolie ist drüben in Reihe achtzehn...«

»Ach, bitte zeig's mir doch einfach«, unterbricht sie mich. Ihre Stimme klingt fröhlich. »Ich lauf schon seit einer Stunde hier rum.«

»Zeigen – mit dir gehen?« Kaum habe ich es ausgesprochen, komme ich mir dumm vor. Natürlich hat sie das gemeint. »Komm«, sage ich und schiebe meinen Einkaufswagen vorwärts. Das trägt mir einen finsteren Blick von einer dicken Frau ein, deren Wagen hoch beladen ist. »Entschuldigung«, sage ich zu ihr; ohne Erwiderung schiebt sie sich an mir vorbei.

»Ich folge dir einfach«, sagt Marjory.

Ich nicke und eile zuerst zum Reis, da wir uns in Gang sieben befinden und es von hier aus näher ist. Ich weiß, dass Marjory hinter mir ist; dieses Wissen wärmt meinen Rücken wie ein Sonnenstrahl. Ich bin froh, dass sie mein Gesicht nicht sehen kann; dort spüre ich die Hitze auch.

Während Marjory das Regal mit dem Reis betrachtet – Reis in Tüten, Reis in Schachteln, Langkorn, Rundkorn und brauner Reis, betrachte ich Marjory. Eine ihrer Wimpern ist länger als die anderen und von einem dunkleren Braun. Ihre Augen haben mehr als nur eine Farbe, kleine Flecken auf der Iris, die sie interessanter machen.

Die meisten Augen haben mehr als nur eine Farbe, aber für gewöhnlich passen die Farben zusammen. Blaue Augen haben zwei Blauschattierungen oder blau und grau, blau und grün oder sogar ein oder zwei braune Flecken. Den meisten Menschen fällt das nicht auf. Als ich meinen Personalausweis beantragt habe, musste ich im Formular meine Augenfarbe eintragen. Ich versuchte, alle Farben in meinen Augen aufzuführen, aber der Platz reichte nicht. Sie sagten mir, ich solle »braun« hinschreiben. Ich schrieb auch »braun«, aber das ist nicht die einzige Farbe in meinen Augen. Es ist nur die Farbe, die die Leute sehen, weil sie anderen Menschen nicht wirklich in die Augen blicken.

Mir gefällt die Farbe von Marjorys Augen, weil es ihre Augen sind, und weil mir alle Farben darin gefallen. Ich mag auch alle Farben in ihren Haaren. Sie schreibt wahrscheinlich »braun« auf Formulare, in denen nach der Haarfarbe gefragt wird, aber auch ihr Haar hat viele verschiedene Farben. Im Neonlicht des Supermarkts sieht es langweiliger aus als draußen, weil die orangefarbenen Lichtreflexe fehlen, aber ich weiß, dass sie da sind.

»Hier ist er«, sagt sie. Sie nimmt eine Schachtel aus dem Regal, weißen Langkorn-Reis, schnell kochend. »Auf zur Folie«, sagt sie und grinst mich an.

Ich erwidere ihr Grinsen und spüre, wie sich meine Wangenmuskeln anspannen. Ich führe sie zum Mittelgang des Ladens, wo es Plastiktüten, Plastikvorratsbehälter, Plastikfolie, Butterbrotpapier und Alufolie gibt.

»Das ging ja schnell«, sagt sie. Um die richtige Folie auszusuchen, braucht sie nicht so lange wie beim Reis. »Danke, Lou«, sagt sie. »Du hast mir sehr geholfen.«

Ich überlege, ob ich ihr von der Schnellkasse in diesem Laden erzählen soll. Ob sie dann ärgerlich wird? Aber sie hat ja gesagt, sie habe es eilig.

»Die Schnellkassen«, sage ich. Mein Kopf wird plötzlich ganz leer, und ich höre, wie meine Stimme gepresst und monoton klingt. »Um diese Uhrzeit stehen dort Leute an, die mehr haben, als das Schild an den Schnellkassen anzeigt...«

»Das ist ärgerlich«, sagt Marjory. »Geht es irgendwo schneller?«

Zuerst bin ich nicht sicher, was sie damit meint. Bei der Kasse am Kundendienstbüro geht es am schnellsten. Das sage ich ihr, und sie nickt.

»Tut mir leid, Lou, ich muss mich beeilen«, sagt sie. »Ich soll um Viertel nach sechs bei Pam sein.« Es ist achtzehn Uhr sieben; wenn Pam weit weg wohnt, kommt sie zu spät.

»Viel Glück«, sage ich. Ich schaue ihr nach, wie sie rasch durch den Gang geht und dabei geschickt den anderen Kunden ausweicht.

»So sieht sie also aus«, sagt jemand hinter mir. Ich drehe mich um. Es ist Emmy. Wie gewöhnlich sieht sie wütend aus. »So hübsch ist sie nicht.«

»Ich finde sie schon hübsch«, sage ich.

»Das sieht man dir an«, sagt Emmy. »Du wirst ganz rot.«

Mein Gesicht ist heiß. Es mag sein, dass ich rot geworden bin, aber Emmy hätte das nicht sagen dürfen. Es ist nicht höflich, jemanden in der Öffentlichkeit darauf hinzuweisen. Ich schweige.

»Du glaubst vermutlich, sie sei in dich verliebt«, sagt Emmy. Ihre Stimme ist feindselig. Ich spüre, dass sie wirklich glaubt, dass ich das denke, und dass sie denkt, ich irre mich. Ich bin unglücklich, weil Emmy diese Dinge denkt, aber zufrieden, weil ich alles verstehen kann – was sie sagt und wie sie es sagt. Früher hätte ich es nicht verstanden.

»Ich weiß nicht«, sage ich und achte darauf, dass ich leise und ruhig spreche. Unten am Gang ist eine Frau stehen geblieben. Sie hat die Hand auf ein Paket mit Plastikvorratsbehältern gelegt und sieht zu uns herüber. »Du weißt nicht, was ich denke«, sage ich zu Emmy. »Und du weißt auch nicht, was sie denkt. Du versuchst, Gedanken zu lesen; aber das ist ein Fehler.«

»Du hältst dich für so klug«, sagt Emmy. »Nur weil du mit

Computern und Mathematik arbeitest. Du weißt nichts über Menschen.«

Ich weiß, dass die Frau unten am Gang näher kommt, um uns zuzuhören. Ich bekomme Angst. Wir sollten in der Öffentlichkeit nicht so reden. Wir sollten uns nicht so auffällig verhalten. Wir sollten unauffällig bleiben; normal aussehen und uns normal verhalten. Aber wenn ich das Emmy zu sagen versuche, wird sie noch wütender werden. Vielleicht wird sie dann sogar laut.

»Ich muss gehen«, sage ich zu Emmy. »Ich komme zu spät.«

»Zu was, zu einer Verabredung?«, fragt sie. Sie sagt das Wort *Verabredung* lauter als die anderen Wörter und mit deutlicher Betonung. Das heißt, sie meint es *ironisch*.

»Nein«, sage ich ruhig. Wenn ich ruhig bleibe, lässt sie mich vielleicht in Frieden. »Ich möchte nach Hause, um fernzusehen. Ich sehe immer fern am...« Plötzlich fällt mir der Wochentag nicht mehr ein; mein Kopf ist wie leer gefegt. Ich wende mich ab, als ob ich schon den ganzen Satz gesagt hätte. Emmy lacht, ein hartes Geräusch, aber sie sagt nichts mehr, was ich hören kann. Ich eile wieder in den Gewürzgang, hole mein Döschen Chilipulver und gehe zur Kasse. Überall sind Warteschlagen.

In meiner Schlange stehen fünf Leute vor mir. Drei Frauen und zwei Männer. Eine Person mit blonden Haaren, vier mit dunklen Haaren. Ein Mann trägt ein hellblaues Polohemd, das fast genau den gleichen Farbton hat wie eine Schachtel in seinem Einkaufswagen. Ich versuche, nur an die Farbe zu denken, aber es ist laut, und die Lichter im Laden lassen die Farben anders erscheinen, als sie wirklich sind. Als sie bei Tageslicht sind, meine ich. Der Laden ist auch wirklich. Die Dinge, die ich nicht mag, sind genauso wirklich wie die Dinge, die ich mag.

Trotzdem ist es einfacher, an die Dinge zu denken, die ich

mag, und nicht an die, die ich nicht mag. An Marjory und Haydns *Te Deum* zu denken macht mich sehr glücklich. Wenn ich jedoch zulasse, dass ich, wenn auch nur einen Moment lang, an Emmy denke, wird die Musik sauer und dunkel, und ich möchte am liebsten davonlaufen. Ich konzentriere meine Gedanken auf Marjory, und die Musik tanzt.

»Ist das Ihre Freundin?«

Ich erstarre und drehe mich halb um. Es ist die Frau, die Emmy und mich beobachtet hat; sie steht hinter mir in der Schlange an der Kasse. Ihre Augen glänzen im hellen Licht des Ladens; ihr Lippenstift ist in ihren Mundwinkeln zu einem grellen Orange getrocknet. Sie lächelt mich an, aber es ist kein sanftes Lächeln. Es ist ein hartes Lächeln, nur mit dem Mund. Ich sage nichts, und sie redet weiter.

»Ihre Freundin war so aufgebracht. Sie ist ein wenig... anders, nicht wahr?« Sie zeigt noch mehr Zähne.

Ich weiß nicht, was ich sagen soll. Irgendetwas muss ich sagen; auch andere Leute in der Schlange beobachten uns jetzt.

»Ich möchte nicht unhöflich sein«, sagt die Frau. Die Muskeln um ihre Augen herum sind angespannt. »Es ist nur... mir ist aufgefallen, wie sie spricht.«

Emmys Leben ist Emmys Leben. Es ist nicht das Leben dieser Frau; sie hat nicht das Recht zu wissen, was mit Emmy nicht in Ordnung ist. Wenn etwas nicht in Ordnung ist.

»Es muss schwer sein für Leute wie Sie«, sagt die Frau. Sie wendet den Kopf, blickt die Leute in der Schlange an, die uns beobachten, und stößt ein kleines Kichern aus. Ich weiß nicht, was so komisch sein soll. Ich finde nichts von alledem komisch. »Beziehungen sind schon für uns schwer genug«, sagt sie. Jetzt lächelt sie nicht. Sie hat den gleichen Gesichtsausdruck wie Dr. Fornum, wenn sie mir etwas erklärt, was ich tun soll. »Für Sie muss es noch schlimmer sein.«

Der Mann hinter ihr hat einen seltsamen Ausdruck im Gesicht. Ich kann nicht erkennen, ob er mit ihr übereinstimmt oder nicht. Ich wünschte, jemand würde ihr sagen, sie solle ruhig sein. Wenn ich ihr sagen würde, sie soll ruhig sein, ist das unhöflich.

»Ich hoffe, ich habe Sie nicht aufgeregt«, sagt sie mit höherer Stimme und zieht ihre Augenbrauen hoch. Sie wartet darauf, dass ich die richtige Antwort gebe.

Ich glaube, es gibt keine richtige Antwort. »Ich kenne Sie nicht«, sage ich sehr leise und ruhig. Eigentlich meine ich: »Ich kenne Sie nicht und möchte nicht mit jemandem, den ich nicht kenne, über Emmy oder Marjory oder sonst etwas Persönliches reden.«

Sie verzieht ihr Gesicht; ich wende mich rasch ab. Hinter mir höre ich ein empörtes Schnaufen, und dahinter die Stimme eines Mannes, der leise murmelt: »Geschieht dir recht!« Ich glaube, es ist der Mann hinter der Frau, aber ich will mich nicht umdrehen, um nachzusehen. Vor mir stehen nur noch zwei Leute. Ich blicke starr geradeaus, ohne meinen Blick auf etwas Besonderes zu fokussieren, und versuche, die Musik wieder zu hören. Aber ich kann nicht. Ich kann nur Lärm hören.

Als ich mit meinen Einkäufen herauskomme, scheint die schwüle Hitze noch schlimmer geworden zu sein. Ich kann alles riechen: Bonbonpapierchen, Obstschalen, Kaugummi, das Deodorant und Shampoo der Leute, den Asphalt des Parkplatzes, die Abgase der Busse. Ich stelle meine Einkaufstüten hinten auf dem Auto ab, als ich es aufschließe.

»Hey«, sagt jemand. Ich zucke zusammen und drehe mich um. Es ist Don. Ich habe nicht erwartet, Don hier zu treffen. Aber ich habe auch nicht erwartet, Marjory hier zu sehen. Ich frage mich, ob noch andere Leute aus der Fechtgruppe hier einkaufen. »Hi, Kumpel«, sagt er. Er trägt ein gestreiftes Strickhemd und eine dunkle Hose. Ich habe ihn noch nie in dieser Kleidung gesehen; wenn er zum Fechten kommt, trägt er entweder ein T-Shirt und Jeans oder sein Fechtkostüm.

»Hi, Don«, sage ich. Ich möchte nicht mit Don sprechen, obwohl er ein Freund ist. Es ist heiß, und ich muss meine Einkäufe nach Hause bringen und wegräumen. Ich ergreife die erste Tüte und stelle sie auf den Rücksitz.

»Kaufst du hier ein?«, fragt er. Es ist eine dumme Frage, da ich mit meinen Einkaufstüten hier an meinem Auto stehe. Glaubt er, ich habe die Sachen gestohlen?

»Ich komme immer dienstags hierher«, sage ich.

Er blickt mich missbilligend an. Vielleicht sind die Dienstage seiner Meinung nach nicht die richtigen Tage zum Lebensmitteleinkauf – aber warum ist er dann hier? »Kommst du morgen zum Fechten?«, fragt er.

»Ja«, sage ich. Ich stelle die andere Tüte ins Auto und schließe die hintere Tür.

»Gehst du auf das Turnier?« Er starrt mich auf eine Art und Weise an, dass ich am liebsten weggucken möchte.

»Ja«, sage ich. »Aber ich muss jetzt nach Hause.« Milch sollte bei einer Temperatur von etwa drei Grad Celsius aufbewahrt werden; hier auf dem Parkplatz jedoch sind es mindestens zweiunddreißig Grad Celsius.

»Du hast eine richtige Routine, was?«, sagt er.

Ich weiß nicht, was eine falsche Routine wäre.

»Machst du jeden Tag dasselbe?«, fragt er.

»Nicht jeden Tag dasselbe«, antworte ich. »Die gleichen Dinge an den gleichen Tagen.«

»Ach ja«, sagt er. »Na ja, bis morgen dann, du regelmäßiger Typ, du.« Er lacht. Es ist ein seltsames Lachen, so als ob er keine Freude dabei empfände. Ich steige in mein Auto; er sagt nichts, geht aber auch nicht. Als ich den Motor anlasse, zuckt er mit den Schultern; eine abrupte Bewegung, als ob ihn etwas gestochen hätte.

»Auf Wiedersehen«, sage ich höflich.

»Ja«, sagt er. »Wiedersehen.« Er steht immer noch da, als ich wegfahre.

In meiner Wohnung ist es stiller als draußen, aber es ist nicht wirklich still. In der Wohnung unter mir hat der Polizist Danny Bryce den Fernseher an, und ich weiß, dass er sich eine Quiz-Show mit Studiopublikum anschaut. Über mir zieht Mrs. Sanderson Stühle an den Tisch in ihrer kleinen Küche; das macht sie jeden Abend. Ich kann das Ticken meines Weckers hören, und ein schwaches Summen von meinem Computer. Auch von draußen dringt immer noch Lärm herein: das Rattern eines Vorortzuges, das Rauschen des Verkehrs, Stimmen aus dem Garten.

Wenn ich nervös bin, ist es schwerer, die Geräusche zu ignorieren. Wenn ich meine Musik einschalte, werden die Geräusche unterdrückt, aber sie sind immer noch da, wie Spielsachen, die man unter einen dicken Teppich geschoben hat. Ich räume meine Einkäufe weg, wische das Kondenswasser vom Milchkarton und stelle meine Musik an. Nicht zu laut; ich darf meine Nachbarn nicht stören. Mozart aus dem CD-Player. Das funktioniert meistens. Ich spüre, wie meine Anspannung nachlässt.

Ich weiß nicht, warum diese Frau mit mir sprechen wollte. Sie sollte das nicht tun. Der Supermarkt ist neutraler Boden; sie sollte nicht mit Fremden sprechen. Ich war in Sicherheit, bis sie mich bemerkt hat. Wenn Emmy nicht so laut gesprochen hätte, hätte die Frau mich gar nicht bemerkt. Das hat sie ja auch gesagt. Ich kann Emmy sowieso nicht besonders gut leiden. Mein Nacken wird heiß, wenn ich daran denke, was Emmy gesagt hat und was diese Frau gesagt hat.

Meine Eltern haben gesagt, ich sollte nicht anderen Leuten die Schuld geben, wenn sie merken, dass ich anders bin. Ich sollte nicht Emmy die Schuld geben. Ich sollte mich selber anschauen und überlegen, was passiert ist.

Das will ich nicht. Ich habe nichts falsch gemacht. Ich muss Lebensmittel einkaufen gehen. Ich war aus dem richtigen Grund dort. Ich habe mich angemessen verhalten. Ich habe nicht mit Fremden geredet und auch nicht laut mit mir selber gesprochen. Ich habe nicht mehr Platz im Gang gebraucht, als ich sollte. Marjory ist meine Freundin; es war nicht falsch, mit ihr zu reden und ihr dabei zu helfen, Reis und Alufolie zu finden.

Emmy hatte unrecht. Emmy hat zu laut geredet, und deshalb hat die Frau uns bemerkt. Aber selbst unter diesen Umständen hätte die Frau sich um ihre eigenen Dinge kümmern sollen. Auch wenn Emmy zu laut geredet hat, war es nicht meine Schuld.

[6]

Ich muss wissen, ob das, was ich empfinde, das ist, was Leute normalerweise empfinden, wenn sie verliebt sind. Im Englischunterricht in der Schule haben wir Geschichten über verliebte Leute gelesen, aber die Lehrer haben immer gesagt, sie seien unrealistisch. Ich weiß nicht, in welcher Hinsicht sie unrealistisch waren. Damals habe ich nicht gefragt, weil es mir egal war. Ich hielt es für albern. Mr. Neilson in Sexualkunde sagte, es hätte etwas mit Hormonen zu tun und dass man keine Dummheiten machen sollte. So wie er den Geschlechtsverkehr beschrieb, wünschte ich mir, ich hätte nichts da unten, wie eine Plastikpuppe. Ich konnte mir nicht vorstellen, *das da* irgendwo hineinzustecken. Die meisten Wörter für diese Körperteile fand ich hässlich, und die medizinischen Ausdrücke klangen auch nicht viel besser. Das Gleiche galt für den Akt selber; es sind hämmernde Wörter, bei denen ich an Schmerz denken musste. Der Gedanke daran, jemandem so nahe zu sein, den Atem von jemand anderem atmen zu müssen, den Körper riechen zu müssen ... ekelhaft. Der Umkleideraum war schon schlimm genug; ich hätte mich am liebsten ständig übergeben.

Damals war es widerlich. Aber jetzt ... Nach dem Fechten duften Marjorys Haare so, dass ich ganz dicht bei ihr sein möchte. Obwohl sie parfümiertes Waschmittel für ihre Kleider verwendet, obwohl sie ein Deodorant nimmt, das nach Puder riecht, ist da etwas ... aber die *Vorstellung* ist immer noch grässlich. Ich habe Bilder gesehen, ich weiß, wie ein

Frauenkörper aussieht. In der Schule haben die anderen Jungen kleine Videoclips von tanzenden, nackten Frauen herumgereicht, und von Männern und Frauen, die Sex hatten. Sie waren immer ganz verschwitzt und hatten hochrote Köpfe, wenn sie das taten, und ihre Stimmen klangen anders, eher wie Schimpansenlaute in Naturfilmen. Zuerst wollte ich es auch sehen, weil ich so etwas nicht kannte – meine Eltern hatten so etwas nicht. Aber es war irgendwie langweilig, und die Frauen sahen alle ein bisschen ärgerlich oder verängstigt aus. Ich dachte, wenn es ihnen Spaß machen würde, müssten sie glücklicher aussehen.

Ich wollte nie, dass jemand wegen mir verängstigt oder wütend aussieht. Es ist kein gutes Gefühl. Verängstigte Leute machen Fehler. Mr. Neilson sagte, es sei normal, sexuelle Gefühle zu haben, aber er erklärte nicht, was das war, jedenfalls nicht so, dass ich es verstand. Mein Körper entwickelte sich genauso wie bei anderen Jungen; ich weiß noch, wie überrascht ich war, als ich die ersten dunklen Haare im Schritt entdeckte. Unser Lehrer hatte uns alles über Sperma und Eier erklärt, und wie etwas aus Samen wächst. Und als ich die Haare sah, dachte ich, jemand habe den Samen dafür eingepflanzt, und ich wusste nicht, wie das passiert war. Aber meine Mutter erklärte mir, das sei die Pubertät und ich solle keine Dummheiten machen.

Ich war mir nie sicher, welche Art von Gefühl sie meinten, ein Körpergefühl wie heiß und kalt, oder ein Kopfgefühl wie glücklich und traurig. Wenn ich Bilder von nackten Frauen sah, hatte ich manchmal ein Körpergefühl, aber das einzige Kopfgefühl, das ich hatte, war Ekel.

Ich habe Marjory fechten sehen, und ich weiß, dass es ihr Spaß macht, aber die meiste Zeit lächelt sie nicht. Es heißt, ein lächelndes Gesicht sei ein glückliches Gesicht. Vielleicht ist das ein Irrtum?

Als ich zu Tom und Lucia komme, sagt Lucia zu mir, ich solle schon mal in den Garten gehen. Sie macht irgendetwas in der Küche; ich höre Töpfe klappern. Ich rieche Gewürze. Sonst ist noch keiner da.

Tom schleift gerade die Kerben aus einer Klinge, als ich in den Garten komme. Ich beginne mit meinen Dehnübungen. Tom und Lucia sind das einzige Ehepaar, das ich kenne, das schon lange verheiratet ist. Meine Eltern sind tot, und ich kann sie nicht mehr fragen, wie die Ehe ist.

»Manchmal klingt es so, als wärt ihr wütend aufeinander«, sage ich, wobei ich Toms Gesicht beobachte, um zu sehen, ob er jetzt böse ist.

»Verheiratete streiten manchmal«, sagt Tom. »Es ist nicht einfach, jemand anderem jahrelang immer so nahe zu sein.«

»Ist...« Ich weiß nicht, wie ich es ausdrücken soll. »Wenn Lucia böse auf dich ist... wenn du böse auf sie bist... bedeutet das dann, dass ihr euch nicht liebt?«

Tom blickt mich verblüfft an. Dann lacht er, ein angespanntes Lachen. »Nein, das ist schwer zu erklären, Lou. Wir lieben einander, und wir lieben einander auch, wenn wir wütend sind. Die Liebe steht hinter dem Zorn, wie eine Wand hinter einem Vorhang oder das Land, wenn ein Unwetter darüber hinweggeht. Der Sturm hört auf, und das Land ist immer noch da.«

»Bei einem Unwetter«, sage ich, »gibt es manchmal eine Überschwemmung oder ein Haus fliegt davon.«

»Ja, und manchmal, wenn die Liebe nicht stark genug oder der Zorn zu groß ist, hören Menschen auf, sich zu lieben. Aber wir nicht.«

Ich frage mich, wie er sich da so sicher sein kann. Lucia war so oft in den letzten drei Monaten wütend. Woher weiß Tom, dass sie ihn trotzdem noch liebt?

»Manchmal macht man schwere Zeiten durch«, sagt Tom, als könne er meine Gedanken lesen. »Lucia hat sich vor kurzem über ein Problem im Büro aufgeregt. Und als sie erfahren hat, dass man dich bedrängt, die Behandlung zu machen, war sie auch aufgebracht.«

Ich hatte nie darüber nachgedacht, dass auch normale Menschen Probleme im Büro haben könnten. Was für Probleme haben normale Menschen? Sie können doch nicht von einem Mr. Crenshaw gezwungen werden, Medikamente zu nehmen, die sie nicht nehmen wollen. Was macht sie auf der Arbeit wütend?

»Lucia ist wütend wegen ihrer Arbeit und wegen mir?«

»Zum Teil, ja. Vieles ist auf einmal auf sie eingestürmt.«

»Ich finde es nicht so schön, wenn Lucia wütend ist«, sage ich.

Tom macht ein komisches Geräusch, das halb Lachen und halb etwas anderes ist. »Das kannst du laut sagen«, sagt er. Ich weiß, dass das nicht bedeutet, dass ich es lauter sagen soll, aber es kommt mir trotzdem dumm vor, so etwas zu sagen statt einfach nur *Du hast recht* oder *Ich bin deiner Meinung*.

»Ich habe über das Turnier nachgedacht«, sage ich. »Ich habe beschlossen...«

Marjory kommt in den Garten. Sie geht immer durchs Haus, obwohl die meisten anderen Leute durch das Gartentor kommen. Ich frage mich, wie es wohl wäre, wenn Marjory so wütend auf mich wäre, wie Lucia es manchmal auf Tom ist. Ich rege mich immer auf, wenn Leute böse auf mich sind, selbst Leute, die ich nicht leiden kann. Ich glaube, wenn Marjory böse auf mich wäre, wäre das noch schlimmer, als wenn früher meine Eltern böse auf mich waren.

»Du hast beschlossen...« Tom fragt nicht. Dann blickt er auf und sieht Marjory. »Ach. Nun?«

»Ich würde es gern versuchen«, sage ich. »Wenn es noch geht.«

»Oh«, sagt Marjory. »Du hast beschlossen, am Turnier teilzunehmen, Lou? Wie schön!«

»Ja, es ist absolut in Ordnung«, sagt Tom. »Aber jetzt musst du dir meine Standardanweisung Nummer eins anhören. Geh deine Sachen holen, Marjory. Lou muss jetzt aufpassen.«

Ich frage mich, wie viele Unterweisungen er hat, und warum ich mir jetzt eine anhören muss. Marjory geht ins Haus, und es fällt mir leichter, Tom zuzuhören.

»Als erstes wirst du von jetzt an so viel trainieren, wie du kannst. Jeden Tag, wenn möglich, bis das Turnier stattfindet. Wenn du nicht hierherkommen kannst, dann mach wenigstens zu Hause deine Übungen.«

Ich glaube nicht, dass ich jeden Tag zu Tom und Lucia kommen kann. Wann soll ich denn waschen, einkaufen oder mein Auto putzen? »Wie oft soll ich das machen?«

»Wann immer du Zeit dafür hast, ohne dich zu überanstrengen«, erwidert Tom. »Eine Woche vorher musst du deine gesamte Ausrüstung überprüfen. Sie ist zwar in gutem Zustand, aber es ist besser, alles noch einmal zu überprüfen. Das machen wir zusammen. Hast du einen zusätzlichen Degen?«

»Nein ... soll ich mir einen bestellen?«

»Ja, wenn du es dir leisten kannst. Ansonsten kannst du einen von mir haben.«

»Ich kann einen bestellen.« Das ist zwar nicht in meinem Budget vorgesehen, aber ich habe im Moment genug Geld.

»Gut. Du überprüfst also deine gesamte Ausrüstung, säuberst sie und legst sie bereit. Einen Tag vorher trainierst du nicht mehr – du musst dich entspannen. Du packst deine Sachen zusammen, und dann gehst du spazieren oder so etwas.«

»Kann ich auch einfach zu Hause bleiben?«

»Ja, sicher, aber es tut dir gut, wenn du dich bewegst, du darfst dich nur nicht überanstrengen. Iss etwas Gutes zu Abend, und dann gehst du um deine übliche Zeit zu Bett.«

Ich kann verstehen, was mit diesem Plan bewirkt werden

soll, aber es wird schwer werden, das zu tun, was Tom möchte, und dabei auch noch zur Arbeit zu gehen und die anderen Dinge zu erledigen, die ich tun muss. Fernsehen oder im Internet spielen muss ich nicht, und ich muss auch nicht samstags ins Center gehen, obwohl ich es für gewöhnlich tue.

»Habt ihr... habt ihr denn auch an anderen Tagen als mittwochs Fechttraining?«

»Für Schüler, die an Turnieren teilnehmen, ja«, erwidert Tom. »Du kannst jeden Tag außer Dienstag kommen. Dienstag ist unser spezieller Abend.«

Ich spüre, wie mein Gesicht heiß wird. Wie mag es wohl sein, einen speziellen Abend zu haben? »Dienstags kaufe ich immer Lebensmittel ein«, erwidere ich.

Marjory, Lucia und Max kommen aus dem Haus. »Genug Anweisungen«, sagt Lucia. »Du machst ihm Angst. Vergesst nicht das Anmeldeformular.«

»Anmeldeformular!« Tom schlägt sich vor die Stirn. Das tut er immer, wenn er etwas vergessen hat. Ich weiß nicht, warum. Ich habe es mal versucht, aber mir hilft es nicht dabei, mich zu erinnern. Er geht ins Haus. Ich bin mit meinen Dehnübungen fertig, aber die anderen fangen gerade erst an. Susan, Don und Cindy kommen durchs Gartentor. Don trägt Susans blaue Tasche; Cindy hat eine grüne. Don geht hinein, um seine Ausrüstung zu holen; Tom kommt wieder heraus und reicht mir ein Blatt Papier, das ich ausfüllen und unterschreiben soll.

Der erste Teil ist einfach: Name, Adresse, Telefonnummer, Alter, Größe und Gewicht. Ich weiß nicht, was ich in das Feld »Figur« schreiben soll.

»Das kannst du ignorieren«, sagt Tom. »Das ist für Leute, die gern eine Rolle spielen.«

»In einem Stück?«, frage ich.

»Nein. Sie tun so, als seien sie jemand aus der Geschichte. Eine historische Figur sozusagen.«

»Ist das ein Spiel?«, frage ich.

»Ja, genau. Und die Leute behandeln sie, als wären sie tatsächlich die erfundene Person.«

Wenn ich mit meinen Lehrern über erfundene Personen geredet habe, haben sie sich immer aufgeregt und einen Vermerk in meine Akte gemacht. Ich würde Tom gern fragen, ob normale Leute das oft tun, aber ich will ihn nicht verärgern.

»Als ich jünger war«, sagt Tom, »hatte ich zum Beispiel eine Figur namens Pierre Ferret, der ein Spion des bösen Kardinals war.«

»Was für ein Kardinal?«, frage ich.

»Hast du *Die drei Musketiere* gelesen?«, fragt Tom.

»Nein«, sage ich. Ich habe noch nie von den *Drei Musketieren* gehört.

»Oh, na ja, es würde dir gefallen«, sagt er. »Aber es würde zu lange dauern, die Geschichte jetzt zu erzählen – sie handelt von einem bösen Kardinal, einer dummen Königin, einem noch dümmeren jungen König und drei tapferen Musketieren. Die Musketiere waren die besten Fechter der Welt. Deshalb wollten natürlich alle die Musketiere sein, aber ich war damals jung und wild, und so beschloss ich, der Spion des Kardinals zu sein.«

Ich kann mir Tom nicht als Spion vorstellen. Und ich kann mir Tom auch nicht vorstellen, wie er so tut, als sei er jemand namens Pierre Ferret. Ich finde, das sind eine Menge Umstände, wenn man doch eigentlich nur fechten will.

»Und Lucia«, fährt er fort, »Lucia war eine Kammerzofe.«

»Ich warne dich«, wirft Lucia ein. Sie sagt nicht, wovor sie ihn warnt, aber sie lächelt. »Ich bin mittlerweile zu alt für so etwas«, sagt sie.

»Wir beide sind zu alt«, sagt Tom. Er klingt nicht so, als ob er das auch so meint. Er seufzt. »Aber du brauchst keine erfundene Figur, Lou, es sei denn, du möchtest einen Tag lang jemand anderer sein.«

Ich will nicht jemand anderer sein. Es ist schon schwer genug, Lou zu sein.

Ich lasse alle Felder aus, in denen es um diese Figur geht, die ich nicht sein will, und lese die Teilnahmebedingungen. Aber ich weiß nicht genau, was das bedeutet. Wenn ich es unterschreibe, stimme ich zu, dass Fechten ein gefährlicher Sport ist und dass Verletzungen, die ich möglicherweise davontrage, nicht in der Verantwortung des Turnierveranstalters liegen. Weiterhin bin ich mit der Einhaltung der Regeln dieses Sports einverstanden und akzeptiere die Entscheidungen der Kampfrichter.

Ich reiche Tom das unterschriebene Formular. Er gibt es an Lucia weiter. Sie seufzt und steckt es in ihr Handarbeitskörbchen.

Donnerstagabend sehe ich für gewöhnlich fern, aber jetzt, wo ich am Turnier teilnehme, hat Tom mir aufgetragen, jeden Tag zu trainieren. Also ziehe ich mich um und fahre zur Fechtschule. Es fühlt sich sehr seltsam an, diese Strecke an einem Donnerstag zu fahren. Die Farbe des Himmels und der Blätter an den Bäumen fällt mir mehr auf als sonst. Tom geht mit mir nach draußen und sagt, ich solle mit Beinarbeit anfangen, und dann trainiert er mit mir spezielle Paraden und Kombinationen. Bald schon keuche ich vor Anstrengung. »Das ist gut«, sagt er. »Mach weiter. Ich lasse dich Übungen machen, die du auch zu Hause machen kannst, da du ja wahrscheinlich nicht jeden Abend hierherkommen kannst.«

Niemand sonst kommt. Nach einer halben Stunde setzt Tom seine Maske auf, und wir spielen immer wieder langsame und schnelle Varianten derselben Bewegungen durch. Es ist nicht das, was ich erwartet habe, aber ich verstehe, warum es mir helfen wird. Ich fahre um halb neun, und zu Hause bin ich zu müde, um online zu gehen und Spiele zu spielen. Es ist viel anstrengender, wenn ich die ganze Zeit fechten muss, statt auch einmal auszusetzen und den anderen zuzuschauen.

Ich dusche, wobei ich meine schmerzenden Gliedmaßen spüre. Aber obwohl ich müde und steif bin, fühle ich mich gut. Mr. Crenshaw hat nichts über die neue Behandlung und Menschenversuche gesagt. Marjory hat gesagt: »Oh, wie schön!«, als sie erfahren hat, dass ich an dem Turnier teilnehme. Tom und Lucia sind nicht böse aufeinander, jedenfalls nicht so, dass sie ihre Ehe beenden wollen.

Am nächsten Tag mache ich die Wäsche, aber nach dem Putzen am Samstag fahre ich wieder zu Tom und Lucia. Am Sonntag bin ich nicht so steif, wie ich am Freitag war. Am Montag habe ich eine weitere zusätzliche Stunde. Ich bin froh, dass der spezielle Tag von Tom und Lucia der Dienstag ist, da ich so den Tag nicht zu ändern brauche, an dem ich meine Einkäufe mache. Marjory ist nicht im Laden. Don ist nicht im Laden. Am Mittwoch gehe ich wie gewöhnlich zum Fechten. Marjory ist nicht da. Lucia sagt, sie sei verreist. Lucia gibt mir spezielle Kleidung für das Turnier, und Tom sagt, ich bräuchte am Donnerstag nicht zu kommen, ich hätte genug trainiert.

Freitagmorgen um 8.53 Uhr ruft Mr. Crenshaw uns alle zusammen und sagt, er habe eine Ankündigung zu machen. Mein Magen zieht sich zusammen.

»Sie haben alle großes Glück«, sagt er. »Bei dem heutigen wirtschaftlichen Klima bin ich ehrlich gesagt sehr überrascht, dass es überhaupt möglich ist, aber Sie haben tatsächlich ... die Chance, an einer ganz neue Behandlung teilzunehmen, bei der Ihnen keinerlei Kosten entstehen.« Sein Mund ist zu einem breiten, falschen Grinsen verzogen; sein Gesicht glänzt vor Anstrengung.

Er muss uns wirklich für dumm halten. Ich blicke Cameron an, dann Dale, dann Chuy, die einzigen, die ich sehen kann, ohne den Kopf drehen zu müssen. Auch ihre Augen bewegen sich.

Cameron sagt mit gepresster Stimme: »Meinen Sie die experimentelle Behandlungsmethode, über die vor ein paar Wochen in *Nature Neuroscience* berichtet wurde?«

Crenshaw wird blass und schluckt. »Wer hat Ihnen davon erzählt?«

»Es war im Internet«, sagt Chuy.

Crenshaw bricht ab und mustert uns finster. Dann verzieht er seinen Mund wieder zu einem Lächeln. »Wie auch immer. Es gibt eine neue Behandlungsmethode, und Sie haben die Gelegenheit, sie kostenlos zu erhalten.«

»Ich will sie nicht«, sagt Linda. »Ich brauche keine Behandlung. Ich bin gut so, wie ich bin.«

Crenshaw wird rot. »Sie sind *nicht* gut«, sagt er. Seine Stimme wird lauter und härter. »Sie sind nicht normal. Sie sind autistisch, Sie sind behindert, und Sie sind unter speziellen Voraussetzungen eingestellt worden...«

»*Normal* ist eine Wäscheleine«, sagen Chuy und Linda gleichzeitig. Sie grinsen kurz.

»Sie müssen sich anpassen«, sagt Crenshaw. »Sie können nicht erwarten, ewig besondere Privilegien zu bekommen, jedenfalls nicht, wenn es eine Behandlungsmethode gibt, die Sie zu normalen Menschen macht. Diese Turnhalle und die Einzelbüros, diese Musik und diese alberne Dekoration... Sie können normal werden und dann brauchen wir das alles nicht mehr. Es ist unökonomisch. Es ist lächerlich.« Er wendet sich zum Gehen, wirbelt aber noch einmal herum. »Es muss aufhören.« Dann geht er.

Wir blicken uns an. Ein paar Minuten lang sagt niemand etwas. Dann sagt Chuy: »Nun, jetzt ist es passiert.«

»Ich mache es nicht«, sagt Linda. »Sie können mich nicht zwingen.«

»Vielleicht können sie es doch«, sagt Chuy. »Das wissen wir nicht genau.«

Am Nachmittag bekommt jeder von uns einen Brief mit

der Hauspost, einen Brief auf Papier. Darin steht, dass aufgrund ökonomischen Drucks und der Notwendigkeit, konkurrenzfähig zu bleiben, jede Abteilung Personal reduzieren muss. Personen, die an Forschungsprogrammen teilnehmen, sind von der Kündigung ausgeschlossen, steht in dem Brief. Anderen wird eine attraktive Abfindung angeboten, wenn sie freiwillig ausscheiden. In dem Brief steht nicht ausdrücklich, dass wir der Behandlung zustimmen müssen, um unsere Jobs nicht zu verlieren, aber ich glaube, das ist gemeint.

Am späten Nachmittag kommt Mr. Aldrin in unser Gebäude und ruft uns im Sitzungssaal zusammen.

»Ich konnte es nicht verhindern«, sagt er. »Ich habe es versucht.« Ich muss wieder an die Redensart meiner Mutter denken: »Versuchen ist nicht tun.« *Versuchen* ist nicht genug, nur *tun* zählt. Ich blicke Mr. Aldrin an. Er ist ein netter Mann, und es ist klar, dass er nicht so stark ist wie Mr. Crenshaw, der kein netter Mann ist. Mr. Aldrin sieht traurig aus. »Es tut mir wirklich leid«, sagt er, »aber vielleicht ist es so am besten.« Dann geht er. Das ist ein dummer Satz. Wie kann es so am besten sein?

»Wir sollten darüber reden«, sagt Cameron. »Was auch immer ich will oder ihr wollt, wir sollten darüber reden. Und wir sollten mit jemand anderem reden – einem Anwalt vielleicht.«

»In dem Brief steht, dass nichts aus dem Büro dringen darf«, sagt Bailey.

»Der Brief soll uns einschüchtern«, sage ich.

»Wir sollten reden«, wiederholt Cameron. »Heute Abend nach der Arbeit.«

»Ich mache freitagabends meine Wäsche«, sage ich.

»Dann morgen, im Center ...«

»Ich fahre morgen woandershin«, sage ich. Alle blicken mich an; ich wende den Blick ab. »Es ist ein Fechtturnier«, sage ich und bin ein bisschen überrascht, als mich niemand danach fragt.

»Wir werden reden und vielleicht auch im Center fragen«, sagt Cameron. »Wir erzählen es dir dann später.«

»Ich will nicht reden«, sagt Linda. »Ich will in Ruhe gelassen werden.« Sie geht weg. Sie ist aufgeregt. Wir alle sind aufgeregt.

Ich gehe in mein Büro und starre auf den Monitor. Die Daten sind flach und leer, wie ein leerer Bildschirm. Irgendwo da drin sind die Muster, für deren Beschreibung ich bezahlt werde, aber das einzige Muster, das ich heute erkennen kann, schließt sich wie eine Falle um mich; Dunkelheit wirbelt von allen Seiten heran, schneller, als ich sie analysieren kann.

Ich richte meine Gedanken auf heute Abend und morgen: Tom hat mir gesagt, wie ich mich vorbereiten soll, und das werde ich tun.

Tom hielt vor Lous Mietshaus. Ihm war bewusst, dass er noch nie dort gewesen war, während Lou schon seit Jahren bei ihm zu Hause aus- und einging. Es sah wie ein ganz gewöhnliches Mietshaus aus, das irgendwann im letzten Jahrhundert gebaut worden war. Erwartungsgemäß war Lou pünktlich und wartete bereits vor der Tür mit seiner Ausrüstung, die er sorgfältig in eine Reisetasche gepackt hatte. Er wirkte ausgeruht, wenn auch ein bisschen angespannt; er sah aus wie jemand, der alle Ratschläge befolgt hatte, gut gegessen und ausreichend geschlafen hatte. Er trug die Sachen, die Lucia mit ihm zusammen ausgesucht hatte, wirkte jedoch unbehaglich darin, wie die meisten, die zum ersten Mal ein Kostüm trugen.

»Bist du bereit?«, fragte Tom.

Lou blickte sich um, als wolle er das überprüfen, und sagte: »Ja. Guten Morgen, Tom. Guten Morgen, Lucia.«

»Guten Morgen«, sagte Lucia. Tom warf ihr einen Blick zu. Sie hatten sich schon einmal wegen Lou gestritten; Lucia wollte jeden in Stücke reißen, der ihm auch nur die kleinsten

Probleme machte, während Tom der Ansicht war, dass Lou mit kleineren Problemen durchaus zurechtkam. Sie war in der letzten Zeit so gereizt wegen Lou gewesen, dachte er. Sie und Marjory führten etwas im Schilde, aber Lucia wollte es ihm nicht erklären. Er hoffte, dass es nicht auf dem Turnier Ärger gab.

Während der Fahrt saß Lou schweigend auf dem Rücksitz, was erholsam war im Vergleich zu den Quasselstrippen, mit denen Tom sonst zu tun hatte. Plötzlich jedoch fing er an zu reden. »Habt ihr euch je gefragt, wie schnell die Dunkelheit ist?«

»Wie bitte?« Tom hatte gerade darüber nachgedacht, ob der Mittelteil seines jüngsten Aufsatzes gekürzt werden musste.

»Die Lichtgeschwindigkeit«, sagte Lou. »Es gibt einen Wert für die Geschwindigkeit von Licht ... aber die Geschwindigkeit des Dunkels ...«

»Dunkelheit hat keine Geschwindigkeit«, erwiderte Lucia. »Sie ist nur da, wo das Licht nicht ist – es ist nur ein Wort für Abwesenheit von Licht.«

»Ich glaube ... ich glaube, sie hat vielleicht doch eine Geschwindigkeit«, sagte Lou.

Tom blickte in den Rückspiegel; Lous Gesicht sah ein bisschen traurig aus. »Hast du eine Ahnung, wie schnell sie sein könnte?«, fragte Tom. Lucia warf ihm einen Blick zu, aber er ignorierte sie. Sie machte sich immer Sorgen, wenn er Lou bei seinen Spielereien unterstützte, aber er konnte keinen Schaden darin erkennen.

»Sie ist da, wo das Licht nicht ist«, sagte Lou. »Wo das Licht noch nicht hingekommen ist. Sie könnte schneller sein – sie ist immer vor dem Licht.«

»Oder sie könnte auch gar keine Bewegung haben, weil sie schon da ist, an Ort und Stelle«, sagte Tom.

»Sie ist kein *Ding*«, warf Lucia ein. »Es ist lediglich ein abstrakter Begriff, nur ein Wort dafür, dass kein Licht da ist. Sie kann keine Bewegung haben...«

»Wenn du so weit gehen willst«, sagte Tom, »dann ist auch Licht in gewisser Weise ein abstrakter Begriff. Und man hat immer gesagt, es bestünde nur aus Bewegung, Partikeln und Wellen, bis zum Anfang dieses Jahrhunderts.«

Auch ohne dass er sie anblickte, wusste er, dass Lucia ihn finster ansah. Er hörte es an ihrer Stimme. »Licht ist real. Dunkelheit ist die Abwesenheit von Licht.«

»Manchmal scheint dunkel dunkler als dunkel zu sein«, sagte Lou. »Dicker.«

»Hältst du die Dunkelheit wirklich für real?«, fragte Lucia und drehte sich halb zu Lou um.

»*Dunkelheit ist ein natürliches Phänomen, das durch die Abwesenheit von Licht charakterisiert ist.*« Lous Singsang ließ darauf schließen, dass dies ein Zitat war. »Das hat in meinem Physikbuch in der Highschool gestanden. Aber eigentlich sagt es nichts aus. Mein Lehrer hat gesagt, dass die Nacht zwischen den Sternen zwar dunkel aussieht, aber eigentlich ist Licht da – Sterne geben Licht in alle Richtungen ab, deshalb ist Licht da, sonst würde man sie nicht sehen.«

»Wenn man im übertragenen Sinn«, sagte Tom, »Wissen als Licht und Unwissenheit als Dunkelheit nimmt, dann hat die Dunkelheit, die Unwissenheit, eine deutliche Präsenz. Sie ist viel greifbarer als nur der Mangel an Wissen. Eine Art von Willen zur Unwissenheit. Das würde das Verhalten einiger Politiker erklären.«

»Im übertragenen Sinn«, wandte Lucia ein, »kannst du alles als Symbol für irgendwas anderes bezeichnen. Sogar einen Wal als Symbol für die Wüste.«

»Geht es dir gut?«, fragte Tom. Er hatte aus den Augenwinkeln bemerkt, dass sie sich bewegt hatte.

»Ich bin sauer«, sagte Lucia. »Und du weißt auch warum.«

»Es tut mir leid«, sagte Lou von hinten.

»Warum tut es dir leid?«, fragte Lucia.

»Ich hätte die Geschwindigkeit der Dunkelheit nicht erwähnen sollen«, sagte Lou. »Darüber hast du dich geärgert.«

»Du hast mich nicht geärgert«, sagte Lucia. »Das war Tom.«

Tom fuhr weiter und unbehagliches Schweigen erfüllte das Wageninnere. Als sie den Park erreichten, wo das Turnier stattfinden sollte, beeilte er sich, Lou eintragen und seine Waffen prüfen zu lassen, dann zeigte er ihm das Gelände. Lucia unterhielt sich mit Freunden; Tom hoffte, sie würde ihre Verärgerung bald überwinden. Sie machte Lou damit ebenso nervös wie ihn.

Nach einer halben Stunde spürte Tom, wie er sich in der vertrauten, kameradschaftlichen Atmosphäre allmählich entspannte. Er kannte fast jeden, und auch die Gespräche waren ihm nicht fremd. Wer bei wem trainierte, wer an diesem oder jenem Turnier teilnahm, wer gewonnen oder verloren hatte. Worüber man sich gerade zankte, und wer mit wem nicht redete. Lou hielt sich gut und war in der Lage, die Leute zu begrüßen, denen er vorgestellt wurde. Tom machte ein kleines Aufwärmtraining mit ihm, und dann war es auch schon Zeit, ihn zu seinem ersten Kampf auf die Fechtbahn zu bringen.

»Und jetzt denk dran«, sagte Tom, »deine beste Chance zu punkten ist der sofortige Angriff. Dein Gegner kennt deinen Angriff nicht, und du kennst seinen nicht, aber du bist schnell. Geh einfach hinter seine Deckung und versuch ihn zu treffen. Das wird ihn aus der Fassung bringen...«

»Hi, Jungs«, sagte Don hinter Tom. »Ich bin gerade angekommen – hat er schon gekämpft?«

Es war Don zuzutrauen, dass er Lous Konzentration stören wollte. »Nein, er steht kurz davor. Ich bin gleich für dich da.« Tom wandte sich wieder an Lou. »Du wirst es gut machen, Lou. Denk dran – man braucht drei Treffer von fünf, deshalb mach dir keine Gedanken, wenn er dich touchiert. Du kannst immer noch gewinnen. Und hör auf den Kampfrichter...« Dann war es Zeit und Lou trat an die mit Seilen abgetrennte Fechtbahn. In Tom stieg plötzlich Panik auf. Und wenn er nun Lou zu etwas gedrängt hatte, das über seine Fähigkeiten ging?

Lou wirkte so unbeholfen wie in seinem ersten Jahr. Seine Haltung war zwar technisch korrekt, sah aber steif und gezwungen aus, nicht so wie bei jemandem, der sich mit Leichtigkeit bewegte.

»Ich habe es dir doch gesagt«, sagte Don leise zu ihm. »Es ist zu viel für ihn; er...«

»Halt den Mund«, unterbrach ihn Tom. »Er kann dich hören.«

Ich bin schon fertig, bevor Tom da ist. Ich trage das Kostüm, das Lucia für mich zusammengestellt hat, aber ich komme mir ein wenig seltsam damit vor. Es sieht nicht aus wie normale Kleidung. Die langen Socken umschließen meine Waden bis zum Knie. Die weiten Ärmel des Hemdes bauschen sich im Wind und gleiten über meine Arme. Obwohl es traurige Farben sind, braun, dunkelbraun und dunkelgrün, glaube ich nicht, dass Mr. Aldrin oder Mr. Crenshaw meinen Aufzug billigen würden, wenn sie mich sähen.

»Pünktlichkeit ist die Höflichkeit der Könige«, schrieb meine Lehrerin im vierten Schuljahr an die Tafel. Sie sagte uns, wir sollten den Satz abschreiben. Sie erklärte ihn auch. Ich hatte damals keine Ahnung von Königen oder warum wir uns darum kümmern sollten, was Könige taten, aber ich habe immer verstanden, dass es unhöflich ist, Leute warten zu lassen. Ich mag es nicht, wenn ich warten muss. Tom ist auch pünktlich, deshalb muss ich nicht lange warten.

Die Fahrt zum Turnier macht mir Angst, weil Tom und Lucia sich schon wieder streiten. Obwohl Tom gesagt hat, es sei in Ordnung, habe ich nicht das Gefühl, als wäre alles in Ordnung, und irgendwie glaube ich, es ist meine Schuld. Ich weiß aber nicht, warum. Ich verstehe auch nicht, warum Lucia nicht mit Tom spricht, sondern ihn anfährt, wenn sie doch nur über irgendwas im Büro wütend ist.

Auf dem Turniergelände parkt Tom auf dem Rasen, in einer Reihe mit anderen Fahrzeugen. Automatisch schaue ich mir die Autos an und zähle Farben und Typen: achtzehn blaue, fünf rote, vierzehn braune oder beigefarbene. Einundzwanzig haben Solarzellen auf dem Dach. Die meisten Leute tragen Kostüme. Ein Mann trägt einen großen Hut mit Federn. Es sieht aus wie ein Fehler, aber Tom sagt, es sei keiner, weil die Leute sich vor Jahrhunderten wirklich so angezogen haben. Ich möchte gern Farben zählen, aber die meisten Kostüme haben viele Farben, deshalb ist es schwerer. Mir gefallen die wehenden Umhänge, die außen eine Farbe und auf der Innenseite eine andere haben. Wenn sich die Leute damit bewegen, sieht es fast aus wie eine Drehspirale.

Zuerst treten wir an einen Tisch, wo eine Frau in einem langen Kleid unsere Namen auf einer Liste abhakt. Sie reicht uns kleine Metallkreise mit Löchern, und Lucia zieht dünne Bänder aus der Tasche und gibt mir ein grünes. »Mach es da dran«, sagt sie, »und häng es dir um den Hals.« Dann führt Tom mich zu einem anderen Tisch, wo ein Mann mit weiten Shorts meinen Namen auf einer weiteren Liste abhakt.

»Sie sind um zehn Uhr fünfzehn an der Reihe«, sagt er. »Die Anzeigetafel ist dort drüben.« Er zeigt auf ein grün-gelb gestreiftes Zelt.

Die Anzeigetafel sieht aus wie ein Stammbaum, nur dass die meisten Stellen noch leer sind. Ich finde meinen und auch den Namen meines ersten Gegners.

»Jetzt ist es neun Uhr dreißig«, sagt Tom. »Wir sehen uns mal das Gelände an und suchen dir einen Platz zum Aufwärmen.«

Als ich an der Reihe bin und in den markierten Bereich trete, schlägt mir das Herz bis zum Hals, und meine Hände zittern. Ich weiß nicht, was ich hier tue. Ich sollte nicht hier sein; ich kenne das Muster nicht. Dann attackiert mich mein Gegner, und ich pariere. Es ist keine gute Parade – ich war langsam –, aber er hat mich nicht getroffen. Ich hole tief Luft und konzentriere mich auf seine Bewegungen, auf seine Muster.

Mein Gegner scheint es nicht zu merken, wenn ich ihn treffe. Ich bin überrascht, aber Tom hat mir gesagt, dass manche einfach zu aufgeregt sind, um einen leichten oder auch mittleren Treffer zu spüren, vor allem, wenn es ihr erstes Match ist. Deshalb soll ich auch fester touchieren. Ich versuche es noch einmal, und dieses Mal macht der andere Mann gerade einen Sturzangriff, als ich meinen Stoß ausführe, und ich treffe ihn viel zu fest. Er regt sich auf und spricht mit dem Kampfrichter, aber der Kampfrichter sagt, es sei seine Schuld, dass er vorgestürmt sei.

Am Ende gewinne ich das Match. Ich bin außer Atem, nicht nur vom Kampf. Es fühlt sich so anders an, aber ich weiß nicht, warum. Ich fühle mich leichter, als ob sich die Schwerkraft verändert hätte, aber es ist nicht die gleiche Leichtigkeit wie in Marjorys Nähe. Kommt es daher, dass ich gegen jemanden gekämpft habe, den ich nicht kenne, oder weil ich gesiegt habe?

Tom schüttelt mir die Hand. Sein Gesicht leuchtet; seine Stimme klingt aufgeregt. »Du hast es geschafft, Lou; das hast du toll gemacht...«

»Ja, du hast es gut gemacht«, unterbricht ihn Don. »Und du hattest auch ein bisschen Glück. Achte auf deine Paraden, Lou; mir ist vorhin aufgefallen, dass du sie nicht oft genug anwendest, und wenn du es tust, zeigst du deutlich, was du als nächstes machen willst...«

»Don...«, sagt Tom, aber Don redet einfach weiter.

»... und wenn jemand dich so attackiert, solltest du dich nicht überraschen lassen...«

»Don, er hat *gewonnen*. Er hat es gut gemacht. Halt die Luft an.« Tom wirft ihm einen finsteren Blick zu.

»Ja, ja, ich weiß, dass er gewonnen hat, er hatte eben Glück bei seinem ersten Kampf, aber wenn er weiter gewinnen will...«

»Don, hol uns etwas zu trinken.« Tom klingt jetzt verärgert.

Don blinzelt verblüfft. Er nimmt das Geld, das Tom ihm reicht. »Oh – in Ordnung. Bin gleich wieder da.«

Ich fühle mich nicht mehr leichter. Ich fühle mich schwerer. Ich habe zu viele Fehler gemacht.

Tom wendet sich wieder zu mir; er lächelt jetzt. »Lou, das war einer der besten ersten Kämpfe, die ich je gesehen habe«, sagt er. Ich glaube, er möchte mich nur vergessen lassen, was Don gesagt hat, aber das kann ich nicht. Don ist mein Freund, er versucht mir zu helfen.

»Ich... ich habe nicht getan, was du mir gesagt hast. Du hast gesagt, ich solle zuerst angreifen...«

»Es hat doch funktioniert. Das ist das Einzige, was zählt. Nachdem du auf die Fechtbahn gegangen bist, ist mir klar geworden, dass es möglicherweise ein schlechter Ratschlag war.« Tom runzelt die Stirn. Ich weiß nicht warum.

»Ja, aber wenn ich getan hätte, was du gesagt hast, hätte er den ersten Punkt nicht bekommen.«

»Lou – hör mir zu. Du hast deine Sache sehr, sehr gut gemacht. Er hat zwar den ersten Punkt bekommen, aber du hast dich nicht beirren lassen. Du hast dich wieder erholt. Und du hast gewonnen. Und wenn er die Treffer fairer angegeben hätte, hättest du sogar schon früher gewonnen.«

»Aber Don hat gesagt...«

Tom schüttelt heftig den Kopf, als ob ihm etwas wehtäte. »Vergiss, was Don gesagt hat«, sagt er. »Don ist auf seinem ersten Turnier nach dem ersten Match völlig zusammengebrochen. Völlig. Und er hat sich so darüber aufgeregt, dass er verloren hatte, dass er den Rest des Wettkampfs abgeblasen hat. Er hat noch nicht einmal mehr an der Runde der Verlierer teilgenommen...«

»Na, *vielen* Dank«, sagt Don. Er ist mit drei Dosen Limonade zurückgekommen; zwei davon lässt er jetzt zu Boden fallen. »Ich dachte, dir läge so viel daran, die Gefühle anderer Menschen zu schonen...« Er marschiert davon. Ich sehe ihm an, dass er wütend ist.

Tom seufzt. »Na ja... es ist wahr. Lass dich davon nicht beeinträchtigen, Lou. Du hast deine Sache sehr gut gemacht; wahrscheinlich wirst du heute nicht siegen – das tun Erstteilnehmer nie –, aber du hast schon beachtliche Haltung und Fähigkeiten gezeigt, und ich bin stolz darauf, dass du in unserer Gruppe bist.«

»Don ist wirklich aufgebracht«, sage ich und blicke ihm nach. Ich finde, Tom hätte das mit Dons erstem Turnier nicht sagen dürfen. Tom hebt die Getränkedosen auf und reicht mir eine. Sie schäumt über, als ich sie öffne. Auch seine schäumt über, und er leckt den Schaum von seinen Fingern. Ich wusste nicht, dass man das darf, aber ich mache es ihm nach.

»Ja, aber Don ist... Don«, sagt Tom. »Er tut das eben; du hast es gesehen.« Ich bin nicht sicher, was er mit *das* meint. Don, der anderen Leuten sagt, was sie falsch gemacht haben, oder Don, der wütend wird.

»Ich glaube, er versucht mein Freund zu sein und mir zu helfen«, sage ich. »Obwohl er Marjory mag und ich Marjory mag, und er wahrscheinlich will, dass sie ihn mag, aber sie hält ihn für eine echte Nervensäge.«

Tom verschluckt sich an seiner Limonade und hustet. Dann sagt er: »Du magst Marjory? *Magst* du sie nur so oder *magst* du sie *sehr*?«

»Ich mag sie sehr«, sage ich. »Ich wünschte...« Aber ich kann den Wunsch nicht laut aussprechen.

»Marjory hat schlechte Erfahrungen mit einem Mann gemacht, der so ähnlich ist wie Don«, sagt Tom. »Jedes Mal, wenn sie sieht, wie Don sich verhält, muss sie an diesen anderen Mann denken.«

»War er auch ein Fechter?«, frage ich.

»Nein. Sie kannte ihn von der Arbeit. Aber manchmal benimmt sich Don genau wie er. Das mag Marjory nicht. Dich mag sie natürlich lieber.«

»Marjory hat gesagt, Don habe etwas über mich gesagt, was nicht nett war.«

»Macht dich das wütend?«, fragt Tom.

»Nein... Ich glaube, Don versteht es einfach nicht.« Ich trinke einen Schluck Limonade. Sie ist nicht so kalt, wie ich sie gern mag, aber es ist besser als nichts.

Tom trinkt ebenfalls einen Schluck. Auf der Fechtbahn hat ein anderer Kampf begonnen, und wir treten ein paar Schritte zurück. »Wir lassen jetzt deinen Sieg vom Schriftführer registrieren«, sagt Tom, »und vergewissern uns, dass du für deinen nächsten Kampf eingetragen bist.«

Bei dem Gedanken an den nächsten Kampf merke ich, dass ich müde bin und die blauen Flecke spüre, die mein Gegner mir beigebracht hat. Ich würde jetzt gern nach Hause fahren und über alles, was passiert ist, nachdenken, aber ich muss noch ein paar Mal kämpfen, und ich weiß, dass Tom möchte, dass ich das Turnier zu Ende bringe.

[7]

Ich stehe meinem zweiten Gegner gegenüber. Dieses Mal fühlt es sich ganz anders an, weil es keine Überraschung mehr ist. Dieser Mann trägt einen Hut wie eine Pizza mit Federn. Er hat eine Maske auf, die vorne kein Drahtgeflecht hat, sondern durchsichtig ist. So eine Maske ist viel teurer. Tom hat mir gesagt, er sei sehr gut, aber auch sehr fair. Er zählt meine Treffer auf jeden Fall, hat Tom gesagt. Ich kann den Gesichtsausdruck des Mannes deutlich erkennen; er sieht beinahe schläfrig aus, weil seine Augenlider halb über die blauen Augen gesenkt sind.

Der Kampfrichter senkt sein Taschentuch; mein Gegner springt vor, und ich spüre seine Berührung an der Schulter. Ich hebe die Hand. Sein schläfriger Gesichtsausdruck bedeutet nicht, dass er langsam ist. Am liebsten möchte ich Tom fragen, was ich tun soll. Ich blicke mich jedoch nicht um; der Fechtgang läuft noch, und der Mann könnte noch einen Treffer platzieren.

Dieses Mal bewege ich mich seitwärts, und der Mann umkreist mich ebenfalls; seine Klinge springt vor, so schnell, dass sie fast zu verschwinden scheint und dann wieder auftaucht, um meinen Brustkorb zu berühren. Ich weiß nicht, wie er sich so schnell bewegen kann; ich komme mir steif und unbeholfen vor. Noch ein Treffer, und ich habe verloren. Ich greife an, obwohl es sich seltsam anfühlt. Ich spüre meine Klinge an seiner – dieses Mal habe ich erfolgreich pariert. Noch einmal, noch einmal – und als ich schließlich einen Angriff mache, spüre ich in meiner Hand, dass ich etwas touchiert habe. Sofort zieht er sich zurück und hebt die Hand. »Ja«, sagt er. Ich blicke in sein Gesicht. Er lächelt. Es macht ihm nichts aus, dass ich ihn getroffen habe.

Wir umkreisen uns in die andere Richtung, und unsere Klingen blitzen. Ich beginne sein Muster zu verstehen, obwohl es so schnell ist, aber er landet einen dritten Treffer bei mir, bevor ich diese Informationen umsetzen kann.

»Danke«, sagt er am Schluss. »Das war ein fairer Kampf.«

»Gut gemacht, Lou«, sagt Tom, als ich von der Fechtbahn komme. »Er wird wahrscheinlich das Turnier gewinnen; für gewöhnlich ist er der Sieger.«

»Ich hatte einen Treffer«, sage ich.

»Ja, und einen guten. Und fast hättest du ihn noch ein paar Mal erwischt.«

»Ist es jetzt vorbei?«, frage ich.

»Noch nicht ganz«, sagt Tom. »Du hast nur einen Kampf verloren; jetzt musst du im Hoffnungslauf antreten und hast zumindest noch einen weiteren Kampf. Geht es dir gut?«

»Ja«, erwidere ich. Ich bin außer Atem und der Lärm und die Bewegung strengen mich an, aber ich will jetzt noch nicht nach Hause, wie ich es eben noch wollte. Ich frage mich, ob Don wohl zugeschaut hat; ich sehe ihn nirgendwo mehr.

»Möchtest du etwas essen?«, fragt Tom.

Ich schüttele den Kopf. Ich möchte nur ein ruhiges Plätzchen, um mich hinzusetzen.

Tom führt mich durch die Menge. Einige Leute, die ich nicht kenne, greifen nach meiner Hand oder schlagen mir auf die Schulter und sagen: »Guter Kampf.« Ich wünschte, sie würden mich nicht anfassen, aber ich weiß, sie wollen nur freundlich sein.

Lucia und eine Frau, die ich nicht kenne, sitzen unter einem Baum. Lucia klopft auf den Boden neben sich. Ich weiß, das bedeutet: »Setz dich her«, und ich setze mich neben sie.

»Gunther hat gewonnen, aber Lou hat einen Treffer bei ihm gelandet«, sagt Tom.

Die andere Frau klatscht in die Hände. »Das ist gut«, sagt sie. »Es gelingt fast niemandem beim ersten Gefecht, Gunther zu treffen.«

»Eigentlich war es nicht mein erstes Gefecht, nur mein erster Kampf mit Gunther«, sage ich.

»Genau das habe ich gemeint«, erwidert sie. Sie ist größer als Lucia und schwerer; sie trägt ein Fantasiekostüm mit einem langen Rock. In der Hand hält sie einen kleinen Rahmen, und ihre Finger bewegen sich vor und zurück. Sie webt einen schmalen Stoffstreifen mit einem geometrischen Muster in braun und weiß. Das Muster ist einfach, aber ich habe noch nie zuvor jemanden weben sehen und beobachte sie aufmerksam, bis ich mir ganz sicher bin, wie es geht.

»Tom hat mir das mit Don erzählt«, sagt Lucia und blickt mich an. Mir ist plötzlich kalt. Ich möchte nicht daran denken, wie wütend er war. »Ist alles in Ordnung?«, erkundigt sie sich.

»Mir geht es gut«, sage ich.

»Don, der Wunderknabe?«, fragt die andere Frau Lucia.

Lucia verzieht das Gesicht. »Ja. Er kann manchmal ein ziemlicher Blödmann sein.«

»Was war denn diesmal?«, fragt die andere Frau.

Lucia blickt mich an. »Ach – nur das Übliche. Das alte Großmaul.«

Ich bin froh, dass sie es nicht erklärt. Ich glaube nicht, dass Don so böse ist. Der Gedanke, dass Tom gegenüber Don womöglich nicht fair ist, macht mich unglücklich.

Tom kommt wieder und sagt mir, dass ich um 13.45 Uhr ein weiteres Gefecht habe. »Das ist auch einer, der zum ersten Mal dabei ist«, sagt er. »Er hat heute früh gleich den ersten Kampf verloren. Du solltest etwas essen.« Er reicht mir ein Brötchen mit Fleisch. Es riecht nicht schlecht. Ich habe Hunger, und als ich einen Bissen esse, stelle ich fest, dass es auch nicht schlecht schmeckt, und esse es ganz auf.

Ein alter Mann bleibt stehen, um mit Tom zu sprechen. Tom steht auf. Ich weiß nicht, ob ich auch aufstehen sollte. Etwas an dem alten Mann fällt mir ins Auge. Er zuckt. Er redet auch sehr schnell. Ich weiß nicht, worüber er spricht – über Leute, die ich nicht kenne, Orte, an denen ich nie gewesen bin.

Bei meinem dritten Kampf ist mein Gegner ganz in Schwarz mit roten Kanten gekleidet. Er trägt auch eine von diesen transparenten Plastikmasken. Er hat dunkle Haare und Augen und sehr blasse Haut; seine langen Koteletten laufen spitz zu. Er bewegt sich jedoch nicht sehr gut; er ist langsam und nicht besonders stark. Seine Attacken führt er nicht bis zu Ende durch, sondern zuckt einfach mit der Klinge vor und zurück, ohne mir nahezukommen. Ich lande einen Treffer, den er nicht meldet, und dann noch einen härteren, den er meldet. Seine Gefühle stehen ihm ins Gesicht geschrieben; er ist erschrocken und wütend. Obwohl ich müde bin, weiß ich, dass ich gewinnen kann, wenn ich will.

Es ist nicht richtig, Leute wütend zu machen, aber ich würde gern gewinnen. Ich bewege mich um ihn herum; er dreht sich langsam und steif. Wieder treffe ich ihn. Seine Unterlippe wölbt sich vor; seine Stirn ist in Falten gelegt. Es ist nicht richtig, anderen Leuten das Gefühl zu geben, sie seien dumm. Ich verlangsame mein Tempo, aber er macht keinen Gebrauch davon. Sein Muster ist sehr einfach, als ob er nur zwei Paraden und Attacken kennt. Wenn ich näher komme, weicht er zurück. Aber still stehen zu bleiben und Schläge auszutauschen, ist langweilig. Ich möchte, dass er etwas tut. Als er sich jedoch nicht rührt, löse ich mich von einer seiner schwachen Paraden und stoße nach. Er verzieht wütend das Gesicht und stößt einen Schwall Schimpfwörter hervor. Ich weiß, dass wir uns jetzt die Hände schütteln und danke sagen müssen, aber er ist bereits gegangen. Der Kampfrichter zuckt mit den Schultern.

»Das hast du gut gemacht«, sagt Tom. »Ich habe gesehen, wie du langsamer geworden bist und ihm die Chance auf einen ehrenhaften Schlag gegeben hast... es war seine eigene Dummheit, dass er nichts damit anfangen konnte. Jetzt weißt du, warum ich nicht möchte, dass meine Schüler zu früh auf Turniere gehen. Er war noch nicht annähernd so weit.«

Als ich meinen Sieg eintragen lasse, stelle ich fest, dass ich jetzt bei denen stehe, die 2:1 gefochten haben. Nur acht sind unbesiegt. Ich bin mittlerweile sehr müde, aber ich möchte Tom nicht enttäuschen, deshalb mache ich weiter. Mein nächster Kampf findet fast sofort im Anschluss statt, mit einer großen, dunkelhaarigen Frau. Sie trägt eine einfaches, dunkelblaues Kostüm und eine konventionelle Drahtmaske. Sie ist überhaupt nicht wie mein letzter Gegner: Sie greift sofort an und nach kurzem Schlagabtausch hat sie den ersten Treffer. Ich habe den zweiten, sie den dritten und ich den vierten. Ihr Muster ist nicht leicht zu erkennen. Ich höre Stimmen vom Rand, Zuschauer, die sagen, es sei ein guter Kampf. Ich fühle mich wieder leicht, und ich bin glücklich. Dann spüre ich ihre Klinge auf meiner Brust und das Gefecht ist vorüber. Mir macht es nichts aus. Ich bin müde und verschwitzt; ich kann mich selber riechen.

»Guter Kampf!«, sagt sie und umfasst meinen Arm.

»Danke«, sage ich.

Tom ist mit mir zufrieden; das sehe ich an seinem Grinsen. Auch Lucia ist da; ich habe gar nicht gemerkt, dass sie zum Zuschauen gekommen ist. Sie sind Arm in Arm, und das macht mich noch glücklicher. »Mal sehen, wo du jetzt auf der Rangliste stehst«, sagt Tom.

»Rangliste?«

»Alle Fechter werden nach ihren Ergebnissen bewertet«, sagt er. »Novizen bekommen eine extra Wertung. Ich denke, dass du dich gut geschlagen hast. Es finden noch einige Kämpfe statt, aber die Neulinge sind jetzt alle fertig.«

Das wusste ich nicht. Als wir auf die große Tafel blicken, steht mein Name auf Nummer neunzehn, aber in der unteren rechten Ecke, wo die Liste mit den sieben Ersttteilnehmern ist, steht mein Name oben. »Das habe ich mir gedacht«, sagt Tom. »Claudia...« Eine der Frauen, die Namen auf die Tafel schreiben, dreht sich um. »Sind die Neulinge alle schon fertig?«

»Ja – ist das Lou Arrendale?« Sie blickt mich an.

»Ja«, sage ich. »Ich bin Lou Arrendale.«

»Für einen Ersttteilnehmer haben Sie sich hervorragend geschlagen«, sagt sie.

»Danke«, erwidere ich.

»Hier ist Ihre Medaille«, sagt sie, greift unter den Tisch und zieht ein kleines Ledersäckchen hervor. »Sie können auch warten bis zur Siegerehrung.« Ich wusste gar nicht, dass ich eine Medaille bekommen würde; ich dachte, nur die Person, die alle Kämpfe gewinnt, bekommt eine Medaille.

»Nein, wir müssen nach Hause«, sagt Tom.

»Nun, dann... hier ist sie.« Sie reicht mir das Säckchen. Es fühlt sich an wie echtes Leder. »Viel Glück beim nächsten Mal.«

»Danke«, sage ich.

Ich weiß nicht, ob ich das Säckchen öffnen soll, aber Tom sagt: »Lass mal gucken...«, und ich hole die Medaille heraus. Es ist ein rundes Stück Metall mit einem geprägten Schwertmuster und einem kleinen Loch am Rand. Ich stecke es wieder in den kleinen Beutel.

Auf dem Heimweg spiele ich jeden Kampf innerlich noch einmal nach. Ich kann mich an alles erinnern und kann jetzt auch Gunthers Bewegungen in ihre Einzelteile zerlegen, sodass ich nächstes Mal – ich bin überrascht, dass ich weiß, es wird ein nächstes Mal geben – besser gegen ihn bestehen kann.

Ich beginne zu verstehen, warum Tom dachte, das Turnier wäre gut für mich, wenn ich demnächst gegen Mr. Crenshaw kämpfen muss. Niemand dort hat mich gekannt, und ich habe als normale Person am Wettkampf teilgenommen. Um zu wissen, dass ich eine Leistung vollbracht habe, brauchte ich das Turnier nicht zu gewinnen.

Als ich nach Hause komme, ziehe ich die verschwitzten Kleider aus, die Lucia mir geliehen hat. Sie hat gesagt, ich soll sie nicht waschen, weil sie speziell gereinigt werden müssen; ich soll sie lediglich aufhängen und sie am Mittwoch, wenn ich zum Fechtunterricht komme, mitbringen. Es gefällt mir nicht, wie sie riechen; ich würde sie gern heute Abend oder morgen schon zurückbringen, aber sie hat Mittwoch gesagt. Während ich dusche, hänge ich sie über die Rückenlehne der Couch im Wohnzimmer.

Das heiße Wasser tut mir gut; ich kann nur wenige blaue Flecken von den Treffern erkennen. Ich dusche lange, bis ich mich völlig sauber fühle, und dann ziehe ich den weichsten Trainingsanzug an, den ich besitze. Ich fühle mich sehr müde, aber erst muss ich noch nachschauen, was die anderen mir über die Behandlung gemailt haben.

Ich habe E-Mails von Cameron und Bailey. Cameron schreibt, sie hätten zwar darüber geredet, aber noch nichts beschlossen. Bailey sagt, wer da war – alle außer mir und Linda –, und dass sie einen Betreuer im Center gefragt haben, was es für Gesetze bezüglich Experimenten an Menschen gibt. Er sagt, bei Cameron habe es so geklungen, als hätten wir von der Behandlung gehört und wollten sie ausprobieren. Der Betreuer wolle mehr über die Gesetzeslage herausfinden.

Ich gehe früh zu Bett.

Am Montag und am Dienstag hören wir nichts mehr von Mr. Crenshaw oder dem Unternehmen. Vielleicht sind die Leute, die die Behandlung vornehmen, ja gar nicht bereit, sie an

Menschen auszuprobieren. Vielleicht muss Mr. Crenshaw sich mit ihnen herumstreiten. Ich wünschte, wir wüssten mehr. Ich fühle mich wie auf der Fechtbahn vor dem ersten Kampf. Nicht-Wissen scheint definitiv schneller zu sein als Wissen.

Ich sehe mir die Zusammenfassung des Artikels aus der Fachzeitschrift noch einmal online an, verstehe aber die meisten Wörter immer noch nicht. Selbst als ich sie nachschlage, weiß ich nicht, was die Behandlung eigentlich bewirkt und wie sie funktioniert. Ich brauche es auch nicht zu verstehen. Es ist nicht mein Fachgebiet.

Aber es ist mein Gehirn und mein Leben. Ich möchte es verstehen. Als ich anfing zu fechten, habe ich das zuerst auch nicht verstanden. Ich wusste nicht, warum ich das Florett auf eine bestimmte Art halten sollte oder warum meine Füße in einem bestimmten Winkel zueinander stehen mussten. Ich kannte keinen der Ausdrücke und auch keinen der Schritte. Ich erwartete nicht, gut im Fechten zu sein; ich dachte, mein Autismus stünde dem im Wege, und am Anfang war das auch so. Jetzt war ich auf einem Turnier mit normalen Leuten gewesen. Ich habe zwar nicht gewonnen, aber ich war besser als die anderen Erstteilnehmer.

Vielleicht kann ich auch mehr über das Gehirn lernen, als ich jetzt weiß. Ich weiß zwar nicht, ob ich genug Zeit dazu habe, aber ich kann es versuchen.

Am Mittwoch nehme ich die Kostümsachen wieder mit zu Tom und Lucia. Sie sind jetzt trocken und stinken nicht mehr so schlimm, aber ich kann trotzdem meinen eigenen sauren Schweiß darin riechen. Lucia nimmt die Kleider entgegen, und ich gehe durch das Haus zum Ausrüstungsraum. Tom ist schon im Garten; ich nehme meine Ausrüstung und gehe hinaus. Die Luft ist kühl, aber still; es geht kein Lüftchen. Er macht seine Dehnübungen, und ich beginne ebenfalls damit. Am Sonntag und Montag hatte ich Muskelkater, aber jetzt bin ich nicht mehr steif, und nur eine Prellung schmerzt noch ein bisschen.

Marjory kommt in den Garten.

»Ich habe Marjory gerade erzählt, wie gut du dich auf dem Turnier geschlagen hast«, sagt Lucia, die hinter ihr geht. Marjory grinst mich an.

»Ich habe nicht gewonnen«, sage ich. »Ich habe zu viele Fehler gemacht.«

»Du hast zwei Kämpfe gewonnen«, erwidert Lucia, »und du hast eine Medaille. So viele Fehler kannst du gar nicht gemacht haben.«

Ich weiß nicht, wie viele Fehler »so viele« sind. Wenn sie »zu viele« meint, warum sagt sie dann »so viele«?

Jetzt fällt mir auf einmal Don ein und wie wütend er auf dem Turnier war. An mein Gefühl der Leichtigkeit, als ich diese zwei Kämpfe gewonnen hatte, erinnere ich mich dagegen kaum noch. Ob Don heute Abend wohl kommt? Ob er wütend auf mich ist? Ich denke, ich sollte ihn erwähnen, aber dann denke ich auch wieder, ich sollte es nicht tun.

»Simon war beeindruckt«, sagt Tom. Er hat sich aufgesetzt und reibt seine Klinge mit Schmirgelpapier ab, um die Kerben zu glätten. »Der Kampfrichter, meine ich; wir kennen uns schon seit Jahren. Ihm hat es gut gefallen, wie du dich verhalten hast, als der Typ die Treffer nicht gemeldet hat.«

»Du hast mir doch gesagt, was ich tun soll«, erwidere ich.

»Ja nun, nicht jeder befolgt meine Ratschläge«, sagt Tom. »Was meinst du denn jetzt, ein paar Tage später – war es mehr Vergnügen oder mehr Mühe?«

Ich hatte das Turnier nicht als Vergnügen, aber auch nicht als Mühe empfunden.

»Oder etwas ganz anderes?«, wirft Marjory ein.

»Etwas ganz anderes«, sage ich. »Ich habe es nicht als Mühe empfunden; du hast mir ja gesagt, was ich tun sollte, um mich vorzubereiten, Tom, und das habe ich getan. Aber es war für mich auch kein Vergnügen, sondern eher eine Prüfung, eine Herausforderung.«

»Hat es dir überhaupt Spaß gemacht?«, fragt Tom.

»Ja, teilweise sogar sehr.« Ich weiß nicht genau, wie ich die Mischung von Gefühlen beschreiben soll. »Manchmal macht es mir Spaß, neue Dinge zu tun«, sage ich.

Jemand öffnet das Tor. Don. Ich spüre plötzlich Spannung im Garten.

»Hallo«, sagt er. Seine Stimme klingt gepresst.

Ich lächle ihn an, aber er erwidert mein Lächeln nicht.

»Hallo, Don«, sagt Tom.

Lucia sagt nichts; Marjory nickt ihm zu.

»Ich hole nur meine Sachen«, sagt er und geht ins Haus.

Lucia blickt Tom an; er zuckt mit den Schultern. Marjory kommt zu mir.

»Möchtest du ein Gefecht?«, fragt sie. »Ich kann heute Abend nicht lange bleiben. Arbeit.«

»Ja, klar«, sage ich. Ich fühle mich wieder leicht.

Seit ich auf dem Turnier gefochten habe, kann ich hier entspannt fechten. Ich denke nicht an Don; ich denke nur an Marjorys Degen. Wieder habe ich das Gefühl, ihre Klinge zu berühren, ist beinahe, wie sie zu berühren – dass ich durch den Stahl jede ihrer Bewegungen, sogar ihre Stimmung spüren kann. Ich möchte, dass es immer so weitergeht; ich werde ein bisschen langsamer, ziehe den Kontakt hinaus und vermeide Treffer, die ich machen könnte, damit wir weitermachen können. Es fühlt sich ganz anders an als auf dem Turnier, aber *leicht* ist das einzige Wort, das mir einfällt, um es zu beschreiben.

Schließlich weicht Marjory zurück; sie atmet keuchend. »Das hat Spaß gemacht, Lou, aber ich muss jetzt erst einmal verschnaufen.«

»Danke«, sage ich.

Wir setzen uns nebeneinander; wir atmen beide schwer.

Ich passe meinen Atemrhythmus ihrem an. Das fühlt sich gut an.

Plötzlich kommt Don aus dem Ausrüstungsraum, seine Waffen in der einen und die Maske in der anderen Hand. Er wirft mir einen finsteren Blick zu und geht steifbeinig um die Hausecke. Tom folgt ihm und breitet achselzuckend die Hände aus.

»Ich habe versucht, es ihm auszureden«, sagt er zu Lucia. »Er glaubt immer noch, ich hätte ihn auf dem Turnier absichtlich beleidigt. Und er ist nur Zwanzigster geworden, direkt hinter Lou. Im Moment gibt er mir an allem die Schuld. Er will jetzt bei Gunther Fechtunterricht nehmen.«

»Das dauert nicht lange«, erwidert Lucia. Sie streckt ihre Beine aus. »Er hält die Disziplin dort nicht durch.«

»Ist es wegen mir?«, frage ich.

»Nein, es ist, weil sich die Welt nicht so verhält, wie es ihm passt«, erwidert Tom. »In spätestens zwei Wochen ist er wieder hier, falls nicht irgendwas passiert.«

»Würdest du ihn denn wieder zurücknehmen?«, fragt Lucia. Ihre Stimme klingt leicht gereizt.

Wieder zuckt Tom mit den Schultern. »Wenn er sich benimmt, sicher. Manchmal werden Leute ja erwachsen.«

»Manche allerdings nur unter Schmerzen«, sagt Lucia.

Dann kommen Max, Susan und Cindy und die anderen alle auf einmal an, und alle reden auf mich ein. Ich wusste gar nicht, dass sie auf dem Turnier waren, aber sie haben mich alle gesehen. Es ist mir peinlich, dass ich sie nicht bemerkt habe, aber Max erklärt es mir.

»Wir haben uns bemüht, dir aus dem Weg zu gehen, damit du dich konzentrieren kannst. Bei so einem Turnier möchte man höchstens mit ein oder zwei Leuten reden«, sagt er. Ich wusste gar nicht, dass andere Leute auch Probleme haben, sich zu konzentrieren. Ich habe immer geglaubt, sie hätten immer gern viele Leute um sich herum.

Vielleicht war ja nicht alles korrekt, was man mir über normale Leute erzählt hat.

Ich fechte mit Max und mit Cindy und setze mich dann neben Marjory, bis sie sagt, sie muss gehen. Ich trage ihr die Tasche zum Auto. Ich würde gern mehr Zeit mit ihr verbringen, aber ich weiß nicht so genau, wie ich es anstellen soll. Wenn ich jemandem wie Marjory – jemandem, den ich mag – auf einem Turnier begegnen würde, und sie wüsste nicht, dass ich autistisch bin, wäre es dann einfacher, diese Person zum Abendessen einzuladen? Was würde Marjory sagen, wenn ich sie fragte? Ich stehe immer noch neben dem Auto, als sie schon eingestiegen ist, und wünsche, ich hätte die Worte bereits gesagt und wartete jetzt auf ihre Antwort. Emmys ärgerliche Stimme hallt in meinem Kopf wider. Ich glaube nicht, dass sie recht hat; ich glaube nicht, dass Marjory mich nur als potenzielles Forschungsobjekt sieht. Aber so überzeugt, dass ich mich traue, sie zum Abendessen einzuladen, bin ich nun auch wieder nicht. Ich öffne meinen Mund, und es kommen keine Wörter heraus; das Schweigen ist schneller als meine Gedanken.

Marjory blickt mich an; plötzlich ist mir vor Schüchternheit ganz kalt. »Gute Nacht«, sage ich steif.

»Auf Wiedersehen«, sagt sie. »Bis nächste Woche.« Sie lässt den Motor an, und ich trete einen Schritt zurück.

Als ich wieder im Garten bin, setze ich mich neben Lucia. »Wenn eine Person eine andere zum Abendessen einlädt«, sage ich, »und die eingeladene Person möchte nicht – kann man das an irgendetwas merken, bevor man sie fragt?«

Sie antwortet eine ganze Zeit lang nicht, ich glaube, fast vierzig Sekunden. Dann sagt sie: »Wenn eine Person sich freundlich zu einer anderen Person verhält, dann macht dieser anderen Person die Frage nichts aus, aber unter Umständen möchte sie die Einladung trotzdem nicht annehmen. Vielleicht hat sie an dem Abend etwas anderes zu tun.« Sie schweigt wieder. »Hast du jemanden zum Abendessen eingeladen, Lou?«

»Nein«, sage ich. »Nur die Leute, mit denen ich arbeite. Sie sind wie ich. Das ist etwas anderes.«

»Ja, das ist es wohl«, erwidert sie. »Hast du vor, jemanden zum Abendessen einzuladen?«

Mir schnürt sich der Hals zu. Ich kann nichts sagen, aber Lucia fragt auch nicht mehr. Sie wartet.

»Ich denke daran, Marjory einzuladen«, sage ich schließlich. »Aber ich will sie nicht belästigen.«

»Ich glaube nicht, dass sie sich belästigt fühlen würde, Lou«, antwortet Lucia. »Ich weiß nicht, ob sie die Einladung annehmen würde, aber ich glaube auf keinen Fall, dass sie sich über deine Einladung ärgern würde.«

Als ich an jenem Abend zu Hause im Bett liege, stelle ich mir Marjory vor, wie sie an einem Tisch mir gegenübersitzt und isst. Ich habe so etwas schon auf Videos gesehen. Ich fühle mich noch nicht bereit dazu.

Donnerstagmorgen trete ich aus dem Haus und blicke über den Parkplatz auf mein Auto. Es sieht seltsam aus. Alle vier Reifen drücken sich platt an das Pflaster. Ich verstehe nicht. Ich habe diese Reifen erst vor ein paar Monaten gekauft. Wenn ich tanke, überprüfe ich immer den Luftdruck, und ich habe erst vor drei Tagen getankt. Ich weiß nicht, warum sie platt sind. Ich habe nur ein Reserverad, und ich habe zwar eine Fußpumpe im Auto, weiß aber, dass ich drei Reifen nicht schnell genug aufpumpen kann. Ich werde zu spät zur Arbeit kommen. Mr. Crenshaw wird wütend sein. Schon jetzt läuft mir der Schweiß über die Rippen.

»Was ist los, Kumpel?« Das ist Danny Bryce, der Polizist, der hier wohnt.

»Meine Reifen sind platt«, sage ich. »Ich weiß nicht, warum. Ich habe gestern noch die Luft geprüft.«

Er kommt näher. Er ist in Uniform. Er riecht nach Pfefferminz und Zitrone, und seine Uniform riecht wie eine Wäscherei. Seine Schuhe glänzen. Er hat ein Namensschild auf seinem Uniformhemd, auf dem in kleinen schwarzen Buchstaben Danny Bryce steht.

»Jemand hat sie zerstochen«, sagt er. Er klingt ernst, aber nicht böse.

»Sie zerstochen?« Ich habe über so etwas gelesen, aber es ist mir noch nie passiert. »Warum denn?«

»Aus Mutwillen«, sagt er und beugt sich vor, um den Schaden zu betrachten. »Ja. Definitiv Vandalismus.« Er blickt auf die anderen Autos. Ich auch. Keins von ihnen hat platte Reifen, abgesehen von einem Reifen des alten Wohnwagens, der dem Hauseigentümer gehört, und der ist schon seit langer Zeit platt. »Und Ihr Auto ist das einzige. Ist jemand sauer auf Sie?«

»Nein, niemand ist sauer auf mich. Ich habe heute auch noch niemanden gesehen. Mr. Crenshaw wird bestimmt wütend auf mich sein«, sage ich. »Ich komme zu spät zur Arbeit.«

»Erzählen Sie ihm einfach, was passiert ist«, antwortet Danny Bryce.

Mr. Crenshaw wird trotzdem wütend sein, denke ich, aber das sage ich nicht laut. Widersprich nie einem Polizisten.

»Ich melde das für Sie«, sagt er. »Sie schicken jemanden heraus...«

»Ich muss zur Arbeit«, erwidere ich. Ich spüre, wie ich immer mehr schwitze. Ich kann nicht denken, was ich als erstes tun soll. Ich kenne den Busfahrplan nicht, weiß jedoch, wo die Haltestelle ist. Ich muss einen Busfahrplan finden. Ich sollte im Büro anrufen, aber ich kenne niemanden, der jetzt schon da ist.

»Wir sollten wirklich Anzeige erstatten«, sagt er. Sein Gesicht hat er in ernste Falten gelegt. »Sie können doch bestimmt Ihren Chef anrufen und Bescheid sagen...«

Ich kenne Mr. Crenshaws Durchwahl auf der Arbeit gar nicht. Ich glaube, wenn ich ihn anrufe, schreit er mich doch nur an. »Ich rufe ihn danach an«, sage ich.

Es dauert nur sechzehn Minuten, und dann ist ein Streifenwagen da. Danny Bryce bleibt bei mir, statt zur Arbeit zu gehen. Er sagt nicht viel, aber mir ist wohler, dass er dabei ist. Ein Mann in brauner Hose und brauner Sportjacke steigt aus dem Polizeiwagen. Er hat kein Namensschild. Mr. Bryce tritt ans Auto, und ich höre, wie der andere Mann Dan zu ihm sagt.

Mr. Bryce und der Beamte, der gekommen ist, reden miteinander; sie blicken zu mir und dann wieder weg. Was sagt Mr. Bryce über mich? Mir ist kalt; es fällt mir schwer, meinen Blick zu fokussieren. Als sie auf mich zukommen, scheinen sie sich in kleinen Sprüngen zu bewegen, als ob das Licht hüpfen würde.

»Lou, das ist Officer Stacy«, sagt Mr. Bryce und lächelt mich an. Officer Stacy ist kleiner als Mr. Bryce und dünner; er hat glänzende schwarze Haare, die nach etwas Süßem, Öligem riechen.

»Mein Name ist Lou Arrendale«, sage ich. Meine Stimme klingt seltsam. So klingt sie immer, wenn ich Angst habe.

»Wann haben Sie Ihr Auto zum letzten Mal gesehen?«, fragt er.

»Um einundzwanzig Uhr siebenundvierzig gestern Abend«, antworte ich.

Er blickt mich an, dann gibt er etwas in seinen Handcomputer ein.

»Parken Sie immer auf demselben Platz?«

»Ja«, sage ich. »Aber die Parkplätze sind nicht nummeriert, und manchmal steht jemand anderer darauf, wenn ich von der Arbeit komme.«

»Sie sind gestern Abend um einundzwanzig Uhr« – er blickt auf seinen Handcomputer – »siebenundvierzig von der Arbeit gekommen?«

»Nein, Sir«, antworte ich. »Ich bin um siebzehn Uhr zweiundfünfzig von der Arbeit nach Hause gekommen, und dann bin ich ...« Ich will nicht sagen, dass ich zum Fechtunterricht gegangen bin. Vielleicht denkt er ja, Fechten sei nicht in Ordnung. »... zum Haus eines Freundes gefahren«, sage ich stattdessen.

»Besuchen Sie diesen Freund oft?«

»Ja. Jede Woche.«

»Waren auch andere Leute dort?«

Natürlich waren dort auch andere Leute. Warum sollte ich jemanden besuchen, wenn außer mir keiner da wäre? »Meine Freunde, die in diesem Haus wohnen, waren da«, sage ich. »Und ein paar Leute, die nicht in diesem Haus wohnen.«

Er wirft Mr. Bryce einen Blick zu. Ich weiß nicht, was dieser Blick bedeutet. »Äh ... kennen Sie diese anderen Leute? Die nicht in dem Haus wohnen? War es eine Party?«

Zu viele Fragen. Ich weiß nicht, welche ich zuerst beantworten soll. *Diese anderen Leute?* Meint er die Leute bei Tom und Lucia, die nicht Tom und Lucia sind? *Die nicht in dem Haus wohnen?* Die meisten Leute wohnen nicht in dem Haus.

»Es war keine Party«, sage ich, weil das die Frage ist, die am leichtesten zu beantworten ist.

»Ich weiß, dass Sie jeden Mittwochabend ausgehen«, sagt Mr. Bryce. »Manchmal haben Sie eine Sporttasche dabei – ich dachte, dass Sie vielleicht zum Training gehen.«

Wenn sie mit Tom oder Lucia sprechen, werden sie vom Fechten erfahren. Ich werde es ihnen jetzt sagen müssen. »Es ist ... es ist F-F-Fechtunterricht«, sage ich. Ich hasse es, wenn ich stottere.

»Fechten? Ich habe Sie nie mit einem Degen gesehen«, sagt Mr. Bryce. Er klingt überrascht und interessiert.

»Ich ... ich bewahre meine Sachen bei meinen Freunden im Haus auf«, antworte ich. »Sie sind meine Lehrer. Ich möchte solche Waffen nicht in meinem Auto oder meiner Wohnung haben.«

»Sie sind also zum Haus eines Freundes zum Fechtunterricht gefahren«, sagt der andere Polizist. »Und wie lange machen Sie das schon?«

»Seit fünf Jahren«, antworte ich.

»Also würde jemand, der sich an Ihrem Auto zu schaffen machen will, das wissen? Er würde wissen, wo Sie mittwochabends sind?«

»Vielleicht ...« Das glaube ich eigentlich nicht. Ich glaube, jemand, der mein Auto beschädigen möchte, würde zwar wissen, wo ich wohne, aber nicht, wo ich hinfahre.

»Kommen Sie mit diesen Leuten gut aus?«, fragt der Beamte.

»Ja.« Ich finde, das ist eine dumme Frage; ich würde doch nicht dort hingehen, wenn sie nicht nett wären.

»Wir brauchen den Namen und die Telefonnummer.«

Ich sage ihm Toms und Lucias Namen und ihre Telefonnummer. Ich verstehe nicht, warum er das braucht, schließlich wurde das Auto nicht vor Toms und Lucias Haus beschädigt, sondern hier.

»Wahrscheinlich waren es nur Vandalen«, sagt der Polizist. »In dieser Gegend hier war es eine Zeit lang ruhig, aber drüben, auf der anderen Seite des Broadway, gab es eine ganze Menge aufgeschlitzte Reifen und zerbrochene Windschutzscheiben. Vermutlich hat irgend so ein Kerl mal woanders Ärger machen wollen und ist hierher gekommen. Und dann hat ihn jemand überrascht, bevor er sich über die anderen Autos hermachen konnte.« Er wandte sich an Mr. Bryce. »Sag mir Bescheid, wenn sonst noch etwas passiert, okay?«

»Klar.«

Der Handcomputer des Beamten summt und bringt einen Streifen Papier hervor. »Hier – die Anzeige, Nummer des Falls, der ermittelnde Beamte, alles was Sie für die Versicherung brauchen.« Er reicht mir das Blatt Papier. Ich komme mir dumm vor; ich habe keine Ahnung, was ich damit machen soll. Er wendet sich ab.

Mr. Bryce blickt mich an. »Lou, wissen Sie, wen Sie wegen der Reifen anrufen müssen?«

»Nein...« Ich mache mir mehr Sorgen wegen der Arbeit als über die Reifen. Wenn ich kein Auto habe, kann ich mit öffentlichen Verkehrsmitteln fahren, aber wenn ich meinen Job verliere, weil ich schon wieder zu spät komme, habe ich gar nichts mehr.

»Sie müssen Ihrer Versicherung Bescheid sagen, und dann müssen Sie jemanden kommen lassen, der die Reifen auswechselt.«

Es wird teuer sein, die Reifen auszuwechseln, und ich weiß nicht, wie ich auf vier platten Reifen mit dem Auto zur Werkstatt fahren soll.

»Brauchen Sie Hilfe?«

Es wäre mir am liebsten, wenn es ein anderer Tag wäre; wenn ich in meinem Auto säße und pünktlich zur Arbeit käme. Ich weiß nicht, was ich sagen soll; ich brauche nur Hilfe, weil ich nicht weiß, was ich tun soll. Ich würde so gern wissen, was ich tun soll, damit ich keine Hilfe bräuchte.

»Wenn Sie noch nie einen Schaden bei der Versicherung melden mussten, dann kann das sehr verwirrend sein. Aber ich will mich nicht einmischen.« Ich verstehe Mr. Bryces Gesichtsausdruck nicht ganz. Ein Teil seines Gesichts sieht ein bisschen traurig aus, aber ein anderer Teil wirkt eher ärgerlich.

»Ich habe noch nie einen Schaden bei der Versicherung gemeldet«, sage ich. »Ich muss erst lernen, wie man einen Schaden bei der Versicherung meldet.«

»Lassen Sie uns nach oben in Ihre Wohnung gehen«, sagt er. »Ich kann es Ihnen erklären.«

Einen Moment lang kann ich mich weder bewegen noch

sprechen. Ich soll jemand in meine Wohnung lassen? In meinen privaten Raum? Aber ich muss wissen, was ich tun soll. Er weiß, was ich tun muss. Er versucht mir zu helfen. Das habe ich nicht von ihm erwartet.

Ohne etwas zu sagen, gehe ich auf das Haus zu. Nach ein paar Schritten fällt mir ein, dass ich etwas hätte sagen müssen. Mr. Bryce steht immer noch neben meinem Auto. »Das ist nett«, sage ich. Ich glaube nicht, dass es der richtige Satz ist, aber Mr. Bryce scheint ihn zu verstehen, denn er folgt mir.

Meine Hände zittern, als ich die Wohnungstür aufschließe. Alles Heitere verschwindet durch die Wände und aus den Fenstern, und auf einmal ist die Wohnung voller Spannung und Angst. Ich schalte mein System ein und gehe rasch ins Unternehmensnetz. Als der Ton angeht, kommt das Mozartstück, das ich letzte Nacht angelassen habe, und ich drehe es leiser. Ich brauche die Musik, aber ich weiß nicht, was Mr. Bryce davon hält.

»Hübsch hier«, sagt Mr. Bryce hinter mir. Ich zucke ein wenig zusammen, obwohl ich doch weiß, dass er da ist. Er tritt zur Seite, wo ich ihn sehen kann. So ist es ein bisschen besser. Er beugt sich vor. »Nun, Sie müssen jetzt...«

»Ich muss erst meinem Abteilungsleiter sagen, dass ich zu spät komme«, sage ich. »Das muss ich als erstes tun.«

Ich muss Mr. Aldrins E-Mail-Adresse auf der Website des Unternehmens nachschauen. Ich habe ihm noch nie von außerhalb gemailt. Da ich nicht weiß, wie ich es erklären soll, fasse ich mich kurz:

Ich komme zu spät, weil heute morgen alle Reifen meines Autos zerstochen und platt waren und die Polizei da war. Ich komme, so schnell ich kann.

Mr. Bryce schaut nicht auf den Bildschirm, während ich schreibe; das ist gut. Ich gehe wieder ins öffentliche Netz. »Ich habe ihm Bescheid gesagt«, sage ich.

»Okay, dann melden wir jetzt den Schaden Ihrer Versicherung. Wenn Sie hier am Ort eine Agentur haben, beginnen wir dort – der Agent oder das Unternehmen werden schon eine Website haben.«

Ich suche bereits. Eine örtliche Agentur gibt es nicht. Die Website des Unternehmens erscheint, und ich navigiere rasch durch »Kundendienst«, »Kfz-Versicherung« und »Schadensmeldungen«, bis ich zu einem Online-Formular gelange.

»Sie machen das gut«, sagt Mr. Bryce. Seine Stimme geht ein bisschen hoch, was bedeutet, dass er überrascht ist.

»Es ist sehr klar«, erwidere ich. Ich gebe meinen Namen und meine Adresse ein, hole meine Versicherungsnummer aus meinen persönlichen Unterlagen, gebe das Datum ein und markiere das »Ja«-Kästchen für »Schadensanzeige bei der Polizei«.

Andere Kästchen verstehe ich nicht. »Das ist die Nummer der Anzeige«, sagt Mr. Bryce und zeigt auf das Papier, das der Beamte mir gegeben hat. »Und das ist die Codenummer des ermittelnden Beamten, die Sie *dort* eingeben müssen, und seinen Namen *hier*.« Ich merke, dass er mir das, was ich selber gewusst habe, nicht erklärt. Er scheint zu verstehen, was ich kann und was nicht. Ich schreibe »in Ihren eigenen Worten« einen Bericht dessen, was passiert ist, obwohl ich es nicht gesehen habe. Ich habe mein Auto über Nacht auf dem Parkplatz abgestellt, und am Morgen waren alle vier Reifen platt. Mr. Bryce sagt, das reicht aus.

Nachdem ich den Schaden bei der Versicherung gemeldet habe, muss ich jemanden finden, der meine Reifen auswechselt.

»Ich kann Ihnen nicht sagen, wen Sie anrufen sollen«, erklärt Mr. Bryce. »Wir hatten letztes Jahr Probleme damit, und Leute haben die Polizei beschuldigt, sie würden von Kfz-Werkstätten geschmiert.« Ich weiß nicht, was »geschmiert« bedeutet.

Ms. Tomasz, die Hausverwalterin, hält mich an, als wir

wieder nach unten gehen, und sagt, sie kennt jemanden, der mein Auto reparieren kann. Sie gibt mir eine Telefonnummer. Ich weiß nicht, woher sie weiß, was mir passiert ist, aber Mr. Bryce scheint nicht überrascht zu sein, dass sie es weiß. Er benimmt sich so, als sei es ganz normal. Hat sie vielleicht gehört, wie wir auf dem Parkplatz miteinander geredet haben? Der Gedanke bereitet mir Unbehagen.

»Und ich kann Sie nur zum Busbahnhof fahren«, sagt Mr. Bryce. »Sonst komme ich selber zu spät zur Arbeit.«

Ich wusste nicht, dass er nicht jeden Tag mit dem Auto zur Arbeit fährt. Es ist nett von ihm, mich mitzunehmen. Er benimmt sich wie ein Freund. »Danke, Mr. Bryce«, sage ich.

Er schüttelt den Kopf. »Ich habe es Ihnen doch schon gesagt: Nennen Sie mich Danny, Lou. Wir sind Nachbarn.«

»Danke, Danny«, sage ich.

Er lächelt mich an, nickt kurz und schließt seine Autotüren auf. Sein Auto ist innen sehr sauber, wie meines, aber ohne Fell auf dem Sitz. Er schaltet seine Stereoanlage ein; sie hämmert laut und bringt mich innerlich zum Beben. Ich mag es nicht, aber ich möchte auch nicht zu Fuß zum Busbahnhof gehen.

Am Busbahnhof ist es überfüllt und laut. Es fällt mir schwer, ruhig zu bleiben und mich so zu konzentrieren, dass ich die Schilder lesen kann, auf denen steht, welches Ticket ich kaufen und an welcher Haltestelle ich mich anstellen muss.

[8]

Es ist ein seltsames Gefühl, den Campus vom Bus aus zu sehen und nicht auf den Parkplatz zu fahren. Statt dem Wachmann am Parkplatz meinen Ausweis zu zeigen, zeige ich ihn dem Wachmann am Haupteingang. Die meisten Leute aus dieser Schicht arbeiten schon, und der Wachmann mustert mich finster, bevor er mir mit einem Nicken die Anweisung gibt, weiterzugehen. Breite Bürgersteige, von Blumenbeeten gesäumt, führen zum Hauptgebäude. Die Blumen sind orange und gelb mit bauschigen Blüten; die Farbe scheint in der Sonne zu schimmern. Am Eingang muss ich meinen Ausweis einem weiteren Wachmann zeigen.

»Warum parken Sie nicht dort, wo Sie immer parken?«, fragt er. Er klingt ärgerlich.

»Jemand hat mir die Reifen zerstochen«, antworte ich.

»So was Blödes«, sagt er. Sein Gesicht sackt herunter; seine Augen wandern wieder zu seinem Schreibtisch. Vielleicht ist er enttäuscht darüber, dass er sich über nichts ärgern kann.

»Was ist der kürzeste Weg von hier zum Gebäude einundzwanzig?«, frage ich.

»Durch dieses Gebäude hindurch, hinter der Fünfzehn rechts abbiegen, dann vorbei am Brunnen mit der nackten Frau auf dem Pferd. Von dort können Sie den Parkplatz sehen.« Er blickt noch nicht einmal auf.

Ich gehe durch das Hauptgebäude mit seinem hässlichen grünen Marmorfußboden und dem unangenehm starken Geruch nach Zitrone, und dann wieder hinaus ins helle Sonnenlicht. Es ist schon viel heißer als heute früh. Die Gehwege liegen im Sonnenschein. Hier gibt es keine Blumenbeete; Gras wächst durch das Pflaster.

Als ich an unserem Gebäude ankomme und meine Kennkarte ins Türschloss stecke, schwitze ich. Ich kann mich riechen. Es ist kein guter Geruch. Im Gebäude ist es kühl und dämmerig, und ich kann mich entspannen. Die sanfte Farbe der Wände, das gleichmäßige Licht und das Nichtduften der kühlen Luft – all das beruhigt mich. Ich gehe direkt in mein Büro und schalte den Ventilator auf die höchste Stufe.

Mein Computer im Büro ist an, wie gewöhnlich, und auf dem Bildschirm sehe ich das blinkende Symbol für Nachrichten. Ich mache einen meiner Kreisel an und meine Musik – Bach, eine Orchesterfassung von *Schafe können sicher weiden* –, bevor ich mir die Nachricht auf den Monitor hole.

Rufen Sie sofort an, wenn Sie da sind. (Unterzeichnet) Mr. Crenshaw, Durchwahl 2313.

Ich greife nach dem Telefonhörer, aber das Telefon summt, bevor ich ihn in die Hand nehmen kann.

»Ich habe Ihnen doch gesagt, Sie sollen anrufen, sobald Sie im Büro sind«, sagt Mr. Crenshaws Stimme.

»Ich bin gerade erst gekommen«, erwidere ich.

»Sie sind vor zwanzig Minuten durchs Haupttor gekommen«, sagt er. Er klingt sehr ärgerlich. »Noch nicht einmal Sie brauchen zwanzig Minuten, um diese Strecke zurückzulegen.«

Ich müsste jetzt sagen, es tut mir leid, aber es tut mir nicht leid. Ich weiß nicht, wie lange ich für diese Strecke gebraucht habe, und ich weiß auch nicht, wie schnell ich hätte gehen können, wenn ich versucht hätte, schneller zu gehen. Es war viel zu heiß, um sich zu beeilen. Ich weiß nicht, was ich hätte anders machen können. Ich spüre, wie mein Nacken sich verspannt und heiß wird.

»Ich bin nicht stehen geblieben«, erwidere ich.

»Und was ist das mit dem Platten? Können Sie keinen Reifen wechseln? Sie kommen über zwei Stunden zu spät.«

»Vier Reifen«, erwidere ich. »Jemand hat alle vier Reifen zerstochen.«

»Vier! Ich hoffe, Sie haben Anzeige bei der Polizei erstattet«, sagt er.

»Ja«, erwidere ich.

»Sie hätten damit warten können bis nach der Arbeit«, sagt er. »Oder Sie hätten von der Arbeit aus anrufen können.«

»Der Polizist war da«, erwidere ich.

»Da? Hat denn jemand gesehen, wer Ihr Auto kaputt gemacht hat?«

»Nein...« Trotz der Ungeduld und Wut in seiner Stimme versuche ich, seine Worte zu interpretieren; sie klingen immer entfernter, wie irgendein unbedeutendes Gerede. Es fällt mir schwer, die richtige Antwort zu finden. »Der Polizist, der mit... der in meinem Haus wohnt. Er hat die platten Reifen gesehen und den anderen Polizisten gerufen. Er hat mir gesagt, was ich tun soll.«

»Er hätte Ihnen sagen sollen, dass Sie zur Arbeit gehen müssen«, sagt Crenshaw. »Es gab keinen Grund für Sie, dort zu bleiben. Sie wissen, dass Sie die Zeit nacharbeiten müssen.«

»Ich weiß.« Ich frage mich, ob er wohl auch die Zeit nacharbeiten muss, wenn ihn etwas aufhält. Ich frage mich, ob er wohl jemals auf dem Weg zur Arbeit einen Platten oder vier platte Reifen gehabt hat.

»Achten Sie darauf, dass Sie es nicht als Überstunden angeben«, sagt er und legt auf. Er hat nicht gesagt, es täte ihm leid, dass ich vier kaputte Reifen habe. Man sagt doch in einem solchen Fall für gewöhnlich »schlimm« oder »wie schrecklich«, aber obwohl er normal ist, hat er nichts dergleichen gesagt. Vielleicht tut es ihm ja auch nicht leid; vielleicht empfindet er kein Mitgefühl. Ich habe lernen müssen, konventionelle Dinge zu sagen, auch wenn ich sie nicht empfand, weil das dazugehört, wenn man sich *einfügt* und mit den anderen *zurechtkommt*. Hat jemals jemand von Mr. Crenshaw verlangt, sich einzufügen?

Eigentlich hätte ich jetzt Mittagspause, aber ich muss Zeit aufholen. Ich habe ein hohles Gefühl im Magen; aber als ich zur Teeküche gehe, fällt mir ein, dass ich gar nichts zum Essen dabeihabe. Ich habe es wahrscheinlich zu Hause liegen lassen, als ich noch einmal in meiner Wohnung war, um das Versicherungsformular auszufüllen.

Im Gebäude gibt es keinen Automaten, aus dem man etwas zu essen ziehen kann. Er wurde nie benutzt, und die Lebensmittel sind verdorben, deshalb wurde er abgeschafft. Das Unternehmen hat eine Kantine hinten am Campus, und im nächsten Gebäude gibt es einen Automaten. Aber das Essen in diesen Automaten ist grauenhaft. Wenn es ein Sandwich ist, klebt alles zusammen. Selbst wenn ich die Mayonnaise vom Brot kratze, bleiben der Geruch und der Geschmack auf dem Fleisch haften. Die süßen Sachen – Doughnuts und Kuchen – sind klebrig und hinterlassen eklige Schmierspuren, wenn man sie von den Tellern nimmt. Wenn ich daran denke, zieht sich mein Magen zusammen.

Ich würde ja wegfahren und etwas kaufen, obwohl wir zum Mittagessen das Gebäude für gewöhnlich nicht verlassen, aber mein Auto steht bei mir zu Hause, nutzlos auf seinen platten Reifen. Ich möchte auch nicht über den Campus gehen und in dem großen, von Lärm erfüllten Speisesaal essen, wo lauter Leute sitzen, die ich nicht kenne und die uns für seltsam und gefährlich halten. Ich weiß ja nicht mal, ob das Essen dort überhaupt besser wäre.

»Hast du dein Mittagessen vergessen?«, fragt Eric. Ich zucke zusammen. Bis jetzt habe ich noch mit keinem der anderen geredet.

»Jemand hat die Reifen an meinem Auto zerstochen«, sage

ich. »Ich bin zu spät gekommen. Mr. Crenshaw ist wütend auf mich. Ich habe mein Essen aus Versehen zu Hause gelassen.«

»Hast du Hunger?«

»Ja. Ich möchte nicht in die Kantine gehen.«

»Chuy geht in der Mittagspause einkaufen«, sagt Eric.

»Chuy möchte nicht, dass einer mit ihm fährt«, erklärt Linda.

»Ich kann mit Chuy reden«, sage ich.

Chuy ist einverstanden, mir etwas zum Essen mitzubringen. Er fährt nicht in einen Lebensmittelladen, deshalb muss ich etwas essen, das er mir leicht besorgen kann. Er kommt mit Äpfeln und einem Würstchen im Brötchen zurück. Äpfel mag ich, aber Wurst nicht. Ich mag die kleinen, gemischten Teilchen darin nicht. Es schmeckt aber nicht so schlecht, wie ich erwartet hatte, und außerdem habe ich Hunger, also esse ich es und denke nicht weiter darüber nach.

Es ist sechzehn Uhr sechzehn, als mir einfällt, dass ich noch niemanden angerufen habe, um die Reifen an meinem Auto wechseln zu lassen. Ich rufe das Branchenbuch auf und drucke die Nummern der Werkstätten aus. Dahinter steht auch immer, wo sie liegen, deshalb beginne ich mit denen, die meiner Wohnung am nächsten sind. Aber einer nach dem anderen sagt mir, heute sei es schon zu spät, um noch etwas zu machen.

»Am schnellsten geht es«, sagt einer von ihnen, »wenn Sie sich vier komplette Räder kaufen und sie selber montieren.« Aber es würde viel Geld kosten, vier neue Reifen und Räder zu kaufen, und ich weiß nicht, wie ich sie nach Hause bekommen sollte. Ich möchte Chuy nicht schon wieder um einen Gefallen bitten.

Es ist wie die Denksportaufgabe mit dem Mann, dem Huhn, der Katze und einem Sack voll Futter auf einer Seite des Flusses und einem Boot, in das nur zwei passen. Jetzt muss der Mann alle auf die andere Seite bringen, ohne die Katze und das Huhn oder das Huhn und den Sack voll Futter allein zu lassen. Ich habe vier zerstochene Reifen und ein Reserverad. Wenn ich das Reserverad montiere, brauche ich nur noch drei neue Reifen. Wenn ich ein kaputtes Rad zum Reifenhändler rolle, können sie einen neuen Reifen aufziehen. Ich kann ihn zurückrollen und montieren, und dann den nächsten kaputten Reifen zum Händler rollen. Das muss ich drei Mal machen, und dann habe ich vier ganze Reifen am Auto und kann wieder fahren.

Der nächste Reifenhändler ist eine Meile entfernt. Ich weiß nicht, wie lange ich brauche, um den platten Reifen dorthin zu rollen, aber das ist die einzige Lösung, die mir einfällt. Auf die Schnellstraße würden sie mich mit einem Reifen nie lassen, selbst wenn es die richtige Richtung ist.

Der Reifenhändler hat bis neun Uhr geöffnet. Wenn ich heute Abend zwei Stunden länger arbeite und um acht zu Hause bin, kann ich bestimmt mit einem Reifen noch rechtzeitig hinkommen. Und wenn ich morgen pünktlich das Büro verlasse, könnte ich zwei weitere schaffen.

Um neunzehn Uhr dreiundvierzig bin ich zu Hause. Ich schließe den Kofferraum meines Autos auf und wuchte das Reserverad heraus. Ich habe in der Fahrschule gelernt, wie man einen Reifen wechselt, habe es aber noch nie selbst gemacht. In der Theorie ist es einfach, aber es dauert länger, als mir lieb ist. Den Wagenheber anzusetzen ist schwer, und das Auto geht nicht schnell hoch. Das vordere Ende drückt schwer auf die Reifen. Ich bin außer Atem und schwitze heftig, als ich das Rad endlich abhabe und das Reserverad aufmontiere. Man muss darauf achten, in welcher Reihenfolge die Schrauben angezogen werden, aber ich kann mich nicht mehr genau erinnern. Ms. Melton sagte, es sei wichtig, es richtig zu machen. Mittlerweile ist es schon nach acht, und das Licht wird an den Rändern dunkel.

»Hey...«

Erschrocken fahre ich hoch. Zuerst erkenne ich die Stimme nicht und auch nicht die dunkle, untersetzte Gestalt, die auf mich zukommt.

»Oh – Sie sind das, Lou. Ich dachte, es sei womöglich der Kerl, der Ihr Auto kaputt gemacht hat. Haben Sie sich einen Satz neue Reifen gekauft?«

Es ist Danny. Ich spüre, wie mir vor Erleichterung die Knie schlottern. »Nein. Das ist das Reserverad. Ich will den platten Reifen zum Reifenhändler bringen, damit sie einen neuen aufziehen. Morgen schaffe ich dann den Rest.«

»Aber Sie hätten doch jemanden kommen lassen können, damit er Ihnen alle vier Reifen wechselt. Warum machen Sie es denn so kompliziert?«

»Sie hätten es erst morgen oder übermorgen machen können, haben sie gesagt. Und einer hat gemeint, ich solle die Reifen selber wechseln, wenn ich es schneller gemacht haben wollte. Deshalb habe ich es mir überlegt. Und dann fiel mir mein Reserverad ein, und ich habe überlegt, wie ich Geld und Zeit sparen könnte, und beschloss anzufangen, als ich nach Hause kam...«

»Sie sind gerade erst nach Hause gekommen?«

»Ich bin heute früh zu spät zur Arbeit gekommen, und deswegen habe ich Überstunden gemacht. Mr. Crenshaw war sehr ärgerlich.«

»Ja, aber... es wird trotzdem einige Tage dauern. Und der Laden macht in weniger als einer Stunde zu. Wollten Sie ein Taxi nehmen?«

»Ich werde das Rad rollen«, sage ich. Das Rad mit dem platten Reifen scheint mich spöttisch anzugrinsen. Es war schon schwer genug, ihn zur Seite zu rollen.

»Zu Fuß?« Danny schüttelt den Kopf. »Das schaffen Sie nie. Wir legen ihn besser in mein Auto, und ich fahre Sie schnell hin. Echt schade, dass wir nicht zwei mitnehmen können... Obwohl, das können wir eigentlich.«

»Ich habe keine zwei Reserveräder«, sage ich.

»Sie können meins nehmen«, sagt er. »Wir haben die gleiche Reifengröße.« Das wusste ich nicht. Wir haben unterschiedliche Automarken und nicht alle haben die gleiche Reifengröße. »Und denken Sie daran, die Radmuttern immer über Kreuz anzuziehen, ja?«

Bei seinen Worten weiß ich wieder genau, was Ms. Melton gesagt hat. Es ist ein Muster, ein einfaches Muster. Ich mag symmetrische Muster. Als ich fertig bin, kommt Danny mit seinem Reserverad. Er blickt auf die Uhr.

»Wir müssen uns beeilen«, sagt er. »Macht es Ihnen etwas aus, wenn ich das montiere? Ich bin daran gewöhnt...«

»Nein, es macht mir nichts aus«, erwidere ich. Das ist nicht die ganze Wahrheit. Wenn er recht hat und ich heute Abend zwei Reifen austauschen kann, dann ist das eine große Hilfe, aber er drängt sich in mein Leben und gibt mir das Gefühl, langsam und dumm zu sein. Das macht mir etwas aus. Andererseits benimmt er sich wie ein Freund und hilft mir. Es ist wichtig, dass man für Hilfe dankbar ist.

Um 20.21 Uhr sind beide Reserveräder hinten an meinem Wagen montiert; er sieht komisch aus mit den platten Reifen vorne und den heilen hinten. Die beiden zerstochenen Reifen haben wir in den Kofferraum von Dannys Auto gelegt, und ich sitze neben ihm. Wieder schaltet er die Stereoanlage ein und hämmerndes Wummern dröhnt durch meinen Körper. Ich möchte am liebsten aus dem Wagen springen; es ist viel zu viel Geräusch und vor allem das falsche. Er redet, aber ich kann ihn nicht verstehen, weil seine Stimme mit dem Krach kollidiert.

Als wir beim Reifenhändler ankommen, helfe ich ihm, die Räder mit den platten Reifen in den Laden zu schaffen. Der Verkäufer hat beinahe keinen Ausdruck im Gesicht. Noch ehe ich erklären kann, was ich will, schüttelt er den Kopf.

»Es ist zu spät«, sagt er. »Wir können die Reifen jetzt nicht mehr wechseln.«

»Sie haben bis neun Uhr auf«, erwidere ich.

»Hier an der Rezeption, ja. Aber wir wechseln so spät keine Reifen mehr.« Er blickt zur Tür der Werkstatt, wo ein schlaksiger Mann in dunkelblauer Hose und braunem Hemd mit einem Flicken darauf sich gerade die Hände an einem roten Lappen abwischt.

»Aber ich konnte nicht früher herkommen«, sage ich. »Und Sie haben bis neun geöffnet.«

»Hören Sie, Mister«, sagt der Angestellte. Einer seiner Mundwinkel hat sich nach oben verzogen, aber es ist kein Lächeln, noch nicht einmal ein halbes. »Ich habe Ihnen doch gesagt – Sie kommen zu spät. Wenn wir jetzt noch Reifen aufziehen würden, wären wir bis nach neun Uhr beschäftigt. Ich wette, *Sie* würden auch nicht länger arbeiten, nur um eine Arbeit fertig zu machen, die irgendein Idiot Ihnen in der letzten Minute aufdrückt.«

Ich öffne den Mund, um ihm zu sagen, dass ich doch Überstunden machen würde, und dass ich gerade heute länger gearbeitet habe und deshalb so spät erst hier bin, aber in diesem Moment tritt Danny vor. Der Mann am Empfang richtet sich plötzlich auf und wirkt alarmiert. Danny blickt jedoch auf den Mann an der Tür.

»Hallo, Fred«, sagt er mit einer fröhlichen Stimme, als ob er gerade einen Freund getroffen habe. Aber darunter liegt eine andere Stimme. »Wie läuft es denn so?«

»Äh ... gut, Mr. Bryce. Ich bleibe sauber.«

Er sieht nicht sauber aus. Er hat schwarze Flecken auf den Händen und schmutzige Fingernägel. Auf seiner Hose und seinem Hemd sind auch schwarze Flecken.

»Das ist schön, Fred. Hör mal – meinem Freund hier haben sie letzte Nacht das Auto kaputt gemacht. Er musste heute Überstunden machen, weil er deswegen zu spät zur Arbeit gekommen ist. Ich hatte echt gehofft, ihr könntet ihm helfen.«

Der Mann an der Tür blickt den Mann am Empfang an. Beide ziehen die Augenbrauen hoch. Der Mann am Empfang zuckt mit den Schultern. »Dann musst du eben abschließen«, sagt er. Und zu mir: »Ich nehme an, Sie wissen, was für Reifen Sie möchten?«

Ich weiß es. Ich habe erst vor wenigen Monaten hier Reifen gekauft, deshalb weiß ich, was ich sagen muss. Er schreibt die Nummern und den Typ auf und reicht den Zettel dem anderen Mann – Fred –, der nickt und zu mir kommt, um mir die Räder abzunehmen.

Es ist 21.07 Uhr, als Danny und ich mit den beiden ganzen Rädern wieder gehen. Fred rollt sie zu Dannys Auto und wuchtet sie in den Kofferraum. Ich bin sehr müde. Ich weiß nicht, warum Danny mir hilft. Mir gefällt der Gedanke nicht, dass sein Reserverad an meinem Auto ist; es fühlt sich falsch an, wie ein Stück Fisch in einem Rindfleischeintopf. Als wir wieder auf dem Parkplatz am Haus sind, hilft er mir, die beiden neuen Räder vorne an meinem Auto zu montieren und die zerstochenen Reifen in meinen Kofferraum zu packen. Erst da wird mir klar, dass ich am nächsten Morgen mit dem Auto zur Arbeit fahren und Mittags die beiden zerstochenen Reifen austauschen kann.

»Danke«, sage ich. »Jetzt kann ich wieder fahren.«

»Ja, das können Sie«, sagt Danny. Er lächelt, und es ist ein echtes Lächeln. »Und ich habe einen Vorschlag: Stellen Sie Ihr Auto heute Nacht woanders hin. Nur für den Fall, dass der Kerl noch mal kommt. Parken Sie hinter dem Haus. Ich installiere eine Alarmanlage; wenn jemand es berührt, geht eine Sirene los.«

»Das ist eine gute Idee«, sage ich. Ich bin so müde, dass ich kaum sprechen kann. »Vielen Dank.«

»*Por nada*«, sagt Danny. Er winkt und geht ins Haus.

Ich steige in mein Auto. Es riecht ein bisschen staubig, aber der Sitz fühlt sich richtig an. Ich zittere am ganzen Leib. Ich schalte den Motor ein und dann die Musik – die *richtige* Musik –, setze langsam aus der Parklücke zurück, drehe das Lenkrad und fahre an den anderen Autos vorbei zu dem Platz, den Danny vorgeschlagen hat. Es ist neben seinem Auto.

Es fällt mir schwer einzuschlafen, obwohl – oder vielleicht weil – ich so müde bin. Mein Rücken und meine Beine schmerzen. Ich denke immer, ich höre etwas, und schrecke hoch. Schließlich stelle ich meine Musik an – wieder Bach – und schlafe bei dem sanften Wellenklang schließlich ein.

Viel zu schnell ist es Morgen, aber ich springe auf und dusche noch einmal. Ich laufe nach unten und sehe mein Auto nicht. Mir wird kalt, bis mir auf einmal einfällt, dass es ja nicht auf seinem gewohnten Platz steht. Ich gehe um die Ecke des Hauses und finde es. Es sieht gut aus. Dann gehe ich wieder hinein, frühstücke und packe mein Mittagessen ein. Auf der Treppe treffe ich Danny.

»Ich lasse die Reifen heute Mittag auswechseln«, sage ich zu ihm. »Sie bekommen Ihr Reserverad heute Abend wieder.«

»Das hat keine Eile«, erwidert er. »Ich muss heute sowieso nicht Auto fahren.«

Ich frage mich, ob er das auch so meint. Als er mir geholfen hat, hat er es so gemeint. Aber ich mache es auf jeden Fall, weil mir sein Reserverad nicht gefällt; es passt nicht, weil es nicht mir gehört.

Als ich fünf Minuten zu früh zur Arbeit komme, stehen Mr. Crenshaw und Mr. Aldrin auf dem Flur und reden miteinander. Mr. Crenshaw blickt mich an. Seine Augen wirken hart und glänzend; es fühlt sich nicht gut an, aber ich versuche trotzdem, Blickkontakt zu halten.

»Heute keinen Platten, Arrendale?«

»Nein, Mr. Crenshaw«, sage ich.

»Hat die Polizei den Täter gefunden?«

»Ich weiß nicht.« Ich möchte in mein Büro gehen, aber er steht mitten im Weg, und ich müsste mich an ihm vorbeidrängen. Es ist nicht höflich, so etwas zu tun.

»Wer ist der ermittelnde Beamte?«, fragt Mr. Crenshaw.

»Ich kann mich an seinen Namen nicht erinnern, aber ich habe seine Karte«, sage ich und ziehe meine Brieftasche heraus.

Mr. Crenshaws Schultern zucken, und er schüttelt den Kopf. Die kleinen Muskeln an seinen Augen haben sich zusammengezogen. »Machen Sie sich keine Mühe«, sagt er. Dann wendet er sich zu Mr. Aldrin. »Kommen Sie, wir gehen in mein Büro und besprechen das.« Er dreht sich weg und Mr. Aldrin folgt ihm. Jetzt kann ich in mein Büro gehen.

Ich weiß nicht, warum Mr. Crenshaw nach dem Namen des Polizisten gefragt und dann doch nicht auf seine Karte geschaut hat. Ich würde mir das gern von Mr. Aldrin erklären lassen, aber auch er ist weggegangen. Ich weiß nicht, warum Mr. Aldrin, der doch normal ist, so hinter Mr. Crenshaw herläuft. Hat er Angst vor Mr. Crenshaw? Haben normale Leute vor anderen solche Angst? Und wenn das der Fall ist, was hat es dann für einen Vorteil, normal zu sein? Mr. Crenshaw hat gesagt, wenn wir uns behandeln ließen und normal würden, würden wir mit anderen Leuten leichter zurechtkommen, aber ich frage mich, was er mit »zurechtkommen« meint. Vielleicht möchte er ja, dass jeder so ist wie Mr. Aldrin und hinter ihm herläuft.

Ich verdränge den Gedanken und setze mich an mein Projekt.

Am Mittag fahre ich mit den Reifen zu einem anderen Reifenhändler in der Nähe des Campus und lasse sie zum Reparieren dort. Ich habe die Größe und die Art von Reifen, die ich möchte, aufgeschrieben und reiche den Zettel der Angestellten an der Empfangstheke. Sie ist ungefähr in meinem Alter, mit kurzen, dunklen Haaren; sie trägt eine braune Bluse mit einem gestickten Schild, auf dem steht »*Kundendienst*«.

»Danke«, sagt sie. Sie lächelt mich an. »Sie würden nicht glauben, wie viele Leute hier hereinkommen und keine Ahnung haben, welche Reifengröße sie brauchen. Sie versuchen dann die Größe mit den Händen zu zeigen.«

»Es ist doch leicht, es aufzuschreiben«, sage ich.

»Ja, aber daran denken sie nicht. Wollen Sie warten oder später wiederkommen?«

»Ich komme später wieder«, sage ich. »Wie lange haben Sie auf?«

»Bis neun. Sie können auch morgen kommen.«

»Ich komme vor neun«, sage ich. Sie zieht meine Bankkarte durch die Maschine und schreibt auf den Auftrag »Bereits bezahlt«.

»Hier ist Ihre Kopie«, sagt sie. »Verlieren Sie sie nicht – obwohl, jemand, der so schlau ist, seine Reifengröße aufzuschreiben, ist wahrscheinlich auch schlau genug, um seinen Auftrag nicht zu verlieren.«

Als ich zum Auto zurückgehe, atme ich leichter. Bei Begegnungen wie dieser ist es einfach, den Leuten vorzumachen, ich sei normal. Wenn die andere Person gern redet, so wie diese Frau, ist es einfacher. Dann brauche ich nur ein paar Worte einzuwerfen und zu lächeln, und alles ist geregelt.

Mr. Crenshaw steht wieder bei uns auf dem Korridor, als ich drei Minuten vor dem offiziellen Ende der Mittagspause zurückkomme. Sein Gesicht zuckt, als er mich sieht. Ich weiß nicht, warum. Er dreht sich auf der Stelle um und geht weg. Er redet nicht mit mir. Manchmal sind Leute wütend, wenn sie nicht sprechen, aber ich weiß nicht, was ich getan habe, um ihn wütend zu machen. Ich bin zwei Mal zu spät gekommen, aber beide Male war es nicht meine Schuld. Ich habe den Verkehrsunfall nicht verursacht, und ich habe auch nicht meine Reifen zerstochen.

Es fällt mir schwer, mich auf die Arbeit zu konzentrieren.

Um 19.00 Uhr bin ich zu Hause, wieder mit meinen eigenen vier Reifen. Dannys Reserverad liegt neben meinem in meinem Kofferraum. Ich beschließe, neben Dannys Auto zu parken, obwohl ich nicht weiß, ob er zu Hause ist. Wenn die Wagen nahe nebeneinander stehen, ist es leichter, das Reserverad umzuladen.

Ich klopfe an seine Tür. »Ja?« Seine Stimme.

»Ich bin es, Lou Arrendale«, sage ich. »Ich habe Ihr Reserverad in meinem Kofferraum.«

Seine Schritte kommen auf die Tür zu. »Lou, ich habe Ihnen doch gesagt, es hat keine Eile. Aber trotzdem danke.« Er öffnet die Tür. Er hat den gleichen vielfarbigen braun/beige/rostfarbenen Teppich auf dem Boden wie ich, obwohl ich über meinen etwas drübergelegt habe, weil er mir in den Augen schmerzt. Er hat einen großen, dunkelgrauen Videoschirm; die Lautsprecher sind blau und passen nicht dazu. Seine Couch ist braun mit kleinen, dunklen Quadraten auf dem Braun; das Muster ist regelmäßig, aber es beißt sich mit dem Teppich. Eine junge Frau sitzt auf der Couch; sie hat eine gelb, grün und weiß gemusterte Bluse an, die sich sowohl mit dem Teppich als auch mit der Couch beißt. Er wirft ihr einen Blick zu. »Lynn, ich bringe rasch mein Reserverad aus Lous Auto in meinen Kofferraum.«

»Okay.« Sie klingt nicht interessiert; sie blickt auf den Tisch. Ich frage mich, ob sie Dannys Freundin ist. Ich wusste gar nicht, dass er eine Freundin hat.

Danny sagt: »Kommen Sie doch herein, Lou. Ich hole nur schnell meine Schlüssel.« Ich möchte eigentlich nicht hereinkommen, aber ich will auch nicht unfreundlich erscheinen. Die Farben und Muster, die nicht zusammenpassen, machen meine Augen müde. Ich trete ein. Danny sagt: »Lynn, das ist Lou von oben – er hat sich gestern mein Reserverad geliehen.«

»Hi«, sagt sie, blickt auf und dann wieder nach unten.

»Hi«, sage ich. Ich sehe zu, wie Danny an einen Schreibtisch tritt und seine Schlüssel holt. Der Schreibtisch ist sehr aufgeräumt, eine Kladde und ein Telefon.

Wir gehen nach unten auf den Parkplatz. Ich schließe meinen Kofferraum auf und Danny hebt das Reserverad heraus. Er öffnet seinen Kofferraum und legt es hinein, dann schlägt er die Kofferraumklappe zu. Sie macht ein anderes Geräusch als meine.

»Danke für Ihre Hilfe«, sage ich.

»Null Problemo«, sagt Danny. »Es freut mich, wenn ich Ihnen helfen konnte. Und danke, dass Sie mir mein Reserverad so schnell zurückgebracht haben.«

»Gern«, erwidere ich. Es kommt mir nicht richtig vor, das zu sagen, weil er mir doch mehr geholfen hat als ich ihm, aber ich weiß nicht, was ich sonst sagen soll.

Er steht da und sieht mich an. Einen Moment lang schweigt er; dann sagt er: »Na dann, wir sehen uns«, und wendet sich zum Gehen. Natürlich sehen wir uns; wir wohnen im gleichen Haus. Ich glaube, das bedeutet, er will nicht mit mir zusammen hineingehen. Ich weiß nicht, warum er das dann nicht einfach gesagt hat, wenn er das meint. Ich wende mich zu meinem Auto und warte, bis ich höre, wie die Haustür aufund wieder zugeht.

Wenn ich mich behandeln ließe, würde ich es dann verstehen? Ist es wegen der Frau in seiner Wohnung? Wenn ich Marjory zu Besuch hätte, würde ich dann auch nicht wollen, dass Danny mit mir zurück ins Haus geht? Ich weiß nicht. Manchmal kann ich ganz deutlich erkennen, warum normale Leute manche Dinge tun, und manchmal verstehe ich es überhaupt nicht.

Schließlich gehe ich nach oben in meine Wohnung. Ich schalte beruhigende Musik ein, Préludes von Chopin. Ich gebe zwei Tassen Wasser in den kleinen Topf und öffne ein

Päckchen Nudeln und Gemüse. Als das Wasser kocht, beobachte ich, wie die Blasen aufsteigen. An der Anordnung der ersten Blasen kann ich das Muster der Herdplatte darunter erkennen, aber als das Wasser wirklich kocht, bildet es mehrere Zellen von schnell blubberndem Wasser. Ich glaube ja immer noch, dass das etwas bedeutet, aber ich habe das Muster noch nicht erfasst. Ich gebe Nudeln und Gemüse hinein und rühre um, wie auf der Packung angegeben. Ich sehe gern zu, wie das Gemüse in dem kochenden Wasser hin und her geschüttelt wird.

Und manchmal langweilt mich das blöde tanzende Gemüse auch.

[9]

An den Freitagen mache ich immer meine Wäsche. Ich habe zwei Wäschekörbe, einen für helle und einen für dunkle Wäsche. Ich ziehe die Bettwäsche ab und lege sie in den Korb für die helle Wäsche. Die Handtücher kommen in den dunklen Korb. Meine Mutter hatte zwei hellblaue Plastikkörbe für die Wäsche; sie bezeichnete einen als dunkel und den anderen als hell, und das störte mich. Ich habe einen dunkelgrünen Korb für die dunkle Wäsche und einen gelben Korb für die helle Wäsche. Mir gefällt das Flechtmuster des Weidenkorbs.

Ich nehme die genau richtige Anzahl von Münzen aus meiner Wechselgelddose, plus noch einer zusätzlichen Münze für den Fall, dass eines der Geldstücke in den Waschmaschinen nicht funktioniert. Es hat mich immer wütend gemacht, wenn eine vollkommen runde Münze die Maschine nicht zum Laufen bringt. Meine Mutter hat mir beigebracht, immer eine extra Münze einzustecken. Sie sagte, es sei nicht gut, so wütend zu werden. Manchmal funktioniert eine Münze im Getränkeautomaten, auch wenn sie in der Waschmaschine oder im Trockner nicht funktioniert, und manchmal funktioniert eine Münze in der Waschmaschine, die im Getränkeautomaten nicht funktioniert. Das macht zwar keinen Sinn, aber so ist die Welt eben.

Ich stecke die Münzen in meine Tasche, lege das Paket mit dem Waschmittel in den hellen Korb und stelle den hellen Korb auf den dunklen. Hell muss auf dunkel stehen. Das schafft Gleichgewicht.

Ich kann gerade noch darüber hinwegsehen, als ich in die Eingangshalle hinuntergehe. In Gedanken schalte ich die Chopin-Préludes in meinem Kopf ein und gehe in den Waschkeller. Wie immer am Freitagabend ist nur Miss Kimberley da. Sie ist alt, mit wirren grauen Haaren, aber nicht so alt wie Miss Watson. Ich frage mich, ob sie an eine lebensverlängernde Behandlung denkt oder ob sie schon zu alt ist. Miss Kimberley trägt eine hellgrüne Strickhose und ein geblümtes Oberteil. Wenn es warm ist, trägt sie das freitags immer. Ich denke lieber daran, was sie anhat, statt an den Geruch im Waschkeller zu denken. Es ist ein harter, scharfer Geruch, den ich nicht mag.

»Guten Abend, Lou«, sagt sie jetzt. Sie hat schon ihre Wäsche gewaschen und legt ihre Sachen in den Trockner auf der linken Seite. Sie benutzt immer den linken Trockner.

»Guten Abend, Miss Kimberley«, sage ich. Ich blicke nicht auf ihre Wäsche, es ist ungezogen, auf die Wäsche von Frauen zu blicken, weil Unterwäsche dabei sein könnte. Manche Frauen wollen nicht, dass Männer ihre Unterwäsche sehen. Manche doch, und das macht es verwirrend, aber Miss Kimberley ist alt, und ich glaube nicht, dass sie will, dass ich die faltigen rosa Dinger zwischen der Bettwäsche und den Handtüchern sehen soll. Und außerdem will ich sie auch nicht sehen.

»Hatten Sie eine schöne Woche?«, fragt sie. Das fragt sie mich immer. Ich glaube nicht, dass es sie wirklich interessiert, ob ich eine schöne Woche hatte oder nicht.

»Meine Reifen sind zerstochen worden«, sage ich.

Sie hält inne und blickt mich an. »Jemand hat Ihre Reifen zerstochen? Hier? Oder auf der Arbeit?«

Ich weiß nicht, was das für einen Unterschied machen würde. »Hier«, sage ich. »Als ich am Donnerstagmorgen herunterkam, waren sie alle vier platt.«

Sie sieht beunruhigt aus. »Hier, auf diesem Parkplatz? Ich dachte, hier wäre es sicher!«

»Es war sehr unangenehm«, sage ich. »Ich bin zu spät zur Arbeit gekommen.«

»Aber... Vandalen! Hier!« Sie verzieht ihr Gesicht in einer Weise, die ich noch nie zuvor an ihr gesehen habe. Es ist eine Mischung zwischen Furcht und etwas anderem, so ähnlich wie Ekel. Dann auf einmal wirkt sie wütend und starrt mich an, als ob ich etwas falsch gemacht hätte. Ich wende den Blick ab. »Ich werde wegziehen müssen«, sagt sie.

Ich verstehe sie nicht: Warum muss sie wegziehen, weil meine Reifen aufgeschlitzt worden sind? Niemand könnte ihre Reifen zerschneiden, weil sie gar keine hat. Sie hat auch kein Auto.

»Haben Sie gesehen, wer es war?«, fragt sie. Sie hat einen Teil ihrer Wäsche über die Maschine gehängt. Es sieht sehr unordentlich und unangenehm aus, wie Essen, das über den Tellerrand hängt.

»Nein«, sage ich. Ich nehme die hellen Sachen aus dem hellen Korb und stecke sie in die Waschmaschine rechts. Ich gebe Waschmittel hinzu, das ich sorgfältig abmesse, weil es Verschwendung ist, zu viel zu benutzen. Wenn ich jedoch zu wenig nehme, wird die Wäsche nicht sauber. Ich stecke die Münzen in den Schlitz, schließe die Tür, stelle die Maschine auf *Warm Waschen*, *Kalt Spülen* und *Normal* ein und drücke auf den Startknopf. In der Maschine macht es *dong* und das Wasser zischt durch die Schläuche.

»Es ist schrecklich«, sagt Miss Kimberley. Sie stopft den Rest ihrer Wäsche in den Trockner. Ihre Bewegungen sind ruckartig, und ihre Hände zittern. Irgendetwas Faltiges, Rosafarbenes fällt zu Boden; ich wende mich ab und nehme meine Wäsche aus dem dunklen Korb. Ich stecke sie in die mittlere Waschmaschine. »Für Leute wie Sie ist es ja egal«, sagt sie.

»Was ist egal für Leute wie mich?«, frage ich. So hat sie noch nie geredet.

»Sie sind jung«, sagt sie. »Und ein Mann. Sie brauchen sich keine Sorgen zu machen.«

Ich verstehe sie nicht. Ich bin nicht jung, laut Mr. Crenshaw. Ich bin alt genug, um es besser zu wissen. Ich bin zwar ein Mann, aber ich verstehe nicht, warum es mir dann egal sein sollte, wenn man meine Reifen zersticht.

»Ich wollte nicht, dass man mir die Reifen zersticht«, sage ich. Ich spreche langsam, weil ich nicht weiß, was sie tun wird.

»Nein, natürlich wollten Sie das nicht«, sagt sie. Für gewöhnlich sieht ihre Haut blass und gelblich aus im Licht des Waschkellers, aber jetzt hat sie auf einmal kreisrunde, pfirsichfarbene Flecken auf den Wangen. »Aber Sie brauchen keine Angst zu haben, dass Leute, dass Männer Sie anfallen.«

Ich blicke Miss Kimberley an und kann mir nicht vorstellen, dass jemand sie anfällt. Ihre Haare sind grau, und am Scheitel kommt die rosafarbene Kopfhaut zum Vorschein; ihre Haut ist faltig, und sie hat braune Flecken auf den Armen. Ich möchte am liebsten fragen, ob sie das ernst meint, aber ich weiß, dass sie es ernst meint. Sie lacht nicht, noch nicht einmal über mich, als ich etwas fallen lasse.

»Es tut mir leid, dass Sie sich Sorgen machen«, sage ich und schütte Waschmittel in die Waschmaschine mit der dunklen Wäsche. Ich stecke die Münzen in den Schlitz. Sie schlägt die Tür des Trockners zu und ich zucke zusammen, weil ich mich so darauf konzentriert habe, Miss Kimberley zu verstehen. Eine der Münzen verfehlt den Schlitz und fällt zwischen die Wäsche. Ich muss alles herausholen, um sie wiederzufinden. In meinem Kopf summt es.

»Danke, Lou«, sagt Miss Kimberley. Ihre Stimme ist jetzt wärmer und ruhiger. Ich bin überrascht. Ich habe nicht damit gerechnet, dass ich das Richtige sage. »Was ist los?«, fragt sie, als ich beginne, die Sachen aus der Waschmaschine zu nehmen, wobei ich sie vorher schüttelte, damit das Waschpulver in der Maschine bleibt.

»Ich habe eine Münze hineinfallen lassen«, sage ich.

Sie kommt näher. Ich will nicht, dass sie näher kommt. Sie hat ein starkes Parfüm, das sehr süß riecht.

»Nehmen Sie einfach eine andere. Die hier wird echt sauber sein, wenn Sie die Wäsche herausholen«, sagt sie.

Einen Moment lang halte ich inne, die Kleider in der Hand. Kann ich diese Münze drin lassen? Ich habe die zusätzliche Münze in der Tasche. Ich lasse die Wäsche fallen und greife nach der Münze in meiner Tasche. Sie hat die richtige Größe. Ich stecke sie in den Schlitz, schließe die Tür, stelle die Maschine ein und drücke auf START. Wieder das *Dong*, das zischende Einlaufen des Wassers. Ich fühle mich seltsam im Innern. Ich dachte immer, ich würde Miss Kimberley verstehen. Noch vor ein paar Minuten dachte ich, dass sie sich über etwas aufregt. Aber während ich noch dachte, dass sie sich aufregt, fiel ihr ganz schnell eine Lösung für mein Problem ein. Wie hat sie das gemacht? Können normale Leute das immer?

»Es ist einfacher, als die Wäsche herauszuholen«, sagt sie. »Ich nehme immer ein paar zusätzliche Münzen mit.« Sie lacht, ein kleines, trockenes Lachen. »Je älter ich werde, desto häufiger zittern mir die Hände.« Sie schweigt und blickt mich an. Ich frage mich immer noch, wie sie das wohl gemacht hat, merke jedoch, dass sie anscheinend auf eine Antwort von mir wartet. Es passt immer, wenn man danke sagt, selbst wenn man sich nicht ganz sicher ist, warum eigentlich.

»Danke«, sage ich.

Es war wohl richtig, denn sie lächelt mich an.

»Sie sind ein netter Mann, Lou; das mit ihren Reifen tut mir leid«, sagt sie. Sie blickt auf ihre Armbanduhr. »Ich muss ein paar Anrufe erledigen; bleiben Sie hier und behalten den Trockner im Auge?«

»Ich bleibe hier unten«, erwidere ich. »Aber nicht in diesem Raum, hier ist es zu laut.« Das habe ich auch schon früher gesagt, wenn sie mich gebeten hat, ein Auge auf ihre Wäsche zu haben. Ich stelle mir dann immer vor, dass ich ein Auge herausnehme und es an der Wäsche befestige, aber das erzähle ich ihr nicht. Ich weiß, was dieser Ausdruck bedeutet, aber es ist trotzdem eine dumme Redensart. Lächelnd nickt sie und geht. Ich überprüfe noch einmal, dass beide Waschmaschinen korrekt eingestellt sind, und dann gehe ich auf den Flur.

Im Waschkeller ist hässlicher grauer Betonboden, der auf einen großen Abfluss unter den Waschmaschinen hin ein wenig abschüssig zuläuft. Ich weiß, dass dort der Abfluss ist, weil Arbeiter dort waren, als ich vor zwei Jahren einmal meine Wäsche heruntergebracht habe. Sie hatten die Maschine zur Seite gerückt und den Deckel vom Abfluss genommen. Es roch sehr schlecht, sauer und übel.

Der Boden im Flur ist gefliest, jede Fliese hat zwei grüne Streifen. Die Fliesen sind dreißig Zentimeter im Quadrat, und sie sind so gelegt worden, dass die Streifen kreuzweise zueinander verlaufen – bei jeder Fliese stehen die Streifen in einem Winkel von neunzig Grad zu der Fliese daneben. Die meisten Fliesen liegen in einer von zwei Richtungen, aber acht liegen in umgekehrter Richtung.

Ich betrachte den Boden im Flur und denke über diese acht Fliesen nach. Welches Muster könnte durch diese acht umgekehrt verlegten Fliesen entstehen? Bis jetzt sind mir drei mögliche Muster eingefallen. Ich habe einmal versucht, Tom davon zu erzählen, aber er konnte die Muster nicht so wie ich im Kopf sehen. Also zeichnete ich sie auf ein Blatt Papier, aber ich spürte schon bald, dass es ihn langweilte. Es ist nicht höflich, andere Leute zu langweilen. Ich habe nicht noch einmal versucht, mit ihm darüber zu reden.

Aber ich finde es interessant. Wenn ich den Fußboden leid bin – aber das passiert mir nie –, kann ich immer noch die Wände betrachten. Alle Wände im Flur sind gestrichen, aber an einer Wand war früher Tapete mit einem Fliesenmuster. Diese gemalten Fliesen hatten eine Kantenlänge von zehn

Zentimetern, aber anders als die Bodenfliesen hatten sie einen Zwischenraum für eine gemalte Fuge. Also beträgt die tatsächliche Länge elfeinhalb Zentimeter. Wenn es zehn Zentimeter wären, ergäben drei Wandfliesen eine Bodenfliese.

Als ich höre, dass der Schleudergang bei der einen Waschmaschine zu Ende geht, mache ich mich wieder auf den Weg in den Waschkeller. Ich weiß, dass ich genauso lange brauche, um dort anzukommen, wie die Trommel braucht, um sich nicht mehr zu drehen. Es ist eine Art Spiel: Ich mache den letzten Schritt, wenn die Maschine ihre letzte Umdrehung macht. Der linke Trockner läuft noch; ich nehme meine nasse Wäsche aus der Waschmaschine und stecke sie in den rechten Trockner. Als ich mich vergewissert habe, dass nichts mehr in der Waschmaschine geblieben ist, hört die zweite Waschmaschine auf zu schleudern. Einmal letztes Jahr habe ich ausgerechnet, wie die Beziehung zwischen der Reibungskraft, die die Rotation verlangsamt, und der Häufigkeit des Geräuschs, das sie von sich gibt, ist. Ich habe es ohne Computer berechnet, weil das mehr Spaß macht.

Ich nehme meine Wäsche aus der zweiten Maschine, und ganz unten liegt die verloren gegangene Münze, glänzend, sauber und glatt zwischen meinen Fingern. Ich stecke sie in die Tasche, gebe die Wäsche in den Trockner, schiebe die Münzen in den Schlitz und drücke auf START. Früher habe ich meine tanzende Wäsche immer beobachtet und versucht, das Muster herauszufinden – warum der Arm eines roten Sweatshirts vor dem blauen Morgenmantel war, sich das nächste Mal jedoch vor der gelben Trainingshose und dem Kissenbezug befand. Meine Mutter mochte es nicht, wenn ich dabei vor mich hin murmelte, deshalb lernte ich, alles in meinem Kopf zu behalten.

Gerade als der Trockner mit ihren Sachen austrudelt, kommt Miss Kimberley zurück. Sie lächelt mich an. In der Hand hält sie einen Teller mit ein paar Plätzchen darauf.

»Danke, Lou«, sagt sie und streckt mir den Teller entgegen. »Nimm dir ein Plätzchen. Ich weiß, dass Jungen – ich meine junge Männer – gern Plätzchen essen.«

Sie bringt fast jede Woche Plätzchen mit. Ich mag die Plätzchen nicht immer, die sie mitbringt, aber es ist nicht höflich, das zu sagen. Diese Wochen sind es Zitronenplätzchen. Ich nehme drei. Sie stellt den Teller auf den Campingtisch und holt ihre Sachen aus dem Trockner. Sie legt sie einfach in den Wäschekorb; sie faltet ihre Wäsche nicht hier unten. »Bring den Teller einfach mit hoch, wenn du fertig bist, Lou«, sagt sie. Das hat sie letzte Woche auch gesagt.

»Danke, Miss Kimberley«, sage ich.

»Sehr gern«, antwortet sie, wie immer.

Ich esse die Plätzchen auf, schütte die Krümel vom Teller in den Abfalleimer und falte meine Wäsche, bevor ich nach oben gehe. Ich bringe ihr den Teller vorbei und gehe dann in meine Wohnung.

Samstagmorgens gehe ich immer ins Center. Von halb neun bis Mittag ist einer der Berater verfügbar, und einmal im Monat gibt es ein Spezialprogramm. Heute gibt es kein Programm, aber Maxine, eine der Beraterinnen, ist gerade auf dem Weg in den Konferenzraum, als ich ankomme. Sie trägt orangefarbenen Lippenstift und violetten Lidschatten; ich frage sie nie etwas. Trotzdem überlege ich, ob ich sie jetzt fragen soll, aber jemand anderer kommt mir zuvor, bevor ich mich entscheiden kann.

Die Berater wissen, wo wir rechtlichen Beistand finden oder wie wir an eine neue Wohnung kommen, aber ich weiß nicht, ob sie das Problem verstehen, mit dem wir jetzt konfrontiert sind. Sie ermutigen uns immer, alles zu tun, um normaler zu werden. Ich glaube, sie werden uns empfehlen, die Behandlung zu machen, auch wenn sie es für gefährlich halten, weil alles noch im experimentellen Stadium ist. Ich bin froh, dass jemand vor mir dran ist und ich nicht gleich mit der Beraterin sprechen muss.

Ich schaue auf das Schwarze Brett mit den Ankündigungen von anderen Gruppensitzungen (Alkoholiker, alleinerziehende Eltern, Arbeitslose) und den Treffen der Interessengruppen (Tanzen, Bowling, Computerkurse), als Emmy neben mir auftaucht. »Nun, wie geht es deiner Freundin?«

»Ich habe keine Freundin«, sage ich.

»Ich habe sie mit dir gesehen«, sagt Emmy. »Das weißt du doch. Also lüg nicht.«

»Du hast eine Bekannte gesehen«, sage ich. »Nicht meine Freundin. Eine Freundin ist jemand, der einwilligt, mit dir zusammen zu sein, und das hat sie nicht getan.« Ich bin nicht ganz aufrichtig, und das ist falsch, aber ich will immer noch nicht mit Emmy über Marjory reden.

»Hast du sie gefragt?«, fragt Emmy.

»Ich will mit dir nicht über sie reden«, sage ich und wende mich ab.

»Weil du weißt, dass ich recht habe«, sagt Emmy. Sie geht rasch um mich herum und stellt sich wieder vor mich. »Sie ist eine von denen, die sich selber als normal bezeichnen und uns als Laborratten benutzen. Ständig bist du mit solchen Leuten zusammen, Lou, und das ist nicht richtig.«

»Ich weiß nicht, was du meinst«, erwidere ich. Ich sehe Marjory nur einmal in der Woche, wie kann Emmy denn da behaupten, dass ich »ständig« mit ihr zusammen bin? Wenn ich jede Woche ins Center komme und Emmy ist da, bedeutet das dann auch, dass ich ständig mit ihr zusammen bin? Der Gedanke gefällt mir nicht.

»Du warst seit Monaten auf keiner der Sonderveranstaltungen hier«, sagt sie. »Du verbringst deine Zeit nur mit deinen *normalen* Freunden.« Bei ihr klingt *normal* wie ein Schimpfwort.

Ich war nicht auf den Sonderveranstaltungen, weil sie

mich nicht interessieren. Ein Vortrag über Elternschaft? Ich habe keine Kinder. Eine Tanzveranstaltung? Die Musik, die sie dabei spielen, gefällt mir nicht. Töpferunterricht? Ich möchte keine Gegenstände aus Ton machen.

Wenn ich so darüber nachdenke, stelle ich fest, dass mich im Moment nur wenig im Center interessiert. Es ist leicht, hier andere Autisten zu treffen, aber nicht alle sind wie ich, und online oder im Büro kann ich mehr Leute finden, die meine Interessen teilen. Cameron, Bailey, Eric, Linda... wir gehen alle ins Center, um uns hier zu treffen, bevor wir woanders hingehen, aber es ist nur eine Gewohnheit. Wir brauchen das Center eigentlich nicht, außer vielleicht, um ab und zu mit den Beratern zu reden.

»Wenn du eine Freundin suchst, solltest du vielleicht mit deinesgleichen anfangen«, sagt Emmy.

Ich blicke ihr ins Gesicht, das alle körperlichen Anzeichen von Wut zeigt – die gerötete Haut, die hellen Augen zwischen zusammengekniffenen Lidern, den viereckigen Mund, die fest zusammengebissenen Zähne. Ich weiß nicht, warum sie so wütend auf mich ist. Ich weiß nicht, warum es für sie eine so große Rolle spielt, wie viel Zeit ich im Center verbringe. Ich glaube sowieso nicht, dass sie so ist wie ich. Emmy ist nicht autistisch. Ich kenne ihre Diagnose nicht; ihre Diagnose ist mir gleichgültig.

»Ich suche keine Freundin«, erwidere ich.

»Ach, sie hat also nach dir gesucht?«

»Ich habe gesagt, ich möchte mit dir über dieses Thema nicht sprechen«, sage ich. Ich blicke mich um, aber ich sehe niemand sonst, den ich kenne. Ich dachte, Bailey wäre vielleicht hier, aber wahrscheinlich ist ihm auch klar geworden, was ich gerade gemerkt habe: dass er das Center nicht braucht. Ich möchte hier nicht stehen und darauf warten, dass ich mit Maxine sprechen kann.

Ich wende mich zum Gehen, wobei ich mir bewusst bin,

dass Emmy hinter mir ist. Die finstere Stimmung, die von ihr ausgeht, verbreitet sich schnell, als ich von ihr weggehen kann. Linda und Eric kommen herein. Bevor ich etwas sagen kann, sprudelt Emmy hervor: »Lou hat sich wieder mit diesem Mädchen getroffen, dieser Wissenschaftlerin.«

Linda senkt den Blick und wendet sich ab; sie will nichts hören. Sie möchte sowieso nicht in Streitigkeiten verwickelt werden. Erics Blick gleitet über mein Gesicht und bleibt am Muster der Bodenfliesen hängen. Er hört zu, stellt aber keine Fragen.

»Ich habe ihm gesagt, dass sie Wissenschaftlerin ist und ihn bloß ausnutzen will, aber er hört nicht auf mich«, sagt Emmy. »Ich hab sie selber gesehen, und sie ist noch nicht einmal hübsch.«

Ich spüre, wie mein Nacken heiß wird. Es ist nicht fair von Emmy, so über Marjory zu reden. Sie kennt Marjory ja gar nicht. Ich finde, Marjory ist hübscher als Emmy, aber das ist nicht der Grund, warum ich sie mag.

»Versucht sie dich zur Behandlung zu überreden, Lou?«, fragt Eric.

»Nein«, sage ich. »Darüber reden wir gar nicht.«

»Ich kenne sie nicht«, sagt Eric und wendet sich ab.

»Du willst sie auch lieber nicht kennen«, sagt Emmy.

Eric dreht sich wieder um. »Wenn sie Lous Freundin ist, solltest du nicht schlecht von ihr reden«, sagt er. Dann geht er weiter, hinter Linda her.

Ich überlege, ob ich ihm folgen soll, aber ich möchte nicht mehr hierbleiben. Möglicherweise würde Emmy hinter mir herkommen und noch mehr reden. Es würde Eric und Linda nervös machen.

Ich wende mich zum Gehen, und Emmy fragt: »Wohin gehst du? Du bist doch gerade erst gekommen. Glaub bloß nicht, du könntest vor deinen Problemen davonlaufen, Lou.«

Ich kann vor ihr davonlaufen, denke ich. Vor meiner Arbeit

oder vor Dr. Fornum kann ich nicht davonlaufen, aber Emmy kann ich weglaufen. Der Gedanke bringt mich zum Lächeln, und ihr Gesicht wird noch röter.

»Worüber lächelst du?«

»Ich denke an Musik«, sage ich. Das ist eine sichere Antwort. Ich möchte sie nicht ansehen; ihr Gesicht ist rot und glänzend und wütend. Sie umkreist mich und versucht zu erreichen, dass ich sie ansehe, aber ich blicke zu Boden. »Ich denke immer an Musik, wenn Leute wütend auf mich sind«, sage ich.

»Ach, du bist unmöglich«, sagt sie und stürmt davon. Ich frage mich, ob sie überhaupt Freunde hat. Ich sehe sie nie mit anderen Leuten. Das ist traurig, aber ich kann daran nichts ändern.

Draußen kommt es mir stiller vor, obwohl das Center an einer belebten Straße liegt. Ich habe jetzt nichts vor. Wenn ich den Samstagmorgen nicht im Center verbringe, weiß ich nicht genau, was ich tun soll. Meine Wäsche ist fertig. Meine Wohnung ist sauber. In den Büchern steht, dass wir mit Unsicherheit oder Terminänderungen nicht gut umgehen können. Für gewöhnlich macht es mir nichts aus, aber heute fühle ich mich zitterig im Inneren. Ich möchte nicht darüber nachdenken, was Emmy gesagt hat. Wenn sie nun recht hat? Wenn mich Marjory anlügt? Es fühlt sich zwar nicht so an, aber meine Gefühle können ja falsch sein.

Ich wünschte, ich könnte Marjory jetzt sehen. Ich wünschte, wir würden etwas zusammen unternehmen, etwas, wobei ich sie anschauen könnte. Ich möchte sie einfach nur anschauen und zuhören, wie sie mit jemand anderem redet. Würde ich es wissen, wenn sie mich mögen würde? Ich glaube, sie mag mich. Ich weiß allerdings nicht, ob sie mich sehr mag oder nur ein bisschen. Ich weiß nicht, ob sie mich so mag, wie sie andere Männer mag, oder so, wie ein Erwachsener ein Kind mag. Ich weiß nicht, woran ich es erkennen soll. Wenn ich normal wäre, würde ich es wissen. Normale Leute müssen es wissen, sonst könnten sie nie heiraten.

Letzte Woche um diese Zeit war ich auf dem Turnier. Das hat mir gefallen. Ich wäre jetzt lieber dort als hier. Trotz des Lärms und all der Leute und Gerüche. Das ist ein Ort, an den ich gehöre; hierhin gehöre ich nicht mehr. Ich verändere mich, oder vielmehr, ich habe mich verändert.

Ich beschließe, zu Fuß in meine Wohnung zu gehen, obwohl es ein ziemlich langer Weg ist. Es ist mittlerweile kühler geworden, und in einigen der Gärten, an denen ich vorbeikomme, blühen schon Herbstblumen. Der Rhythmus des Gehens löst meine Spannung und macht es mir leichter, die Musik zu hören, die ich zum Gehen ausgesucht habe. Ich sehe auch andere Leute mit Kopfhörern. Sie hören Radio oder heruntergeladene Musik; ich frage mich, ob die Leute ohne Kopfhörer ihrer eigenen Musik lauschen oder ohne Musik gehen.

Auf halbem Weg nach Hause riecht es nach frischem Brot, und ich bleibe stehen. Ich trete in eine kleine Bäckerei und kaufe einen Laib warmes Brot. Neben der Bäckerei ist ein Blumenladen mit violetten, gelben, blauen, bronzefarbenen und tiefroten Blumen. Die Farben sind nicht bloß verschiedene Wellenlängen von Licht; sie strahlen Freude, Stolz, Trauer und Trost aus. Es ist kaum zu ertragen.

Ich speichere die Farben und Formen in meinem Gedächtnis und trage das Brot nach Hause. Tief atme ich seinen Duft ein und mische es mit den Farben, an denen ich vorbeikomme. An einem Haus wächst eine spät blühende Rose an einer Wand; selbst quer durch den Garten rieche ich einen Anflug ihrer Süße.

Es ist jetzt über eine Woche her, und Mr. Aldrin und Mr. Crenshaw haben nichts mehr über die Behandlung gesagt. Wir haben auch keine weiteren Briefe bekommen. Ich würde gern glauben, dass dies bedeutet, mit der Behandlung stimmt etwas nicht, und sie vergessen das Ganze, aber ich glaube, sie werden es nicht vergessen. Mr. Crenshaw sieht immer so wütend aus und klingt auch so. Wütende Leute vergessen keine Verletzungen; Verzeihen löst die Wut auf. Davon hat diese Woche die Predigt gehandelt. Während der Predigt sollten meine Gedanken nicht abschweifen, aber manchmal ist sie langweilig, und ich denke an andere Dinge. Wut und Mr. Crenshaw scheinen zusammenzugehören.

Am Montag erhalten wir alle die Mitteilung, dass wir am Samstag zu einer Besprechung kommen sollen. Ich möchte eigentlich nicht auf meinen freien Samstag verzichten, aber die Mitteilung erwähnt keinen Grund, weshalb man wegbleiben könnte. Jetzt wünschte ich, ich hätte im Center gewartet, um mit Maxine reden zu können, aber es ist zu spät.

»Glaubst du, wir müssen hingehen?«, fragt Chuy. »Kündigen sie uns, wenn wir nicht hingehen?«

»Ich weiß nicht«, sagt Bailey. »Ich möchte herausfinden, was sie machen, deshalb werde ich auf jeden Fall hingehen.«

»Ich gehe auch«, sagt Cameron. Ich nicke und die anderen auch. Linda sieht am unglücklichsten aus, aber sie sieht immer am unglücklichsten aus.

»Sehen Sie ... äh ... Pete ...« Crenshaws Stimme triefte nur so vor falscher Freundlichkeit; es fiel Aldrin auf, dass er Schwierigkeiten hatte, sich seinen Vornamen zu merken. »Ich weiß, dass Sie mich für einen hartherzigen Bastard halten, aber Tatsache ist, dass das Unternehmen nicht gut dasteht. Die Produktion im Weltraum ist notwendig, aber sie frisst die Profite mit einer Geschwindigkeit, die Sie nicht für möglich halten würden.«

Ach nein?, dachte Aldrin. Kosten und Nachteile der Produktion in der Schwerelosigkeit überwogen die Vorteile bei weitem. Man konnte auch hier unten auf der Erde sein Geld verdienen, und er hätte ganz sicher nicht für die Produktion im Weltraum gestimmt, wenn er etwas zu sagen gehabt hätte.

»Ihre Leute sind Fossilien, Pete. Sehen Sie es doch ein. Von den älteren Autis sind neun von zehn einfach Ausschuss. Und zitieren Sie nicht wieder diese Frau, wie hieß sie noch, die Schlachthäuser oder so etwas entworfen hat...«

»Grandin«, murmelte Aldrin, aber Crenshaw ignorierte ihn.

»Eine unter Millionen. Ich habe den allergrößten Respekt für jemanden, der seine Behinderung überwindet. Aber sie war die Ausnahme. Die meisten dieser armen Kerle sind hoffnungslos. Natürlich ist das nicht ihre Schuld, aber sie waren trotzdem zu nichts nütze, ganz gleich, wie viel Geld man für sie ausgegeben hat. Und wenn die Psychiater sie in die Finger bekommen hätten, ginge es Ihren Leuten genauso schlecht. Zum Glück hatten die Neurologen und Verhaltensforscher ein bisschen mehr Einfluss. Aber trotzdem... sie sind nicht normal, ganz gleich, was Sie sagen...«

Aldrin sagte gar nichts. Crenshaw würde sowieso nicht zuhören. Crenshaw nahm sein Schweigen für Zustimmung und fuhr fort.

»Und dann haben die Wissenschaftler endlich gemerkt, was falsch lief, und reparierten es schon bei Babys... deshalb sind Ihre Leute einfach Fossilien, Pete. Sie hängen in der Luft zwischen der Vergangenheit und den Möglichkeiten der Zukunft. Es ist einfach nicht fair ihnen gegenüber.«

Nur wenig im Leben war fair, und Aldrin glaubte nicht, dass Crenshaw auch nur die leiseste Ahnung von Fairness hatte.

»Sie sagen immer, die Leute hätten dieses einzigartige Talent und verdienen die teuren Extras, mit denen wir sie überschütten, weil sie Ergebnisse liefern. Das hat vor fünf Jahren vielleicht noch gestimmt, Pete – vielleicht sogar noch vor zwei Jahren –, aber die Maschinen haben aufgeholt, wie immer.« Er hielt einen Ausdruck hoch. »Ich wette, Sie sind nicht ganz auf dem Laufenden bei den Möglichkeiten der künstlichen Intelligenz, oder?«

Aldrin nahm den Ausdruck, ohne ihn eines Blickes zu würdigen. »Maschinen konnten noch nie das leisten, was meine Leute tun«, sagte er.

»Früher einmal konnten Maschinen noch nicht einmal zwei und zwei addieren«, sagte Crenshaw. »Aber Sie würden ja jetzt auch niemanden mehr einstellen, der mit Bleistift und Papier Zahlenreihen zusammenrechnet, oder?«

Nur, wenn der Strom ausfiele: Kleine Firmen fanden es nützlich, wenn ihre Mitarbeiter auch noch auf die herkömmliche Art und Weise rechnen konnten. Aber es würde nichts nützen, wenn er das erwähnte.

»Sie wollen also behaupten, dass Maschinen sie ersetzen können?«, fragte er.

»Sogar kinderleicht«, erwiderte Crenshaw. »Na ja ... vielleicht nicht ganz so leicht. Wir würden neue Computer und ziemlich hochwertige Software brauchen ... aber dann kostet es uns nur noch den Strom und nichts von dem ganzen albernen Zeug, das sie brauchen.«

»Angenommen, sie würden sich alle der Behandlung unterziehen und sie würde funktionieren: Würden Sie sie dann trotzdem noch durch Maschinen ersetzen wollen?«

»Es kommt nur darauf an, Pete, was für das Unternehmen am besten ist. Wenn sie die Arbeit genauso gut machen können und nicht so viel kosten wie neue Maschinen, dann habe ich nicht vor, zu den Arbeitslosenzahlen beizutragen. Aber wir müssen unsere Kosten niedrig halten – wir müssen es. In diesem Markt muss man effizient sein, wenn man Gewinn machen will. Und dieses kuschelige Privatlabor und diese Büros – das würde kein Aktionär als effizient bezeichnen.«

Aldrin wusste, dass manche Anteilseigner das Fitness-Studio und das private Kasino für die Chefetage als ineffizient ansahen, aber das hatte noch nie zum Verlust von Managerprivilegien geführt. Topmanager, war ihnen wiederholt erklärt worden, brauchten diese Vergünstigungen, um Spitzenleistungen erbringen zu können. Sie hatten sich die Privilegien verdient, und diese Privilegien machten ihre Arbeit noch effizienter. So hieß es, aber Aldrin glaubte es nicht. Und er sagte es auch nicht laut.

»Also, Klartext, Gene...« Es war kühn von ihm, Crenshaw beim Vornamen zu nennen, aber er war in der Stimmung dazu. »Entweder sie willigen in die Behandlung ein, und dann erwägen Sie möglicherweise, sie bleiben zu lassen, oder Sie finden einen Weg, um ihnen zu kündigen. Gesetz hin oder her. Ja?«

»Das Gesetz verlangt von einem Unternehmen nicht, dass es sich selber zugrunde richtet«, erwiderte Crenshaw. »Diese Auffassung ist schon früh in diesem Jahrhundert verschwunden. Wir würden die Steuervergünstigungen verlieren, aber die sind ein so winziger Teil unseres Budgets, dass sie praktisch irrelevant sind. Wenn Ihre Leute einwilligen, auf die sogenannte Förderung zu verzichten, und sich benehmen wie normale Angestellte, dann würde ich nicht auf der Behandlung bestehen. Ich wüsste allerdings nicht, warum sie überhaupt ablehnen sollten.«

»Und was soll ich Ihrer Meinung nach tun?«, fragte Aldrin.

Crenshaw lächelte. »Es freut mich, Sie an Bord zu haben, Pete. Sie sollen Ihren Leuten klarmachen, welche Optionen sie haben. So oder so müssen sie aufhören, dem Unternehmen zur Last zu fallen: Sie sollen ihren Luxus jetzt aufgeben oder sich behandeln lassen, sonst...« Er fuhr sich mit dem Finger über die Kehle. »Sie können das Unternehmen nicht in Geiselhaft nehmen. Es gibt kein Gesetz in diesem Land, das nicht geändert oder umgangen werden könnte.« Er lehnte sich zurück und faltete die Hände hinter dem Kopf. »Dazu haben wir alle Mittel.«

Aldrin war es übel. Als Erwachsener wusste er das natürlich, aber er war noch nie in einer Situation gewesen, in der es jemand laut ausgesprochen hatte.

»Ich versuche es ihnen zu erklären«, sagte er. Seine Zunge fühlte sich pelzig und steif an.

»Pete, Sie sollten endlich aufhören zu *versuchen* und etwas *tun*«, sagte Crenshaw. »Sie sind doch nicht dumm oder faul, das sehe ich doch. Aber Sie haben eben einfach keine... Ellenbogen.«

Aldrin nickte und flüchtete aus Crenshaws Büro. Er ging zur Toilette und wusch sich die Hände. Aber auch danach fühlte er sich immer noch schmutzig. Sollte er nicht doch besser kündigen? Mia hatte einen guten Job und noch hatten sie keine Kinder. Wenn es sein musste, kamen sie eine Zeit lang mit ihrem Gehalt hin.

Aber wer würde sich um seine Leute kümmern? Crenshaw bestimmt nicht. Aldrin schüttelte den Kopf. Er machte sich etwas vor, wenn er glaubte, den Leuten helfen zu können. Er musste es versuchen, aber kündigen konnte er nicht. Wer sollte dann die Rechnungen für die Heimunterbringung seines Bruders bezahlen? Nicht auszudenken, wenn er seinen Job verlöre.

Er überlegte, wen er kannte: Betty in der Personalabteilung. Shirley in der Buchhaltung. In der Rechtsabteilung kannte er niemanden; das war noch nie nötig gewesen.

Mr. Aldrin hat die gesamte Abteilung zum Abendessen eingeladen. Wir sind in der Pizzeria, und weil die Gruppe zu groß ist für einen Tisch, sitzen wir an zwei zusammengeschobenen Tischen.

Ich fühle mich nicht wohl dabei, dass Mr. Aldrin mit uns am Tisch sitzt, aber ich weiß nicht, was ich dagegen tun soll. Er lächelt viel und redet viel. Jetzt findet er, die Behandlung sei eine gute Idee. Er will uns nicht drängen, aber er glaubt, sie würde uns nützen. Ich versuche, über den Geschmack der Pizza nachzudenken und nicht zuzuhören, aber es fällt mir schwer.

Nach einer Weile wird er langsamer. Er hat zwei Bier getrunken, und seine Stimme wird weicher an den Rändern, wie Toast in heißer Schokolade. Er klingt mehr wie der Mr. Aldrin, an den ich gewöhnt bin, zögernder. »Ich verstehe immer noch nicht, warum sie solche Eile haben«, sagt er. »Die Ausgaben für die Turnhalle und die anderen Dinge sind minimal, wirklich. Wir brauchen den Platz nicht. Verglichen mit der Profitabilität der Abteilung ist es ein winziger Tropfen. Und es gibt nicht genug Autisten wie Sie auf der Welt, damit diese Behandlung sich rechnet, selbst wenn sie bei Ihnen allen funktioniert.«

»Aktuelle Statistiken sagen, es gibt Millionen von Autisten allein in den Vereinigten Staaten«, sagt Eric.

»Ja, aber...«

»Die Kosten der Sozialleistungen für diesen Bevölkerungsteil, einschließlich von Heimplätzen für die am stärksten geschädigten Personen, wird auf Milliarden im Jahr geschätzt. Wenn die Behandlung funktioniert, stünde dieses Geld zur Verfügung...«

»Der Arbeitsmarkt kann so viele neue Arbeitskräfte nicht verkraften«, sagt Mr. Aldrin. »Und einige von ihnen sind schon zu alt. Jeremy...« Abrupt bricht er ab, und sein Gesicht wird rot und glänzend. Ist er wütend oder verlegen? Ich bin nicht sicher. Er holt tief Luft. »Mein Bruder«, sagt er. »Er ist zu alt, um noch einen Job zu bekommen.«

»Sie haben einen Bruder, der Autist ist?«, fragt Linda. Zum ersten Mal sieht sie ihm ins Gesicht. »Das haben Sie uns nie erzählt.« Mir ist plötzlich kalt. Ich dachte immer, Mr. Aldrin könnte nicht in unsere Köpfe sehen, aber wenn er einen autistischen Bruder hat, dann weiß er vielleicht mehr, als ich geglaubt habe.

»Ich … ich habe es nicht für wichtig gehalten.« Sein Gesicht ist immer noch rot und glänzend, und ich glaube, er sagt nicht die Wahrheit. »Jeremy ist viel älter als Sie. Er ist in einem Pflegeheim …«

Ich versuche, diese neue Erkenntnis über Mr. Aldrin mit seinem Verhalten uns gegenüber in Zusammenhang zu bringen, deshalb sage ich nichts.

»Sie haben uns angelogen«, sagt Cameron. Er hat den Blick gesenkt, seine Stimme klingt ärgerlich.

Mr. Aldrins Kopf zuckt zurück, als habe jemand an einer Schnur gezogen. »Ich habe nicht …«

»Es gibt zwei Arten von Lügen«, sagt Cameron. Ich merke, dass er etwas zitiert, was man ihm gesagt hat. »Die absichtliche Lüge, bei man weiß, dass man die Unwahrheit sagt, und die Lüge, bei der die Wahrheit einfach weggelassen wird. Sie haben gelogen, als Sie uns nicht erzählt haben, dass Ihr Bruder autistisch ist.«

»Ich bin Ihr Chef, nicht Ihr Freund«, bricht es aus Mr. Aldrin heraus. Er wird noch röter. Früher hat er gesagt, er sei unser Freund. Hat er damals gelogen oder lügt er jetzt? »Ich meine … es hatte nichts mit der Arbeit zu tun.«

»Es ist der Grund, warum Sie unser Supervisor werden wollten«, sagt Cameron.

»Das stimmt nicht. Zuerst wollte ich gar nicht Ihr Supervisor werden.«

»Zuerst.« Linda starrt ihm immer noch ins Gesicht. »Etwas änderte sich. War es Ihr Bruder?«

»Nein. Sie sind nicht wie mein Bruder. Er ist … er ist sehr behindert.«

»Wollen Sie die Behandlung für Ihren Bruder?«, fragt Cameron.

»Ich … ich weiß nicht.«

Das klingt auch nicht wie die Wahrheit. Ich versuche, mir Mr. Aldrins Bruder, diese unbekannte autistische Person, vorzustellen. Wenn Mr. Aldrin seinen Bruder für sehr behindert hält, was denkt er dann wirklich von uns? Wie war seine Kindheit?

»Ich wette, Sie wollen sie«, sagt Cameron. »Wenn Sie glauben, die Behandlung ist für uns gut, dann glauben Sie sicher auch, dass sie ihm helfen könnte. Vielleicht denken Sie ja, man wird Sie mit seiner Behandlung belohnen, wenn Sie uns dazu kriegen können?«

»Das ist nicht fair«, sagt Mr. Aldrin. Auch seine Stimme ist jetzt lauter. Die Leute drehen sich schon nach ihm um. Ich wünschte, wir wären nicht hier. »Er ist mein Bruder, und natürlich möchte ich ihm in jeder Beziehung helfen, aber...«

»Hat Mr. Crenshaw Ihnen gesagt, Ihr Bruder bekäme die Behandlung, wenn Sie uns dazu überreden?«

»Ich... es ist nicht so, dass...« Seine Augen gehen hin und her; sein Gesicht verändert die Farbe. Ich sehe die Anstrengung auf seinem Gesicht; er bemüht sich, uns überzeugend zu täuschen. In den Büchern steht, autistische Personen seien leicht zu täuschen, weil sie Kommunikationsnuancen nicht verstehen. Ich glaube nicht, dass Lügen eine Nuance ist. Ich glaube, Lügen ist einfach falsch. Es tut mir leid, dass Mr. Aldrin uns anlügt, aber ich bin froh, dass er es nicht sehr gut macht.

»Wenn es keinen Markt für diese Behandlung autistischer Personen gibt, wozu ist sie dann sonst gut?«, fragt Linda. Ich wünschte, sie finge nicht wieder mit dem früheren Thema an, aber es ist zu spät. Mr. Aldrins Gesicht entspannt sich ein wenig.

Ich habe eine Idee, aber sie ist noch nicht ganz klar. »Mr. Crenshaw hat doch gesagt, er wollte uns ohne die Behandlung behalten, wenn wir bereit seien, auf die Sondereinrichtungen zu verzichten, oder nicht?«

»Ja, warum?«

»Also... er würde gern haben, worin wir – worin autistische Personen – gut sind, aber ohne die Dinge, die nicht gut bei uns sind.«

Mr. Aldrin runzelt die Stirn. »Vermutlich«, sagt er langsam. »Aber ich bin nicht sicher, was das mit der Behandlung zu tun hat.«

»Irgendwo im Produkt der Firma liegt der Profit«, sage ich zu Mr. Aldrin. »Nicht im Verändern autistischer Personen – in diesem Land werden keine Kinder mehr wie wir geboren. Es gibt nicht genug von uns. Aber etwas, was wir tun, ist so wertvoll, dass es profitabel wäre, wenn normale Leute es tun könnten.« Ich denke daran, wie es war, als die Bedeutung der Symbole und die komplizierte Schönheit der Datenmuster plötzlich weg waren und ich verwirrt und konzeptionslos zurückblieb. »Sie beobachten uns schon jahrelang bei der Arbeit; Sie müssen wissen, was es ist...«

»Ihre Fähigkeiten zur Musteranalyse und Mathematik, das wissen Sie doch.«

»Nein – Mr. Crenshaw hat behauptet, dass diese Arbeit auch von neuer Software getan werden könnte. Es ist etwas anderes.«

»Ich möchte noch was über Ihren Bruder wissen«, sagt Linda.

Aldrin schließt die Augen und verweigert den Kontakt. Wenn ich so etwas tue, werde ich ausgeschimpft. Er öffnet die Augen wieder. »Sie sind... unermüdlich«, sagt er. »Sie geben einfach nicht auf.«

Das Muster formt sich in meinem Kopf, das Helle und das Dunkle verschiebt sich und kreist und bildet eine zusammenhängende Form. Aber es ist nicht genug; ich brauche noch mehr Daten.

»Erklären Sie das Geld«, sage ich zu Aldrin.

»Erklären... was?«

»Das Geld. Wie macht das Unternehmen Geld, um uns zu bezahlen?«

»Es ist ... sehr kompliziert, Lou. Ich glaube nicht, dass Sie es verstehen würden.«

»Bitte versuchen Sie es. Mr. Crenshaw behauptet, wir kosten zu viel und der Profit leidet. Aber woher kommt der Profit eigentlich?«

[10]

Mr. Aldrin starrt mich nur an. Schließlich sagt er: »Ich weiß nicht, wie ich es sagen soll, Lou, weil ich nicht weiß, wie das Verfahren genau abläuft oder was passieren könnte, wenn es auf jemanden angewendet würde, der nicht autistisch ist.«

»Können Sie nicht...«

»Und... ich glaube nicht, dass ich darüber reden sollte. Ihnen zu helfen ist eine Sache...« Er hat uns bisher noch nicht geholfen. Lügen ist keine Hilfe. »Aber darüber zu spekulieren, ob das Unternehmen vielleicht eine groß angelegte Aktion plant, die womöglich... die womöglich missverstanden werden könnte als...« Er bricht ab und schüttelt den Kopf, ohne den Satz zu beenden. Wir blicken ihn alle an. Seine Augen schimmern, als wolle er anfangen zu weinen.

»Ich hätte nicht herkommen sollen«, sagt er nach einer Weile. »Das war ein großer Fehler. Ich bezahle das Essen, aber ich muss jetzt gehen.«

Er schiebt seinen Stuhl zurück und steht auf; an der Kasse steht er mit dem Rücken zu uns. Keiner von uns sagt etwas, bis er zur Tür hinausgegangen ist.

»Er ist verrückt«, sagt Chuy.

»Er hat Angst«, sagt Bailey.

»Er hat uns nicht geholfen, nicht wirklich jedenfalls«, sagt Linda. »Ich weiß nicht, warum er überhaupt...«

»Wegen seines Bruders«, sagt Cameron.

»Etwas, das wir gesagt haben, hat ihm noch mehr Angst gemacht als Mr. Crenshaw oder sein Bruder«, sage ich.

»Er weiß etwas, was wir nicht wissen sollen.« Linda schiebt sich mit einer abrupten Geste die Haare aus der Stirn.

»Er will es selber nicht wissen«, sage ich. Ich bin nicht sicher, warum ich das denke, aber es ist so. Es ist irgendetwas, was wir gesagt haben. Ich muss wissen, was es ist.

»Um die Jahrhundertwende, da war etwas«, sagt Bailey. »In einem der Wissenschaftsmagazine stand etwas darüber, dass sie die Leute irgendwie autistisch machten, damit sie härter arbeiteten.«

»Wissenschaft oder Science-Fiction?«, frage ich.

»Es war ... warte; ich schaue es nach. Ich kenne jemanden, der es weiß.« Bailey macht sich eine Notiz auf seinem Handcomputer.

»Schick es nicht vom Büro aus«, sagt Chuy.

»Warum? Ach so. Ja.« Bailey nickt.

»Morgen Pizza«, sagt Linda. »Hierherzukommen ist normal.«

Ich mache den Mund auf, um zu sagen, dass Dienstag mein Einkaufstag ist, aber dann mache ich ihn wieder zu. Das hier ist wichtiger. Ich kann eine Woche ohne Lebensmittel auskommen, oder ich kann auch später einkaufen gehen.

»Jeder sucht für sich, ob er was findet«, sagt Cameron.

Zu Hause logge ich mich ein und schicke Lars eine E-Mail. Wo er lebt, ist es schon sehr spät, aber er ist noch wach. Ich finde heraus, dass die ursprüngliche Forschung in Dänemark stattgefunden hat, aber das gesamte Labor, die Ausrüstung und so weiter, wurden aufgekauft und nach Cambridge geschafft. Der Aufsatz, von dem ich gehört habe, basiert auf Untersuchungen, die vor mehr als einem Jahr stattgefunden haben. In dieser Hinsicht hatte Mr. Aldrin recht. Lars glaubt, dass die Behandlung inzwischen schon auf Menschen zugeschnitten worden ist; er spekuliert über geheime militärische Experimente. Ich glaube das nicht; Lars hält immer alles für geheime militärische Experimente. Er ist ein sehr guter Spielpartner, aber ich glaube nicht alles, was er sagt.

Der Wind lässt mein Fenster klappern. Ich stehe auf und lege die Hand auf die Scheibe. Viel kälter. Ein Regenschauer, und dann höre ich Donner. Es ist sowieso schon spät; ich schalte mein System ab und gehe zu Bett.

Dienstag sprechen wir auf der Arbeit nicht miteinander, bis auf »Guten Morgen« und »Guten Tag«. Nachdem ich einen weiteren Abschnitt meines Projekts fertiggestellt habe, verbringe ich fünfzehn Minuten in der Turnhalle, aber dann mache ich mich wieder an die Arbeit. Mr. Aldrin und Mr. Crenshaw kommen beide vorbei, zwar nicht gerade Arm in Arm, aber so, als seien sie gut befreundet. Sie bleiben nicht lange, und sie reden nicht mit mir.

Nach der Arbeit gehen wir wieder in die Pizzeria. »Zwei Abende hintereinander«, sagt Hallo-ich-bin-Sylvia. Ich kann nicht sehen, ob sie darüber glücklich oder unglücklich ist. Wir gehen an unseren üblichen Tisch, ziehen aber noch einen weiteren heran, damit Platz für alle ist.

»Und?«, sagt Cameron, nachdem wir bestellt haben. »Was habt ihr herausgefunden?«

Ich erzähle der Gruppe, was Lars gesagt hat. Bailey hat den Text des alten Artikels von vor zehn Jahren gefunden, in dem es hieß, dass Leute absichtlich autistisch gemacht werden könnten. Das war aber bloß Science-Fiction. Ich wusste gar nicht, dass Wissenschaftsmagazine absichtlich Science-Fiction publizieren, aber anscheinend haben sie es inzwischen auch wieder eingestellt.

»Es ging wohl darum, dass sich die Leute ausschließlich auf ihre Aufgabe konzentrieren und keine Zeit mit anderen Dingen verschwenden«, sagt Bailey.

»So wie Mr. Crenshaw denkt, dass wir Zeit verschwenden?«, sage ich.

Bailey nickt.

»Wir verschwenden lange nicht so viel Zeit wie er, wenn er ständig herumläuft und wütend aussieht«, sagt Chuy.

Wir lachen alle, aber leise. Eric malt Kringel mit seinen Buntstiften; sie sehen alle so aus wie die Geräusche beim Lachen.

»Stand drin, wie es funktionieren sollte?«, fragt Linda.

»So in etwa«, erwidert Bailey. »Aber ich glaube nicht, dass die Geschichte wissenschaftlich fundiert war. Außerdem ist es schon ewig her. Was die damals für machbar gehalten haben, funktioniert wahrscheinlich gar nicht.«

»Sie wollten keine Autisten wie uns«, sagt Eric. »Sie wollten – so steht es zumindest in der Geschichte – Wunderkinder, einseitige Spezialbegabungen ohne Nebenwirkungen. Im Vergleich zu einem solchen Savant verschwenden wir viel Zeit, allerdings nicht so viel, wie Mr. Crenshaw glaubt.«

»Auch normale Leute verschwenden viel Zeit mit unproduktiven Dingen«, sagt Cameron. »Mindestens so viel wie wir, vielleicht sogar mehr.«

»Und was braucht man, um eine normale Person in einen Savant zu verwandeln?«, fragt Linda.

»Ich weiß nicht«, sagt Cameron. »Am wichtigsten ist sicher, dass er klug sein müsste. Besonders gut in irgendetwas. Und dann müsste er dazu gebracht werden, nur noch das Eine zu tun statt etwas anderem.«

»Es würde ja auch nichts nützen, wenn sie ihn dazu bringen, etwas zu tun, was er nicht gut kann«, sagt Chuy. Ich stelle mir jemanden vor, der entschlossen ist, Musiker zu sein, aber überhaupt kein Rhythmusgefühl hat; es ist lächerlich. Wir empfinden das alle als komisch und lachen.

»Gibt es denn überhaupt Leute, die etwas tun möchten, was sie nicht gut können?«, fragt Linda. »Normale Leute, meine ich.« Zum ersten Mal klingt bei ihr das Wort *normal* nicht wie ein Schimpfwort.

Wir sitzen da und überlegen einen Moment lang, dann

sagt Chuy: »Ich hatte einen Onkel, der Schriftsteller werden wollte. Meine Schwester – sie liest viel – hat gesagt, er sei echt schlecht. Wirklich absolut schlecht. Er konnte gut Dinge mit seinen Händen machen, aber er wollte unbedingt schreiben.«

»Und hier ist das Essen.« Hallo-ich-bin-Sylvia bringt die Pizzas. Ich blicke sie an. Sie lächelt, aber sie sieht müde aus, und dabei ist es noch nicht einmal sieben Uhr.

»Danke«, sage ich. Sie macht eine Handbewegung und eilt an einen anderen Tisch.

»Etwas, um Leute davon abzuhalten, ihre Aufmerksamkeit irgendwelchen Ablenkungen zuzuwenden«, sagt Bailey. »Etwas, damit sie die richtigen Dinge mögen.«

»*Ablenkbarkeit wird bestimmt durch die sensorische Empfindlichkeit und durch die Stärke sensorischer Integration*«, rezitiert Eric. »Das habe ich gelesen. Ein Teil davon ist angeboren. Das weiß man seit sechzig oder siebzig Jahren; Ende des zwanzigsten Jahrhunderts war dieses Wissen auch auf der populären Ebene angekommen und hatte Eingang in Elternratgeber gefunden. Aufmerksamkeitskontrolle wird schon früh beim Fötus entwickelt; spätere Verletzungen können sie gefährden...«

Einen Moment lang ist mir beinahe übel, als ob jetzt gerade etwas mein Gehirn angreift, aber ich schiebe das Gefühl beiseite. Was auch immer meinen Autismus verursacht hat, liegt in der Vergangenheit, und ich kann es nicht mehr ungeschehen machen. Und jetzt darf ich nicht über mich nachdenken, sondern muss mich auf das Problem konzentrieren.

Mein ganzes Leben lang hat man mir gesagt, was es für ein Glück war, dass ich zu diesem Zeitpunkt geboren wurde – Glück, weil ich von den Verbesserungen bei der frühkindlichen Intervention profitieren konnte, Glück, weil ich im richtigen Land zur Welt gekommen bin, als Kind von Eltern, die über die Bildung und die Mittel verfügten, um dafür zu sorgen, dass ich so gut wie möglich behandelt wurde. Sogar

Glück, zu früh für die endgültige Behandlung geboren worden zu sein, weil – wie meine Eltern sagten – der Kampf um Normalität mir Gelegenheit gab, meinen Charakter zu stärken.

Was hätten sie wohl gesagt, wenn diese neue Behandlung in meiner Kindheit bereits zur Verfügung gestanden hätte? Hätten sie dann gewollt, dass ich stärker werde oder normal? Wenn ich die Behandlung annehme, heißt das dann, dass ich keine Charakterstärke besitze? Oder würde ich trotzdem kämpfen müssen?

Als ich mich am nächsten Abend für den Fechtunterricht bei Tom und Lucia umziehe, denke ich immer noch nach. Welche Verhaltensweisen haben wir, von denen andere profitieren könnten, die über die Talente von Robotern hinausgehen? Die meisten autistischen Verhaltensweisen sind uns als Defizite, nicht als Stärken dargestellt worden. Unsozial, ohne soziale Fähigkeiten, Probleme mit der Konzentration... das fällt mir immer wieder ein. Es ist schwer, von ihrer Perspektive aus zu denken, aber ich habe das Gefühl, dass die Aufmerksamkeitskontrolle in der Mitte des Musters steht, wie ein schwarzes Loch.

Ich bin ein bisschen zu früh dran. Vor dem Haus steht noch kein anderes Auto. Ich fahre vorsichtig bis ganz nach vorne, sodass hinter mir noch genügend Platz ist. Die anderen achten beim Parken manchmal nicht darauf, und dann können nicht so viele Autos hier stehen. Ich könnte jede Woche so früh kommen, aber das wäre nicht fair den anderen gegenüber.

Drinnen lachen Tom und Lucia über etwas. Als ich hereinkomme, grinsen sie mich vergnügt an. Ich frage mich, wie es wohl sein mag, wenn man die ganze Zeit über jemanden in der Wohnung hat, jemanden, mit dem man lachen kann. Sie wirken eigentlich glücklich, auch wenn sie manchmal streiten.

»Wie geht es dir, Lou?«, fragt Tom. Das fragt er immer. Es ist etwas, was normale Leute machen, auch wenn sie wissen, dass es dir gut geht.

»Gut«, sage ich. Ich möchte Lucia etwas Medizinisches fragen, weiß aber nicht, wie ich anfangen soll, oder ob es höflich ist. Ich beginne mit etwas anderem. »Letzte Woche sind die Reifen an meinem Auto zerstochen worden.«

»Oh, nein!«, sagt Lucia. »Wie schrecklich!« Ihr Gesicht verändert die Form; ich glaube, sie möchte Mitgefühl ausdrücken.

»Es stand auf dem Parkplatz vor meinem Haus«, sage ich. »An derselben Stelle wie immer. Alle vier Reifen.«

Tom pfeift. »Das ist teuer«, sagt er. »Gibt es in der Gegend viel Vandalismus? Hast du die Polizei verständigt?«

Ich kann nicht alle Fragen auf einmal beantworten. »Ja, ich habe Anzeige erstattet«, sage ich. »In meinem Haus wohnt ein Polizist. Er hat mir gesagt, wie ich es machen muss.«

»Das ist gut«, sagt Tom. Ich weiß nicht, ob er meint, es sei gut, dass ein Polizist bei mir im Haus wohnt, oder dass ich Anzeige erstattet habe, aber ich glaube, es ist auch nicht wichtig.

»Mr. Crenshaw war wütend, weil ich zu spät zur Arbeit gekommen bin«, sage ich.

»Hast du nicht erzählt, dass er neu bei euch ist?«, fragt Tom.

»Ja. Er mag unsere Abteilung nicht. Er mag keine Autisten.«

»Oh, er ist wahrscheinlich...«, beginnt Lucia, aber Tom wirft ihr einen Blick zu und sie bricht ab.

»Ich weiß nicht, warum du denkst, dass er keine Autisten mag«, sagt Tom.

Ich entspanne mich. Es fällt mir viel leichter, mit Tom zu reden, wenn er die Dinge so ausdrückt. Dann ist die Frage weniger bedrohlich. Ich wünschte, ich wüsste warum.

»Er sagt, wir sollten keine Sondereinrichtungen mehr haben«, erwidere ich. »Er sagt, sie seien zu teuer. Wir sollten keine Turnhalle brauchen und... die anderen Dinge.« Ich habe ihnen noch nie von den besonderen Dingen erzählt, die unseren Arbeitsplatz besser machen. Vielleicht sehen Tom und Lucia es ja genauso wie Mr. Crenshaw, wenn sie es herausfinden.

»Das ist...« Lucia schweigt, blickt Tom an und fährt dann fort: »Das ist lächerlich. Es spielt keine Rolle, was er denkt; das Gesetz besagt, dass sie eine unterstützende Arbeitsumgebung schaffen müssen.«

»Solange wir so produktiv sind wie die anderen Angestellten«, erwidere ich. Es fällt mir schwer, darüber zu reden; es macht mir Angst. Ich spüre, wie mir die Kehle eng wird, und höre, wie meine Stimme gepresst und mechanisch klingt. »Solange wir unter die diagnostischen Kriterien des Gesetzes fallen...«

»Was bei Autismus eindeutig der Fall ist«, sagt Lucia. »Und ich bin sicher, dass ihr produktiv seid, sonst hätten sie euch nicht so lange behalten.«

»Droht Mr. Crenshaw damit, dir zu kündigen, Lou?«

»Nein... nicht konkret. Ich habe euch doch von dieser experimentellen Behandlung erzählt. Sie haben eine Weile nicht mehr davon gesprochen, aber jetzt wollen sie – Mr. Crenshaw, die Firma –, dass wir uns dieser experimentellen Behandlung unterziehen. Sie haben einen Brief geschickt. Darin steht, dass die Personen, die an der Behandlung teilnehmen, vor Entlassung geschützt sind. Mr. Aldrin hat mit unserer Gruppe geredet; wir haben am Samstag eine außerordentliche Sitzung. Ich habe gedacht, sie könnten uns nicht zwingen, uns behandeln zu lassen, aber Mr. Aldrin sagt, dass Mr. Crenshaw sagt, sie könnten unsere Abteilung einfach schließen und sich weigern, eine andere Arbeit für uns zu finden. Weil wir für etwas anderes nicht ausgebildet sind. Er sagt, wenn wir uns nicht behandeln lassen, machen sie das, und das ist dann keine Kündigung.«

Tom und Lucia sehen beide wütend aus; ihre Gesichter sind angespannt, und die Haut glänzt. Ich hätte das jetzt nicht sagen sollen; es war der falsche Zeitpunkt, wenn es überhaupt einen richtigen Zeitpunkt dafür gibt.

»Diese *Schweine*«, sagt Lucia. Sie blickt mich an, und ihr Gesicht verändert sich und wird um die Augen glatt. »Lou – Lou, hör mir zu: Ich bin nicht wütend auf dich. Ich bin wütend auf die Leute, die dir wehtun oder dich nicht gut behandeln ... nicht auf dich.«

»Ich hätte das nicht sagen dürfen«, sage ich, immer noch unsicher.

»Doch, das war richtig«, sagt Lucia. »Wir sind deine Freunde; wir müssen wissen, wenn in deinem Leben was schiefläuft, damit wir dir helfen können.«

»Lucia hat recht«, sagt Tom. »Freunde helfen Freunden – so wie du uns geholfen hast, als wir das Regal für die Masken gebaut haben.«

»Aber das ist etwas, das wir alle benutzen«, sage ich. »Bei meiner Arbeit geht es nur um mich.«

»Ja und nein«, sagt Tom. »Ja, weil wir nicht mit dir zusammen arbeiten und dir nicht direkt helfen können. Und nein, weil es sich um ein großes Problem handelt, das allgemeine Gültigkeit hat. Hier geht es nicht nur um dich, es könnte jede behinderte Person betreffen, die irgendwo angestellt ist. Wenn sie nun auf einmal beschließen, dass ein Rollstuhlfahrer keine Rampen mehr braucht? Ihr müsst wirklich einen Anwalt haben. Hast du nicht gesagt, im Center könnten sie euch einen besorgen?«

»Willst du uns nicht ein bisschen mehr über diesen Mr. Crenshaw und seine Pläne erzählen, bevor die anderen kommen?«, fragt Lucia.

Ich setze mich aufs Sofa, aber obwohl sie gesagt haben, dass sie mir zuhören wollen, fällt mir das Reden schwer. Ich blicke auf den Teppich mit der breiten Bordüre und dem geometrischen Muster in Blau und Ocker und versuche, die Geschichte so klar wie möglich zu erzählen.

»Es gibt eine Behandlung, die sie – jemand – an erwachsenen Menschenaffen ausprobiert haben«, sage ich. »Ich wusste nicht, dass Affen autistisch sein können, aber es heißt, dass autistische Affen nach dieser Behandlung normaler wurden. Mr. Crenshaw möchte, dass wir uns behandeln lassen.«

»Und du möchtest es nicht?«, fragt Tom.

»Ich verstehe nicht, wie es funktioniert«, sage ich.

»Sehr vernünftig«, sagt Lucia. »Weißt du, wer die Studie gemacht hat, Lou?«

»An den Namen kann ich mich nicht erinnern«, erwidere ich. »Lars – er ist Mitglied einer internationalen Gruppe autistischer Erwachsener – hat mir vor ein paar Wochen dazu eine E-Mail geschickt. Er hat mir auch die Website gemailt, und ich habe sie mir angesehen, aber ich verstehe nicht viel davon. Ich habe nicht Neurowissenschaften studiert.«

»Hast du die Adresse noch?«, fragt Lucia. »Ich kann ja mal nachsehen, ob ich es finde.«

»Würdest du das denn tun?«

»Ja, sicher. Und ich kann bei uns in der Abteilung mal fragen, ob sie die Studie für gut halten.«

»Wir hatten eine Idee«, sage ich.

»Wer wir?«, fragt Tom.

»Wir ... die Leute, mit denen ich arbeite«, sage ich.

»Die anderen Autisten?«, fragt Tom.

»Ja.« Ich schließe kurz die Augen, um mich zu beruhigen. »Mr. Aldrin hat uns zu Pizza eingeladen. Er hat Bier getrunken. Dann sagte er, er glaube nicht, dass es profitabel sei, erwachsene Autisten zu behandeln – weil heutzutage Neugeborene und Säuglinge behandelt werden und wir die letzten sind, die so sind. Zumindest in diesem Land. Deshalb haben wir uns gefragt, warum diese Behandlung überhaupt entwickelt worden ist und was man sonst noch damit anfangen kann. Es ist wie die Musteranalysen, die ich mache. Es gibt ein Muster, aber es ist nicht das einzige Muster. Jemand kann glauben, ein Muster zu erzeugen, und dabei entstehen eigentlich mehrere, und eines davon kann nützlich sein oder auch nicht, je nachdem wie die Problemstellung ist.« Ich blicke Tom an, und er sieht mich mit einem seltsamen Gesichtsausdruck an. Sein Mund steht ein bisschen offen.

Rasch schüttelt er den Kopf. »Du glaubst also, die haben etwas ganz anderes vor? Etwas von dem ihr Autisten nur ein Teil seid?«

»Es könnte sein«, erwidere ich vorsichtig.

Er blickt Lucia an, und sie nickt. »Es könnte tatsächlich sein«, sagt er. »Wenn sie es an euch ausprobieren, bekämen sie zusätzliche Informationen, und dann... lass mich mal überlegen...«

»Ich glaube, es hat etwas mit der Aufmerksamkeitskontrolle zu tun«, sage ich. »Sensorischen Input nehmen wir alle unterschiedlich wahr und... und setzen Aufmerksamkeitsprioritäten.« Ich bin nicht sicher, ob die Wörter richtig sind, aber Lucia nickt heftig.

»Aufmerksamkeitskontrolle – natürlich. Wenn sie das kontrollieren könnten, wäre es viel leichter, eifrige Arbeitskräfte zu entwickeln.«

»Weltraum«, sagt Tom.

Ich bin verwirrt, aber Lucia nickt.

»Ja. Die große Einschränkung bei Weltraumjobs ist es, dass man die Leute dazu bringen muss, sich zu konzentrieren. Die sensorischen Inputs dort oben sind anders als die, an die wir gewöhnt sind.« Ich weiß nicht, woher sie weiß, was er denkt. Ich würde auch gern die Gedanken anderer so lesen können. Sie grinst mich an. »Lou, ich glaube, du bist hier etwas Großem auf der Spur. Sag mir die Seite, und dann kümmere ich mich mal darum.«

Ich fühle mich unbehaglich. »Ich darf außerhalb des Campus nicht über die Arbeit reden«, sage ich.

»Du redest nicht über die Arbeit«, erwidert sie. »Du redest über dein *Arbeitsumfeld*. Das ist etwas anderes.«

Ich frage mich, ob Mr. Aldrin das auch so sehen würde.

Jemand klopft an die Tür, und wir hören auf zu reden. Ich bin völlig verschwitzt, obwohl ich noch nicht gefochten habe. Als erste kommen Dave und Susan. Wir holen unsere Ausrüstung und beginnen auf dem Hof mit unseren Dehnübungen.

Als nächste kommt Marjory. Sie grinst mich an. Ich fühle mich wieder leichter als Luft. Mir fällt ein, was Emmy gesagt hat, aber ich kann es nicht glauben, wenn ich Marjory sehe. Vielleicht frage ich sie ja heute Abend, ob sie mit mir essen gehen will. Don ist nicht gekommen. Er ist vermutlich immer noch böse auf Tom und Lucia, weil sie sich nicht wie Freunde verhalten haben. Es macht mich traurig, dass sie nicht mehr alle befreundet sind; ich hoffe, sie werden nicht auch wütend auf mich und hören auf, meine Freunde zu sein.

Ich fechte gerade mit Dave, als ich ein Geräusch von der Straße her höre und dann die quietschenden Reifen eines Autos, das schnell wegfährt. Ich ignoriere es und ändere meine Attacke nicht, aber Dave hält inne und ich treffe ihn zu fest an der Brust.

»Entschuldigung«, sage ich.

»Ist schon gut«, erwidert er. »Hast du das gehört? Das klang aber nahe.«

»Ich habe etwas gehört«, erwidere ich. Ich versuche, mir die Geräusche noch einmal vorzustellen: Krachen, Klirren, Quietschen, Röhren. Hat jemand etwas aus einem Auto geworfen?

»Vielleicht sollten wir besser mal nachsehen«, sagt Dave.

Auch einige der anderen sind aufgestanden, um nachzusehen. Ich folge der Gruppe in den Vorgarten. Im Schein der Straßenlaterne an der Ecke sehe ich ein Glitzern auf dem Pflaster.

»Es ist dein Auto, Lou«, sagt Susan. »Die Windschutzscheibe.«

Mir wird kalt.

»Deine Reifen letzte Woche... an welchem Tag war das, Lou?«

»Donnerstag«, antworte ich. Meine Stimme zittert ein bisschen und klingt hart.

»Donnerstag. Und jetzt das...« Tom blickt die anderen an, und sie erwidern seinen Blick. Ich merke, dass sie alle zusammen etwas denken, aber ich weiß nicht was. Tom schüttelt den Kopf. »Wir sollten wahrscheinlich die Polizei rufen. Ich hasse es, das Training abbrechen zu müssen, aber...«

»Ich fahre dich nach Hause, Lou«, sagt Marjory. Sie ist hinter mich getreten; ich zucke zusammen, als ich ihre Stimme höre.

Tom ruft die Polizei, weil es, wie er sagt, vor seinem Haus passiert ist. Nach ein paar Minuten reicht er mir das Telefon, und eine gelangweilte Stimme fragt mich nach meinem Namen, meiner Adresse, meiner Telefonnummer und der Zulassungsnummer des Autos. Ich höre Lärm im Hintergrund am anderen Ende der Leitung, und hier reden die Leute im Wohnzimmer; es fällt mir schwer, zu verstehen, was die Stimme sagt. Ich bin froh, dass es nur Routinefragen sind, weil ich mir dann denken kann, wie sie lauten.

Dann jedoch fragt die Stimme etwas anderes, und die Wörter bilden ein Wirrwarr, und ich kann mir die Frage nicht denken. »Entschuldigung...«, sage ich.

Die Stimme wird lauter, und die Wörter sind deutlicher getrennt. Tom bringt die Leute im Wohnzimmer zum Schweigen. Dieses Mal verstehe ich die Frage.

»Haben Sie eine Ahnung, wer das getan haben könnte?«, fragt die Stimme.

»Nein«, antworte ich. »Aber letzte Woche hat jemand meine Reifen zerstochen.«

»Ach?« Jetzt klingt die Stimme interessiert. »Haben Sie Anzeige erstattet?«

»Ja«, antworte ich.

»Wissen Sie noch, wer der ermittelnde Beamte war?«

»Er hat mir seine Karte gegeben, warten Sie...« Ich lege den Hörer hin und hole meine Brieftasche heraus. Die Karte steckt noch darin. Ich lese den Namen vor, Malcolm Stacy, und die Nummer des Falls.

»Er ist im Moment nicht da; ich lege ihm den Bericht auf den Schreibtisch. Nun... gibt es Zeugen?«

»Ich habe es gehört«, sage ich, »aber ich habe es nicht gesehen. Wir waren hinten im Garten.«

»Schade. Na ja, wir schicken jemanden vorbei, aber es kann eine Weile dauern. Bleiben Sie bitte da.«

Als der Streifenwagen endlich eintrifft, ist es schon fast 22.00 Uhr; alle sitzen im Wohnzimmer und sind das Warten leid. Ich fühle mich schuldbewusst, obwohl es nicht meine Schuld ist. Ich habe schließlich meine Windschutzscheibe nicht zerbrochen oder der Polizei gesagt, sie soll sagen, dass alle dableiben müssen. Die Polizeibeamtin ist eine Frau namens Isaka, klein und dunkelhaarig und sehr energisch. Ich glaube, sie findet den Anlass zu unwichtig, um die Polizei zu rufen.

Sie sieht sich mein Auto an und seufzt. »Nun, jemand hat Ihre Windschutzscheibe zerbrochen, und vor ein paar Tagen hat jemand Ihre Reifen zerstochen, also liegt das Problem wohl bei Ihnen, Mr. Arrendale. Sie müssen jemanden wirklich auf die Palme gebracht haben, und wahrscheinlich fällt Ihnen auch ein, wer es sein könnte, wenn Sie scharf nachdenken. Wie kommen Sie mit Ihren Kollegen zurecht?«

»Gut«, sage ich, ohne wirklich nachzudenken. Tom tritt von einem Fuß auf den anderen. »Ich habe einen neuen Chef, aber ich glaube nicht, dass Mr. Crenshaw eine Windschutzscheibe einschlagen oder Reifen zerstechen würde.« Ich kann mir nicht vorstellen, dass er so etwas machen würde, auch wenn er immer so wütend wird.

»Ach?«, sagt sie und macht sich eine Notiz.

»Er war wütend, als ich zu spät zur Arbeit gekommen bin, nachdem meine Reifen platt waren«, sage ich. »Aber ich glaube nicht, dass er deswegen meine Windschutzscheibe zerschlagen würde. Eher würde er mich entlassen.«

Die Polizistin blickt mich an, sagt aber nichts mehr zu mir. Jetzt spricht sie mit Tom. »Haben Sie hier eine Party gefeiert?«

»Nein, das ist ein Fechtclub«, sagt er.

Ich sehe, wie sich der Nacken der Polizistin verkrampft. »Fechten? Mit Waffen?«

»Es ist ein Sport«, erwidert Tom. Ich höre die Anspannung in seiner Stimme. »Vorletzte Woche hatten wir ein Turnier, und in ein paar Wochen findet das nächste statt.«

»Ist jemals jemand verletzt worden?«

»Nicht hier. Wir haben strenge Sicherheitsregeln.«

»Kommen jede Woche dieselben Leute?«

»Für gewöhnlich ja. Ab und zu verpasst mal einer den Unterricht.«

»Und diese Woche?«

»Nun, Larry ist nicht da – er ist geschäftlich in Chicago. Und Don.«

»Haben Sie irgendwelche Probleme mit den Nachbarn? Irgendwelche Beschwerden über Lärmbelästigung oder so etwas?«

»Nein.« Tom fährt sich mit der Hand durch die Haare. »Wir kommen gut mit den Nachbarn aus; es ist eine nette Gegend. Normalerweise gibt es hier auch keinen Vandalismus.«

»Aber Mr. Arrendale hatte zwei Fälle von Vandalismus an seinem Wagen in einer Woche ... das ist doch auffällig.« Sie wartet; niemand sagt etwas. Schließlich zuckt sie mit den Schultern und fährt fort: »Es ist so. Wenn das Auto nach Osten gefahren ist, auf der rechten Straßenseite, dann musste der Fahrer anhalten, aussteigen, die Scheibe einschlagen, wieder zu seinem Auto laufen, einsteigen und wegfahren. Er konnte die Scheibe auf keinen Fall von der Fahrerseite eines Wagens aus zerbrechen, der in die gleiche Richtung fuhr, wie Ihr Auto geparkt war. Wenn das Auto jedoch nach Westen gefahren ist, dann hätte der Fahrer einfach einen Stock oder so etwas in der Art nach draußen halten oder einen Stein auf die Scheibe werfen können, ohne anzuhalten. Und dann wäre er längst weg gewesen, bevor jemand in den Vorgarten gelaufen kam.«

»Ich verstehe«, sage ich. Jetzt, wo sie es gesagt hat, kann ich mir den Angriff und die Flucht bildlich vorstellen. Aber warum?

»Sie müssen *irgendeine* Ahnung haben, wer wütend auf Sie ist«, sagt die Polizeibeamtin. Sie klingt ärgerlich.

»Es ist unerheblich, wie wütend man auf jemanden ist; es ist nicht richtig, Dinge zu zerbrechen«, sage ich. Ich denke nach, aber die einzige Person, die mir einfällt, die wegen des Fechtens wütend auf mich ist, ist Emmy. Emmy hat kein Auto. Ich glaube nicht, dass sie weiß, wo Tom und Lucia wohnen. Und ich glaube auch nicht, dass Emmy Windschutzscheiben zerbrechen würde. Sie könnte hereinkommen und viel zu laut reden und etwas Ungezogenes zu Marjory sagen, aber sie würde nichts zerbrechen.

»Das stimmt«, sagt die Polizistin, »es ist nicht in Ordnung, aber die Leute tun es trotzdem. Wer ist wütend auf Sie?«

Wenn ich ihr von Emmy erzähle, macht sie Emmy Ärger, und ich bekomme noch mehr Probleme mit Emmy. Ich bin sicher, dass es nicht Emmy ist. »Ich weiß nicht«, sage ich. Hinter mir bewegt sich etwas und übt auf mich Druck aus. Ich glaube, es ist Tom, bin mir aber nicht sicher.

»Können die anderen jetzt gehen, Officer?«, fragt Tom.

»Oh, sicher. Niemand hat etwas gesehen, niemand hat etwas gehört. Nun, Sie haben etwas gehört, aber Sie haben nichts gesehen – sonst noch jemand?«

Allgemeines Gemurmel entsteht. »Nein«, »ich nicht« und »wenn ich doch nur schneller gewesen wäre«, und langsam gehen alle zu ihren Autos. Marjory, Tom und Lucia bleiben da.

»Wenn Sie das Ziel sind, und das sind Sie anscheinend, dann wusste der Täter, dass Sie heute Abend hier sind. Wie viele Leute wissen, dass Sie mittwochs immer hierher kommen?«

Emmy weiß nicht, an welchem Abend ich fechten gehe. Mr. Crenshaw weiß noch nicht einmal, dass ich überhaupt fechten gehe.

»Alle, die hier fechten«, antwortet Tom für mich. »Vielleicht noch ein paar vom letzten Turnier – es war Lous erstes. Wissen die Leute bei dir auf der Arbeit davon, Lou?«

»Ich rede nicht viel darüber«, erwidere ich. Ich erkläre nicht, warum. »Ich habe es erwähnt, aber ich kann mich nicht erinnern, irgendjemandem gesagt zu haben, wo der Unterricht stattfindet. Vielleicht habe ich es ja gesagt.«

»Nun, das werden wir herausfinden, Mr. Arrendale«, sagt die Beamtin. »Solche Anschläge können bis zu Körperverletzung eskalieren. Passen Sie gut auf sich auf.« Sie reicht mir eine Karte mit ihrem Namen und ihrer Telefonnummer. »Rufen Sie mich oder Stacy an, wenn Ihnen irgendetwas einfällt.«

Als der Streifenwagen wegfährt, sagt Marjory noch einmal: »Ich fahre dich gern nach Hause, Lou, wenn du nichts dagegen hast.«

»Ich möchte mein Auto mitnehmen«, sage ich. »Ich muss

es reparieren lassen. Ich muss mich wieder an die Versicherung wenden. Sie werden nicht gerade froh über mich sein.«

»Ich schaue mal nach, ob Glassplitter auf dem Sitz sind«, sagt Tom. Er öffnet die Wagentür. Das Licht glitzert auf den winzigen Glasstückchen auf dem Armaturenbrett, dem Boden und dem Schaffell auf dem Sitz. Mir ist übel. Das Fell sollte weich und warm sein; jetzt stecken scharfe Splitter darin. Ich nehme es heraus und schüttele es auf die Straße aus. Die kleinen Glasstückchen machen ein schrilles Geräusch, als sie auf den Asphalt fallen. Es ist ein hässliches Geräusch, wie moderne Musik. Ich bin mir nicht sicher, ob jetzt alles Glas weg ist; es können sich durchaus noch Splitter in dem Vlies verstecken wie winzige Messer.

»So kannst du nicht fahren, Lou«, sagt Marjory.

»Er muss auf jeden Fall in die Werkstatt fahren, damit er eine neue Windschutzscheibe bekommt«, sagt Tom. »Die Scheinwerfer sind ja nicht kaputt; wenn er langsam fährt, kann er durchaus damit fahren.«

»Ich kann das Auto nach Hause fahren«, sage ich. »Ich werde vorsichtig fahren.« Ich lege das Schaffell auf den Rücksitz und setze mich auf den Fahrersitz.

Später, zu Hause, denke ich darüber nach, was Tom und Lucia gesagt haben, und lasse es wie ein Band in meinem Kopf abspulen.

»So wie ich es sehe«, sagt Tom, »hat dein Mr. Crenshaw beschlossen, eher die Probleme zu sehen als die Möglichkeiten. Er könnte ja dich und die anderen in eurer Abteilung auch als Aktivposten sehen.«

»Ich bin kein Aktivposten«, erwidere ich. »Ich bin eine Person.«

»Du hast recht, Lou, aber wir reden hier von einem Konzern. Die sehen Menschen, die für sie arbeiten, als Aktivposten oder als Belastung an. Ein Angestellter, der etwas Besonderes braucht, ist in ihren Augen eine Belastung. Das ist die einfachste Art, es zu sehen, und deshalb sehen es viele Manager auch so.«

»Aber sie sehen etwas Falsches«, sage ich.

»Ja. Sie mögen zwar auch deinen Wert als Aktivposten sehen, aber sie wollen den Aktivposten ohne Verpflichtung haben.«

»Gute Manager«, sagt Lucia, »helfen den Menschen zu wachsen. Wenn sie in einem Teil ihres Jobs gut und in einem anderen Teil nicht so gut sind, dann helfen gute Manager ihnen dabei, die Bereiche zu identifizieren, in denen sie nicht so stark sind, und an ihrer Aufgabe zu wachsen – aber nur bis zu dem Punkt, an dem ihre Stärken, die Gründe, warum sie eingestellt worden sind, nicht beeinträchtigt werden.«

»Aber wenn ein neues Computersystem es besser kann...«

»Das spielt keine Rolle. Man muss auch noch an etwas anderes denken, Lou. Es kann schon sein, dass eine Maschine oder eine andere Person eine deiner Aufgaben erledigen kann – aber eins kann sie nicht: Sie kann nicht *du* sein.«

»Aber was nutzt mir das, wenn ich keinen Job habe?«, frage ich. »Wenn ich keinen Job bekommen kann...«

»Lou, du bist ein Mensch... ein Individuum. Das ist auf jeden Fall gut, ob du nun einen Job hast oder nicht.«

»Ich bin ein Autist«, sage ich. »Das bin ich. Ich muss auf eine bestimmte Art leben... Wenn sie mich entlassen, was soll ich dann machen?«

»Viele Leute verlieren ihre Jobs und finden dann neue. Das kannst du auch, wenn du musst. Wenn du willst. Du kannst dich zur Veränderung entscheiden; du brauchst nicht abzuwarten, bis sie dich trifft. Es ist wie beim Fechten – du kannst derjenige sein, der das Muster bestimmt.«

Ich spiele dieses Band mehrmals in meinem Kopf ab, wobei ich versuche, Tonfall, Wörter und Gesichtsausdruck so zu treffen, wie ich mich an sie erinnere. Sie haben mir einige

Male geraten, mir einen Anwalt zu nehmen, aber ich bin nicht bereit, mit jemandem zu sprechen, den ich nicht kenne. Es ist schwer zu erklären, was ich denke und was geschehen ist. Ich möchte es für mich selber herausbekommen.

Wenn ich nicht wäre, was ich bin, was wäre ich dann geworden? Manchmal habe ich darüber schon nachgedacht. Wenn es mir leichter fiele, zu verstehen, was andere Leute sagen, hätte ich ihnen dann mehr zugehört? Hätte ich leichter sprechen gelernt? Und hätte ich dann deswegen mehr Freunde, wäre vielleicht sogar beliebt? Ich versuche mir vorzustellen, wie ich als normales Kind gewesen wäre, das mit seiner Familie, mit den Lehrern und Klassenkameraden redet. Wenn ich so ein Kind gewesen wäre, statt so wie ich bin, hätte ich dann Mathematik so leicht verstanden? Wären dann die komplizierten Konstruktionen klassischer Musik für mich schon beim ersten Hören so offensichtlich? Ich weiß noch, wie ich zum ersten Mal Bachs *Toccata und Fuge in d-Moll* hörte ... die Intensität der Freude, die ich empfand. Wäre ich in der Lage gewesen, meine Arbeit zu tun? Und welche andere Arbeit hätte ich sonst getan?

Jetzt als Erwachsener fällt es mir schwer, mich als eine andere Person zu sehen. Als Kind bin ich in verschiedene Rollen geschlüpft. Ich dachte, ich würde normal werden, eines Tages könnte auch ich das tun, was alle anderen mit solcher Leichtigkeit taten. Mit der Zeit ließ diese Fantasie nach. Meine Beschränkungen waren real, unveränderlich, dicke, schwarze Linien um den Umriss meines Lebens.

In einem Punkt waren sich alle Bücher einig: über die Dauerhaftigkeit des Defizits, wie sie es nannten. Eine frühe Intervention konnte die Symptome verbessern, aber das zentrale Problem blieb. Ich spürte dieses zentrale Problem täglich, als ob es einen großen, runden Stein in der Mitte meines Ichs gäbe, eine Schwere, die alles beeinträchtigte, was ich tat und was ich versuchte.

Wenn sie nun nicht da wäre?

Als ich mit der Schule fertig war, hörte ich auf, über meine Behinderung zu lesen. Ich war nicht als Chemiker, Biochemiker oder Genetiker ausgebildet... Obwohl ich für ein pharmazeutisches Unternehmen arbeite, verstehe ich nur wenig von Medikamenten. Ich kenne nur die Muster, die durch meinen Computer fließen, die Muster, die ich finde und analysiere, und die Muster, die ich für sie schaffen soll. Ich weiß nicht, wie andere Leute neue Dinge lernen, aber so wie ich sie lerne, klappt es bei mir gut. Meine Eltern haben mir ein Fahrrad gekauft, als ich sieben war, und haben versucht, mir zu sagen, wie ich darauf fahren soll. Sie wollten, dass ich mich zunächst darauf setze und in die Pedale trete, während sie das Rad festhielten, und dann sollte ich selber anfangen zu lenken. Ich ignorierte sie. Es war klar, dass das Lenken das Wichtigste und das Schwerste daran war, deshalb wollte ich das zuerst lernen.

Ich ging mit dem Fahrrad durch den Garten und spürte, wie die Griffe der Lenkstange wackelten und zuckten, wenn das Vorderrad über Gras und Steine fuhr. Dann nahm ich es zwischen die Beine und ging so damit herum, lenkte es, ließ es umfallen und hob es wieder auf. Schließlich setzte ich mich darauf, rollte den kleinen Abhang an unserer Einfahrt herunter, wobei ich die Füße zwar nicht auf dem Boden hatte, aber jederzeit bereit war zu stoppen. Und dann trat ich in die Pedale und fiel nie wieder hin.

Man muss nur wissen, womit man anfängt. Wenn man an der richtige Stelle anfängt und alle Schritte befolgt, gelangt man auch ans richtige Ende.

Wenn ich verstehen will, was diese Behandlung bewirkt, die Mr. Crenshaw reich machen kann, muss ich wissen, wie das Gehirn funktioniert. Nicht die vagen Ausdrücke, die die Leute benutzen, sondern wie es konkret als Maschine funktioniert. Es ist wie die Lenkstange am Fahrrad – die ganze

Person wird damit gesteuert. Und ich muss wissen, was Medikamente tatsächlich bewirken.

Aus der Schule weiß ich vom Gehirn nur noch, dass es grau ist und viel Glukose und Sauerstoff braucht. In der Schule mochte ich das Wort *Glukose* nie. Ich musste dabei immer an Leim denken, und ich wollte mir nicht vorstellen, dass mein Gehirn Leim braucht. Mein Gehirn sollte wie ein Computer sein, etwas, das von sich aus gut arbeitet und keine Fehler macht.

In den Büchern steht, dass Autismus im Gehirn entsteht, und deshalb hatte ich immer das Gefühl, ein fehlerhafter Computer zu sein, den man besser wieder zurückschickt oder verschrottet. Alle Eingriffe und alles Training waren wie Software, die einen schlechten Computer richtig zum Laufen bringen sollten. Aber so etwas funktioniert nie, und es hat auch bei mir nicht funktioniert.

[11]

Jetzt passieren zu viele Dinge zu schnell. Es fühlt sich an, als sei die Geschwindigkeit der Ereignisse schneller als Licht, aber ich weiß, dass das nicht objektiv wahr ist. Den Ausdruck *objektiv wahr* habe ich in einem der Fachbücher gefunden, die ich online zu lesen versucht habe. Subjektiv wahr, stand darin, ist die Wahrheit, die das Individuum empfindet. Ich empfinde, dass zu viele Dinge so schnell geschehen, dass man sie nicht sehen kann. Sie passieren vor dem Bewusstwerden, in der Dunkelheit, die immer schneller ist als das Licht, weil sie zuerst ankommt.

Ich sitze am Computer und versuche, ein Muster darin zu finden. Muster zu finden ist meine Fähigkeit. Anscheinend ist es meine Begabung, an Muster – an die Existenz von Mustern – zu glauben. Es ist ein Teil von mir. Der Verfasser des Buches schreibt, dass es von den Genen, dem Hintergrund und der Umgebung einer Person abhängt, was man für eine Person ist.

Als ich ein Kind war, fand ich ein Buch in der Bibliothek, in dem es nur um Tabellen ging, von der allerwinzigsten bis zur größten. Ich fand, das war das beste Buch im ganzen Gebäude; ich verstand nicht, warum die anderen Kinder lieber Bücher ohne Struktur hatten, bloße Geschichten von menschlichen Gefühlen und Wünschen. Warum war es wichtiger, etwas über einen imaginären Jungen zu lesen, der einer fiktionalen Softball-Mannschaft beitritt, als zu wissen, dass Seesterne und Sterne in das gleiche Muster passen?

Früher fand ich abstrakte Zahlenmuster wichtiger als abstrakte Beziehungsmuster. Sandkörner sind real. Sterne sind real. Zu wissen, wie sie zusammenpassen, gab mir ein warmes, behagliches Gefühl. Die Menschen um mich herum waren schwer oder gar nicht zu verstehen, und die Menschen in Büchern schienen noch sinnloser.

Mein jetziges Ich findet, dass Menschen leichter zu verstehen wären, wenn sie mehr wie Zahlen wären. Wenn es um Menschen geht, ist vier nicht immer die Wurzel aus sechzehn. Menschen sind Menschen, unberechenbar und veränderlich, und sie gehen von Tag zu Tag unterschiedlich miteinander um – sogar von Stunde zu Stunde. Ich bin auch keine Zahl. Für den Polizeibeamten, der den Schaden an meinem Auto aufnimmt, bin ich *Mr. Arrendale,* aber für Danny bin ich *Lou,* obwohl Danny auch Polizist ist. Ich bin *Lou der Fechter* für Tom und Lucia, aber *Lou der Angestellte* für Mr. Aldrin und *Lou der Autist* für Emmy im Center.

Mir wird schwindelig, wenn ich darüber nachdenke, weil ich mich im Innern fühle wie eine einzige Person, nicht wie drei oder vier oder noch mehr. Es ist doch derselbe Lou, der auf dem Trampolin springt, in meinem Büro sitzt, Emmy zuhört, mit Tom ficht oder Marjory anschaut und dieses warme Gefühl dabei hat! Die Gefühle gleiten über mich hinweg wie Licht und Schatten über eine Landschaft an einem windigen Tag. Die Hügel sind dieselben, ob sie nun im Schatten einer Wolke liegen oder im Sonnenlicht. Aber natürlich gibt es Muster in den Wolken, die über die Hügel hinziehen. Bei Zeitraffer-Aufnahmen hab ich das gesehen.

Ich denke über die Muster in der Fechtgruppe nach. Es leuchtet mir ein, dass die Person, die heute meine Windschutzscheibe zerbrochen hat, genau wusste, wo sie diese spezielle Windschutzscheibe finden konnte, die sie kaputt machen wollte. Sie wusste, dass ich dort sein würde, und sie wusste auch, welches Auto mir gehörte.

Wenn ich mir überlege, welche Leute mein Auto überhaupt kennen und welche Leute wissen, wo ich am Mittwochabend hingehe, werden die Möglichkeiten deutlich weniger. Letztendlich konzentriert sich alles auf einen Namen. Es ist ein unmöglicher Name. Es ist der Name eines Freundes. Freunde zerbrechen ihren Freunden nicht die Windschutzscheibe. Und er hat keinen Grund, auf mich wütend zu sein, auch wenn er auf Tom und Lucia wütend ist.

Es muss jemand anderer sein. Ich bin zwar gut in Mustern und habe sorgfältig darüber nachgedacht, kann aber meinen Gedankengängen nicht trauen, wenn es darum geht, was Leute tun. Ich verstehe normale Menschen nicht; sie passen nicht immer in vernünftige Muster. Es muss jemand anderen geben, jemand, der kein Freund ist, jemand, der mich nicht mag und wütend auf mich ist. Ich muss das andere Muster finden, nicht das offensichtliche, das unmöglich ist.

Pete Aldrin betrachtete das jüngste Telefonverzeichnis des Unternehmens. Bisher gab es nur wenige Entlassungen, nicht genug, um die Aufmerksamkeit der Medien zu wecken, aber fast die Hälfte aller Namen, die er kannte, stand nicht mehr auf der Liste. Bald würde es wie ein Lauffeuer in der Firma herumgehen. Betty in der Personalabteilung... vorzeitig in Pension gegangen. Shirley in der Buchhaltung...

Das Problem war, dass er immer so tun musste, als ob er Crenshaw unterstützte. Schon beim bloßen Gedanken daran, seinem Chef Widerstand entgegenzusetzen, zog sich ihm vor Angst der Magen zusammen. Er wagte es einfach nicht, Crenshaw zu widersprechen. Er wusste nicht, ob Crenshaws Vorgesetzte auch über den Plan Bescheid wussten oder ob alles nur Crenshaws Idee gewesen war. Er wagte es auch nicht, sich einem von den Autisten anzuvertrauen; wer wusste schon, ob sie verstanden, wie wichtig es war, ein Geheimnis für sich zu behalten?

Eigentlich war Aldrin sich sicher, dass Crenshaw das nicht wirklich mit oben abgesprochen hatte. Crenshaw wollte als Macher gelten, als vorwärts denkendes, zukünftiges Mitglied der Geschäftsleitung, als jemand, der seinen eigenen Bereich voll im Griff hatte. Er würde nicht lange um Erlaubnis bitten. Wenn es bekannt wurde, konnte es ein Publicity-Desaster werden, dem Vorstand wäre das sicher klar gewesen, wenn er gefragt worden wäre. Crenshaw verließ sich wahrscheinlich darauf, dass die Öffentlichkeit nichts erfuhr, dass es keine Lecks und keine Gerüchte gab. Klug war das nicht, selbst wenn er jedem in der Abteilung einen Maulkorb verpasste.

Wenn Crenshaw aufflog und die Geschäftsleitung feststellte, dass Aldrin ihm geholfen hatte, würde er auch seinen Job verlieren.

Was war erforderlich, um die Mitarbeiter der Sektion A zu Forschungsobjekten zu machen? Sie würden zumindest zeitweilig von der Arbeit freigestellt werden müssen – wie lange? Sollten Urlaub und Krankenstand dazu genutzt werden, oder würde das Unternehmen ihnen noch zusätzlich frei geben? Wie sah es dann mit der Bezahlung aus? Wie war es überhaupt mit der Abrechnung? Sollte die Behandlung etwa aus dem Budget der Abteilung bezahlt werden? Oder aus dem Forschungsetat?

Hatte Crenshaw schon irgendwas mit der Geschäftsleitung, der Buchhaltung, der Rechts- und der Forschungsabteilung verabredet? Was für Deals waren das? Er wollte zunächst Crenshaws Namen nicht ins Spiel bringen, sondern erst einmal sehen, auf welche Reaktionen er ohne ihn stieß.

Aldrin rief Shirley in der Buchhaltung an. »Kannst du mir bitte mal sagen, welche Formulare ich brauche, wenn jemand in eine andere Abteilung versetzt wird?«, sagte er zur Einleitung. »Kann ich ihn dann sofort von meiner Gehaltsliste streichen?«

»Versetzungen finden zur Zeit nicht statt«, sagte Shirley.

»Dieses neue Management...« Er hörte, wie sie tief Luft holte. »Hast du die Hausmitteilung nicht bekommen?«

»Ich glaube nicht«, sagte Aldrin. »Aber wenn wir einen Mitarbeiter haben, der an einem Forschungsprojekt teilnehmen soll, können wir dessen Gehalt nicht einfach zur Forschung transferieren?«

»Du lieber Himmel, nein!«, erwiderte Shirley. »Tim McDonough – du weißt schon, der Leiter der Forschungsabteilung – würde dir den Kopf abreißen.« Sie schwieg, dann fragte sie: »Was für ein Forschungsprojekt?«

»So ein neues Medikament.«

»Ach so. Na ja, wenn du Mitarbeiter hast, die teilnehmen möchten, müssen sie sich als Freiwillige melden – sie kriegen fünfzig Dollar Aufwandsentschädigung pro Tag bei Studien, die einen Klinikaufenthalt erfordern, und fünfundzwanzig Dollar pro Tag für andere Studien, garantiertes Minimum zweihundertfünfzig Dollar. Bei Klinikaufenthalt kriegen sie natürlich auch ein Bett und die notwendige medizinische Versorgung. Ich würde dafür ja keine Medikamente testen, aber das Ethik-Komitee sagt, es soll keinen finanziellen Anreiz geben, an so etwas teilzunehmen.«

»Na ja... würden sie denn ihr Gehalt weiter kriegen?«

»Nur, wenn sie arbeiten oder wenn es sich um bezahlten Urlaub handelt«, erwiderte Shirley. Sie kicherte. »Tja, das würde dem Unternehmen ordentlich Geld sparen, wenn wir jeden dazu bringen könnten, sich als Forschungsobjekt zur Verfügung zu stellen. Dann müssten sie bloß die Aufwandsentschädigung zahlen. Wäre auch für die Buchhaltung einfacher. Keine Steuern, keine Sozial- oder Krankenversicherung. Na, Gott sei Dank geht das nicht so einfach.«

»Nein, vermutlich nicht«, sagte Aldrin. Was hatte Crenshaw also vor? Wer sponserte die ganze Angelegenheit? Und warum war ihm das nicht schon früher eingefallen? »Danke, Shirley«, sagte er ein wenig verspätet.

»Viel Glück«, sagte sie.

Angenommen also, die Behandlung würde... auf einmal fiel ihm auf, dass er keine Ahnung hatte, wie lange sie überhaupt dauerte. Stand das in den Unterlagen, die Crenshaw ihm gegeben hatte? Sorgfältig las er sie durch. Wenn Crenshaw einen Dreh gefunden hatte, um die Mitarbeiter der Sektion A von der Forschung bezahlen zu lassen, dann verwandelte er hochqualifiziertes technisches Personal in schlecht bezahlte Laborratten... und selbst wenn sie schon in einem Monat wieder aus der Reha wären (was sicherlich die optimistischste Schätzung war), würde das eine Menge Geld sparen. Aldrin rechnete es rasch durch. Es sah wie eine Menge Geld aus, war aber lächerlich wenig im Verhältnis zu den juristischen Risiken, die das Unternehmen damit einging.

In der Forschung kannte er niemand, nur Marcus in der Rechenzentrale. Die Personalabteilung... Betty war ja weg, also versuchte er sich an andere Namen zu erinnern. Paul. Debra. Paul stand noch auf der Liste; Debra nicht.

»Machen Sie's kurz«, sagte Paul. »Ich höre morgen auf.«

»Sie hören auf?«

»Ich gehöre zu den berühmten zehn Prozent«, erwiderte Paul. Aldrin hörte die Wut in seiner Stimme. »Nein, das Unternehmen ist nicht in den roten Zahlen; nein, es wird kein Personal abgebaut; *zufällig* brauchen sie mich bloß nicht mehr.«

Eisige Finger krochen Aldrin über den Rücken. Das konnte nächsten Monat auch für ihn gelten. Nein, heute schon, wenn Crenshaw merkte, was er tat.

»Ich wollte Sie zu einem Kaffee einladen«, sagte Aldrin.

»Ja, als ob ich noch was brauchte, um nachts wach zu liegen«, erwiderte Paul.

»Paul, hören Sie, ich muss mit Ihnen reden, aber nicht am Telefon.«

Langes Schweigen, dann: »Ach. Sie auch?«

»Noch nicht. Kaffee?«

»Klar. Zehn Uhr dreißig in der Snack Bar?«

»Nein, besser frühe Mittagspause. Elf Uhr dreißig«, sagte Aldrin und legte auf. Seine Handflächen waren klatschnass.

»Und, was gibt es für ein großes Geheimnis?«, fragte Paul. Seine Miene war ausdruckslos.

Aldrin hätte sich lieber an einen Tisch am Rand der Snack Bar gesetzt, aber als er Paul sah, fiel ihm ein Spionagethriller ein, den er mal gesehen hatte. Ecktische ließen sich viel leichter abhören. Natürlich konnte auch Paul ein Mikro dabeihaben. Übelkeit stieg in ihm auf.

»Na kommen Sie schon, ich nehme nichts auf«, sagte Paul. Er trank einen Schluck Kaffee. »Es sieht viel verdächtiger aus, wenn Sie da stehen bleiben und mich anstarren. Das muss ja ein Riesengeheimnis sein.«

Als Aldrin sich setzte, schwappte sein Kaffee über den Rand der Tasse. »Sie wissen ja, mein Chef ist so ein neuer Besen...«

»Willkommen im Club«, sagte Paul. Es klang wie: *Finden Sie sich damit ab.*

»Crenshaw«, sagte Aldrin.

»Unser Mr. Crenshaw hat einen Ruf wie Donnerhall«, erwiderte Paul.

»Ja, nun, Sie kennen doch Sektion A?«

»Die Autisten, klar.« Paul blickte ihn scharf an. »Hat er es auf *die* abgesehen?«

Aldrin nickte.

»Das ist dumm«, meinte Paul. »Das ist wirklich saudumm. Die Autisten verschaffen uns Steuervergünstigungen, und jeder von ihnen arbeitet fast doppelt so viel wie die Leute aus den anderen Abteilungen. Außerdem, die Publicity...«

»Ich weiß«, sagte Aldrin. »Aber er hört nicht auf mich. Er sagt, sie seien zu teuer.«

»Er hält jeden außer sich selbst für zu teuer«, erwiderte

Paul. »Er glaubt, er sei unterbezahlt, stellen Sie sich das mal vor!« Wieder trank er einen Schluck Kaffee. Aldrin fiel auf, dass er selbst jetzt nicht erwähnte, was Crenshaw verdiente. »Eine Zeit lang ist er jeden Tag bei uns in der Abteilung gewesen – er kennt alle Tricks und Steuervorteile.«

»Da bin ich sicher«, sagte Aldrin.

»Was will er denn mit den Leuten machen? Sie entlassen? Ihnen weniger zahlen?«

»Er droht ihnen, damit sie freiwillig an Menschenversuchen teilnehmen«, sagte Aldrin.

Paul riss die Augen auf. »Sie machen Witze! Das kann er nicht tun!«

»Doch, er ist schon dabei.« Aldrin schwieg, dann fuhr er fort. »Er sagt, es gäbe kein Gesetz, das die Firma nicht umgehen könnte.«

»Das mag ja stimmen, aber – wir können die Gesetze nicht einfach ignorieren. Um was geht es denn bei diesen Menschenversuchen? Um Medikamente?«

»Um eine Behandlungsmethode für erwachsene Autisten«, sagte Aldrin. »Angeblich sollen sie danach normal sein. Bei Affen hat es funktioniert.«

»Sie machen Witze!« Paul starrte ihn an. »Nein, Sie meinen es todernst. Crenshaw versucht, behinderte Angestellte zu Menschenversuchen zu zwingen? Das wäre ja ein Publicity-GAU! Das könnte die Firma Millionen kosten, wenn nicht Milliarden...«

»Sie wissen das, und ich weiß das, aber Crenshaw... er hat seine eigene Art, die Dinge zu sehen.«

»Und wer hat es oben abgesegnet?«

»Niemand, soweit ich weiß«, erwiderte Aldrin und kreuzte im Geiste die Finger. Er wusste es ja tatsächlich nicht.

Paul wirkte gar nicht mehr mürrisch. »Dieses machtgeile Arschloch«, sagte er. »Er glaubt, er kann damit Samuelson überholen.«

»Samuelson?«

»Noch einer von den neuen Besen. Sie sind wohl nicht auf dem Laufenden, was?«

»Nein«, erwiderte Aldrin. »Ich erfahre nie etwas.«

Paul nickte. »Ich habe immer geglaubt, ich wäre besonders gut informiert, aber meine Entlassung jetzt zeigt ja, dass ich mich geirrt habe. Na ja, auf jeden Fall sind Samuelson und Crenshaw von Anfang an Rivalen gewesen. Samuelson hat die Herstellungskosten gedrückt, ohne dass die Presse irgendwas mitgekriegt hat – allerdings wird sich das wahrscheinlich bald ändern. Crenshaw denkt offensichtlich, er kann noch einen draufsetzen – Freiwillige für eine Behandlung finden, die zu viel Angst um ihre Jobs haben, um sich zu beschweren, wenn irgendwas schiefgeht. Und das ganze auf eigene Faust, ohne jemand zu informieren, um die Lorbeeren allein einzuheimsen. Wenn Sie nichts unternehmen, Pete, gehen Sie mit ihm unter.«

»Und wenn ich was unternehme, fliege ich gleich raus«, sagte Aldrin.

»Es gibt immer noch den Ombudsmann. Den haben sie noch nicht gestrichen, obwohl Laurie sich große Sorgen macht.«

»Darauf kann ich nicht bauen«, erwiderte Aldrin, aber er merkte es sich trotzdem. Im Moment jedoch beschäftigten ihn noch andere Fragen. »Hören Sie – ich weiß nicht, wie er das mit der Arbeitszeit verrechnen will, wenn die Leute sich bereit erklären. Ich habe gehofft, mehr über das Gesetz herauszufinden – kann er sie dazu zwingen, sich krank zu melden oder ihren Urlaub dafür zu verwenden? Wie sehen da die Regelungen für behinderte Angestellte aus?«

»Nun, im Grunde genommen ist sein Vorhaben so ungesetzlich wie nur was. Wenn die Forschungsabteilung Wind davon bekommt, dass es keine echten Freiwilligen sind, dann rasten sie aus. Sie müssen ans Gesundheitsministerium berichten, und sie haben sicher keine Lust, die Bundespolizei auf dem Hals zu haben wegen einem halben Dutzend Gesetzesverstöße. Und wenn die Leute dafür mehr als dreißig Tage aus dem Büro wegbleiben müssen – ist das so?« Aldrin nickte und Paul fuhr fort: »Dann gilt es nicht als Urlaub, und es gibt spezielle Regelungen für arbeitsfreie Zeiten, vor allem bei behinderten Angestellten. An der Höhe ihres Gehalts darf sowieso nichts geändert werden.« Er fuhr mit dem Finger über den Rand seiner Tasse. »Das wird die Buchhaltung nicht glücklich machen. Abgesehen von Sabbatjahren für Wissenschaftler haben wir keine Kostenstelle für Angestellte, die nicht direkt im Job sind, aber trotzdem ihr volles Gehalt bekommen. Oh, und natürlich wird es sich auch verheerend auf die Produktivität auswirken.«

»Das habe ich mir auch schon gedacht«, murmelte Aldrin.

Paul verzog den Mund. »Den Typ können Sie fertigmachen«, sagte er. »Ich weiß, dass ich meinen Job nicht zurückkriege, so wie die Dinge stehen, aber ... es würde mich freuen, wenn Sie mich auf dem Laufenden halten.«

»Ich möchte gern vorsichtig vorgehen«, sagte Aldrin. »Ich meine ... natürlich mache ich mir Sorgen um meinen Job, aber es geht nicht nur darum. Er hält mich für blöd und feige und faul, wenn ich ihm nicht die Stiefel lecke, und auch dann glaubt er, ich sei von Natur aus ein Arschkriecher. Ich dachte daran, einfach weiterzuwursteln und zu versuchen, ihn scheinbar versehentlich bloßzustellen ...«

Paul zuckte mit den Schultern. »Nicht mein Stil. Ich würde aufstehen und losbrüllen. Aber jeder hat seine eigenen Methoden, und wenn Sie es so machen möchten ...«

»Was meinen Sie denn, mit wem kann ich in der Personalabteilung reden? Und was ist mit der Rechtsabteilung?«

»Das ist schrecklich umständlich, das würde länger dauern. Reden Sie am besten mit dem Ombudsmann, solange wir noch einen haben. Oder wenn Sie besonders mutig sein wollen, können Sie auch einen Termin mit dem Top-Management machen. Nehmen Sie dazu Ihre behinderten Schützlinge am besten mit; machen Sie es echt dramatisch.«

»Sie sind nicht behindert«, erwiderte Aldrin automatisch. »Es sind Autisten. Und ich weiß nicht, was passieren würde, wenn sie eine Ahnung hätten, wie illegal das alles ist. Eigentlich müssten sie es ja wissen, aber was wäre, wenn sie dann einen Reporter anrufen? Dann wäre die Kacke wirklich am Dampfen.«

»Dann machen Sie es eben allein. Vielleicht gefällt es Ihnen ja in der dünnen Höhenluft der Geschäftsleitung.« Paul lachte ein bisschen zu laut, und Aldrin fragte sich, ob er sich wohl etwas in den Kaffee getan hatte.

»Ich weiß nicht«, sagte er. »Ich glaube, sie würden mich gar nicht so weit kommen lassen. Crenshaw würde erfahren, dass ich versucht habe, einen Termin zu bekommen, und Sie erinnern sich doch bestimmt an das Memo über die Einhaltung des Dienstwegs.«

»Das hat man davon, wenn man einen pensionierten General als Geschäftsführer kriegt«, sagte Paul.

Mittlerweile wurde es in der Snack Bar immer leerer, und Aldrin wusste, dass die Mittagspause vorbei war.

Er war sich nicht ganz sicher, was er als nächstes tun sollte. Am liebsten wäre es ihm gewesen, wenn die Forschung den Deckel wieder zugemacht hätte und er nichts mehr damit zu tun gehabt hätte.

Am späten Nachmittag zerstörte Crenshaw diese Illusion. »Okay, hier ist die Studie«, sagte er und knallte einen Datenwürfel und einige Ausdrucke auf Aldrins Schreibtisch. »Ich verstehe gar nicht, warum sie alle diese Vorbereitungstests brauchen, du liebe Güte, aber sie brauchen es eben, und ich leite die Forschung nicht.« *Noch nicht* hing unausgesprochen im Raum.

»Machen Sie Termine für Ihre Leute und reden Sie mit Bart in der Forschung wegen der Testtermine.«

»Testtermine?«, fragte Aldrin. »Und wenn die Tests mit den normalen Arbeitszeiten kollidieren?«

Crenshaw runzelte die Stirn, zuckte dann jedoch mit den Schultern. »Na, Himmel, dann sind wir eben großzügig – sie brauchen die Zeit nicht nachzuarbeiten.«

»Und was ist mit der Buchhaltung? Wessen Budget...?«

»Ach, um Himmelswillen, Pete, kümmern Sie sich einfach darum!« Crenshaw war rot angelaufen. »Fangen Sie endlich an, Probleme zu lösen, statt ständig neue zu schaffen. Behelligen Sie mich nicht damit, ich will damit nichts zu tun haben; ich unterschreibe Ihnen alles, und in der Zwischenzeit können Sie den Autorisierungscode hier benutzen.« Er wies mit dem Kinn auf den Stapel Papier.

»Jawohl, Sir«, sagte Aldrin. Er konnte nicht zurückweichen, denn er stand hinter seinem Schreibtisch, aber nach einem kurzen Moment drehte Crenshaw sich um und ging wieder in sein Büro.

Probleme lösen. Er würde Probleme lösen, aber es würden nicht Crenshaws Probleme sein.

Ich weiß nicht, was ich verstehen kann, und was ich missverstehe, obwohl ich glaube, ich verstehe es. Ich suche mir das anspruchsloseste Fachbuch über Neurobiologie heraus, das ich im Internet finden kann, und schaue mir zuerst das Glossar an. Es ist voller Wörter, die ich noch nie gesehen habe. Die Definitionen verstehe ich auch nicht.

Ich muss weiter zurückgehen, Licht bei einem weiter entfernten Stern finden, tiefer in der Vergangenheit graben.

Ein Highschool-Biologiebuch. Das könnte mein Level sein. Ich betrachte das Glossar: Diese Wörter kenne ich, obwohl ich sie seit Jahren nicht gesehen habe. Höchstens ein Zehntel ist mir neu.

Das erste Kapitel ist für mich verständlich, auch wenn manches anders ist als in meiner Erinnerung. Das habe ich erwartet. Es stört mich nicht. Ich lese das Buch noch vor Mitternacht zu Ende.

Am nächsten Abend schaue ich mir nicht meine übliche Sendung im Fernsehen an. Ich lese ein College-Buch. Es ist zu simpel, anscheinend ist es für Studenten geschrieben, die auf der Highschool keine Biologie hatten. Ich gehe zum nächsten Textlevel, wobei ich nur vermuten kann, was ich brauche. Das Buch über Biochemie verwirrt mich; um es zu verstehen, müsste ich mich in organischer Chemie auskennen. Ich suche organische Chemie im Internet und lade mir die ersten Kapitel eines Lehrbuchs herunter. Wieder lese ich bis spät in die Nacht und ebenfalls nach der Arbeit am Freitag und während ich meine Wäsche mache.

Am Samstag haben wir das Treffen auf dem Campus; ich möchte lieber zu Hause bleiben und lesen, aber ich darf nicht. Als ich hinfahre, prickelt das Buch in meinem Kopf weiter; kleine Moleküle wirbeln in Mustern, die ich noch nicht ganz greifen kann, in meinem Gehirn. Ich war noch nie am Wochenende auf dem Campus; ich wusste gar nicht, dass dort fast so viel Betrieb ist wie an den anderen Tagen.

Camerons und Baileys Autos stehen schon da, als ich ankomme; die anderen sind noch nicht da. Ich finde den Weg zu dem Sitzungssaal, wo wir uns treffen sollen. Die Wände sind aus nachgemachtem Holz, und auf dem Boden liegt ein grüner Teppich. Vorne im Saal stehen zwei Reihen von Stühlen mit Metallbeinen und gepolsterten Sitzflächen, deren Rückenlehnen mit roséfarbenem Stoff mit kleinen grünen Punkten bezogen sind. An der Tür steht jemand, den ich nicht kenne, eine junge Frau. Sie hat eine Pappschachtel in der Hand mit Namensschildern darin. Außerdem hat sie eine Liste mit kleinen Fotos, blickt mich an und sagt dann meinen Namen. »Das ist Ihres«, sagt sie und reicht mir ein Namensschildchen. Es hat einen kleinen Metallclip. Ich halte es in der Hand. »Stecken Sie es an«, sagt sie. Ich mag diese Art von Clips nicht; sie ziehen an meinem Hemd. Trotzdem stecke ich es an und gehe hinein.

Die anderen sitzen auf Stühlen; auf jedem leeren Stuhl liegt eine Aktenmappe mit einem Namen darauf, eine für jeden von uns. Ich finde meinen Platz, aber er gefällt mir nicht; ich sitze in der vordersten Reihe auf der rechten Seite. Vielleicht ist es nicht höflich, sich woanders hinzusetzen. Ich blicke die Reihe entlang und sehe, dass wir in alphabetischer Reihenfolge gesetzt worden sind, vom Sprecher aus gesehen, der vor uns steht.

Ich bin sieben Minuten zu früh da. Wenn ich mir einen Ausdruck des Fachbuchs mitgebracht hätte, könnte ich jetzt lesen. Stattdessen denke ich darüber nach, was ich gelesen habe. Bis jetzt habe ich alles verstanden.

Als wir alle im Saal sind, sitzen wir schweigend da und warten zwei Minuten und vierzig Sekunden lang. Dann höre ich Mr. Aldrins Stimme. »Sind alle da?«, fragt er die Frau an der Tür. Sie sagt ja.

Er kommt herein. Er sieht müde aus, aber sonst normal. Er trägt ein Strickhemd, eine braune Hose und Sportschuhe. Er lächelt uns an, aber es ist kein ganzes Lächeln.

»Ich freue mich, Sie alle hier zu sehen«, sagt er. »In wenigen Minuten wird Dr. Ransome erklären, worum es bei dem Projekt geht. In Ihren Mappen befinden sich Fragebögen zu Ihrer allgemeinen Krankheitsgeschichte; füllen Sie die bitte aus, während Sie warten. Und unterschreiben Sie bitte die Geheimhaltungserklärung.«

Die Fragebögen sind einfach, und ich bin mit meinem fast fertig (es dauert nicht lange, das »Nein«-Kästchen für Herzerkrankung, Brustschmerzen, Kurzatmigkeit, Nierenleiden, Schwierigkeiten beim Wasserlassen...) anzukreuzen, als die Tür aufgeht und ein Mann in einem weißen Kittel hereinkommt. Auf der Brusttasche seines Kittels ist *Dr. Ransome* aufgestickt. Er hat lockige graue Haare und hellblaue Augen; sein Gesicht sieht für graue Haare zu jung aus. Auch er lächelt uns an, mit Mund und Augen gleichzeitig.

»Willkommen«, sagt er. »Ich freue mich, Sie kennen zu lernen. Ich habe gehört, Sie sind alle an diesem klinischen Versuch interessiert?« Er wartet die Antwort, die wir nicht geben, gar nicht erst ab. »Ich will es kurz machen«, sagt er. »Heute sollen Sie sowieso nur mal die Möglichkeit haben, sich anzuhören, worum es geht, wie der Terminplan für die Voruntersuchungen vermutlich aussehen wird, und so weiter. Ich möchte Ihnen zunächst einen kleinen geschichtlichen Überblick geben.«

Er redet sehr schnell und liest aus einem Notizbuch ab. Er rattert die Geschichte der Forschung über Autismus herunter, wobei er mit der Jahrhundertwende beginnt, mit der Entdeckung von zwei Genen, die in Verbindung mit autistischen Spektrumsstörungen gebracht wurden. Als er schließlich einen Projektor einschaltet und uns Aufnahmen des Gehirns zeigt, ist mein Kopf schon ganz taub und überladen. Mit einem Lichtstift zeigt er auf unterschiedliche Bereiche, wobei er nicht aufhört, schnell zu reden. Schließlich kommt er zum aktuellen Projekt, fängt auch dort wieder mit dem Anfang an, mit der ursprünglichen Forschungsarbeit über soziale Organisation und Kommunikation von Primaten, was schließlich zu dieser möglichen Behandlung führte.

»Das ist nur ein bisschen Hintergrund«, sagt er. »Es ist wahrscheinlich zu viel für Sie, aber Sie müssen meinen Enthusiasmus entschuldigen. In Ihren Mappen befindet sich eine vereinfachte Version mit Diagrammen. Im wesentlichen wollen wir das autistische Gehirn normalisieren und es dann in einer verstärkten, schnelleren Version von frühkindlicher sensorischer Integration trainieren, damit die neue Architektur auch gut funktioniert.« Er trinkt einen Schluck Wasser und fährt dann fort: »So, damit wären wir jetzt auch schon am Ende. Sie bekommen die Termine für die Tests – das ist alles in Ihren Mappen –, und wir werden natürlich noch weitere Sitzungen mit dem medizinischen Team haben. Geben Sie Ihre Fragebögen und die anderen Formulare dem Mädchen an der Tür, und wir werden Sie verständigen, wenn Sie für die Studie angenommen worden sind.« Er dreht sich um und ist weg, bevor mir etwas einfällt, was ich ihn fragen könnte. Den anderen geht es genauso.

Mr. Aldrin steht auf und wendet sich an uns. »Geben Sie mir einfach Ihre ausgefüllten Fragebögen und die unterschriebene Geheimhaltungserklärung – und machen Sie sich keine Sorgen: Sie werden zu der Studie zugelassen werden.«

Darüber mache ich mir gar keine Sorgen. Ich fülle den Fragebogen zu Ende aus, unterschreibe die Erklärung, gebe beides Mr. Aldrin und gehe, ohne mit den anderen zu sprechen. Ich habe mit der Sitzung fast meinen gesamten Samstagvormittag verschwendet, und ich möchte weiterlesen.

Ich fahre so schnell nach Hause, wie es die Geschwindigkeitsbegrenzungen zulassen, und fange sofort an zu lesen, als ich in meiner Wohnung bin. Ich unterbreche die Lektüre noch nicht einmal, um meine Wohnung oder mein Auto zu putzen. Am Sonntag gehe ich nicht in die Kirche. Ich drucke das Kapitel, bei dem ich angelangt bin, und das nächste aus, nehme sie am Montag und Dienstag mit zur Arbeit und lese sie während meiner Mittagspause und zu Hause bis spät in die Nacht. Die Informationen fließen klar und geordnet in meinen Kopf, die Muster ordentlich in Abschnitte, Kapitel und Teile aufgegliedert. In meinem Kopf ist Platz für alles.

Am Mittwoch darauf fühle ich mich in der Lage, Lucia zu fragen, was ich über die Funktionsweise des Gehirns wirklich wissen sollte. Ich habe die Online-Tests für Biologie I, Biologie II, Biochemie I und II, organische Chemie Theorie I gemacht. Ich werfe einen Blick auf das Neurologie-Buch, das mir jetzt wesentlich verständlicher vorkommt, aber ich bin mir nicht sicher, ob es das richtige ist. Ich weiß nicht, wie viel Zeit ich habe, und ich möchte sie nicht mit dem falschen Buch verschwenden.

Es überrascht mich, dass ich das nicht früher schon gemacht habe. Als ich anfing zu fechten, habe ich alle Bücher gelesen, die Tom mir empfohlen hat, und die Videos angeschaut, die er für nützlich hielt. Und wenn ich Computerspiele spiele, lese ich auch alles darüber.

Und doch habe ich mich noch nie damit beschäftigt, wie mein eigenes Gehirn funktioniert. Ich weiß nicht, warum. Ich weiß, dass es sich zuerst sehr seltsam anfühlte, und ich war mir fast sicher, ich würde nie dahinterkommen, was in den Büchern stand. Aber eigentlich ist es leicht. Ich glaube, wenn ich es versucht hätte, hätte ich darin einen College-Abschluss machen können. Aber alle meine Lehrer und Therapeuten rieten mir, ich solle mich mit Angewandter Mathematik beschäftigen, also tat ich das. Sie sagten mir, welche Fähigkeiten ich hätte, und ich glaubte ihnen. Sie dachten nicht, dass mein Gehirn wirklich zu wissenschaftlicher Arbeit fähig wäre. Vielleicht haben sie sich ja geirrt.

Ich zeige Lucia die ausgedruckte Liste von allen Büchern, die ich gelesen habe, und die Punktezahl, die ich in den Tests bekommen habe. »Ich muss wissen, was ich als nächstes lesen soll«, sage ich.

»Lou – ich schäme mich direkt zu sagen, dass ich erstaunt bin.« Lucia schüttelt den Kopf. »Tom, sieh dir das mal an. Lou hat gerade das Grundstudium in Biologie in einer Woche absolviert.«

»Nein, nicht wirklich«, erwidere ich. »Das hier zielt alles nur auf eines ab, und zu einem Grundstudium gehört auch ein Kurs in Populationsbiologie, ein Kurs in Botanik ...«

»Ich meinte mehr die Tiefe als die Breite«, sagt Lucia. »Du bist vom niedrigen Level zu den schwierigen oberen Kursen vorgestoßen ... Lou, verstehst du die organische Synthese wirklich?«

»Ich weiß nicht«, erwidere ich. »Ich habe ja nicht im Labor gearbeitet. Aber die Muster sind offensichtlich, so wie die Chemikalien zusammenpassen ...«

»Lou, kannst du mir sagen, warum manche Gruppen an einem Kohlenstoffring neben einem anderen hängen und manche einen oder zwei überspringen müssen?«

Ich finde, das ist eine dumme Frage. Es liegt doch auf der Hand, dass der Platz, den Gruppen einnehmen, etwas mit ihrer Form und der Ladung zu tun hat. Ich möchte Tom nicht sagen, dass ich es für eine dumme Frage halte. Ich weiß den Absatz im Fachbuch auswendig, aber ich glaube, er möchte es in meinen eigenen Worten hören, nicht wie ein Papagei nachgeplappert. Also sage ich es so klar, wie ich kann, ohne die gleichen Sätze zu verwenden.

»Und das weißt du, nur weil du das Buch gelesen hast? Wie oft?«

»Einmal«, sage ich. »Manche Abschnitte zweimal.«

»Heilige Scheiße«, sagt Tom. Lucia schnalzt missbilligend. Sie mag es nicht, wenn er Kraftausdrücke verwendet. »Lou – hast du eine Ahnung, wie schwer es den meisten Studenten fällt, das zu lernen?«

Lernen ist nicht schwer. Nicht lernen ist schwer. »Es fällt mir leicht, es in meinem Kopf zu sehen«, sage ich. »Außerdem sind in dem Buch Bilder.«

»Starke visuelle Vorstellungskraft«, murmelt Lucia.

»Trotz der Bilder und trotz aller Zeichentrickfilme haben die meisten College-Studenten Probleme mit organischer Chemie. Und du hast so viel erfasst, indem du nur einmal das Buch gelesen hast – Lou, du bist uns über. Du bist ein Genie.«

»Vielleicht ist es ja nur eine Splitterbegabung«, sage ich. Toms Gesichtsausdruck macht mir Angst; wenn er mich für ein Genie hält, darf ich vielleicht nicht mehr mit ihnen fechten.

»Quatsch, Splitterbegabung«, sagt Lucia. Sie klingt ärgerlich, und ich spüre, wie sich mein Magen zusammenzieht. »Das geht nicht gegen dich«, sagt sie rasch, »aber das ganze Konzept der Splitterbegabungen ist so ... antiquiert. Jeder hat Stärken und Schwächen; jeder versagt bei der generellen Anwendung von Begabungen. Physikstudenten, die in Mechanik hervorragend abschneiden, sind vielleicht nicht in der Lage, auf einer rutschigen Straße ein Auto zu steuern; sie wissen zwar theoretisch Bescheid, aber sie können dieses Wissen nicht in die Praxis umsetzen. Und ich kenne dich jetzt seit Jahren – deine Fähigkeiten sind *Fähigkeiten*, nicht nur Splitterbegabungen.«

»Aber ich glaube, es liegt hauptsächlich an meinem guten Gedächtnis«, wende ich, immer noch besorgt, ein. »Ich kann Sachen wirklich schnell Auswendiglernen. Und in den meisten standardisierten Tests bin ich gut.«

»Wenn du es in deinen eigenen Worten erklären kannst, ist es nicht nur auswendig lernen«, sagt Tom. »Ich kenne diesen Online-Text ... Weißt du, Lou, du hast mich nie gefragt, womit ich mein Geld verdiene.«

Es ist ein Schock, so als ob ich bei Kälte einen Türknauf anfasse. Er hat recht. Ich habe ihn nicht nach seinem Beruf gefragt; es kommt mir einfach nicht in den Sinn, andere Leute zu fragen, welchen Beruf sie haben. Lucia habe ich im Krankenhaus kennen gelernt, daher weiß ich, dass sie Ärztin ist, aber Tom?

»Was machst du beruflich?«, frage ich.

»Ich bin an der Universität«, sagt er. »Chemische Technik.«

»Du unterrichtest?«, frage ich.

»Ja. Ich gebe zwei Kurse im Grundstudium und ein Doktoranden-Seminar. Deshalb weiß ich, wie Schüler, die Organische Chemie verstehen, sie beschreiben, im Gegensatz zu denen, die keine Ahnung davon haben.«

»Und du glaubst, ich habe es wirklich verstanden?«

»Lou, es ist *dein* Kopf. Glaubst du denn, du hast es verstanden?«

»Ich glaube schon... aber ich bin nicht sicher, ob ich es wüsste.«

»Ich glaube es auch. Ich habe noch nie jemanden gekannt, der Organische Chemie in weniger als einer Woche einfach so verstanden hat. Hast du jemals einen IQ Test gemacht, Lou?«

»Ja.« Darüber möchte ich nicht sprechen. Ich musste jedes Jahr irgendwelche Tests machen, nicht immer dieselben. Ich mochte die Tests nicht, am wenigsten die, bei denen ich die Bedeutung von Wörtern aufgrund von Bildern erraten musste.

»Und haben sie dir jemals das Ergebnis gesagt oder nur deinen Eltern?«

»Sie haben es auch nicht meinen Eltern gesagt«, erwidere ich. »Meine Mutter ist ganz wütend geworden. Sie sagten, sie wollten ihre Erwartungen an mich nicht beeinflussen. Aber sie meinten, ich müsse in der Lage sein, einen Highschool-Abschluss zu machen.«

»Hmmm. Ich wünschte, wir wüssten... Würdest du die Tests noch einmal machen?«

»Warum?«, frage ich.

»Ich vermute... Ich möchte einfach wissen... aber wenn du dieses Zeug einfach so aus dem Nichts kannst, was macht es dann schon für einen Unterschied?«

»Lou, wer hat deine Zeugnisse?«, fragt Lucia.

»Ich weiß nicht«, sage ich. »Ich vermute... die Schulen zu Hause? Die Ärzte? Ich war nicht mehr da, seit meine Eltern gestorben sind.«

»Es sind deine Zeugnisse: Du müsstest sie jetzt eigentlich bekommen. Wenn du es willst.«

Das ist noch etwas, an das ich noch nie gedacht habe. Bekommen Leute tatsächlich ihre Schulzeugnisse und medizinischen Berichte, wenn sie erwachsen sind? Ich weiß nicht, ob ich genau wissen möchte, was in diesen Zeugnissen steht. Wenn nun viel schlimmere Dinge über mich darin stehen, als ich es mir vorstelle?

»Auf jeden Fall«, fährt Lucia fort, »weiß ich, glaube ich, ein gutes Buch, das du als nächstes lesen kannst. Es ist zwar schon alt, aber es steht nichts Falsches darin, obwohl wir heute schon viel mehr wissen. Cego und Clintons *Funktionsweise des Gehirns*. Ich habe ein Exemplar ... ich glaube ...« Sie geht aus dem Zimmer, und ich versuche, über alles, was sie und Tom gesagt haben, nachzudenken. Es ist zu viel; mein Kopf summt vor Gedanken, die wie Photonen innen an meinen Schädel prallen.

»Hier, Lou«, sagt Lucia und reicht mir ein Buch. Es ist schwer; ein dicker Papierband, in Leinen gebunden. Titel und Verfassernamen sind in goldenen Buchstaben in ein schwarzes Viereck auf dem Rücken gedruckt. Es ist schon lange her, seit ich das letzte Mal ein Papierbuch gesehen habe. »Mittlerweile ist es sicher irgendwo online, aber ich weiß nicht, wo. Ich habe es damals gekauft, als ich mit dem Medizinstudium anfing. Schau es dir an.«

Ich schlage das Buch auf. Auf der ersten Seite steht nichts. Auf dem nächsten Blatt steht der Titel und die Namen der Autoren – Betsy R. Cego und Malcolm R. Clinton. Ich frage mich, ob das *R.* bei beiden für den gleichen mittleren Namen steht, und ob sie deshalb das Buch zusammen geschrieben haben. Dann eine leere Fläche und unten auf der Seite ein Firmenname und eine Jahreszahl. Das ist vermutlich der Verlag. *R. Scott Landsdown & Co. Publishers.* Noch ein *R.* Hinten auf diesem Blatt steht eine kleine gedruckte Information. Dann kommt ein Inhaltsverzeichnis. Auf der nächsten Seite steht »Vorwort«. Ich beginne zu lesen.

»Das und die Einleitung kannst du überspringen«, sagt Lucia. »Ich möchte wissen, ob du mit dem Text in den Kapiteln zurechtkommst.«

Warum sollten die Autoren etwas schreiben, was man gar nicht zu lesen braucht? Wozu soll das Vorwort denn gut sein? Oder die Einleitung? Ich widerspreche Lucia nicht, aber ich finde, ich sollte diesen Teil zuerst lesen, weil er am Anfang steht. Wenn ich ihn überspringen soll, warum steht er dann als erstes da? Für den Augenblick jedoch blättere ich die Seiten um, bis ich zu Kapitel 1 gelange.

Es ist nicht schwer zu lesen, und ich verstehe es. Als ich nach zehn Seiten oder so aufblicke, merke ich, dass Tom und Lucia mich beobachten. Ich spüre, wie mein Gesicht heiß wird. Ich habe sie ganz vergessen, während ich gelesen habe. Es ist nicht höflich, andere Leute zu vergessen.

»Ist es okay, Lou?«, fragt Lucia.

»Es gefällt mir«, sage ich.

»Gut. Dann nimm es mit nach Hause und behalte es so lange, wie du magst. Ich maile dir noch ein paar andere Empfehlungen, von denen ich weiß, dass sie online sind. Was meinst du?«

»Gut«, sage ich. Ich möchte am liebsten weiterlesen, aber ich höre draußen eine Autotür zuschlagen und weiß, dass es jetzt Zeit zum Fechten ist.

[12]

Die anderen kommen innerhalb weniger Minuten alle auf einmal an. Wir gehen in den Garten, machen unsere Dehnübungen, holen unsere Ausrüstung und beginnen zu fechten. Zwischen den einzelnen Gefechten sitzt Marjory bei mir. Ich bin glücklich, wenn sie neben mir sitzt. Ich würde gern ihre Haare berühren, tue es aber nicht.

Wir reden nicht viel. Ich weiß nicht, was ich sagen soll. Sie fragt mich, ob ich die Windschutzscheibe repariert habe, und ich sage ja. Ich schaue ihr zu, wie sie mit Lucia ficht; sie ist größer als Lucia, aber Lucia ist die bessere Fechterin. Marjorys braune Haare wippen, wenn sie sich bewegt; Lucia hat ihre hellen Haare zu einem Pferdeschwanz zusammengebunden. Heute tragen sie beide weiße Jacken; Marjorys hat bald schon kleine braune Flecken, wo Lucia sie getroffen hat.

Als ich mit Tom fechte, denke ich immer noch an Marjory. Ich sehe Marjorys Muster und nicht Toms, und er tötet mich zweimal.

»Du passt nicht auf«, sagt er zu mir.

»Entschuldigung«, sage ich. Mein Blick gleitet zu Marjory.

Tom seufzt. »Ich weiß, dass dir vieles im Kopf herumgeht, Lou, aber ein Grund für das Fechten ist, dass man mal davon wegkommt.«

»Ja ... es tut mir leid.« Ich richte meinen Blick auf Tom und seine Klinge. Wenn ich mich konzentriere, kann ich sein Muster sehen – ein langes, kompliziertes Muster –, und jetzt kann ich seine Angriffe auch parieren. Niedrig, hoch, hoch, niedrig, umgekehrt, niedrig, hoch, niedrig, niedrig, umgekehrt... Bei jedem fünften Stoß kehrt er die Anordnung um. Jetzt kann ich mich vorbereiten, mich drehen und einen schnellen diagonalen Schritt machen: Attacke immer schräg, sagt einer der alten Meister, nie direkt. Es ist wie bei Pferd und Läufer im Schach. Schließlich durchbreche ich die Serie, die mir am besten gefällt, und erziele einen soliden Treffer.

»Wow!«, sagt Tom. »Und ich dachte, dieses Mal wäre es echt zufällig...«

»Jeder fünfte Schlag geht in die umgekehrte Richtung«, sage ich.

»Verdammt«, sagt Tom. »Lass es uns noch einmal versuchen...«

Dieses Mal hält er es neun Stöße lang durch, dann sieben – ich stelle fest, dass er immer bei den ungeraden Zahlen umkehrt. Ich teste es über einen längeren Zeitraum und warte einfach. Ganz genau... neun, sieben, fünf, dann wieder sieben. Ich mache einen diagonalen Ausfallschritt und treffe ihn erneut.

»Das waren aber nicht fünf«, sagt er. Er klingt atemlos.

»Nein... aber es war eine ungerade Zahl«, erwidere ich.

»Ich kann nicht schnell genug denken«, sagt Tom. »Ich kann nicht fechten *und* gleichzeitig denken. Wie machst du das?«

»Du bewegst dich zwar, aber das Muster nicht«, sage ich. »Das Muster – wenn ich es erkenne – ist still. So kann ich es leichter behalten, weil es nicht herumwackelt.«

»So habe ich es noch nie gesehen«, sagt Tom. »Und wie planst du deine eigenen Angriffe? Damit sie kein Muster bilden?«

»Sie haben ein Muster«, erwidere ich. »Aber ich kann von einem Muster zum anderen wechseln...« Ich merke, dass er das nicht begreift, und versuche, es ihm anders zu erklären. »Wenn du irgendwohin fährst, gibt es viele mögliche Wege ... viele Muster, unter denen du wählen kannst. Wenn du dich für einen Weg entscheidest und eine Straße, über die du fahren musst, gesperrt ist, würdest du dich doch für eine andere, ein anderes Muster, entscheiden, oder?«

»Du siehst Wege als Muster«, sagt Lucia. »Ich sehe sie als Fäden – und ich habe echt Probleme damit, von einem zum anderen zu wechseln.«

»Ich würde mich komplett verfahren«, sagt Susan. »Die öffentlichen Verkehrsmittel sind ein wahrer Segen für mich – ich brauche nur ein einziges Schild zu lesen und einzusteigen. Wenn ich früher irgendwohin fahren musste, dann bin ich immer zu spät gekommen.«

»Du kannst also verschiedene Fechtmuster im Kopf haben und einfach ... einfach von einem zum anderen springen?«

»Hauptsächlich reagiere ich aber auf die Angriffe des Gegners, während ich sein Muster analysiere«, erwidere ich.

»Das erklärt auch, wie es gewesen ist, als du angefangen hast zu fechten«, sagt Lucia. Sie sieht glücklich aus. Ich verstehe nicht, warum es sie glücklich macht. »Bei den ersten Gefechten hattest du noch keine Zeit, das Muster zu lernen – und du warst noch nicht genügend geschult, um gleichzeitig zu denken und zu fechten, oder?«

»Ich ... es fällt mir schwer, mich zu erinnern«, sage ich. Ich empfinde Unbehagen, wenn andere Leute auseinanderpflücken, wie mein Gehirn funktioniert. Oder nicht funktioniert.

»Es spielt ja keine Rolle – jetzt bist du auf jeden Fall ein guter Fechter –, aber Menschen lernen unterschiedlich.«

Der Rest des Abends vergeht rasch. Ich fechte mit einigen der anderen; in den Pausen sitze ich neben Marjory, wenn sie nicht ficht. Ich lausche auf Geräusche von der Straße, höre aber nichts. Manchmal fahren Autos vorbei, aber sie klingen normal, zumindest hier vom Garten aus. Als ich zu meinem Auto gehe, ist die Windschutzscheibe nicht zerbrochen, und die Reifen sind nicht platt. Die Abwesenheit von Schaden war da, bevor der Schaden passierte – wenn jemand mein Auto beschädigen würde, wäre der Schaden die Folge... es ist ganz ähnlich wie bei Dunkelheit und Licht. Die Dunkelheit ist zuerst da, und dann kommt das Licht.

»Hat sich die Polizei wegen der Windschutzscheibe noch mal bei dir gemeldet?«, fragt Tom. Wir stehen alle draußen im Vorgarten.

»Nein«, erwidere ich. Ich will auch jetzt nicht daran denken, wo Marjory neben mir steht.

»Lou...« Tom kratzt sich den Kopf. »Du *musst* dir Gedanken darüber machen. Wie wahrscheinlich ist es, dass dein Auto zweimal hintereinander am Fechtabend von Fremden demoliert wird?«

»Es war niemand aus unserer Gruppe«, erwidere ich. »Ihr seid meine Freunde.«

Tom blickt zu Boden, dann schaut er mich wieder an. »Lou, ich glaube, du solltest einmal überlegen...« Meine Ohren wollen nicht hören, was er als nächstes sagen wird.

»So«, unterbricht Lucia. Es ist zwar ungezogen, jemanden zu unterbrechen, aber ich bin froh, dass sie es tut. Sie hat das Buch mitgebracht und reicht es mir, während ich meine Sporttasche in den Kofferraum lege. »Sag mir Bescheid, wie du damit zurechtkommst.«

Im Licht der Straßenlaterne an der Ecke wirkt der Umschlag des Buches trüb grau. Er fühlt sich körnig an.

»Was liest du da, Lou?«, fragt Marjory. Mein Magen krampft sich zusammen. Ich möchte mit Marjory nicht über die Studie reden. Ich möchte nicht herausfinden, dass sie darüber schon Bescheid weiß.

»Cego und Clinton«, erwidert Lucia, als ob es ein Titel sei.

»Wow«, sagt Marjory. »Das ist toll für dich.«

Ich verstehe nicht. Weiß sie nur von den Autoren, was es für ein Buch ist? Haben sie nur ein Buch geschrieben? Und warum sagt sie, das Buch sei toll für mich? Oder meinte sie

»toll für dich« als Lob? Aber auch dann verstehe ich die Bedeutung nicht. Ich fühle mich gefangen in diesem Wirbel von Fragen.

Von den fernen Flecken schießt Licht auf mich zu, das älteste Licht braucht am längsten.

Ich fahre vorsichtig nach Hause, wobei mir die Lichttümpel und -ströme, die von den Ampeln und Straßenlaternen über mich hinweggleiten, noch bewusster als sonst sind. Hinein in die schnelle Dunkelheit und wieder heraus – und es fühlt sich in der Dunkelheit tatsächlich schneller an.

Tom schüttelte den Kopf, als Lou wegfuhr. »Ich weiß nicht...«, sagte er, brach aber mitten im Satz ab.

»Denkst du auch, was ich denke?«, fragte Lucia.

»Es ist die einzige reale Möglichkeit«, erwiderte Tom. »Es fällt mir zwar schwer zu glauben, dass Don tatsächlich zu so etwas fähig ist, aber... wer könnte es sonst sein? Er kennt Lous Namen; er könnte seine Adresse herausfinden; er weiß natürlich ganz genau, wann Fechttraining ist und wie Lous Auto aussieht.«

»Das hast du der Polizei aber nicht gesagt«, sagte Lucia.

»Nein. Ich dachte, Lou käme von selber darauf, und schließlich ist es sein Auto. Ich wollte mich nicht einmischen. Aber jetzt... ich wünschte, ich hätte was gesagt und Lou offen vor Don gewarnt. Er betrachtet ihn immer noch als Freund.«

»Ja.« Lucia schüttelte den Kopf. »Er ist so... na ja, ich weiß nicht, ob es tatsächlich Loyalität oder nur Gewohnheit ist. Einmal ein Freund, immer ein Freund? Außerdem...«

»Ja, ich weiß, möglicherweise ist es ja gar nicht Don. Er ist uns manchmal auf die Nerven gegangen, aber etwas wirklich Gewalttätiges hat er noch nie gemacht. Und heute ist nichts passiert.«

»Die Nacht ist noch nicht vorbei«, erwiderte Lucia. »Wenn

noch etwas passiert, müssen wir es der Polizei sagen. Um Lous willen.«

»Da hast du natürlich recht.« Tom gähnte. »Dann wollen wir mal hoffen, dass nichts passiert.«

Im Haus gehe ich mit meiner Sporttasche und dem Buch nach oben. Ich höre Geräusche aus Dannys Wohnung, als ich vorbeigehe. Ich lege meine Fechtjacke in den Korb für die schmutzige Wäsche und gehe mit dem Buch zu meinem Schreibtisch. Im Licht der Schreibtischlampe ist der Umschlag hellblau, nicht grau.

Ich schlage es auf. Da Lucia mich jetzt nicht mehr drängt, den Anfang zu überspringen, lese ich alle Seiten sorgfältig. Auf der Seite, über der »Widmungen« steht, hat Betsy R. Cego geschrieben: »Für Jerry und Bob, mit Dank«, und Malcolm R. Clinton hat geschrieben: »Für meine geliebte Frau Celia und in Erinnerung an meinen Vater, George«. Die Vorbemerkung hat Peter J. Bartleman, M. D., Ph. D., Professor Emeritus von der Johns Hopkins University School of Medicine, geschrieben, und es enthält die Information, dass Betsy R. Cegos *R.* für *Rodham* steht und Malcolm R. Clintons *R.* für *Richard*, also hat das *R.* vermutlich nichts damit zu tun, dass sie gemeinsam das Buch geschrieben haben. Peter J. Bartleman schreibt, das Buch sei die wichtigste Zusammenstellung des gegenwärtigen Wissensstandes über die Funktionsweise des Gehirns. Ich weiß nicht, warum er die Vorbemerkung geschrieben hat.

Das Vorwort beantwortet diese Frage. Peter J. Bartleman hat Betsy R. Cego an der medizinischen Fakultät unterrichtet und in ihr ein lebenslanges Interesse für die Funktionsweise des Gehirns geweckt. Der Satz kommt mir komisch vor. Im Vorwort wird erklärt, worum es in dem Buch geht, warum die Autoren es geschrieben haben, und dann wird noch zahlreichen Leuten und Firmen für ihre Hilfe gedankt. Es überrascht mich, als ich auf den Namen des Unternehmens stoße, in dem ich arbeite. Die Firma hat die Autoren bei der Frage der Computermethoden beraten.

Computermethoden entwickelt unsere Abteilung. Erneut blicke ich auf das Datum des Copyright. Als dieses Buch geschrieben wurde, habe ich noch nicht dort gearbeitet.

Ich frage mich, ob wohl noch einige dieser alten Programme vorhanden sind.

Ich schlage das Glossar hinten im Buch auf und lese mir rasch die Definitionen durch. Ich kenne mittlerweile ungefähr die Hälfte. Als ich mich dem ersten Kapitel zuwende, einem Überblick über die Gehirnstruktur, verstehe ich alles. Das Cerebellum, Amygdala, Hippocampus, Cerebrum... auf verschiedene Arten dargestellt, aufgeschnitten von oben nach unten, von vorne nach hinten und von Seite zu Seite. Ich habe noch nie ein Diagramm gesehen, das die Funktionen der verschiedenen Bereiche gezeigt hat, und ich betrachte es eingehend. Ich frage mich, warum wohl das Sprachzentrum in der linken Gehirnhälfte ist, wo sich doch in der rechten Gehirnhälfte ein perfekter auditiver Wahrnehmungsbereich befindet. Warum wird es so aufgeteilt? Ich überlege, ob Geräusche, die in ein Ohr dringen, vielleicht eher als Sprache wahrgenommen werden wie die, die an das andere Ohr gelangen. Die Anordnung visueller Wahrnehmung ist genauso schwer nachzuvollziehen.

Auf der letzten Seite dieses Kapitels stoße ich auf einen Satz, der so überwältigend ist, dass ich innehalten und ihn anstarren muss: »Im Wesentlichen ist das menschliche Gehirn, sieht man einmal von physiologischen Funktionen ab, dazu da, um Muster zu analysieren und zu erzeugen.«

Mir stockt der Atem; erst wird mir kalt, dann heiß. Genau das mache ich. Wenn das die wesentliche Funktion des menschlichen Gehirns ist, bin ich kein Freak, sondern ganz normal.

Das kann nicht sein. Alles, was ich weiß, sagt mir, dass ich anders bin, dass mir etwas fehlt. Ich lese den Satz immer wieder und versuche ihn mit dem, was ich weiß, in Einklang zu bringen.

Schließlich lese ich den restlichen Abschnitt: »Die Musteranalyse oder die Mustererzeugung mag fehlerhaft sein, wie bei manchen Geisteskrankheiten, und es entstehen vielleicht falsche Analysen oder Muster auf der Basis irriger ›Daten‹, aber selbst bei schwerstem kognitiven Versagen sind diese beiden Aktivitäten charakteristisch für das menschliche Gehirn – und auch für weniger komplizierte Gehirne als das menschliche. Leser, die sich für diese Funktionen bei nichtmenschlichen Wesen interessieren, sei die Literaturangabe unten empfohlen.«

Also bin ich vielleicht normal und *nicht normal* zugleich ... normal, weil ich Muster erkenne und erzeuge, aber vielleicht mache ich ja die falschen Muster?

Ich lese weiter, und als ich schließlich aufhöre, bin ich zitterig und erschöpft. Es ist fast drei Uhr morgens, und ich bin bei Kapitel 6, »Computer-Überprüfung visueller Wahrnehmung« angekommen.

Ich verändere mich bereits. Vor ein paar Monaten wusste ich noch nicht, dass ich Marjory liebe. Ich wusste nicht, dass ich auf einem Turnier mit Fremden fechten kann. Ich wusste nicht, dass ich Biologie und Chemie so lernen kann, wie ich es gelernt habe. Ich wusste nicht, dass ich mich so sehr verändern kann.

Einer der Leute im Reha-Center, in dem ich als Kind so viele Stunden verbracht hatte, pflegte immer zu sagen, Behinderungen seien Gottes Art, den Glauben der Menschen zu prüfen. Meine Mutter kniff dann immer die Lippen zusammen, aber sie widersprach nicht. Das Regierungsprogramm damals bekam von den Kirchen Geld für die Rehabilitierungsmaßnahmen, und mehr konnten sich meine Eltern nicht leisten. Meine Mutter befürchtete, sie würden mich aus der Reha werfen, wenn sie widersprach. Oder sie müsste sich noch mehr dieser Predigten anhören.

Ich verstehe Gott nicht so. Ich glaube nicht, dass Gott schlimme Dinge passieren lässt, nur damit die Leute daran wachsen. Schlechte Eltern tun das, sagte meine Mutter immer. Schlechte Eltern machen es ihren Kindern schwer und schmerzhaft, und dann behaupten sie, das hätten sie nur getan, damit sie anständig erwachsen würden. Erwachsen zu werden und zu leben ist schon schwer genug; man braucht es Kindern nicht noch schwerer zu machen. Ich glaube, das gilt selbst für normale Kinder. Ich habe beobachtet, wie kleine Kinder laufen lernen; sie mühen sich ab und fallen oft hin. Man sieht ihnen am Gesicht an, dass es nicht leicht ist. Es wäre dumm, ihnen Ziegelsteine an die Füße zu binden, um es ihnen noch schwerer zu machen. Und wenn das beim Laufenlernen so ist, dann trifft es sicher auch für das Erwachsenwerden und Lernen zu.

Gott sollte ein guter Vater sein. Deshalb glaube ich auch nicht, dass er einem die Dinge schwerer machen würde, als sie ohnehin schon sind. Ich glaube nicht, dass ich autistisch bin, weil Gott fand, meine Eltern oder ich bräuchten eine Herausforderung. Ich glaube, es ist eher so, als ob mir als Baby ein Stein aufs Bein gefallen wäre und es völlig zerschmettert hätte. Was immer die Ursache war, es war auf jeden Fall ein Unfall. Gott hat den Unfall nicht verhindert, aber er hat ihn auch nicht verursacht.

Den Menschen passieren Unfälle; Celia, die Freundin meiner Mutter, hat gesagt, die meisten Unfälle wären eigentlich keine Unfälle, sondern eher von jemandem verursacht, der etwas Dummes getan hätte. Die Person, die verletzt wird, ist allerdings nicht immer diejenige, die etwas Dummes getan hat. Ich glaube, mein Autismus war ein Unfall, aber was ich daraus mache, liegt an mir. Das hat jedenfalls meine Mutter gesagt.

Meistens denke ich das auch. Aber manchmal bin ich nicht so sicher.

Es ist ein grauer Morgen, mit tief hängenden Wolken. Das langsame Licht hat noch nicht die ganze Dunkelheit weggejagt. Ich nehme Cego und Clinton und gehe nach unten. Während der Mittagspause kann ich lesen.

Meine Reifen sind nicht platt. Meine neue Windschutzscheibe ist heil. Vielleicht ist die Person, die nicht mein Freund ist, es leid, mein Auto zu demolieren. Ich schließe das Auto auf, lege die Lunchbox und das Buch auf den Beifahrersitz und steige ein. Die Morgenmusik, die ich beim Fahren gern höre, spielt in meinem Kopf.

Als ich den Schlüssel umdrehe, passiert nichts. Das Auto will nicht starten. Es kommt kein Geräusch, nur das kleine Klicken, als ich den Schlüssel umdrehe. Ich weiß, was das bedeutet. Meine Batterie ist tot.

Die Musik in meinem Kopf bricht ab. Gestern Abend war meine Batterie noch nicht tot. Die Ladekontroll-Leuchte war gestern Abend normal.

Ich steige aus und entriegele die Motorhaube. Als ich sie anhebe, springt mich etwas an. Erschreckt weiche ich zurück und falle fast über den Bordstein.

Es ist ein Kinderspielzeug, ein Schachtelteufel. Er steckt dort, wo normalerweise die Batterie wäre. Die Batterie ist weg.

Ich werde zu spät zur Arbeit kommen. Mr. Crenshaw wird wütend auf mich sein. Ich schließe die Motorhaube wieder, ohne das Spielzeug anzufassen. Ich mochte Schachtelteufel schon als Kind nicht. Ich muss die Polizei anrufen, die Versicherungsgesellschaft, die ganze trübselige Liste. Ich blicke auf die Uhr. Wenn ich mich beeile, bin ich noch rechtzeitig am

Bahnhof, um den Pendlerzug zu bekommen. Dann komme ich nicht zu spät.

Ich nehme die Lunchbox und das Buch vom Beifahrersitz, schließe das Auto wieder ab und gehe rasch zum Bahnhof. Ich habe die Karten der Polizeibeamten in meiner Brieftasche. Ich kann sie von der Arbeit aus anrufen.

In dem überfüllten Zug starren die Leute aneinander vorbei, ohne Blickkontakt herzustellen. Sie sind nicht alle autistisch; sie wissen irgendwie, dass es unpassend ist, im Zug Blickkontakt herzustellen. Manche lesen Nachrichtenfaxe. Manche starren auf den Monitor am Ende des Waggons. Ich schlage das Buch auf und lese, was Cego und Clinton über die Gehirnwahrnehmung visueller Signale geschrieben haben. Damals, so schrieben sie, konnten Industrieroboter nur einfachen sichtbaren Input nutzen, um Bewegungen zu steuern. Binokulares Sehen war bei Robotern noch nicht entwickelt worden, sondern nur bei den Zielgeräten großer Waffen.

Mich faszinieren die Feedback-Loops zwischen den Schichten visueller Wahrnehmung; mir war gar nicht klar gewesen, dass so etwas Interessantes im Kopf normaler Leute passiert. Ich hatte geglaubt, sie sehen die Dinge einfach nur an und erkennen sie automatisch. Ich habe meine visuelle Wahrnehmung immer für fehlerhaft gehalten, dabei ist sie – wenn ich das richtig verstehe – nur langsam.

Als ich an der Campus-Haltestelle aussteige, weiß ich, welchen Weg ich gehen muss, und ich brauche weniger Zeit, bis ich an unserem Gebäude ankomme. Ich komme sogar drei Minuten und zwanzig Sekunden zu früh. Mr. Crenshaw steht wieder auf dem Flur, aber er spricht nicht mit mir; er tritt beiseite, ohne etwas zu sagen, damit ich in mein Büro gehen kann. Ich sage: »Guten Morgen, Mr. Crenshaw«, weil das angemessen ist, und er grunzt etwas, das möglicherweise »Morgen« heißt. Wenn er zu meinem Logopäden gehen würde, wäre seine Aussprache wesentlich deutlicher.

Ich lege das Buch auf meinen Schreibtisch und gehe auf den Flur, um mein Lunchpaket in die Küche zu bringen. Mr. Crenshaw steht jetzt an der Tür und schaut auf den Parkplatz. Er dreht sich um und sieht mich. »Wo ist Ihr Auto, Arrendale?«, fragt er.

»Zu Hause«, erwidere ich. »Ich bin mit dem Zug gekommen.«

»Ach, Sie können also doch mit öffentlichen Verkehrsmitteln fahren«, sagt er. Sein Gesicht glänzt ein bisschen. »Sie brauchen gar keinen speziellen Parkplatz.«

»Es ist sehr laut«, erwidere ich. »Jemand hat heute Nacht meine Batterie gestohlen.«

»Für jemanden wie Sie ist ein Auto doch bloß ein Problem«, sagt er und tritt näher. »Leute, die in solchen unsicheren Gegenden wohnen, sollten besser nicht damit protzen, dass sie ein Auto haben.«

»Bis vor ein paar Wochen ist nie etwas passiert«, sage ich. Ich verstehe nicht, warum ich ihm widersprechen möchte. Ich widerspreche nicht gern.

»Da haben Sie Glück gehabt. Aber es sieht ja so aus, als ob Sie jetzt jemand auf dem Kieker hätte, oder? Drei Vorfälle hintereinander. Wenigstens sind Sie dieses Mal nicht zu spät gekommen.«

»Deswegen war ich nur einmal zu spät«, sage ich.

»Darum geht es nicht«, erwidert er. Ich frage mich, um was es sonst geht, abgesehen davon, dass er mich und die anderen nicht leiden kann. Er blickt zu meiner Bürotür. »Sie wollen jetzt bestimmt wieder an Ihre Arbeit gehen«, sagt er. »Oder überhaupt anfangen...« Jetzt blickt er auf die Uhr in der Halle. Die Bürozeit hat vor zwei Minuten achtzehn Sekunden angefangen. Am liebsten würde ich sagen, *Sie haben mich aufgehalten*, aber das sage ich nicht. Ich gehe in mein Büro und schließe die Tür. Ich werde die zwei Minuten und achtzehn Sekunden nicht nacharbeiten. Es ist nicht meine Schuld.

Ich rufe die Arbeit von gestern auf, und die wunderschönen Muster bilden sich wieder in meinem Kopf. Ein Parameter nach dem anderen fließt heran, verschiebt das Muster übergangslos von einer Struktur zur anderen. Ich variiere die Parameter im erlaubten Bereich und überprüfe, ob es keine ungewollte Verschiebung gibt. Als ich wieder aufblicke, ist es eine Stunde und elf Minuten später. Mr. Crenshaw wird jetzt nicht mehr in unserem Gebäude sein. So lange bleibt er nie. Ich gehe nach draußen auf den Flur, um mir etwas Wasser zu holen. Auf dem Flur ist niemand, aber ich sehe das Zeichen an der Turnhalle. Jemand ist dort drin. Es ist mir egal.

Ich schreibe mir auf, was ich sagen muss, dann rufe ich bei der Polizei an und frage nach dem ermittelnden Beamten vom ersten Zwischenfall, Mr. Stacy. Als er ans Telefon kommt, höre ich Geräusche im Hintergrund. Andere Leute reden, und eine Art Rumpeln ist zu hören.

»Hier ist Lou Arrendale«, sage ich. »Sie waren da, als die Reifen an meinem Auto zerstochen worden sind. Sie haben gesagt, ich solle anrufen...«

»Ja, ja«, sagt er. Er klingt ungeduldig und so, als würde er gar nicht richtig zuhören. »Officer Isaka hat mir von der zerbrochenen Windschutzscheibe in der Woche darauf erzählt. Wir hatten noch keine Zeit, das weiter zu verfolgen...«

»Gestern Nacht ist meine Batterie gestohlen worden«, sage ich. »Und jemand hat ein Spielzeug dorthin gelegt, wo die Batterie normalerweise ist.«

»Was?«

»Als ich heute morgen wegfahren wollte, sprang mein Auto nicht an. Ich blickte unter die Motorhaube, und etwas sprang mir entgegen. Es war ein Schachtelteufel, den jemand dort hingetan hatte, wo sonst die Batterie ist.«

»Bleiben Sie da, ich schicke jemanden vorbei...«, sagt er.

»Ich bin nicht zu Hause«, erwidere ich. »Ich bin auf der Arbeit. Mein Chef wäre wütend, wenn ich nicht pünktlich käme. Das Auto steht zu Hause.«

»Ich verstehe. Wo ist das Spielzeug?«

»Im Auto«, sage ich. »Ich habe es nicht angefasst. Ich mag keine Schachtelteufel. Ich habe einfach den Deckel wieder zugemacht.« Ich meine natürlich »Motorhaube«, aber das Wort kommt mir falsch in den Mund.

»Das klingt gar nicht gut«, sagt Officer Stacy. »Jemand scheint Sie wirklich nicht zu mögen, Mr. Arrendale. Einmal mag noch als Mutwillen durchgehen – haben Sie wirklich keine Ahnung, wer das getan haben könnte?«

»Die einzige Person, die ich kenne, die wütend auf mich war, ist mein Boss, Mr. Crenshaw«, erwidere ich. »Als ich das eine Mal zu spät kam. Er mag keine Autisten. Er möchte, dass wir eine experimentelle Behandlung ausprobieren...«

»Wir? Sind da, wo Sie arbeiten, noch andere Autisten?«

Ich stelle fest, dass er es nicht weiß; diese Frage hat er noch nie gestellt. »Unsere gesamte Abteilung besteht aus Autisten«, sage ich. »Aber ich glaube nicht, dass Mr. Crenshaw so etwas tun würde. Obwohl... es gefällt ihm nicht, dass wir eine Sondererlaubnis zum Autofahren haben und einen extra Parkplatz. Er findet, wir sollten lieber mit dem Zug fahren wie alle anderen auch.«

»Hmmm. Aber die Angriffe haben nur Ihrem Auto gegolten?«

»Ja. Und er weiß nichts von meinem Fechtunterricht.« Ich kann mir nicht vorstellen, dass Mr. Crenshaw in der Stadt herumfährt, um mein Auto zu suchen, und mir dann die Windschutzscheibe kaputt schlägt.

»Sonst noch jemand? Irgendetwas?«

Ich möchte niemanden falsch beschuldigen. Es ist sehr falsch, andere falsch zu beschuldigen. Aber ich möchte auch nicht, dass mein Auto noch einmal beschädigt wird. Es bringt meinen Tagesablauf durcheinander. Und kostet Geld.

»Da ist jemand im Center, Emmy Sanderson, die meint, ich solle keine normalen Freunde haben«, sage ich. »Aber sie weiß nicht, wo der Fechtunterricht stattfindet.« Ich glaube wirklich nicht, dass es Emmy ist, aber sie ist die einzige Person, abgesehen von Mr. Crenshaw, die im letzten Monat wütend auf mich war. Das Muster passt weder auf sie noch auf Mr. Crenshaw, aber das Muster muss falsch sein, weil ein möglicher Name nicht herausgekommen ist.

»Emmy Sanderson«, wiederholt Mr. Stacy den Namen. »Und Sie glauben nicht, dass sie weiß, wo das Haus ist?«

»Nein.« Emmy ist nicht meine Freundin, aber ich glaube nicht, dass sie diese Dinge getan hat. Don ist mein Freund, und ich möchte nicht glauben, dass er diese Dinge getan hat.

»Ist es nicht eher jemand, der Verbindung zu Ihrer Fechtgruppe hat? Ist dort jemand, mit dem Sie nicht auskommen?«

Ich schwitze plötzlich. »Sie sind meine Freunde«, sage ich. »Emmy sagt, sie können nicht wirklich Freunde sein, aber sie sind es. Freunde verletzen einander nicht.«

Er grunzt. Ich weiß nicht, was das Grunzen bedeuten soll. »Es gibt solche und solche Freunde«, sagt er. »Erzählen Sie mir von den Leuten in der Gruppe.«

Ich erzähle ihm zuerst von Tom und Lucia und dann von den anderen; er schreibt sich die Namen auf und fragt mich bei einigen, wie sie buchstabiert werden.

»Und waren sie in den letzten Wochen alle da?«

»Nicht alle jede Woche«, erwidere ich. Ich erzähle ihm, was ich noch weiß, wer auf Geschäftsreise war und wer da war. »Und Don ist zu einem anderen Lehrer gegangen; er hat sich über Tom geärgert.«

»Über Tom. Nicht über Sie?«

»Nein.« Ich weiß nicht, wie ich das formulieren soll, ohne Freunde zu kritisieren. Es ist falsch, Freunde zu kritisieren. »Don neckt mich manchmal, aber er ist mein Freund«, sage ich. »Er war böse auf Tom, weil Tom mir etwas erzählt hat, was Don vor langer Zeit gemacht hat, und Don wollte nicht, dass er es mir erzählt.«

»Etwas Schlimmes?«, fragt Stacy.

»Es war auf einem Turnier«, sage ich. »Don kam nach dem Kampf zu mir und sagte mir, was ich falsch gemacht habe, und Tom – mein Lehrer – hat ihm gesagt, er solle mich in Ruhe lassen. Don versuchte nur, mir zu helfen, aber Tom fand nicht, dass er mir half. Tom sagte, ich sei viel besser gewesen als Don auf seinem ersten Turnier, und Don hörte ihn, und dann war er wütend auf Tom. Danach kam er nicht mehr zu unserer Gruppe.«

»Hmmm. Das klingt mir mehr nach einem Grund, die Reifen Ihres Fechtlehrers zu zerstechen. Aber wir überprüfen ihn mal. Wenn Ihnen sonst noch etwas einfällt, sagen Sie mir Bescheid. Ich schicke jemand vorbei, der das Spielzeug holt; vielleicht finden wir ja Fingerabdrücke daran.«

Als ich den Hörer aufgelegt habe, sitze ich da und denke an Don, aber das ist nicht angenehm. Stattdessen denke ich an Marjory, und dann an Marjory und Don. Mir wird ein wenig übel im Magen, wenn ich an Marjory und Don als ... Freunde denke. Oder als Liebespaar. Ich weiß, dass Marjory Don nicht mag. Mag er sie? Ich weiß noch, wie er sich neben sie gesetzt hat, wie er zwischen mir und ihr stand, wie Lucia ihn weggescheucht hat.

Hat Marjory Lucia gesagt, dass sie mich mag? Das ist auch etwas, was normale Leute tun, glaube ich. Sie wissen, wenn jemand jemanden mag und wie sehr. Sie brauchen nicht lange zu überlegen. Es ist, als könnten sie Gedanken lesen, weil sie wissen, wann jemand einen Witz macht und wann jemand ernst ist, wann ein Wort korrekt benutzt wird und wann es scherzhaft gemeint ist. Ich wünschte, ich könnte mir sicher sein, dass Marjory mich mag. Sie lächelt mich an. Sie redet mit mir in einer angenehmen Stimme. Aber freundlich ist sie auch zu anderen Leuten; das habe ich im Supermarkt gesehen.

Emmys Beschuldigungen fallen mir wieder ein. Wenn Marjory mich als interessanten Fall sieht, als Forschungsobjekt, würde sie mich trotzdem anlächeln und nett mit mir reden. Aber dann würde es nicht bedeuten, dass sie mich mag. Es würde bedeuten, dass sie netter ist als Dr. Fornum, und selbst die lächelt angemessen, wenn sie Guten Tag und Auf Wiedersehen sagt, obwohl das Lächeln nie ihre Augen erreicht wie bei Marjory. Ich habe gesehen, wie Marjory andere Leute anlächelt, und ihr Lächeln ist immer ganz. Andererseits, wenn Marjory meine Freundin ist, sagt sie mir die Wahrheit, wenn sie mir von ihrer Forschung erzählt, und wenn ich ihr Freund bin, sollte ich ihr auch glauben.

Ich schüttele den Kopf, um diese Gedanken in die Dunkelheit zurückzutreiben, wo sie hingehören. Ich schalte den Ventilator ein, damit sich meine Spiralen drehen. Ich brauche das jetzt; ich atme viel zu schnell, und ich spüre Schweiß im Nacken. Es ist wegen des Autos und wegen Mr. Crenshaw, und weil ich die Polizei anrufen musste. Es ist nicht wegen Marjory.

Nach ein paar Minuten wendet sich mein Gehirn wieder der Musteranalyse und Mustererzeugung zu. Ich lasse es nicht zu, dass meine Gedanken zu Cego und Clinton abschweifen. Ich werde einen Teil der Mittagspause durcharbeiten, um die Zeit aufzuholen, in der ich mit der Polizei telefoniert habe, aber nicht die zwei Minuten und achtzehn Sekunden, die mich Mr. Crenshaw gekostet hat.

Versunken in die Komplexität und Schönheit der Muster, mache ich erst um 13.28 Uhr und siebzehn Sekunden Mittagspause.

Die Musik in meinem Kopf ist Bachs Violinkonzert No. 2. Ich habe vier Aufnahmen davon zu Hause. Eine sehr alte mit einem Solisten aus dem zwanzigsten Jahrhundert namens Perlman, meine Lieblingsaufnahme. Drei neuere, von denen zwei ganz ordentlich sind, aber nicht besonders interessant, und eine mit der Siegerin des Tschaikowsky-Wettbewerbs von letztem Jahr, Idris Vai-Kassadelikos, die noch sehr jung ist. Vai-Kassadelikos wird vielleicht einmal genauso gut wie Perlman, wenn sie älter ist. Ich weiß nicht, wie gut er in ihrem Alter war, aber sie spielt voller Leidenschaft und dehnt die langen Noten in weichen, herzzerreißenden Phrasen.

Diese Musik macht es einem leichter, manche Arten von Mustern zu sehen. Bach verstärkt die meisten, aber nicht die ... elliptischen, kann man sie vielleicht am besten nennen. Der lange Ansatz dieser Musik, der die Rosettenmuster, die Bach hervorbringt, nicht zum Vorschein kommen lässt, hilft mir dabei, die langen, asymmetrischen Komponenten zu finden und aufzubauen, die im Fließen zur Ruhe kommen.

Es ist eine dunkle Musik. Ich höre sie als lange, wogende Streifen von Dunkelheit, wie blauschwarze Bänder, die Nachts im Wind wehen und die Sterne verdecken und wieder freigeben. Jetzt leise, jetzt lauter, jetzt die einzelne Violine, mit dem leise atmenden Orchester dahinter, und jetzt lauter und die Violine steigt über dem Orchester auf wie die Bänder in einem Luftstrom.

Ich glaube, es ist gut, an diese Musik zu denken, während ich Cego und Clinton lese. Rasch esse ich mein mitgebrachtes Essen und stelle den Timer an meinem Ventilator ein. So kann ich am Licht sehen, wann ich wieder anfangen muss zu arbeiten.

Cego und Clinton erklären, wie das Gehirn Kanten, Winkel, Texturen und Farben wahrnimmt und wie die Information zwischen den Schichten der visuellen Wahrnehmung hin und her fließt. Ich wusste nicht, dass es einen separaten Bereich für Gesichtserkennung gibt, obwohl der Literaturhinweis, den sie angeben, aus dem zwanzigsten Jahrhundert stammt. Ich wusste auch nicht, dass die Fähigkeit, ein Objekt aus verschiedenen Perspektiven zu erkennen, bei denjenigen, die blind zur Welt kommen und erst später sehen lernen, beeinträchtigt ist.

Immer wieder sprechen sie von Dingen, mit denen ich Probleme hatte, in dem Kontext, dass man blind geboren wurde oder ein Hirntrauma durch eine Kopfverletzung, einen Schlaganfall oder ein Aneurysma erlitten hat. Wenn mein Gesicht sich nicht so seltsam verzieht wie bei anderen Menschen, wenn sie starke Emotionen verspüren, liegt das dann daran, dass mein Gehirn die Veränderung der Form nicht wahrnimmt?

Ein winziges Summen: mein Ventilator geht an. Ich schließe meine Augen, warte drei Sekunden und öffne sie wieder. Der Raum ist in Farbe und Bewegung getaucht, die Spiralen und Windräder bewegen sich alle und reflektieren dabei das Licht. Ich lege das Buch weg und mache mich wieder an die Arbeit. Das stetige Oszillieren der Lichtblitze beruhigt mich; ich habe gehört, wie normale Leute es chaotisch genannt haben, aber das ist es nicht. Es ist ein Muster, regelmäßig und vorhersagbar, und ich brauchte Wochen, um es richtig einzurichten.

Mein Telefon klingelt. Ich mag es nicht, wenn das Telefon klingelt; es reißt mich aus dem, was ich gerade tue, und am anderen Ende ist immer jemand, der erwartet, dass ich gleich losreden kann. Ich hole tief Luft. Als ich mich melde, höre ich zuerst nur Lärm. »Hier ist Lou Arrendale«, sage ich.

»Äh – ich bin es, Detective Stacy«, sagt die Stimme. »Hören Sie – wir haben jemand zu Ihrer Wohnung geschickt. Sagen Sie mir noch einmal Ihr Kennzeichen.«

Ich sage es ihm.

»Tja also, ich muss persönlich mit Ihnen sprechen.« Er schweigt, und ich glaube, er erwartet, dass ich etwas sage, aber ich weiß nicht, was ich sagen soll. Schließlich fährt er fort: »Sie sind möglicherweise in Gefahr, Mr. Arrendale. Wer auch immer das tut, ist nicht besonders nett. Als unsere Leute versucht haben, das Spielzeug herauszuholen, gab es eine kleine Explosion.«

»Eine Explosion!«

»Ja. Glücklicherweise waren unsere Jungs vorsichtig. Ihnen gefiel das Arrangement nicht, deshalb haben sie unsere Sprengstoffspezialisten gerufen. Wenn Sie das Spielzeug angefasst hätten, hätten Sie wahrscheinlich ein oder zwei Finger verloren. Oder das Ding wäre Ihnen ins Gesicht explodiert.«

»Ich verstehe.« Ich konnte es tatsächlich vor mir sehen, es mir visuell vorstellen. Fast hätte ich die Hand ausgestreckt und das Spielzeug ergriffen... und wenn ich das getan hätte... plötzlich wird mir kalt; meine Hand fängt an zu zittern.

»Wir müssen diese Person wirklich finden. Bei Ihren Fechtlehrern ist niemand zu Hause...«

»Tom unterrichtet an der Universität«, sage ich. »Chemietechnik.«

»Das hilft uns weiter. Und seine Frau?«

»Lucia ist Ärztin«, erwidere ich. »Sie arbeitet im Medical Center. Glauben Sie wirklich, dass diese Person mich verletzen will?«

»Auf jeden Fall will er Ihnen Probleme bereiten«, sagt der Polizist. »Und die Zerstörungsakte werden von Mal zu Mal gewalttätiger. Können Sie aufs Revier kommen?«

»Ich kann erst nach der Arbeit hier weg«, antworte ich. »Mr. Crenshaw würde wütend auf mich sein.« Wenn schon jemand versucht, mich zu verletzen, will ich nicht auch noch, dass jemand anderer wütend auf mich ist.

»Wir schicken jemanden zu Ihnen«, sagt Mr. Stacy. »In welchem Gebäude sind Sie?« Ich sage es ihm und auch, durch welches Tor er gehen und wo er abbiegen muss, um auf unseren Parkplatz zu gelangen. Er fährt fort: »In einer halben Stunde sollte jemand da sein. Wir haben Fingerabdrücke; wir müssen Ihre abnehmen, um sie damit zu vergleichen. Ihre Fingerabdrücke müssten überall am Auto sein – und kürzlich war es ja auch in der Werkstatt, sodass auch andere Fingerabdrücke daran sein werden. Aber wenn wir welche finden, die nicht zu ihren oder denen der Mechaniker passen ... dann haben wir etwas in der Hand, wovon wir ausgehen können.«

Ich überlege, ob ich Mr. Aldrin oder Mr. Crenshaw sagen soll, dass die Polizei hierher kommt, um mit mir zu sprechen. Ich weiß nicht, was Mr. Crenshaw ärgerlicher machen würde. Mr. Aldrin wirkt jedenfalls nicht so oft ärgerlich. Ich rufe in seinem Büro an.

»Die Polizei kommt hierher, um mit mir zu sprechen«, sage ich. »Ich arbeite die Zeit nach.«

»Lou! Was ist los? Was haben Sie getan?«

»Es geht um mein Auto«, antworte ich.

Bevor ich mehr sagen kann, fährt er schnell fort: »Lou, sagen Sie ihnen nichts. Wir besorgen Ihnen einen Anwalt. Ist jemand verletzt worden?«

»Niemand ist verletzt worden«, antworte ich. Ich höre, wie er die Luft ausstößt.

»Nun, das ist ein Glück«, sagt er.

»Als ich die Motorhaube geöffnet habe, habe ich die Schachtel nicht angefasst.«

»Schachtel? Wovon reden Sie?«

»Das ... das Ding, das jemand in mein Auto gelegt hat. Es sah aus wie ein Spielzeug, wie ein Schachtelteufel.«

»Warten Sie ... warten Sie. Heißt das, die Polizei kommt wegen etwas, das Ihnen passiert ist, etwas, das jemand anderer getan hat? Nicht wegen etwas, was Sie getan haben?«

»Ich habe es nicht berührt«, sage ich. Die Wörter, die er gerade gesagt hat, kommen langsam, eins nach dem anderen, bei mir an; wegen der Erregung in seiner Stimme fiel es mir schwer, sie deutlich zu verstehen. Er dachte zuerst, ich hätte etwas falsch gemacht, und deswegen käme die Polizei. Dieser Mann, den ich kenne, seit ich angefangen habe, hier zu arbeiten – er glaubt, ich könnte etwas so Schlimmes tun. Ich fühle mich sehr schwer.

»Entschuldigung«, sagt er, bevor ich etwas erwidern kann. »Es... es muss wohl so geklungen haben, als ob ich der Ansicht wäre, dass Sie etwas falsch gemacht haben. Es tut mir leid. Ich weiß, dass Sie das nie tun würden. Aber ich meine trotzdem, dass Sie einen der Anwälte des Unternehmens brauchen, wenn Sie mit der Polizei reden.«

»Nein«, sage ich. Mir ist kalt, und ich fühle mich bitter. Ich will nicht wie ein Kind behandelt werden. Ich dachte, Mr. Aldrin würde mich mögen. Wenn er mich nicht mag, muss Mr. Crenshaw, der so viel schlimmer ist, mich wirklich hassen. »Ich will keinen Anwalt. Ich brauche keinen Anwalt. Ich habe nichts falsch gemacht. Jemand hat mein Auto demoliert.«

»Mehr als einmal?«, fragt er.

»Ja«, erwidere ich. »Vor zwei Wochen, als alle meine Reifen platt waren. Jemand hatte sie zerstochen. Das war der Tag, an dem ich zu spät gekommen bin. Dann, am Mittwoch darauf, hat jemand meine Windschutzscheibe zerschmettert, während ich im Haus eines Freundes war. Da habe ich auch die Polizei gerufen.«

»Aber das haben Sie mir gar nicht gesagt, Lou«, sagt Mr. Aldrin.

»Nein... ich dachte, Mr. Crenshaw würde wütend werden. Und heute Morgen sprang mein Auto nicht an. Die Batterie war weg, und an ihrer Stelle lag ein Spielzeug. Ich bin zur Arbeit gekommen und habe die Polizei angerufen. Als sie nachgeschaut haben, war an dem Spielzeug Sprengstoff.«

»Mein Gott, Lou – das ist... Sie hätten verletzt werden können. Das ist ja schrecklich. Haben Sie eine Ahnung... nein, natürlich nicht. Warten Sie, ich komme sofort vorbei.«

Er hat aufgelegt, bevor ich ihn bitten kann, nicht hierherzukommen. Ich bin viel zu aufgeregt, um jetzt zu arbeiten. Es ist mir egal, was Mr. Crenshaw denkt. Ich muss jetzt einfach für einige Zeit in die Turnhalle.

Außer mir ist niemand sonst da. Ich schalte Hüpfmusik ein und beginne in hohen, weit ausholenden Sprüngen zu hüpfen. Zuerst bin ich nicht im Rhythmus der Musik, aber dann stabilisieren sich meine Bewegungen. Die Musik hebt mich und schwingt mich wieder herunter; ich spüre ihren Puls in den Gelenken, wenn ich aufpralle und wieder hochspringe.

Als Mr. Aldrin kommt, geht es mir besser. Ich schwitze und kann mich selber riechen, aber die Musik bewegt sich stark in mir. Ich bin nicht mehr zitterig oder verängstigt. Es ist ein gutes Gefühl.

Mr. Aldrin sieht besorgt aus, und er möchte näher kommen, als ich ihn heranlassen will. Er soll mich nicht riechen. Ich will auch nicht, dass er mich berührt. »Ist alles in Ordnung, Lou?«, fragt er. Er streckt ständig die Hand aus, als wolle er mich tätscheln.

»Ja, es geht mir gut«, sage ich.

»Sind Sie sicher? Ich glaube wirklich, dass wir einen Anwalt dabeihaben sollten, und vielleicht sollten Sie ins Krankenhaus gehen ...«

»Ich bin nicht verletzt«, sage ich. »Es geht mir gut. Ich brauche nicht zum Arzt, und ich will auch keinen Anwalt.«

»Ich habe für die Polizei eine Nachricht am Tor hinterlassen«, sagt Mr. Aldrin. »Und ich musste es Mr. Crenshaw mitteilen.« Er runzelt die Stirn. »Er war in einer Sitzung, aber er bekommt die Nachricht, sobald er fertig ist.«

Der Türsummer ertönt. Angestellte, die sich in diesem Gebäude aufhalten dürfen, haben eigene Schlüsselkarten. Nur Besucher müssen auf den Summer drücken. »Ich gehe schon«, sagt Mr. Aldrin. Ich weiß nicht, ob ich in mein Büro gehen oder auf dem Flur bleiben soll. Ich bleibe auf dem Flur stehen und sehe Mr. Aldrin nach, der zur Tür geht. Er öffnet sie und sagt etwas zu dem Mann, der dort steht. Ich kann nicht erkennen, ob es derselbe Mann ist, mit dem ich vorher geredet habe. Erst als er näher kommt, kann ich es sehen.

[13]

»Hi, Mr. Arrendale«, sagt er und streckt seine Hand aus. Ich strecke meine ebenfalls aus, obwohl ich nicht gern Hände schüttele. Ich weiß, dass es angemessen ist. »Können wir irgendwo reden?«, fragt er.

»In meinem Büro«, erwidere ich. Ich führe ihn hinein. Ich habe nie Besuch, deshalb gibt es keinen zusätzlichen Stuhl. Ich sehe, dass Mr. Stacy die Windrädchen und Glitzerspiralen und die übrige Dekoration betrachtet. Ich weiß nicht, was er darüber denkt. Mr. Aldrin spricht leise mit Mr. Stacy und geht hinaus. Ich setze mich nicht, weil es nicht höflich ist zu sitzen, wenn andere Leute stehen müssen, es sei denn, man ist der Boss. Mr. Aldrin kommt mit einem Stuhl herein, und ich erkenne einen aus unserer Küche. Er stellt ihn in den Raum zwischen meinem Schreibtisch und den Aktenordnern. Dann stellt er sich an die Tür.

»Und Sie sind?«, fragt Mr. Stacy und wendet sich an ihn.

»Pete Aldrin; ich bin Lous direkter Vorgesetzter. Ich weiß nicht, ob Sie verstehen...« Mr. Aldrin wirft mir einen Blick zu, über dessen Bedeutung ich mir nicht ganz klar bin, und Mr. Stacy nickt.

»Ich habe schon mit Mr. Arrendale gesprochen«, sagt er. Wieder einmal bin ich erstaunt, wie sie ohne Worte einander Informationen vermitteln. »Ich will Sie nicht aufhalten.«

»Aber... aber ich glaube, er braucht...«

»Mr. Aldrin, Mr. Arrendale ist nicht in Schwierigkeiten. Wir versuchen, ihm zu helfen und diesen Irren daran zu hindern, ihn zu verletzen. Wenn Sie einen sicheren Platz wüssten, an dem er für ein paar Tage bleiben kann, während wir die Person aufspüren, so wäre das eine Hilfe, aber ansonsten – ich glaube nicht, dass er einen Babysitter braucht, während ich mit ihm spreche. Es ist allerdings ganz allein seine Entscheidung...« Der Polizist blickt mich an. Ich sehe etwas in seinem Gesicht, das vielleicht Lachen sein kann, aber ich bin mir nicht sicher. Es ist sehr subtil.

»Lou ist äußerst fähig«, sagt Mr. Aldrin. »Wir schätzen ihn sehr. Ich wollte nur...«

»Sie wollten nur sichergehen, dass er fair behandelt wird. Ich verstehe. Aber es ist seine Entscheidung.«

Sie blicken mich beide an; ich fühle mich wie aufgespießt unter ihren Blicken, wie ein Ausstellungsstück im Museum. Ich weiß, dass Mr. Aldrin will, dass ich sage, er soll bleiben, aber er will es aus den falschen Gründen, und ich will nicht, dass er bleibt. »Ich komme zurecht«, sage ich. »Ich rufe Sie, wenn etwas passiert.«

»Ja, tun Sie das«, sagt er. Er wirft Mr. Stacy einen eindringlichen Blick zu und geht dann aus dem Zimmer. Ich höre, wie er über den Flur geht, und dann schabt ein Stuhl in der Küche über den Boden. Das *Pling* von Geld, das in den Trinkautomaten fällt, und eine Dose, die unten herauskullert. Ob er wohl dort bleiben will, falls ich ihn doch dabeihaben möchte?

Der Polizist schließt die Tür zu meinem Büro und setzt sich dann auf den Stuhl, den Mr. Aldrin für ihn gebracht hat. Ich sitze hinter meinem Schreibtisch. Er blickt sich im Zimmer um.

»Sie mögen Dinge, die sich drehen, was?«, sagt er.

»Ja«, erwidere ich. Wie lange er wohl bleiben mag? Ich werde die Zeit nacharbeiten müssen.

»Ich möchte Ihnen etwas über Vandalismus erklären«, sagt er. »Es gibt verschiedene Arten. Zum Beispiel diejenigen – für gewöhnlich Jugendliche –, die nur ein bisschen Ärger machen möchten. Sie zerstechen vielleicht einen Reifen, zerschlagen eine Windschutzscheibe oder stehlen ein Stoppschild –, einfach nur wegen des Kicks. Sie wissen nicht, oder es kümmert sie nicht, wem sie es antun. Dann gibt es die sogenannten Übersprungshandlungen. Es gibt einen Streit in einer Bar, er geht draußen weiter und auf einmal zerbrechen Windschutzscheiben auf dem Parkplatz. Auf der Straße ist eine Menschenmenge, jemand wird gewalttätig, und im nächsten Moment werden Schaufensterscheiben eingeschlagen und Sachen geklaut. Manche von diesen Leuten sind normalerweise gar nicht gewalttätig – es schockiert sie selber, wie sie sich in der Menge verhalten.« Er schweigt und blickt mich an. Ich nicke. Ich weiß, dass er auf irgendeine Reaktion von mir wartet.

»Sie sagen, dass manche dieser Leute es gar nicht tun, um jemand Bestimmten zu schädigen.«

»Genau. Es gibt Personen, die gern Chaos anrichten, aber das Opfer gar nicht kennen. Und es gibt Personen, die für gewöhnlich kein Chaos anrichten, aber sich an gewalttätigen Übersprungshandlungen beteiligen. Wenn wir nun einen Fall von Vandalismus bearbeiten – wie bei Ihren Reifen –, der eindeutig keine Übersprungshandlung ist, denken wir zuerst an einen Zufall, weil das die allgemeinste Form ist. Wenn dann die Reifen weiterer Autos in der gleichen Gegend in den Wochen darauf zerstochen werden, dann gehen wir davon aus, dass irgendein Halbstarker die Polizei ärgern will. Lästig, aber nicht gefährlich.«

»Teuer«, sage ich. »Für die Leute mit den Autos jedenfalls.«

»Das stimmt und deshalb ist es ja auch ein Verbrechen. Aber es gibt noch eine dritte Form von Vandalismus, und das ist die gefährlichste Art. Dabei wird eine bestimmte Person anvisiert. Typischerweise fängt es immer mit etwas an, das ärgerlich, aber nicht weiter gefährlich ist – Reifen zerstechen zum Beispiel. Manche geben sich schon mit diesem einen Racheakt zufrieden. Wenn das der Fall ist, sind sie nicht so gefährlich. Aber manche geben sich nicht damit zufrieden, und das sind diejenigen, die uns Sorgen machen. In Ihrem Fall folgte auf das relativ harmlose Reifenzerstechen das schon gewalttätigere Zerbrechen der Windschutzscheibe und schließlich das noch gewalttätigere Anbringen einer Sprengstoffladung, die Sie hätte verletzen können. Die Vorfälle eskalieren also, und deswegen sind wir um Ihre Sicherheit besorgt.«

Ich fühle mich, als ob ich in einer Kristallkugel schwebe und keine Verbindung nach draußen habe. Ich fühle mich nicht gefährdet.

»Sie mögen sich vielleicht sicher fühlen«, sagt Mr. Stacy, als könne er meine Gedanken lesen, »aber das bedeutet nicht, dass Sie auch in Sicherheit *sind*. Sie sind erst in Sicherheit, wenn dieser Irre, der es auf Sie abgesehen hat, hinter Schloss und Riegel sitzt.«

Er sagt so leicht »dieser Irre«; ob er wohl von mir auch so denkt?

Wieder liest er meine Gedanken. »Entschuldigung – ich hätte nicht ›Irrer‹ sagen dürfen ... das hören Sie wahrscheinlich oft genug. Aber es macht mich einfach wütend: Hier sind Sie, ein hart arbeitender, anständiger Mensch, und diese – diese *Person* lässt Sie nicht in Ruhe. Was hat er für ein Problem?«

»Autismus jedenfalls nicht«, hätte ich am liebsten gesagt, aber ich tue es nicht. Ich glaube sowieso nicht, dass ein Autist Stalker sein könnte, aber ich kenne nicht alle, und ich könnte mich irren.

»Sie sollen wissen, dass wir diese Bedrohung sehr ernst nehmen«, sagt er. »Zwar haben wir am Anfang nicht so schnell reagiert, aber das wird sich jetzt ändern. Es muss gegen Sie gerichtet sein – kennen Sie den Satz mit dreimal feindlicher Handlung?«

»Nein«, erwidere ich.

»Einmal ist ein Unfall, zweimal ist Zufall und dreimal ist feindliche Handlung. Wenn Ihnen also dreimal hintereinander etwas passiert, dann muss man davon ausgehen, dass jemand hinter Ihnen her ist.«

Darüber denke ich einen Moment lang nach. »Aber ... wenn es eine feindliche Handlung ist, dann war es doch auch beim ersten Mal eine feindliche Handlung, oder nicht? Dann war es überhaupt nie ein Unfall.«

Er wirkt überrascht, mit hochgezogenen Augenbrauen und den Mund zu einem »Oh« gerundet. »Eigentlich – ja – Sie haben recht, aber man weiß es ja erst, wenn es zum dritten Mal passiert ist. Dann kann man es auch in dieselbe Kategorie einordnen.«

»Wenn drei wirkliche Zufälle passieren, könnte man meinen, sie seien feindliche Handlung, und sich trotzdem irren«, sage ich.

Er blickt mich an, schüttelt den Kopf und sagt: »Wie oft kann man sich irren und wie selten kann man recht haben?«

Augenblicklich rattern die Berechnungen durch meinen Kopf und mustern den Entscheidungsteppich mit den Farben des Unfalls (orange), des Zufalls (grün) und der feindlichen Handlung (rot). Drei Arten von Vorfällen, von denen jeder einen von drei Werten haben kann, drei Theorien der Wahrheit, von denen jede entweder wahr oder unwahr sein kann.

Mit solchen Problemen habe ich täglich zu tun, nur in weitaus größerer Komplexität.

»Es gibt siebenundzwanzig Möglichkeiten«, sage ich. »Nur eine ist korrekt, wenn Sie Korrektheit so definieren, dass alle Teile der Redensart wahr sind – dass der erste Vorfall in der Tat ein Unfall ist, der zweite in der Tat Zufall und der dritte in der Tat eine feindliche Handlung. Nur einer – aber ein anderer – ist wahr, wenn Sie Korrektheit so definieren, dass alle drei Vorfälle faktisch feindliche Handlungen sind. Wenn Sie

Korrektheit so definieren, dass der dritte Vorfall auf jeden Fall feindliche Handlung ist, ungeachtet der Realität der ersten zwei Fälle, dann warnt die Aussage Sie korrekterweise vor feindlicher Handlung in neun Fällen. Wenn jedoch die ersten beiden Fälle keine feindliche Handlung sind, der dritte aber eine ist, dann wird die Auswahl zusammenhängender Vorfälle sogar noch kritischer.«

Er starrt mich an, und sein Mund steht ein wenig offen. »Das ... das haben Sie gerade berechnet? Im Kopf?«

»Das ist nicht schwer«, erwidere ich. »Das ist lediglich ein Permutationsproblem, und die Formel dafür wird einem auf der Highschool beigebracht.«

»Dann ist die Chance, dass es tatsächlich stimmt, also nur eins zu siebenundzwanzig?«, fragt er. »Das ist irre. Die Redewendung wäre doch nicht schon so alt, wenn sie nicht wahrer wäre als ... wie viel ist das? Ungefähr vier Prozent? Da stimmt doch was nicht.«

Der Mangel an Mathematikkenntnissen und Logik liegt bei ihm auf der Hand. »Ob es tatsächlich stimmt, hängt davon ab, welchen Zweck Sie damit verfolgen«, sage ich. »Die Chance, dass alle Teile der Behauptung – dass der erste Vorfall ein Unfall ist, dass der zweite Vorfall ein Zufall ist und der dritte Vorfall eine feindliche Handlung – wahr sind, ist eins zu siebenundzwanzig. Das sind drei Komma sieben Prozent bei einer Irrtumsrate von sechsundneunzig Komma drei Prozent für den Wahrheitswert der gesamten Behauptung. Aber es gibt neun Fälle – ein Drittel des Gesamten –, bei denen der *letzte* Fall eine feindliche Handlung ist, was die Irrtumsrate im Hinblick auf den letzten Vorfall auf siebenundsechzig Prozent senkt. Und es gibt neunzehn Fälle, in denen eine feindliche Handlung vorliegen kann – beim ersten, zweiten oder letzten Vorfall oder einer Mischung daraus. Neunzehn von siebenundzwanzig sind siebzig Komma siebenunddreißig Prozent: Das ist die Wahrscheinlichkeit, dass eine feindliche Handlung zumindest bei einem der drei Vorfälle vorliegt. Ihre Annahme, es handele sich um eine feindliche Handlung, ist dann immer noch in neunundzwanzig Komma dreiundsechzig Prozent aller Fälle falsch, aber das ist weniger als ein Drittel. Daher lohnt sich die Vermutung, dass eine feindliche Handlung vorliegt, wenn Sie drei Vorfälle, die eine Verbindung zueinander haben, beobachten.«

»Du lieber Himmel«, sagt er. »Sie meinen das ernst.« Er schüttelt abrupt den Kopf. »Entschuldigung. Ich hatte... ich wusste ja nicht, dass Sie ein Mathematikgenie sind.«

»Ich bin kein Mathematikgenie«, erwidere ich. Ich will ihn darauf hinweisen, wie einfach diese Berechnungen sind, dass sie jedes Schulkind beherrscht, aber das ist vielleicht unpassend. Wenn er es nicht kann, fühlt er sich womöglich schlecht.

»Aber... Sie sagen doch... wenn ich die Redensart befolge, dann irre ich mich auf jeden Fall häufig?«

»Mathematisch gesehen kann die Redensart nicht häufiger richtig sein. Es ist nur eine Redensart, keine mathematische Formel, und in der Mathematik gelten nur Formeln. Im realen Leben hängt es davon ab, welche Vorfälle Sie miteinander verbinden wollen.« Ich überlege, wie ich es ihm am besten erklären soll. »Angenommen, ich lege auf dem Weg zur Arbeit im Zug meine Hand auf etwas, das gerade frisch gestrichen ist. Ich habe das Schild FRISCH GESTRICHEN nicht gesehen, oder es ist versehentlich abgehängt worden. Wenn ich jetzt den Zufall der Farbe an meiner Hand mit dem Zufall verbinde, dass ich ein Ei zu Boden fallen lasse und dann auf einen Spalt im Bürgersteig trete und das als feindliche Handlung bezeichne...«

»Und dabei ist die Ursache nur in Ihrer eigenen Unvorsichtigkeit zu suchen. Ich verstehe. Sagen Sie, sinkt der Prozentsatz an Irrtum, wenn die Zahl der miteinander verbundenen Vorfälle steigt?«

»Natürlich, wenn Sie die richtigen Vorfälle miteinander verbinden.«

Er schüttelt wieder den Kopf. »Wenden wir uns wieder Ihnen zu und sorgen wir dafür, dass wir die richtigen Vorfälle miteinander verbinden. Mittwochabend vor zwei Wochen hat jemand die Reifen an Ihrem Auto zerstochen. Am Mittwochabend gehen Sie immer zum Haus eines Freundes zum ... Fechtunterricht? Ist das ein Kampf mit Schwertern oder so etwas?«

»Es sind keine echten Schwerter«, erwidere ich. »Nur Sportklingen.«

»Okay. Bewahren Sie die im Auto auf?«

»Nein«, erwidere ich. »Ich lasse meine Sachen bei Tom zu Hause. Das machen mehrere Leute so.«

»Also kann das ursprüngliche Motiv nicht Diebstahl gewesen sein. Und in der Woche darauf wurde Ihre Windschutzscheibe zerbrochen, während Sie beim Fechten waren, aus einem vorbeifahrenden Auto. Wieder richtet sich der Angriff gegen Ihren Wagen, und dieses Mal wird deutlich, dass der Angreifer wusste, wo Sie sich mittwochabends aufhielten. Und der dritte Angriff fand in der Nacht von Mittwoch auf Donnerstag statt, nachdem Sie vom Fechtunterricht nach Hause gekommen waren. Der Zeitpunkt legt die Vermutung nahe, dass auch dieser Vorfall mit der Fechtgruppe zu tun hat.«

»Es sei denn, es handelt sich um jemanden, der Dinge nur mittwochabends tun kann«, sage ich.

Er blickt mich lange an. »Es klingt so, als wollten Sie es nicht wahrhaben, dass jemand in Ihrer Fechtgruppe – oder jemand, der in Ihrer Fechtgruppe war – einen Groll gegen Sie hegen könnte.«

Er hat recht. Ich will nicht daran denken, dass Leute, die ich jede Woche treffe, mich nicht mögen. Noch nicht einmal, dass mich *einer* von ihnen nicht mag. Ich fühlte mich immer sicher dort. Es sind meine Freunde. Ich kann das Muster, das Mr. Stacy mir aufzeigen will, erkennen – es ist offensichtlich, eine einfache Zeitassoziation, und ich habe es selber schon gesehen. Aber es ist unmöglich. Freunde sind Leute, die einem nur gute Dinge wünschen und nicht schlechte.

»Ich will nicht...« Mir schnürt sich der Hals zu. Ich spüre den Druck in meinem Kopf, der bedeutet, dass ich eine Zeit lang nur mit Mühe sprechen kann. »Es ist nicht... richtig... etwas... zu... sagen, von dessen... Wahrheit... man... nicht... überzeugt ist.« Ich wünschte, ich hätte ihm nichts von Don gesagt. Es war falsch von mir.

»Sie wollen niemanden zu Unrecht beschuldigen«, sagt er. Ich nicke stumm.

Er seufzt. »Mr. Arrendale, jeder kennt Leute, die ihn nicht mögen. Sie sind doch kein schlechter Mensch, wenn es Leute gibt, die Sie nicht mögen. Und es macht Sie auch nicht zu einem schlechten Menschen, vernünftige Vorsichtsmaßnahmen zu treffen, damit andere Menschen Sie nicht verletzen können. Wenn jemand in dieser Gruppe einen Groll gegen Sie hegt, ob das nun fair ist oder nicht, dann muss das nicht zwangsläufig dieselbe Person sein, die Ihr Auto beschädigt hat. Das weiß ich, und ich werde auch niemanden verhaften, nur weil er Sie nicht leiden kann. Aber ich will auch nicht, dass Sie getötet werden, nur weil wir das nicht ernst genug nehmen.«

Ich kann mir immer noch nicht vorstellen, dass jemand – Don – versucht, mich umzubringen. Ich habe doch niemandem etwas getan. Und Menschen töten doch nicht aus trivialen Gründen.

»Ich bin der Ansicht«, sagt Mr. Stacy, »dass Leute aus allen möglichen blöden Gründen töten. Aus völlig trivialen Gründen.«

»Nein«, murmele ich. Normale Leute haben Gründe für ihr Handeln, große Gründe für große Dinge und kleine Gründe für kleine Dinge.

»Doch«, erwidert er. Seine Stimme ist fest, er glaubt, was er sagt. »Natürlich nicht jeder. Aber derjenige, der dieses alberne Spielzeug mit einer Sprengstoffladung in Ihrem Auto versteckt hat, ist meiner Meinung nach geistig nicht gesund, Mr. Arrendale. Und ich bin von Berufs wegen mit der Art von Menschen, die töten, vertraut. Väter, die ein Kind gegen die Wand schlagen, weil es ohne Erlaubnis ein Stück Brot genommen hat. Ehepartner, die mitten in einem Streit darüber, wer was im Supermarkt einzukaufen vergessen hat, zur Waffe greifen. Ich halte Sie nicht für einen Menschen, der ungerechtfertigt jemanden beschuldigt. Vertrauen Sie darauf, dass wir mit den Informationen, die Sie uns geben, sorgfältig umgehen. Diese Person, die hinter Ihnen her ist, ist irgendwann vielleicht auch hinter jemand anderem her.«

Ich will nicht reden; mein Hals ist so zugeschnürt, dass es wehtut. Aber wenn es auch jemand anderem passieren könnte...

Während ich noch darüber nachdenke, was ich sagen soll und wie, fährt er fort: »Erzählen Sie mir mehr über die Fechtgruppe. Wann haben Sie dort angefangen?«

Auf diese Frage kann ich antworten, und ich tue es auch. Er bittet mich, ihm zu erklären, wie das Training abläuft, wann die Leute kommen, was sie tun, wann sie wieder fahren.

Ich beschreibe das Haus, den Hof, den Garten, den Raum für die Ausrüstung. »Meine Sachen liegen immer am selben Platz«, sage ich.

»Wie viele Leute lagern ihre Ausrüstung bei Tom, anstatt sie hin und her zu transportieren?«, fragt er.

»Außer mir? Nur zwei«, sage ich. »Ein paar tun es vor einem Turnier. Aber drei von uns machen es regelmäßig. Die anderen beiden sind Don und Sheraton.« Da. Ich habe Don erwähnt, ohne zu würgen.

»Warum?«, fragt er ruhig.

»Sheraton ist beruflich viel auf Reisen«, erwidere ich. »Er

kommt nicht jede Woche, und einmal ist ihm ein kompletter Satz Klingen abhanden gekommen, weil in seine Wohnung eingebrochen wurde, als er geschäftlich in Übersee war. Don...« Wieder schnürt sich mir der Hals zu, aber ich zwinge mich weiterzureden. »Don hat seine Sachen immer vergessen und musste sie sich dann von anderen Leuten leihen, und schließlich hat Tom ihm gesagt, er solle sie dalassen, damit er sie nicht mehr vergessen kann.«

»Don. Ist das derselbe Don, den Sie am Telefon erwähnt haben?«

»Ja«, sage ich. Alle meine Muskeln sind angespannt. Es ist so viel schwerer, wenn er in meinem Büro sitzt und mich anschaut.

»War er schon in der Gruppe, als Sie dazukamen?«

»Ja.«

»Wer sind Ihre Freunde in der Gruppe?«

Ich dachte immer, alle wären meine Freunde. Emmy sagte, sie könnten unmöglich mit mir befreundet sein; sie seien normal und ich nicht. Aber ich glaubte doch, dass sie meine Freunde sind. »Tom«, sage ich. »Lucia. Brian. M-Marjory...«

»Lucia ist Toms Frau, nicht wahr? Wer ist diese Marjory?«

Ich spüre, wie mein Gesicht heiß wird. »Sie... sie... ist meine Freundin.«

»Ihre Freundin? Ihre Geliebte?«

Die Wörter fliegen schneller als Licht aus meinem Kopf heraus. Ich kann nur stumm den Kopf schütteln.

»Jemand, den Sie gern als feste Freundin hätten?«

Ich erstarre. Möchte ich das? Natürlich möchte ich es. Wage ich zu hoffen? Nein. Ich kann nicht mit dem Kopf schütteln oder nicken; ich kann nicht sprechen. Ich will den Ausdruck auf Mr. Stacys Gesicht nicht sehen; ich will nicht wissen, was er denkt. Ich möchte an einen stillen Ort fliehen, wo mich niemand kennt und niemand mir Fragen stellt.

»Lassen Sie es mich es einmal so formulieren, Mr. Arrendale«, sagt Mr. Stacy. Seine Stimme klingt abgehackt, in scharfe Lautstückchen zerteilt, die mir in den Ohren wehtun. »Nehmen wir einmal an, Sie mögen diese Frau, diese Marjory...«

Diese Marjory, als ob sie ein Exemplar sei, kein Mensch. Allein bei dem Gedanken an ihr Gesicht, ihre Haare, ihre Stimme, werde ich von Wärme durchflutet.

»Und Sie sind irgendwie schüchtern – okay, das ist ganz normal bei jemandem, der noch nicht so viele Beziehungen hatte. Und vielleicht mag sie Sie, oder vielleicht gefällt es ihr auch nur, von Ihnen aus der Ferne bewundert zu werden. Und diese andere Person – vielleicht Don, vielleicht aber auch nicht – ist sauer, weil sie Sie zu mögen scheint. Vielleicht gefällt sie ihm ja auch. Oder vielleicht kann er Sie nur einfach nicht leiden. Wie auch immer, er sieht etwas zwischen Ihnen beiden, was ihm nicht gefällt. Eifersucht ist häufig die Ursache von gewalttätigem Verhalten.«

»Ich... will... nicht, dass... er... derjenige... ist«, keuche ich.

»Mögen Sie ihn?«

»Ich... weiß... glaube... dachte... ich weiß... wusste...« Das warme Gefühl wegen Marjory geht in einer schwarzen Wolke unter. Mir fällt ein, wie Don gescherzt, gelacht, gelächelt hat.

»Verrat ist niemals lustig«, sagt Mr. Stacy, wie ein Priester, der die Zehn Gebote verkündet. Er hat seinen Taschencomputer in der Hand und gibt Befehle ein.

Ich spüre, wie etwas Dunkles über Don lauert, wie eine Gewitterwolke über einer sonnigen Landschaft. Ich möchte, dass es weggeht, weiß aber nicht, wie.

»Wann haben Sie Feierabend?«, fragt Mr. Stacy.

»Normalerweise würde ich um siebzehn Uhr dreißig aufhören«, sage ich. »Aber heute habe ich Zeit verloren wegen des Vorfalls mit meinem Auto. Diese Zeit muss ich nacharbeiten.«

Er zieht die Augenbrauen hoch. »Sie müssen die Zeit nacharbeiten, in der Sie mit mir geredet haben?«

»Natürlich«, erwidere ich.

»So pingelig kam mir Ihr Chef gar nicht vor«, sagt Mr. Stacy.

»Es ist nicht Mr. Aldrin«, sage ich. »Ich würde die Zeit sowieso nacharbeiten, aber Mr. Crenshaw wird immer wütend, wenn er glaubt, wir arbeiteten nicht hart genug.«

»Ah, ich verstehe«, sagt er. Sein Gesicht wird rot und glänzt. »Es könnte sein, dass ich Ihren Mr. Crenshaw nicht leiden kann.«

»Ich mag Mr. Crenshaw nicht«, sage ich. »Aber ich muss trotzdem mein Bestes geben. Ich würde die Zeit auch nacharbeiten, wenn er nicht wütend würde.«

»Da bin ich mir sicher«, sagt Mr. Stacy. »Wann glauben Sie denn, dass Sie heute aufhören zu arbeiten, Mr. Arrendale?«

Ich blicke auf die Uhr und berechne, wie viel Zeit ich gut machen muss. »Wenn ich jetzt wieder anfange zu arbeiten, kann ich um achtzehn Uhr dreiundfünfzig gehen«, sage ich. »Um neunzehn Uhr vier geht ein Zug, und wenn ich mich beeile, erreiche ich ihn.«

»Sie fahren nicht mit dem Zug«, sagt er. »Wir sorgen dafür, dass Sie nach Hause gebracht werden. Haben Sie nicht zugehört, als ich gesagt habe, dass ich mir Sorgen um Ihre Sicherheit mache? Haben Sie jemanden, bei dem Sie für ein paar Tage wohnen können? Es wäre sicherer, wenn Sie nicht in Ihrer eigenen Wohnung bleiben.«

Ich schüttele den Kopf. »Ich kenne niemanden«, sage ich. Seit ich von zu Hause weggegangen bin, habe ich bei niemand anderem gewohnt. Ich war immer in meiner Wohnung oder in einem Hotelzimmer. Jetzt möchte ich nicht in einem Hotel wohnen.

»Wir fahnden im Moment nach diesem Don, aber er ist nicht leicht zu finden. Sein Arbeitgeber sagt, er sei seit einigen Tagen nicht zur Arbeit erschienen, und in seiner Wohnung ist er auch nicht. Hier sind Sie wahrscheinlich die nächsten Stunden in Sicherheit, aber gehen Sie nicht, ohne uns vorher Bescheid zu sagen, ja?«

Ich nicke. Es ist einfacher, als zu widersprechen. Ich habe das Gefühl, mich in einem Film zu befinden und nicht im wirklichen Leben. Es ist ganz anders als alles, was ich bisher erlebt habe.

Plötzlich geht die Tür auf. Erschrocken zucke ich zusammen. Es ist Mr. Crenshaw. Er sieht schon wieder wütend aus.

»Lou! Was habe ich da gehört, dass Sie Probleme mit der Polizei haben?« Er blickt sich im Büro um und erstarrt, als er Mr. Stacy sieht.

»Ich bin Lieutenant Stacy«, sagt der Polizist. »Mr. Arrendale hat keine Probleme mit der Polizei. Ich ermittle in einem Fall, in dem er das Opfer ist. Er hat Ihnen doch erzählt, dass man seine Reifen zerstochen hat, nicht wahr?«

»Ja...« Mr. Crenshaw wird blass und gleich darauf wieder rot im Gesicht. »Ja, das hat er. Ist das ein Grund, gleich einen Polizisten hierher zu schicken?«

»Nein«, erwidert Mr. Stacy. »Die beiden darauf folgenden Anschläge und die Sprengstoffladung in seinem Auto sind der Grund.«

»Sprengstoff?« Mr. Crenshaw wird wieder blass. »Versucht jemand, Lou zu verletzen?«

»Ja, das glauben wir«, sagt Mr. Stacy. »Wir machen uns Sorgen um Mr. Arrendales Sicherheit.«

»Wer steckt Ihrer Meinung nach dahinter?«, fragt Mr. Crenshaw. Er wartet die Antwort gar nicht erst ab, sondern fährt gleich fort: »Er arbeitet an einigen heiklen Projekten; es könnte ein Konkurrent sein, der sie sabotieren will...«

»Das glaube ich nicht«, unterbricht Mr. Stacy ihn. »Wir haben Grund zu der Annahme, dass es überhaupt nichts mit seiner Arbeitsstelle zu tun hat. Aber Sie sind sicher darauf bedacht, einen so wertvollen Angestellten zu schützen – hat Ihr Unternehmen ein Gästehaus oder so etwas in der Art, wo Mr. Arrendale für ein paar Tage wohnen könnte?«

»Nein... Ich meine, glauben Sie wirklich, dass es sich um eine ernsthafte Bedrohung handelt?«

Der Polizist kneift ein wenig die Augen zusammen. »Mr. Crenshaw, nicht wahr? Ich meinte schon, Sie nach Mr. Arrendales Beschreibung zu erkennen. Wenn jemand die Batterie aus Ihrem Auto ausbaut und sie durch eine Sprengstoffladung ersetzt, würden Sie das als ernsthafte Bedrohung bezeichnen?«

»Mein Gott«, sagt Mr. Crenshaw. Ich weiß, dass er Mr. Stacy nicht seinen Gott nennt, sondern es ist seine Art, Überraschung auszudrücken. Er blickt mich an und sein Gesichtsausdruck wird scharf. »Was haben Sie gemacht, Lou, dass jemand versucht, Sie umzubringen? Sie kennen die Regeln in unserem Unternehmen: Wenn ich herausfinde, dass Sie sich mit kriminellen Elementen eingelassen...«

»Sie sind etwas voreilig, Mr. Crenshaw«, sagt Mr. Stacy. »Es gibt keinerlei Hinweise darauf, dass Mr. Arrendale etwas falsch gemacht hat. Wir vermuten, dass der Täter eifersüchtig auf Mr. Arrendales Leistungen und Fähigkeiten ist.«

»Vielleicht neidet er ihm seine Privilegien?«, sagt Mr. Crenshaw. »Das würde Sinn machen. Ich habe immer schon gesagt, dass die Sonderbehandlung für diese Leute eines Tages zur Folge hat, dass die anderen sich wehren. Wir haben Arbeiter, die nicht nachvollziehen können, warum diese Abteilung ihren eigenen Parkplatz, ihre Turnhalle, eine Musikanlage und eine Küche haben muss.«

Ich blicke Mr. Stacy an, dessen Gesicht starr geworden ist. Etwas, das Mr. Crenshaw gesagt hat, hat ihn ärgerlich gemacht, aber was? Seine Stimme klingt scharf, ein Tonfall, der Missbilligung ausdrückt, wie man mir beigebracht hat.

»Ach ja... Mr. Arrendale hat mir gesagt, dass Sie die unterstützenden Maßnahmen für Behinderte nicht schätzen«, sagt er.

»So würde ich es nicht ausdrücken«, sagt Mr. Crenshaw. »Es hängt davon ab, ob sie wirklich nötig sind oder nicht. Rollstuhlrampen und solche Vorrichtungen sind selbstverständlich, aber diese sogenannten unterstützenden Maßnahmen sind der reine Luxus...«

»Und Sie sind der Experte, der das genau beurteilen kann, ja?«

Mr.Crenshaw wird rot. Ich blicke Mr. Stacy an. Er sieht überhaupt nicht verängstigt aus.

»Ich weiß, wie die Bilanz aussieht«, sagt Mr. Crenshaw. »Es gibt kein Gesetz, das uns zwingen kann, Pleite zu gehen, nur weil wir ein paar Leute verhätscheln, die glauben, sie brauchen solche Kinkerlitzchen wie... wie das da...« Er zeigt auf die Spiralen über meinem Schreibtisch.

»Die kosten alle zusammen nicht mehr als einen Dollar achtunddreißig«, sagt Mr. Stacy. »Es sei denn, Sie hätten sie beim Waffenhändler gekauft.« Das ist Unsinn. Waffenhändler verkaufen keine Glitzerspiralen; sie verkaufen Raketen, Minen und Flugzeuge. Mr. Crenshaw sagt etwas, was ich nicht höre, da ich darüber nachdenke, warum Mr. Stacy, der abgesehen von den Permutationen gar keinen so dummen Eindruck macht, sagt, dass man Glitzerspiralen beim Waffenhändler kaufen kann. Das ist einfach nur albern. Könnte es ein Witz sein?

»... aber genau darum geht es«, sagt Mr. Stacy gerade, als ich der Unterhaltung wieder folgen kann. »Diese Turnhalle, die gibt es doch bereits, oder? Sie zu unterhalten kostet bestimmt nicht die Welt. Wenn Sie aber jetzt diese ganze Abteilung hier auflösen – sechzehn, zwanzig Leute vielleicht? – verlieren Sie so viel Steuererleichterungen...«

»Was verstehen Sie denn davon?«

»In unserer Abteilung gibt es auch behinderte Arbeitnehmer«, sagt Mr. Stacy. »Einige durch Arbeitsunfälle und einige, die schon so eingestellt wurden. Vor ein paar Jahren gab es mal so ein Arschloch im Stadtrat, das die Kosten senken und die ›Schmarotzer‹, wie er sie nannte, entlassen wollte. Ich habe ihm stundenlang vorrechnen müssen, dass es uns eine Menge Geld gekostet hätte, wenn wir sie rausgesetzt hätten.«

»Sie sind ja auch öffentlicher Dienst«, sagt Mr. Crenshaw. Auf seiner roten, glänzenden Stirn pocht eine Ader. »Sie brauchen sich um Profit keine Gedanken zu machen. Wir müssen das Geld aufbringen, um Ihre verdammten Gehälter zu zahlen.«

»Das ärgert Sie sicher mächtig«, sagt Mr. Stacy. Auch seine Ader pocht. »Und wenn Sie uns jetzt entschuldigen wollen, ich muss mit Mr. Arrendale reden ...«

»Lou, Sie arbeiten diese vergeudete Zeit nach«, sagt Mr. Crenshaw und knallt die Tür hinter sich zu.

Ich blicke Mr. Stacy an, der den Kopf schüttelt. »Na, der ist ja ein harter Brocken. Ich hatte vor Jahren, als ich noch Streife gefahren bin, so einen Sergeant, aber der ist dann Gott sei Dank nach Chicago versetzt worden. Vielleicht sehen Sie sich besser schon mal nach einem anderen Job um, Mr. Arrendale. Der Typ ist darauf aus, Sie loszuwerden.«

»Ich verstehe das nicht«, sage ich. »Ich arbeite – wir alle arbeiten – sehr hart hier. Warum will er uns loswerden?« Oder etwas anderes aus uns machen ... Ob ich wohl Mr. Stacy von der experimentellen Studie erzählen soll?

»Er ist ein machthungriges Arschloch«, sagt Mr. Stacy. »Die Typen sind immer darauf aus, auf Kosten anderer gut auszusehen. Sie sitzen hier und machen still Ihre Arbeit, und Sie sehen so aus wie jemand, den er gefahrlos herumschubsen kann. Pech für ihn, dass Ihnen diese andere Sache passiert ist. Auf diese Weise wird Mr. Crenshaw mit mir konfrontiert – und er wird feststellen, dass er bei der Polizei mit seiner Arroganz nicht weit kommt.«

Ich bin nicht sicher, ob ich das glauben soll. Mr. Crenshaw ist nicht nur Mr. Crenshaw; er ist auch das Unternehmen, und das Unternehmen hat großen Einfluss auf die städtische Politik.

»Wissen Sie was?«, sagt Mr. Stacy. »Wir reden jetzt besser wieder über die Vorfälle, damit ich Sie in Ruhe lassen kann und Sie nicht noch länger arbeiten müssen. Hatten Sie jemals mit Don irgendwelche Zusammentreffen, wie trivial auch immer, die darauf hingewiesen haben, dass er wütend auf Sie war?«

Es kommt mir albern vor, aber ich erzähle ihm trotzdem von dem Abend, als Don sich zwischen Marjory und mich gestellt hat, und dass Marjory ihn eine Nervensäge genannt hat.

»Ich erkenne daraus das Muster, dass Ihre anderen Freunde Sie vor Don beschützen und zum Ausdruck bringen, dass es ihnen nicht gefällt, wie er Sie behandelt. Ist das richtig?«

So hatte ich es noch gar nicht gesehen. Als er es sagt, sehe ich das Muster so deutlich vor mir wie auf meinem Computer oder beim Fechten, und ich frage mich, warum ich es nicht schon früher bemerkt habe. »Es macht ihn unglücklich«, sage ich. »Er merkt, dass ich anders behandelt werde als er und ...« Ich breche ab, weil ich plötzlich ein weiteres Muster erkenne. »Er ist wie Mr. Crenshaw«, sage ich. Meine Stimme geht hoch; ich höre die Spannung darin, aber es ist zu aufregend. »Er mag mich aus dem gleichen Grund nicht.« Ich halte inne und versuche, es durchzudenken. Ich strecke die Hand aus und schalte meinen Ventilator ein; die Glitzerspiralen helfen mir beim Nachdenken, wenn ich aufgeregt bin.

»Es ist das Muster von Leuten, die nicht wirklich glauben, dass wir Hilfsmittel brauchen, und uns die Sondermaßnahmen neiden. Wenn ich – wenn wir – schlechtere Arbeit leisten würden, würden sie es eher verstehen. Es ist die Kombination von guter Leistung und unterstützenden Maßnahmen, die sie ärgert. Ich bin zu normal...« Ich blicke Mr. Stacy an; er lächelt und nickt. »Das ist albern«, sage ich. »Ich bin nicht normal. Jetzt nicht. Nie.«

»Es mag Ihnen nicht so vorkommen«, sagt er, »und wenn Sie so etwas machen wie eben, als Sie die Redensart über Zufall und feindliche Handlungen auseinandergepflückt haben, waren Sie ganz sicher nicht durchschnittlich ... aber die meiste Zeit sehen Sie normal aus und verhalten sich normal. Wissen Sie, ich habe geglaubt – man hat uns im Psychologieunterricht beigebracht, dass Autisten meistens nonverbal, zurückgezogen und starr wären.« Er grinst. Ich weiß nicht, was das Grinsen bedeutet, wo er gerade so viele schlimme Dinge über uns gesagt hat. »Und dann treffe ich Sie, und Sie fahren ein Auto, haben einen Job, verlieben sich, nehmen an Fechtturnieren teil ...«

»Bisher nur an einem«, sage ich.

»Ja gut, bisher nur an einem. Aber ich sehe viele Leute, Mr. Arrendale, die weniger gut als Sie funktionieren, und einige, die sich sehr anstrengen müssen, um auf dem gleichen Level zu funktionieren. Mittlerweile verstehe ich den Sinn von unterstützenden Maßnahmen vollkommen. Es ist so, als ob man einen Keil unter ein zu kurzes Tischbein schiebt. Warum soll man es hinnehmen, dass der Tisch wackelt, wenn so ein kleines Ding ihn stabil macht. Aber Menschen sind keine Möbelstücke, und wenn andere Leute diesen Keil als Bedrohung empfinden ...«

»Ich sehe nicht, wie ich eine Bedrohung für Don oder Mr. Crenshaw sein kann«, sage ich.

»Sie persönlich vielleicht nicht. Ich glaube noch nicht einmal, dass es Ihre unterstützenden Maßnahmen sind. Aber manche Leute können nicht so gut denken, und es ist leicht, jemand anderem die Schuld für das zu geben, was in ihrem Leben nicht richtig läuft. Don glaubt wahrscheinlich, wenn Sie nicht so bevorzugt behandelt würden, dann hätte er bei dieser Frau Erfolg.«

Ich wünschte, er würde ihren Namen aussprechen. Marjory. »Diese Frau« klingt so, als hätte sie etwas falsch gemacht.

»Sie würde ihn vermutlich trotzdem nicht mögen, aber damit will er sich nicht auseinandersetzen – da gibt er lieber Ihnen die Schuld. Das heißt, wenn er der Täter ist.« Er blickt auf seinen Handcomputer. »Den Informationen nach, die wir über ihn haben, hat er eine Reihe schlecht bezahlter Jobs gemacht, manchmal hat er gekündigt, manchmal ist er gefeuert worden... sein Kreditrahmen ist sehr niedrig... er könnte sich schon als Versager empfinden und jemandem die Schuld daran geben wollen.«

Ich habe niemals darüber nachgedacht, dass normale Leute ihr Versagen erklären müssen. Ich habe allerdings auch nie geglaubt, dass sie überhaupt versagen könnten.

»Wir schicken jemanden, der Sie abholt, Mr. Arrendale«, sagt er. »Rufen Sie diese Nummer an, wenn Sie nach Hause fahren wollen.« Er reicht mir eine Karte. »Hier brauchen wir keine Wache zu postieren, das Sicherheitssystem Ihres Unternehmens funktioniert gut, aber glauben Sie mir – Sie müssen vorsichtig sein.«

Es fällt mir schwer weiterzuarbeiten, als er weg ist, aber ich konzentriere mich auf mein Projekt und bringe etwas zustande, ehe es Zeit ist zu gehen und den Fahrer anzurufen.

Pete Aldrin holte tief Luft, als Crenshaw sein Büro verlassen hatte, voller Wut über den »eingebildeten Bullen«, der Lou Arrendale vernommen hatte. Jetzt griff Aldrin zum Telefon, um die Personalabteilung anzurufen. »Bart...« Es war der Angestellte, den Paul ihm vorgeschlagen hatte, ein junger, unerfahrener Mann, der sicher die anderen um Hilfe bitten würde. »Bart, Sie müssen mir helfen, arbeitsfreie Zeit für meine Abteilung zu arrangieren; meine Leute nehmen an einem Forschungsprojekt teil.«

»Wessen Projekt?«, fragte Bart.

»Unseres – erster Menschenversuch für ein neues Produkt, das autistischen Erwachsenen helfen soll. Mr. Crenshaw betrachtet es als oberste Priorität für die Sektion A, deshalb würde ich es sehr begrüßen, wenn Sie uns einen unbestimmten Zeitraum einräumen könnten. Ich halte das für das Beste, da wir nicht wissen, wie lange es dauern wird...«

»Für alle? Sofort?«

»Möglicherweise nehmen sie nacheinander an der Studie teil; ich bin noch nicht sicher. Ich sage Ihnen Bescheid, wenn die Einverständniserklärungen vorliegen. Aber es werden mindestens dreißig Tage...«

»Ich weiß nicht, wie...«

»Hier ist der Autorisierungscode. Wenn Sie Mr. Crenshaws Unterschrift brauchen...«

»Es ist nicht nur...«

»Danke«, sagte Aldrin und legte auf. Er sah Barts verwirrten und alarmierten Gesichtsausdruck förmlich vor sich. Der Mann rannte jetzt bestimmt zu seinem Vorgesetzten, um ihn zu fragen, was er tun sollte. Aldrin holte noch einmal tief Luft und rief dann Shirley in der Buchhaltung an.

»Ich möchte, dass die Gehälter von Sektion A ab sofort direkt auf die entsprechenden Bankkonten gehen, weil die Leute auf unbestimmte Zeit freigestellt werden...«

»Pete, ich habe es Ihnen doch schon einmal gesagt: So geht es nicht! Sie müssen erst die Genehmigung...«

»Mr. Crenshaw betrachtet es als oberste Priorität. Ich habe den Autorisierungscode für das Projekt, und ich kann seine Unterschrift...«

»Aber wie kann ich denn...«

»Können Sie nicht einfach sagen, sie arbeiten an einem zweiten Standort? Dann bräuchten wir die Budgets der Abteilungen nicht zu verändern.«

Er hörte, wie sie scharf die Luft einzog. »Das könnte ich vermutlich, wenn Sie mir sagen, wo der zweite Standort ist.«

»Gebäude zweiundvierzig, Hauptcampus.«

Einen Moment lang herrschte Schweigen, dann sagte sie: »Das ist doch die Klinik, Pete. Was versuchen Sie da zu drehen? Doppeltes Einkommen für Unternehmensangestellte als Forschungsobjekte?«

»Ich versuche gar nichts zu drehen«, erwiderte Aldrin so mürrisch, wie er konnte. »Ich versuche, ein Projekt voranzutreiben, das Mr. Crenshaw sehr am Herzen liegt. Und wenn sie ihr Gehalt anstelle der Aufwandsentschädigung kriegen, haben sie auch kein doppeltes Einkommen.«

»Das bezweifle ich«, sagte Shirley. »Ich sehe zu, was ich tun kann.«

»Danke«, sagte Aldrin und legte auf. Er schwitzte; er spürte, wie ihm der Schweiß über den Rücken lief. Shirley war keine Anfängerin; sie wusste sehr gut, dass dies eine ungeheuerliche Anfrage war, und sie würde bestimmt nicht den Mund halten.

Personalabteilung, Buchhaltung... als nächstes waren Rechtsabteilung und Forschung an der Reihe. Er kramte in den Unterlagen, die Crenshaw ihm dagelassen hatte, bis er den Namen der Direktorin der Forschungsabteilung fand. Liselle Hendricks... nicht der Mann, der mit den Freiwilligen geredet hatte. Dr. Ransome stand einfach als Arzt in der Liste.

»Dr. Hendricks«, sagte Aldrin ein paar Minuten später, »ich bin Pete Aldrin aus der Analyse. Ich leite die Sektion A, wo Ihre Freiwilligen herkommen. Haben Sie die Einverständniserklärungen schon fertig?«

»Wovon reden Sie?«, fragte Dr. Hendricks. »Wenn Sie über die Freiwilligen sprechen möchten, müssen Sie die Drei-Siebenunddreißig anrufen. Damit habe ich nichts zu tun.«

»Aber Sie sind doch die Direktorin, oder?«

»Ja...« Aldrin sah das verwirrte Gesicht der Frau förmlich vor sich.

»Nun, ich wollte nur wissen, wann Sie die Formulare für die Einverständniserklärung der Freiwilligen rüberschicken.«

»Warum sollten wir sie denn Ihnen schicken?«, fragte Hendricks. »Darum kümmert sich Dr. Ransome.«

»Nun, sie arbeiten alle hier«, erwiderte Aldrin. »Das ist dann vielleicht einfacher.«

»Alle in einer Sektion?« Hendricks klang überraschter, als Aldrin erwartet hatte. »Das wusste ich gar nicht. Bereitet Ihnen das keine Probleme?«

»Das krieg ich schon hin«, erwiderte Aldrin und zwang sich zu einem Kichern. »Schließlich bin ich ja Manager.« Sie reagierte nicht auf den Scherz, und er fuhr fort: »Es ist nur so, sie haben sich noch nicht alle entschieden, aber ich bin sicher, das werden sie schon noch tun, mit dem einen oder anderen muss ich noch reden... aber auf jeden Fall...«

Hendricks wurde scharf. »Was meinen Sie mit dem einen oder anderen? Sie üben doch keinen Druck auf sie aus? Das wäre unethisch...«

»Oh, darüber würde ich mir an Ihrer Stelle keine Gedanken machen«, erwiderte Aldrin. »Natürlich kann niemand zur Kooperation gezwungen werden, und wir reden hier nicht von Druck, aber es sind schwierige Zeiten, vor allem in ökonomischer Hinsicht, sagt Mr. Crenshaw...«

»Aber... aber...« Jetzt stammelte sie fast.

»Also, wenn Sie die Formulare so bald wie möglich für mich bereitstellen könnten, wäre ich Ihnen sehr dankbar«, sagte Aldrin und legte auf. Dann wählte er rasch die Nummer des anderen Bart, den er auf Crenshaws Wunsch hin kontaktieren sollte.

»Haben Sie jetzt die Einverständniserklärungen?«, fragte er. »Und wie sieht der Zeitplan eigentlich aus? Haben Sie schon mit der Buchhaltung über die Gehaltsabrechnung gesprochen?«

»Äh... nein.« Bart klang zu jung, um wichtig zu sein, aber

er war wahrscheinlich ein Schützling von Crenshaw. »Ich glaube, Mr. Crenshaw hat gesagt, er – seine Abteilung – würde sich um die Details kümmern. Ich bräuchte bloß dafür zu sorgen, dass sie sich für die Studie hier qualifizieren. Und ich bin nicht sicher, ob wir überhaupt schon die Formulare für die Einverständniserklärungen haben...«

Aldrin lächelte. Barts Verwirrung war ein zusätzlicher Bonus. Jetzt hatte er einen Grund, um Hendricks anzurufen; und wenn er Glück hatte – und er spürte, dass er Glück hatte – würde niemand merken, wen er zuerst angerufen hatte.

Die Frage war jetzt nur, wann er sich an eine höhere Stelle wenden musste. Dazu musste die ganze Geschichte schon richtig im Gang sein, und er wusste nicht, wie lange das dauern würde. Wie lange würden Shirley oder Hendricks warten, bis sie etwas unternahmen? Was würden sie zuerst tun? Wenn sie direkt nach oben gingen, würde die Geschäftsleitung in wenigen Stunden Bescheid wissen, aber wenn sie noch einen Tag warteten, dann konnte es auch noch eine Woche dauern.

Er hatte Sodbrennen und nahm zwei Magentabletten.

[14]

Am Freitag holt die Polizei mich ab und bringt mich zur Arbeit. Mein Auto wird zur Untersuchung zur Polizeiwache abgeschleppt; sie sagen, sie bringen es am Abend wieder zurück. Mr. Crenshaw kommt nicht in unsere Abteilung. Ich mache große Fortschritte bei meinem Projekt.

Die Polizei schickt ein Auto, das mich nach Hause bringen soll, aber zuerst fahren wir bei einem Laden vorbei, um eine Ersatzbatterie für mein Auto zu kaufen, und dann zu dem Ort, wo die Polizei die Autos aufbewahrt. Es ist nicht das reguläre Polizeipräsidium, sondern ein Ort, den sie als Beschlagnahmung bezeichnen. Das ist ein neues Wort für mich. Ich muss Papiere unterschreiben, auf denen steht, dass mein Auto mein Auto ist und dass ich mich darum kümmere. Ein Mechaniker baut die neue Batterie, die ich eben gekauft habe, in mein Auto ein. Einer der Polizisten bietet mir an, mit mir nach Hause zu fahren, aber ich glaube nicht, dass ich Hilfe brauche. Er sagt, meine Wohnung würde überwacht.

Mein Auto ist schmutzig im Inneren, mit weißem Staub auf allen glatten Oberflächen. Ich möchte es gern saubermachen, aber zuerst muss ich nach Hause fahren. Es ist eine längere Fahrt, als wenn ich direkt von der Arbeit komme, aber ich verfahre mich nicht. Ich parke mein Auto neben dem von Danny und gehe nach oben in meine Wohnung.

Zu meiner eigenen Sicherheit darf ich meine Wohnung nicht verlassen, aber es ist Freitagabend, und ich muss meine Wäsche machen. Der Waschkeller ist im Gebäude. Ich glaube,

Mr. Stacy meinte, ich solle das Gebäude nicht verlassen. Im Gebäude ist es sicher, weil Danny hier wohnt, und der ist Polizist. Ich werde das Gebäude nicht verlassen, aber ich werde meine Wäsche waschen.

Ich lege die dunklen Sachen in den dunklen Korb und die hellen Sachen in den hellen Korb, lege das Waschmittel obendrauf und blicke vorsichtig durch den Spion, bevor ich die Tür öffne. Natürlich ist niemand da. Ich trage meine Wäsche durch die Tür und schließe wieder ab. Es ist wichtig, die Tür jedes Mal abzuschließen.

Wie gewöhnlich am Freitagabend ist es in dem Mietshaus still. Als ich die Treppe hinuntergehe, höre ich in einer Wohnung den Fernseher laufen. Der Vorraum vor dem Waschkeller sieht aus wie immer. Ich sehe niemanden, der von außen hereinschaut. Ich bin diese Woche früh dran, und es ist sonst noch niemand im Waschkeller. Ich räume die dunkle Wäsche in die Waschmaschine auf der rechten Seite und die helle Wäsche in die daneben. Wenn niemand da ist, um mich zu beobachten, kann ich die Münzen gleichzeitig in die Kästchen stecken und die Maschinen im gleichen Moment in Gang setzen. Ich muss meine Arme ausstrecken, aber so hört es sich besser an.

Ich habe Cego und Clinton mitgebracht und setze mich auf einen der Plastikstühle am Klapptisch. Ich würde gern damit in den Vorraum gehen, aber es gibt ein Schild, auf dem steht: *Es ist den Mietern strengstens untersagt, Stühle aus dem Waschkeller zu entfernen.* Der Stuhl gefällt mir nicht – er ist von einem seltsamen, hässlichen Blaugrün –, aber wenn ich darauf sitze, sehe ich die Farbe nicht. Es fühlt sich zwar schlimm an, ist aber besser als kein Stuhl.

Ich habe acht Seiten gelesen, als die alte Miss Kimberley mit ihrer Wäsche hereinkommt. Ich blicke nicht auf. Ich möchte nicht reden. Ich werde Hallo sagen, wenn sie mich anspricht.

»Hallo, Lou«, sagt sie. »Lesen Sie?«

»Hallo«, erwidere ich. Die Frage beantworte ich nicht, weil sie ja sehen kann, dass ich lese.

»Was ist das?«, fragt sie und kommt näher. Ich klappe das Buch zu, mit dem Finger dazwischen, um ihr den Einband zu zeigen.

»Du meine Güte!«, sagt sie. »Das ist aber ein dickes Buch. Ich wusste gar nicht, dass Sie so gern lesen, Lou.«

Ich verstehe die Regeln des Unterbrechens nicht. Für mich ist es immer unhöflich, andere Leute zu unterbrechen, aber andere Leute scheinen es nicht unhöflich zu finden, mich unter Umständen zu stören, in denen ich sie nicht stören würde.

»Ja, manchmal«, antworte ich. Ich blicke nicht auf, weil ich hoffe, sie versteht, dass ich lesen will.

»Sind Sie wegen irgendetwas böse auf mich?«, fragt sie.

Ich bin jetzt böse, weil sie mich nicht in Ruhe lesen lässt, aber sie ist eine Frau, und es wäre unhöflich, ihr das zu sagen.

»Sonst sind Sie immer freundlich, aber heute haben Sie dieses dicke, fette Buch mitgebracht; Sie können es doch nicht wirklich lesen...«

»Das tue ich aber«, sage ich verletzt. »Ich habe es am Mittwochabend von Freunden geliehen.«

»Aber es... es sieht sehr schwierig aus«, sagt sie. »Verstehen Sie es wirklich?«

Sie ist wie Dr. Fornum; sie glaubt nicht, dass ich besonders viel kann.

»Ja«, erwidere ich. »Ich verstehe es. Ich lese darüber, wie intermittierender Input vom visuellen Wahrnehmungsbereich des Gehirns integriert wird, wie auf einem Fernsehmonitor, um ein stabiles Bild zu schaffen.«

»Intermittierender Input?«, sagt sie. »Meinen Sie, wenn es flackert?«

»So ungefähr«, erwidere ich. »Forscher haben den Bereich des Gehirns identifiziert, wo flackernde Bilder glatt gemacht werden.«

»Nun, darin sehe ich keinen praktischen Nutzen«, sagt sie. Sie nimmt ihre Sachen aus dem Wäschekorb und beginnt, sie in eine Waschmaschine zu stopfen. »Ich bin ganz zufrieden damit, wenn mein Inneres funktioniert, ohne dass es dabei beobachtet wird.« Sie misst Waschmittel ab, gießt es hinein, steckt das Geld in den Schlitz und hält inne, bevor sie auf Start drückt. »Lou, ich glaube nicht, dass es gesund ist, sich zu viel damit zu beschäftigen, wie das Gehirn funktioniert. Auf die Art und Weise sind Leute schon verrückt geworden, wissen Sie.«

Das wusste ich nicht. Mir ist nie in den Sinn gekommen, dass es mich verrückt machen könnte, zu viel darüber zu wissen, wie mein Gehirn funktioniert. Ich halte das für keine wahre Aussage. Sie drückt auf den Knopf, und das Wasser schießt in die Maschine. Dann tritt sie an den Klapptisch.

»Jeder weiß doch, dass die Kinder von Psychiatern und Psychologen verrückter sind als andere«, sagt sie. »Im zwanzigsten Jahrhundert gab es einen berühmten Psychiater, der sein eigenes Kind in eine Kiste steckte, und es musste darin bleiben und wurde verrückt.«

Ich weiß, dass das nicht wahr ist, aber sie wird mir wohl nicht glauben, wenn ich ihr sage, dass das nicht stimmt. Und ich möchte nichts erklären, deshalb schlage ich das Buch wieder auf. Sie gibt einen scharfen, blasenden Laut von sich, und ich höre ihre Absätze auf dem Boden klicken, als sie weggeht.

In der Schule haben sie uns beigebracht, das Gehirn sei wie ein Computer, aber nicht so effizient. Computer machen keine Fehler, wenn sie korrekt gebaut und programmiert sind, aber Gehirne schon. Das ließ in mir die Vorstellung entstehen, dass jedes Gehirn – auch ein normales, von meinem ganz zu schweigen – eine mindere Sorte Computer sei.

Dieses Buch macht deutlich, dass Gehirne viel komplexer als jeder Computer sind, und dass mein Gehirn tatsächlich normal ist – in vieler Hinsicht. Ich kann normal Farben erkennen. Meine Sehschärfe ist normal. Was ist nicht normal? Nur winzige Kleinigkeiten ... denke ich.

Ich wünschte, ich hätte meine Untersuchungsberichte aus der Kindheit. Ich weiß nicht, ob alle Tests, die in diesem Buch erwähnt werden, mit mir gemacht worden sind. Ich weiß zum Beispiel nicht, ob sie die Übertragungsgeschwindigkeit meiner sensorischen Neuronen gemessen haben. Ich weiß noch, dass meine Mutter einen großen Ziehharmonika-Ordner hatte, außen grün und innen blau, der vollgestopft war mit Papieren. Als ich nach dem Tod meiner Eltern die Sachen in ihrem Haus eingepackt habe, habe ich ihn nicht mehr gesehen. Vielleicht hat meine Mutter ihn weggeworfen, als ich erwachsen war und ausgezogen bin. Ich weiß den Namen des Krankenhauses, in das meine Eltern immer mit mir gegangen sind, aber ich weiß nicht, ob sie mir helfen würden, ob sie überhaupt die Unterlagen von Kindern, die jetzt erwachsen sind, aufbewahren.

In dem Buch steht etwas über eine Variation in der Fähigkeit, kurze, vorübergehende Stimuli aufzunehmen. Ich denke an die Computerspiele, die mir dabei halfen, zu hören und zu lernen, Konsonanten wie *p*, *t* und *d* auszusprechen, vor allem am Wortende. Es gab auch Augenübungen, aber ich war noch so klein, dass ich mich an vieles nicht mehr erinnern kann.

Ich betrachte die paarweise dargestellten Gesichter in der Illustration, die dazu dienen, die Fähigkeit zur Unterscheidung von Gesichtszügen zu testen. Für mich sehen die Gesichter alle ziemlich gleich aus; aber die Bildunterschriften besagen, dass Augen, Nase und Mund der abgebildeten Gesichter zwar gleich sind, aber bei einem Gesicht stehen sie weiter auseinander. Wenn sie in Bewegung wären, wie bei einer wirklichen Person, würde ich es gar nicht merken. Wahrscheinlich bedeutet das, dass mit einem bestimmten Teil meines Gehirns im Hinblick auf Gesichtserkennung etwas nicht stimmt.

Beherrschen normale Menschen all diese Dinge? Wenn ja, dann ist es kein Wunder, dass sie einander so leicht, auf so große Entfernung, in immer unterschiedlicher Kleidung erkennen.

Diesen Samstag findet keine Sitzung im Unternehmen statt. Ich gehe zum Center, aber der Berater, der da sein sollte, ist krank. Ich blicke auf die Nummer des Rechtsbeistands auf dem Schwarzen Brett und merke sie mir. Ich möchte ihn nicht selber anrufen. Ich weiß nicht, was die anderen davon halten. Nach ein paar Minuten gehe ich wieder nach Hause und lese weiter in dem Buch, aber ich nehme mir auch die Zeit, meine Wohnung und mein Auto zu putzen, weil ich das letzte Woche nicht getan habe. Ich beschließe, das alte Lammfell wegzuwerfen, weil ich immer noch kleine Glassplitter fühle, und mir ein neues zu kaufen. Das neue riecht streng nach Leder und fühlt sich weicher an als das alte. Am Sonntag gehe ich zum Frühgottesdienst, damit ich mehr Zeit zum Lesen habe.

Am Montagmorgen erreicht uns alle ein Memo, in dem die Termine für die Voruntersuchungen aufgeführt sind. PET Scan. MRI Scan. Komplette körperliche Untersuchung. Psychologische Tests. In dem Memo steht, dass wir die Zeit für die Untersuchungen nicht nacharbeiten müssen. Ich bin erleichtert: Ich würde nicht gern all die Stunden aufholen müssen, die diese Untersuchungen in Anspruch nehmen werden. Zuerst findet am Montagnachmittag eine körperliche Untersuchung statt. Wir gehen alle zur Klinik. Ich mag es nicht, wenn Fremde mich berühren, aber ich weiß, wie man sich in einer Klinik zu verhalten hat. Die Nadel, mit der Blut abgezapft wird, tut nicht wirklich weh, aber ich verstehe nicht ganz, was mein Blut und mein Urin mit meinen Gehirnfunktionen zu tun haben. Niemand macht auch nur den geringsten Versuch, etwas zu erklären.

Am Dienstag habe ich eine Computertomographie. Der

Techniker erzählt mir die ganze Zeit, dass es nicht wehtut und dass ich keine Angst haben muss, wenn ich in die enge Röhre gleite. Ich habe keine Angst. Ich bin nicht klaustrophobisch.

Nach der Arbeit muss ich meine Einkäufe machen, weil ich mich letzten Dienstag stattdessen mit den anderen aus unserer Gruppe getroffen habe. Ich muss vorsichtig sein wegen Don, aber ich glaube nicht, dass er mir wirklich etwas tun wird. Er ist mein Freund. Mittlerweile tut ihm wahrscheinlich das, was er getan hat, wirklich leid ... wenn er überhaupt derjenige ist, der diese Dinge getan hat. Außerdem ist heute mein Einkaufstag. Als ich wegfahre, blicke ich über den Parkplatz, sehe aber niemanden, den ich nicht sehen sollte. Die Wachleute an den Campustoren würden Eindringlinge nicht hereinlassen.

Am Supermarkt parke ich so nahe wie möglich an einer Laterne, für den Fall, dass es schon dunkel ist, wenn ich herauskomme. Es ist eine Glücksstelle, eine Primzahl: elf, vom Ende der Reihe aus gesehen. Im Supermarkt ist heute Abend nicht allzu viel los, deshalb habe ich Zeit, in Ruhe alles auf meiner Liste zusammenzusuchen. Ich habe zwar keinen geschriebenen Einkaufszettel dabei, aber ich weiß, was ich brauche, und finde es auf Anhieb. Für die Schnellkasse habe ich zu viele Waren, fast einen ganzen Einkaufswagen voll, deshalb stelle ich mich an die kürzeste Schlange vor einer der regulären Kassen.

Als ich herauskomme, ist es nicht mehr hell, aber noch nicht wirklich dunkel. Die Luft ist kühl, selbst über dem Asphalt des Parkplatzes. Ich schiebe den Einkaufswagen voran und lausche auf den ratternden Rhythmus, den ein Rad macht, das nur ab und zu den Boden berührt. Es ist fast wie Jazz, aber nicht so vorhersehbar. Als ich zum Auto komme, schließe ich die Tür auf und beginne vorsichtig, die Einkaufstüten hineinzulegen. Schwere Dinge wie Waschpulver und

Saftkartons stelle ich auf den Boden, wo sie nicht umfallen und etwas zerdrücken können. Brot und Eier kommen auf den Rücksitz.

Hinter mir klappert plötzlich der Einkaufswagen. Ich drehe mich um, erkenne aber das Gesicht des Mannes in der dunklen Jacke nicht. Zuerst jedenfalls nicht, und dann stelle ich fest, dass es Don ist.

»Es ist alles deine Schuld. Es ist deine Schuld, dass Tom mich rausgeworfen hat«, sagt er. Sein Gesicht ist ganz verzerrt, und die Muskeln stehen knotig vor. Seine Augen wirken unheimlich; weil ich sie nicht sehen will, blicke ich auf andere Teile seines Gesichts. »Es ist deine Schuld, dass mich Marjory weggeschickt hat. Es ist krank, wie die Frauen auf dieses ganze Behinderten-Getue stehen. Wahrscheinlich hast du Dutzende von ihnen, alles vollkommen normale Frauen, die sich in deine hilflose Art verlieben.« Seine Stimme wird immer höher und schriller, und ich merke, dass er jemanden zitiert oder so tut, als ob. »*Armer Lou, er kann nichts dafür* und *Armer Lou, er braucht mich.*« Jetzt wird seine Stimme wieder tiefer. »Leute wie du brauchen keine normalen Frauen«, sagt er. »Krüppel sollten sich mit Krüppeln paaren, wenn es denn überhaupt sein muss. Allein der Gedanke daran, dass du deinen ... dass du mit einer normalen Frau ... es bringt mich zum Kotzen. Es ist ekelerregend.«

Ich kann nichts sagen. Ich glaube, ich sollte Angst haben, aber ich empfinde keine Angst, nur Traurigkeit, eine so große Traurigkeit, dass sie wie ein schweres Gewicht auf mir lastet, dunkel und formlos. Don ist normal. Er könnte so vieles so leicht. Warum hat er sich stattdessen entschieden, so zu sein?

»Ich habe alles aufgeschrieben«, sagt er. »Ich kann mich nicht um euch alle kümmern, aber wenn sie es lesen, werden sie wissen, warum ich es getan habe.«

»Es ist nicht meine Schuld«, sage ich.

»Nein, natürlich nicht«, erwidert er. Er tritt näher. Sein

Schweiß riecht seltsam. Ich weiß nicht, was es ist, aber er hat wahrscheinlich etwas gegessen oder getrunken, das ihn so riechen lässt. Der Kragen an seinem Hemd ist verknickt. Ich blicke nach unten. Seine Schuhe sind staubig; an einem ist der Schnürsenkel auf. Es ist wichtig, gepflegt zu sein. Es macht einen guten Eindruck. Im Moment macht Don keinen guten Eindruck, aber es scheint niemandem aufzufallen. Aus den Augenwinkeln sehe ich, wie die anderen Leute zu ihren Autos oder in den Laden gehen und nicht auf uns achten. »Du bist ein Krüppel, Lou – verstehst du, was ich sage? Du bist ein Krüppel und gehörst in einen Zoo.«

Ich weiß, dass Don nicht bei Verstand ist, und das, was er sagt, ist sowieso faktisch falsch, aber die Intensität seiner Abneigung verletzt mich trotzdem. Ich komme mir auch dumm vor, weil ich es nicht früher erkannt habe. Er war mein Freund; er hat mich angelächelt; er hat versucht, mir zu helfen. Woher hätte ich es wissen sollen?

Er zieht seine rechte Hand aus der Tasche, und ich sehe die schwarze Mündung einer Waffe, die auf mich zielt. Außen glänzt der Lauf ein bisschen im Licht, aber innen ist er dunkel wie der Weltraum. Das Dunkle stürzt auf mich zu.

»Dieser ganze soziale Unterstützungsscheiß – Himmel, wenn es euch Verrückte nicht gäbe, würde die Welt nicht wieder auf eine Wirtschaftskrise zuschlittern. Und ich hätte den Beruf, den ich verdient habe, und nicht diesen lausigen Scheißjob, in dem ich feststecke.«

Ich weiß nicht, was für eine Arbeit Don macht. Ich sollte es wissen. Ich glaube nicht, dass es meine Schuld ist, was mit dem Geld passiert. Ich glaube nicht, dass er den Beruf hätte, den er haben will, wenn ich tot wäre. Arbeitgeber stellen Leute ein, die gepflegt aussehen und gute Manieren haben, Leute, die hart arbeiten und sich mit anderen vertragen. Don ist schmutzig und chaotisch; er ist unhöflich, und er arbeitet nicht hart.

Plötzlich bewegt er sich, und sein Arm mit der Waffe zuckt

auf mich zu. »Steig ins Auto«, sagt er, aber ich reagiere bereits. Sein Muster ist simpel, leicht zu erkennen, und er ist nicht so schnell oder stark, wie er glaubt. Meine Hand packt sein Handgelenk und schiebt es zur Seite. Das Geräusch ist überhaupt nicht wie das Geräusch von Waffen im Fernsehen. Es ist lauter und hässlicher und hallt vom Eingang des Supermarktes wider. Ich habe zwar keine Klinge, aber meine andere Hand trifft mitten auf seinen Körper; er klappt zusammen und stößt schlecht riechenden Atem aus.

»He!«, schreit jemand. »Polizei!«, schreit jemand anderer. Ich höre Schreie. Wie aus dem Nichts tauchen Leute auf und fallen über Don her. Ich taumele und wäre fast zu Boden gestürzt, als Leute meine Arme packen und mich herumreißen, sodass ich gegen das Auto stoße.

»Lasst ihn los«, sagt eine andere Stimme. »Er ist das Opfer.« Es ist Mr. Stacy. Ich weiß nicht, was er hier macht. Er blickt mich finster an. »Mr. Arrendale, haben wir Ihnen nicht gesagt, Sie sollten vorsichtig sein? Warum sind Sie von der Arbeit aus nicht direkt nach Hause gefahren? Wenn uns Dan nicht gesagt hätte, wir sollten ein Auge auf Sie haben...«

»Ich... dachte... ich wäre vorsichtig«, erwidere ich. Es fällt mir schwer zu reden, bei all dem Lärm um mich herum. »Aber ich brauchte Lebensmittel; heute ist der Tag, an dem ich immer einkaufen gehe.« Erst da fällt mir ein, dass Don ja wusste, dass heute mein Einkaufstag ist. Ich hatte ihn hier ja schon einmal an einem Dienstag getroffen.

»Sie haben verdammtes Glück gehabt«, sagt Mr. Stacy.

Don liegt bäuchlings auf dem Boden, und zwei Männer knien auf ihm; sie haben seine Arme auf den Rücken gezogen und legen ihm Handschellen an. Es dauert länger und sieht chaotischer aus als im Fernsehen. Don gibt seltsame Laute von sich; es klingt so, als würde er weinen. Als sie ihn hochziehen, weint er tatsächlich. Tränen laufen ihm übers Gesicht und hinterlassen Streifen auf seinen schmutzigen Wangen.

Er tut mir leid. Ich fände es schrecklich, wenn ich vor anderen Leuten so weinen müsste.

»Du Bastard!«, sagt er zu mir, als er mich sieht. »Du hast mich reingelegt.«

»Ich habe dich nicht reingelegt«, sage ich. Ich möchte erklären, dass ich nicht wusste, dass die Polizei hier war, dass sie böse auf mich sind, weil ich nicht in meiner Wohnung geblieben bin, aber sie bringen ihn schon weg.

»Wenn ich sage, dass Leute wie Sie uns die Arbeit erschweren«, sagt Mr. Stacy, »dann meine ich damit nicht Autisten. Ich meine damit Leute, die noch nicht einmal die einfachsten Vorsichtsmaßnahmen ergreifen wollen.« Er klingt immer noch ärgerlich.

»Ich brauche doch Lebensmittel«, sage ich noch einmal.

»So wie Sie letzten Freitag Ihre Wäsche machen mussten?«

»Ja«, sage ich. »Und jetzt es ist ja noch hell.«

»Sie hätten jemand anderen bitten können, für Sie einzukaufen.«

»Ich weiß nicht, wen ich fragen soll«, erwidere ich.

Er sieht mich seltsam an und schüttelt den Kopf.

Ich kenne die Musik nicht, die jetzt in meinem Kopf hämmert. Ich verstehe das Gefühl nicht. Ich möchte hüpfen, um mich zu beruhigen, aber hier kann ich es nirgendwo machen – hier sind nur der Asphalt, die geparkten Autos und die Bushaltestelle. Ich möchte nicht ins Auto steigen und nach Hause fahren.

Leute fragen mich ständig, wie es mir geht. Einige haben helle Lichter, mit denen sie mir ins Gesicht leuchten. Dauernd sagen sie Wörter wie »unter Schock« oder »verängstigt«. Ich fühle mich nicht unter Schock. Das war ich, als meine Eltern starben und mich allein zurückgelassen haben, aber jetzt nicht. In dem Moment, als Don mich bedroht hat, habe ich zwar Angst empfunden, aber mehr noch fühlte ich mich dumm, traurig und wütend.

Jetzt fühle ich mich sehr lebendig und sehr verwirrt. Niemand hat vermutet, dass ich mich vielleicht glücklich und aufgeregt fühle. Jemand hat versucht, mich zu töten, und es ist ihm nicht gelungen. Ich lebe immer noch. Ich fühle mich sehr lebendig, spüre den Stoff meiner Kleider auf meiner Haut, bin mir sehr der Farbe des Lichts bewusst, und der Luft, die in meine Lungen hinein- und wieder hinausströmt. Heute Abend ist es ein gutes Gefühl. Ich möchte am liebsten laufen, springen und schreien, weiß aber, dass dies nicht angebracht ist. Wenn Marjory hier wäre, würde ich sie packen und küssen, aber auch das wäre sehr unangebracht.

Ob wohl normale Menschen unter Schock stehen und traurig und durcheinander reagieren, wenn sie nicht getötet werden? Es ist schwer, sich vorzustellen, dass jemand dann nicht erleichtert und glücklich ist, aber ich bin nicht sicher. Vielleicht denken sie ja, meine Reaktionen wären anders, weil ich autistisch bin; ich bin nicht sicher, also sage ich ihnen lieber nicht, wie ich mich wirklich fühle.

»Ich glaube nicht, dass Sie nach Hause fahren sollten«, sagt Mr. Stacy. »Sie sollten sich von einem unserer Polizisten nach Hause fahren lassen.«

»Ich kann fahren«, erwidere ich. »So durcheinander bin ich nicht.« Ich möchte allein in meinem Auto sein, mit meiner eigenen Musik. Und es ist keine Gefahr mehr; Don kann mich jetzt nicht mehr verletzen.

»Mr. Arrendale«, sagt der Lieutenant und kommt mit dem Kopf ganz nah an mein Gesicht, »Sie glauben vielleicht, nicht durcheinander zu sein, aber jeder, der ein solches Erlebnis hinter sich hat, ist durcheinander. Sie können nicht so sicher fahren wie sonst. Sie sollten jemand anderen ans Steuer lassen.«

Ich weiß, dass ich sicher fahren kann, deshalb schüttele ich den Kopf. Er zuckt mit den Schultern und sagt: »Später kommt noch jemand vorbei, um Ihre Aussage zu Protokoll zu nehmen, Mr. Arrendale. Vielleicht ich, vielleicht aber auch jemand anderer.« Dann geht er. Nach und nach zerstreut sich die Menge.

Der Einkaufswagen liegt auf der Seite; die Tüten sind aufgerissen, die Lebensmittel liegen überall herum. Es sieht hässlich aus, und einen Moment lang hebt sich mir der Magen. Ich kann diese Unordnung nicht hier zurücklassen. Ich brauche ja immer noch Lebensmittel; diese hier sind verdorben. Ich weiß nicht mehr, was schon im Auto in Sicherheit ist, und was ich neu kaufen muss. Der Gedanke daran, noch einmal in den Supermarkt gehen zu müssen, ist zu viel.

Ich sollte die Sachen besser aufheben. Ich bücke mich; es ist eklig, das Brot auf dem schmutzigen Asphalt zertreten und zermatscht, der verschüttete Saft, die zerbeulten Dosen. Aber ich muss es nicht mögen; ich muss es nur tun. Ich sammle die Sachen auf, werfe sie weg und versuche, sie so wenig wie möglich anzufassen. Es ist eine Verschwendung von Essen, und Essen darf man nicht verschwenden, aber ich kann kein schmutziges Brot essen oder verschütteten Saft trinken.

»Ist alles in Ordnung?«, fragt jemand. Ich zucke zusammen, und er sagt: »Entschuldigung ... Sie sehen nicht gut aus.«

Die Polizeiwagen sind weg. Ich weiß nicht, wann sie gefahren sind, aber jetzt ist es dunkel. Ich weiß nicht, wie ich erklären soll, was passiert ist.

»Ich bin in Ordnung«, sage ich. »Die Lebensmittel nicht.«

»Soll ich Ihnen helfen?«, fragt er. Es ist ein großer Mann, mit einem lockigen Haarkranz um eine kahle Stelle auf dem Kopf. Er trägt eine graue Hose und ein schwarzes T-Shirt. Ich weiß nicht, ob ich zulassen soll, dass er mir hilft. Ich weiß nicht, was in dieser Situation angemessen ist. Das hat man uns in der Schule nicht beigebracht. Er hat bereits zwei verbeulte Dosen aufgehoben, eine mit Tomatensauce und eine mit Baked Beans. »Die sind in Ordnung«, sagt er. »Nur verbeult.« Er hält sie mir hin.

»Danke«, sage ich. Es ist immer angemessen, danke zu sagen, wenn jemand einem etwas reicht. Ich will die verbeulten Dosen nicht, aber es spielt keine Rolle, ob man das Geschenk will oder nicht; man muss danke sagen.

Er hebt die platt getretene Schachtel auf, in der Reis war, und wirft sie in den Abfalleimer. Als alles, was wir leicht aufheben können, entweder im Abfalleimer oder meinem Auto ist, winkt er und geht davon. Ich weiß nicht, wie er heißt.

Als ich nach Hause komme, ist es noch nicht einmal 19.00 Uhr. Ich weiß nicht, wann ein Polizist kommt. Ich rufe Tom an und erzähle ihm, was passiert ist, weil er Don kennt und ich niemand anderen weiß, den ich anrufen könnte. Er sagt, er käme in meine Wohnung. Das ist nicht nötig, aber er will unbedingt kommen.

Als er eintrifft, sieht er besorgt aus. Er hat die Augenbrauen zusammengezogen und auf seiner Stirn sind Falten.
»Lou, ist alles in Ordnung?«
»Ja, mir geht es gut«, sage ich.
»Don hat dich wirklich angegriffen?« Er wartet meine Antwort erst gar nicht ab, sondern fährt fort: »Ich kann es nicht glauben – wir haben diesem Polizisten von ihm erzählt...«
»Ihr habt Mr. Stacy von Don erzählt?«
»Nach der Sache mit der Bombe. Es lag auf der Hand, Lou, dass es jemand aus unserer Gruppe war. Ich habe versucht, es dir zu sagen...«

Mir fällt der Zeitpunkt ein, als Lucia uns unterbrochen hat.
»Wir haben es deutlich gemerkt«, sagt Tom. »Er war eifersüchtig auf dich wegen Marjory.«
»Er gibt mir auch die Schuld an seinem Job«, erwidere ich. »Er sagte, ich sei ein Krüppel, und es sei meine Schuld, dass er nicht den Job hätte, den er wollte, und dass Leute wie ich keine normalen Frauen wie Marjory zur Freundin haben sollten.«
»Eifersucht ist eine Sache«, sagt Tom. »Dinge kaputt zu

machen und Menschen zu verletzen, ist etwas ganz anderes. Es tut mir leid, dass du das durchmachen musstest. Ich dachte, er wäre wütend auf mich.«

»Es geht mir gut«, sage ich noch einmal. »Er hat mich nicht verletzt. Ich wusste, dass er mich nicht mochte, deshalb war es nicht so schlimm, wie es hätte sein können.«

»Lou, du bist ... erstaunlich. Ich denke immer noch, dass es zum Teil meine Schuld war.«

Das verstehe ich nicht. Don hat es getan. Tom hat Don ja nicht gesagt, dass er das tun solle. Wie soll es dann Toms Schuld sein?

»Ich hätte es kommen sehen müssen. Wenn ich Don doch nur besser im Griff gehabt hätte...«

»Don ist eine Person, kein Ding«, sage ich. »Niemand kann einen anderen völlig kontrollieren, und es ist falsch, es zu versuchen.«

Toms Gesicht entspannt sich. »Lou, manchmal glaube ich, du bist der Klügste von uns allen. In Ordnung. Es war nicht meine Schuld. Aber es tut mir trotzdem leid, dass du das durchmachen musstest. Und auch die Verhandlung – es wird nicht einfach für dich werden. Ein Prozess ist für alle Beteiligten schwierig.«

»Prozess? Warum muss ich denn an einem Prozess teilnehmen?«

»Du wirst bei Dons Verhandlung wahrscheinlich als Zeuge aussagen müssen. Haben sie dir das nicht gesagt?«

»Nein.« Ich weiß nicht, was ein Zeuge bei einem Prozess tun muss. Ich habe mir noch nie Sendungen über Prozesse im Fernsehen angeschaut.

»Nun, es wird auch nicht so schnell passieren, und wir können vorher darüber reden. Im Moment – gibt es irgendetwas, das Lucia und ich für dich tun können?«

»Nein. Mir geht es gut. Morgen komme ich zum Fechtunterricht.«

»Das freut mich. Ich möchte nicht, dass du wegbleibst, weil du vielleicht Angst hast, dass sich jemand anderer in der Gruppe so benehmen könnte wie Don.«

»Nein, das habe ich nicht gedacht«, sage ich. Der Gedanke kommt mir dumm vor, aber ich frage mich doch, ob die Gruppe einen Don brauchte und ob jetzt jemand anderer an seine Stelle treten muss. Und wenn jemand, der normal ist wie Don, diese Wut und Gewalttätigkeit verbergen kann, dann haben vielleicht alle normalen Menschen dieses Potenzial. Ich glaube nicht, dass ich es habe.

»Gut. Aber wenn du nur die leiseste Befürchtung hast, dann sag mir bitte sofort Bescheid. Gruppen sind komisch. Ich war schon in Gruppen, in denen wir uns sofort einen neuen Sündenbock suchten, wenn jemand die Gruppe verließ, den wir nicht leiden konnten.«

»Dann ist das also ein Muster für Gruppen?«

»Es ist ein Muster, ja.« Er seufzte. »Ich hoffe, in dieser Gruppe ist es nicht so, aber ich passe schon auf. Nur das Problem mit Don ist uns irgendwie entgangen.«

Der Summer ertönt. Tom blickt sich um, dann sieht er mich an. »Ich glaube, es ist ein Polizist«, sage ich. »Mr. Stacy hat gesagt, es käme jemand, um meine Aussage zu Protokoll zu nehmen.«

»Dann gehe ich jetzt«, sagt Tom.

Der Polizist, Mr. Stacy, sitzt auf meiner Couch. Er trägt eine braune Hose und ein kariertes Hemd mit kurzen Ärmeln. Seine Schuhe sind braun, mit einer genarbten Oberfläche. Als er hereinkam, hat er sich umgeblickt, und ich habe gemerkt, dass er alles sah. Danny schaut sich auch immer so um.

»Die Aussagen über die früheren Vorfälle habe ich, Mr. Arrendale«, sagt er. »Sie brauchen mir also nur zu erzählen, was heute Abend passiert ist...« Das ist albern. Er war dort. Er hat mich dort schon gefragt, und ich habe ihm alles erzählt und er hat es mit seinem Handcomputer aufgenommen. Ich verstehe nicht, warum er noch einmal hier ist.

»Dienstag ist mein Einkaufstag«, sage ich. »Ich kaufe immer im selben Supermarkt Lebensmittel ein, weil es leichter ist, die Sachen dort zu finden, wenn man jede Woche da ist.«

»Gehen Sie jede Woche um die gleiche Zeit einkaufen?«, fragt er.

»Ja. Ich fahre nach der Arbeit dorthin, bevor ich Abendessen koche.«

»Und machen Sie eine Einkaufsliste?«

»Ja.« Ich denke: *natürlich*. Aber vielleicht denkt Mr. Stacy, dass nicht jeder eine Einkaufsliste schreibt. »Aber ich habe die Liste nicht mehr. Ich habe sie weggeworfen.«

»Das ist in Ordnung. Ich habe mich nur gefragt, wie vorhersagbar Ihre Handlungen waren.«

»Vorhersagbar ist gut«, sage ich. Ich beginne zu schwitzen. »Es ist wichtig, feste Angewohnheiten zu haben.«

»Ja, natürlich«, sagt er. »Aber wenn man feste Angewohnheiten hat, ist es leichter für jemanden, der Sie verletzen will, Sie zu finden. Wissen Sie noch, dass ich Sie letzte Woche davor gewarnt habe?«

So hatte ich es nicht gesehen.

»Aber fahren Sie fort – ich wollte Sie nicht unterbrechen. Erzählen Sie mir alles.«

Es fühlt sich seltsam an, wenn jemand so unwichtigen Dingen wie der Reihenfolge, in der ich Lebensmittel einkaufe, so aufmerksam zuhört. Aber er hat gesagt, ich soll ihm alles erzählen. Ich weiß nicht, ob das etwas mit dem Angriff zu tun hat, aber ich erzähle ihm trotzdem, wie ich den Einkauf so organisiert habe, dass ich nicht zweimal denselben Weg gehen muss.

»Dann bin ich nach draußen gegangen«, sage ich. »Es dämmerte schon, aber es war noch nicht völlig dunkel, und die

Lichter auf dem Parkplatz waren hell. Ich hatte in der Reihe links, auf dem elften Platz, geparkt.« Ich mag es, wenn ich auf Primzahlen parken kann, aber das sage ich ihm nicht. »Ich hatte die Schlüssel in der Hand und schloss das Auto auf. Ich nahm die Tüten mit den Lebensmitteln aus dem Einkaufswagen und hab sie ins Auto gelegt.« Er will sicher nicht hören, dass ich die schweren Sachen auf den Boden gestellt und die leichten auf den Sitz gelegt habe. »Ich hörte, wie der Einkaufswagen hinter mir bewegt wurde, und drehte mich um. Und in dem Moment sagte Don etwas zu mir.«

Ich schweige und versuche, mich an den genauen Wortlaut zu erinnern. »Er klang sehr wütend«, sage ich. »Seine Stimme war heiser. Er sagte: *Es ist alles deine Schuld. Es ist deine Schuld, dass Tom mich hinausgeworfen hat.*« Wieder schweige ich. Er hat viele Wörter sehr schnell gesagt, und ich bin nicht sicher, ob ich mich an alle in der richtigen Reihenfolge erinnere. Es wäre nicht richtig, sie falsch zu sagen.

Mr. Stacy blickt mich an und wartet.

»Ich bin nicht sicher, ob ich mich an alles genau richtig erinnere«, sage ich.

»Das ist schon okay«, erwidert er. »Sagen Sie mir nur, an was Sie sich erinnern.«

»Er sagte: *Es ist deine Schuld, dass mich Marjory weggeschickt hat.* Tom hat die Fechtgruppe organisiert. Marjory ist... ich habe Ihnen letzte Woche von Marjory erzählt. Sie war nie Dons Freundin.« Ich fühle mich nicht wohl dabei, über Marjory zu sprechen. Sie sollte für sich selber sprechen. »Marjory mag mich, in gewisser Weise, aber...« Ich kann das nicht sagen. Ich weiß nicht, wie Marjory mich mag, ob als Bekannten oder als Freund oder als... als mehr. Wenn ich sage »nicht als Geliebten«, stimmt es dann eher? Ich will nicht, dass das stimmt.

»Er sagte: *Krüppel sollten sich mit Krüppeln paaren, wenn es denn überhaupt sein muss.* Er war sehr wütend. Er sagte, es sei meine Schuld, dass die wirtschaftliche Lage schlecht sei und er keinen guten Job habe.«

»Hmm.« Mr. Stacy gibt nur diesen schwachen Laut von sich und sitzt da.

»Er sagte, ich solle ins Auto steigen. Er hat die Waffe auf mich gerichtet. Es ist nicht gut, mit einem Angreifer ins Auto zu steigen; das habe ich letztes Jahr in einer Nachrichtensendung gesehen.«

»Das kommt jedes Jahr in den Nachrichten«, sagt Mr. Stacy. »Aber nicht alle Leute halten sich daran. Ich bin froh, dass Sie nicht eingestiegen sind.«

»Ich konnte sein Muster sehen«, sage ich. »Also bewegte ich mich, schob seine Waffenhand weg und schlug ihm in den Magen. Ich weiß, dass es falsch ist, jemanden zu schlagen, aber er wollte mich verletzen.«

»Sie sahen sein Muster?«, sagt Mr. Stacy. »Was ist das?«

»Wir sind seit Jahren in der gleichen Fechtgruppe gewesen«, sage ich. »Wenn er bei einem Stoß seinen rechten Arm vorschwingt, bewegt er gleichzeitig immer seinen rechten Fuß in die Richtung. Mit dem linken tritt er zur Seite, und dann schwingt sein Ellbogen vor, und sein nächster Stoß ist ganz weit rechts. Daher wusste ich, dass ich weit parieren und dann in der Mitte zuschlagen musste, um eine Chance zu haben, ihn zu treffen, bevor er mich verletzen konnte.«

»Wenn er seit Jahren mit Ihnen beim Fechten ist, warum hat er das dann nicht kommen sehen?«, fragt Mr. Stacy.

»Ich weiß nicht«, sage ich. »Aber ich bin gut darin, Muster zu erkennen, wenn andere Leute sich bewegen. So fechte ich auch. Er kann das nicht so gut. Und weil ich keine Klinge hatte, dachte er vielleicht nicht, dass ich genauso wie beim Fechten kontern würde.«

»Hmm. Ich würde Sie gern mal fechten sehen«, sagt Mr. Stacy. »Ich dachte immer, das sei ein Sport für Weicheier, mit den weißen Anzügen und Drahtmasken, aber bei Ihnen klingt es interessant. Er bedrohte Sie also mit der Waffe, Sie schoben sie weg und schlugen ihm in den Bauch. Und dann?«

»Dann fingen viele Leute an zu schreien und warfen sich auf ihn. Es waren vermutlich Polizisten, aber ich hatte sie noch nie zuvor gesehen.« Ich höre auf. Alles andere können ihm die Polizisten, die da waren, erzählen, glaube ich.

»Okay. Lassen Sie uns nur noch ein paar Dinge durchgehen ...« Er führt mich immer wieder hindurch, und jedes Mal fällt mir ein anderes Detail ein. Ich mache mir Gedanken darüber ... erinnere ich mich wirklich an all das oder fülle ich nur die leeren Stellen, um ihn glücklich zu machen? Darüber habe ich in dem Buch gelesen. Für mich fühlt es sich real an, aber manchmal ist das eine Lüge. Lügen ist falsch. Ich will nicht lügen.

Immer wieder fragt er mich nach der Fechtgruppe: Wer mich mag und wer nicht. Wen ich mag und wen nicht. Ich dachte, ich mag alle; bis zu der Sache mit Don dachte ich auch, sie mögen mich oder tolerieren mich zumindest. Mr. Stacy scheint zu wollen, dass Marjory meine Freundin oder Geliebte ist; er fragt ständig, ob wir miteinander ausgehen. Wenn ich über Marjory rede, bricht mir der Schweiß aus. Ich sage immer wieder die Wahrheit. Ich mag sie sehr und denke an sie, aber wir gehen nicht miteinander aus.

Schließlich steht er auf. »Danke, Mr. Arrendale; das ist alles für heute. Ich lasse es schreiben, und dann müssen Sie aufs Präsidium kommen und es unterschreiben. Wir bleiben in Kontakt bis zur Verhandlung.«

»Verhandlung?«, frage ich.

»Ja. Als Opfer dieses Überfalls sind Sie der Zeuge der Anklage. Haben Sie ein Problem damit?«

»Mr. Crenshaw wird wütend sein, wenn ich deswegen zu lange meiner Arbeit fernbleibe«, sage ich. Das stimmt, wenn ich bis dahin überhaupt noch einen Job habe. Und wenn nicht?

»Er wird es sicher verstehen«, sagt Mr. Stacy.

Ich bin sicher, dass er es nicht verstehen wird, weil er es nicht verstehen will.

»Es besteht die Chance, dass Poiteaus Anwalt einen Deal mit dem Staatsanwalt abschließt«, sagt Mr. Stacy. »Vielleicht akzeptiert er ja ein geringeres Strafmaß, um in einem Prozess nicht Schlimmeres zu riskieren. Wir halten Sie auf dem Laufenden.« Er geht zur Tür. »Passen Sie auf sich auf, Mr. Arrendale. Ich bin froh, dass wir den Kerl geschnappt haben und dass Ihnen nichts passiert ist.«

»Danke für Ihre Hilfe«, sage ich.

Als er weg ist, glätte ich die Couch, wo er gesessen hat, und lege das Kissen wieder dahin, wo es war. Ich fühle mich unruhig. Ich möchte nicht mehr über Don und den Angriff nachdenken. Ich möchte es vergessen. Ich möchte, dass es nie passiert wäre.

Rasch bereite ich mir mein Abendessen zu, gekochte Nudeln und Gemüse, und esse es. Dann spüle ich den Topf und die Schale. Es ist schon 20.00 Uhr. Ich ergreife das Buch und beginne mit Kapitel 17, »Integration von Gedächtnis- und Aufmerksamkeitskontrolle: Die Lektionen von PTSD und ADHD«.

Mittlerweile kann ich die langen Sätze und die komplizierte Syntax viel leichter verstehen. Sie sind nicht linear, sondern gestapelt oder strahlenförmig. Ich wünschte, das hätte mir von Anfang an jemand beigebracht.

Die Information, die die Autoren vermitteln wollen, ist organisiert logisch. Sie liest sich wie etwas, das ich hätte schreiben können. Es ist ein seltsamer Gedanke, dass jemand wie ich ein Kapitel in einem Buch über Gehirnfunktionen schreiben sollte. Klinge ich beim Reden wie ein Fachbuch? Meint Dr. Fornum das mit »gestelzter Ausdrucksweise«? Wenn sie das gesagt hat, habe ich mir immer Darsteller in farbenprächtigen Kostümen auf Stelzen vorgestellt, die über den Köpfen der Menge tanzen. Es kam mir nicht einleuchtend vor: Ich bin nicht groß und farbenprächtig. Wenn sie meinte, ich hörte mich an wie ein Fachbuch, dann hätte sie das sagen können.

Mittlerweile weiß ich, dass PTSD »Post-Traumatisches Stress-Syndrom« bedeutet und dass es seltsame Veränderungen in der Gedächtnisfunktion hervorruft. Es geht um komplexe Kontroll- und Feedback-Mechanismen.

Mir geht durch den Kopf, dass ich jetzt auch post-traumatisch bin. Von jemand angegriffen worden zu sein, der mich töten will, ist das, was sie mit Trauma meinen, aber ich fühle mich nicht besonders gestresst. Vielleicht setzen sich normale Leute ein paar Stunden nach so einem Überfall nicht hin und lesen ein Fachbuch, aber ich finde es tröstlich. Die Fakten sind noch da, immer noch in logischer Reihenfolge angeordnet, von jemandem dargestellt, der sich die Mühe gemacht hat, sie zu erklären. So wie meine Eltern mir gesagt haben, dass die Sterne immer weiterleuchten, ganz gleich, was uns auf diesem Planeten passiert. Mir gefällt der Gedanke, dass irgendwo Ordnung existiert, auch wenn sie in meiner Nähe zerstört wird.

Was würde eine normale Person empfinden? Mir fällt ein wissenschaftliches Experiment aus der Highschool ein, als wir Samen in Töpfe gepflanzt haben, die in einem bestimmten Winkel gekippt standen. Die Pflanzen wuchsen dem Licht entgegen, ganz gleich, wie sich ihre Stängel drehen mussten. Ich weiß noch, dass ich mich damals gefragt habe, ob mich jemand in einen Topf an der Seite gepflanzt hatte, aber meine Lehrerin meinte, es sei überhaupt nicht miteinander zu vergleichen.

Aber es fühlt sich trotzdem gleich an. Ich bin seitlich von der Welt und fühle mich glücklich, wenn andere Leute meinen, ich müsste unter Schock stehen. Mein Gehirn versucht, zum Licht zu wachsen, aber es kann sich nicht aufrichten, weil der Topf umgekippt ist.

Wenn ich das Fachbuch richtig verstehe, erinnere ich mich an Dinge wie zum Beispiel den Prozentsatz blauer Autos auf dem Parkplatz besser als andere Leute, weil ich auf Farben und Zahlen achte. Andere Leute achten darauf nicht, weil es ihnen egal ist. Was mag ihnen denn auffallen, wenn sie auf einen Parkplatz blicken? Was gibt es denn sonst noch zu sehen außer den Reihen von Fahrzeugen, von denen so und so viele blau, braun oder rot sind?

Ich erinnere mich an Farben, Zahlen, Muster und auf- und absteigende Reihen; das dringt am leichtesten durch den Filter, den meine sensorische Wahrnehmung zwischen mich und die Welt geschoben hat. Das wurden dann die Parameter meines Hirnwachstums, sodass ich alles – von den Herstellungsprozessen für pharmazeutische Produkte bis hin zu den Bewegungen eines gegnerischen Fechters – auf die gleiche Weise sah, als Ausdruck einer Art Realität.

Ich blicke mich in meiner Wohnung um und denke an meine eigenen Reaktionen, an mein Bedürfnis nach Regelmäßigkeit, meine Faszination für sich wiederholende Phänomene, für Reihen und Muster. Jeder braucht eine gewisse Regelmäßigkeit; jedem gefallen in einem gewissen Maß Reihen und Muster. Das weiß ich seit Jahren, aber jetzt verstehe ich es besser. Wir Autisten stehen an einem Ende eines Bogens menschlichen Verhaltens, aber wir sind damit verbunden. Mein Gefühl für Marjory ist ein normales Gefühl, kein komisches Gefühl. Vielleicht bin ich mir stärker der unterschiedlichen Farben in ihrem Haar oder ihren Augen bewusst als sonst jemand, aber das Verlangen, ihr nahe sein zu wollen, ist ein normales Verlangen.

Es ist beinahe Zeit, ins Bett zu gehen. Als ich in die Dusche trete, betrachte ich meinen perfekt gewöhnlichen Körper – normale Haut, normale Haare, normale Finger- und Zehennägel, normale Genitalien. Es gibt sicher auch noch andere Leute, die unparfümierte Seife bevorzugen, immer die gleiche Wassertemperatur oder den Waschlappen aus dem gleichen Stoff haben wollen.

Ich dusche, putze mir die Zähne und spüle das Becken aus. Mein Gesicht im Spiegel sieht aus wie mein Gesicht – es ist das Gesicht, das ich am besten kenne. Das Licht strömt in die Pupille meines Auges und bringt die Information mit sich, die in meinem Blickfeld liegt, bringt die Welt mit sich, aber ich sehe tiefe, samtige Schwärze, wenn ich dorthin blicke, wo das Licht hineingeht. Licht geht hinein, und Dunkelheit sieht mich an. Das Bild ist ebenso in meinem Auge und in meinem Gehirn wie im Spiegel.

Ich schalte das Licht im Badezimmer aus und gehe ins Bett. Ich setze mich auf die Bettkante und schalte auch das Licht neben dem Bett aus. Das Nachglühen des Lichts brennt in der Dunkelheit. Ich schließe die Augen und sehe die Gegensätze ausgewogen im Raum fließen. Zuerst die Wörter, und dann die Bilder.

Licht ist das Gegenteil von Dunkelheit. Schwer ist das Gegenteil von leicht. Erinnerung ist das Gegenteil von Vergessen. Da sein ist das Gegenteil von fehlen. Das Wort für die Art von leicht, die das Gegenteil von schwer ist, scheint leichter als der glänzende Ballon, der als Bild auftaucht. Die Sonne glänzt auf der schimmernden Kugel, als sie aufsteigt, kleiner wird und verschwindet ...

Einmal habe ich meine Mutter gefragt, wieso ich Licht in meinen Träumen hätte, wenn ich doch beim Schlafen die Augen geschlossen habe. Warum sind denn die Träume nicht dunkel, habe ich sie gefragt. Sie wusste es nicht. Das Buch hat mir viel über Wahrnehmungsprozesse im Gehirn beigebracht, aber das hat es mir auch nicht erklärt.

Ich frage mich, warum. Sicher hat schon einmal jemand gefragt, warum manche Träume selbst in der Dunkelheit voller Licht sind. Das Gehirn erzeugt Bilder, ja, aber woher kommt das Licht darin? Blinde sehen kein Licht – oder wird das nur angenommen? Ist das Licht in Träumen die Erinnerung an Licht oder etwas anderes?

Mir fällt ein, dass jemand von einem anderen Kind mal gesagt hat: »Er mag Baseball so sehr, dass du, wenn du seinen Kopf aufmachen würdest, ein Spielfeld darin finden würdest...« Das habe ich gehört, bevor ich wusste, dass vieles von dem, was Leute sagen, nicht im eigentlichen Wortsinn gemeint ist. Ich fragte mich, was wohl in meinem Kopf wäre, wenn man ihn aufmachte. Ich fragte meine Mutter, und sie sagte: »Dein Gehirn, Liebes«, und zeigte mir ein Bild von einem grauen, runzeligen Ding. Ich weinte, weil ich es nicht in meinem Kopf haben wollte. Ich war sicher, dass niemand sonst so etwas Hässliches in seinem Kopf hatte. Die anderen hatten Baseballfelder, Eiscreme oder Picknicks im Kopf.

Ich weiß jetzt, dass jeder ein graues, runzeliges Gehirn im Kopf hat, keine Spielfelder, Schwimmbäder oder geliebte Menschen. Was man im Kopf hat, zeigt sich nicht am Gehirn. Aber damals schien es mir der Beweis zu sein, dass ich nicht richtig gemacht war.

Was ich im Kopf habe, ist Licht und Dunkelheit, Schwerkraft und Weltall, Degen und Lebensmittel, Farben und Zahlen, Menschen und Muster, die so schön sind, dass ich erschauere. Ich weiß immer noch nicht, warum gerade ich diese Muster habe und andere nicht.

Das Buch beantwortet Fragen, die sich andere Leute ausgedacht haben. Ich habe mir Fragen ausgedacht, die sie nicht beantworten. Ich glaubte immer, meine Fragen wären falsche Fragen, weil niemand sonst sie stellte. Vielleicht dachte ja nur niemand daran. Vielleicht war die Dunkelheit ja zuerst da. Vielleicht bin ich das erste Licht, das ein Meer von Unwissenheit berührt.

Vielleicht sind meine Fragen wichtig.

[15]

Licht. Morgenlicht. Ich erinnere mich an seltsame Träume, aber nicht, worum es darin ging, nur dass sie seltsam waren. Es ist ein heller, kühler Tag. Als ich die Fensterscheibe berühre, fühlt sie sich kalt an.

In der kühleren Luft fühle ich mich hellwach. Meine Frühstücksflocken haben eine knackige, geriffelte Struktur; ich spüre, wie sie in meinem Mund knacken und glatt werden.

Als ich nach draußen komme, glitzert die Sonne auf den Kieselsteinen im Asphalt. Es ist ein Tag für helle, flinke Musik. Verschiedene Möglichkeiten gehen mir durch den Kopf; ich entscheide mich für Bizet. Vorsichtig berühre ich mein Auto. Obwohl Don im Gefängnis ist, erinnert sich mein Körper, dass es immer noch gefährlich sein könnte. Nichts passiert. Die vier neuen Reifen riechen immer noch neu. Der Wagen springt an. Auf dem Weg zur Arbeit spielt die Musik in meinem Kopf, hell wie der Sonnenschein. Ich denke daran, heute Abend aufs Land zu fahren, um mir die Sterne anzuschauen; heute kann man bestimmt auch die Raumstationen sehen. Dann jedoch fällt mir ein, dass Mittwoch ist und ich zum Fechten gehe. Das habe ich schon lange nicht mehr vergessen. Habe ich es heute morgen im Kalender eingetragen? Ich bin mir nicht sicher.

Auf der Arbeit parke ich auf meinem üblichen Platz. Mr. Aldrin steht an der Tür, als ob er auf mich warten würde.

»Lou, ich habe es in den Nachrichten gesehen – sind Sie in Ordnung?«

»Ja«, erwidere ich. Dazu braucht er mich doch nur anzusehen.

»Wenn Sie sich nicht gut fühlen, können Sie sich für heute frei nehmen«, sagt er.

»Mir geht es gut«, erwidere ich. »Ich kann arbeiten.«

»Nun... wenn Sie sicher sind.« Er schweigt, als ob er erwartet, dass ich etwas sage, aber mir fällt nichts ein. »In den Nachrichten haben sie gesagt, dass Sie den Angreifer entwaffnet haben, Lou – ich wusste gar nicht, dass Sie das können.«

»Ich habe nur dasselbe wie beim Fechten gemacht«, erwidere ich. »Obwohl ich keine Klinge dabeihatte.«

»Fechten!« Seine Augen weiten sich, und er zieht die Augenbrauen hoch. »Sie fechten? So richtig mit... Degen und so?«

»Ja. Ich gehe einmal in der Woche zum Fechtunterricht«, sage ich. Ich weiß nicht, wie viel ich ihm erzählen soll.

»Das wusste ich ja gar nicht«, sagt er. »Ich verstehe überhaupt nichts vom Fechten, außer dass sie diese weißen Anzüge tragen und diese Drähte hinter sich herschleifen.«

Wir tragen keine weißen Anzüge und verwenden auch keine elektrische Punktemessung, aber ich habe keine Lust, das Mr. Aldrin zu erklären. Ich möchte mich an mein Projekt setzen, und heute Nachmittag haben wir wieder eine Sitzung mit dem Ärzteteam. Dann fällt mir ein, was Mr. Stacy gesagt hat.

»Ich muss vielleicht ins Präsidium fahren und eine Aussage unterschreiben«, sage ich.

»Das ist in Ordnung«, erwidert Mr. Aldrin. »Was auch immer. Es muss ein schrecklicher Schock für Sie gewesen sein.«

Mein Telefon klingelt. Ich denke, es ist Mr. Crenshaw, deshalb beeile ich mich zwar nicht gerade, gehe aber dran.

»Mr. Arrendale?... Detective Stacy. Können Sie heute früh ins Präsidium kommen?«

Ich glaube nicht, dass das eine echte Frage ist. Es ist eher so, als wenn mein Vater sagte: »Du nimmst dieses Ende, okay?« Dann meinte er eigentlich: »Nimm dieses Ende.« Es mag höflicher sein, Befehle als Fragen zu formulieren, aber es ist auch verwirrender, weil es manchmal Fragen sind. »Ich muss erst meinen Chef fragen«, antworte ich.

»Polizeiliche Angelegenheit«, sagt Mr. Stacy. »Sie müssen Ihre Aussage und noch ein paar andere Dinge unterschreiben. Sagen Sie denen das einfach.«

»Ich frage Mr. Aldrin«, sage ich. »Soll ich Sie zurückrufen?«

»Nein – kommen Sie einfach vorbei. Ich bin den ganzen Vormittag über hier.« Mit anderen Worten, er erwartet von mir, dass ich vorbeikomme, ganz gleich, was Mr. Aldrin sagt. Es war keine echte Frage.

Ich rufe Mr. Aldrin an.

»Ja, Lou«, sagt er. »Wie geht es Ihnen?« Das ist albern; das hat er mich heute Morgen schon einmal gefragt.

»Die Polizei möchte, dass ich aufs Präsidium komme, um meine Aussage und ein paar andere Dinge zu unterschreiben«, sage ich. »Sie haben gesagt, ich solle jetzt kommen.«

»Sind Sie dazu auch in der Lage? Oder soll Sie jemand begleiten?«

»Mir geht es gut«, erwidere ich. »Aber ich muss zur Polizei.«

»Ja, natürlich. Nehmen Sie sich den ganzen Tag frei.«

Draußen frage ich mich, was der Wachmann denkt, als ich durch die Kontrolle fahre, nachdem ich doch eben erst an ihm vorbeigekommen bin. Seinem Gesicht ist nichts anzumerken.

Auf der Polizeiwache ist es laut. An einer langen, hohen Theke steht eine Schlange von Menschen. Ich stelle mich auch an, aber dann kommt Mr. Stacy heraus und sieht mich.

»Kommen Sie mit«, sagt er. Er führt mich in einen anderen lauten Raum, in dem fünf Schreibtische stehen. Auf seinem Schreibtisch – ich nehme an, es ist sein Schreibtisch – befinden sich die Ladestation für seinen Handcomputer und ein großer Monitor.

»Nehmen Sie Platz«, sagt er und weist auf einen Stuhl neben dem Schreibtisch.

Der Stuhl ist aus grauem Metall mit einem dünnen grünen Plastikkissen. Ich kann den Rahmen durch das Kissen spüren. Ich rieche abgestandenen Kaffee, billige Schokoriegel, Chips, Papier, den Geruch von Druckern und Kopierern.

»Hier ist das Protokoll Ihrer Aussage von gestern Abend«, sagt er. »Lesen Sie es durch, um festzustellen, ob es Fehler enthält, und wenn alles in Ordnung ist, unterschreiben Sie es.«

Die vielen *Wenns* machen mich langsam, aber ich arbeite mich durch. Ich lese die Aussage, brauche jedoch eine Weile, bis ich begreife, dass der »Kläger« ich bin und Don der »Angreifer«. Mir fallen keine Fehler auf, und so unterschreibe ich.

Dann sagt Mr. Stacy, ich müsse eine Anzeige gegen Don unterschreiben. Ich weiß nicht, warum. Es verstößt gegen das Gesetz, das zu tun, was Don getan hat, und es gibt Beweise dafür, dass er diese Dinge getan hat. Es sollte also keine Rolle spielen, ob ich unterschreibe oder nicht. Wenn das Gesetz es jedoch verlangt, mache ich es.

»Was passiert mit Don, wenn er schuldig gesprochen wird?«, frage ich.

»Eskalierender Serien-Vandalismus, der in einem gewalttätigen Angriff endet? Er wird sich wohl einem Rehabilitationsprogramm unterziehen müssen«, sagt Mr. Stacy. »Er bekommt wahrscheinlich einen PPD – einen Chip – ins Gehirn, der seine Persönlichkeitsstruktur verändert.«

»Ja, das kenne ich«, sage ich. Ich winde mich innerlich; ich möchte keinen Chip eingebaut bekommen.

»Es ist nicht so wie im Fernsehen«, sagt Mr. Stacy. »Keine

Funken, keine Lichtblitze – er wird nur bestimmte Dinge nicht mehr machen können.«

Ich habe im Center gehört, dass der PPD die ursprüngliche Persönlichkeit überlagert und dafür sorgt, dass der Rehabilitant – das ist der Ausdruck, den sie bevorzugen – nur noch das tut, was man ihm sagt.

»Könnte er nicht einfach nur für meine Reifen und die Windschutzscheibe bezahlen?«, frage ich.

»Rückfallquote«, sagt Mr. Stacy. Er kramt in den Papieren auf seinem Schreibtisch. »Sie tun es immer wieder. Das ist erwiesen. So wie Sie nicht aufhören können, die autistische Person zu sein, die Sie sind, kann er nicht aufhören, eifersüchtig und gewalttätig zu sein. Wenn man das festgestellt hätte, als er ein Säugling war, na ja, dann ... ah, da ist es ja.« Er zieht ein Blatt heraus. »Das ist das Formular. Lesen Sie es sorgfältig durch, unterschrieben Sie unten, wo das X ist, und setzen Sie das Datum ein.«

Ich lese das Formular, auf dem oben das Stadtsiegel aufgedruckt ist. Darin steht, dass ich, Lou Arrendale, Dinge zur Anzeige bringe, an die ich niemals gedacht habe. Ich hatte es für ganz einfach gehalten: Don wollte mir Angst machen und versuchte dann, mich zu verletzen. Aber auf dem Formular steht, dass ich die bösartige Zerstörung von Eigentum anzeige, Diebstahl von Eigentum im Wert von mehr als $ 250, das Herstellen einer explosiven Vorrichtung, das Anbringen einer explosiven Vorrichtung mit der Absicht, einen Mord mit der explosiven Vorrichtung zu begehen – »Ich hätte getötet werden können?«, frage ich. »Hier steht *Angriff mit einer tödlichen Waffe*.«

»Sprengstoffladungen sind tödliche Waffen. Es stimmt zwar, dass er sie falsch angeschlossen hat und sie deshalb nicht losgegangen ist, aber Sie hätten Teile Ihrer Hände und Ihres Gesichts verlieren können. Vor dem Gesetz zählt bereits der Versuch.«

»Ich wusste nicht, dass eine Tat, wie das Ausbauen einer Batterie und das Einsetzen eines Schachtelteufels mehr als ein Gesetz brechen kann«, sage ich.

»Kriminelle wissen das häufig auch nicht«, sagt Mr. Stacy. »Aber das ist nichts Ungewöhnliches. Sagen wir, jemand bricht in ein Haus ein, während die Eigentümer verreist sind, und stielt Sachen. Es gibt ein Gesetz gegen unrechtmäßiges Eindringen und ein anderes Gesetz gegen Diebstahl.«

Eigentlich kann ich Don nicht anzeigen, weil er eine explosive Vorrichtung gebaut hat, weil ich nicht wusste, dass er es tut. Ich blicke Mr. Stacy an; er weiß auf alles eine Antwort, und es nützt nichts, ihm zu widersprechen. Es kommt mir nicht fair vor, dass aus einer einzigen Tat so viele Straftaten werden können, aber ich habe natürlich auch schon davon gehört.

Am Ende des Formblattes ist in weniger formeller Sprache aufgelistet, was Don getan hat: die Reifen, die Windschutzscheibe, der Diebstahl einer Autobatterie im Wert von $ 263,37, das Einsetzen einer explosiven Vorrichtung unter der Motorhaube und der Angriff auf dem Parkplatz. In dieser Reihenfolge ist es offensichtlich, dass Don ernsthaft beabsichtigt hat, mich zu verletzen, und dass der erste Vorfall ein deutliches Warnsignal war.

Es ist immer noch schwer zu begreifen. Ich weiß, was er gesagt hat, die Worte, die er verwendet hat, aber ich verstehe es nicht. Er ist ein normaler Mann. Er könnte ganz leicht mit Marjory reden, und das hat er ja auch getan. Nichts hat ihn daran gehindert, sich mit ihr anzufreunden, nichts als er selber. Es ist nicht meine Schuld, dass sie mich mochte. Es ist nicht meine Schuld, dass sie mich in der Fechtgruppe kennen gelernt hat; ich war zuerst da und kannte sie nicht, bis sie zum Fechten kam.

»Ich weiß nicht, warum«, sage ich.

»Was?«, fragt Mr. Stacy.

»Ich weiß nicht, warum er so wütend auf mich wurde.«

Mr. Stacy legt den Kopf schräg. »Er hat es Ihnen gesagt«, erwidert er. »Und Sie haben mir gesagt, was er gesagt hat.«

»Ja, aber es ergibt keinen Sinn«, sage ich. »Ich mag Marjory sehr, aber sie ist nicht meine Freundin. Ich bin noch nie mit ihr ausgegangen. Ich habe nie etwas getan, um Don zu verletzen.« Ich sage Mr. Stacy nicht, dass ich gern mit Marjory ausgehen würde, weil er dann fragen könnte, warum ich es nicht schon längst getan habe, und darauf will ich nicht antworten.

»Vielleicht ergibt es für Sie keinen Sinn«, erwidert er, »aber für mich schon. Wir erleben es häufig, dass Eifersucht sich in Wut verwandelt. Sie brauchten gar nichts zu tun; es war alles schon in ihm.«

»Aber er ist normal im Inneren«, sage ich.

»Er ist nicht direkt behindert, Lou, aber er ist nicht normal. Normale Menschen legen keine explosiven Vorrichtungen in die Autos anderer Leute.«

»Meinen Sie, er ist geisteskrank?«

»Das muss das Gericht entscheiden«, erwidert Mr. Stacy. Er schüttelt den Kopf. »Lou, warum versuchen Sie ständig, ihn zu entschuldigen?«

»Das tue ich gar nicht ... Das, was er getan hat, war falsch, aber ihm einen Chip einzusetzen, damit er jemand anderer wird ...«

Mr. Stacy verdreht die Augen. »Lou, ich wünschte, ihr – und damit meine ich die Nicht-Kriminellen – würdet den PPD richtig verstehen. Er wird dadurch nicht jemand anderer. Der Chip nimmt ihm nur den Zwang, Menschen, die ihn auf irgendeine Weise ärgern, verletzen zu wollen. Auf diese Weise brauchen wir ihn nicht jahrelang einzusperren, um ihn daran zu hindern, es wieder zu tun. Und das ist viel humaner, als Menschen mit anderen bösartigen Menschen in einer Umgebung einzusperren, die sie nur noch schlimmer macht. Der

Chip tut nicht weh; er macht ihn nicht zu einem Roboter; er kann ein ganz normales Leben führen ... Er kann nur keine gewalttätigen Verbrechen mehr begehen. Das ist das Einzige, was wirklich funktioniert, abgesehen von der Todesstrafe, die allerdings für das, was er Ihnen angetan hat, ein bisschen extrem wäre.«

»Es gefällt mir trotzdem nicht«, sage ich. »Ich würde nicht wollen, dass mir jemand einen Chip ins Gehirn setzt.«

»Sie werden in der Medizin häufig verwendet«, erwidert Mr. Stacy. Das weiß ich natürlich. Ich weiß von Leuten mit Parkinson oder Wirbelsäulenverletzungen; spezielle Chips und Bypässe sind für sie entwickelt worden, und das ist eine gute Sache. Aber bei dieser Art von Chip bin ich mir nicht sicher.

Trotzdem ist es Gesetz. Auf dem Formblatt steht nichts Unwahres. Don hat diese Dinge getan, und ich habe die Polizei geholt, bis auf das letzte Mal, bei dem sie aber Zeugen waren. Unten auf dem Formblatt steht eine Textzeile, zwischen dem Haupttext und der Linie für meine Unterschrift, und dort steht, dass ich schwöre, dass alles in dieser Aussage wahr ist. Soweit ich weiß, ist es wahr, und das muss ausreichen. Ich unterschreibe auf der Linie, datiere es und reiche es dem Polizeibeamten.

»Danke, Lou«, sagt er. »Jetzt möchte die Staatsanwältin noch mit Ihnen sprechen. Sie wird Ihnen erklären, was als nächstes passiert.«

Die Staatsanwältin ist eine Frau mittleren Alters mit krausen schwarzen Haaren, die mit Grau durchsetzt sind. Auf dem Namensschild auf ihrem Schreibtisch steht Ass. D. A. Beatrice Hunston. Ihre Haut hat die Farbe von Pfefferkuchen. Ihr Büro ist größer als meins, und an den Wänden stehen Regale voller Bücher. Sie sind alt und vergilbt mit schwarzen und roten Vierecken auf den Rücken. Sie sehen nicht so aus, als ob sie jemals jemand gelesen hätte, und ich frage mich, ob sie wohl echt sind. Auf ihrem Bildschirm ist ein Logo, und sein Licht taucht die Unterseite ihres Kinns in eine komische Farbe, obwohl der Desktop von meiner Seite aus völlig schwarz aussieht.

»Ich bin froh, dass Sie noch leben, Mr. Arrendale«, sagt sie. »Sie haben Glück gehabt. Man hat mir gesagt, dass Sie die Anzeige gegen Mr. Poiteau unterschrieben haben, ist das korrekt?«

»Ja«, erwidere ich.

»Nun, dann lassen Sie mich erklären, was als nächstes passiert. Das Gesetz schreibt vor, dass Mr. Poiteau das Recht auf einen Gerichtsprozess hat, wenn er es möchte. Wir haben zahlreiche Beweise, dass er die Person ist, die hinter all diesen Vorfällen steckt, und wir sind sicher, dass das Gericht unserer Beweisführung folgt. Aber höchstwahrscheinlich wird ihm sein Rechtsbeistand raten, eine Einlassung zu akzeptieren. Wissen Sie, was das bedeutet?«

»Nein«, erwidere ich. Ich weiß, dass sie es mir sagen möchte.

»Wenn er keine Staatsmittel in Anspruch nimmt, indem er einen Gerichtsprozess verlangt, wird der Zeitraum verkürzt, für den er hinter Gitter muss, und möglicherweise muss er sich dann lediglich dem Einsetzen und Anpassen des PPD unterziehen. Wenn er verurteilt würde, müsste er mit mindestens fünf Jahren Haft rechnen. Da er in der Zwischenzeit sicher schon herausgefunden hat, wie es im Gefängnis ist, wird er der Einlassung vermutlich zustimmen.«

»Aber vielleicht würde er ja gar nicht verurteilt«, erwidere ich.

Die Staatsanwältin lächelt mich an. »Damit ist nicht zu rechnen«, sagt sie. »Nicht bei den Beweisen, über die wir verfügen. Sie brauchen sich keine Sorgen zu machen; er wird niemandem mehr ein Leid zufügen können.«

Ich mache mir keine Sorgen. Oder zumindest habe ich mir

keine Sorgen gemacht, bis sie es gesagt hat. Nachdem Don verhaftet worden war, habe ich mir keine Sorgen mehr wegen ihm gemacht. Wenn er entkommt, werde ich mir wieder Sorgen machen. Jetzt jedoch mache ich mir keine Sorgen.

»Wenn es nicht zu einem Prozess kommt, müssen wir Sie nicht noch einmal hierher bemühen«, sagt sie. »Das wissen wir in ein paar Tagen. Aber wenn er einen Prozess verlangt, müssen Sie als Zeuge der Anklage erscheinen. Das bedeutet, Sie müssen sich mit mir oder jemandem aus meinem Büro zusammensetzen, um Ihre Aussage vorzubereiten, und dann werden Sie noch Zeit bei Gericht verbringen. Verstehen Sie das?«

Ich verstehe, was sie sagt. Was sie nicht sagt und vielleicht auch nicht weiß, ist, dass Mr. Crenshaw sehr wütend sein wird, wenn ich auf der Arbeit fehle. Ich hoffe, dass Don und sein Anwalt nicht auf einem Prozess bestehen. »Ja«, sage ich.

»Gut. In den letzten zehn Jahren hat sich das gesamte Verfahren durch die Einführung des PPD-Chips verändert: Es ist viel unkomplizierter geworden. Immer weniger Fälle kommen vor Gericht, und die Opfer und Zeugen verlieren nicht so viel Zeit. Wir halten Sie auf dem Laufenden, Mr. Arrendale.«

Der Vormittag ist fast vorbei, als ich das Gerichtsgebäude endlich verlasse. Mr. Aldrin hat gesagt, ich bräuchte heute gar nicht mehr zur Arbeit zu kommen, aber ich möchte Mr. Crenshaw keinen Grund geben, wütend auf mich zu sein, deshalb gehe ich für den Nachmittag zurück ins Büro. Wir haben einen weiteren Test, bei dem wir Muster auf einem Computerbildschirm zusammenstellen sollen. Das können wir alle sehr gut, und wir sind schnell fertig. Auch die anderen Tests sind leicht, aber langweilig. Ich arbeite die Zeit, die ich heute morgen versäumt habe, nicht nach, weil es nicht meine Schuld war.

Bevor ich zum Fechten fahre, sehe ich mir die Wissenschaftsnachrichten im Fernsehen an, weil es einen Beitrag über den Weltraum gibt. Ein großes Konsortium baut eine weitere Raumstation. Ich sehe ein Logo, das ich wiedererkenne; ich wusste nicht, dass das Unternehmen, für das ich arbeite, sich an Weltraumprojekten beteiligt. Der Sprecher sagt, es wird Milliarden kosten.

Vielleicht ist das ja einer der Gründe, warum Mr. Crenshaw unbedingt Kosten sparen will. Ich finde es gut, dass das Unternehmen im Weltraum investieren möchte, und ich wünschte, ich hätte die Chance, dort zu arbeiten. Wenn ich nicht autistisch wäre, hätte ich vielleicht Astronaut oder Raumforscher werden können. Aber selbst wenn die Behandlung jetzt etwas ändert, wäre es viel zu spät für diese Laufbahn.

Vielleicht wollen deshalb so viele Menschen die LifeTime-Behandlung. Sie wollen ihr Leben verlängern, damit sie eine berufliche Laufbahn einschlagen können, die ihnen vorher verwehrt war. Aber die Behandlung ist teuer, und es gibt kaum Leute, die sie sich leisten können.

Vor Toms und Lucias Haus stehen schon drei andere Autos, als ich ankomme. Marjorys Auto gehört dazu. Mein Herz schlägt schneller. Ich bin außer Atem, obwohl ich nicht gelaufen bin.

Ein kühler Wind bläst über die Straße. Wenn es kühler ist, kann man besser fechten, aber draußen sitzen und reden ist weniger angenehm.

Lucia, Susan und Marjory reden im Haus miteinander. Sie hören auf, als ich hereinkomme.

»Wie geht es dir, Lou?«, fragt Lucia.

»Mir geht es gut«, antworte ich. Meine Zunge fühlt sich zu groß an.

»Es tut mir leid, was Don gemacht hat«, sagt Marjory.

»Du hast ihm ja nicht gesagt, er solle es tun«, antworte ich.
»Es ist nicht deine Schuld.« Das müsste sie eigentlich wissen.

»So habe ich es nicht gemeint«, sagt sie. »Es ist nur – es ist so schlimm für dich.«

»Mir geht es gut«, sage ich noch einmal. »Ich bin hier und nicht...« Es ist schwer zu sagen, *nicht tot*, deshalb sage ich: »nicht in Haft. Sie wollen einen Chip in sein Gehirn einpflanzen.«

»Das will ich hoffen«, erwidert Lucia. Ihr Gesicht ist grimmig verzogen. Susan nickt und murmelt etwas, was ich nicht ganz hören kann.

»Lou, du siehst so aus, als wolltest du das nicht für ihn«, sagt Marjory.

»Ich finde es sehr beängstigend«, erwidere ich. »Er hat etwas falsch gemacht, aber es ist beängstigend, dass sie ihn in jemand anderen verwandeln wollen.«

»So ist es doch gar nicht«, sagt Lucia. Sie blickt mich eindringlich an. Wenn überhaupt jemand, dann sollte sie es doch verstehen. Sie weiß von der Behandlung, der sie uns unterziehen wollen; sie weiß, warum es mich stört, dass sie Don zwingen wollen, jemand anderer zu werden. »Er hat etwas sehr Schlimmes gemacht, Lou. Er hätte dich töten können und hätte es auch getan, wenn er nicht gestoppt worden wäre. Es wäre sogar fair, wenn sie ihn in eine Schüssel voll Pudding verwandeln würden, aber der Chip bewirkt nur, dass er niemandem mehr etwas antut.«

So einfach ist es nicht. So wie ein Wort in einem Satz eine Sache und in einem anderen etwas anderes bedeuten kann, so kann auch eine solche Maßnahme je nach den Umständen schädlich oder nützlich sein. Der PPD-Chip verhilft niemandem dazu, dass er besser beurteilen kann, was gut und böse ist; er nimmt der behandelten Person lediglich das Verlangen oder die Initiative. Das bedeutet, dass Don dadurch vielleicht auch daran gehindert werden kann, gelegentlich etwas Gutes zu tun. Ich bin sicher, auch Lucia weiß das, aber aus irgendeinem Grund will sie es ignorieren.

»Wenn ich mir vorstelle, wie lange ich ihm vertraut habe«, sagt sie. »Ich hätte nie gedacht, dass er so etwas tun würde. Dieser hinterhältige Mistkerl; ich könnte mich in Stücke reißen!«

Schlagartig wird mir klar, dass es Lucia im Moment mehr um ihre eigenen Gefühle als um meine geht. Sie ist verletzt, weil Don sie getäuscht hat; sie hat das Gefühl, er hat sie für dumm verkauft, und sie möchte nicht dumm sein. Sie ist stolz darauf, intelligent zu sein. Er soll bestraft werden, weil er sie beschädigt hat – zumindest ihre Gefühle über sich.

Ich finde das nicht sehr nett, und ich wusste gar nicht, dass Lucia so sein kann. Hätte ich es wissen müssen? Wenn normale Leute erwarten, alles übereinander zu wissen, alle verborgenen Dinge, wie können sie das aushalten? Macht es sie nicht ganz verrückt?

»Du kannst doch keine Gedanken lesen, Lucia«, sagt Marjory.

»Das weiß ich!« Lucia macht kleine, abgehackte Bewegungen, wirft ihre Haare zurück und schnipst mit den Fingern. »Es ist nur – verdammt, ich hasse es, wenn man mich zum Narren hält, und das hat er getan.« Sie blickt mich an. »Entschuldigung, Lou, ich bin egoistisch. Jetzt geht es eigentlich nur darum, wie es dir geht.«

Es ist, als sähe man der Bildung eines Kristalls in einer übersättigten Lösung zu: Von einem Moment zum anderen verwandelt sie sich von der ärgerlichen Person in ihre normale Persönlichkeit – ihre übliche Persönlichkeit – wieder zurück. Es geht mir besser, weil sie verstanden hat, was sie getan hat, und es nicht wieder tun wird. Aber es geht langsamer, als wenn sie andere Leute analysiert. Ob normale Menschen wohl länger dazu brauchen, in sich selbst hineinzuschauen und zu sehen, was passiert, als Autisten? Oder arbeiten unsere Gehirne im gleichen Tempo? Vielleicht brauchte sie auch Marjorys Einwand, um zur Selbstanalyse fähig zu sein.

Ich frage mich, was Marjory wirklich von mir denkt. Sie schaut Lucia an und wirft mir ab und zu einen raschen Blick zu. Ihre Haare sind so schön ... ich ertappe mich dabei, wie ich die Farbe analysiere, das Verhältnis der verschiedenen Haarfarben zueinander, und dann die Art, wie das Licht darübergleitet, wenn sie sich bewegt.

Ich setze mich auf den Fußboden und beginne mit meinen Dehnübungen. Kurz darauf fangen auch die Frauen mit dem Stretchen an. Ich bin ein bisschen steif und brauche mehrere Versuche, bevor ich mit der Stirn die Knie berühren kann. Marjory kann es immer noch nicht; ihre Haare fallen nach vorne über ihre Knie, aber ihre Stirn ist noch ein Stück davon entfernt.

Nachdem ich meine Übungen gemacht habe, stehe ich auf und gehe in den Ausrüstungsraum, um meine Sachen zu holen. Tom ist draußen mit Max und Simon, dem Kampfrichter vom Turnier. Der beleuchtete Fechtboden schafft einen hellen Bereich im dunklen Garten, in dem sonst überall lange Schatten liegen.

»He, Kumpel«, sagt Max. Er nennt alle Männer Kumpel, wenn sie zum Unterricht kommen. Es ist zwar albern, aber es ist eben so. »Wie geht es dir?«

»Mir geht es gut«, sage ich.

»Ich habe gehört, du hast eine neue Fechtbewegung bei ihm angewendet«, sagt Max. »Das hätte ich gern gesehen.«

Ich glaube nicht, dass Max tatsächlich gern dabei gewesen wäre, ganz gleich, was er jetzt denkt.

»Lou, Simon möchte gern mit dir fechten«, sagt Tom. Ich bin froh, dass er nicht fragt, wie es mir geht.

»Ja«, erwidere ich. »Ich setze meine Maske auf.«

Simon ist nicht ganz so groß wie Tom und dünner. Er trägt eine alte, gesteppte Fechtjacke, so wie die weißen Jacken, die bei offiziellen Fechtwettbewerben verwendet werden, aber sie ist streifig grün. »Danke«, sagt er. Und dann, als ob er wüsste, dass ich die Farbe seiner Jacke betrachte, fügt er hinzu: »Meine Schwester wollte für ein Kostüm einmal eine grüne machen – aber sie kann besser fechten als färben. Früher sah die Jacke noch schlimmer aus.«

»Ich habe noch nie eine grüne Jacke gesehen«, sage ich.

»Das geht allen so«, sagt er. Seine Maske ist gelblich angelaufen. Seine Handschuhe sind braun. Ich setze meine Maske auf.

»Was für Waffen?«, frage ich.

»Was ist deine Lieblingswaffe?«, fragt er.

Ich habe keine Lieblingswaffe; jede Waffe erfordert besondere Fähigkeiten.

»Versucht es mit Degen und Dolch«, sagt Tom. »Das ist für die Zuschauer spannend.«

Ich nehme Degen und Dolch und wechsle mehrfach den Griff. Wenn ich sie kaum noch spüre, habe ich sie richtig gefasst. Simons Degen hat eine große Glocke, aber sein Dolch hat nur einen einfachen Ring. Wenn er nicht gut parieren kann, kann ich ihn vielleicht an der Hand treffen. Ich überlege, ob er Treffer wohl angibt oder nicht. Aber er ist Kampfrichter; er wird bestimmt ehrlich sein.

Er steht entspannt da, mit gebeugten Knien, jemand, der in seinem Leben schon häufig gefochten hat und sich wohl dabei fühlt. Wir grüßen; seine Klinge zieht einen Bogen nach unten durch die Luft. Ich spüre, wie sich mir der Magen zusammenzieht. Ich weiß nicht, was er als nächstes tun wird. Bevor ich mir irgendetwas vorstellen kann, springt er mit ausgestrecktem Arm und durchgedrücktem Standbein auf mich zu, etwas, was wir hier im Garten eigentlich nie machen. Ich weiche aus, pariere mit dem Dolch und ziele auf seine Hand mit dem Dolch, aber er ist schnell, so schnell wie Tom, und er hält den Arm hoch, bereit zu parieren. Er erholt sich von seinem ersten Schritt so rasch, dass ich nicht von seiner momentanen Unbeweglichkeit profitieren kann, und nickt mir zu, als er wieder die neutrale Position einnimmt. »Gute Parade«, sagt er.

Mein Magen zieht sich noch mehr zusammen, und ich stelle fest, dass es nicht Angst, sondern Erregung ist. Er ist vielleicht sogar besser als Tom. Er will siegen, aber ich will lernen. Er bewegt sich seitwärts, und ich folge. Seine Attacken sind alle sehr schnell. Es gelingt mir zwar, sie zu parieren, aber ich kann selber nicht angreifen. Ich möchte sein Muster sehen, aber es ändert sich immer wieder. Tief hoch hoch tief tief hoch tief tief tief hoch hoch: Ich antizipiere den nächsten Stoß und greife selber an, als seiner wieder tief kommt, und dieses Mal kann er meinen Stoß nicht ganz abwehren. Ich streife ihn leicht an der Schulter.

»Gut«, sagt er und tritt einen Schritt zurück. »Exzellent.« Ich blicke zu Tom, der grinsend nickt. Max ballt seine Hände über dem Kopf; auch er grinst. Mir ist ein bisschen übel. Bei der kurzen Berührung habe ich Dons Gesicht vor mir gesehen, den Stoß gespürt, den ich ihm versetzt habe, und ich habe ihn zusammenklappen sehen, als ich ihn in den Solarplexus geschlagen habe. Ich schüttele den Kopf.

»Alles in Ordnung?«, fragt Tom. Ich möchte nichts sagen. Ich weiß nicht, ob ich weitermachen möchte.

»Ich könnte eine Pause gebrauchen«, sagt Simon, obwohl wir erst ein paar Minuten lang gefochten haben. Ich komme mir dumm vor; ich weiß, er macht es wegen mir, und ich sollte mich nicht darüber ärgern. Ich ärgere mich aber. Jetzt kommt das Gefühl in meiner Hand wieder, ich rieche Dons Atem, sehe, fühle und höre alles noch einmal. Ein Teil meines Verstands erinnert sich an das Buch, an das Kapitel über Erinnerung, Stress und Trauma, aber das meiste ist einfach nur ekelhaft, eine enge Spirale aus Wut, Angst und Trauer.

Blinzelnd kämpfe ich dagegen an, und Musik plätschert

durch meinen Kopf; die Spirale lockert sich und verschwindet. »Ich... bin... in... Ordnung...«, sage ich. Es fällt mir immer noch schwer zu sprechen, aber es geht mir schon besser. Ich hebe meine Klinge; Simon tritt zurück und hebt seine ebenfalls.

Wieder grüßen wir. Dieses Mal ist sein Angriff genauso schnell, aber anders; ich kann sein Muster überhaupt nicht lesen und beschließe, trotzdem anzugreifen. Sein Degen geht an meiner Parade vorbei und trifft mich unten links am Unterleib. »Gut«, sage ich.

»Du forderst mich ganz schön«, sagt Simon. Ich höre, dass er schwer atmet, und auch ich atme keuchend. »Du hast mich fast vier Mal getroffen.«

»Diese Parade eben ist mir misslungen«, sage ich. »Sie war nicht stark genug...«

»Dann wollen wir doch mal sehen, ob du den Fehler noch einmal machst«, sagt er. Er grüßt, und dieses Mal greife ich als erster an. Aber ich kann ihn nicht berühren, und seine Angriffe scheinen schneller zu sein als meine; ich muss zwei, drei Mal parieren, bevor ich eine Blöße sehe. Bevor ich einen Treffer landen kann, hat er mich schon an der rechten Schulter getroffen.

»Definitiv zu anstrengend«, sagt er. »Lou, du bist ein toller Fechter. Das habe ich schon auf dem Turnier gedacht; Erstteilnehmer gewinnen nie, und du hattest ein paar typische Erstteilnehmerprobleme, aber man konnte deutlich sehen, dass du wusstest, was du tatest. Hast du jemals daran gedacht, klassisches Fechten zu lernen?«

»Nein«, erwidere ich. »Ich kenne nur Tom und Lucia...«

»Du solltest einmal darüber nachdenken. Tom und Lucia sind zwar bessere Trainer als die meisten anderen Hinterhoffechter...« Simon grinst Tom an, der das Gesicht verzieht. »Aber ein bisschen klassische Technik würde deine Fußarbeit verbessern. Jetzt beim letzten Mal hat es nicht an der Schnelligkeit gelegen, sondern daran, dass ich genau wusste, wie ich meinen Fuß am besten stellen muss, um die größte Reichweite zu haben, ohne meine Deckung aufgeben zu müssen.« Simon nimmt seine Maske ab, hängt seinen Degen an das Gestell und streckt mir die Hand entgegen. »Danke, Lou, für eine gute Runde. Wenn ich wieder zu Atem gekommen bin, können wir vielleicht noch einmal fechten.«

»Danke«, sage ich und schüttele ihm die Hand. Simons Griff ist fester als Toms. Ich bin außer Atem; ich hänge meine Klinge auf, lege meine Maske unter einen leeren Stuhl und setze mich. Ich frage mich, ob Simon mich wirklich mag oder ob er wie Don ist und mich später hasst. Ich frage mich, ob Tom ihm gesagt hat, dass ich Autist bin.

[16]

»Es tut mir leid«, sagt Lucia. Sie ist mit ihrer Ausrüstung nach draußen gekommen und setzt sich rechts neben mich. »Ich hätte mich nicht so aufblasen dürfen.«

»Ich bin nicht böse«, erwidere ich. Das bin ich auch nicht, seit ich weiß, dass sie weiß, was falsch war, und es nicht wieder tun wird.

»Gut. Sieh mal ... ich weiß, dass du Marjory magst, und sie mag dich. Lass dir das nicht von diesem Chaos mit Don ruinieren, in Ordnung?«

»Ich weiß nicht, ob Marjory mich auf eine besondere Art mag«, sage ich. »Don hat gesagt, dass sie das täte, aber sie selbst hat es nicht gesagt.«

»Ich weiß. Es ist schwierig. Erwachsene sind nicht so direkt wie Kleinkinder und machen sich damit das Leben schwer.«

Marjory kommt aus dem Haus und zieht den Reißverschluss an ihrer Fechtjacke zu. Sie grinst mich an oder Lucia – ich bin mir über die Richtung ihres Grinsens nicht ganz im Klaren –, als der Reißverschluss klemmt. »Ich habe in letzter Zeit zu viele Krapfen gegessen«, sagt sie. »Oder ich bin nicht genug zu Fuß gegangen oder so.«

»Komm her...« Lucia streckt die Hand aus, und Marjory kommt zu ihr, damit Lucia den Reißverschluss aufmachen und ihr helfen kann. Ich wusste nicht, dass man Hilfe anbietet, wenn man die Hand ausstreckt. Ich dachte, wenn man die Hand ausstreckt, braucht man selber Hilfe. Vielleicht klappt es nur im Zusammenhang mit »komm her«.

»Möchtest du fechten, Lou?«, fragt Marjory mich.

»Ja«, sage ich. Ich spüre, wie mein Gesicht heiß wird. Ich setze die Maske auf und ergreife meinen Degen. »Möchtest du mit Degen und Dolch kämpfen?«

»Klar«, erwidert Marjory. Sie setzt ihre Maske auf, und ich kann ihr Gesicht nicht mehr sehen, nur das Leuchten ihrer Augen und ihrer Zähne, wenn sie spricht. Ich kann aber ihre Figur unter der Fechtjacke erkennen. Ich würde sie gern berühren. Aber das ist nicht angemessen. Das machen nur Freunde bei ihren Freundinnen.

Marjory grüßt. Sie hat ein einfacheres Muster als Tom, und ich könnte einen Treffer landen, aber dann wäre es vorbei. Ich mache eine Parade, einen kurzen Stoß, noch eine Parade. Als unsere Klingen sich berühren, kann ich ihre Hand durch die Verbindung spüren; wir berühren uns, ohne uns zu berühren. Sie umkreist mich, weicht zurück, und ich bewege mich mit ihr. Es ist eine Art Tanz, ein Bewegungsmuster, nur ohne Musik. Ich überlege, welche Musik die richtige wäre. Es ist ein seltsames Gefühl, mein Muster ihrem anzupassen, sie nicht zu besiegen, sondern einfach nur diese Verbindung zu spüren, dieses Berühren der Hände durch die Klingen.

Paganini. *Das erste Violinkonzert* in D-Dur, Opus 6, dritter Satz. Es passt nicht genau, aber es ist näher daran als alles andere. Imposant, aber schnell, mit den kleinen Pausen, in denen Marjory keinen genauen Rhythmus einhält und die Richtung wechselt. Im Kopf beschleunige oder verlangsame ich die Musik, um sie unseren Bewegungen anzupassen.

Was wohl Marjory hören mag? Ob sie die Musik hören kann, die ich höre? Wenn wir beide an dieselbe Musik denken würden, würden wir sie dann genauso hören? Würden wir im Einklang sein oder nicht? Ich höre die Töne als Farben in der Dunkelheit; sie hört sie vielleicht als dunkle Linien im Licht, so wie Noten gedruckt werden.

Wenn wir die beiden Wahrnehmungen miteinander verbinden würden, würden sie einander dann aufheben? Dunkel im Licht und Licht im Dunkel? Oder ...

Marjorys Treffer durchbricht die Gedankenkette. »Gut«, sage ich und trete zurück. Sie nickt, und wir grüßen erneut.

Ich habe einmal etwas gelesen, wo Denken als hell und Nichtdenken als dunkel beschrieben wurde. Ich habe beim Fechten über andere Dinge nachgedacht, und Marjory konnte einen Treffer landen. Wenn sie also nicht über andere Dinge nachdenkt, macht sie das Nichtdenken dann schneller? Ist dieses Dunkel schneller als das Denken?

Ich weiß nicht, welche Geschwindigkeit Gedanken haben. Ich weiß auch nicht, ob sie bei jedem gleich schnell sind. Was macht unterschiedliches Denken unterschiedlich?

Die Violine schraubt sich in einem Spiralmuster empor, und Marjorys Muster zerfällt, und ich schwinge vor in einem Tanz, der jetzt zum Solo geworden ist, und mache meinen Treffer.

»Gut«, sagt sie und tritt einen Schritt zurück. Ihr ganzer Körper bewegt sich mit ihren tiefen Atemzügen. »Du hast mich geschafft, Lou; das war ein langer Kampf.«

»Wie ist es mit mir?«, fragt Simon. Ich würde gern noch länger mit Marjory zusammen sein, aber es hat mir eben gut gefallen, mit Simon zu fechten, und ich würde es gern noch einmal tun.

Als wir anfangen, setzt eine andere Musik ein. Sarasates *Carmen*-Fantasie ... perfekt für die katzenhafte Geschmeidigkeit, mit der Simon mich umkreist und nach einer Blöße sucht, und für meine intensive Konzentration. Ich habe nie geglaubt, dass ich tanzen könnte – es spielt sich in Gesellschaft ab, und ich war dann immer steif und unbeholfen. Jetzt – mit einer Klinge in der Hand – fühlt es sich fast richtig an, sich zu der inneren Musik zu bewegen.

Simon ist besser als ich, aber es stört mich nicht. Ich bin gespannt darauf zu sehen, was er kann. Er hat einen Treffer, dann noch einen, aber dann gelingt mir auch einer. »Drei von fünf?«, fragt er. Ich nicke, außer Atem. Dieses Mal landet keiner von uns sofort einen Treffer; wir kämpfen weiter, bis mir schließlich ein zweiter Treffer gelingt, mehr aus Glück als aus Können. Jetzt stehen wir gleich. Die anderen sehen still zu. Ich spüre ihr Interesse wie einen warmen Fleck auf meinem Rücken, während ich zirkle. Vorwärts, seitwärts, herum, zurück. Simon ahnt und kontert jede Bewegung, die ich mache; seine kann ich nur kontern. Schließlich macht er etwas, was ich noch nicht einmal sehe – seine Klinge taucht auf, gerade als ich glaubte, sie weggeschlagen zu haben, und er bekommt den letzten Treffer des Kampfes.

Ich bin schweißnass, obwohl es ein kühler Abend ist. Sicher rieche ich schlecht, und es überrascht mich, als Marjory zu mir kommt und mich am Arm berührt.

»Das war großartig, Lou«, sagt sie. Ich nehme meine Maske ab. Ihre Augen leuchten; das Lächeln auf ihrem Gesicht reicht bis an die Haare.

»Ich bin verschwitzt«, sage ich.

»Das solltest du nach so einem Kampf wohl sein«, sagt sie. »Noch mal *wow*! Ich wusste gar nicht, dass du so fechten kannst.«

»Ich auch nicht«, antworte ich.

»Jetzt, wo wir es wissen«, sagt Tom, »müssen wir dich unbedingt bei weiteren Turnieren anmelden. Was meinst du, Simon?«

»Er ist mehr als bereit. Die Top-Fechter auf Landesebene können ihn besiegen, aber wenn er erst einmal seine Turnier-Nervosität abgelegt hat, werden sie sich sehr anstrengen müssen.«

»Möchtest du gern mit uns zu einem weiteren Turnier kommen, Lou?«, fragt Tom.

Mir ist jetzt überall kalt. Sie glauben, sie tun mir einen Gefallen, aber wegen des Turniers wurde Don böse auf mich.

Wenn nun bei jedem Turnier jemand böse auf mich wird und einer nach dem anderen wegen mir einen PPD-Chip haben muss?

»Es ist immer am Samstag, und den ganzen Tag«, sage ich.

»Ja, und manchmal auch noch den ganzen Sonntag«, sagt Lucia. »Ist das ein Problem?«

»Ich ... ich gehe sonntags in die Kirche«, sage ich.

Marjory blickt mich an. »Ich wusste gar nicht, dass du zur Kirche gehst, Lou. Nun, du könntest ja vielleicht nur an Samstagen hingehen. Was ist an Samstagen das Problem, Lou?«

Darauf habe ich keine Antwort parat. Ich glaube nicht, dass sie es verstehen, wenn ich ihnen das mit Don sage. Sie blicken mich alle an, und ich spüre, wie ich mich im Inneren zusammenfalte. Sie sollen nicht wütend auf mich sein.

»Das nächste Turnier ist erst kurz nach Thanksgiving«, sagt Simon. »Wir brauchen es heute Abend noch nicht zu entscheiden.« Er wirft mir einen neugierigen Blick zu. »Machst du dir Sorgen, dass wieder jemand deine Treffer nicht zählen könnte, Lou?«

»Nein...« Ich spüre, wie sich mir der Hals zuschnürt. Ich schließe die Augen, um mich zu beruhigen. »Es ist wegen Don«, sage ich. »Er war wütend auf dem Turnier. Ich glaube, deshalb hat er... das alles gemacht. Ich möchte nicht, dass so etwas noch jemand anderem passiert.«

»Es war doch nicht deine Schuld«, sagt Lucia. Aber sie klingt ärgerlich. Genau das geschieht, denke ich. Die Leute werden ärgerlich auf mich, auch wenn sie nicht böse mit mir sind. Es muss nicht meine Schuld sein, um diese Situation hervorzurufen.

»Ich verstehe dich«, sagt Marjory. »Du willst keinen Ärger machen, nicht wahr?«

»Ja.«

»Und du kannst nicht sicher sein, dass nicht doch jemand wütend auf dich wird.«

»Ja.«

»Aber, Lou, manchmal werden Leute auch ohne jeden Grund wütend auf andere. Don war wütend auf Tom. Andere Leute sind vielleicht wütend auf Simon; ich kenne Leute, die auf mich wütend waren. Das passiert eben einfach. Solange man nichts Falsches tut, kann man doch nicht ständig denken: Was wäre, wenn ich jemand wütend mache?«

»Vielleicht macht es dir nicht so viel aus«, erwidere ich.

Sie wirft mir einen Blick zu, dem ich ansehe, dass er etwas bedeuten soll, aber ich weiß nicht, was. Würde ich es wissen, wenn ich normal wäre? Wie lernen normale Leute eigentlich, was diese Blicke bedeuten?

»Vielleicht«, sagt sie. »Früher habe ich immer gedacht, alles sei meine Schuld. Da habe ich mir noch mehr Sorgen gemacht. Aber das ist ...« Sie schweigt, und ich merke, dass sie nach einem höflichen Wort sucht. »Es ist schwer zu wissen, wie viel Sorgen man sich machen sollte«, sagt sie schließlich.

»Ja«, erwidere ich.

»Das eigentliche Problem sind Leute, die denken, alles sei die Schuld der anderen«, sagt Lucia. »Sie machen andere für ihre Gefühle verantwortlich, vor allem für ihre Wut.«

»Aber manchmal ist Wut auch gerechtfertigt«, wendet Marjory ein. »Ich meine jetzt nicht bei Don und Lou; Lou hat ja nichts falsch gemacht. Das lag alles nur an Dons Eifersucht. Aber ich verstehe, was Lou meint, dass er nicht der Grund dafür sein will, dass jemand anderer in Schwierigkeiten gerät.«

»Das wird nicht der Fall sein«, erwidert Lucia. »Dazu ist er gar nicht der Typ.« Sie wirft mir einen Blick zu, einen anderen, als Marjory mir zugeworfen hatte. Ich bin mir auch nicht sicher, was dieser Blick bedeutet.

»Lucia, möchtest du mal gegen Simon antreten?«, schlägt Tom vor. Alle halten inne und blicken ihn an.

Lucias Mund steht ein bisschen offen. Dann klappt sie ihn zu. »Gut«, sagt sie. »Es ist schon lange her. Simon?«

»Es ist mir ein Vergnügen«, erwidert er lächelnd.

Ich schaue Lucia und Simon zu. Er ist besser als sie, aber er macht nicht so viele Punkte, wie er könnte. Ich merke, dass er sich zurückhält. Das ist sehr höflich. Ich bin mir bewusst, dass Marjory neben mir sitzt. Ich rieche die trockenen Blätter, die gegen die Steinkante geweht wurden, und spüre die kühle Brise hinten in meinem Nacken. Es fühlt sich gut an.

Um neun ist es schon mehr als kühl, es ist kalt. Wir gehen hinein, und Lucia bereitet eine Kanne heiße Schokolade zu. Es ist das erste Mal dieses Jahr. Die anderen reden alle; ich lehne mich an das grüne Lederkissen und versuche zuzuhören, während ich Marjory beobachte. Sie gebraucht viel ihre Hände, wenn sie redet. Ein paar Mal wedelt sie auf eine Art und Weise damit, die mir als Zeichen von Autismus beigebracht worden ist. Ich habe diese Bewegung auch schon bei anderen Leuten gesehen und mich immer gefragt, ob sie wohl autistisch oder teilweise autistisch sind.

Sie reden jetzt über Turniere – wer gewonnen und wer verloren hat, wer Kampfrichter war und wie sich die Leute verhalten haben. Niemand erwähnt Don. Ich achte nicht auf die Namen; ich kenne die Leute nicht. Mein Blick gleitet von Marjory zu Simon, zu Tom, zu Lucia, zu Max und zu Susan und wieder zurück, weil ich versuche mitzukriegen, wer gerade spricht, aber ich kann nicht voraussehen, wann einer aufhört und der nächste anfängt. Manchmal entsteht eine Pause von zwei oder drei Sekunden, und manchmal beginnt einer, während der andere noch spricht.

Auf gewisse Weise ist es faszinierend. Beinahe so, als beobachte man Muster in einem chaotischen System. Wie Moleküle, die auseinanderbrechen und sich neu bilden, wenn sich das Gleichgewicht einer Lösung hierhin und dorthin verschiebt. Ich habe ständig das Gefühl, es fast zu verstehen, und dann passiert etwas, das ich nicht vorausgesehen habe. Ich weiß nicht, wie sie am Gespräch teilnehmen und gleichzeitig alles im Auge behalten können.

Nach und nach stelle ich fest, dass alle schweigen, wenn Simon spricht. Sie lassen ihn sofort in das Gespräch hinein. Er unterbricht nicht oft, aber ihn unterbricht niemand. Einer meiner Lehrer hat gesagt, dass die Person, die spricht, durch Blicke zu erkennen gibt, wer ihrer Meinung nach als nächster sprechen soll. Damals konnte ich normalerweise noch nicht sagen, wohin jemand schaute, wenn er nicht besonders lange hinsah. Jetzt kann ich den meisten Blicken folgen. Simon blickt unterschiedliche Leute an. Max und Susan blicken immer zuerst Simon an und lassen ihm den Vortritt. Tom blickt ungefähr die Hälfte der Zeit zu Simon. Lucia blickt ungefähr ein Drittel der Zeit zu Simon. Simon spricht nicht immer, wenn ihn jemand anschaut; und wenn er nichts sagt, dann schaut die Person, die gesprochen hat, jemand anderen an.

Aber es geht so schnell: Wie sehen sie es bloß alle? Und warum blickt Tom Simon nur manchmal an? Woher weiß er, wann er Simon ansehen soll?

Ich merke, dass Marjory mich anschaut, und spüre, wie mein Gesicht und mein Nacken heiß werden. Die Stimmen der anderen verschwimmen; mein Blick wird unscharf. Ich möchte mich am liebsten im Schatten verstecken, aber hier gibt es keinen Schatten. Ich senke den Blick. Ich lausche auf ihre Stimme, aber sie spricht nicht viel.

Dann geht es um Ausrüstung: Stahlklingen gegen Kunststoff, alter Stahl gegen neuen Stahl. Alle scheinen richtigen Stahl zu bevorzugen, aber Simon berichtet über einen Wettkampf, den er kürzlich gesehen hat, bei dem Klingen aus Kunststoff einen Chip im Griff hatten, der ein stahlähnliches Geräusch von sich gab, wenn die Klingen aneinanderschlugen. Es war seltsam, sagt er.

Dann sagt er, es müsse jetzt gehen, und steht auf. Tom steht auch auf und Max ebenfalls. Ich stehe auf. Simon schüttelt Tom die Hand und sagt: »Es hat Spaß gemacht – danke für die Einladung.«

Tom sagt: »Jederzeit.«

Max streckt seine Hand aus und sagt: »Danke, dass du hergekommen bist; es war eine Ehre.«

Simon schüttelt ihm die Hand und sagt: »Jederzeit.«

Ich weiß nicht, ob ich meine Hand ausstrecken soll oder nicht, aber Simon hält mir seine hin, und so schüttele ich sie, obwohl ich nicht gern Hände schüttele – es kommt mir so unsinnig vor. Dann sagt er: »Danke, Lou; es hat mir Spaß gemacht.«

»Jederzeit«, sage ich. Einen Moment lang herrscht Spannung im Raum, und ich habe Angst, dass ich etwas Unpassendes gesagt habe – obwohl ich nur Tom und Max nachgemacht habe –, aber dann tippt mir Simon mit dem Finger auf den Arm.

»Ich hoffe, du änderst deine Meinung über Turniere«, sagt er. »Es war mir ein Vergnügen.«

»Danke«, sage ich.

Als Simon auf die Tür zugeht, sagt Max: »Ich muss jetzt auch gehen«, und Susan erhebt sich vom Fußboden. Es ist Zeit zu gehen. Ich blicke mich um; alle Gesichter wirken freundlich, aber ich habe auch Dons Gesicht für freundlich gehalten. Wenn einer von ihnen wütend auf mich ist, woher soll ich es wissen?

Am Donnerstag haben wir die erste medizinische Sitzung, wo wir den Ärzten Fragen stellen können. Es sind zwei Ärzte anwesend, Dr. Ransome mit den lockigen grauen Haaren, und Dr. Handsel, der glatte dunkle Haare hat, die aussehen, als seien sie an seinem Kopf festgeklebt.

»Kann man es rückgängig machen?«, fragt Linda.

»Nun ... nein. Was immer es auch bewirkt, das bleibt.«

»Wenn es uns also nicht gefällt, können wir nicht wieder zu unserem normalen Selbst werden?«

Unser Selbst ist nicht normal, aber das sage ich nicht laut. Linda weiß es genauso gut wie ich. Sie macht nur einen Witz.

»Äh ... nein, das können Sie nicht. Vermutlich. Aber ich wüsste nicht, warum ...«

»Ich das gern wollte?«, wirft Cameron ein. Sein Gesicht ist angespannt. »Mir gefällt, wer ich bin. Ich weiß nicht, ob mir der gefällt, zu dem ich werde.«

»So viel Unterschied wird da nicht sein«, sagt Dr. Ransome.

Aber jeder Unterschied ist ein Unterschied. Ich bin nicht mehr dieselbe Person wie vor der Zeit, als Don mich verfolgt hat. Nicht nur seine Tat, sondern auch die Gespräche mit der Polizei haben mich verändert. Ich weiß Dinge, die ich vorher nicht wusste, und Wissen verändert die Menschen. Ich hebe die Hand.

»Ja, Lou«, sagt Dr. Ransome.

»Ich verstehe nicht, wie es uns *nicht* ändern kann«, sage ich. »Wenn es unsere sensorische Wahrnehmung normalisiert, verändern sich Menge und Art des Dateninputs, und das ändert unsere Fähigkeit zur Wahrnehmung ...«

»Ja, aber Sie – Ihre Persönlichkeit – werden derselbe bleiben, oder zumindest weitestgehend derselbe. Sie werden immer noch die gleichen Dinge mögen; Sie werden so reagieren wie ...«

»Wozu soll denn dann die Veränderung gut sein?«, fragt Linda. Sie klingt wütend; ich weiß, dass sie eher ängstlich als wütend ist. »Sie sagen uns, Sie wollen, dass wir uns ändern, damit wir die Hilfsmittel nicht brauchen, die wir benötigen – aber wenn wir sie nicht brauchen, dann bedeutet das doch, dass sich unsere Vorlieben und Abneigungen geändert haben ... oder?«

»Ich habe so lange gebraucht, um zu lernen, Überlastung zu tolerieren«, sagt Dale. »Wenn das nun bedeutet, dass ich plötzlich nicht mehr auf Dinge reagiere, auf die ich sonst immer reagiert habe...« Sein linkes Augen flackert und zuckt heftig.

»Wir glauben nicht, dass so etwas passiert«, sagt der Arzt. »Die Primatologen haben nur positive Veränderungen bei sozialen Interaktionen festgestellt...«

»Ich bin aber verdammt noch mal kein Schimpanse!« Dale haut mit der Hand auf den Tisch. Einen Moment bleibt sein linkes Auge starr geöffnet, dann setzt der Tic wieder ein.

Der Arzt sieht schockiert aus. Warum überrascht es ihn, dass Dale so aufgebracht ist? Würde es ihm gefallen, wenn man *sein* Verhalten an Erkenntnissen über Schimpansen misst? Oder ist das bei normalen Menschen immer so? Sehen sie sich selbst einfach nur als Primaten? Das kann ich nicht glauben.

»Das behauptet auch niemand«, sagt der Arzt mit leiser Missbilligung. »Es ist nur... sie sind das beste Vergleichsmodell, das wir haben. Und sie hatten nach der Behandlung wiedererkennbare Persönlichkeiten, nur die sozialen Defizite verminderten sich...«

Alle Schimpansen der Welt leben mittlerweile in Zoos, Naturschutzparks oder Forschungsinstitutionen. Früher einmal lebten sie wild, in den Wäldern Afrikas. Ich frage mich, ob die autismusähnlichen Schimpansen in der Wildnis wohl auch so geworden wären, oder ob sie nur der Stress der Gefangenschaft so verändert hat.

Ein Dia erscheint auf der Leinwand. »Das ist das Aktivitätsmuster eines normalen Gehirns, wenn es ein bekanntes Gesicht aus einem Foto mit mehreren Gesichtern herauspickt«, sagt er. Man sieht den grauen Umriss eines Gehirns mit kleinen leuchtenden, grünen Flecken. Dank meiner Lektüre erkenne ich einige der Stellen... nein, ich erkenne das Dia. Es ist Illustration 16-43.d aus Kapitel 16 von *Funktionsweise des Gehirns*. »Und hier...« Das Dia wechselt. »Das ist das Aktivitätsmuster des autistischen Gehirns bei derselben Aufgabe.« Wieder ein grauer Umriss mit kleinen leuchtenden, grünen Flecken. Illustration 16-43.c aus demselben Kapitel.

Ich versuche, mich an die Bildüberschriften zu erinnern. Ich glaube nicht, dass die erste Abbildung die Aktivität eines normalen Gehirns war, wenn es ein bekanntes Gesicht aus einer Gruppenaufnahme herauspickt. Ich glaube, es war die normale Gehirnaktivität beim Erkennen eines vertrauten Gesichts. Ja, jetzt erinnere ich mich. Neun gesunde männliche College-Studenten hatten an der Studie teilgenommen, die vom Forschungskomitee für menschliche Ethik gefördert wurde...

Der Arzt zeigt bereits das nächste Dia. Wieder ein grauer Umriss, weitere farbige Flecken, dieses Mal blau. Auch dieses Bild kenne ich. Ich versuche mich zu erinnern, was im Buch stand, und gleichzeitig dem Arzt zuzuhören, aber es gelingt mir nicht. Die Wörter vermischen sich.

Ich hebe die Hand. Er hält inne und sagt: »Ja, Lou?«

»Können wir eine Kopie davon bekommen, damit wir es uns später anschauen können? Es ist schwer, alles auf einmal aufzunehmen.«

Er runzelt die Stirn. »Das halte ich für keine gute Idee, Lou. Das hier ist immer noch äußerst vertraulich. Wenn Sie mehr wissen wollen, dann können Sie mir oder Ihrem Therapeuten Fragen stellen, und Sie können sich die Dias noch einmal anschauen, obwohl...« Er schmunzelt. »...ich glaube nicht, dass sie Ihnen so viel sagen, da Sie ja kein Neurologe sind.«

»Ich habe einiges darüber gelesen«, erwidere ich.

»Ach ja?«, fragt er gedehnt. »Was haben Sie gelesen, Lou?«

»Einige Bücher«, sage ich. Plötzlich möchte ich ihm nicht mehr sagen, welches Buch ich gelesen habe, aber ich weiß nicht, warum.

»Über das Gehirn?«, fragt er.

»Ja – ich wollte verstehen, wie es funktioniert, bevor Sie mit der Behandlung beginnen.«

»Und ... haben Sie es verstanden?«

»Es ist sehr kompliziert«, erwidere ich. »So ähnlich wie ein Computer, nur noch komplizierter.«

»Da haben Sie recht; es ist äußerst kompliziert«, sagt er. Er klingt zufrieden. Ich glaube, er ist froh, dass ich nicht gesagt habe, dass ich es verstanden habe. Was würde er wohl sagen, wenn ich ihm erklärte, dass ich diese Abbildungen kenne?

Cameron und Dale blicken mich an. Selbst Bailey wirft mir einen kurzen Blick zu und schaut dann wieder weg. Sie wollen wissen, was ich weiß. Ich weiß nicht, ob ich es ihnen sagen soll, zum Teil deswegen, weil ich selber noch nicht so ganz sicher bin, was ich eigentlich weiß – und was es in diesem Kontext bedeutet.

Ich schiebe die Gedanken an das Buch beiseite und höre einfach zu, wobei ich mir die Dias in der Reihenfolge merke, wie sie gezeigt werden. Informationen kann ich so nicht so gut aufnehmen – das kann keiner von uns –, aber ich glaube, ich kann genug behalten, um es später mit dem Buch zu vergleichen.

Schließlich verändern sich die Dias, und statt grauer Gehirnumrisse mit farbigen Flecken sehen wir jetzt Moleküle. Ich erkenne sie nicht; sie sind nicht in dem Buch über organische Chemie abgebildet. Aber ab und zu kommt mir doch etwas bekannt vor.

»Dieses Enzym reguliert den genetischen Ausdruck neuralen Wachstums mit Faktor elf«, sagt der Arzt. »Bei normalen Gehirnen gehört es zu einer Feedback-Schleife, die mit Aufmerksamkeitskontrollmechanismen interagiert, um bevorzugte Wahrnehmung sozial wichtiger Signale aufzubauen – das ist eines der Probleme, die Sie haben.«

Jetzt tut er noch nicht einmal so, als seien wir etwas anderes als Fälle.

»Es gehört auch zum Behandlungspaket für autistische Neugeborene, die *in utero* nicht als solche identifiziert und behandelt wurden, oder für Kinder, deren normale Gehirnentwicklung durch bestimmte Kinderkrankheiten gestört wurde. Unsere neue Behandlung modifiziert es so, dass wir damit auch das neurale Wachstum des erwachsenen Gehirns beeinflussen können.«

»Und dadurch achten wir auf andere Leute?«, fragt Linda.

»Nein, nein – das tun Sie ja bereits. Wir sind nicht mehr auf dem Wissensstand des zwanzigsten Jahrhunderts, als die Leute noch glaubten, Autisten würden ihre Umwelt einfach ignorieren. Nein, es hilft Ihnen dabei, auf soziale *Signale* zu reagieren – Gesichtsausdruck, Stimmlage, Gesten, so etwas.«

Dale macht eine ungezogene Geste, aber der Arzt reagiert nicht darauf. Ich überlege, ob er sie wirklich nicht gesehen hat oder ob er sie nur ignoriert.

»Aber müssen Menschen nicht – wie Blinde – darauf trainiert werden, solche neuen Daten zu interpretieren?«

»Natürlich. Deshalb gibt es während der Behandlung auch eine Trainingsphase. Simulierte soziale Begegnungen, mit Computer generierten Gesichtern...« Ein weiteres Dia erscheint, dieses Mal ein Schimpanse mit vorgeschobener Unterlippe. Wir alle brechen in unkontrolliertes, brüllendes Gelächter aus. Der Arzt errötet ärgerlich. »Entschuldigung, das ist das falsche Bild. Ich meine natürlich menschliche Gesichter und Übungen in menschlichen sozialen Interaktionen. Wir machen einen Ausgangstest und nach der Behandlung werden Sie zwei bis vier Monate lang trainiert...«

»Auf Affengesichter zu gucken!«, ergänzt Linda. Sie lacht so sehr, dass sie fast weint. Wir alle kichern.

»Ich habe doch gesagt, es war ein Irrtum«, sagt der Arzt. »Erfahrene Psychotherapeuten werden das Training leiten... Es ist eine ernste Angelegenheit.«

Das Gesicht des Schimpansen ist durch ein Foto von einer

Gruppe von Personen ersetzt worden, die im Kreis sitzen; einer spricht und die anderen hören aufmerksam zu. Ein weiteres Dia, dieses Mal eine Aufnahme von einer Person, die in einem Bekleidungsgeschäft mit einer Verkäuferin redet. Dann ein belebtes Büro mit jemandem am Telefon. Es sieht alles sehr normal und sehr langweilig aus. Er zeigt uns kein Dia von jemandem auf einem Fechtturnier oder jemandem, der mit der Polizei spricht, nachdem er auf dem Parkplatz überfallen worden ist. Das einzige Bild mit einem Polizisten könnte die Überschrift tragen: *Nach der Richtung fragen*. Der Polizist hat mit einem steifen Lächeln auf dem Gesicht einen Arm ausgestreckt; die andere Person hat einen ulkigen Hut und einen kleinen Rucksack. In der Hand hält sie ein Buch, auf dessen Umschlag *Reiseführer* steht. Es wirkt gestellt. Alle Bilder sehen gestellt aus, und vielleicht sind die Leute noch nicht einmal echte Leute. Sie könnten von einem Computer erzeugt worden sein – und sind es wahrscheinlich auch. Wir sollen normale, reale Menschen werden, aber sie erwarten von uns, dass wir von diesen unechten, imaginären Gestalten in gestellten Situationen lernen. Der Arzt und seine Partner gehen davon aus, dass sie die Situationen kennen, mit denen wir umgehen müssen, und sie wollen es uns beibringen. Es erinnert mich an die Therapeuten im letzten Jahrhundert, die zu wissen glaubten, welche Wörter jemand kennen musste, und einem ein »Basis«-Vokabular beibrachten. Manche von ihnen untersagten den Eltern sogar, ihren Kindern andere Wörter beizubringen, da es sie vom Lernen des Basis-Vokabulars abhielte.

Solche Leute wissen nicht, was sie nicht wissen. Meine Mutter rezitierte immer ein kleines Gedicht, das ich erst verstand, als ich ungefähr zwölf war, und in einer Zeile hieß es: »Die, die nicht wissen, und nicht wissen, dass sie nicht wissen, sind Narren...« Der Arzt weiß nicht, dass ich in der Lage sein musste, mit dem Mann auf dem Turnier umzugehen, der die

Treffer nicht angab, und mit dem eifersüchtigen Möchtegern-Liebhaber in der Fechtgruppe und den verschiedenen Polizeibeamten, die Anzeigen zu Vandalismus und Bedrohungen aufnahmen.

Jetzt redet der Arzt über die Verallgemeinerung sozialer Fähigkeiten. Er sagt, dass unsere sozialen Fähigkeiten nach der Behandlung und dem Training auf alle Situationen im Alltagsleben anwendbar seien. Wir wären für alles gerüstet. Ich frage mich, was er wohl von Dons sozialen Fähigkeiten gehalten hätte.

Ich blicke auf die Uhr. Die Sekunden ticken immer weiter, eine nach der anderen; die zwei Stunden sind fast vorüber. Der Arzt fragt, ob es noch Fragen gäbe. Ich senke den Blick. Die Fragen, die ich gern stellen möchte, eignen sich nicht für diese Sitzung, und außerdem glaube ich sowieso nicht, dass er sie beantworten würde.

»Wann glauben Sie, dass Sie anfangen?«, fragt Cameron.

»Wir würden gern so bald wie möglich mit dem ersten... Patienten anfangen. Bis nächste Woche könnten wir alles vorbereitet haben.«

»Wie viele auf einmal?«, fragt Bailey.

»Zwei. Wir würden gern zwei gleichzeitig behandeln, mit einem Abstand von drei Tagen – so kann sich das medizinische Team in den ersten, kritischen Tagen ganz auf Sie konzentrieren.«

»Soll nach den ersten beiden gewartet werden, bis die Behandlung abgeschlossen ist, damit wir sehen, ob es funktioniert?«, fragt Bailey.

Der Arzt schüttelt den Kopf. »Nein, es ist besser, alle zeitnah zueinander zu behandeln.«

»Dann kann man schneller veröffentlichen«, höre ich mich sagen.

»Was?«, fragt der Arzt.

Die anderen sehen mich an. Ich blicke in meinen Schoß.

»Wenn wir es alle zusammen schnell hinter uns bringen«, sage ich, »dann können Sie es schneller auswerten und publizieren. Sonst würde es ein Jahr oder noch länger dauern.« Ich blicke rasch auf sein Gesicht; seine Wangen sind schon wieder rot und glänzend.

»Das ist nicht der Grund«, sagt er, ein wenig zu laut. »Man kann die Daten besser vergleichen, wenn die Objekte – wenn Sie – zeitlich nahe beieinander sind. Angenommen, es würde etwas passieren, das in der Zeit zwischen Beginn und Ende der Behandlung der ersten beiden alles veränderte... etwas, das auch Sie alle betreffen würde...«

»Wie zum Beispiel ein Blitz aus heiterem Himmel, der uns normal macht?«, fragt Dale. »Sie haben Angst, dass wir auf einmal galoppierende Normalität bekommen und uns nicht mehr als Forschungsobjekte eignen?«

»Nein, nein«, erwidert der Arzt. »Mehr etwas Politisches, das die gesamte Einstellung ändert...«

Ich frage mich, was die Regierung denkt. Denken Regierungen? Das Kapitel in *Funktionsweise des Gehirns* über die Politik von Studien kommt mir in den Sinn. Könnte es womöglich bald eine Vorschrift oder eine Veränderung geben, die diese Studie in ein paar Monaten unmöglich macht?

Das kann ich zu Hause herausfinden. Wenn ich diesen Mann frage, bekomme ich sowieso keine aufrichtige Antwort.

Als wir gehen, verfällt jeder in seinen eigenen Rhythmus. Wir hatten uns so auf die Besonderheiten des jeweils anderen eingestellt, dass wir uns immer als Gruppe bewegt haben. Jetzt bewegen wir uns ohne Harmonie. Ich kann die Verwirrung, die Wut spüren. Niemand sagt etwas. Auch ich sage nichts. Ich will nicht mit den Leuten reden, die so lange Zeit meine engsten Partner waren.

Als wir wieder in unserem Gebäude sind, begeben wir uns alle rasch in unsere Büros. Ich setze mich und strecke die

Hand nach meinem Ventilator aus. Plötzlich halte ich inne, und dann frage ich mich, warum ich innegehalten habe.

Ich möchte nicht arbeiten. Ich möchte darüber nachdenken, was sie mit meinem Gehirn machen wollen und was es bedeutet. Es bedeutet mehr, als sie sagen; alles, was sie sagen, bedeutet mehr, als damit ausgesagt wird. Hinter den Wörtern liegt der Tonfall; hinter dem Tonfall der Kontext; hinter dem Kontext das unerforschte Territorium normaler Sozialisierung, riesig und dunkel wie die Nacht, beleuchtet von den wenigen Pünktchen ähnlicher Erfahrung, wie Sterne.

Sternenlicht, sagt ein Autor, durchdringt das gesamte Universum: Das ganze Ding glüht. Das Dunkle sei eine Illusion, sagt dieser Autor. Wenn das tatsächlich so ist, dann hat Lucia recht gehabt, und es gibt keine Geschwindigkeit der Dunkelheit.

Aber es gibt simple Ignoranz, Nichtwissen und absichtliche Ignoranz, die sich weigert zu wissen. Die das Licht des Wissens mit der Dunkelheit der Vorurteile bedeckt. Deshalb glaube ich, dass es auch eine handfeste Dunkelheit gibt, die nicht bloß die Abwesenheit von Licht ist. Und diese Dunkelheit kann durchaus eine Geschwindigkeit haben.

Die Bücher sagen mir, dass mein Gehirn sehr gut funktioniert, auch so, wie es ist. Und es ist viel einfacher, die Funktionen des Gehirns zu zerstören, als sie zu reparieren. Wenn normale Menschen tatsächlich all die Dinge tun können, die ihnen zugeschrieben werden, dann wäre es schon nützlich, solche Fähigkeiten zu haben – aber ich bin nicht sicher, ob es so ist.

Die Normalen verstehen keineswegs immer, warum andere Leute sich so verhalten, wie sie es tun. Das merkt man deutlich, wenn sie sich über ihre Gründe und Motive streiten. Ich habe gehört, wie jemand zu einem Kind gesagt hat: »Das tust du nur, um mich zu ärgern.« Dabei liegt es doch auf der Hand, dass das Kind sich so verhalten hat, weil es ihm Spaß macht... die Auswirkung auf den Erwachsenen hat es gar nicht bedacht. Mir ist es genauso gegangen, deshalb erkenne ich es bei anderen wieder.

Mein Telefon summt. Ich nehme ab. »Lou, hier ist Cameron. Möchtest du heute Abend in die Pizzeria?« Seine Stimme reiht die Wörter mechanisch aneinander.

»Heute ist Donnerstag«, sage ich. »Da ist Hallo-ich-bin-Jean da.«

»Chuy, Bailey und ich gehen auf jeden Fall, damit wir reden können. Und du auch, wenn du mitkommst. Linda kommt nicht mit. Dale kommt auch nicht.«

»Ich weiß nicht, ob ich mitkommen möchte«, sage ich. »Ich denke darüber nach. Wann wollt ihr gehen?«

»Sobald es siebzehn Uhr ist«, sagt er.

»Es gibt Orte, an denen es keine gute Idee ist, darüber zu sprechen«, sage ich.

»Die Pizzeria ist nicht einer dieser Orte«, erwidert Cameron.

»Viele Leute wissen, dass wir dorthin gehen«, sage ich.

»Überwachung?«, fragt Cameron.

»Ja. Aber es ist gut, dorthin zu gehen, weil wir dorthin gehen. Danach treffen wir uns woanders.«

»Im Center.«

»Nein«, sage ich und denke an Emmy. »Ich will nicht ins Center.«

»Emmy mag dich«, sagt Cameron. »Sie ist nicht sehr intelligent, aber sie mag dich.«

»Wir reden nicht über Emmy«, erwidere ich.

»Wir reden über die Behandlung, nach der Pizza«, sagt Cameron. »Ich weiß nicht, wohin wir gehen sollen außer ins Center.«

Ich denke an Orte, aber es sind alles öffentliche Orte. Wir sollten darüber nicht an öffentlichen Orten reden. Schließlich sage ich: »Ihr könntet in meine Wohnung kommen.« Ich habe Cameron noch nie in meine Wohnung eingeladen. Ich habe überhaupt noch nie jemanden in meine Wohnung eingeladen.

Er schweigt lange. Er hat mich auch noch nie zu sich nach Hause eingeladen. Schließlich sagt er: »Ich werde kommen. Bei den anderen weiß ich nicht.«

»Ich werde mit euch zum Abendessen kommen«, sage ich.

Ich kann nicht anfangen zu arbeiten. Ich schalte den Ventilator ein, und die Glitzerspiralen und Windräder drehen sich, aber die bunten tanzenden Lichtreflexe beruhigen mich nicht. Ich kann nur an das Projekt denken, das über uns lauert. Es ist wie das Bild einer Ozeanwelle, die hoch vor jemandem auf einem Surfbrett aufragt. Der erfahrene Surfer überlebt sie, und jemand mit weniger Geschick wird zerschmettert. Wie können wir auf dieser Welle reiten?

Ich schreibe meine Adresse und die Wegbeschreibung von der Pizzeria zu mir nach Hause auf und drucke sie aus. Zwischendurch muss ich einen Blick auf den Stadtplan werfen, weil ich nicht sicher bin, ob die Wegbeschreibung richtig ist. Ich bin nicht daran gewöhnt, anderen den Weg zu erklären.

Um fünf schalte ich den Ventilator aus, stehe auf und verlasse mein Büro. Ich habe stundenlang nichts Sinnvolles gemacht. Ich fühle mich öde und schwerfällig, und meine innere Musik ist wie Mahlers Erste Symphonie, gewichtig und schwer. Draußen ist es kühl, und ich erschauere. Ich steige in mein Auto, getröstet von meinen vier heilen Reifen, meiner heilen Windschutzscheibe und einem Motor, der anspringt, als ich den Schlüssel im Zündschloss umdrehe. Ich habe meiner Versicherungsgesellschaft eine Kopie des Polizeiberichts geschickt, wie die Polizei vorgeschlagen hat.

In der Pizzeria ist unser üblicher Tisch leer; ich bin früher als sonst da. Ich setze mich. Hallo-ich-bin-Jean wirft mir einen Blick zu und blickt gleich wieder weg. Einen Moment später kommt Cameron herein, dann Chuy und Bailey und

Eric. Mit nur fünf Personen wirkt der Tisch wie aus dem Gleichgewicht geraten. Chuy rückt seinen Stuhl zum Ende, und auch wir anderen verschieben unsere Stühle ein wenig. Jetzt ist es symmetrisch.

Ich kann ohne Schwierigkeiten das Bierschild sehen, mit seinem Blinkmuster. Heute Abend regt es mich auf; ich wende mich ein bisschen ab. Alle sind nervös; ich muss mit den Fingern auf die Beine trommeln, und Chuy ruckt mit seinem Hals vor und zurück, vor und zurück. Camerons Arm bewegt sich; er spielt mit den Plastikwürfeln in seiner Hosentasche. Direkt nach der Bestellung holt Eric seinen Multicolor-Stift heraus und beginnt Muster zu malen.

Ich wünschte, Dale und Linda wären auch hier. Es fühlt sich seltsam an ohne sie. Als unser Essen kommt, essen wir in völligem Schweigen. Chuy macht ein kleines, rhythmisches »hnnh« zwischen den einzelnen Bissen, und Bailey schnalzt mit der Zunge. Als das meiste Essen gegessen ist, räuspere ich mich. Alle blicken mich an und schnell wieder weg.

»Manchmal brauchen Leute einen Ort zum Reden«, sage ich. »Manchmal kann es bei jemandem zu Hause sein.«

»Es könnte bei dir zu Hause sein?«, fragt Chuy.

»Es könnte«, erwidere ich.

»Nicht jeder weiß, wo du wohnst«, sagt Cameron. Ich weiß, dass er es auch nicht weiß. Es ist seltsam, wie wir über etwas reden müssen.

»Hier sind Wegbeschreibungen«, sage ich. Ich lege die Blätter auf den Tisch. Einer nach dem anderen nimmt sich ein Blatt. Sie blicken nicht sofort darauf.

»Manche Menschen müssen früh aufstehen«, sagt Bailey.

»Es ist noch nicht spät«, sage ich.

»Manche Menschen müssen vor den anderen gehen, wenn andere lange bleiben.«

»Das weiß ich«, sage ich.

[17]

Es gibt nur zwei Besucherplätze auf dem Parkplatz vor meinem Gebäude, aber ich weiß, dass genug Platz für die Autos meiner Gäste ist; die meisten Hausbewohner haben kein Auto. Dieses Haus ist gebaut worden, als jeder noch mindestens ein Auto hatte.

Auf dem Parkplatz warte ich auf die anderen. Dann führe ich sie nach oben. All die Füße machen ein lautes Geräusch auf der Treppe. Ich wusste nicht, dass es so laut sein würde. Danny macht seine Tür auf.

»Oh – hallo, Lou. Ich habe mich nur gefragt, was los ist.«

»Es sind meine Freunde«, sage ich.

»Gut, gut«, erwidert Danny. Er schließt seine Tür nicht. Ich weiß nicht, was er will. Die anderen folgen mir zu meiner Tür, ich schließe auf und lasse sie herein.

Es fühlt sich seltsam an, andere Leute in der Wohnung zu haben. Cameron geht herum und verschwindet schließlich im Badezimmer. Ich kann ihn dort hören. Es ist, als wenn ich in einer Gruppenunterkunft lebte. Mir gefällt das nicht besonders. Manche Dinge sollten privat sein; es ist nicht schön, jemand anderen im Badezimmer zu hören. Cameron zieht die Toilette ab, ich höre, wie das Wasser ins Becken rauscht, und dann kommt er heraus. Chuy sieht mich an, und ich nicke. Auch er geht ins Badezimmer. Bailey schaut auf meinen Computer.

»Ich habe keinen Rechner zu Hause«, sagt er. »Ich benutze meinen Handcomputer, um über den Computer im Büro zu arbeiten.«

»Ich finde es gut, diesen hier zu haben«, sage ich.

Chuy kommt zurück ins Wohnzimmer. »Und – was jetzt?«

Cameron sieht mich an. »Lou, du hast darüber gelesen, oder?«

»Ja.« Ich nehme die *Funktionsweise des Gehirns* aus dem Regal. »Meine – eine Freundin hat mir dieses Buch geliehen.«

»Ist es die Frau, von der Emmy geredet hat?«

»Nein, jemand anderer. Sie ist Ärztin; sie ist mit einem Mann verheiratet, den ich kenne.«

»Ist sie Gehirn-Ärztin?«

»Ich glaube nicht.«

»Warum hat sie dir das Buch gegeben? Hast du sie wegen dem Projekt gefragt?«

»Ich habe sie nach einem Buch über Gehirnfunktionen gefragt. Ich will wissen, was sie mit unseren Gehirnen machen wollen.«

»Leute, die nicht studiert haben, verstehen nichts davon, wie das Gehirn arbeitet«, sagt Bailey.

»Ich habe auch nichts davon verstanden, bis ich angefangen habe zu lesen«, sage ich. »Ich wusste nur, was sie uns in der Schule beigebracht haben, und das war nicht viel. Deswegen wollte ich es ja lernen.«

»Und hast du es gelernt?«, fragt Cameron.

»Es dauert lange, bis man alles weiß, was über Gehirne bekannt ist«, sage ich. »Ich weiß mehr als vorher, aber ich weiß nicht, ob ich genug weiß. Ich möchte wissen, was es ihrer Meinung nach bewirkt und was schiefgehen kann.«

»Es ist kompliziert«, sagt Chuy.

»Weißt du etwas über die Funktionsweise des Gehirns?«, frage ich.

»Nicht viel. Meine ältere Schwester war Ärztin, bevor sie starb. Ich habe versucht, ein paar ihrer Bücher zu lesen, als sie Medizin studiert hat. Damals wohnte ich noch zu Hause bei meiner Familie. Aber ich war auch erst fünfzehn.«

»Ich möchte gern wissen, ob du glaubst, dass sie das, was sie zu können behaupten, tatsächlich können«, sagt Cameron.

»Ich weiß es nicht«, sage ich. »Ich möchte mir noch mal ansehen, was der Arzt heute gesagt hat. Ich bin nicht sicher, dass er recht hat. Diese Bilder, die er gezeigt hat, sind wie die in diesem Buch...« Ich klopfe auf das Buch. »Aber er hat gesagt, dass sie etwas anderes bedeuten. Das ist kein neues Buch, und die Dinge ändern sich. Ich muss neue Bilder finden.«

»Zeig uns die Bilder«, sagt Bailey.

Ich schlage die Seite mit den Abbildungen über die Gehirntätigkeit auf und lege das Buch auf den niedrigen Tisch. Sie schauen alle hin. »Hier steht, dass diese Abbildung die Gehirntätigkeit zeigt, wenn jemand ein menschliches Gesicht sieht«, sage ich. »Ich finde, es sieht genauso aus wie das Bild, von dem der Arzt gesagt hat, es sei das Erkennen eines vertrauten Gesichts in der Menge.«

»Es ist dasselbe«, sagt Bailey nach einem Moment. »Die farbigen Flecken sind an genau denselben Stellen. Wenn es nicht dieselbe Illustration ist, ist es eine Kopie.«

»Vielleicht ist bei normalen Gehirnen das Muster dasselbe«, sagt Chuy.

Daran hatte ich nicht gedacht.

»Er sagte, das zweite Bild zeige ein autistisches Gehirn beim Betrachten eines vertrauten Gesichts«, sagt Cameron. »Aber in dem Buch steht, es sei das Aktivierungsmuster beim Betrachten eines unbekannten zusammengesetzten Gesichts.«

»Ich verstehe unbekanntes zusammengesetztes nicht«, sagt Eric.

»Es ist ein vom Computer erzeugtes Gesicht, das Züge von verschiedenen realen Gesichtern verwendet«, antworte ich.

»Wenn das Aktivierungsmuster für autistische Gehirne, die auf ein vertrautes Gesicht schauen, dasselbe ist wie bei normalen Gehirnen, die auf ein unvertrautes Gesicht schauen, was ist dann das autistische Muster für das Betrachten eines unvertrauten Gesichts?«, fragt Bailey.

»Ich hatte immer Probleme damit, Leute zu erkennen, die ich kennen sollte«, sagt Chuy. »Ich brauche heute noch länger, um die Gesichter von Leuten zu erkennen.«

»Ja, aber du erkennst sie«, sagt Bailey. »Du erkennst uns doch alle, oder?«

»Ja«, erwidert Chuy. »Aber es hat lange gedauert, und zuerst habe ich euch nur an euren Stimmen und eurer Größe erkannt.«

»Entscheidend ist, dass du uns jetzt erkennst, und nur das spielt eine Rolle. Dein Gehirn mag es zwar auf eine andere Art machen, aber es macht es zumindest.«

»Sie haben mir gesagt, dass das Gehirn für die gleiche Funktion verschiedene Wege gehen kann«, sagt Cameron. »Wenn zum Beispiel jemand verletzt ist, dann geben sie ihm dieses Medikament – ich weiß nicht mehr, wie es heißt – und üben ein bisschen mit ihm, und dann kann er die Dinge neu lernen, aber er verwendet dazu einen anderen Teil des Gehirns.«

»Das haben sie mir auch gesagt«, sage ich. »Ich habe sie gefragt, warum sie mir dann nicht dieses Medikament geben, und sie haben gesagt, es würde bei mir nicht funktionieren.«

»Steht das in diesem Buch?«, fragt Cameron.

»Ich weiß nicht. So weit bin ich noch nicht gekommen«, sage ich.

»Ist es schwer zu lesen?«, fragt Bailey.

»An manchen Stellen, aber nicht so schwer, wie ich dachte«, erwidere ich. »Ich habe zuerst ein paar andere Sachen gelesen. Das hat geholfen.«

»Was für andere Sachen?«, fragt Eric.

»Ich habe ein paar der Kurse im Internet durchgearbeitet«, sage ich. »Biologie, Anatomie, Organische Chemie, Biochemie.« Er starrt mich an, und ich senke den Blick. »Es ist nicht so schwer, wie es klingt.«

Ein paar Minuten lang sagt niemand etwas. Ich kann sie atmen hören; sie können mich atmen hören. Wir können alle dieselben Geräusche hören, riechen dieselben Gerüche. Es ist nicht wie bei meinen Freunden beim Fechten, wo ich aufpassen muss, was ich wahrnehme.

»Ich mache es«, sagt Cameron. »Ich möchte es machen.«

»Warum?«, fragt Bailey.

»Ich möchte normal sein«, sagt Cameron. »Das war schon immer so. Ich hasse es, anders zu sein. Es ist zu schwer, und es ist auch schwer, so zu tun, als sei man wie die anderen, wenn man nicht so ist. Ich bin es leid.«

»Aber bist du denn nicht stolz auf dich?« Man merkt Baileys Tonfall an, dass er den Slogan aus dem Center zitiert: Wir sind stolz auf uns.

»Nein«, sagt Cameron. »Ich habe nur so getan. Aber in Wirklichkeit – auf was soll ich stolz sein? Ich weiß, was du sagen willst, Lou . . . « Er blickt mich an. Er irrt sich. Ich wollte gar nichts sagen. »Du wirst sagen, dass auch normale Leute das tun, was wir tun, nur in kleinerem Ausmaß. Viele Leute stimulieren sich selber, aber sie merken es noch nicht einmal. Sie wippen mit den Füßen, spielen mit ihren Haaren oder fassen sich ans Gesicht. Ja, aber sie sind normal und niemand hindert sie daran. Andere Leute können einem nicht gut in die Augen schauen, aber sie sind normal, und niemand nörgelt an ihnen herum, sie sollten Blickkontakt herstellen. Sie haben etwas anderes, das das winzige Bisschen in ihnen, das autistisch agiert, wettmacht. Und genau das möchte ich auch. Ich will – ich will mich nicht so anstrengen müssen, um normal auszusehen. Ich will ganz einfach normal *sein*.«

»*Normal* ist ein Haartrockner«, sagt Bailey.

»Normal sind andere Leute.« Camerons Arm zuckt und er ruckt heftig mit den Schultern; manchmal hört es dann auf. »Dieser – dieser blöde Arm . . . Ich habe es satt, ständig zu verstecken, was nicht in Ordnung ist. Ich möchte, dass alles *rich-*

tig ist.« Seine Stimme ist laut geworden, und ich weiß nicht, ob er noch wütender wird, wenn ich ihn bitte, leiser zu sprechen. Ich wünschte, ich hätte sie nicht hierher in meine Wohnung gebracht. »Auf jeden Fall«, fährt Cameron ein wenig leiser fort, »werde ich es machen, und ihr könnt mich nicht aufhalten.«

»Ich versuche nicht, dich aufzuhalten«, sage ich.

»Wollt ihr mich aufhalten?«, fragt er und blickt nacheinander die anderen an.

»Ich weiß nicht. Ich kann es noch nicht sagen.«

»Linda will es nicht machen«, sagt Bailey. »Sie sagt, sie will die Stelle kündigen.«

»Ich verstehe nicht, warum die Muster dieselben sind«, sagt Eric und blickt auf das Buch. »Es macht keinen Sinn.«

»Ein vertrautes Gesicht ist ein vertrautes Gesicht?«

»Die Aufgabe ist, etwas Vertrautes im Unterschiedlichen zu finden. Das Aktivierungsmuster müsste eher so aussehen wie beim Entdecken eines vertrauten Nichtgesichts unter unterschiedlichen Ungesichtern. Gibt es dieses Bild auch in dem Buch?«

»Es ist auf der nächsten Seite«, sage ich. »Dort steht, dass das Aktivierungsmuster dasselbe ist, abgesehen davon, dass die Aufgabe mit den Gesichtern den Gesichtserkennungsbereich aktiviert.«

»Die Gesichtserkennung ist ihnen wichtiger«, sagt Eric.

»Normalen Leuten sind normale Leute wichtiger«, sagt Cameron. »Deshalb will ich ja normal sein.«

»Autistischen Leuten sind autistische Leute wichtiger«, sagt Eric.

»Das ist nicht dasselbe«, sagt Cameron. Er blickt in die Runde. »Seht uns an. Eric macht Muster mit seinem Finger. Bailey kaut auf der Lippe. Lou bemüht sich so sehr, still zu sitzen, dass er aussieht wie ein Stück Holz, und ich wippe ständig, ob ich will oder nicht. Ihr akzeptiert mein Wippen, ihr akzeptiert, dass ich Würfel in der Tasche habe, aber ich bin euch nicht wichtig. Als ich letztes Frühjahr die Grippe hatte, hat keiner von euch angerufen oder mir etwas zu essen gebracht.«

Ich sage nichts. Es gibt nichts zu sagen. Ich habe nicht angerufen oder etwas zu essen vorbeigebracht, weil ich nicht wusste, dass Cameron das von mir erwartet hat. Ich halte es für unfair von ihm, dass er sich jetzt beklagt. Ich bin nicht sicher, ob normale Leute immer anrufen und Essen vorbeibringen, wenn jemand krank ist. Ich blicke die anderen an. Sie haben alle wie ich den Blick von Cameron abgewendet. Ich mag Cameron; ich bin an Cameron gewöhnt. Was ist der Unterschied zwischen mögen und an jemanden gewöhnt sein? Ich bin nicht sicher; es gefällt mir nicht, wenn ich nicht sicher bin.

»Du tust das auch nicht«, sagt Eric schließlich. »Du warst seit über einem Jahr auf keinem einzigen Treffen der Gesellschaft.«

»Nein.« Camerons Stimme ist jetzt leise. »Ich gehe immer noch zu den Älteren, denen es schlechter geht als uns. Die Jungen brauche ich nicht zu sehen; sie wurden alle schon bei der Geburt oder davor geheilt. Als ich zwanzig war, gab es noch viel zu tun. Aber jetzt – wir sind die Einzigen, die so sind wie wir. Die älteren Autisten, für die es das gute, frühe Training noch nicht gegeben hat – ich bin nicht gern bei ihnen. Sie machen mir Angst, dass ich so werden könnte wie sie. Und uns kann dann niemand helfen, weil es keine Jungen mehr gibt.«

»Tony«, sagt Bailey und blickt auf seine Knie.

Tony ist der Jüngste, und er ist... wie alt? Siebenundzwanzig? Er ist der Einzige unter dreißig. Alle anderen jüngeren Leute im Center sind... anders.

»Emmy mag Lou«, sagt Eric. Ich blicke ihn an. Ich weiß nicht, was er damit meint.

»Wenn ich normal bin, werde ich nie wieder zu einem Psychiater gehen«, sagt Cameron. Ich denke an Dr. Fornum. Sie nicht mehr sehen zu müssen, wäre es beinahe wert, die Behandlung zu riskieren. »Ich kann ohne Stabilitätszertifikat heiraten. Kinder bekommen.«

»Du willst heiraten?«, sagt Bailey.

»Ja«, erwidert Cameron. Seine Stimme ist jetzt wieder lauter, aber nur ein bisschen lauter, und sein Gesicht ist rot. »Ich möchte heiraten. Ich möchte Kinder haben. Ich möchte in einem normalen Haus in einer normalen Gegend wohnen und mit dem normalen öffentlichen Nahverkehr fahren und den Rest meines Lebens als normale Person verbringen.«

»Auch wenn du nicht mehr dieselbe Person bist?«, fragt Eric.

»Natürlich werde ich noch dieselbe Person sein«, sagt Cameron. »Eben nur normal.«

Ich bin nicht sicher, ob das möglich ist. Wenn ich an die Arten denke, in denen ich nicht normal bin, kann ich mir nicht vorstellen, dass ich dieselbe Person bleibe und normal werde. Es geht doch darum, uns zu verändern, etwas anderes aus uns zu machen, und das betrifft doch sicher auch die Persönlichkeit.

»Wenn es niemand sonst will, mache ich es alleine«, sagt Cameron.

»*Es ist deine Entscheidung*«, sagt Chuy mit seiner Zitierstimme.

»Ja.« Camerons Stimme wird leise. »Ja.«

»Du wirst mir fehlen«, sagt Bailey.

»Du könntest ja mitkommen«, sagt Cameron.

»Nein. Jedenfalls jetzt noch nicht. Ich möchte erst mehr wissen.«

»Ich fahre nach Hause«, sagt Cameron. »Ich sage es ihnen morgen.« Er steht auf, und ich kann seine Hand in seiner Tasche sehen, wie sie mit den Würfeln klimpert.

Wir sagen nicht Auf Wiedersehen. Das brauchen wir untereinander nicht. Cameron geht hinaus und schließt die Tür leise hinter sich. Die anderen blicken mich an und sehen dann weg.

»Manche Menschen mögen sich nicht so, wie sie sind«, sagt Bailey.

»Manche Menschen sind anders, als andere denken«, sagt Chuy.

»Cameron war in eine Frau verliebt, die ihn nicht liebte«, sagt Eric. »Sie sagte, es würde nie funktionieren. Das war auf dem College.« Ich frage mich, woher Eric das weiß.

»Emmy sagt, Lou ist in eine normale Frau verliebt, die sein Leben ruinieren wird«, sagt Chuy.

»Emmy weiß nicht, was sie redet«, sage ich. »Emmy sollte sich um ihre eigenen Angelegenheiten kümmern.«

»Glaubt Cameron, dass diese Frau ihn lieben würde, wenn er normal wäre?«, fragt Bailey.

»Sie hat jemand anderen geheiratet«, sagt Eric. »Er glaubt, er könnte dann vielleicht jemanden lieben, der ihn wiederliebt. Ich glaube, deshalb will er die Behandlung.«

»Ich würde es nicht wegen einer Frau tun«, sagt Bailey. »Wenn ich es tue, dann brauche ich einen Grund für mich.« Ich frage mich, was er sagen würde, wenn er Marjory kennen würde. Wenn ich wüsste, dass Marjory mich danach liebt, würde ich es dann tun? Es ist ein unbehaglicher Gedanke; ich schiebe ihn beiseite.

»Ich weiß nicht, wie es sich anfühlen würde, normal zu sein. Normale Leute wirken auch nicht immer glücklich. Vielleicht fühlt es sich ja schlimm an, normal zu sein, genau wie autistisch.« Chuys Kopf ruckt vor und zurück, hoch und runter.

»Ich würde es gern versuchen«, sagt Eric. »Aber wenn es nicht funktioniert, würde ich wieder so sein wollen wie jetzt.«

»Aber das geht nicht«, sage ich. »Weißt du noch, was Dr. Ransome zu Linda gesagt hat? Wenn erst einmal die Verbindungen zwischen den Neuronen hergestellt sind, dann bleiben sie bestehen, wenn sie nicht durch einen Unfall oder so zerstört werden.«

»Machen sie das, neue Verbindungen?«

»Was ist mit den alten? Gibt es dann nicht...« Bailey wedelt mit den Armen. »... so, wie wenn Dinge kollidieren? Konfusion? Chaos?«

»Ich weiß es nicht«, sage ich. Auf einmal habe ich das Gefühl, meine Unwissenheit verschluckt mich. Sie ist so riesig, dass viele schlechte Dinge daraus entstehen könnten. Dann fällt mir die Fotografie von einem der Teleskope im Weltall ein: diese riesige Dunkelheit, von Sternen erleuchtet. In diesem Unbekannten kann auch Schönheit liegen.

»Ich denke, sie müssen den Stromkreis, der jetzt funktioniert, abschalten, neue Stromkreise bauen und die neuen dann einschalten. Auf diese Art und Weise würden nur die guten Verbindungen funktionieren.«

»Das haben sie uns aber nicht gesagt«, sagt Chuy.

»Es wäre ja auch niemand damit einverstanden, sich sein Hirn zerstören zu lassen, damit ein neues gebaut wird«, sagt Eric.

»Cameron...«, sagt Chuy.

»Er glaubt nicht, dass so etwas geschieht«, erwidert Eric. »Wenn er wüsste...« Er schließt die Augen und schweigt, und wir warten. »Wenn er unglücklich genug ist, macht er es aber vermutlich so oder so. Es ist auch nicht schlimmer als Selbstmord. Und sogar besser, wenn er danach die Person ist, die er sein will.«

»Was ist mit den Erinnerungen?«, fragt Chuy. »Entfernen sie die Erinnerungen?«

»Wie denn?«, fragt Bailey.

»Erinnerungen werden im Gehirn gelagert. Wenn sie alles abschalten, dann verschwinden auch die Erinnerungen.«

»Vielleicht nicht. Die Kapitel über Erinnerungen habe ich

noch nicht gelesen«, sage ich. »Aber ich werde sie lesen, sie kommen als nächstes.« Es hat schon ein paar Abschnitte über Erinnerung gegeben, aber ich habe noch nicht alles verstanden und will nicht darüber reden. »Außerdem«, sage ich, »wenn man einen Computer abschaltet, ist auch nicht alle Erinnerung verloren.«

»Während einer Operation sind Menschen nicht bei Bewusstsein, aber sie verlieren nicht das Gedächtnis«, sagt Eric.

»Aber sie erinnern sich nicht an die Operation, und es gibt diese Medikamente, die die Erinnerungsbildung verhindern«, sagt Chuy. »Solche Medikamente können vielleicht auch alte Erinnerungen entfernen.«

»Das können wir online nachschauen«, sagt Eric. »Ich mache es.«

»Anschlüsse zu entfernen und neue herzustellen ist wie Hardware«, sagt Bailey. »Zu lernen, die neuen Verbindungen zu benutzen, ist wie Software. Es war schon beim ersten Mal schwer genug, sprechen zu lernen. Ich will das nicht noch einmal durchmachen.«

»Normale Kinder lernen es schneller«, sagt Eric.

»Aber es dauert trotzdem Jahre«, erwidert Bailey. »Sie reden von sechs bis acht Wochen Reha. Das mag ja für einen Schimpansen reichen, aber Affen können nicht sprechen.«

»Sie haben sich ja auch schon früher geirrt«, sagt Chuy. »Sie haben immer alle möglichen falschen Dinge über uns geglaubt. Da könnten sie sich ja auch jetzt irren.«

»Es ist heute wesentlich mehr über die Gehirnfunktionen bekannt«, sage ich. »Aber nicht alles.«

»Es gefällt mir nicht, etwas zu tun, ohne zu wissen, was dabei herauskommt«, sagt Bailey.

Chuy und Eric sagen nichts: Sie stimmen zu. Auch ich stimme zu. Es ist wichtig, die Konsequenzen vor dem Handeln zu kennen. Manchmal sind die Konsequenzen nicht offensichtlich.

Die Konsequenzen des Nicht-Handelns sind auch nicht offensichtlich. Wenn ich mich nicht behandeln lasse, bleibt trotzdem nicht alles, wie es war. Don hat das bewiesen, durch seine Angriffe auf mein Auto und auf mich. Ganz gleich, was ich tue, wie vorhersagbar ich mein Leben zu gestalten versuche, es ist genauso wenig vorherzusagen wie der Rest der Welt. Und der ist chaotisch.

»Ich habe Durst«, sagt Eric plötzlich. Er steht auf. Ich stehe auch auf und gehe in die Küche. Ich hole ein Glas aus dem Schrank und fülle es mit Wasser. Er verzieht das Gesicht, als er das Wasser schmeckt, und mir fällt ein, dass er nur in Flaschen abgefülltes Wasser trinkt. Ich habe die Marke nicht, die er mag.

»Ich habe auch Durst«, sagt Chuy. Bailey sagt nichts.

»Möchtest du Wasser?«, frage ich. »Etwas anderes habe ich nicht, außer einer Flasche Fruchtsaft.« Ich hoffe, er bittet nicht um den Fruchtsaft. Ich trinke ihn gern zum Frühstück.

»Ich möchte Wasser«, sagt er. Bailey hebt die Hand. Ich fülle zwei weitere Gläser mit Wasser und bringe sie ins Wohnzimmer. Tom und Lucia fragen mich immer, ob ich etwas zu trinken möchte, auch wenn ich keinen Durst habe. Es scheint mir vernünftiger, zu warten, bis die Leute sagen, sie möchten etwas trinken, aber wahrscheinlich fragen normale Leute zuerst.

Es fühlt sich sehr seltsam an, Leute hier in meiner Wohnung zu haben. Der Raum wirkt kleiner. Die Luft scheint dicker zu sein. Die Farben verändern sich ein bisschen wegen der Farben, die sie tragen. Sie nehmen Raum ein und atmen.

Ich frage mich plötzlich, wie es sein würde, wenn Marjory und ich zusammenleben würden – wie es sein würde, wenn sie hier im Wohnzimmer, im Badezimmer, im Schlafzimmer Raum einnehmen würde. Das Wohnheim, in dem ich gewohnt habe, als ich von zu Hause ausgezogen bin, hat mir nicht gefallen. Im Badezimmer roch es nach anderen Leuten, obwohl wir es jeden Tag geputzt haben. Fünf verschiedene Zahnpasten. Fünf verschiedene Shampoos und Seifen und Deodorants.

»Lou! Alles in Ordnung?« Bailey blickt mich besorgt an.

»Ich habe nur über etwas nachgedacht«, sage ich. Ich möchte in meiner Wohnung nicht darüber nachdenken, dass ich Marjory nicht mögen würde, dass es vielleicht nicht gut wäre, dass es zu voll, zu laut oder zu geruchsintensiv sein könnte.

Cameron ist nicht zur Arbeit gekommen. Cameron ist dort, wo sie ihn zur Behandlung hingeschickt haben. Linda ist nicht auf der Arbeit. Ich weiß nicht, wo sie ist. Ich würde lieber darüber nachdenken, wo Linda ist, als daran zu denken, was gerade mit Cameron passiert. Ich kenne Cameron, wie er jetzt ist – so wie er vor zwei Tagen war. Werde ich die Person, die mit Camerons Gesicht aus der Behandlung herauskommt, noch kennen?

Je mehr ich darüber nachdenke, desto mehr kommt es mir vor wie in diesen Science-Fiction-Filmen, wo das Gehirn von jemandem in eine andere Person transplantiert wird. Dasselbe Gesicht, aber nicht dieselbe Person. Es macht mir Angst. Wer würde hinter meinem Gesicht leben? Würde er gern fechten? Würde er gute Musik lieben? Würde er Marjory mögen? Würde sie ihn mögen?

Heute erzählen sie uns mehr über das Verfahren.

»Mit den Baseline PET-Scans zeichnen wir Ihre individuelle Gehirnfunktion auf«, sagt der Arzt. »Während der Untersuchung bekommen Sie bestimmte Aufgaben, mit deren Hilfe wir feststellen, wie Ihr Gehirn Informationen verarbeitet. Wenn wir das mit dem normalen Gehirn vergleichen, dann wissen wir, wie wir Ihres verändern ...«

»Nicht alle normalen Gehirne sind genau gleich«, sage ich.

»Nein, natürlich nicht«, antwortet er. »Wir wollen auch

nur den Unterschied zwischen Ihrem und dem Durchschnitt einiger normaler Gehirne verändern.«

»Welche Auswirkungen hat das auf meine grundlegende Intelligenz?«, frage ich.

»Es sollte eigentlich gar keine Auswirkung haben. Der ganze Begriff eines zentralen IQ wurde im letzten Jahrhundert durch die Entdeckung in Frage gestellt, dass Wahrnehmung und Denkprozesse bausteinartig erfolgen. Gerade Sie, also die Autisten, haben ja bewiesen, dass man zum Beispiel hochintelligent in Mathematik sein kann, während das Sprachvermögen weit unter dem Durchschnitt liegt.«

Es sollte nicht haben ist nicht das Gleiche wie *es hat nicht*. Ich weiß nicht, wie intelligent ich bin. Sie haben uns unseren IQ-Wert nicht mitgeteilt, und ich habe mir nie die Mühe gemacht, mich einem der öffentlich verfügbaren Tests zu unterziehen. Aber ich weiß, dass ich nicht dumm bin, und das möchte ich auch nicht sein.

»Wenn Sie sich wegen Ihrer Fähigkeiten zur Musteranalyse Sorgen machen«, sagt er, »kann ich Sie beruhigen. Diesen Teil des Gehirns berührt die Behandlung nicht. Es ist mehr so, dass ein Teil Ihres Gehirns Zugang zu neuen Daten bekommt – sozial wichtigen Daten –, ohne dass Sie darum kämpfen müssen.«

»Gesichter erkennen zum Beispiel«, sage ich.

»Ja, genau. Gesichtserkennung, Gesichtsausdruck, Tonfall – eine kleine Korrektur im Bereich für Aufmerksamkeitskontrolle, damit Ihnen die Wahrnehmung leichter fällt und es für Sie angenehmer wird.«

»*Angenehmer*? Hat es was mit der Endorphinausschüttung zu tun?«

Er wird plötzlich rot. »Wenn Sie damit meinen, ob Sie in Gesellschaft anderer Leute Lust empfinden, ganz sicher nicht. Aber Autisten finden soziale Interaktion nicht lohnend, und durch die Behandlung wird sie zumindest weniger bedrohlich.« Ich kann Nuancen im Tonfall nicht gut interpretieren, aber ich weiß, dass er mir nicht die ganze Wahrheit sagt.

Wenn sie die Lustempfindung kontrollieren können, die wir bei sozialer Interaktion empfinden, dann könnten sie das auch bei normalen Leuten. Ich denke an Lehrer in der Schule, die kontrollieren könnten, wie sich Schüler untereinander verstehen ... Sie könnten die Schüler zum Beispiel autistisch machen, weil sie dann lieber lernen würden, als im Unterricht zu schwätzen oder sich in den Pausen zu unterhalten. Ich denke an Mr. Crenshaw – mit einer ganzen Abteilung von Angestellten, die an nichts anderes als an ihre Arbeit denken.

Mir krampft sich der Magen zusammen; ein saurer Geschmack steigt mir in den Mund. Wenn ich sage, dass ich diese Möglichkeiten sehe, was passiert dann mit mir? Vor zwei Monaten noch hätte ich gleich herausgesprudelt, worüber ich mir Gedanken gemacht habe. Jetzt bin ich vorsichtiger geworden. Mr. Crenshaw und Don haben mich klüger gemacht.

»Sie dürfen nicht paranoid werden, Lou«, sagt der Arzt. »Für jemanden außerhalb des sozialen Mainstream ist es eine ständige Versuchung zu glauben, dass alle etwas Schlimmes im Schilde führen, aber es ist nicht gesund, so zu denken.«

Ich sage nichts. Ich denke an Dr. Fornum, Mr. Crenshaw und Don. Es gibt Leute, die Menschen wie mich nicht mögen. Manchmal versuchen diese Leute, die Menschen wie mich nicht mögen, tatsächlich, mir ein Leid zuzufügen. Wäre es Paranoia gewesen, wenn ich von Anfang an den Verdacht gehabt hätte, dass Don meine Reifen zerstochen hat? Ich glaube nicht. Ich hätte eine Gefahr korrekt identifiziert. Gefahr korrekt zu identifizieren ist nicht paranoid.

»Sie müssen uns vertrauen, Lou, dass das funktioniert. Ich kann Ihnen etwas zur Beruhigung geben ...«

»Ich bin nicht aufgeregt«, sage ich. Ich bin nicht aufgeregt.

Es freut mich, dass ich über das, was er sagt, nachdenke und die versteckte Bedeutung dahinter erkenne, aber ich bin nicht aufgeregt, auch wenn er mich manipulieren will. »Ich versuche zu verstehen, aber ich bin nicht aufgeregt.«

Er entspannt sich. Die Muskeln in seinem Gesicht werden ein wenig lockerer, vor allem um seine Augen und auf seiner Stirn. »Wissen Sie, Lou, das ist ein sehr kompliziertes Thema. Sie sind ein intelligenter Mann, aber es ist nicht wirklich Ihr Gebiet. Man braucht ein jahrelanges Studium, um alles zu verstehen. Eine kurze Lektüre und vielleicht ein paar Websites im Internet bringen Sie noch lange nicht auf den neuesten Stand. Es verwirrt Sie nur und jagt Ihnen Angst ein, wenn Sie es versuchen. Ich wäre ja auch nicht in der Lage, Ihre Arbeit zu tun. Warum lassen Sie uns also nicht unsere Arbeit machen und Sie machen Ihre?«

Weil es mein Gehirn und meine Persönlichkeit ist, die Sie verändern wollen. Weil Sie nicht die ganze Wahrheit gesagt haben und ich nicht sicher bin, ob Sie in meinem besten Interesse – oder überhaupt in meinem Interesse – handeln.

»Mir ist wichtig, wer ich bin«, sage ich.

»Sie meinen, es gefällt Ihnen, autistisch zu sein?« Seine Stimme klingt verächtlich; er kann sich nicht vorstellen, dass jemand wie ich sein möchte.

»Ich bin gern ich«, sage ich. »Autismus ist ein Teil von mir; es ist nicht das Ganze.« Ich hoffe, das stimmt, dass ich mehr bin als meine Diagnose.

»Und wenn wir den Autismus loswerden, sind Sie dieselbe Person, nur nicht autistisch.«

Er hofft, dass das wahr ist; er denkt vielleicht sogar, dass es wahr ist, aber er glaubt es nicht absolut. Seine Angst, es könnte nicht wahr sein, dringt ihm aus jeder Pore. Sein Gesicht verzieht sich zu einem Ausdruck, der mich überzeugen soll, aber falsche Aufrichtigkeit ist ein Ausdruck, den ich seit meiner Kindheit kenne. Jeder Therapeut, jeder Lehrer, jeder Arzt hatte diesen Gesichtsausdruck im Repertoire, diesen besorgt/fürsorglichen Ausdruck.

Am meisten ängstigt mich, dass sie vielleicht – nein, sie werden es bestimmt tun – am Gedächtnis herumbasteln werden und nicht nur an aktuellen Verbindungen. Sie müssen genauso gut wie ich wissen, dass meine gesamte Erfahrung aus dieser autistischen Perspektive kommt. Das hat mich zu dem gemacht, der ich bin. Daran ändert sich auch durch die Veränderung der Verbindungen nichts. Wenn ich jedoch die Erinnerung daran verliere, wie es ist, so zu sein, wie ich jetzt bin, dann habe ich alles verloren, woran ich fünfunddreißig Jahre lang gearbeitet habe. Ich möchte das nicht verlieren. Ich möchte mich an Dinge nicht nur so erinnern, wie ich mich an die Dinge in Büchern erinnere; ich möchte nicht, dass Marjory zu jemandem wird, den ich auf einem Videoschirm gesehen habe. Ich möchte die Gefühle, die zu den Erinnerungen gehören, behalten.

[18]

An Sonntagen fahren die öffentlichen Verkehrsmittel nach einem anderen Fahrplan als wochentags, obwohl der Sonntag nur für eine Minderheit ein heiliger Tag ist. Wenn ich nicht mit dem Auto zur Kirche fahre, komme ich entweder viel zu früh oder ein bisschen zu spät an. Es ist ungezogen, zu spät zu kommen, und Gott gegenüber ungezogen zu sein, ist ungezogener als alle anderen Arten von Ungezogenheit.

Es ist sehr still, als ich ankomme. Die Kirche, in die ich gehe, hat einen sehr frühen Gottesdienst ohne Musik, und einen Gottesdienst mit Musik um 10.30 Uhr. Ich komme gern früh, sitze in der dämmrigen Stille und beobachte, wie sich das Licht durch die bunten Scheiben der Fenster bewegt. Heute denke ich dabei über Don und Marjory nach.

Ich sollte hier eigentlich nicht über Don und Marjory nachdenken, sondern über Gott. Richte deine Gedanken auf Gott, sagte ein Priester, der hier immer war, und du kannst nicht irre gehen. Es ist schwer, seine Gedanken auf Gott zu richten, wenn ich das Bild von Dons Pistolenmündung im Kopf habe. Sie war so rund und dunkel wie ein schwarzes Loch. Genau wie ein schwarzes Loch wollte sie mich hineinziehen in die permanente Dunkelheit. Ins Nichts.

Ich weiß nicht, was nach dem Tod kommt. In der Bibel steht es mal so und mal so. Manche Menschen betonen, dass die Tugendhaften gerettet werden und zum Himmel auffahren, und andere sagen, dass man erwählt werden muss. Ich kann mir nicht vorstellen, dass es etwas ist, was wir beschreiben können. Wenn ich versuche, darüber nachzudenken, kommt es mir, bis heute, wie ein Muster aus Licht vor, kompliziert und wunderschön, wie die Bilder, die die Astronomen mit ihren Teleskopen vom Weltall machen, für jede Wellenlänge eine andere Farbe.

Aber jetzt, nach Dons Attacke, sehe ich das Dunkel, das schneller als Licht aus der Mündung der Pistole herausrast, um mich ins schwarze Nichts hineinzuziehen.

Und doch sitze ich hier, auf diesem Platz, in dieser Kirche, und lebe noch. Licht strömt durch das bleiverglaste Fenster über dem Altar, üppige Farben schimmern auf dem Altartuch, dem Holz, dem Teppich. So früh am Tag reicht das Licht weiter in die Kirche hinein als später während des Gottesdienstes.

Ich hole tief Luft, rieche Kerzenwachs und einen Hauch von Weihrauch vom ersten Gottesdienst. Es riecht nach Reinigungsmitteln und Büchern – in unserer Kirche sind die Gesangbücher noch aus Papier.

Ich bin lebendig, ich bin im Licht. Dieses Mal war die Dunkelheit nicht schneller als das Licht. Aber ich bin unruhig, so als jagte sie mich noch und käme immer näher, wo ich sie nicht sehen kann.

Ich sitze hinten in der Kirche, aber hinter mir ist ein offener Raum. Normalerweise stört mich das nicht, aber heute wünsche ich mir, dass dort eine Wand wäre.

Ich versuche, mich auf das Licht zu konzentrieren, auf die langsame Verkürzung der Farbflecken, während die Sonne höher steigt. In einer Stunde legt das Licht eine Entfernung zurück, die jeder sehen könnte, aber es ist nicht das Licht, das sich bewegt; der Planet bewegt sich. Ich vergesse das und benutze dieselben Ausdrücke und Redewendungen wie jeder andere. Aber immer wenn ich mich wieder daran erinnere, dass die Erde sich bewegt, durchzuckt mich die Freude wie ein Schlag.

Wir drehen uns immer ins Licht und wieder heraus. Es ist unsere Geschwindigkeit, nicht die des Lichts oder der Dunkelheit, die unsere Tage und Nächte erschafft. War es meine Geschwindigkeit, die uns in den dunklen Raum gebracht hat, wo Don mich verletzen wollte? Oder war es meine Geschwindigkeit, die mich gerettet hat?

Erneut versuche ich, mich auf Gott zu konzentrieren, und das Licht weicht so weit zurück, dass es das Messingkreuz auf seinem hölzernen Sockel anstrahlt. Das Schimmern des gelben Metalls vor den violetten Schatten dahinter ist atemberaubend.

An diesem Ort ist das Licht immer schneller als die Dunkelheit; die Geschwindigkeit der Dunkelheit spielt keine Rolle.

»Hier bitte, Lou!«

Die Stimme erschreckt mich. Ich zucke zusammen, sage jedoch nichts, und es gelingt mir sogar, die grauhaarige Frau anzulächeln, die mir die Gottesdienstordnung hinhält. Sonst merke ich immer, wenn die Leute eintreffen, sodass ich nicht so überrascht bin.

Sie lächelt mich an. »Ich wollte Sie nicht erschrecken«, sagt sie.

»Ist schon gut«, erwidere ich. »Ich habe nur nachgedacht.«

Sie nickt und geht zu den anderen Kirchgängern, ohne noch etwas zu sagen. Auf ihrem Namensschild steht *Cynthia Kressman*. Sie verteilt jede dritte Woche die Gottesdienstzettel, und an den anderen Sonntagen sitzt sie immer auf der anderen Seite des Mittelgangs vier Reihen vor mir.

Ich bin jetzt aufmerksam und achte auf die Leute, die hereinkommen. Der alte Mann an zwei Stöcken, der durch den Mittelgang bis nach vorne humpelt. Er kam immer zusammen mit seiner Frau, aber sie starb vor vier Jahren. Die drei alten Frauen, die immer zusammen kommen, außer wenn eine krank ist, und in der dritten Reihe auf der linken Seite sitzen. Nacheinander tröpfeln die Leute herein. Ich sehe, wie sich der Kopf der Organistin über die Manuale senkt. Dann ertönt ein leises »mmph«, und die Musik setzt ein.

Meine Mutter hat immer gesagt, es sei falsch, nur wegen der Musik in die Kirche zu gehen. Das ist auch nicht der einzige Grund, warum ich in die Kirche gehe. Ich gehe in die Kirche, um zu lernen, wie ich ein besserer Mensch werde. Aber die Musik ist einer der Gründe, warum ich in die Kirche gehe. Heute ist wieder Bach an der Reihe – die Organistin liebt Bach –, und ich kann mühelos den zahlreichen Melodien des Musters folgen, während sie spielt.

Musik so im wirklichen Leben zu hören, ist ganz anders, als einer Konserve zu lauschen. Ich bin mir dann des Raumes, in dem ich mich befinde, stärker bewusst; ich kann hören, wie der Schall von den Wänden springt und Harmonien bildet, die nur an diesem Ort möglich sind. Ich habe Bach auch schon in anderen Kirchen gehört, und irgendwie macht die Musik immer Harmonien, nie Disharmonien. Das ist ein großes Mysterium.

Die Musik hört auf. Ich höre leises Murmeln hinter mir, als sich der Chor und die Geistlichen aufstellen. Ich ergreife das Gesangbuch und suche die Nummer für das Eingangslied. Die Orgel setzt wieder ein, spielt die Melodie einmal, und dann ertönen laute Stimmen um mich herum. Jemand hinkt ein bisschen hinterher und singt die hohen Töne immer einen Moment später als die anderen. Ich senke meinen Kopf, als der Gekreuzigte vorbeigetragen wird, und dann kommt der Chor, die Frauen zuerst und dann die Männer, in ihren dunkelroten Gewändern mit den weißen Kragen. Ich höre jede einzelne Stimme. Ich lese die Wörter und singe, so gut ich kann. Am besten gefällt es mir, wenn die letzten beiden Männer vorbeikommen; sie haben sehr tiefe Stimmen, und das Geräusch, das sie machen, vibriert in meiner Brust.

Nach dem Lied sprechen wir alle zusammen ein Gebet. Ich

kenne die Worte auswendig. Ich weiß sie schon, seit ich ein kleiner Junge war. Ein weiterer Grund neben der Musik, in diese Kirche zu gehen, ist der vorhersagbare Ablauf des Gottesdienstes. Ich kann die vertrauten Worte sagen, ohne darüber zu stolpern. Ich weiß, wann ich sitzen, stehen, knien, sprechen, singen und zuhören muss. Ich fühle mich nicht unbeholfen und langsam. Wenn ich in andere Kirchen gehe, mache ich mir mehr Gedanken darüber, ob ich das Richtige zum richtigen Zeitpunkt tue, als über Gott. Hier fällt es mir durch die Routine leichter, Gott zuzuhören.

Heute liest Cynthia Kressman aus dem Alten Testament. Ich lese in der Gottesdienstordnung mit. Wenn ich nur zuhöre oder nur lese, ist es schwer, alles zu verstehen; beides zusammen funktioniert besser. Zuhause lese ich die Lektionen immer im Voraus, auf dem Kalender, den die Kirche jedes Jahr austeilt. Das hilft mir, zu wissen, was auf mich zukommt. Ich freue mich immer, wenn wir zusammen den Psalm lesen; es macht ein Muster wie ein Gespräch.

Die Evangeliumslesung ist nicht das, was ich erwartet habe: Statt einer Lesung aus dem Matthäus-Evangelium gibt es eine Johannes-Lesung. Aufmerksam lese ich mit, als der Priester laut vorliest. Es ist die Geschichte des Mannes, der am Teich von Siloa Heilung wollte, aber niemanden fand, der ihn in den Teich hob. Jesus fragte ihn, ob er wirklich geheilt werden wolle.

Ich fand immer, dass das eine dumme Frage war. Warum sollte der Mann denn an dem heilenden Teich liegen, wenn er nicht geheilt werden wollte? Warum würde er sich denn sonst beklagen, dass niemand ihn ins Wasser hebt, wenn er nicht geheilt werden wollte?

Gott stellt keine dummen Fragen. Es darf also gar keine dumme Frage sein, aber wenn sie nicht dumm ist, was bedeutet sie dann?

Unser Pfarrer beginnt mit der Predigt. Ich rätsele immer

noch an der Frage herum, als seine Stimme meine Gedanken wiedergibt.

»Warum fragt Jesus den Mann, ob er geheilt werden wolle? Ist das nicht irgendwie dumm? Er liegt da und wartet auf seine Chance zur Heilung... Er will doch ganz bestimmt geheilt werden.«

Genau, denke ich.

»Wenn Gott keine Spielchen mit uns spielt, indem er dumme Fragen stellt, was bedeutet dann diese Frage: *Möchtest du geheilt werden?* Sehen wir uns doch einmal an, wo wir diesen Mann antreffen: am Teich, der für seine heilende Kraft bekannt ist, wo *ein Engel kommt und in Abständen das Wasser aufwühlt...*, und die Kranken müssen ins Wasser tauchen, während es noch brodelt. Wir sind an einem Ort, wo die Kranken geduldige Patienten sind, die auf das Heilmittel warten. Sie wissen, dass sie geheilt werden können, wenn sie ins Wasser gehen. Sie wollen nichts anderes... Sie sind an diesem Ort, weil sie nicht nur geheilt werden wollen, sondern mit dieser ganz besonderen Methode geheilt werden wollen.

In der heutigen Welt würde man vielleicht sagen, dass sie jemandem ähneln, der glaubt, dass ein bestimmter Arzt – ein weltberühmter Spezialist – ihn von seinem Krebs heilen kann. Er geht ins Krankenhaus und will zu diesem Arzt und niemandem sonst, weil er sicher ist, dass nur seine Methode ihn wieder gesund machen kann.

Der gelähmte Mann konzentriert sich also auf den heilenden Teich, wobei er ganz sicher ist, dass die Hilfe, die er braucht, jemand ist, der ihn zum richtigen Zeitpunkt ins Wasser trägt.

Die Frage von Jesus aber fordert ihn heraus. Er soll sich überlegen, ob er bloß gesund werden will oder ob er diese bestimmte Erfahrung möchte. Wenn er ohne den Teich geheilt werden könnte, würde er diese Heilung dann immer noch wollen?

Manche Prediger stellen diese Geschichte als Beispiel für selbstverursachte Lähmung, hysterische Paralyse dar – der Mann bleibt gelähmt, weil er gelähmt bleiben will. Es geht um eine seelische, nicht um eine körperliche Erkrankung. Aber ich glaube, die Frage, die Jesus stellt, ist kein seelisches, sondern ein Erkenntnisproblem. Kann der Mann über den Tellerrand hinausschauen? Kann er eine Heilung akzeptieren, die nicht so ist, wie er es erwartet? Die über das Gesundwerden seiner Beine und seines Rückens hinausgeht und Geist, Verstand und Körper umfasst?

Ich frage mich, was der Mann wohl sagen würde, wenn er nicht gelähmt wäre, sondern autistisch. Würde er dann überhaupt an den Teich gehen, um Heilung zu suchen? Cameron würde bestimmt hingehen. Ich schließe die Augen und sehe, wie Cameron, von Licht umgeben, ins Wasser taucht. Dann verschwindet er. Linda besteht darauf, dass wir keine Heilung brauchen, dass nur mit denen etwas nicht stimmt, die uns nicht akzeptieren. Ich kann mir vorstellen, wie sich Linda durch die Menge drängt, um vom Teich wegzukommen.

Ich denke nicht, dass ich geheilt werden muss, nicht vom Autismus. Andere Leute möchten, dass ich geheilt werde, ich selbst aber nicht. Ich überlege, ob der Mann wohl eine Familie hatte, die es leid war, ihn auf seiner Trage herumzuschleppen. Ich frage mich, ob er Eltern hatte, die gesagt haben: »Zumindest könntest du es ja *versuchen*.« Oder vielleicht eine Frau, die gesagt hat: »Na los, versuch es; es tut schon nicht weh.« Oder Kinder, die von anderen Kindern gehänselt wurden, weil ihr Vater nicht arbeiten konnte. Ich frage mich, ob vielleicht auch andere Leute nicht deshalb an den Teich gekommen sind, weil sie geheilt werden wollten, sondern weil andere es von ihnen verlangt haben.

Seit meine Eltern gestorben sind, falle ich niemandem mehr zur Last. Mr. Crenshaw findet, ich sei eine Belastung für das Unternehmen, aber ich glaube nicht, dass das stimmt.

Ich liege nicht neben einem Teich und bettle die Leute an, mich ins Wasser zu tragen. Ich versuche, sie davon abzuhalten, mich hineinzuwerfen. Ich glaube sowieso nicht, dass es ein heilender Teich ist.

»... und so stellt sich uns heute die Frage: Wollen wir die Macht des Heiligen Geistes tatsächlich in unserem Leben oder tun wir nur so?« Der Pfarrer hat einiges gesagt, was ich nicht gehört habe. Das aber höre ich, und ein Schauer läuft mir über den Rücken.

»Sitzen wir hier neben dem Teich und warten geduldig, aber passiv darauf, dass ein Engel kommt, um das Wasser zu bewegen, während neben uns der lebendige Gott steht, bereit, uns das ewige, reiche Leben zu schenken, wenn wir ihm nur unsere Hände und Herzen entgegenhalten, um das Geschenk anzunehmen?

Ich glaube, bei vielen von uns ist das so. Ich glaube, wir alle verhalten uns manchmal so, und gerade jetzt sitzen viele von uns da und lamentieren, dass niemand da ist, der sie ins Wasser hebt, wenn der Engel kommt.« Er schweigt und blickt sich in der Kirche um; ich sehe Leute zusammenzucken und andere entspannen sich, als sein Blick sie trifft. »Schaut euch um, jeden Tag, an jedem Ort! Seht in die Augen von jedem, dem ihr begegnet! So wichtig, wie diese Kirche in eurem Leben sein mag, Gott sollte größer sein – und Er ist überall und immerzu, in jedem und allem. Fragt euch selber: *Möchte ich geheilt werden?*, und wenn ihr nicht mit ja antworten könnt, dann beginnt euch zu fragen, warum nicht. Denn ich bin sicher, Er steht neben jedem von euch und stellt diese Frage. Er ist bereit, euch zu heilen, sobald ihr bereit seid, geheilt zu werden.«

Ich starre ihn an und vergesse fast aufzustehen und das Glaubensbekenntnis zu sprechen, das als nächstes drankommt.

Ich glaube an Gott den Vater, Schöpfer des Himmels und

der Erde und alles Sichtbaren und Unsichtbaren. Ich glaube, dass Gott bedeutend ist und keine Fehler macht. Meine Mutter machte immer Witze über die Fehler Gottes, aber ich glaube nicht, dass Gott Fehler macht. Also ist es keine dumme Frage.

Möchte ich geheilt werden? Und wovon?

Das einzige Ich, das ich kenne, ist mein Ich, die Person, die ich jetzt bin, der autistische Spezialist für Bioinformatik, der zum Fechttraining geht und Marjory liebt.

Und ich glaube an Jesus Christus, der dem Mann am Teich diese Frage stellte. Der Mann, der vielleicht – das erzählt uns die Geschichte nicht – bloß deshalb dorthin gekommen ist, weil die Leute es leid waren, dass er krank und behindert war. Vielleicht war er ja ganz zufrieden damit gewesen, den ganzen Tag nur herumzuliegen, aber er war im Weg.

Was hätte Jesus gemacht, wenn der Mann gesagt hätte: »Nein, ich will nicht geheilt werden; ich bin ganz zufrieden, so wie ich bin«? Wenn er gesagt hätte: »Mit mir ist doch alles in Ordnung; aber meine Verwandten und Nachbarn haben darauf bestanden, dass ich hierher komme«?

Ich spreche das Glaubensbekenntnis ganz automatisch, mechanisch, während ich in Gedanken immer noch mit der Predigt ringe. Mir fällt ein, dass ein Klassenkamerad in meinem Heimatort, der herausfand, dass ich in die Kirche ging, mich gefragt hat: »Glaubst du wirklich an den Kram oder ist es nur eine Gewohnheit?«

Wenn es nur eine Gewohnheit ist, bedeutet das dann, dass man nicht glaubt? Wenn der Mann Jesus geantwortet hätte, er wolle eigentlich gar nicht geheilt werden, sondern seine Verwandten bestünden darauf, dann hätte Jesus vielleicht trotzdem dafür gesorgt, dass der Mann aufgestanden und gegangen wäre.

Vielleicht hält Gott es ja für besser, dass ich nicht autistisch bin. Vielleicht will Gott, dass ich mich behandeln lasse.

Mir ist plötzlich kalt. Hier habe ich mich akzeptiert gefühlt – akzeptiert von Gott, vom Priester und von den Leuten, zumindest von den meisten. Gott weist die Blinden, die Tauben, die Gelähmten und die Verrückten nicht zurück. Das habe ich gelernt, und das glaube ich. Wenn ich mich nun geirrt habe? Wenn Gott will, dass ich ganz anders bin, als ich bin?

Den Rest des Gottesdienstes bleibe ich sitzen. Ich gehe nicht zur Kommunion. Einer der Helfer fragt, ob alles in Ordnung ist, und ich nicke. Er blickt mich besorgt an, lässt mich aber in Ruhe. Nach dem Schlusschoral warte ich, bis die anderen weg sind, und dann gehe ich zur Tür. Der Pfarrer steht noch da und plaudert mit einem der Helfer. Er lächelt mich an.

»Hallo, Lou. Wie geht es Ihnen?« Er drückt mir nur kurz die Hand, weil er weiß, dass ich langes Händeschütteln nicht mag.

»Ich weiß nicht, ob ich geheilt werden möchte«, sage ich.

Sein Gesicht verzieht sich zu einer besorgten Miene. »Lou, ich habe nicht über Sie – über Menschen wie Sie – gesprochen. Es tut mir leid, wenn Sie das gedacht haben – ich habe über spirituelle Heilung gesprochen. Sie wissen, dass wir Sie akzeptieren, wie Sie sind...«

»Sie ja«, erwidere ich, »aber Gott?«

»Gott liebt Sie, wie Sie sind und wie Sie werden«, sagt der Priester. »Es tut mir leid, wenn ich Sie mit meinen Worten verletzt habe...«

»Ich bin nicht verletzt«, sage ich. »Ich weiß nur nicht...«

»Möchten Sie darüber sprechen?«, fragt er.

»Jetzt nicht«, sage ich. Ich weiß nicht, was ich im Moment denken soll, deshalb will ich auch nicht fragen, bis ich sicher bin.

»Sie sind nicht zur Kommunion gekommen«, sagt er. Ich bin überrascht; ich habe nicht erwartet, dass er es bemerkt. »Bitte, Lou – lassen Sie nicht zu, dass etwas, was ich gesagt habe, zwischen Ihnen und Gott steht.«

»Nein, das wird nicht geschehen«, sage ich. »Es ist nur – ich muss nachdenken.« Ich wende mich ab, und er lässt mich gehen. Das ist auch gut an meiner Kirche. Sie ist da, mischt sich aber nicht ständig ein. In der Schulzeit bin ich eine Zeit lang in eine Kirche gegangen, wo jeder ständig am Leben des anderen teilhaben wollte. Wenn ich erkältet war und nicht am Gottesdienst teilnahm, rief bestimmt jemand an, um nach dem Grund zu fragen. Sie behaupteten, sie seien besorgt und fürsorglich, aber ich fühlte mich erdrückt. Sie sagten, ich sei kalt und müsse spiritueller werden; sie wussten nichts von mir und wollten nicht zuhören.

Ich drehe mich wieder um; der Pfarrer zieht die Augenbrauen hoch, wartet aber, bis ich etwas sage.

»Ich weiß nicht, warum Sie diese Woche über diese Textstelle aus der Bibel gesprochen haben«, sage ich. »Es steht nicht auf dem Plan.«

»Ah«, sagt er. Sein Gesicht entspannt sich. »Wussten Sie nicht, dass das Johannes-Evangelium nie auf dem Plan steht? Es ist unsere Geheimwaffe, die wir Pfarrer immer aus dem Ärmel ziehen, wenn wir glauben, die Gemeinde braucht es.«

Das war mir schon aufgefallen, aber ich hatte nie gefragt, warum.

»Ich habe diese Textstelle gerade für heute ausgesucht, weil ... Lou, wie stark beteiligen Sie sich am Gemeindeleben?«

Wenn jemand mit einer Antwort beginnt und sie dann in etwas anderes verwandelt, ist es schwer zu verstehen, aber ich versuche es. »Ich gehe in die Kirche«, sage ich. »Fast jeden Sonntag ...«

»Haben Sie Freunde in der Gemeinde?«, fragt er. »Ich meine, Leute, mit denen Sie auch außerhalb der Kirche Zeit verbringen und mit denen Sie vielleicht darüber reden, wie sich die Kirche entwickelt?«

»Nein«, antworte ich. Seit dieser einen Kirche möchte ich den Leuten in der Kirche nicht zu nahekommen.

»Nun, dann wissen Sie vielleicht nicht, dass es in der letzten Zeit viele Auseinandersetzungen gegeben hat. Wir haben viele neue Mitglieder in der Gemeinde – die meisten von ihnen kommen aus einer anderen Kirche, wo es einen großen Streit gegeben hat, sodass sie dort weggegangen sind.«

»Einen Streit in der Kirche?« Ich spüre, wie sich mein Magen zusammenzieht; es ist doch sicher furchtbar falsch, sich in der Kirche zu streiten.

»Diese Leute waren wütend und aufgebracht, als sie zu uns kamen«, sagt der Pfarrer. »Ich wusste, dass es lange dauert, bis sie sich wieder beruhigt haben und die Wunden geheilt sind. Ich ließ ihnen Zeit. Aber sie sind immer noch wütend und streiten sich immer noch – mit den Leuten in ihrer alten Kirche, und auch hier haben sie Streitigkeiten mit Leuten angefangen, die immer gut miteinander ausgekommen sind.« Er blickt mich über den Rand seiner Brille an. Die meisten Leute lassen sich die Augen operieren, wenn sie nicht mehr gut sehen können, aber er trägt eine altmodische Brille.

Ich grübele über das, was er gesagt hat. »Also... haben Sie über den Wunsch nach Heilung gesprochen, weil diese Leute immer noch wütend sind?«

»Ja. Ich fand, sie brauchten eine Herausforderung. Sie sollten merken, dass Gott nicht heilend in ihrem Leben wirken kann, wenn sie immer wieder dieselben alten Auseinandersetzungen haben und wütend auf die Leute sind, die sie schon längst hinter sich gelassen haben.« Er schüttelt den Kopf, blickt einen Moment lang zu Boden und sieht mich dann wieder an. »Lou, Sie wirken immer noch ein bisschen aufgeregt. Sind Sie sicher, dass Sie mir nicht sagen können, worum es geht?«

Ich will jetzt nicht mit ihm über die Behandlung sprechen, aber es ist schlimmer, hier in der Kirche nicht die Wahrheit zu sagen, als anderswo.

»Ja«, erwidere ich. »Sie haben gesagt, Gott liebt uns und akzeptiert uns, wie wir sind. Aber dann haben Sie auch gesagt, die Menschen sollten sich ändern und sollten Heilung annehmen. Nur, wenn wir so akzeptiert werden, wie wir sind, dann sollen wir vielleicht auch so sein. Und wenn wir uns ändern sollen, dann stimmt es nicht, dass wir so akzeptiert werden, wie wir sind.«

Er nickt. Ich weiß nicht, ob das bedeutet, dass er mir zustimmt und dass das, was ich gesagt habe, korrekt ist, oder ob es bedeutet, dass wir uns ändern sollen. »Dieser Pfeil war wahrhaftig nicht auf Sie gerichtet, Lou, und es tut mir leid, dass er Sie getroffen hat. Ich fand immer, dass Sie sehr gut mit der Situation zurechtkommen – dass Sie zufrieden sind innerhalb der Grenzen, die Gott Ihrem Leben auferlegt hat.«

»Ich glaube nicht, dass das Gott war«, sage ich. »Meine Eltern sagten, es sei ein Unfall – manche Menschen seien einfach so geboren. Wenn es jedoch tatsächlich Gott war, wäre es falsch, es zu ändern, oder?«

Er blickt mich überrascht an.

»Aber jeder hat immer von mir verlangt, ich solle mich ändern, sosehr ich konnte, ich solle so normal sein, wie ich konnte, und wenn diese Forderung richtig ist, dann glauben sie nicht, dass die Grenzen – der Autismus – von Gott kommen. Ich bin mir darüber nicht schlüssig. Ich muss wissen, was von beidem es ist.«

»Hmmm...« Er wippt auf den Fersen vor und zurück und blickt eine Weile an mir vorbei. »So habe ich es noch nie gesehen, Lou. In der Tat, wenn die Menschen Behinderungen als von Gott gegeben ansehen, dann ist das Warten am Teich die einzig vernünftige Antwort. Man wirft nicht etwas weg, was Gott einem geschenkt hat. Aber eigentlich – ich stimme Ihnen zu. Ich kann nicht wirklich verstehen, warum es Gottes Wunsch sein sollte, dass Menschen mit Behinderungen zur Welt kommen.«

»Also sollte ich davon geheilt werden wollen, auch wenn es gar keine Heilung gibt?«

»Ich glaube, unser Wunsch soll Gottes Willen entsprechen. Kompliziert dabei ist nur, dass wir meist nicht wissen, was er will«, sagt er.

»Sie wissen es«, erwidere ich.

»Ich weiß es zum Teil. Gott will, dass wir aufrichtig, freundlich und hilfsbereit sind. Aber ob Gott will, dass wir jedem kleinen Hinweis auf ein Heilmittel für unsere Krankheiten folgen ... das weiß ich nicht. Vermutlich nur, wenn sie uns daran hindern, Gottes Kinder zu sein. Und manche Dinge können die Menschen auch nicht heilen, deshalb müssen wir zusehen, dass wir so gut wie möglich damit zurechtkommen. Grundgütiger, Lou, Sie kommen aber auch auf schwierige Themen!« Er lächelt mich an, und es sieht aus wie ein echtes Lächeln, mit Augen und Mund und dem ganzen Gesicht. »Sie wären ein interessanter Seminarstudent gewesen.«

»Ich konnte nicht zum Seminar gehen«, sage ich. »Ich konnte noch nicht einmal die Sprachen lernen.«

»Da bin ich mir nicht so sicher«, sagt er. »Ich werde noch über das nachdenken, was Sie gesagt haben, Lou. Wenn Sie wieder mit mir reden möchten ...«

Das ist ein Signal, dass er jetzt nicht mehr reden will. Ich weiß nicht, warum normale Leute nicht einfach sagen können: *Ich will mich jetzt nicht mehr unterhalten*, und weggehen. Ich kenne einige der Signale, aber ich wünschte, sie wären logischer.

Der Bus nach der Kirche hat Verspätung, deshalb habe ich ihn nicht verpasst. Ich stehe an der Ecke und denke über die Predigt nach. Nur wenige Leute fahren sonntags mit dem Bus, deshalb finde ich gleich einen Platz. Ich blicke hinaus auf die Bäume, die im Herbstlicht bronze- und kupferfarben schimmern. Als ich klein war, wurden die Bäume noch rot und golden, aber diese Bäume sind alle an der Hitze gestorben, und die heutigen Bäume sind langweiliger.

In der Wohnung lese ich wieder. Ich würde Cego und Clinton bis morgen gern fertig lesen. Ich bin sicher, dass sie mich auffordern werden, etwas zu der Behandlung zu sagen und eine Entscheidung zu treffen. Ich bin noch nicht bereit, eine Entscheidung zu treffen.

»Hallo, Pete«, sagte die Stimme. Aldrin erkannte sie nicht. »Hier spricht John Slazik.«

Aldrin erstarrte; auf einmal schlug ihm das Herz bis zum Hals. General John L. Slazik, US Air Force, im Ruhestand. Seit kurzem Vorstandsvorsitzender des Unternehmens.

Aldrin schluckte, dann bemühte er sich um einen ruhigen Tonfall. »Ja, Mr. Slazik.« Eine Sekunde später dachte er, er hätte vielleicht besser sagen sollen, »Ja, General«, aber jetzt war es zu spät. Er wusste sowieso nicht, ob pensionierte Generäle in ziviler Umgebung noch mit ihrem Rang angesprochen werden wollten.

»Ich wollte gern wissen, was Sie mir über dieses kleine Projekt von Gene Crenshaw berichten können.« Slaziks Stimme war tief, warm und glatt wie guter Brandy und auch mindestens genauso stark.

Aldrin spürte förmlich, wie ihm das Feuer in die Venen drang. »Ja, Sir.« Er versuchte, seine Gedanken zu ordnen. Einen Anruf vom Vorstandsvorsitzenden höchstpersönlich hatte er nicht erwartet. Er ratterte eine Erklärung herunter, in der er die Studie, die autistische Abteilung, die Notwendigkeit, Kosten zu senken und seine Sorge, dass Crenshaws Plan negative Konsequenzen sowohl für das Unternehmen als auch für die autistischen Angestellten haben würde, erwähnte.

»Ich verstehe«, sagte Slazik. Aldrin hielt den Atem an, »Wissen Sie, Pete«, sagte Slazik dann freundlich, »es bereitet mir ein wenig Sorge, dass Sie nicht sofort zu mir gekommen sind. Sicher, ich bin neu hier, aber ich möchte wirklich gern wissen, was los ist, bevor die heiße Kartoffel mich ins Gesicht trifft.«

»Entschuldigung, Sir«, sagte Aldrin. »Das wusste ich nicht. Ich habe versucht, mich streng an den Dienstweg zu halten...«

»Hmm.« Slazik holte tief Luft. »Nun, ich verstehe Ihren Standpunkt, aber manchmal muss man auch eine Ausnahme machen. Für mich wäre es hilfreich gewesen, wenn Sie mir einen Hinweis gegeben hätten.«

»Entschuldigung, Sir«, wiederholte Aldrin. Sein Herz klopfte heftig.

»Nun, ich denke, wir haben es noch rechtzeitig in den Griff bekommen«, sagte Slazik. »Es ist ja noch nicht bis zu den Medien gedrungen. Es freut mich, dass Sie sich um Ihre Leute ebenso sorgen wie um das Unternehmen. Ich hoffe, Ihnen ist klar, Pete, dass ich keinerlei illegale oder unethische Aktionen gegenüber den Angestellten oder irgendwelchen Versuchspersonen dulden würde. Ich bin mehr als überrascht und enttäuscht, dass einer meiner Untergebenen so etwas versucht hat.« Bei diesem letzten Satz bekam die Stimme auf einmal einen stählernen Klang, und Aldrin lief es kalt über den Rücken.

Gleich darauf aber wurde sie wieder freundlich. »Aber das ist nicht Ihr Problem. Pete, wir müssen das mit Ihren Leuten klären. Man hat ihnen eine Behandlung versprochen und ihnen gedroht, sie würden ihre Jobs verlieren. Bringen Sie das wieder in Ordnung. Die Rechtsabteilung schickt jemanden, der die Situation erklärt, aber ich möchte, dass Sie sie darauf vorbereiten.«

»Wie... wie sieht die Situation denn aus?«, fragte Aldrin.

»Wer seinen Job behalten will, hat ihn sicher«, erwiderte Slazik. »Wir rekrutieren keine Freiwilligen; wir sind hier nicht beim Militär, selbst wenn... jemand das anders sieht. Unsere Angestellten haben Rechte, und sie müssen der Behandlung nicht zustimmen. Andererseits ist es in Ordnung, wenn sie sich freiwillig der Behandlung unterziehen wollen; die Voruntersuchungen haben sie ja bereits hinter sich gebracht. Volle Bezahlung, kein Verlust des Pensionsanspruches – es handelt sich um einen Sonderfall.«

Aldrin hätte gern gefragt, was mit Crenshaw und ihm selber passieren würde, aber er hatte Angst, schlafende Löwen zu wecken.

»Ich werde Mr. Crenshaw zum Gespräch bestellen«, sagte Slazik. »Sprechen Sie nicht darüber und sagen Sie lediglich Ihren Leuten, dass sie nicht in Gefahr sind. Kann ich mich auf Sie verlassen?«

»Ja, Sir.«

»Kein Klatsch mit Shirley in der Buchhaltung oder Bart in der Personalabteilung oder irgendeinem Ihrer anderen Kontakte, verstanden?«

Aldrin wäre fast in Ohnmacht gefallen. Wie viel wusste Slazik? »Nein, Sir, ich werde mit niemandem sprechen.«

»Crenshaw ruft Sie möglicherweise an. Er wird vermutlich vor Wut kochen – aber machen Sie sich darüber keine Gedanken.«

»Nein, Sir.«

»Wenn sich die Aufregung ein wenig gelegt hat, möchte ich Sie gern persönlich kennen lernen, Pete.«

»Ja, Sir.«

»Wenn Sie es lernen könnten, ein bisschen besser mit dem System zu arbeiten, könnte der Eifer, mit dem Sie Unternehmensziele vertreten und für Ihre Leute einstehen, ein echter Gewinn für uns sein.« Slazik legte auf, bevor Aldrin etwas sagen konnte. Aldrin holte tief Luft. Lange saß er bewegungslos da und starrte blicklos die Uhr an.

Schließlich eilte er in Sektion A, bevor Crenshaw – der mittlerweile sicher auch schon einen Anruf erhalten hatte – ihn am Telefon anbrüllen konnte. Er fühlte sich zerbrechlich, verletzlich. Hoffentlich würde sein Team es ihm leicht machen.

Seit er letzte Woche meine Wohnung verlassen hat, habe ich Cameron nicht mehr gesehen. Es gefällt mir nicht, dass sein Auto meinem auf dem Firmenparkplatz nicht mehr gegenübersteht. Es gefällt mir nicht, dass ich nicht weiß, wo er ist und ob es ihm gut geht.

Die Symbole auf dem Bildschirm verschieben sich, Muster bilden sich und lösen sich auf, aber das ist nichts, was nicht schon früher passiert wäre. Ich schalte meinen Ventilator an. Das Drehen der Spiralen, die Bewegungen des reflektierten Lichts schmerzen in meinen Augen. Ich schalte den Ventilator ab.

Ich habe gestern Abend noch ein Buch gelesen. Ich wünschte, ich hätte es nicht gelesen.

Was man uns über uns selbst, als autistische Kinder, beigebracht hat, war nur ein Teil dessen, was die Leute, die uns unterrichteten, für wahr hielten. Später fand ich einiges davon heraus, aber manches wollte ich nie wirklich wissen. Ich fand es schon schwer genug, in der Welt zurechtzukommen, ohne alles zu wissen, was angeblich mit mir nicht in Ordnung war. Ich dachte, es würde ausreichen, wenn ich mein Verhalten nach außen hin anpasste. Das hatte man mir beigebracht: Verhalte dich normal, und du wirst als normal angesehen.

Wenn der Chip, den sie Don ins Gehirn einsetzen, ihn dazu bringt, sich normal zu verhalten, ist er dann auch normal? Ist es normal, einen Chip im Gehirn zu haben? Oder ein Gehirn zu haben, das einen Chip braucht, um ein normales Verhalten auszulösen?

Wenn ich ohne Chip normal wirken kann und Don einen Chip braucht, bedeutet das, dass ich normaler als er bin?

In dem Buch stand, dass Autisten dazu neigen, exzessiv über abstrakte philosophische Fragen wie diese nachzugrübeln, so wie es auch Psychotiker manchmal tun. Es bezog sich auf ältere Bücher, in denen die These aufgestellt worden war, dass autistische Personen kein wirkliches Gefühl für persönliche Identität haben. Sie verfügten zwar über eine gewisse Selbst-Definition, aber nur von einer sehr beschränkten und regeldiktierten Art.

Es macht mich ganz nervös, darüber nachzudenken, und über Dons Chip und darüber, was mit Cameron passiert.

Wenn meine Selbst-Definition beschränkt und regeldiktiert ist, so ist es doch zumindest meine Selbst-Definition und nicht die von jemand anderem. Ich mag Peperoni auf der Pizza, aber keine Sardellen. Wenn jemand mich verändert, mag ich dann immer noch Peperoni und keine Sardellen? Wenn nun die Person, die mich verändert, möchte, dass ich auf einmal Sardellen mag? Können die das verändern?

In dem Buch über die Arbeitsweise des Gehirns steht, dass ausgesprochene Vorlieben das Ergebnis der Interaktion von angeborener sensorischer Wahrnehmung und sozialer Konditionierung seien. Wenn die Person, die will, dass ich Sardellen mag, bei der sozialen Konditionierung nicht erfolgreich war und Zugang zu meiner sensorischen Wahrnehmung hat, dann kann diese Person durchaus erreichen, dass ich Sardellen mag.

Werde ich mich danach überhaupt noch daran erinnern, dass ich keine Sardellen mag – dass ich keine Sardellen mochte?

Der Lou, der keine Sardellen mochte, wird verschwunden sein, und der neue Lou, der Sardellen mag, wird ohne Vergangenheit existieren. Aber, wer ich bin, gehört ebenso zu meiner Vergangenheit wie, ob ich jetzt Sardellen mag oder nicht.

Wenn meine Wünsche erfüllt werden, spielt es dann eine Rolle, was es für Wünsche sind? Gibt es einen Unterschied zwischen einer Person, die Sardellen mag, und einer, die keine Sardellen mag? Wenn jeder Sardellen mögen oder alle keine Sardellen mögen würden, was würde das für einen Unterschied machen?

Für die Sardellen würde es einen großen Unterschied machen. Wenn alle Sardellen mögen würden, würden viel mehr Sardellen sterben. Es würde auch einen großen Unterschied für die Person machen, die Sardellen verkauft. Wenn alle Sardellen mögen würden, würde diese Person viel mehr Geld verdienen. Aber was würde es für mich bedeuten, für mein jetziges Ich oder für das Ich, das ich später sein werde? Würde ich gesünder oder weniger gesund sein, freundlicher oder weniger freundlich, klüger oder weniger klug, wenn ich Sardellen mögen würde? Bei anderen Leuten scheint es mir ziemlich gleichgültig zu sein, ob sie Sardellen essen oder nicht. Ich glaube, bei vielen Dingen spielt es keine Rolle, was die Leute mögen: welche Farben, welchen Geschmack oder welche Musik.

Mich zu fragen, ob ich geheilt werden wolle, ist, wie mich zu fragen, ob ich Sardellen essen wolle. Ich kann mir nicht vorstellen, wie es wäre, wenn ich Sardellen mögen würde, welchen Geschmack sie in meinem Mund haben würden. Leute, die Sardellen mögen, sagen mir, sie schmecken gut; Leute, die normal sind, sagen mir, es fühlt sich gut an, normal zu sein. Sie können aber den Geschmack oder das Gefühl nicht so beschreiben, dass ich es verstehe.

Muss ich geheilt werden? Wem schadet es, wenn ich nicht geheilt werde? Mir selbst, aber nur dann, wenn ich mich so, wie ich bin, schlecht fühle, und ich fühle mich nicht schlecht, außer wenn Leute sagen, ich sei keiner von ihnen, nicht normal. Angeblich kümmert es autistische Personen nicht, was andere von ihnen denken, aber das stimmt nicht. Mich stört es, und es tut weh, wenn die Leute mich nicht mögen, weil ich autistisch bin.

Selbst Flüchtlinge, die nur mit ihren Kleidern auf dem Leib in ein anderes Land kommen, haben ein Recht auf ihre Erinnerungen. Und wenn sie noch so verwirrt und ängstlich sind, sie haben einander zum Vergleich. Vielleicht können sie ihr Lieblingsessen nie wieder essen, aber sie können sich daran erinnern, dass sie es gern gegessen haben. Sie sehen vielleicht ihr Heimatland nie wieder, aber sie können sich daran erinnern, dass sie dort gelebt haben. Sie können beurteilen, ob ihr Leben besser oder schlechter ist, indem sie es mit ihren Erinnerungen vergleichen.

Ich möchte wissen, ob Cameron sich an den Cameron erinnert, der er war, ob er denkt, dass das Land, in das er gekommen ist, besser ist als das Land, das er verlassen hat.

Heute Nachmittag treffen wir uns wieder mit den Ärzten. Ich werde sie danach fragen.

Ich blicke auf die Uhr. Es ist 10.37 Uhr und 18 Sekunden, und ich habe heute Morgen noch nichts geschafft. Ich möchte an meinem Projekt auch nicht weiterarbeiten. Es ist das Projekt des Sardellenverkäufers und nicht mein Projekt.

[19]

Mr. Aldrin kommt in unser Gebäude. Er klopft an meine Tür und sagt: »Bitte, kommen Sie; ich muss in der Turnhalle mit Ihnen sprechen.« Mein Magen krampft sich zusammen. Ich höre, wie er auch an die Türen der anderen klopft. Sie kommen heraus, Linda und Bailey und Chuy und Eric und alle anderen, und wir gehen in die Turnhalle, alle mit angespannten Gesichtern. Ich versuche, mir keine Sorgen zu machen, aber ich spüre, wie ich zu schwitzen anfange. Wollen sie jetzt gleich mit der Behandlung anfangen? Unabhängig davon, wie wir uns entscheiden?

»Es ist kompliziert«, sagt Mr. Aldrin. »Andere Leute werden es Ihnen noch einmal erklären, aber ich möchte es Ihnen jetzt gleich sagen.« Er sieht aufgeregt aus und nicht so traurig wie vor ein paar Tagen. »Erinnern Sie sich noch, wie ich am Anfang gesagt habe, ich hielte es für falsch, Sie zu zwingen, sich behandeln zu lassen? Als ich mit Ihnen am Telefon gesprochen habe?«

Ich erinnere mich daran, aber ich erinnere mich auch daran, dass er nichts getan hat, um uns zu helfen, und dass er uns später gesagt hat, wir sollten zu unserem eigenen Besten einwilligen.

»Das Unternehmen ist der Ansicht, dass Mr. Crenshaw falsch gehandelt hat«, sagt Mr. Aldrin. »Sie möchten Ihnen mitteilen, dass Ihre Jobs völlig sicher sind, wie auch immer Sie sich entscheiden. Sie können hier weiter arbeiten, mit den gleichen unterstützenden Maßnahmen wie bisher.«

Ich muss die Augen schließen; es ist zu viel. Vor den dunklen Lidern formen sich tanzende Schatten, bunt und leuchtend vor Freude. Ich muss das nicht machen. Und wenn sie die ganze Behandlung nicht machen, muss ich mich nicht mal entscheiden, ob ich teilnehmen will oder nicht.

»Was ist mit Cameron?«, fragt Bailey.

Mr. Aldrin schüttelt den Kopf. »Ich habe gehört, dass er schon mit der Behandlung begonnen hat«, sagt er. »Ich glaube nicht, dass sie an diesem Punkt noch aufhören können. Aber er wird in voller Höhe entschädigt werden...«

Ich finde, das hört sich dumm an. Wie kann man jemanden dafür entschädigen, dass sein Gehirn verändert wird?

»Was Sie angeht«, sagt Mr. Aldrin, »so steht Ihnen die Behandlung selbstverständlich wie versprochen zur Verfügung, wenn Sie sich dafür entscheiden.«

Es war kein Versprechen, sondern eine Drohung. Das sage ich aber nicht.

»Während der Dauer der Behandlung und der Reha-Maßnahmen werden Sie auch weiterhin an Gehaltserhöhungen teilnehmen wie bisher; Ihr Rentenanspruch wird ebenfalls nicht angetastet. Die Rechtsabteilung des Unternehmens ist in Kontakt mit dem Center, und Vertreter von beiden werden Ihnen die rechtlichen Aspekte erklären und Ihnen in juristischen Fragen zur Seite stehen, wenn es nötig sein sollte.«

»Dann... dann ist es also völlig freiwillig? Richtig freiwillig?«, fragt Linda und blickt zu Boden.

»Ja. Völlig.«

»Ich verstehe nicht, warum Mr. Crenshaw seine Meinung geändert haben sollte«, sagt sie.

»Eigentlich hat nicht Mr. Crenshaw seine Meinung geändert«, erwidert Mr. Aldrin. »Jemand – Leute – weiter oben haben entschieden, dass Mr. Crenshaw einen Fehler gemacht hat.«

»Was passiert mit Mr. Crenshaw?«, fragt Dale.

»Ich weiß nicht«, sagt Mr. Aldrin. »Ich darf mit niemandem darüber reden, was passieren könnte, aber sie haben mir sowieso nichts gesagt.«

Ich glaube, wenn Mr. Crenshaw weiter für dieses Unternehmen arbeitet, wird er eine Möglichkeit finden, um uns Schwierigkeiten zu machen. Wenn das Unternehmen so seine Richtung ändern kann, kann es sich auch genauso schnell wieder in die andere Richtung drehen, wenn jemand anderer an der Spitze sitzt, genauso wie ein Auto je nach Fahrer in jede beliebige Richtung fahren kann.

»An Ihrem Treffen heute Nachmittag mit dem Ärzteteam werden auch Vertreter unserer Rechtsabteilung und des Centers teilnehmen«, sagt Mr. Aldrin. »Und wahrscheinlich noch ein paar andere Leute. Sie müssen aber Ihre Entscheidung nicht gleich treffen.« Auf einmal lächelt er, und es ist ein vollständiges Lächeln, über Mund, Augen, Wangen und Stirn, um uns zu zeigen, wie froh und entspannt er ist. »Ich bin sehr erleichtert«, sagt er. »Ich bin glücklich für Sie.«

Das ist auch so ein Ausdruck, der buchstäblich keinen Sinn macht. Ich kann glücklich oder traurig, wütend oder ängstlich sein, aber ich kann es nicht an Stelle von jemand anderem sein. Mr. Aldrin kann nicht wirklich glücklich für mich sein; ich muss für mich selber glücklich sein, oder es ist nicht real. Es sei denn, er meint, er ist glücklich, weil er denkt, dass wir glücklicher sind, wenn wir uns nicht zur Behandlung gezwungen fühlen, und *Ich bin glücklich für Sie* bedeutet, *Ich bin glücklich über die Umstände, die Ihnen zugutekommen.*

Mr. Aldrins Piepser geht los, und er entschuldigt sich. Einen Moment später steckt er noch einmal seinen Kopf in die Turnhalle und sagt: »Ich muss gehen – bis heute Nachmittag.«

Das Treffen findet heute in einem größeren Saal statt. Mr. Aldrin steht an der Tür, als wir ankommen, und drinnen stehen schon andere Männer und Frauen in Anzügen und Kostümen um den Tisch herum. Auch in diesem Saal gibt es eine Holztäfelung, die jedoch echt aussieht, und einen grünen Teppich. Die Stühle sind von der gleichen Art, aber die Polster auf den Sitzflächen sind dunkelgolden mit grünen Flecken, die wie kleine Gänseblümchen geformt sind. Vorne steht ein großer Tisch mit Stuhlreihen auf jeder Seite, und ein großer Bildschirm hängt an der Wand. Auf dem Tisch liegen zwei Stapel mit Aktenmappen. Ein Stapel besteht aus fünf Mappen, und der andere enthält so viele Mappen, dass sie für uns alle reichen.

Wie zuvor nehmen wir unsere Plätze ein, und auch die anderen setzen sich langsam. Dr. Ransome kenne ich; Dr. Handsel ist nicht da. Dafür ist eine andere Ärztin, eine ältere Frau, anwesend; auf ihrem Namensschild steht L. Hendricks. Sie bleibt als einzige stehen. Sie sagt uns, ihr Name sei Hendricks; sie sagt uns, sie leite die Forschungsabteilung, und sie wolle nur freiwillige Teilnehmer. Dann setzt sie sich. Ein Mann in einem dunklen Anzug steht auf und sagt uns, sein Name sei Godfrey Arakeen, er sei Anwalt in der Rechtsabteilung des Unternehmens, und wir bräuchten uns keine Sorgen zu machen.

Noch mache ich mir keine Sorgen.

Er redet über die Vorschriften zur Einstellung und Kündigung behinderter Arbeitnehmer. Ich wusste nicht, dass das Unternehmen Steuervorteile hat, weil es uns beschäftigt. Bei ihm klingt es so, als bestünde unser Wert für das Unternehmen hauptsächlich im Steuervorteil, nicht in der Arbeit, die wir tun. Er sagt, Mr. Crenshaw hätte uns über unser Recht, mit dem Ombudsmann des Unternehmens zu sprechen, informieren müssen. Ich weiß nicht, was ein Ombudsmann ist, aber Mr. Arakeen erklärt das Wort bereits. Er stellt einen anderen Mann im Anzug vor, Mr. Vanagli, so wie es sich anhört. Ich bin nicht sicher, wie sein Name buchstabiert wird, und es ist auch nicht leicht, alle Laute darin zu hören. Mr. Vanagli sagt, wenn wir uns wegen irgendwas im Zusammenhang mit unserer Arbeit Sorgen machen, sollen wir mit ihm darüber sprechen.

Seine Augen stehen enger zusammen als die Augen von Mr. Arakeen, und das Muster auf seiner Krawatte lenkt sehr ab: lauter blaue und goldene Rauten, die treppenförmig auf und ab steigen. Ich glaube nicht, dass ich über meine Sorgen mit ihm sprechen könnte. Er bleibt sowieso nicht da, sondern geht, nachdem er uns gesagt hat, wir könnten während der Bürostunden jederzeit zu ihm kommen.

Dann sagt uns eine Frau im dunklen Kostüm, sie sei Anwältin in der Kanzlei, die mit unserem Center zusammenarbeitet, und sie sei dazu da, unsere Rechte zu schützen. Ihr Name ist Sharon Beasley. Bei ihrem Namen muss ich an Wiesel denken, aber sie hat ein breites, freundliches Gesicht, das überhaupt nicht wie ein Wiesel aussieht. Ihre Haare sind weich und lockig und hängen ihr bis über die Schultern. Sie sind nicht so glänzend wie Marjorys Haare. Sie trägt Ohrringe mit vier konzentrischen Kreisen: In jedem ist ein andersfarbiges Stück Glas: blau, rot, grün, violett. Sie sagt uns, Mr. Arakeen sei dazu da, das Unternehmen zu schützen, und sie bezweifelt zwar seine Ehrenhaftigkeit und Aufrichtigkeit nicht – ich sehe, wie Mr. Arakeen auf seinem Stuhl hin und her rutscht und die Lippen zusammenpresst, als ob er wütend wäre –, aber wir bräuchten doch jemanden auf unserer Seite, der ausschließlich unsere Interessen vertritt, und diese Person sei sie.

»Wir müssen deutlich machen, wie die Situation jetzt ist, in Bezug auf Sie und diese Studie«, sagt Mr. Arakeen, als sie sich wieder gesetzt hat. »Einer aus Ihrer Gruppe hat bereits mit der Behandlung begonnen; und Ihnen ist versprochen worden, Sie könnten ebenfalls an dieser Behandlung teilnehmen.« Wieder denke ich, dass es eine Drohung, kein Versprechen war, aber ich unterbreche ihn nicht. »Das Unternehmen hält sein Versprechen aufrecht, sodass jeder von Ihnen, der sich zu der experimentellen Behandlung entschließt, auch daran teilnehmen kann. Sie erhalten weiter Ihr volles Gehalt, aber kein besonderes Honorar. Sie gelten weiterhin als Angestellte, und Ihre Teilnahme an der Studie gilt als Ihre Arbeitsleistung. Das Unternehmen ist bereit, alle medizinischen Kosten, die aus der Behandlung entstehen, zu tragen, auch wenn diese normalerweise von Ihrer Krankenversicherung nicht übernommen würden.« Er schweigt und nickt Mr. Aldrin zu. »Pete, würden Sie jetzt bitte die Mappen verteilen?«

Auf jeder Mappe klebt ein kleines Etikett mit einem Namen, und auf einem weiteren Aufkleber steht: *Streng vertraulich – nicht aus dem Gebäude entfernen.*

»Wie Sie sehen werden«, sagt Mr. Arakeen, »wird in diesen Unterlagen detailliert beschrieben, was das Unternehmen für Sie zu tun bereit ist, ob Sie nun an der Studie teilnehmen oder nicht.« Er dreht sich um und reicht Ms. Beasley eine der Mappen. Rasch öffnet sie die Mappe und fängt an zu lesen. Ich schlage meine ebenfalls auf.

»Wenn Sie sich zur Teilnahme entscheiden, werden Sie sehen – auf Seite sieben, Absatz eins –, dass es keinerlei Auswirkungen auf Ihre Anstellung hier geben wird. Sie verlieren Ihren Job nicht; sie verlieren Ihre Rentenansprüche nicht; Sie verlieren Ihren Sonderstatus nicht. Sie werden einfach so weiterarbeiten wie Sie es jetzt tun, mit der gleichen unterstützenden Arbeitsumgebung...«

Das wundert mich. Wenn nun Mr. Crenshaw recht hatte, und es gibt wirklich Computer, die unsere Arbeit besser und schneller machen könnten? Eines Tages könnte das Unternehmen doch eine Änderung beschließen. Auch andere Leute verlieren ihre Jobs. Don hat mehrere Jobs verloren. Ich könnte meinen Job verlieren. Es wäre nicht leicht, einen anderen zu finden.

»Wollen Sie damit sagen, wir haben einen Job fürs Leben?«, fragt Bailey.

Mr. Arakeen hat einen seltsamen Ausdruck im Gesicht. »Das ... das habe ich nicht gesagt«, sagt er.

»Wenn also das Unternehmen in ein paar Jahren der Meinung ist, dass wir nicht genug Geld machen, dann könnten wir immer noch unsere Jobs verlieren.«

»Im Licht späterer ökonomischer Bedingungen könnte die Situation eine Neubewertung erfordern, ja«, sagt Mr. Arakeen. »Aber wir gehen zum jetzigen Zeitpunkt nicht davon aus.«

Ich frage mich, wie lange der »jetzige Zeitpunkt« wohl dauern wird. Meine Eltern haben während der großen Wirtschaftskrise ihre Stellen verloren, und meine Mutter hat mir einmal erzählt, dass sie Ende der neunziger Jahre geglaubt hatte, sie hätten sie für die Ewigkeit. Das Leben nimmt überraschende Wendungen, sagte sie immer, und wir müssen uns darauf einstellen.

Ms. Beasley setzt sich aufrecht hin. »Ich denke, ein Mindestzeitraum für sichere Anstellung könnte spezifiziert werden«, sagt sie. »Im Hinblick auf die Befürchtungen unserer Mandanten und die illegalen Drohungen Ihrer Manager.«

»Drohungen, von denen die Unternehmensleitung keine Ahnung hatte«, erwidert Mr. Arakeen. »Ich sehe nicht, dass man von uns erwarten ...«

»Zehn Jahre«, sagt sie.

Zehn Jahre sind eine lange Zeit, kein Mindestzeitraum. Mr. Arakeen wird rot im Gesicht. »Ich glaube nicht ...«

»Dann planen Sie also langfristig eine Beendigung der Arbeitsverhältnisse?«, fragt sie.

»Das habe ich nicht gesagt«, erwidert er. »Aber wer kann schon vorhersehen, was alles passieren kann? Und zehn Jahre sind eine lange Zeit. Niemand könnte so etwas garantieren.«

»Sieben«, sagt sie.

»Vier«, sagt er.

»Sechs.«

»Fünf.«

»Fünf mit einer guten Abfindung«, sagt sie.

Er hebt die Hände, mit den Handflächen nach vorne. Ich weiß nicht, was diese Geste bedeutet. »Na gut«, sagt er. »Die Einzelheiten können wir ja später besprechen.«

»Natürlich«, erwidert sie. Sie lächelt ihn mit ihren Lippen an, aber ihre Augen lächeln nicht. Sie berührt ihr Haar auf der linken Seite des Nackens und schiebt es ein wenig zurück.

»Nun«, sagt Mr. Arakeen. Er dreht seinen Kopf hin und her, als wolle er seinen Kragen lockern. »Wir garantieren Ihnen, zu den gleichen Bedingungen, die Anstellung für mindestens fünf Jahre, gleichgültig, ob Sie an der Studie teilnehmen oder nicht.« Er wirft Ms. Beasley einen Blick zu, dann blickt er uns wieder an. »Sie sehen also, dass die Sicherheit Ihres Jobs nicht gefährdet ist, ganz gleich, wie Sie sich entscheiden. Sie haben die freie Wahl. Medizinisch gesehen sind Sie alle für die Studie qualifiziert.«

Er macht eine Pause, aber niemand sagt etwas. Ich denke darüber nach. In fünf Jahren bin ich in den Vierzigern. Wenn ich über vierzig bin, ist es schwierig, einen Job zu finden, aber man kann auch noch lange nicht in Pension gehen. Mr. Arakeen nickt kurz und fährt fort: »Sie haben jetzt ein wenig Zeit, um sich das Material in Ihren Mappen anzuschauen. Wie Sie sehen, dürfen diese Mappen aus rechtlichen Gründen nicht aus dem Gebäude entfernt werden. In der Zwischenzeit werden Ms. Beasley und ich einige der juristischen Einzelheiten besprechen, aber wir sind hier, um Ihre Fragen zu beantworten. Danach werden Dr. Hendricks und Dr. Ransome mit der für heute geplanten medizinischen Unterweisung weitermachen. Selbstverständlich wird heute noch keine Entscheidung von Ihnen erwartet, ob Sie an der Studie teilnehmen oder nicht.«

Ich lese das Material in der Mappe. Ganz hinten liegt ein Blatt Papier mit einer freien Fläche für meine Unterschrift. Darauf steht, dass ich alles in der Mappe gelesen und verstanden habe, und dass ich abgesehen vom Ombudsmann und dem Rechtsbeistand vom Center mit niemandem darüber sprechen werde. Ich unterschreibe es noch nicht.

Dr. Ransome steht auf und stellt noch einmal Dr. Hendricks vor. Sie erzählt uns noch einmal, was wir bereits gehört haben. Es ist schwer, ihr aufmerksam zuzuhören, weil ich diesen Teil bereits kenne. Was ich wissen will, kommt später, als sie beginnt, darüber zu sprechen, was mit unseren Gehirnen passieren wird.

»Ohne Ihre Köpfe zu vergrößern, können wir nicht einfach neue Neuronen hineinpacken«, sagt sie. »Wir müssen die Anzahl anpassen, damit die richtige Menge von Gehirnzellen die richtigen Verbindungen eingeht. Das macht das Gehirn in der normalen Reifezeit von alleine: Wenn keine Verbindungen hergestellt werden, verlieren Sie manche der Neuronen, mit denen Sie angefangen haben.«

Ich hebe meine Hand, und sie nickt mir zu. »Anpassen – bedeutet das, dass Sie Gewebe entfernen müssen, um Platz für neues zu schaffen?«

»Wir müssen es nicht tatsächlich entfernen; es ist ein biologischer Mechanismus, eigentlich Resorption...«

Resorption. Cego und Clinton sagen, dass während der Entwicklung überflüssige Neuronen verschwinden, sie werden vom Körper resorbiert, ein Prozess, der durch sensorisches Feedback kontrolliert wird. Als intellektuelles Modell ist es faszinierend; es hat mich auch nicht besonders beunruhigt, als ich gelesen habe, dass so viele meiner Neuronen verschwunden sind, weil ich ja wusste, dass das jedem passierte.

Aber ich glaube, sie sagt nicht die ganze Wahrheit: Sie wollen nämlich einige der Neuronen resorbieren, die ich jetzt, als Erwachsener, habe. Das ist etwas anderes. Die Neuronen, die ich jetzt habe, bewirken etwas Nützliches für mich.

»Ja, Lou?« Dieses Mal ist es Dr. Ransome, der spricht. Seine Stimme klingt ein wenig angespannt. Ich glaube, er findet, ich stelle zu viele Fragen.

»Also ... Sie werden einige unserer Neuronen zerstören, um Platz zu machen für neues Wachstum?«

»Zerstören eigentlich nicht«, sagt er. »Es ist eine ziemlich komplizierte Angelegenheit, Lou; ich weiß nicht, ob Sie es verstehen würden.« Dr. Hendricks wirft ihm einen Blick zu und schaut dann wieder weg.

»Wir sind nicht blöd«, murrt Bailey.

»Ich weiß, was Resorption bedeutet«, sagt Dale. »Es bedeutet, dass Gewebe weggeht und durch anderes Gewebe ersetzt wird. Meine Schwester hatte Krebs, und sie haben ihren Körper so programmiert, dass er den Tumor resorbiert hat. Wenn man Neuronen resorbiert, sind sie weg.«

»Ja, vermutlich kann man es so sehen«, sagt Dr. Ransome. Er wirkt noch angespannter. Er wirft mir einen finsteren Blick zu; wahrscheinlich nimmt er es mir übel, dass ich diese Frage aufgeworfen habe.

»Ja, das stimmt«, sagt Dr. Hendricks. Sie sieht nicht angespannt, sondern beinahe vergnügt aus, so wie jemand, der darauf wartet, auf seinem Lieblingskarussell fahren zu können. »Wir resorbieren die Neuronen, die schlechte Verbindungen hergestellt haben, und lassen Neuronen wachsen, die gute Verbindungen herstellen.«

»Weg ist weg«, sagt Dale. »Das ist die Wahrheit. Sagen Sie die Wahrheit.« Er ist aufgebracht; sein Auge zuckt sehr schnell. »Wenn etwas weg ist, muss noch lange nicht das Richtige wachsen.«

»Nein!«, sagt Linda laut. »Nein! Nein! Nein! Nicht mein

Gehirn. Nicht auseinandernehmen. Nicht gut, nicht gut.« Sie senkt den Kopf, verweigert den Blickkontakt, weigert sich zuzuhören.

»Wir nehmen kein Gehirn auseinander«, sagt Dr. Hendricks. »Es ist keineswegs so ... Es handelt sich lediglich um Anpassung – der neue neurale Anhang wächst, und nichts hat sich geändert.«

»Außer dass wir nicht mehr autistisch sind«, sage ich.

»Wenn es funktioniert.«

»Genau.« Dr. Hendricks lächelt, als hätte ich gerade genau das Richtige gesagt. »Sie werden genau so sein, wie Sie sind, nur nicht autistisch.«

»Aber ich bin autistisch«, sagt Chuy. »Ich weiß nicht, wie ich jemand anderer sein soll, jemand, der nicht autistisch ist. Ich muss noch mal von vorne anfangen, wie ein Baby, und als jemand anderer aufwachsen.«

»Na ja, so eigentlich nicht«, sagt die Ärztin. »So viele Neuronen sind nicht betroffen, nur einige, und deshalb haben Sie eine Vergangenheit, auf die Sie sich stützen können. Natürlich müssen Sie manche Dinge neu lernen, und es wird auch Rehabilitation nötig sein – das ist in der Einverständniserklärung enthalten; Ihr persönlicher Betreuer wird es Ihnen erklären –, aber das Unternehmen kommt für alles auf. Sie müssen für nichts bezahlen.«

»LifeTime«, sagt Dale.

»Wie bitte?«, sagt Dr. Hendricks.

»Wenn ich noch einmal von vorn anfangen muss, möchte ich mehr Zeit haben, um diese andere Person zu sein. Um zu leben.« Dale ist der Älteste von uns, zehn Jahre älter als ich. Er sieht nicht alt aus. Seine Haare sind immer noch dunkel und dicht. »Ich möchte LifeTime«, sagt er, und mir wird klar, dass er die lebensverlängernde Behandlung damit meint.

»Aber ... aber das ist absurd«, sagt Mr. Arakeen, bevor die Ärztin etwas erwidern kann. »Es würde den ... Kostenrahmen des Projekts sprengen.« Er blickt seine Kollegen an. Keiner erwidert den Blick.

Dale schließt fest die Augen; ich kann sehen, dass sein linkes Augenlid trotzdem flattert. »Wenn dieses neue Lernen länger dauert, als Sie glauben. Jahre sogar. Ich möchte Zeit haben, als normale Person zu leben. So viele Jahre wie ich als Autist gelebt habe. Länger.« Er macht eine Pause, und sein Gesicht zieht sich vor Anstrengung zusammen. »Es ergibt mehr Daten«, sagt er. »Es kann länger beobachtet werden.« Sein Gesicht entspannt sich, und er öffnet die Augen. »Geben Sie LifeTime dazu, und ich mache es. Kein LifeTime, und ich gehe.«

Ich sehe mich um. Alle starren Dale an, sogar Linda. Cameron hätte so etwas fertiggebracht, aber doch nicht Dale. Er hat sich schon verändert. Ich weiß, dass ich mich schon verändert habe. Wir sind autistisch, aber wir verändern uns. Vielleicht brauchen wir die Behandlung gar nicht mehr, um normal zu werden.

Während ich noch darüber nachdenke, wie lange es dauern wird, fallen mir Passagen aus dem Buch ein. »Nein«, sage ich. Dale dreht sich um und blickt mich an. Sein Gesicht ist starr. »Es ist keine gute Idee«, sage ich. »Diese Behandlung hat Auswirkungen auf die Neuronen, und LifeTime auch. Die Behandlung ist experimentell, niemand weiß, ob sie überhaupt funktioniert.«

»Wir wissen, dass sie funktioniert«, wirft Dr. Hendricks ein. »Es ist nur ...«

»Sie wissen nicht mit Gewissheit, wie sie sich bei Menschen auswirkt«, unterbreche ich sie, obwohl es ungezogen ist, jemanden zu unterbrechen. Sie hat mich zuerst unterbrochen. »Deshalb brauchen Sie ja uns oder Menschen wie uns. Es ist keine gute Idee, beides auf einmal zu machen. In der Wissenschaft ändert man immer nur eine Variable auf einmal.«

Mr. Arakeen sieht erleichtert aus. Dale sagt nichts, aber seine Augenlider senken sich. Ich weiß nicht, was er denkt. Ich weiß nur, wie ich mich fühle, zitterig im Innern.

»Ich möchte länger leben«, sagt Linda. Ihre Hand schnellt nach vorne, als führte sie ein Eigenleben. »Ich möchte länger leben und mich nicht verändern.«

»Ich weiß nicht, ob ich länger leben möchte«, sage ich. Die Worte kommen nur langsam aus meinem Mund, aber selbst Dr. Hendricks unterbricht mich nicht. »Wenn ich nun jemand werde, den ich nicht mag, und muss dann länger so leben? Ich möchte zuerst wissen, wer ich sein werde, bevor ich mich entscheide, länger zu leben.«

Dale nickt langsam.

»Ich glaube, wir sollten nur auf der Grundlage dieser Behandlung entscheiden. Sie versuchen nicht, uns zu zwingen. Wir können darüber nachdenken.«

»Aber ... aber ...« Mr. Arakeen scheint an dem Wort festzuhängen, und kann erst weitersprechen, nachdem er eine ruckartige Bewegung mit dem Kopf gemacht hat. »Sie sagen, Sie wollen nachdenken ... Wie lange wird das dauern?«

»Solange sie wollen«, sagt Ms. Beasley. »Sie haben bereits einen Patienten, der sich behandeln lässt; es wäre sowieso klüger, die Behandlungen auseinanderzuziehen, um zu sehen, wie die Behandlung anschlägt.«

»Ich sage nicht, dass ich es mache«, sagt Chuy. »Aber ich würde positiver darüber denken, wenn LifeTime dazugehört. Vielleicht nicht gleichzeitig, aber später.«

»Ich werde darüber nachdenken«, sagt Linda. Sie ist blass, und ihre Augen bewegen sich so, als wolle sie gleich den Kontakt abbrechen, aber sie sagt es. »Ich werde darüber nachdenken, und länger zu leben würde es besser machen, aber eigentlich will ich es nicht.«

»Ich auch nicht«, sagt Eric. »Ich will nicht, dass jemand mein Gehirn verändert. Das wird mit Kriminellen gemacht, und ich bin kein Krimineller. Autismus ist etwas anderes, es ist nicht böse. Es ist nicht falsch, anders zu sein. Manchmal ist es schwer, aber es ist nicht falsch.«

Ich sage nichts. Ich bin nicht sicher, was ich sagen möchte. Es geht mir zu schnell. Wie soll ich entscheiden? Wie kann ich mich dafür entscheiden, jemand anderer zu werden, den ich nicht kenne und einschätzen kann? Veränderung kommt so oder so, aber es ist nicht meine Schuld, wenn ich mich nicht dafür entschieden habe.

»Ich möchte es machen«, sagt Bailey. Er kneift die Augen zu und spricht so, mit geschlossenen Augen und gepresster Stimme. »Aber ich will auch LifeTime dazu – als Ausgleich für Mr. Crenshaws Drohungen und das Risiko, dass die Behandlung nicht funktioniert und alles noch schlimmer wird. Ich brauche es, um ein Gleichgewicht herzustellen.«

Ich blicke zu Dr. Hendricks und Dr. Ransome; sie flüstern miteinander und bewegen ihre Hände. Ich glaube, sie überlegen schon, wie die beiden Behandlungen koordiniert werden können.

»Es ist zu gefährlich«, sagt Dr. Ransome und blickt auf. »Wir können sie unmöglich gleichzeitig vornehmen.« Er blickt mich an. »Lou hat recht. Die lebensverlängernde Behandlung kann nur zu einem späteren Zeitpunkt vorgenommen werden.«

Linda zuckt mit den Schultern und blickt zu Boden. Ihre Schultern sind verkrampft, die Hände in ihrem Schoß zu Fäusten geballt. Ich glaube, sie wird sich ohne das Versprechen, länger leben zu können, nicht behandeln lassen. Wenn ich es tue und sie nicht, sehen wir uns vielleicht nie wieder. Das ist ein seltsames Gefühl; sie war schon vor mir in der Abteilung. Ich habe sie seit Jahren an jedem Werktag gesehen.

»Ich werde mit dem Vorstand darüber sprechen«, sagt Mr. Arakeen ruhiger. »Wir müssen weiteren juristischen und medizinischen Rat einholen. Aber wenn ich Sie richtig verstehe, verlangen einige von Ihnen die lebensverlängernde Behandlung als Teil des Ganzen, zu irgendeinem Zeitpunkt in der Zukunft, um überhaupt teilzunehmen. Ist das richtig?«

»Ja«, sagt Bailey. Linda nickt.

Mr. Arakeen steht da, und sein Körper schwankt ein bisschen, weil er von einem Fuß auf den anderen Fuß tritt. Das Licht trifft auf sein Namensschild und bewegt sich mit seinen Bewegungen. Ein Knopf an seinem Jackett verschwindet hinter dem Podium und taucht wieder auf, während er vor und zurück schaukelt. Schließlich hält er inne und nickt.

»Gut. Ich werde den Vorstand fragen. Ich glaube zwar, dass sie nein sagen werden, aber ich frage sie trotzdem.«

»Denken Sie daran«, sagt Ms. Beasley, »dass diese Angestellten der Prozedur noch keineswegs zugestimmt haben.«

»Ja, gut.« Mr. Arakeen nickt. »Aber ich erwarte, dass Sie alle Ihr Wort halten. Denken Sie wirklich darüber nach.«

»Ich lüge nicht«, sagt Dale. »Lügen Sie mich auch nicht an.« Ein wenig steif erhebt er sich. »Kommt«, sagt er. »Die Arbeit wartet.«

Keiner von ihnen sagt etwas, weder die Anwälte, noch die Ärzte, noch Mr. Aldrin. Langsam stehen wir auf; ich fühle mich unsicher, fast wackelig. Ist es in Ordnung, einfach zu gehen? Aber als ich mich bewege, beginne ich, mich besser zu fühlen. Stärker. Ich habe Angst, aber ich bin auch glücklich. Ich fühle mich leichter, als hätte die Schwerkraft abgenommen.

Draußen im Flur wenden wir uns nach links. Als wir an die Stelle kommen, wo der Flur vor den Aufzügen breiter wird, steht Mr. Crenshaw da und hält einen Pappkarton in den Händen. Er ist voller Dinge, aber ich kann nicht alle sehen. Obendrauf liegt ein Paar Laufschuhe, eine teure Marke, die ich schon in guten Sportkatalogen gesehen habe. Ich frage mich, wie schnell Mr. Crenshaw wohl laufen kann. Zwei Männer in den hellblauen Hemden der Unternehmenswachleute stehen neben ihm, auf jeder Seite einer. Er reißt die Augen auf, als er uns sieht.

»Was macht ihr hier?«, sagt er zu Dale, der knapp vor uns ist. Er geht einen Schritt auf ihn zu, und die beiden uniformierten Männer legen ihm die Hand auf den Arm. Er bleibt stehen. »Sie sollen bis 16.00 Uhr in G-28 sein; das hier ist noch nicht einmal das richtige Gebäude.«

Dale geht einfach an ihm vorbei, ohne ein Wort zu sagen.

Mr. Crenshaw dreht seinen Kopf wie ein Roboter. Er funkelt mich böse an. »Lou! Was ist hier los?«

Ich möchte gern wissen, warum er mit einem Pappkarton in der Hand von zwei Wachleuten eskortiert wird, aber ich bin nicht unhöflich genug, um zu fragen. Mr. Aldrin hat gesagt, wir brauchten uns wegen Mr. Crenshaw keine Sorgen mehr zu machen, deshalb muss ich ihm nicht antworten, wenn er sich so ungezogen verhält. »Ich habe viel zu tun, Mr. Crenshaw«, sage ich. Seine Hand zuckt, als wolle er den Karton fallen lassen und mich packen, aber das tut er nicht und ich komme an ihm vorbei.

Als wir wieder in unserem Gebäude sind, spricht Dale. »Ja, ja, ja, ja, ja«, sagt er. Und lauter: »JA, JA, JA!«

»Ich bin nicht schlecht«, sagt Linda. »Ich bin keine schlechte Person.«

»Du bist keine schlechte Person«, stimme ich ihr zu.

Ihre Augen füllen sich mit Tränen. »Es ist schlecht, eine autistische Person zu sein. Es ist schlecht, wütend zu sein, weil man eine autistische Person ist. Es ist schlecht, sich zu wünschen, keine autistische Person zu sein. Alle Wege schlecht. Kein richtiger Weg.«

»Es ist blöd«, sagt Chuy. »Erst sagen sie uns, wir sollen normal sein, und dann sagen sie uns, wir sollen uns so lieben, wie wir sind. Wenn Leute sich ändern wollen, dann bedeutet das, dass ihnen irgendetwas an ihnen nicht gefällt. Das andere – unmöglich.«

Dale lächelt, ein breites, verkrampftes Lächeln, das ich noch nie an ihm gesehen habe. »Wenn jemand sagt, etwas ist unmöglich, hat jemand unrecht.«

»Ja«, sage ich. »Es ist ein Fehler.«

»Fehler«, sagt Dale. »Und Fehler zu glauben, ist unmöglich falsch.«

»Ja«, sage ich. Ich spüre, wie ich mich anspanne. Ich habe Angst, dass Dale anfängt, über Religion zu reden.

»Wenn also normale Leute uns sagen, wir sollten etwas Unmögliches tun, dann brauchen wir nicht zu glauben, dass alles wahr ist, was normale Leute sagen.«

»Nicht alles Lügen«, sagt Linda.

»Nicht alles Lügen bedeutet nicht alles wahr«, sagt Dale.

Das ist offensichtlich, aber ich hatte mir vorher nicht gedacht, dass es wirklich unmöglich ist, sich ändern zu wollen und zugleich glücklich zu sein mit der Person, die man vor der Veränderung ist. Ich glaube nicht, dass einer von uns so gedacht hat, bevor Chuy und Dale es gesagt haben.

»Ich habe in deiner Wohnung angefangen nachzudenken«, sagt Dale. »Da konnte ich noch nicht alles sagen. Aber es half.«

»Wenn es schiefgeht«, sagt Eric, »wird es noch teurer für sie, für alles ... was passiert aufzukommen. Wenn es länger dauert.«

»Ich weiß nicht, wie es Cameron geht«, sagt Linda.

»Er wollte der Erste sein«, sagt Chuy.

»Es wäre besser, wenn wir nacheinander gehen und sehen könnten, was mit den anderen passiert«, sagt Eric.

»Die Geschwindigkeit der Dunkelheit wäre langsamer«, sage ich. Sie blicken mich an. Mir fällt ein, dass ich ihnen gar nichts über das Licht und die Geschwindigkeit des Dunkels erzählt habe. »Die Lichtgeschwindigkeit in einem Vakuum beträgt zweihundertneunundneunzigtausend Kilometer pro Sekunde«, sage ich.

»Das weiß ich«, sagt Dale.

»Es liegt ja an der Schwerkraft, dass Dinge schneller fallen, je näher sie dem Boden kommen«, sagt Linda, »und ich frage mich, ob das Licht in der Nähe von viel Schwerkraft, wie einem schwarzen Loch, auch schneller wird.«

Ich wusste gar nicht, dass Linda sich überhaupt für die Lichtgeschwindigkeit interessiert. »Ich weiß nicht«, sage ich.

»Aber in den Büchern steht nichts über die Geschwindigkeit des Dunkels. Manche Leute haben zu mir gesagt, sie hätte keine Geschwindigkeit, weil sie einfach nur da wäre, wo das Licht nicht ist, aber ich glaube, sie musste ja irgendwie dorthin kommen.«

Einen Moment lang schweigen sie alle. Dale sagt: »Wenn LifeTime die Zeit für uns länger machen kann, dann kann vielleicht auch etwas das Licht schneller machen.«

Chuy sagt: »Cameron wollte der Erste sein. Cameron wird als erster normal sein. Das ist schneller als wir.«

Eric sagt: »Ich gehe in die Turnhalle.« Er wendet sich ab.

Lindas Gesicht ist angespannt, die Stirn hat sie in Falten gelegt. »Licht hat eine Geschwindigkeit. Dunkelheit müsste auch eine Geschwindigkeit haben. Gegensätze haben alles gemeinsam außer der Richtung.«

Das verstehe ich nicht. Ich warte.

»Positive und negative Zahlen sind gleich, abgesehen von der Richtung«, fährt Linda langsam fort. »Groß und klein sind beides Größenangaben, aber in unterschiedlichen Richtungen. Hin und her meinen den gleichen Weg, aber in unterschiedlichen Richtungen. Auch Licht und Dunkel sind Gegensätze, aber gleich nur in der gleichen Richtung.« Plötzlich wirft sie die Arme hoch. »Was ich an der Astronomie mag«, sagt sie, »da draußen ist so viel, so viele Sterne, so viele Entfernungen. Alles von Nichts bis zu Allem.«

Ich wusste nicht, dass Linda Astronomie mag. Sie wirkte immer am zurückgebliebensten von uns, am autistischsten.

Aber ich weiß, was sie meint. Ich mag auch die Reihen von klein bis groß, von nah bis weit, von dem Lichtphoton, das in mein Auge dringt, näher als nah, zu dem Ort im Universum, Lichtjahre entfernt, wo es hergekommen ist.

»Ich mag Sterne«, sagt sie. »Ich will – ich wollte – mit Sternen arbeiten. Sie haben nein gesagt. Sie haben gesagt: *Dein Verstand arbeitet nicht richtig. Nur wenige Leute können das.* Ich wusste, es war Mathematik. Ich wusste, ich war gut in Mathematik, aber ich musste Angewandte Mathematik nehmen, obwohl ich immer hundert Punkte schaffte, und als ich schließlich in die guten Kurse kam, sagten sie, es sei zu spät. Auf dem College sagten sie, nimm Angewandte Mathematik und studiere Informatik. In der Computerbranche gibt es immer Jobs. Sie sagten, Astronomie sei nicht zweckmäßig. Wenn ich länger lebe, wird es nicht mehr zu spät sein.«

So viel habe ich Linda noch nie reden gehört. Ihre Wangen sind jetzt rosig, ihre Augen irren nicht mehr umher.

»Ich wusste nicht, dass du Sterne magst«, sage ich.

»Sterne sind weit voneinander entfernt«, sagt sie. »Sie müssen sich nicht berühren, um einander zu kennen. Sie leuchten einander von Weitem an.«

Ich will sagen, dass Sterne einander nicht kennen, dass sie nicht lebendig sind, aber irgendetwas hält mich davon ab. Ich habe in einem Buch gelesen, dass Sterne weißglühendes Gas sind, und in einem anderen Buch stand, dass Gas tote Materie ist. Vielleicht war das Buch ja falsch. Vielleicht sind sie weißglühendes Gas und lebendig.

Linda blickt mich an und stellt tatsächlich Blickkontakt her. »Lou – magst du Sterne?«

»Ja«, erwidere ich. »Und Schwerkraft und Licht und Weltraum und...«

»Beteigeuze«, sagt sie. Sie grinst, und es ist plötzlich heller im Korridor. Ich wusste nicht, dass es vorher dunkel war. Das Dunkle war zuerst da, aber das Licht hat es eingeholt. »Rigel.

Antares. Licht und alle Farben. Wellenlängen...« Ihre Hände flattern in der Luft, und ich weiß, sie meint das Muster, das Wellenlänge und Frequenz machen.

»Doppelsterne«, sage ich. »Braune Zwerge.«

Ihr Gesicht zuckt und entspannt sich. »Oh, das ist *alt*«, sagt sie. »Chu und Sanderly haben viele davon reklassifiziert...« Sie bricht ab. »Lou – ich dachte, du verbringst deine ganze Freizeit mit Normalen und spielst normal.«

»Ich gehe in die Kirche«, erwidere ich. »Und ich gehe in einen Fechtclub.«

»Fechten?«

»Mit Degen«, sage ich. Ihr besorgter Blick ändert sich nicht. »Es ist... eine Art Spiel«, sage ich. »Wir versuchen, uns gegenseitig zu treffen.«

»Warum?« Sie wirkt immer noch verwirrt. »Wenn du Sterne magst...«

»Ich mag auch Fechten«, sage ich.

»Mit normalen Leuten«, sagt sie.

»Ja, ich mag sie.«

»Es ist schwer...«, sagt sie. »Ich gehe ins Planetarium. Ich versuche, mit den Wissenschaftlern zu reden, die dorthin kommen, aber... die Wörter verknoten sich. Ich merke ihnen an, dass sie nicht mit mir sprechen möchten. Sie benehmen sich, als sei ich dumm oder verrückt.«

»Die Leute, die ich kenne, sind nicht so übel«, sage ich. Ich habe ein schlechtes Gewissen, weil ich das sage, denn Marjory ist mehr als *nicht so übel*. Tom und Lucia sind besser als *nicht so übel*. »Außer der eine, der versucht hat, mich zu töten.«

»Versucht, dich zu töten?«, sagt Linda. Ich bin überrascht, dass sie nichts davon weiß, aber dann fällt mir ein, dass ich es ihr ja auch nie erzählt habe. Vielleicht sieht sie ja keine Nachrichten.

»Er war wütend auf mich«, sage ich.

»Weil du autistisch bist?«

»Nicht ganz... na ja... doch.« Schließlich war Don ja letztlich deshalb so wütend, weil ich, eine unvollständige, fehlerhafte Person, in seiner Welt erfolgreich war.

»Das ist krank«, sagt Linda nachdrücklich. Sie zuckt mit den Schultern und wendet sich ab. »Sterne«, sagt sie.

Ich gehe in mein Büro und denke an Licht und Dunkelheit, an Sterne und den Raum zwischen ihnen, der voller Licht ist, das sie ausstrahlen. Wie kann es im Weltraum dunkel sein, mit all den Sternen? Wenn wir die Sterne sehen können, dann bedeutet das, dass es Licht gibt. Und unsere Instrumente, die noch mehr als das sichtbare Licht sehen, entdecken es überall.

Ich verstehe nicht, warum die Leute vom Weltall als kalt und dunkel und unwirtlich reden. Es ist so, als würden sie niemals nachts nach draußen gehen und zum Himmel schauen. Wo immer echte Dunkelheit ist, liegt sie außerhalb der Reichweite unserer Instrumente, weit draußen am Rand des Universums, wo die Dunkelheit zuerst war. Aber das Licht holt auf.

Bevor ich geboren wurde, dachten die Leute noch falschere Dinge über autistische Kinder. Ich habe darüber gelesen. Dunkler als dunkel.

Ich wusste nicht, dass Linda Sterne mag. Ich wusste nicht, dass sie gern in der Astronomie gearbeitet hätte. Vielleicht wollte sie sogar wie ich in den Weltraum fliegen. Nein, ich will es ja immer noch. Wenn die Behandlung funktioniert, kann ich vielleicht... allein der Gedanke macht mich bewegungslos, lässt mich erstarren vor Entzücken, und dann muss ich mich bewegen. Ich stehe auf und recke mich, aber es ist nicht genug.

Eric kommt gerade vom Trampolin, als ich die Turnhalle betrete. Er ist zu Beethovens *Fünfter Symphonie* gesprungen, aber das ist zu stark für das, worüber ich nachdenken möchte. Eric nickt mir zu, und ich wechsle die Musik, scrolle durch die Möglichkeiten, bis sich etwas richtig anfühlt. *Carmen*. Die orchestrale Suite. Ja.

Ich brauche diese Erregung. Ich springe höher und höher und fühle die wundervolle Offenheit des freien Falls, bevor ich den gleichermaßen wundervollen, Gelenke stauchenden Aufprall spüre und meine Muskeln sich zusammenziehen, um mich noch höher abzustoßen. Gegensätze sind die gleiche Sache in verschiedenen Richtungen. Aktion und Reaktion. Schwerkraft – ich weiß keinen Gegensatz für Schwerkraft, aber die Elastizität des Trampolins bildet einen. Zahlen und Muster rasen durch meinen Kopf, formen sich, brechen auf, formen sich neu.

Ich erinnere mich, dass ich Angst vor Wasser hatte, vor den instabilen, unvorhersagbaren Wellen, die mich umspülten. Ich erinnere mich an die explosive Freude, als ich endlich schwimmen konnte, als ich merkte, dass es zwar instabil war und ich den wechselnden Druck im Pool nicht vorhersagen konnte, aber ich hielt mich trotzdem über Wasser und konnte mich in die Richtung bewegen, in die ich wollte. Ich erinnere mich, dass ich Angst vor dem Fahrrad hatte, vor seiner wackeligen Unvorhersagbarkeit, und die gleiche Freude, als ich begriff, wie man darauf fahren konnte, wie ich das Chaos mit meinem Willen bezwingen konnte. Wieder habe ich Angst, mehr Angst noch, weil ich mehr weiß – ich könnte alle Anpassungen verlieren und dann gar nichts mehr haben. Aber wenn ich diese Welle reiten kann, dieses biologische Fahrrad, dann habe ich unvergleichlich viel mehr.

Als meine Beine müde werden, springe ich niedriger, immer niedriger und höre schließlich auf.

Sie wollen nicht, dass wir dumm und hilflos sind. Sie wollen unseren Verstand nicht zerstören; sie wollen ihn benutzen.

Ich will nicht benutzt werden. Ich möchte meinen Verstand selber benutzen, für das, was ich tun möchte.

Ich glaube, ich möchte diese Behandlung versuchen. Ich muss nicht. Ich brauche es nicht: Ich bin in Ordnung, so wie ich bin. Aber ich glaube, ich beginne es zu wollen, denn wenn ich mich verändere und wenn es meine Idee ist und nicht ihre, dann kann ich vielleicht lernen, was ich lernen möchte, und tun, was ich tun möchte. Es ist nicht etwas Einzelnes; es ist alles auf einmal, alle Möglichkeiten. »Ich werde nicht derselbe sein«, sage ich, löse mich aus der bequemen Schwerkraft und fliege hoch hinauf in die Ungewissheit des freien Falls.

Als ich hinausgehe, fühle ich mich leicht und mehr von Licht erfüllt als von Dunkelheit. Aber die Schwerkraft kehrt zurück, als ich daran denke, dass ich meinen Freunden erzählen muss, was ich vorhabe. Ich glaube, es wird ihnen kaum besser gefallen als der Anwältin des Centers.

[20]

Mr. Aldrin kommt vorbei, um uns zu sagen, dass das Unternehmen jetzt noch nicht bereit ist, die Kosten für die LifeTime-Behandlungen zu übernehmen, obwohl diejenigen von uns, die nach der anderen Behandlung eine LifeTime-Behandlung wünschen, möglicherweise unterstützt werden – er betont allerdings, dass dies nur eine Möglichkeit sei. »Es ist zu gefährlich, beide Behandlungen zusammen durchzuführen«, sagt er. »Es erhöht das Risiko, und wenn etwas schiefgeht, dann würde es länger anhalten.«

Ich finde, er sollte es deutlich sagen: Wenn die Behandlung Schaden verursacht, ginge es uns danach schlechter, und das Unternehmen würde uns länger unterstützen müssen. Aber ich weiß, dass normale Leute die Dinge oft nicht klar und deutlich aussprechen.

Wir reden nicht miteinander, als er gegangen ist. Die anderen schauen mich alle an, aber sie sagen nichts. Ich hoffe, Linda lässt sich trotzdem behandeln. Ich möchte noch mehr über Sterne und Schwerkraft und die Geschwindigkeit von Licht und Dunkelheit mit ihr sprechen.

Von meinem Büro aus rufe ich Ms. Beasley an und sage ihr, dass ich mich entschieden habe, mich der Behandlung zu unterziehen. Sie fragt mich, ob ich sicher sei. Ich bin nicht sicher, aber ich bin ziemlich sicher. Dann rufe ich Mr. Aldrin an und sage es ihm. Auch er fragt mich, ob ich sicher sei. »Ja«, sage ich und frage dann: »Lässt Ihr Bruder sich auch behandeln?«

»Jeremy?« Er klingt überrascht, weil ich gefragt habe. »Ich

weiß nicht, Lou. Es hängt von der Größe der Gruppe ab. Wenn auch Leute von außen zugelassen werden, habe ich schon überlegt, ob ich ihn fragen soll. Wenn er alleine leben könnte, wenn er glücklicher sein könnte...«

»Er ist nicht glücklich?«, frage ich.

Mr. Aldrin seufzt. »Ich... ich rede nicht häufig über ihn«, sagt er. Ich warte. Wenn jemand nicht viel über etwas redet, bedeutet das nicht, dass er gar nicht darüber sprechen möchte. Mr. Aldrin räuspert sich und fährt dann fort: »Nein, Lou, er ist nicht glücklich. Er ist... sehr behindert. Die Ärzte damals... meine Eltern... er nimmt sehr viele Medikamente, und er hat nie gut sprechen gelernt.« Ich glaube, ich verstehe, was er nicht sagt. Sein Bruder ist zu früh geboren, noch vor den Behandlungen, die mir und den anderen geholfen haben. Vielleicht hat er noch nicht einmal die beste Behandlung bekommen, die damals verfügbar war. Ich denke an die Beschreibungen in den Büchern; ich stelle mir Jeremy so vor, wie ich als kleines Kind war.

»Ich hoffe, die neue Behandlung funktioniert«, sage ich. »Ich hoffe, es funktioniert auch für ihn.«

Mr. Aldrin macht ein Geräusch, das ich nicht verstehe; seine Stimme ist rau, als er wieder spricht. »Danke, Lou«, sagt er. »Sie... sie sind ein guter Mensch.«

Ich bin kein guter Mensch. Ich bin einfach ein Mensch, so wie er, aber es gefällt mir, dass er mich gut findet.

Tom, Lucia und Marjory sind im Wohnzimmer, als ich ankomme. Sie reden über das nächste Turnier. Tom schaut mich an.

»Lou – hast du dich entschieden?«

»Ja«, sage ich. »Ich mache es.«

»Gut. Dann musst du dieses Anmeldeformular ausfüllen...«

»Nicht das«, sage ich. Ich merke, dass er nicht wissen kann, was ich meine. »Ich werde nicht auf dem Turnier kämpfen...« Werde ich jemals wieder auf einem Turnier kämpfen? Werde ich in Zukunft noch fechten wollen? Kann man im Weltraum fechten? Ich glaube, das wäre in der Schwerelosigkeit bestimmt sehr schwierig.

»Aber du hast doch gesagt...«, wirft Lucia ein. Dann verändert sich ihr Gesicht und wird ganz flach vor Überraschung. »Oh – du meinst... du willst dich der Behandlung unterziehen?«

»Ja«, sage ich. Ich werfe Marjory einen Blick zu. Sie schaut Lucia an, dann wendet sie sich zu mir und dann wieder zu Lucia. Ich kann mich nicht erinnern, ob ich mit Marjory über die Behandlung gesprochen habe.

»Wann?«, fragt Lucia, bevor ich mir überlegen kann, wie ich es Marjory erklären soll.

»Es fängt am Montag an«, sage ich. »Ich habe viel zu tun. Ich muss in die Klinik umziehen.«

»Bist du krank?«, fragt Marjory. Ihr Gesicht ist jetzt blass. »Fehlt dir etwas?«

»Ich bin nicht krank«, sage ich zu Marjory. »Es gibt eine experimentelle Behandlung, die mich vielleicht normal macht.«

»Normal! Aber Lou, du bist gut so, wie du bist. Ich *mag* es, wie du bist. Du brauchst nicht so zu sein wie jeder andere. Wer hat dir das denn erzählt?« Sie klingt ärgerlich. Ich weiß nicht, ob sie ärgerlich auf mich ist oder auf jemanden, von dem sie glaubt, er hätte mir eingeredet, ich müsse mich ändern. Ich bin mir nicht sicher, ob ich ihr die ganze Geschichte erzählen soll oder nur einen Teil. Ich werde ihr alles erzählen.

»Es hat damit begonnen, dass Mr. Crenshaw unsere Abteilung auflösen wollte«, sage ich. »Er wusste von dieser Behandlung. Er sagte, sie würde Geld sparen.«

»Aber, das ist ja... damit hat er Druck ausgeübt. Das ist falsch. Es ist gegen das Gesetz. Er kann das nicht machen...«

Jetzt ist sie wirklich wütend, ihre Wangen werden abwechselnd rot und wieder blass. Am liebsten möchte ich sie umarmen. Aber das ist unpassend.

»So hat es angefangen«, sage ich. »Aber du hast recht; er konnte nicht tun, was er tun wollte. Mr. Aldrin, unser Abteilungsleiter, hat einen Weg gefunden, um ihn aufzuhalten.« Das überrascht mich immer noch. Ich war sicher, Mr. Aldrin hätte seine Meinung geändert und würde uns nicht helfen. Ich verstehe immer noch nicht, wie er es geschafft hat, Mr. Crenshaw aufzuhalten und dafür zu sorgen, dass er seinen Job verloren hat und von zwei Sicherheitsbeamten hinauseskortiert wurde. Ich erzähle ihnen, was Mr. Aldrin gesagt hat, und dann, was die Anwälte auf der Sitzung gesagt haben. »Aber jetzt möchte ich mich ändern«, sage ich am Schluss.

Marjory holt tief Luft. Ich sehe ihr gern zu, wenn sie tief Luft holt; dann spannt sich vorn ihre Kleidung. »Warum?«, fragt sie ruhiger. »Es ist doch nicht wegen ... wegen ... uns, oder? Wegen mir?«

»Nein«, antworte ich. »Es geht nicht um dich. Es geht um mich.«

Ihre Schultern sacken herunter. Ich weiß nicht, ob sie erleichtert oder traurig ist. »Hat es an Don gelegen? Hat er dich überzeugt, dass du so, wie du bist, nicht in Ordnung bist?«

»Nein, es war nicht Don ... nicht nur Don ...« Es ist offensichtlich, denke ich, und ich weiß nicht, warum sie es nicht sehen kann. Sie war doch dabei, als der Sicherheitsbeamte am Flughafen mich angehalten hat, mir die Worte im Hals stecken blieben und sie mir helfen musste. Sie war dabei, als ich mit der Polizeibeamtin reden musste und nichts herausbekam und Tom mir helfen musste. Ich will nicht immer derjenige sein, der Hilfe braucht. »Es geht um mich«, sage ich noch einmal. »Ich möchte keine Probleme auf dem Flughafen haben oder manchmal mit anderen Leuten nicht reden können und dann komisch angeschaut werden. Ich möchte verreisen und Dinge lernen, von denen ich nie gewusst habe, dass ich sie lernen kann...«

Ihr Gesicht verändert sich wieder, wird glatter, und ihre Stimme klingt weniger emotional, als sie fragt: »Was ist das für eine Behandlung, Lou? Was passiert dabei?«

Ich öffne die Tasche, die ich mitgebracht habe. Wir dürfen über die Behandlung nicht reden, da sie Eigentum des Unternehmens und experimentell ist, aber ich finde das gar nicht gut. Wenn etwas schiefgeht, soll draußen jemand Bescheid wissen. Ich habe niemandem gesagt, dass ich meine Mappe mitnehme, und es hat mich keiner daran gehindert.

Ich beginne vorzulesen. Fast sofort unterbricht Lucia mich.

»Lou – verstehst du dieses Zeug jetzt?«

»Ja, ich glaube schon. Nach Cego und Clinton konnte ich die Fachveröffentlichungen im Internet ohne Probleme verstehen.«

»Lässt du es mich bitte lesen? Ich kann es besser verstehen, wenn ich die Wörter sehe. Dann können wir darüber reden.«

Es gibt nichts zu bereden. Ich werde es machen. Aber ich reiche Lucia die Mappe, weil es immer einfacher ist, zu tun, was Lucia sagt. Marjory rückt näher an sie heran, und sie beginnen beide zu lesen. Ich blicke Tom an. Er zieht die Augenbrauen hoch und schüttelt den Kopf.

»Du bist ein mutiger Mann, Lou. Das wusste ich, aber das hier...! Ich weiß nicht, ob ich den Mumm besäße, jemanden in meinem Gehirn herumwühlen zu lassen.«

»Das brauchst du ja auch nicht«, sage ich. »Du bist ja normal. Du hast einen angesehenen Beruf. Du hast Lucia und dieses Haus.« Den Rest kann ich nicht sagen: Dass ich denke, er fühlt sich wohl in seinem Körper, er sieht, hört, schmeckt, riecht und fühlt wie andere auch und seine Realität ist die gleiche wie ihre.

»Kommst du denn zurück zu uns, was meinst du?«, fragt Tom. Er sieht traurig aus.

»Ich weiß nicht«, sage ich. »Ich hoffe, dass ich immer noch gern fechte, weil es Spaß macht, aber ich weiß es nicht.«

»Hast du heute Abend Zeit, hier zu bleiben?«, fragt er.

»Ja«, antworte ich.

»Dann lass uns nach draußen gehen.« Er steht auf und geht in den Ausrüstungsraum. Lucia und Marjory bleiben im Wohnzimmer und lesen. Als wir in den Ausrüstungsraum kommen, dreht er sich zu mir um. »Lou, bist du sicher, du machst das nicht nur, weil du in Marjory verliebt bist? Weil du ein normaler Mann für sie sein willst? Das wäre ein nobler Grund, aber...«

Ich spüre, wie mir heiß wird. »Es geht nicht um sie. Ich mag sie. Ich möchte sie berühren und sie umarmen und... Dinge, die unpassend sind. Aber das ist...« Ich strecke die Hand aus und halte mich am Gestell für die Waffen fest, weil ich plötzlich zittere und Angst habe, ich würde umfallen. »Die Dinge bleiben nicht gleich«, sage ich. »Ich bin nicht derselbe. Ich kann mich nicht *nicht* verändern. Es ist einfach nur... schnellere Veränderung. Und ich habe mich dafür entschieden.«

»Fürchte die Veränderung, und sie wird dich zerstören; heiße sie willkommen, und sie wird dich bereichern«, sagt Tom mit der Stimme, die er für Zitate nimmt. Ich weiß nicht, woher dieses Zitat stammt. Dann sagt er mit seiner normalen Stimme in scherzhaftem Tonfall: »Dann wähle deine Waffe! Wenn du eine Weile nicht mehr kommst, will ich dir heute noch mal eine ordentliche Abreibung verpassen.«

Ich nehme meinen Degen und meine Maske und ziehe meine Fechtjacke an, als mir einfällt, dass ich meine Dehnübungen noch nicht gemacht habe. Ich setze mich auf die Terrasse und beginne zu stretchen. Hier draußen ist es kühler; die Steinplatten sind hart und kalt unter mir.

Tom setzt sich mir gegenüber. »Ich habe meine Übungen zwar schon gemacht, aber mehr kann in meinem Alter nicht schaden«, sagt er. Als er sich vornüberbeugt, um sein Gesicht auf die Knie zu legen, sehe ich, dass seine Haare oben auf dem Kopf dünner werden, und es sind graue Strähnen darin. Er legt einen Arm über den Kopf und zieht mit dem anderen Arm daran. »Was willst du machen, wenn du die Behandlung hinter dir hast?«

»Ich würde gern in den Weltraum gehen«, sage ich.

»Du ...? Lou, du erstaunst mich immer wieder.« Er legt den anderen Arm oben auf seinen Kopf und zieht am Ellbogen. »Ich wusste gar nicht, dass du in den Weltraum gehen willst. Wann hat das angefangen?«

»Als ich klein war«, erwidere ich. »Aber ich wusste, dass es nicht ging. Ich wusste, dass es nicht angebracht war.«

»Wenn ich an diese Verschwendung denke ...«, sagt Tom und beugt den Kopf auf das andere Knie. »Lou, so viele Sorgen ich mir vorher auch darüber gemacht habe, ich glaube jetzt, dass du recht hast. Du hast zu viel Potenzial, um den Rest deines Lebens in dieser Diagnose eingesperrt zu sein. Allerdings wird es Marjory wehtun, wenn du dich von ihr weg entwickelst.«

»Ich möchte Marjory nicht wehtun«, sage ich. »Ich glaube nicht, dass ich mich von ihr weg entwickele.«

»Ich weiß. Du magst sie sehr – nein, du liebst sie. Das merkt man deutlich. Aber, Lou – sie ist zwar eine nette Frau, aber wie du schon gesagt hast, steht dir eine große Veränderung bevor. Du wirst nicht mehr dieselbe Person sein.«

»Ich werde sie immer mögen ... lieben«, sage ich. Ich hatte nicht gedacht, dass das schwerer oder unmöglich werden könnte, wenn ich normal werde. Ich verstehe nicht, warum Tom das denkt. »Ich glaube nicht, dass sie nur so getan hat, als würde sie mich mögen, weil sie ein Forschungsobjekt in mir sieht, auch wenn Emmy das sagt.«

»Du meine Güte, wer hat sich denn das ausgedacht? Wer ist Emmy?«

»Jemand im Center«, sage ich. Ich möchte nicht über Emmy sprechen, deshalb rede ich schneller. »Emmy hat gesagt, Marjory sei Wissenschaftlerin und sähe mich nur als Forschungsobjekt, nicht als Freund. Marjory hat mir erzählt, dass sie über neuromuskuläre Störungen forscht, deshalb wusste ich, dass Emmy unrecht hatte.«

Tom steht auf. »Es ist eine große Chance für dich.«

»Ich weiß«, sage ich und rapple mich auch auf. »Ich wollte – einmal habe ich gedacht – ich hätte sie fast gefragt, ob sie mit mir essen geht, aber ich wusste nicht, wie.«

»Glaubst du, die Behandlung wird dir dabei helfen?«

»Vielleicht.« Ich setze meine Maske auf. »Aber wenn sie dafür nichts nützt, dann wird sie mir in anderer Hinsicht helfen, glaube ich. Und ich werde Marjory immer mögen.«

»Da bin ich sicher, aber es wird nicht mehr dasselbe sein. Das kann es nicht. Es ist wie in jedem System, Lou. Wenn ich einen Fuß verlieren würde, dann würde ich vielleicht immer noch fechten, aber meine Muster wären anders, oder?«

Mir gefällt der Gedanke nicht, dass Tom einen Fuß verlieren könnte, aber ich verstehe, was er meint. Ich nicke.

»Wenn du dich also einer großen Veränderung unterziehst, dann habt ihr, du und Marjory, danach ein verschiedenes Muster. Vielleicht bist du ihr näher, vielleicht aber auch weiter weg.«

Jetzt weiß ich, was ich noch vor ein paar Minuten nicht wusste, dass ich einen tiefen, verborgenen Gedanken über Marjory, die Behandlung und mich gehabt habe. Ich habe gedacht, es würde dann einfacher sein. Ich hatte die Hoffnung, dass wir zusammen sein könnten, wenn ich normal wäre, dass wir vielleicht heiraten und Kinder bekommen und ein normales Leben führen könnten.

»Es wird nicht mehr dasselbe sein, Lou«, sagt Tom hinter seiner Maske. Ich sehe das Glitzern seiner Augen. »Das kann es nicht.«

Fechten ist dasselbe und ist doch nicht dasselbe. Toms Muster werden mir bei jedem Mal klarer, aber mein Muster verliere ich ab und zu aus den Augen. Meine Aufmerksamkeit lässt nach. Ob Marjory wohl nach draußen kommt? Ob sie fechten will? Was sagen sie und Lucia zum Inhalt der Mappe? Wenn ich mich konzentriere, kann ich Treffer bei Tom landen, aber dann weiß ich auf einmal nicht mehr, wo er in seinem Muster gerade ist, und er trifft mich. Es steht drei zu fünf, als Marjory und Lucia herauskommen, und Tom und ich machen gerade eine Pause, um wieder zu Atem zu kommen. Obwohl es ein kühler Abend ist, schwitzen wir.

»Nun«, sagt Lucia. Ich warte. Sie sagt nichts mehr.

»Ich finde, es sieht gefährlich aus«, sagt Tom. »Das Herumspielen an der Resorption von Neuronen und danach Regeneration. Aber ich habe ja die Originalstudie nicht gelesen.«

»Es kann an zu vielen Stellen schiefgehen«, sagt Lucia. »Virales Einsetzen von genetischem Material, das ist ein alter Hut, eine erprobte Technologie. Nanotechnische Wiederherstellung von Knorpel, Blutgefäßwartung, Entzündungshemmung, schön und gut. Programmierbare Chips für Wirbelsäulenverletzungen, okay. Aber Gene austauschen – das ist noch keine ausgereifte Methode. All die Probleme mit Knochenmarkregeneration – natürlich sind das keine Nerven und es war bei Kindern, aber trotzdem.«

Ich weiß nicht, wovon sie spricht, aber ich will auch keinen weiteren Grund mehr hören, um Angst zu bekommen.

»Am meisten stört mich, dass es alles in deinem Unternehmen stattfindet, das ist doch eine inzestuöse Angelegenheit. Wenn etwas schiefgeht, hast du keinen Patientenanwalt, der dich vertritt. Dein Rechtsbeistand vom Center hat keine medizinische Erfahrung ... Aber es ist deine Entscheidung.«

»Ja«, sage ich und blicke unwillkürlich zu Marjory.

»Lou...« Dann schüttelt sie den Kopf, und ich weiß, dass sie das, was sie sagen will, nicht sagen wird. »Möchtest du fechten?«, fragt sie.

Ich möchte nicht fechten. Ich möchte nur mit ihr dasitzen. Ich möchte sie berühren. Ich möchte mit ihr zu Abend essen und mit ihr im Bett liegen. Aber das kann ich nicht, noch nicht. Ich erhebe mich und setze meine Maske auf.

Was ich fühle, als ihre Klinge meine berührt, kann ich nicht beschreiben. Es ist stärker als jemals zuvor. Ich spüre, wie sich mein Körper zusammenzieht und auf eine Art reagiert, die zwar nicht angemessen ist, aber es ist wundervoll. Ich möchte, dass dies immer weitergeht, und ich möchte aufhören und sie packen. Ich verlangsame meine Bewegungen, sodass ich sie nicht zu schnell treffe und dieses Gefühl anhält.

Ich könnte sie immer noch fragen, ob sie mit mir essen gehen will. Ich könnte es vor oder nach der Behandlung machen. Vielleicht.

Donnerstagmorgen. Es ist kalt und windig, mit grauen Wolken, die über den Himmel jagen. Ich höre Beethovens *Messe in C-Dur*. Das Licht wirkt schwer und langsam, obwohl der Wind sich schnell bewegt. Dale, Bailey und Eric sind schon da – oder ihre Autos sind es zumindest. Lindas Wagen steht noch nicht da; Chuys auch nicht. Als ich vom Parkplatz zum Gebäude gehe, drückt der Wind mir die Hose gegen die Beine; ich spüre, wie der Stoff an meiner Haut entlanggleitet; es fühlt sich an wie viele kleine Finger. Ich weiß noch, dass ich als kleiner Junge meine Mutter immer gebeten habe, die Schildchen aus meinen T-Shirts zu schneiden, bis ich alt genug war, um es selber zu tun. Werde ich es nach dem Eingriff immer noch merken?

Ich höre ein Auto hinter mir und drehe mich um. Es ist Lindas Wagen. Sie parkt auf ihrem üblichen Platz und steigt aus, ohne mich anzusehen.

An der Tür stecke ich meine Karte hinein, drücke meinen Daumen auf die Platte, und das Türschloss klickt auf. Ich drücke die Tür auf und warte auf Linda. Sie hat den Kofferraum ihres Autos geöffnet und holt einen Karton heraus. Es ist genauso ein Karton, wie Mr. Crenshaw ihn hatte, aber er hat keine Aufschrift auf der Seite.

Ich habe nicht daran gedacht, einen Karton mitzubringen, um meine Sachen hineinzuräumen. Ob ich wohl in der Mittagspause einen besorgen kann? Ich frage mich, ob die Tatsache, dass Linda einen Karton mitgebracht hat, bedeutet, dass sie sich zur Behandlung entschlossen hat.

Sie hält den Karton unter einem Arm. Sie geht mit raschen Schritten, der Wind bläst ihre Haare zurück. Für gewöhnlich hat sie sie zusammengebunden; ich wusste nicht, dass sie im Wind so wehen würden. Ihr Gesicht sieht anders aus, klar und frei, als ob es ohne Furcht oder Sorge wäre.

Sie geht mit dem Karton an mir vorbei, und ich folge ihr nach drinnen. Ich denke sogar daran, den Bildschirm für zwei Personen, die auf eine Karte eintreten, zu berühren. Bailey ist auf dem Korridor.

»Du hast einen Karton«, sagt er zu Linda.

»Ich dachte, jemand könnte ihn vielleicht brauchen. Für den Fall habe ich ihn mitgebracht.«

»Ich bringe morgen einen Karton mit«, sagt Bailey. »Lou, gehst du heute oder morgen?«

»Heute«, sage ich. Linda sieht mich an und hält mir den Karton hin. »Ich könnte den Karton gebrauchen«, sage ich, und sie reicht ihn mir, ohne mich anzusehen.

Ich gehe in mein Büro. Es sieht schon fremd aus, wie das Büro von jemand anderem. Wenn ich es so zurücklasse, würde es dann genauso fremd aussehen, wenn ich nach der Behandlung wiederkomme? Und dass es jetzt fremd aussieht, bedeutet das, dass ich zum Teil schon im Danach lebe?

Ich bewege den kleinen Ventilator, der die Glitzerspiralen

und die Windrädchen zum Drehen bringt, und dann drehe ich ihn in die andere Richtung. Ich setze mich in meinen Stuhl und schaue mich um. Es ist dasselbe Büro. Ich bin nicht mehr dieselbe Person.

Ich blicke in die Schubladen meines Schreibtischs und sehe nichts als den gleichen alten Stapel von Handbüchern. Ganz unten – weil ich es lange nicht angeschaut habe – liegt das *Mitarbeiter-Handbuch*. Man soll es eigentlich nicht ausdrucken, aber es ist immer noch einfacher, Dinge auf Papier zu lesen, wo die Buchstaben absolut still bleiben. Jeder benutzt meine Handbücher. Ich möchte diese illegalen Ausdrucke nicht hierlassen, während ich in Behandlung bin. Ich hole sie heraus und drehe den Stapel um, sodass das *Mitarbeiter-Handbuch* obendrauf liegt. Ich weiß nicht, was ich damit machen soll.

In der untersten Schublade liegt ein altes Mobile, das hier gehangen hat, bis der größte Fisch geknickt war. Jetzt hat die glänzende Oberfläche der Fische kleine schwarze Flecken. Ich hole es heraus, zucke zusammen bei dem klingelnden Geräusch, das es macht, und reibe an einer der schwarzen Stellen. Sie geht nicht ab. Es sieht verdorben aus. Ich werfe es in den Papierkorb, wobei ich bei dem Geräusch erneut zusammenzucke.

In der flachen Schublade in der Mitte bewahre ich Buntstifte und eine kleine Plastikdose mit Münzen für den Getränkeautomaten auf. Ich stecke die Dose in die Tasche und lege die Stifte auf den Schreibtisch. Dann schaue ich mir die Ablage an. Hier liegen nur Projektinformationen, Aktenmappen, Dinge, die dem Unternehmen gehören. Die Regale brauche ich nicht leer zu räumen. Ich hänge die Glitzerspiralen ab, zuerst die, die nicht zu meinen Lieblingen gehören, die gelben, silbernen, orangefarbenen und roten.

Ich höre Mr. Aldrins Stimme auf dem Flur. Er spricht mit jemandem. Er öffnet meine Tür.

»Lou – ich habe vergessen, daran zu erinnern, dass keine Projektarbeiten vom Campus entfernt werden dürfen. Wenn Sie irgendwelche projektbezogenen Materialien aufbewahren möchten, sollten Sie sie mit einem Vermerk versehen, dass sie unter Verschluss aufbewahrt werden müssen.«

»Ja, Mr. Aldrin«, sage ich. Mir ist unbehaglich wegen der Ausdrucke im Karton, aber sie sind nicht projektbezogen.

»Kommen Sie morgen überhaupt auf den Campus?«

»Ich glaube nicht«, sage ich. »Ich möchte nicht noch mit etwas Neuem anfangen, was ich nicht mehr zu Ende führen kann. Deshalb räume ich heute alles aus.«

»Gut. Haben Sie meine Liste mit den empfohlenen Vorbereitungen bekommen?«

»Ja«, sage ich.

»Gut. Ich ...« Er wirft einen Blick in den Korridor, kommt dann in mein Büro und schließt die Tür. Ich spüre, wie ich mich verkrampfe; mein Magen brennt. »Lou ...« Er zögert, räuspert sich und wendet den Blick ab. »Lou, ich ... ich möchte Ihnen sagen, wie leid es mir tut, dass dies alles geschehen ist.«

Ich weiß nicht, was er für eine Antwort erwartet. Ich sage nichts.

»Ich wollte nie ... wenn es nach mir gegangen wäre, hätte sich nichts geändert ...«

Er irrt sich. Es hätte sich doch etwas geändert. Don wäre trotzdem wütend auf mich gewesen. Ich hätte mich trotzdem in Marjory verliebt. Ich bin nicht sicher, warum er das sagt; er muss doch wissen, dass Veränderung eintritt, ob man es will oder nicht. Ein Mann kann wochen-, jahrelang am Teich liegen und an den Engel denken, bis tatsächlich jemand stehen bleibt, um ihn zu fragen, ob er geheilt werden will.

Mr. Aldrins Gesichtsausdruck erinnert mich daran, wie ich mich so oft gefühlt habe. Er hat Angst, stelle ich fest. Er hat immer vor irgendetwas Angst. Es schmerzt, lange Angst zu haben; ich kenne das. Ich wünschte, er hätte nicht diesen Gesichtsausdruck, weil er mir das Gefühl gibt, ich müsste etwas tun, und ich weiß nicht, was ich tun soll.

»Es ist nicht Ihre Schuld«, sage ich. Sein Gesicht entspannt sich. Ich habe das Richtige gesagt. Es ist ganz leicht. Ich kann es sagen, aber wird es dadurch schon wahr? Worte können falsch sein. Ideen können falsch sein.

»Ich möchte sichergehen, dass Sie wirklich ... dass Sie die Behandlung wirklich wollen«, sagt er. »Es gibt absolut keinen Druck...«

Wieder irrt er sich, obwohl er vielleicht sogar recht hat mit der Annahme, dass es vom Unternehmen aus im Moment keinen Druck gibt. Jetzt, wo ich weiß, dass die Veränderung kommt und dass sie möglich ist, wächst der Druck in mir, so wie Luft einen Ballon füllt oder Licht das Weltall erfüllt. Licht ist nicht passiv: Licht übt Druck aus auf alles, was es berührt.

»Es ist meine Entscheidung«, sage ich. Ich meine, ich habe es entschieden, ob es nun richtig oder falsch ist. Ich kann mich auch irren.

»Danke, Lou«, sagt er. »Sie – Sie alle – bedeuten mir sehr viel.«

Ich weiß nicht, was *sehr viel bedeuten* bedeutet. Aber ich frage nicht. In mir steigt immer noch Unbehagen auf, wenn ich daran denke, wie er mit uns geredet hat. Nach 9,3 Sekunden nickt er und wendet sich zum Gehen. »Passen Sie auf sich auf«, sagt er. »Viel Glück.«

Mir fällt auf, dass er nicht sagt: *Ich hoffe, Sie werden geheilt.* Ich weiß nicht, ob er nur taktvoll und höflich sein will oder ob er glaubt, es geht nicht gut aus. Ich frage nicht. Sein Erkennungsgerät piepst, und er geht auf den Korridor. Er schließt meine Tür nicht. Es ist falsch, den Gesprächen anderer Leute zuzuhören, aber es ist auch nicht höflich, hinter einem Vorgesetzten die Tür zuzuschlagen. Also höre ich, was er sagt, obwohl ich natürlich nicht hören kann, was die andere Person sagt. »Ja, Sir, ich komme.«

Seine Schritte entfernen sich. Ich entspanne mich und hole tief Luft. Ich hänge meine Lieblingsglitzerspiralen ab und nehme die Windrädchen aus dem Gestell. Das Zimmer wirkt jetzt kahl, aber meine Schreibtischplatte ist übersät mit Gegenständen. Ich weiß nicht, ob alles in Lindas Karton passt. Vielleicht finde ich ja noch einen anderen Karton. Ich mache mich sofort auf die Suche. Als ich auf den Flur komme, steht Chuy vor der Glastür und kämpft mit mehreren Kartons, die er auf dem Arm trägt. Ich mache ihm auf.

»Ich habe einen Karton für jeden mitgebracht«, sagt er. »Das spart Zeit.«

»Linda hat einen Karton mitgebracht, den ich benutze«, erwidere ich.

»Vielleicht brauchst du ja zwei«, sagt er. Er lässt die Kartons auf den Flur fallen. »Du kannst einen haben, wenn du einen brauchst.«

»Ich brauche einen«, sage ich. »Danke.«

Ich nehme einen Karton, der größer ist als der, den Linda mitgebracht hat, und gehe wieder in mein Büro. Die Handbücher lege ich nach unten, weil sie schwer sind. Die Buntstifte passen zwischen die Handbücher und die Seitenwand des Kartons. Die Windräder und Glitzerspiralen lege ich obendrauf, und dann fällt mir der Ventilator ein. Ich nehme sie wieder heraus und stelle den Ventilator oben auf die Handbücher. Jetzt ist für nichts anderes mehr Platz. Ich betrachte den Karton. Ich brauche das *Mitarbeiter-Handbuch* nicht, und niemand wird es mir übel nehmen, wenn ich einen Ausdruck im Büro habe. Ich nehme es heraus und lege es auf den Schreibtisch. Dann stelle ich den Ventilator wieder hinein und lege die Glitzerspiralen und Windrädchen dazu. Sie passen gerade so hinein. Ich denke an den Wind draußen. Sie sind nicht schwer und könnten weggeweht werden.

In der letzten Schublade finde ich das Handtuch, mit dem ich mir immer den Kopf abtrockne, wenn es regnet und ich vom Parkplatz aus durch den Regen laufen musste. Das passt oben auf die Glitzerspiralen und Windrädchen und wird verhindern, dass sie weggeweht werden. Ich lege das Handtuch gefaltet oben auf die Sachen und hebe den Karton hoch. Jetzt tue ich genau das, was Mr. Crenshaw getan hat; ich trage einen Karton mit meinen Sachen aus meinem Büro. Vielleicht sehe ich für jemanden, der mich beobachtet, sogar so aus wie Mr. Crenshaw, nur dass ich nicht von zwei Sicherheitsleuten eskortiert werde. Wir sind uns nicht ähnlich. Das ist meine Entscheidung; ich glaube nicht, dass es seine Entscheidung war, sein Büro zu verlassen. Als ich schon fast an der Ausgangstür bin, kommt Dale aus seinem Büro und hält mir die Tür auf.

Draußen sind die Wolken dicker geworden, und der Tag scheint dunkler, kälter, unschärfer an den Rändern. Vielleicht fängt es bald an zu regnen. Ich mag die Kälte. Der Wind ist hinter mir, und ich spüre, wie er an meinem Rücken zerrt. Ich stelle den Karton an meinem Auto ab, und das Handtuch wird beinahe weggeweht. Es wird schwer sein, die Tür aufzuschließen und gleichzeitig das Handtuch festzuhalten. Ich schiebe den Karton zur Beifahrerseite des Autos und stelle meinen Fuß auf die Kante. Jetzt kann ich die Tür aufschließen.

Ein erster Tropfen eisigen Regens fällt auf meine Wange. Ich stelle den Karton auf den Beifahrersitz, dann mache ich die Tür zu und schließe wieder ab. Ich überlege, ob ich noch einmal hineingehen soll, aber ich bin sicher, dass ich alles eingepackt habe. Ich möchte die aktuelle Projektarbeit nicht zur speziellen Lagerung vorbereiten. Ich möchte dieses Projekt nie mehr wiedersehen.

Aber ich möchte Dale, Bailey, Chuy, Eric und Linda noch einmal sehen. Erneut ein Regentropfen. Der kalte Wind fühlt sich gut an. Ich schüttele den Kopf und gehe zurück zur Tür, stecke meine Karte hinein und drücke meinen Daumen an die Platte. Alle anderen stehen auf dem Flur, manche mit vollen Kartons, andere einfach so.

»Soll ich etwas zu essen holen?«, fragt Dale. Die anderen blicken sich an.

»Es ist erst zwölf nach zehn«, sagt Chuy. »Es ist noch zu früh zum Mittagessen. Ich arbeite noch.« Er hat keinen Karton. Linda hat auch keinen Karton. Ich finde es seltsam, dass die Leute, die nicht gehen, Kartons mitgebracht haben. Wollten sie, dass wir Übrigen gehen?

»Wir könnten später Pizza essen gehen«, sagt Dale. Wir blicken einander an. Ich weiß nicht, was sie denken, aber ich denke, es wird nicht dasselbe sein und doch zu sehr dasselbe. Wir würden uns etwas vormachen.

»Wir könnten später woanders hingehen«, sagt Chuy.

»Pizza«, sagt Linda.

Wir belassen es dabei. Ich glaube, ich werde nicht hingehen.

Es fühlt sich sehr seltsam an, bei Tageslicht an einem Wochentag Auto zu fahren. Ich fahre nach Hause und parke auf dem Platz, der am nächsten zur Tür ist. Ich trage den Karton nach oben. Im Haus ist es ganz still. Ich stelle den Karton in meinen Schrank, hinter meine Schuhe.

Auch in der Wohnung ist es still und ordentlich. Das Frühstücksgeschirr habe ich abgewaschen, bevor ich ins Büro gefahren bin; das mache ich immer so. Ich nehme die Dose mit den Münzen aus meiner Tasche und lege sie auf die Kleiderkörbe.

Sie haben uns gesagt, wir sollen dreifach Sachen zum Wechseln mitbringen. Ich kann sie jetzt packen. Ich weiß nicht, wie das Wetter sein wird oder ob wir sowohl für drinnen als auch für draußen Kleidung brauchen werden. Ich hole meinen Koffer aus dem Schrank und nehme die obersten drei Strickhemden vom Stapel in der zweiten Schublade. Dreimal Unterwäsche. Drei Paar Socken. Zwei braune Hosen und eine blaue Hose. Mein blaues Sweatshirt, für den Fall, dass es kalt ist.

Ich habe Kamm und Bürste und eine extra Zahnbürste für Notfälle. Das ist zwar kein Notfall, aber ich packe sie trotzdem ein, dann brauche ich nicht weiter daran zu denken. Ich lege die Zahnbürste, eine neue Tube Zahnpasta, Kamm und Bürste, Rasierer, Rasierschaum und eine Nagelschere in die kleine Reißverschlusstasche, die zu meinem Koffer gehört, und packe sie ein. Erneut schaue ich auf die Liste, die sie uns gegeben haben. Das ist alles. Ich schließe die Spannriemen über den Kleidern, mache den Reißverschluss zu und stelle den Koffer weg.

Mr. Aldrin hat gesagt, wir sollten der Bank, dem Hausverwalter und allen Freunden, die sich möglicherweise Sorgen machen könnten, Bescheid sagen. Er hat uns eine Erklärung für Bank und Hausverwalter gegeben, in der steht, dass wir eine Zeit lang für das Unternehmen woanders arbeiten, dass jedoch unser Gehalt weiter auf das Konto gezahlt würde und die Bank alle notwendigen Überweisungen vornehmen soll. Ich schicke die Erklärung an meinen Filialleiter.

Die Wohnungstür der Hausmeisterin ist geschlossen, aber ich höre das Stöhnen des Staubsaugers von drinnen. Als ich klein war, hatte ich Angst vor dem Staubsauger, weil es sich immer so anhörte, als ob er weinte. »Ooooh... nooooo... ooooh... nooooo«, wenn meine Mutter ihn vor und zurück schob. Er jammerte und klagte. Jetzt finde ich das Geräusch nur ärgerlich. Ich drücke auf die Klingel. Das Stöhnen hört auf. Ich höre keine Schritte, aber die Tür geht auf.

»Mr. Arrendale!« Ms. Tomasz, die Hausverwalterin, klingt überrascht. Sie hat bestimmt nicht damit gerechnet, mich mitten am Vormittag hier zu sehen. »Sind Sie krank? Brauchen Sie etwas?«

»Ich nehme an einem Projekt für das Unternehmen teil, wo ich arbeite«, sage ich. Ich habe lange geübt, um es so flüssig sagen zu können. Ich reiche ihr die Erklärung, die Mr. Aldrin vorbereitet hat. »Ich habe der Bank schon Bescheid gesagt, damit sie meine Miete weiter überweist. Wenn es nicht klappt, kontaktieren Sie bitte meine Firma.«

»Oh!« Sie wirft einen Blick auf das Blatt Papier, blickt aber schon wieder auf, bevor sie noch Zeit hat, es zu lesen. »Aber... wie lange werden Sie denn weg sein?«

»Ich weiß nicht genau«, sage ich. »Aber ich komme wieder zurück.« Ich will nicht, dass sie sich Sorgen macht.

»Sie gehen doch nicht weg, weil der Mann auf dem Parkplatz Ihre Reifen zerstochen hat und versucht hat, Ihnen etwas zu tun?«

»Nein«, erwidere ich. Ich weiß nicht, wie sie darauf kommt. »Es ist ein Sonderauftrag.«

»Ich habe mir solche Sorgen um Sie gemacht, wirklich«, sagt Ms. Tomasz. »Fast wäre ich hinaufgekommen und hätte mit Ihnen geredet, um Ihnen ... um zu sagen, wie leid es mir tut – aber Sie leben ja sehr zurückgezogen.«

»Es ist alles in Ordnung«, sage ich.

»Sie werden uns fehlen«, sagt sie. Ich kann nicht verstehen, wie das wahr sein kann, schließlich sieht sie mich die meiste Zeit nicht. »Passen Sie auf sich auf«, sagt sie. Ich kann ihr nicht sagen, dass das nicht geht, weil sich mein Gehirn ändern wird.

Als ich wieder nach oben gehe, ist die automatische Antwort der Bank bereits eingetroffen, in der steht, dass sie die Nachricht erhalten haben und dass der Filialleiter sich bald persönlich bei mir melden wird, und sie danken mir für mein Vertrauen. Darunter steht: *Sicherheits-Tipp Nr. 21: Lassen Sie nie den Schlüssel für Ihr Bankschließfach zu Hause, wenn Sie in Urlaub fahren.* Ich habe kein Bankschließfach, deshalb brauche ich mir darüber keine Gedanken zu machen.

Ich beschließe, zum Mittagessen in die kleine Bäckerei an der Ecke zu gehen – als ich Brot gekauft habe, habe ich ein Schild gesehen, dass man sich dort auch ein Sandwich bestellen kann. Es ist nicht voll, aber ich mag die Musik aus dem

Radio nicht. Sie ist laut und hämmernd. Ich bestelle ein Schinkensandwich mit Schinken von vegetarisch ernährten Schweinen und den allerfrischesten Zutaten und nehme es mit. Es ist zu kalt, um draußen stehen zu bleiben, deshalb gehe ich wieder in meine Wohnung hinauf und esse bei mir in der Küche.

Ich könnte Marjory anrufen. Ich könnte sie heute Abend zum Essen ausführen oder morgen Abend oder Samstagabend, wenn sie mitkäme. Ich kenne ihre Nummer im Büro und ihre Privatnummer. Eine ist fast eine Primzahl und die andere ist äußerst symmetrisch. Ich hänge die Glitzerspiralen in meiner Wohnung auf, wo sie sich im Luftzug, der durch die alten Fenster dringt, drehen. Die farbigen Lichtblitze, die über die Wände huschen, sind friedlich und helfen mir beim Nachdenken.

Wenn ich sie anrufe, und sie geht mit mir essen, warum täte sie das? Vielleicht mag sie mich, und vielleicht macht sie sich Sorgen um mich, und vielleicht tue ich ihr leid. Ich weiß nicht mit Sicherheit, dass sie es tun würde, weil sie mich mag. Aber damit es dasselbe ist, nur in entgegengesetzter Richtung, müsste sie mich genauso mögen wie ich sie mag. Alles andere würde kein gutes Muster ergeben.

Worüber würden wir uns unterhalten? Sie weiß nicht mehr über die Funktionsweise des Gehirns als ich. Es ist nicht ihr Fachbereich. Wir fechten beide, aber ich glaube nicht, dass wir die ganze Zeit übers Fechten sprechen könnten. Ich glaube nicht, dass sie am Weltraum interessiert ist; genau wie Mr. Aldrin scheint sie ihn als Geldverschwendung anzusehen.

Wenn ich zurückkomme – wenn die Behandlung funktioniert und ich sowohl vom Gehirn als auch vom Körper her wie andere Männer bin –, werde ich sie dann noch so mögen wie jetzt?

Ist es mit ihr auch nur so wie in der Geschichte mit dem

Teich und dem Engel – liebe ich sie, weil ich glaube, sie ist die Einzige, die ich lieben kann?

Ich stehe auf und lege Bachs *Toccata und Fuge in d-Moll* auf. Die Musik erschafft eine komplexe Landschaft, Berge und Täler und Buchten mit kühler, windiger Luft. Werde ich Bach noch mögen, wenn ich zurückkomme? Falls ich zurückkomme.

Einen Moment lang packt mich die Angst, und ich stürze durch Schwärze, schneller als jedes Licht jemals sein könnte, aber dann steigt unter mir die Musik auf und hebt mich hoch wie eine Ozeanwelle, und ich habe keine Angst mehr.

Freitagmorgen. Ich würde ja zur Arbeit gehen, aber in meinem Büro ist nichts mehr zu tun, und in meiner Wohnung auch nicht. Die Bestätigung von meiner Bank war heute früh in der Post. Ich könnte jetzt meine Wäsche machen, aber meine Wäsche mache ich immer erst am Freitagabend. Mir geht durch den Kopf, dass ich, wenn ich heute Abend meine Wäsche mache und dann heute Nacht, Samstagnacht und Sonntagnacht hier noch schlafe, schmutzige Bettwäsche auf dem Bett habe und schmutzige Handtücher im Badezimmer, wenn ich in die Klinik gehe. Ich weiß nicht, wie ich das ändern soll. Ich möchte keine schmutzigen Sachen zurücklassen, aber ich müsste Montagmorgen sehr früh aufstehen und sie waschen.

Ich überlege, ob ich mich bei den anderen melden soll, entscheide mich aber dagegen. Ich will nicht wirklich mit ihnen sprechen. Ich bin es nicht gewöhnt, über einen Tag wie diesen zu verfügen, abgesehen von geplanten Urlauben, und ich weiß nicht, was ich damit anfangen soll. Ich könnte ins Kino gehen oder Bücher lesen, aber dazu bin ich zu angespannt. Ich könnte ins Center gehen, aber das will ich auch nicht.

Ich spüle das Frühstücksgeschirr und räume es weg. Die Wohnung ist plötzlich zu still, zu groß und zu leer. Ich weiß nicht, wo ich hingehen soll, aber ich muss irgendwo hingehen. Ich stecke meine Brieftasche und meine Schlüssel ein und gehe. Es ist nur fünf Minuten später als sonst.

Auch Danny geht gerade nach unten. »Er sagt hastig: »Hi, Lou, wie geht es dir?« Ich glaube, das bedeutet, dass er es eilig hat und nicht reden möchte. Ich sage »hi« und sonst nichts.

Draußen ist es bewölkt und kalt, aber im Moment regnet es nicht. Es ist nicht so windig wie gestern. Ich gehe zu meinem Auto und steige ein. Noch starte ich den Motor nicht, weil ich nicht weiß, wo ich hinfahren will. Es ist Verschwendung, den Motor unnötig laufen zu lassen. Ich nehme die Straßenkarte aus dem Handschuhfach und schlage sie auf. Ich könnte zum Naturschutzpark flussaufwärts fahren und mir die Wasserfälle ansehen. Die meisten Leute wandern im Sommer dort, aber ich glaube, der Park ist auch im Winter tagsüber geöffnet.

Ein Schatten verdunkelt mein Fenster. Es ist Danny. Ich lasse die Scheibe herunter.

»Ist alles in Ordnung?«, fragt er. »Stimmt etwas nicht?«

»Ich gehe heute nicht zur Arbeit«, sage ich. »Ich überlege noch, wo ich hinfahren soll.«

»Okay«, sagt er. Ich bin überrascht. Ich wusste nicht, dass er so interessiert war. Wenn er so an mir interessiert ist, dann wüsste er vielleicht gern, dass ich weggehe.

»Ich gehe weg«, sage ich.

Sein Gesichtsausdruck verändert sich. »Du ziehst weg? Wegen dem Stalker? Er tut dir nichts mehr, Lou.«

Es ist interessant, dass sowohl er als auch die Hausmeisterin annehmen, ich ginge wegen Don weg.

»Nein«, erwidere ich. »Ich ziehe nicht weg, aber ich werde einige Wochen lang nicht da sein. Es gibt eine neue experimentelle Behandlung; meine Firma möchte, dass ich mich ihr unterziehe.«

Er blickt mich besorgt an. »Deine Firma? Willst *du* es denn auch? Üben sie Druck auf dich aus?«

»Nein. Es ist meine Entscheidung«, sage ich. »Ich habe beschlossen, mich behandeln zu lassen.«

»Nun ... okay. Ich hoffe, du bist gut beraten worden«, sagt er.

»Ja«, antworte ich.

»Und heute hast du frei? Oder musst du heute schon hin? Wo wirst du denn behandelt?«

»Ich muss heute nicht arbeiten. Ich habe gestern schon meinen Schreibtisch leer geräumt«, sage ich. »Die Behandlung findet in der Forschungsklinik statt, auf dem Campus, wo ich arbeite, aber in einem anderen Gebäude. Sie fängt am Montag an. Heute habe ich nichts zu tun – ich glaube, ich fahre vielleicht zu den Harper Falls.«

»Ah. Na ja, pass gut auf dich auf, Lou. Ich hoffe, es geht alles gut.« Er klopft auf mein Autodach und geht weg.

Ich bin nicht sicher, was gut gehen soll: Der Ausflug zu den Harper Falls? Die Behandlung? Ich weiß auch nicht, warum er auf mein Autodach geklopft hat. Ich weiß nur, dass er mir keine Angst mehr einjagt, eine weitere Veränderung, die ich ganz von alleine gemacht habe.

Am Park bezahle ich die Eintrittsgebühr und stelle mein Auto auf den leeren Parkplatz. Schilder weisen in verschiedene Richtungen:

Zu den Wasserfällen 290,3 Meter
Butterblumenwiese 1,7 km
Jugendnaturpfad 1,3 km

Der Jugendnaturpfad und der Butterblumenweg sind asphaltiert, aber der Weg zu den Wasserfällen besteht aus zerstoßenen Steinen zwischen Metallstreifen. Ich gehe diesen Weg entlang, und der Schotter knirscht unter meinen Schuhen. Niemand sonst ist hier. Die einzigen Geräusche sind Naturgeräusche. In der Ferne höre ich das stetige summende Dröhnen der Autobahn, aber in der näheren Umgebung nur das höhere Pfeifen des Generators, der das Parkbüro mit Strom versorgt.

Bald jedoch höre ich auch dieses Geräusch nicht mehr, weil ich unter einem Felsvorsprung entlanggehe, der den Autolärm von der Autobahn abhält. Die meisten Blätter sind mittlerweile schon von den Bäumen gefallen und vom gestrigen Regen durchweicht. Selbst in diesem trüben Licht leuchten die roten Blätter der Ahornbäume, die hier nur in den kühlsten Gegenden überlebt haben.

Ich spüre, wie ich mich entspanne. Bäumen ist es egal, ob ich normal bin oder nicht. Felsen und Moose kümmern sich nicht darum. Sie kennen den Unterschied zwischen dem einen und dem anderen Menschen nicht. Das ist angenehm. Ich brauche überhaupt nicht über mich nachzudenken.

Ich setze mich auf einen Felsen und lasse die Beine baumeln. Als ich ein Kind war, sind meine Eltern immer zu einem Park in der Nähe unseres Wohnortes mit mir gefahren. Auch dort gab es einen Fluss mit einem Wasserfall, allerdings schmaler als der hier. Die Felsen dort waren dunkler und spitzer. Einer jedoch war umgestürzt, sodass die flachere Seite oben war, und auf diesem Felsen stand oder saß ich immer. Er fühlte sich freundlich an, weil er nichts tat. Meine Eltern verstanden das nicht.

Wenn jemand den letzten Ahornbäumen sagen würde, sie könnten sich verändern und auch in dem wärmeren Klima glücklich leben, würden sie sich dann dazu entscheiden? Auch wenn sie dann ihre durchscheinenden Blätter verlieren würden, die jedes Jahr im Herbst so wunderbar leuchten?

Ich hole tief Luft und rieche die nassen Blätter, das Moos auf dem Felsen, die Flechten, den Felsen selber, die Erde... In einigen Artikeln stand, autistische Personen seien übersensibel Gerüchen gegenüber, aber bei einem Hund oder einer Katze gilt das als normal.

Ich lausche auf die kleinen Geräusche des Waldes, die selbst heute da sind, wo die nassen Blätter den Boden bedecken. Ein paar Blätter hängen noch an den Zweigen und flattern im Wind. Die Klauen des Eichhörnchens kratzen an der Rinde, als es einen Baumstamm hinaufhuscht. Flügel schwirren, und dann höre ich einen Vogel zwitschern, den ich nicht zu Gesicht bekomme. In manchen Aufsätzen steht auch, dass Autisten überempfindlich in Bezug auf kleine Geräusche sind, aber bei Tieren gilt das als normal.

Niemand, der sich solche Gedanken macht, ist hier. Heute kann ich meine überempfindlichen und unregulierten Sinne noch einmal genießen, für den Fall, dass sie nächste Woche weg sein sollten. Ich hoffe, ich kann danach die Sinne genießen, die ich dann habe.

Ich beuge mich vor und schmecke den Stein, das Moos, die Flechten, berühre sie mit meiner Zunge und lecke bis zu den nassen Blättern unten am Stein. Die Rinde einer Eiche (bitter, beißend), die Rinde einer Pappel (zuerst geschmacklos, dann süß). Ich breite die Arme aus, drehe mich um mich selber auf dem Weg, meine Füße knirschen auf dem zerstoßenen Stein (es ist niemand hier, der sich aufregen und mich zurechtweisen könnte). Während ich wirbele, wirbeln auch die Farben um mich herum; als ich stehen bleibe, halten sie zunächst noch nicht an, sondern erst nach und nach.

Ich finde einen Farn, den ich mit der Zunge berühren kann. Nur noch ein Wedel ist grün. Er hat keinen Geschmack. Ich rieche die Rinde anderer Bäume, die meisten kenne ich nicht, aber ich sehe, dass ihre Muster unterschiedlich sind. Jede Rinde hat einen leicht anderen, unbeschreibbaren Geschmack, einen leicht anderen Geruch, ein anderes Rindenmuster, das rauer oder glatter unter meinen Fingern ist. Der Lärm des Wasserfalls, zuerst ein leises Rauschen, das sich auflöst in viele verschiedene Komponenten: der Hauptstrahl, der auf den Felsen darunter donnert, der Widerhall dieses Geräuschs, das Plätschern und Spritzen der kleinen Seitenarme, das leise Tropfen einzelner Wassertropfen von den Farnwedeln.

Ich sehe das Wasser herunterstürzen, versuche jeden Teil davon zu sehen, die Wassermassen, die ruhig bis zur Kante fließen und sich dann auf dem Weg nach unten trennen... Was empfindet ein Tropfen, wenn er über den letzten Felsen ins Nichts stürzt? Wasser hat keinen Verstand, Wasser kann nicht denken, aber Menschen – normale Menschen – schreiben über tobende Flüsse und wütende Fluten, als ob sie nicht an diese Unfähigkeit glaubten.

Eine Windböe weht mir Gischt ins Gesicht; einige Tropfen haben der Schwerkraft getrotzt und sich mit dem Wind erhoben, um nie mehr dorthin zurückzukehren, wo sie vorher waren.

Beinahe denke ich an die Entscheidung, an das Unbekannte, daran, dass ich nicht mehr zurückkann, aber ich will heute nicht daran, denken. Ich will alles fühlen, was ich fühlen kann, um mich daran zu erinnern, wenn ich in dieser unbekannten Zukunft eine Erinnerung habe. Ich konzentriere mich auf das Wasser, sehe sein Muster, die Ordnung im Chaos und Chaos in der Ordnung.

Montag. Neun Uhr neunundzwanzig. Ich bin in der Klinik am anderen Ende des Campus und sitze auf einem Stuhl zwischen Dale und Bailey.

Die Stühle sind aus hellgrauem Plastik mit blau, grün, rosafarbenen Tweedkissen an der Rückenlehne und auf der Sitzfläche. Gegenüber steht eine weitere Reihe Stühle; ich sehe die leichten Einbuchtungen, wo Menschen gesessen haben. An den Wänden ist eine gestreifte Tapete in zwei Grautönen, dann kommt ein hellgraues Geländer und eine altweiße Strukturtapete darüber. Obwohl das Muster unten aus Streifen besteht, vermittelt es ein ähnliches Strukturgefühl wie die obere Tapete. An der Wand gegenüber hängen zwei Bilder, das eine stellt eine Landschaft mit grünen Feldern und einem Hügel in der Ferne dar, und auf dem anderen ist roter Mohn in einem Kupferkrug. Am Ende des Zimmers ist eine Tür. Ich weiß nicht, was hinter dieser Tür ist. Ich weiß nicht, ob das die Tür ist, durch die wir gehen müssen. Vor uns steht ein niedriger Couchtisch mit zwei ordentlichen Stapeln persönlicher Viewer und einer Schachtel mit Disks, auf denen steht: *Patienteninformation: Verstehen Sie Ihr Projekt.* Auf dem Label der Disk, die ich sehen kann, steht: *Verstehen Sie Ihren Magen.*

Mein Magen ist ein kalter Klumpen in einem riesigen leeren Raum. Meine Haut fühlt sich an, als habe sie jemand zu fest gespannt. Ich habe nicht nachgesehen, ob es auch eine Disk mit der Aufschrift gibt: *Verstehen Sie Ihr Gehirn.*

Als ich versuche, mir die Zukunft vorzustellen – den Rest dieses Tages, morgen, nächste Woche, den Rest meines Lebens –, ist es so, als versuchte ich, in meine Pupille zu schauen, und nur das Schwarze blickt mich an. Das Dunkle ist schon da, wenn das Licht kommt.

Nichtwissen ist vor Wissen da; die Zukunft vor der Gegenwart. Von diesem Moment an sind Vergangenheit und Zukunft dasselbe in unterschiedlichen Richtungen, aber ich gehe jenen Weg und nicht diesen.

Wenn ich dort ankomme, werden die Geschwindigkeit des Lichts und die Geschwindigkeit der Dunkelheit gleich sein.

[21]

Licht. Dunkelheit. Licht. Dunkelheit. Ein Lichtrand auf dem Dunkel. Bewegung. Lärm. Wieder Lärm. Bewegung. Kalt und warm und heiß und hell und dunkel und rau und glatt, kalt, Zu kalt und Schmerz und warm und dunkel und kein Schmerz. Wieder Licht. Bewegung. Lärm und lauterer Lärm und Zu laut. Kuh muhen. Bewegung, Formen gegen das Licht, Stich, warm zurück zum Dunkeln.

Licht ist Tag. Dunkel ist Nacht. Tag ist, steh jetzt auf, es ist Zeit aufzustehen. Nacht ist, leg dich hin, sei still und schlaf.
 Steh jetzt auf, setz dich auf, streck die Arme aus. Kalte Luft. Warme Berührung. Steh jetzt auf. Stell dich hin. Kalt an den Füßen. Geh jetzt. Geh zu Ort ist glänzend ist kalt riecht beängstigend. Ort, um nass oder schmutzig zu machen, Ort, um sauber zu machen. Streck die Arme aus, fühl das Gleiten auf der Haut. Gleiten auf den Beinen. Geh in die Dusche, halt dich fest am Geländer. Geländer kalt. Unheimlicher Lärm. Unheimlicher Lärm. Sei nicht albern. Steh still. Dinge schlagen, viele Dinge schlagen, nasses Gleiten, zu kalt dann warm dann zu heiß. In Ordnung, es ist in Ordnung. Nicht in Ordnung. Ja, ja, steh still. Schlürfendes Gefühl, Gleiten überall. Sauber. Jetzt sauber. Mehr nass. Zeit herauszukommen. Stehen bleiben. Reiben überall. Haut warm jetzt. Kleider anziehen. Hose anziehen. Hemd anziehen. Hausschuhe anziehen. Zeit zu gehen. Halt das. Geh.
 Ort zu essen. Essen in Schale. Nimm den Löffel. Löffel in

Essen. Löffel in Mund. Nein, halte Löffel richtig. Essen weg. Essen gefallen. Halte still. Versuch noch einmal. Versuch noch einmal. Versuch noch einmal. Löffel in Mund. Essen in Mund. Essen schmeckt schlecht. Nass auf Kinn. Nein, spuck nicht aus. Versuch noch einmal. Versuch noch einmal.

Umrisse von Leuten, die sich bewegen. Leute leben. Umrisse, die sich nicht bewegen. Leben nicht. Beim Gehen, Formen verändern sich. Nicht lebende Formen verändern sich wenig. Lebende Formen verändern sich viel. Menschenformen haben oben leere Stelle. Leute sagen zieh Kleider an, zieh Kleider an, sei brav. Brav ist lieb. Brav ist warm. Brav ist glänzend hübsch. Brav ist lächeln, ist Name für Gesichtsteile, die sich in diese Richtung bewegen. Brav ist eine glückliche Stimme, ist Name für ein Geräusch wie dieses. Geräusch wie dieses ist reden. Reden sagt, was man tun soll. Leute lachen, ist bestes Geräusch. Gut gemacht, gut gemacht. Gutes Essen ist gut für dich. Kleidung ist gut für dich. Reden ist gut für dich.
    Leute mehr als einer. Leute ist Namen. Namen benutzen ist gut gemacht, glückliche Stimme, glänzend hübsch, sogar lieb. Einer ist Jim, guten Morgen, Zeit aufzustehen und dich anzuziehen. Jim ist dunkles Gesicht, glänzend oben auf dem Kopf, warme Hände, lautes Reden. Mehr als einer zwei ist Sally, hier ist dein Frühstück du schaffst es schmeckt es nicht gut? Sally ist blasses Gesicht, weiße Haare oben auf dem Kopf, nicht lautes Reden. Amber ist blasses Gesicht, dunkle Haare oben auf dem Kopf, nicht laut wie Jim lauter als Sally.
    Hi Jim. Hi Sally. Hi Amber.

Jim sagt steh auf. Hi Jim. Jim lächelt. Jim glücklich ich sage hi Jim. Stehe auf, gehe ins Badezimmer, benutze die Toilette, ziehe die Kleider aus, gehe in die Dusche. Greife nach dem Drehding. Jim sagt gut gemacht und schließt die Tür. Drehe Drehding. Wasser. Seife. Wasser. Fühle gut. Alles fühlt gut.

Öffne Tür. Jim lächelt. Jim glücklich ich dusche selber. Jim hält Handtuch. Reibt überall. Trocken. Trocken fühlt sich gut an. Wir fühlen uns gut. Der Morgen fühlt sich gut an.

Kleider anziehen, zum Frühstück gehen. Sitze am Tisch mit Sally. Hi Sally. Sally lächelt. Sally glücklich ich sage Hi Sally. Sieh dich um, sagt Sally. Sieh dich um. Mehr Tische. Andere Leute. Kenne Sally. Kenne Amber. Kenne Jim. Kenne nicht andere Leute. Sally fragt Hast du Hunger. Sage ja. Sally lächelt. Sally glücklich ich sage ja. Schale. Essen in Schale Müsli. Süßes oben ist Obst. Esse Süßes oben, esse Müsli, sage Gut, gut. Sally lächelt. Sally glücklich ich sage Gut. Glücklich weil Sally glücklich. Glücklich weil süß gut ist.

Amber sagt Zeit zu gehen. Hi Amber. Amber lächelt. Amber glücklich ich sage Hi Amber. Amber geht zum Arbeitsraum. Ich gehe zum Arbeitsraum. Amber sagt Setz dich dorthin. Ich setze mich dorthin. Tisch vor mir. Amber sitzt andere Seite. Amber sagt Spiel spielen. Amber legt Ding auf den Tisch. Was ist das, fragt Amber. Es ist blau. Ich sage blau. Amber sagt, das ist Farbe, was ist Ding? Ich möchte anfassen. Amber sagt nicht anfassen, nur schauen. Ding hat komische Form, runzelig. Blau. Ich traurig. Nicht wissen ist nicht gut. Kein gut gemacht, kein lieb, kein glänzend hübsch.

Reg dich nicht auf, sagt Amber. Okay, okay. Amber berührt Amber Schachtel. Dann sagt Du kannst anfassen. Ich fasse an. Es ist Teil von Kleidung. Es ist Hemd. Es ist mir zu klein. Zu klein. Amber lacht. Brav, gut, es ist ein Hemd, und es ist viel zu klein für dich. Puppenhemd. Amber nimmt Puppenhemd weg und legt anderes Ding hin. Auch komische Form, runzelig schwarz. Nicht berühren, nur gucken! Wenn runzelig blaues Ding Puppenhemd, runzelig schwarzes Ding etwas für Puppe? Amber berührt. Ding liegt flacher. Zwei Dinge gehen nach unten, eins oben. Hose. Ich sage Hose für Puppe. Amber macht großes Lächeln. Sehr gut, wirklich gut. Süßes für dich. Berührt Amber Schachtel.

Mittagessen. Mittagessen ist Essen am Tag zwischen Frühstück und Abendessen. Hi Sally. Es sieht gut aus Sally. Sally ist glücklich dass ich das sage. Das Essen ist pappig zwischen Brotscheiben und Obst und Wasser zu trinken. Essen fühlt sich gut im Mund an. Das ist gut Sally. Sally ist glücklich dass ich das sage. Sally lächelt. Mehr gut gemacht und Lieb von dir. Mag Sally. Sally nett.

Nach dem Mittagessen ist Amber und auf dem Boden krabbeln Linie folgen oder auf dem Boden stehen auf einem Fuß dann anderen Fuß hoch. Amber krabbelt auch. Amber steht auf einem Fuß, fällt um. Lacht. Lachen fühlt sich gut an schüttelt überall. Amber lacht. Mehr Gut gemacht. Mag Amber.

Nach dem Krabbeln auf dem Boden mehr Spiele am Tisch. Amber legt Dinge auf den Tisch. Weiß nicht Namen. Keine Namen, sagt Amber. Sieh her: Amber berührt schwarzes Ding. Finde ein anderes, sagt Amber. Sieh die Dinge an. Ein anderes gleiches Ding. Amber lächelt. Gut. Amber legt schwarzes und weißes Ding zusammen. Mach es auch so, sagt Amber. Angst. Weiß nicht. Okay, okay, sagt Amber. Okay, wenn du es nicht weißt. Amber nicht lächeln. Nicht okay. Finde schwarzes Ding. Sehe mich um. Finde weißes Ding. Lege sie zusammen. Amber lächelt jetzt. Gut.

Amber legt drei Dinge zusammen. Mach es genauso, sagt Amber. Ich sehe mich um. Ein Ding ist schwarz, eins ist weiß mit schwarzem Fleck, eins ist rot mit gelbem Fleck. Sehe mich um. Lege schwarzes Ding hin. Finde weißes Ding mit schwarzem Fleck, lege es hin. Dann finde ich rotes mit gelbem Fleck, lege es hin. Amber berührt Amber Schachtel. Dann Amber berührt Amber Dinge. Rot in der Mitte, sagt Amber. Schaue mich um. Habe es falsch gemacht. Rot am Ende. Bewege. Gut gemacht, sagt Amber. Wirklich gut gemacht. Glücklich. Mag Amber glücklich. Gut glücklich zusammen.

Andere Leute kommen. Eine in weißem Mantel, habe ich

schon gesehen, weiß nicht Name außer Doktor. Ein Mann in Pullover mit vielen Farben und brauner Hose.

Amber sagt Hi, Doktor zu der im weißen Mantel. Doktor redet mit Amber, sagt, das ist ein Freund von ihm. Er steht auf der Liste. Amber sieht mich an, dann den anderen Mann. Mann sieht mich an. Sieht nicht glücklich aus, auch nicht mit Lächeln.

Mann sagt Hi Lou ich bin Tom.

Hi Tom, sage ich. Er sagt nicht gut gemacht. Du bist Doktor, sage ich.

Kein Doktor der Medizin, sagt Tom. Weiß nicht, was Doktor der Medizin bedeutet.

Amber sagt, Tom steht auf deiner Liste für Besuche. Du hast ihn davor gekannt.

Vor was? Tom sieht nicht glücklich aus. Tom sieht sehr traurig aus.

Kenne Tom nicht, sage ich. Blicke Amber an. Ist es falsch, Tom nicht zu kennen?

Hast du alles von davor vergessen? fragt Tom.

Vor was? Frage stört mich. Was ich weiß ist jetzt. Jim, Sally, Amber, Doktor, wo ist Schlafzimmer, wo ist Badezimmer, wo ist Ort zu essen, wo ist Arbeitsraum.

Es ist okay, sagt Amber. Wir erklären es später. Es ist okay. Du machst es gut.

Sie gehen jetzt besser, sagt Doktor. Tom und Doktor wenden sich ab.

Vor *was*?

Amber legt eine weitere Reihe hin und sagt Mach was ich getan habe.

»Ich habe Ihnen doch gesagt, es ist noch zu früh«, sagte Dr. Hendricks, als sie wieder im Flur standen. »Ich haben Ihnen gesagt, dass er sich nicht an Sie erinnern würde.«

Tom Fennell blickte durch das Einwegfenster. Lou – oder

was Lou gewesen war – lächelte die Therapeutin an, die mit ihm arbeitete, und ergriff einen Block, um ihn zu dem Muster hinzuzufügen, das er gerade kopierte. Trauer und Wut stiegen in Tom auf, als er an Lous leeren Block dachte, an das bedeutungslose kleine Lächeln, das sein *Hi, Tom* begleitet hatte.

»Es würde ihn nur unnötig anstrengen, wenn man jetzt versuchte, ihm Dinge zu erklären«, sagte Hendricks. »Er könnte es noch gar nicht verstehen.«

Tom fand seine Stimme wieder, obwohl sie gar nicht wie seine eigene klang. »Sie... haben Sie eigentlich die leiseste Ahnung, was Sie da getan haben?« Nur mit größter Mühe hielt er sich zurück; am liebsten hätte er diese Person, die seinen Freund zerstört hatte, erwürgt.

»Ja. Er erholt sich gut.« Hendricks klang unanständig zufrieden mit sich. »Letzte Woche konnte er noch nicht, was er jetzt kann.«

Er erholt sich gut. Dazusitzen und Blockmuster zusammenzustellen, war nicht Toms Definition von gut. Nicht, wenn er an Lous verblüffende Fähigkeiten dachte. »Aber... aber Musteranalyse und Mustererzeugung war sein ganz besonderes Talent...«

»In der Struktur seines Gehirns sind tiefgreifende Änderungen vorgenommen worden, und es finden immer noch Veränderungen statt. Es ist so, als ob sein Gehirn im Alter zurückgegangen wäre und zuerst in gewisser Weise ein Säuglingsgehirn geworden ist. Große Plastizität und große adaptive Fähigkeit.«

Ihr selbstgefälliger Tonfall machte ihn rasend; offensichtlich zweifelte sie ihr Handeln in keiner Weise an. »Wie lange wird es dauern?«, fragte er.

Hendricks zuckte nicht mit den Schultern, aber ihr Schweigen war beredt genug. »Wir wissen es nicht. Wir dachten – wir hofften, sollte ich vielleicht eher sagen –, dass bei der Kombination von genetischer und Nanotechnologie, bei beschleunigtem neuralem Wachstum, die Genesungsphase kürzer wäre, mehr wie bei den Versuchstieren. Das menschliche Gehirn ist allerdings sehr viel komplexer...«

»Das hätten Sie sich vorher überlegen sollen«, sagte Tom. Es war ihm egal, wie anklagend sein Tonfall klang. Er fragte sich, wie es den anderen wohl gehen mochte, und versuchte sich zu erinnern, wie viele es gewesen waren. In dem Raum waren nur noch zwei weitere Männer gewesen, mit anderen Therapeutinnen. Ging es den anderen gut oder nicht? Er kannte noch nicht einmal die Namen.

»Ja.« Ihre nachgiebige Zustimmung machte ihn nur noch zorniger.

»Was haben Sie sich gedacht...«

»Wir wollten helfen. Nur helfen. Sehen Sie...« Sie zeigte auf das Fenster und Tom blickte hin.

Der Mann mit Lous Gesicht – aber nicht seinem Gesichtsausdruck – legte das fertige Muster beiseite und blickte die Therapeutin, die ihm gegenübersaß, lächelnd an. Sie sagte etwas – Tom konnte die Worte durch die Scheibe nicht hören, aber er konnte Lous Reaktion sehen, ein entspanntes Lachen und ein leichtes Kopfschütteln. Es war so untypisch für Lou, so seltsam normal, dass Tom der Atem stockte.

»Seine sozialen Interaktionen sind bereits normaler. Er ist leicht zu motivieren durch soziale Hinweise; er ist gern mit Leuten zusammen. Eine sehr angenehme Persönlichkeit, allerdings an diesem Punkt noch ein wenig infantil. Seine sensorische Wahrnehmung scheint sich normalisiert zu haben; sein bevorzugter Temperaturbereich, Oberflächenstrukturen, Geschmack und so weiter bewegen sich innerhalb normaler Grenzen. Sein Sprachgebrauch verbessert sich täglich, und wir haben die Dosis der Anxiolytica bereits deutlich heruntergesetzt.«

»Aber seine Erinnerung...«

»Dazu können wir jetzt noch nichts sagen. Unserer Erfahrung nach funktionieren unsere Techniken bis zu einem gewissen Grad. Wir haben multisensorische Aufnahmen gemacht, und wir werden sie wieder in Betrieb nehmen. Im Moment ist der Zugang durch einen spezifischen biochemischen Wirkstoff blockiert – äußerst geheim, deshalb brauchen Sie gar nicht danach zu fragen –, aber in den nächsten Wochen werden wir ihn ausfiltern. Wir wollen allerdings sicher sein, dass seine Sinneswahrnehmungen und seine Integration so stabil wie möglich sind, bevor wir das tun.«

»Sie wissen also noch nicht, ob Sie ihm sein früheres Leben zurückgeben können?«

»Nein, aber wir hoffen es sehr. Und ansonsten wäre er auch nicht schlimmer dran als jemand, der durch ein Trauma das Gedächtnis verloren hat.« Allerdings, dachte Tom. Was sie Lou angetan hatten, konnte man wirklich als Trauma bezeichnen. Hendricks fuhr fort: »Schließlich können sich Menschen daran gewöhnen, ohne Erinnerung an ihre Vergangenheit weiterzuleben, solange sie die notwendigen Fähigkeiten für das tägliche Leben und das Leben in der Gemeinschaft neu lernen können.«

»Was ist mit den kognitiven Fähigkeiten?«, fragte Tom mühsam beherrscht. »Er kommt mir jetzt ziemlich beeinträchtigt vor, und vor dem Eingriff war er beinahe auf dem Niveau eines Genies.«

»Das wohl kaum«, erwiderte Dr. Hendricks. »Laut unseren Tests war er deutlich über dem Durchschnitt, also würde seine Fähigkeit, selbständig zu leben, selbst durch den Verlust von zehn oder zwanzig Punkten nicht gefährdet. Aber er war keinesfalls ein Genie.« Die sachliche Gewissheit in ihrer Stimme, das kühle Abtun des Lou, den er gekannt hatte, kam ihm schlimmer vor als absichtliche Grausamkeit.

»Kannten Sie ihn – oder einen von den anderen – vorher?«, fragte Tom.

»Nein, natürlich nicht. Ich bin ihnen einmal begegnet, aber

es wäre unpassend gewesen, wenn ich sie persönlich kennen gelernt hätte. Ich habe ihre Testergebnisse, und die Gespräche und Gedächtnisaufzeichnungen befinden sich alle bei den Rehabilitationstherapeuten.«

»Er war ein außergewöhnlicher Mann«, sagte Tom. Er blickte ihr ins Gesicht und sah nur Stolz über das, was sie tat, und Ungeduld darüber, dass sie unterbrochen worden war. »Ich hoffe, er wird wieder so werden.«

»Zumindest wird er nicht autistisch sein«, sagte sie, als ob das alles rechtfertigte.

Tom öffnete bereits den Mund, um zu sagen, dass autistisch gar nicht so schlecht war, schloss ihn jedoch wieder. Es hatte keinen Zweck, sich mit jemandem wie ihr zu streiten, zumindest nicht hier und jetzt, und für Lou war es sowieso zu spät. Sie war Lous größte Hoffnung auf Gesundung – und bei diesem Gedanken lief es ihm unwillkürlich kalt über den Rücken.

»Sie sollten erst wiederkommen, wenn es ihm besser geht«, sagte Dr. Hendricks. »Dann werden Sie auch eher zu schätzen wissen, was wir getan haben. Wir rufen Sie an.« Wenn er nur daran dachte, zog sich ihm der Magen zusammen, aber das war er Lou schuldig.

Draußen schloss er den Reißverschluss seiner Jacke und zog sich die Handschuhe an. Wusste Lou überhaupt, dass es Winter war? Er hatte nirgendwo in dem Gebäude Fenster nach draußen gesehen. Der graue Nachmittag und der schmutzige Schneematsch unter seinen Füßen passten zu seiner Stimmung.

Den ganzen Heimweg über verfluchte er die medizinische Forschung.

Ich sitze an einem Tisch, einer Fremden gegenüber, einer Frau in einem weißen Kittel. Ich habe das Gefühl, ich bin schon lange hier, aber ich weiß nicht, warum. Es ist, als dächte ich beim Autofahren über etwas anderes nach und wäre auf einmal ein ganzes Stück die Straße entlanggefahren, ohne mitzubekommen, was wirklich passiert ist.

Es ist, als erwachte ich aus einem Dämmerzustand. Ich bin nicht sicher, wo ich bin oder was ich tun soll.

»Entschuldigung«, sage ich. »Ich habe einen Moment lang nicht aufgepasst. Könnten Sie das bitte noch mal sagen?«

Sie blickt mich verwirrt an; dann weiten sich ihre Augen ein wenig.

»Lou? Fühlen Sie sich wohl?«

»Mir geht es gut«, sage ich. »Vielleicht ein bisschen benommen...«

»Wissen Sie, wer Sie sind?«

»Natürlich«, antworte ich. »Ich bin Lou Arrendale.« Ich weiß nicht, warum sie denkt, ich würde meinen eigenen Namen nicht kennen.

»Wissen Sie, wo Sie sind?«, fragt sie.

Ich blicke mich um. Sie trägt einen weißen Kittel; im Zimmer sieht es ein wenig wie in einem Krankenhaus oder einer Schule aus. Ich bin mir nicht ganz sicher.

»Nicht genau«, sage ich. »Eine Art Klinik?«

»Ja«, sagt sie. »Wissen Sie, welcher Tag heute ist?«

Mir wird plötzlich klar, dass ich nicht weiß, welcher Tag ist. An der Wand hängen ein Kalender und eine große Uhr, und der Monat auf dem Kalender ist Februar, aber das fühlt sich nicht richtig an. Das Letzte, an das ich mich erinnere, ist etwas im Herbst.

»Nein«, erwidere ich. Langsam bekomme ich Angst. »Was ist passiert? Bin ich krank geworden? Hatte ich einen Unfall?«

»Sie haben eine Gehirnoperation hinter sich«, sagt sie. »Erinnern Sie sich daran?«

Nein. Wenn ich versuche, daran zu denken, ist da nur ein dichter Nebel, dunkel und schwer. Ich greife mir an den Kopf.

Es tut nicht weh. Ich spüre keine Narben. Meine Haare fühlen sich wie Haare an.

»Wie fühlen Sie sich?«, fragt sie.

»Mir ist unheimlich«, antworte ich. »Ich möchte wissen, was passiert ist.«

Ein paar Wochen lang, so erzählen sie mir, bin ich gestanden und gegangen, wohin mir gesagt wurde. Ich habe mich hingesetzt, wenn es mir gesagt wurde. Jetzt bin ich mir dessen bewusst; ich erinnere mich an gestern, aber die Tage davor sind verschwommen.

Nachmittags habe ich Physiotherapie. Ich habe wochenlang im Bett gelegen und konnte nicht laufen, und das hat mich schwach gemacht. Jetzt werde ich langsam wieder kräftiger.

Es ist langweilig, in der Turnhalle auf und ab zu gehen. Es gibt ein paar Stufen mit einem Geländer, um Treppen steigen zu üben, aber auch das langweilt mich bald. Missy, meine Physiotherapeutin, schlägt vor, Ball zu spielen. Ich weiß nicht mehr, wie das geht, aber sie reicht mir einen Ball und fordert mich auf, ihn ihr zuzuwerfen. Sie sitzt nur ein paar Meter von mir entfernt, ich werfe ihr den Ball zu, und sie wirft ihn zurück. Es ist leicht. Ich vergrößere den Abstand zwischen uns und werfe ihr den Ball erneut zu. Auch das ist leicht. Sie zeigt mir ein Ziel, das klingelt, wenn ich es treffe. Es ist leicht, es aus drei Metern Entfernung zu treffen; aus sechs Metern verfehle ich es ein paar Mal, aber dann treffe ich jedes Mal.

Ich kann mich zwar nicht an viel aus der Vergangenheit erinnern, aber ich glaube nicht, dass ich meine Zeit damit verbracht habe, jemandem einen Ball zuzuwerfen. Echte Ballspiele, wenn wirkliche Leute sie spielen, müssen wohl komplizierter sein.

Als ich heute Morgen aufgewacht bin, habe ich mich ausgeruht und kräftiger gefühlt. Ich habe mich an den gestrigen Tag, an den Tag davor und an etwas von dem Tag davor erinnert. Ich war schon angezogen, bevor der Pfleger, Jim, zu mir kam, und bin in den Speisesaal gegangen, ohne dass man es mir sagen musste. Das Frühstück ist langweilig; sie haben nur warmes und kaltes Müsli, Bananen und Orangen. Wenn man es warm mit Bananen, warm mit Orangen, kalt mit Bananen und kalt mit Orangen gegessen hat, hat man alles durch. Als ich mich umschaue, erkenne ich einige Leute, obwohl es ein bisschen dauert, bis mir die Namen einfallen. Dale. Eric. Cameron. Ich kannte sie vorher schon. Sie waren auch in der Behandlungsgruppe. Es waren noch mehr dort; ich habe mich schon gefragt, wo sie sind.

»Mann, ich hätte gern mal Waffeln«, sagt Eric, als ich mich an den Tisch setze. »Ich habe dieses ständig gleiche Essen so satt.«

»Wir könnten vermutlich darum bitten«, sagt Dale. Eigentlich meint er aber: »Das wäre nicht so gut.«

»Es ist wahrscheinlich gesund«, sagt Eric. Er meint das sarkastisch, und wir lachen.

Ich bin mir nicht sicher, was ich will, aber auf jeden Fall nicht das immer gleiche Müsli mit Obst. Vage Erinnerungen an Essen, das ich gern mochte, gehen mir durch den Kopf. Ich frage mich, an was sich die anderen erinnern; ich weiß, dass ich sie irgendwie kannte, aber nicht, wie.

Wir haben alle unterschiedliche Therapien am Vormittag: Sprechen, Erkennen, Alltagsfähigkeiten. Ich erinnere mich, wenn auch nicht sehr deutlich, dass ich das lange Zeit jeden Morgen gemacht habe.

Heute Morgen kommt es mir unglaublich langweilig vor. Fragen und Anleitungen, immer wieder. Lou, was ist das? Eine Schale, ein Glas, ein Teller, ein Krug, eine Schachtel ... Lou, stell das blaue Glas in den gelben Korb – oder leg die grüne Schleife auf die rote Schachtel, oder sonst etwas Sinnloses. Die Therapeutin hat ein Formular, auf dem sie etwas ankreuzt. Ich versuche zu lesen, was darüber steht, aber es fällt mir schwer, verkehrt herum zu lesen. Ich glaube, ich konnte das früher mit Leichtigkeit. Stattdessen lese ich die Etiketten auf den Schachteln: Diagnostische Arbeitsmittel Set 1, Alltagsfähigkeiten Set 2.

Ich blicke mich im Zimmer um. Wir machen nicht alle dasselbe, aber wir arbeiten alle einzeln mit Therapeutinnen. Alle Therapeutinnen haben weiße Kittel an. Alle tragen farbige Kleidung unter den weißen Kitteln. Auf Schreibtischen, die im Raum verteilt sind, stehen vier Computer. Ich frage mich, warum wir sie nie benutzen. Ich weiß jetzt wieder, was Computer sind und was ich mit ihnen tun kann. Es sind Kästen voller Wörter, Zahlen und Bilder, und man kann Fragen mit ihnen beantworten. Es wäre mir lieber, eine Maschine würde die Fragen beantworten als ich.

»Kann ich den Computer benutzen?«, frage ich Janis, meine Sprachtherapeutin.

Sie blickt mich erstaunt an. »Den Computer benutzen? Warum?«

»Mir ist langweilig«, erwidere ich. »Sie stellen ständig alberne Fragen und sagen mir, ich solle alberne Dinge tun; es ist viel zu leicht.«

»Lou, wir wollen Ihnen damit helfen. Wir müssen überprüfen, ob Sie verstehen...« Sie blickt mich an, als sei ich ein Kind oder nicht besonders intelligent.

»Ich kenne normale Wörter; wollen Sie das wissen?«

»Ja, aber das war beim ersten Aufwachen nicht gleich so«, sagt sie. »Hören Sie, ich kann ja zu einem höheren Niveau wechseln...« Sie holt ein weiteres Büchlein heraus. »Dann wollen wir doch mal sehen, ob Sie schon so weit sind, aber wenn es zu schwer ist, machen Sie sich keine Sorgen...«

Ich soll Wörter den richtigen Bildern zuordnen. Sie liest

die Wörter vor; ich betrachte die Bilder. Es ist sehr leicht; in zwei Minuten bin ich damit fertig. »Wenn Sie mich die Wörter selber lesen lassen, geht es schneller«, sage ich.

Wieder blickt sie mich überrascht an. »Sie können die Wörter lesen?«

»Natürlich«, erwidere ich, überrascht, weil sie überrascht ist. Ich bin ein Erwachsener; Erwachsene können lesen. In mir spüre ich ein leises Unbehagen, eine vage Erinnerung daran, dass ich die Wörter nicht lesen konnte, dass Briefe keinen Sinn machten und nur Formen wie andere Formen waren.

»Konnte ich vorher nicht lesen?«

»Doch, aber nicht direkt danach«, sagt sie. Sie reicht mir eine weitere Liste und die Seite mit den Bildern. Die Wörter sind kurz und einfach: *Baum, Puppe, Haus, Auto, Zug.* Sie reicht mir eine weitere Liste, dieses Mal mit Tieren, und dann eine mit Werkzeugen. Sie sind alle leicht.

»Dann kommt also mein Gedächtnis zurück«, sage ich. »Ich erinnere mich an diese Wörter und diese Dinge ...«

»Sieht so aus«, sagt sie. »Möchten Sie mal einen zusammenhängenden Text lesen?«

»Klar«, erwidere ich.

Sie reicht mir ein dünnes Heft. Der erste Absatz ist eine Geschichte von zwei Jungen, die Ball spielen. Die Wörter sind leicht; ich lese laut vor, wie sie mich gebeten hat, als ich plötzlich das Gefühl habe, zwei Personen zu sein, die zwar die gleichen Wörter lesen, aber eine unterschiedliche Botschaft bekommen. Ich halte zwischen »Base« und »ball« an.

»Was ist?«, fragt sie, als ich einen Moment lang nichts gesagt habe.

»Ich... ich weiß nicht«, antworte ich. »Es fühlt sich komisch an.« Ich meine nicht komisch ha-ha, sondern komisch seltsam. Das eine Ich versteht, dass Tim wütend ist, weil Bill seinen Schläger zerbrochen hat und es nicht zugeben will; das andere Ich versteht, dass Tim wütend ist, weil sein Vater ihm den Schläger geschenkt hat. Unten wird die Frage gestellt, warum Tim wütend ist. Ich weiß die Antwort nicht. Nicht mit Gewissheit jedenfalls.

Ich versuche es der Therapeutin zu erklären. »Tim wollte keinen Schläger zum Geburtstag; er wollte ein Fahrrad. Also könnte er deswegen wütend sein; oder er könnte wütend sein, weil Bill den Schläger zerbrochen hat, den sein Vater ihm geschenkt hat. Ich weiß nicht, aus welchem Grund er wütend ist; die Geschichte gibt mir nicht genügend Informationen.«

Sie blickt in ihr Heft. »Hmm. Bei den Auflösungen steht, dass C die richtige Antwort ist, aber ich verstehe Ihr Dilemma. Das ist gut, Lou. Sie bekommen schon ein Gefühl für soziale Nuancen. Versuchen Sie es mit einer anderen Aufgabe.«

Ich schüttele den Kopf. »Ich möchte darüber nachdenken«, sage ich. »Ich weiß nicht, welches Ich das neue Ich ist.«

»Aber Lou...«, sagt sie.

»Entschuldigung.« Ich schiebe meinen Stuhl zurück und stehe auf. Ich weiß, es ist unhöflich, das zu tun; aber ich weiß auch, dass es notwendig ist. Einen Moment lang erscheint mir der Raum heller, weil an jeder Kante entlang eine leuchtende Linie verläuft. Es ist schwer, die Tiefe abzuschätzen; ich stoße an die Tischkante. Das Licht wird schwächer; und die Kanten verschwimmen. Ich fühle mich unsicher, nicht im Gleichgewicht... und dann hocke ich auf dem Boden und halte mich am Tisch fest.

Die Tischkante fühlte sich fest unter meiner Hand an; es ist irgendein Kunststoff mit nachgemachter Holzplatte. Meine Augen sehen die Holzstruktur, und meine Hand spürt den Kunststoff. Ich höre, wie die Luft durch die Klimaanlage im Zimmer rauscht, und wie mein Herz schlägt, und wie die Cilien in meinen Ohren – woher weiß ich, dass es Cilien sind? – sich im Geräuschstrom bewegen. Gerüche steigen mir in die Nase: mein eigener saurer Schweiß, das Putzmittel, mit dem die Böden gereinigt werden, die süß duftenden Kosmetika der Therapeutin.

So war es, als ich gerade aufgewacht war. Ich erinnere mich jetzt: Ich wachte auf, überschwemmt von sensorischen Daten, in denen ich ertrank, weil ich in der Flut keinen festen Halt fand. Ich weiß, dass ich Stunde um Stunde darum gekämpft habe, die Muster von Licht und Dunkelheit und Farbe, von Stimmlage und Resonanz, von Düften, Geschmack und Strukturen zu erfassen ...

Der Boden ist mit Vinylfliesen belegt; hellgrau mit dunkelgrauen Flecken; es ist ein Kunststofftisch mit Holzfurnierplatte; es ist mein Schuh, auf den ich starre. Ich blinzle das verführerische Muster des Segeltuchs weg und sehe es als Schuh, mit einer Sohle darunter. Ich bin im Therapiezimmer. Ich bin Lou Arrendale, der früher Lou Arrendale, der Autist, war, und jetzt Lou Arrendale, der Unbekannte, ist. Mein Fuß ist in einem Schuh auf dem Boden ist auf dem Fundament auf der Erde auf der Oberfläche eines Planeten im Sonnensystem ist in der Galaxis ist im Universum ist im Geist Gottes.

Ich blicke auf und sehe, dass sich der Fußboden bis zur Wand erstreckt; er schwankt und wird wieder ruhig, liegt da so eben, wie die Bauarbeiter ihn gemacht haben, aber nicht vollkommen eben, aber das spielt keine Rolle; er wird einfach als eben bezeichnet. Ich mache, dass er eben aussieht. Das ist eben. Eben ist keine Absolute, eine Ebene: Eben ist *einigermaßen* eben.

»Sind Sie in Ordnung? Lou, bitte ... antworten Sie mir!«

Ich bin *einigermaßen* in Ordnung. »Ich bin okay«, sage ich zu Janis. Okay bedeutet *einigermaßen in Ordnung*, nicht *vollkommen in Ordnung*. Sie sieht ängstlich aus. Ich habe ihr Angst gemacht. Ich wollte ihr keine Angst machen. Wenn man jemandem Angst macht, muss man ihn beruhigen. »Entschuldigung«, sage ich. »Nur einer dieser Augenblicke.«

Sie entspannt sich ein bisschen. Ich setze mich auf, dann

stehe ich auf. Die Wände sind nicht ganz gerade, aber einigermaßen gerade.

Ich bin Lou vorher und Lou jetzt. Lou vorher leiht mir all seine Erfahrung, Erfahrung, die er nicht immer verstehen konnte, und Lou jetzt bewertet, interpretiert, schätzt neu ein. Ich habe beides – *bin* beides.

»Ich muss eine Zeit lang allein sein«, sage ich zu Janis. Wieder sieht sie mich besorgt an. Ich weiß, dass sie sich Sorgen um mich macht. Ich weiß, dass sie, aus irgendeinem Grund, nicht mit meinem Verhalten einverstanden ist.

»Sie brauchen die menschliche Interaktion«, sagt sie.

»Ich weiß«, erwidere ich. »Aber das habe ich jeden Tag stundenlang. Jetzt im Moment muss ich allein sein und herausbekommen, was gerade passiert ist.«

»Reden Sie mit mir darüber, Lou«, sagt sie. »Sagen Sie mir, was passiert ist.«

»Ich kann nicht«, erwidere ich. »Ich brauche Zeit...« Ich gehe einen Schritt auf die Tür zu. Der Tisch verändert seine Form, als ich daran vorbeigehe; der Körper von Janis verändert seine Form; die Wand und die Tür schwanken auf mich zu wie Betrunkene in einer Komödie – wo habe ich das gesehen? Woher weiß ich das? Wie kann ich mich daran erinnern und gleichzeitig mit dem Fußboden zurechtkommen, der nicht völlig flach ist? Mit einer Anstrengung mache ich die Wände und die Tür wieder flach; der elastische Tisch springt zurück in die rechteckige Form, die ich sehen sollte.

»Aber Lou, wenn Sie sensorische Probleme haben, muss vielleicht die Dosis angepasst werden...«

»Es geht mir gut«, sage ich, ohne mich umzusehen. »Ich brauche nur eine Pause.« Das endgültige Argument: »Ich muss zur Toilette.«

Ich weiß – ich erinnere mich von irgendwoher –, dass das, was geschehen ist, etwas mit sensorischer Integration und visueller Wahrnehmung zu tun hat. Das Gehen ist seltsam. Ich weiß, dass ich gehe. Ich spüre, wie sich meine Beine problemlos bewegen. Aber was ich sehe, ist abgehackt, eine abrupte Position nach der anderen. Ich höre Schritte und den Widerhall von Schritten und den Widerwiderhall von Schritten.

Lou vorher sagt mir, so sei es nicht gewesen, jedenfalls nicht, seit er ganz klein war. Lou vorher hilft mir, mich auf die Tür zur Herrentoilette zu konzentrieren und hindurchzugehen, während Lou jetzt wie ein Wahnsinniger in den Erinnerungen von Gesprächen, die er gehört hat, und von Büchern, die er gelesen hat, kramt, um etwas zu finden, was ihm helfen kann.

Auf der Herrentoilette ist es ruhiger; niemand sonst ist da. Lichtblitze schießen von den weißen Porzellanbecken, den glänzenden Metallknöpfen und Rohren auf meine Augen zu. Hinten sind zwei Kabinen. Ich gehe in eine und schließe die Tür.

Lou vorher bemerkt die Bodenfliesen und die Wandfliesen und will den Rauminhalt berechnen. Lou jetzt möchte sich an einen weichen, warmen Ort zurückziehen und nicht vor morgen früh herauskommen.

Es ist Morgen. Es ist immer noch Morgen, und wir – ich – haben noch nicht zu Mittag gegessen. Objektpermanenz. Was ich brauche, ist Objektpermanenz. Was Lou vorher darüber in einem Buch gelesen hat – einem Buch, an das ich mich nicht ganz erinnere, aber doch erinnere –, fällt mir wieder ein. Babys haben sie nicht; Erwachsene haben sie. Menschen, die von Geburt an blind sind, und die das Sehvermögen erlangen, können es nicht lernen: Sie sehen einen Tisch, der sich von einer Form in die andere verwandelt, während sie vorbeigehen.

Ich bin nicht von Geburt an blind. Lou vorher hatte in seiner visuellen Wahrnehmung Objektpermanenz. Ich kann sie auch haben. Ich hatte sie, bis ich versuchte, die Geschichte zu lesen...

Ich spüre, wie sich mein Herzschlag beruhigt, bis er nicht

mehr spürbar ist. Ich beuge mich vor, blicke auf die Bodenfliesen. Mir ist es eigentlich egal, wie groß sie sind oder ob ich die Bodenfläche oder den Rauminhalt berechnen kann. Wenn ich hier eingesperrt wäre und mich langweilen würde, würde ich es vielleicht tun, aber im Moment bin ich nicht gelangweilt, sondern verwirrt und besorgt.

Ich weiß nicht, was passiert ist. Gehirnoperation? Ich habe keine Narben, noch nicht einmal unregelmäßigen Haarwuchs. Ein medizinischer Notfall?

Emotionen überfluten mich: Angst und Wut und das seltsame Gefühl, dass ich schwelle und schrumpfe. Wenn ich wütend bin, fühle ich mich größer und andere Dinge wirken kleiner. Wenn ich Angst habe, fühle ich mich klein und andere Dinge sehen größer aus. Ich spiele mit diesen Gefühlen, und es ist sehr seltsam zu spüren, wie die winzige Kabine um mich herum ebenfalls ihre Größe verändert. Sie kann nicht wirklich ihre Größe verändern. Aber wie sollte ich es wissen, wenn sie es doch könnte?

Plötzlich geht mir Klaviermusik durch den Kopf. Sanfte, fließende, geordnete Töne... ich kneife die Augen zu, entspanne mich wieder. Der Name fällt mir ein: Chopin. Eine Etüde. Eine Etüde ist eine Studie... nein, lass die Musik fließen, denk nicht.

Ich lasse meine Hände über meine Arme gleiten, spüre die Struktur meiner Haut, meiner Haare. Es ist beruhigend, aber ich muss es nicht ständig tun.

»Lou! Bist du da drin? Geht es dir gut?« Es ist Jim, der Pfleger, der mich die meiste Zeit versorgt hat. Die Musik wird leiser, aber ich spüre, wie sie unter meiner Haut beruhigend dahinplätschert.

»Es geht mir gut«, sage ich. Ich merke, dass meine Stimme entspannt klingt. »Ich brauchte nur eine Pause, mehr nicht.«

»Du kommst jetzt besser raus, Kumpel«, sagt er. »Die fangen hier an, durchzudrehen.«

Seufzend stehe ich auf und entriegele die Tür. Die Objektpermanenz behält ihre Form, als ich hinausgehe. Die Wände und der Fußboden bleiben so eben, wie sie sein sollten; das Schimmern des Lichts auf den glänzenden Oberflächen stört mich nicht. Jim grinst mich an. »Du bist also okay, Kumpel?«
»Ja«, erwidere ich. Lou vorher mochte Musik. Lou vorher benutzte die Musik, um sich zu beruhigen ... Ich frage mich, an wie viel von Lou vorhers Musik ich mich noch erinnern kann.

Janis und Dr. Hendricks warten im Flur. Ich lächle sie an. »Es geht mir gut«, sage ich. »Ich musste wirklich nur zur Toilette.«

»Aber Janis hat gesagt, Sie seien hingefallen«, sagt Dr. Hendricks.

»Ein falscher Schritt«, erwidere ich. »Etwas hat meine Sinne verwirrt, aber jetzt ist es wieder weg.« Ich blicke in beide Richtungen den Flur entlang, um mich zu vergewissern. Alles scheint in Ordnung zu sein. »Ich möchte mit Ihnen darüber sprechen, was eigentlich passiert ist«, sage ich zu Dr. Hendricks. »Sie haben gesagt, Gehirnoperation, aber ich habe keine sichtbaren Narben. Und ich muss verstehen, was in meinem Gehirn vor sich geht.«

Sie schürzt die Lippen, dann nickt sie. »In Ordnung. Einer der Betreuer wird es Ihnen erklären, Ich kann Ihnen schon einmal sagen, dass es nicht zu unserer Art von Gehirnoperationen gehört, große Löcher in Ihren Kopf zu bohren. Janis, vereinbaren Sie einen Termin für ihn.« Dann geht sie.

Ich glaube nicht, dass ich sie besonders mag. Ich spüre, dass sie eine Person ist, die Geheimnisse hütet.

Als mein Betreuer, ein fröhlicher junger Mann mit hellrotem Bart, mir erklärt, was sie getan haben, stehe ich beinahe unter Schock. Warum hat Lou vorher dem zugestimmt? Wie konnte er so viel riskieren? Am liebsten würde ich ihn packen und durchschütteln, aber er ist ja jetzt ich. Ich bin seine Zukunft, wie er meine Vergangenheit ist. Ich bin der leichte Vorstoß ins Weltall, und er ist die Explosion, aus der ich gekommen bin. Das sage ich dem Betreuer allerdings nicht. Er ist sehr sachlich und würde mich wahrscheinlich für verrückt halten. Er versichert mir die ganze Zeit, dass mir nichts passieren kann und dass man sich um mich kümmern wird; er möchte, dass ich ganz ruhig und beruhigt bin. Äußerlich bin ich das auch. Innerlich bin ich zerrissen, zwischen Lou vorher, der sich überlegt, wie das Muster auf der Krawatte des Betreuers gewebt ist, und meinem jetzigen Ich, das Lou vorher am liebsten schütteln würde und dem Betreuer ins Gesicht lachen und ihm sagen möchte, dass ich nicht will, dass man sich um mich kümmert. Darüber bin ich jetzt hinaus. Für so etwas ist es zu spät, und ich kümmere mich jetzt um mich selber.

Ich liege mit geschlossenen Augen im Bett und denke über den Tag nach. Plötzlich schwebe ich im Weltraum in der Dunkelheit. In der Ferne winzige bunte Lichter. Ich weiß, dass es Sterne sind, und die verschwommenen Haufen sind wahrscheinlich Galaxien. Musik setzt ein, wieder Chopin. Sie ist langsam, nachdenklich, fast traurig. Etwas in e-Moll. Dann eine andere Musik, mit einem anderen Gefühl: mehr Struktur, mehr Kraft; sie steigt unter mir auf wie eine Welle im Ozean, nur dass diese Welle Licht ist.

Die Farben verschieben sich: ich weiß, ohne es zu analysieren, dass ich auf diese fernen Sterne zurase, schneller und schneller, bis die Lichtwelle mich hochwirft und ich noch schneller fliege, eine dunkle Wahrnehmung, auf die Mitte von Raum und Zeit zu.

Als ich aufwache, bin ich glücklicher, als ich jemals war, und ich weiß nicht, warum.

Als Tom kommt, erkenne ich ihn und erinnere mich, dass er schon einmal hier war. Ich habe ihm so viel zu erzählen, ihn so viel zu fragen. Lou vorher denkt, dass Tom ihn besser kannte als jeder andere. Wenn ich könnte, würde ich ihm von Lou vorher Grüße ausrichten, aber das funktioniert nicht mehr.

»Wir werden in ein paar Tagen entlassen«, sage ich. »Ich habe mit meiner Hausverwalterin gesprochen; sie stellt den Strom wieder an und macht alles fertig.«

»Und hast du das Gefühl, dass es dir gut geht?«, fragt er.

»Ja, gut«, sage ich. »Danke, das du immer hergekommen bist; es tut mir leid, dass ich dich beim ersten Mal nicht erkannt habe.«

Er senkt den Blick, und ich sehe Tränen in seinen Augen. Es ist ihm peinlich. »Das ist doch nicht deine Schuld, Lou.«

»Nein, aber ich weiß, dass du dir Sorgen gemacht hast«, sage ich. Lou vorher hätte das vielleicht nicht gewusst, aber ich weiß es. Tom ist ein Mann, der sich sehr um andere sorgt; ich kann mir vorstellen, wie er sich gefühlt hat, als ich sein Gesicht nicht erkannte.

»Weißt du schon, was du tun willst?«, fragt er.

»Ich wollte dich fragen, was du davon hältst, wenn ich zur Abendschule gehe«, sage ich. »Ich möchte noch mal aufs College gehen.«

»Gute Idee«, sagt er. »Ich kann dir bei den Einschreibungsformalitäten helfen. Was willst du studieren?«

»Astronomie«, erwidere ich. »Oder Astrophysik. Ich weiß noch nicht genau, aber etwas in der Art. Ich möchte gern in den Weltraum.«

Jetzt sieht er ein bisschen traurig aus, und ich sehe, dass er sich zu einem Lächeln zwingt. »Ich hoffe, du bekommst, was du willst«, sagt er. Und dann, als wolle er nicht so bestimmend sein: »Wenn du auf die Abendschule gehst, wirst du nicht mehr viel Zeit zum Fechten haben.«

»Nein«, sage ich. »Ich muss einfach sehen, wie es funktioniert. Aber ich besuche euch, wenn das okay ist.«

Er wirkt erleichtert. »Natürlich, Lou. Ich möchte dich nicht aus den Augen verlieren.«

»Ich werde es schon schaffen«, sage ich.

Er legt den Kopf schräg, dann schüttelt er ihn einmal. »Weißt du was? Das glaube ich auch. Ich glaube wirklich, dass du es schaffst.«

[Epilog]

Ich kann es kaum glauben, obwohl alles, was ich in den letzten sieben Jahren gemacht habe, genau darauf ausgerichtet war. Ich sitze hier an einem Schreibtisch und gebe meine Notizen ein, und der Schreibtisch steht auf einem Schiff, und das Schiff ist im Weltraum, und der Weltraum ist voller Licht. Lou vorher tanzt in mir wie ein fröhliches Kind. Ich täusche mehr Nüchternheit vor in meiner Arbeitskluft, obwohl ich spüre, wie ein Lächeln an meinen Mundwinkeln zieht. Wir hören beide dieselbe Musik.

Der Identifikationscode auf meinem Ausweis zeigt meinen akademischen Grad, meine Blutgruppe, meine Versicherungsnummer ... kein Hinweis darauf, dass ich fast vierzig Jahre meines Lebens als behinderte Person, als Autist, gelebt habe. Manche Leute wissen es natürlich: Die Publicity um den erfolglosen Versuch des Unternehmens, eine Aufmerksamkeitskontrollbehandlung für Arbeitgeber auf den Markt zu bringen, machte uns alle bekannter, als wir wollten. Vor allem Bailey erwies sich als der reinste Leckerbissen für die Medien. Wie übel es für ihn gelaufen war, erfuhr ich erst aus den Nachrichtenarchiven: Sie ließen uns nie zu ihm.

Mir fehlt Bailey. Es war nicht fair, was ihm passiert ist, und ich hatte immer Schuldgefühle deswegen, obwohl es nicht meine Schuld war. Mir fehlen Linda und Chuy; ich hoffte, sie würden sich auch behandeln lassen, als sie sahen, wie es bei mir funktioniert hatte, aber Linda hat sich erst letztes Jahr dazu entschlossen, als ich mit meiner Doktorarbeit fertig war.

Sie ist noch in der Reha. Chuy hat es nie gemacht. Als ich ihn das letzte Mal sah, war er immer noch glücklich, so wie er war. Ich vermisse Tom, Lucia, Marjory und meine anderen Freunde vom Fechten, die mir in den ersten Jahren nach dem Eingriff sehr geholfen haben. Ich weiß, dass Lou vorher Marjory geliebt hat, aber in mir tat sich nichts, als ich sie danach anschaute. Ich musste wählen, und wie Lou vorher beschloss ich, weiterzugehen, den Erfolg zu riskieren, neue Freunde zu finden, der zu sein, der ich jetzt bin.

Da draußen ist die Dunkelheit; das Dunkel, das wir noch nicht kennen. Es ist immer da und wartet; es ist, in diesem Sinn, immer vor dem Licht. Lou vorher hat es gestört, dass die Geschwindigkeit der Dunkelheit größer war als die Geschwindigkeit des Lichts. Jetzt bin ich froh darüber, weil es bedeutet, dass ich auf der Jagd nach dem Licht nie ans Ende komme.

Jetzt stelle ich die Fragen.

[Danksagungen]

Zu den Menschen, die am meisten zu den Recherchen für dieses Buch beigetragen haben, gehören die autistischen Kinder und Erwachsenen und die Familien von Autisten, die über die Jahre mit mir kommuniziert haben – durch Briefe, in persönlichen Gesprächen und übers Internet. In den Planungsphasen dieses Buches habe ich mich von den meisten dieser Quellen distanziert (indem ich mich von Mailing-Listen und News Groups ferngehalten habe), um die Privatsphäre dieser Menschen zu schützen; ich habe normalerweise ein Gedächtnis wie ein Sieb, und es war unwahrscheinlich, dass nach mehreren Jahre des Nicht-Kontakts irgendwelche identifizierbaren Details überleben würden. Eine dieser Personen jedoch entschied sich dafür, mit mir in E-Mail-Kontakt zu bleiben, und für die Großzügigkeit, mit der sie Themen wie Behinderung, Einbeziehung und Wahrnehmung autistischer Personen diskutiert hat, stehe ich auf ewig in ihrer Schuld. Sie hat jedoch dieses Buch (noch) nicht gelesen und ist nicht verantwortlich für seinen Inhalt.

Bei den Schriftstellern auf diesem Gebiet gilt mein größter Dank Oliver Sacks, dessen zahlreiche Bücher über Neurologie sowohl von Menschlichkeit wie auch von Fachwissen geprägt sind, und Temple Grandin, deren Insider-Sicht auf Autismus von unschätzbarem Wert war (und für mich besonders zugänglich, weil mein lebenslanges Interesse an dem Verhalten von Tieren sich mit ihrem Sachverstand überschneidet). Leser, die vor allem an Autismus interessiert sind, können einen Blick auf die Literaturliste auf meiner Website werfen.

J. Ferris Duhon, ein unglaublich erfahrener Arbeitsrechtler, half mir dabei, ein plausibles Geschäfts- und Rechtsklima für die nahe Zukunft zu entwerfen; irgendwelche rechtlichen Bauchlandungen sind mein Fehler, nicht seiner. J. B., J. H., J. K. und K. S. steuerten Einblicke in die Unternehmensstruktur und die interne Politik multinationaler Konzerne und Forschungsinstitutionen bei; aus Gründen, die auf der Hand liegen, möchten sie ihre vollen Namen nicht preisgeben. David Watson gab Experten-Ratschläge zum Fechten, historischen Sportorganisationen und zum Protokoll von Turnieren. Auch hier sind eventuelle Fehler ausschließlich meine Schuld.

Meine Lektorin, Shelly Shapiro, verkörperte genau die richtige Mischung zwischen Freiheit und Anleitung, und mein Agent, Joshua Bilmes, unterstützte meine Bemühungen mit seiner festen Überzeugung, dass ich es tatsächlich schaffe.